L'APPEL DE L'ORIENT

DU MÊME AUTEUR
AUX PRESSES DE LA CITÉ

Les Tigres de Tasmanie, 2003
La Dame d'Australie, 2004
La Fille de la pierre, 2006
Princesse maorie, 2006
La Louve de Cornouaille, 2007

Aux éditions du Rocher cycle de Phénix

Phénix, 1986, prix Cosmos 2000 ; 1987, prix Julia-Verlanger, 1987
Graal, 1988
La Malédiction de la Licorne, 1990
La Vallée des neuf cités, 2008

Cycle les enfants de l'Atlantide

Le Prince déchu, 1994
L'Archipel du Soleil, 1995
Le Crépuscule des Géants, 1996
La Terre des Mots, 1998

Cycle la première pyramide

La Jeunesse de Djoser, 1996
La Cité sacrée d'Imhotep, 1997
La Lumière d'Horus, 1998

Autres romans

La Porte de Bronze, 1994, prix Julia-Verlanger 1994
La Lande maudite, 1996
Antilia, 1999
La Fille du Diable, 2000
Le Roman de la Belle et la Bête, 2000
Le Secret interdit, 2001
Moïse le pharaon rebelle, 2002
La Légende de la Toison d'or, 2005

Pour en savoir plus, vous pouvez consulter le site officiel
de Bernard SIMONAY :
www.simonay.com

Bernard Simonay

L'APPEL DE L'ORIENT

Roman

Production Jeannine Balland

PRESSES DE LA CITÉ

ISBN 978-2-258-07372-2

A Sophie...

Les lecteurs de *La Fille de la pierre* se souviendront sans doute du personnage de Pierre Ménétrier. Le roman laisse entendre qu'avant de revenir en Touraine il a beaucoup voyagé et vécu de nombreuses aventures aussi bien en France qu'en Orient, dont il a rapporté sa petite fortune et la mystérieuse statuette de la déesse égyptienne Isis, qui trône sur la cheminée de sa ferme, la Sauvagine. Pourtant, Pierre ne parle jamais de sa vie passée, sinon, très succinctement, un soir, à son épouse Juliette. Mais il ne lui dit pas toute la vérité, et surtout, il ne lui dévoile pas la terrible raison qui l'a amené à revenir.

Certains de mes lecteurs m'ont dit qu'ils auraient aimé en savoir plus sur ces aventures. Je n'avais bien évidemment pas pu le faire dans *La Fille de la pierre*, sous peine d'alourdir le scénario. Cependant, l'idée de raconter l'histoire de ce personnage m'est restée, et c'est donc celle-ci qui vous sera contée dans ce roman. Bien entendu, il n'est pas nécessaire d'avoir lu *La Fille de la pierre* pour comprendre *L'Appel de l'Orient*, et inversement.

Je souhaite à tous un excellent voyage dans les traces de Pierre Ménétrier.

Prologue

« Mon garçon, laisse-moi te raconter un voyage extraordinaire que j'ai accompli il y a bien longtemps. Un voyage au cours duquel j'ai été confronté à un phénomène véritablement stupéfiant. Et quelque chose me dit que je dois t'en parler.

« Imagine, très loin vers l'Orient, un pays de lumière, un pays à la dimension du monde, un pays rêvé par les dieux. Il faut naviguer pendant plusieurs semaines pour s'y rendre. Un fleuve capricieux et immense le parcourt du sud vers le nord et se termine par un delta couvert de marécages. En été, le fleuve est gonflé par une crue si élevée qu'on a l'impression qu'il se transforme en une véritable mer intérieure. Sur ses rives se dressent des monuments gigantesques, plus hauts que ces collines, des statues aussi grandes que des chênes, des allées bordées d'effigies de lions, des temples peuplés de dieux inconnus. Ils furent édifiés voilà des millénaires par des hommes dont on ne sait plus rien aujourd'hui. Ces hommes utilisaient une écriture magique, faite de dessins et de symboles mystérieux que l'on trouve encore gravés sur les murs de ces temples. Cela fait plus de quarante ans que j'ai effectué ce voyage. Pourtant, mes souvenirs sont aussi précis que si j'étais revenu hier. Ce pays a pour nom : Egypte.

« Nous sommes partis au printemps de 1798. En ce temps-là, on ne comptait plus les années à partir de la naissance du Christ. La Révolution avait modifié le calendrier, et nous vivions une nouvelle ère, commencée en 1792, avec la proclamation de la République. Nous étions donc en l'an VI, au début d'un mois nommé floréal, le mois des fleurs.

« J'avais trente-six ans, et j'étais le secrétaire d'un homme pour lequel j'éprouvais une grande admiration et une profonde amitié. Il s'appelait Dominique Vivant, baron Denon. Il était noble, et il avait quinze ans de plus que moi. Sous Louis le Quinzième, il avait servi la Pompadour, puis, après sa mort, le roi l'avait nommé secrétaire d'ambassade. Il avait beaucoup voyagé, rencontré les grands de ce monde, à Saint-Pétersbourg d'abord, puis en Suède et en Suisse. Un peu avant la Révolution, il était à Naples. C'est à son retour, en 1787, que je fis sa connaissance. Il venait d'être élu membre de l'Académie royale de peinture et de sculpture. Il faut dire que c'était un dessinateur de grand talent. J'avais vingt-cinq ans, à l'époque. Mon père était un négociant normand, et j'étais venu chercher fortune à Paris. Je possédais moi aussi quelque habileté à manier le fusain, et il m'engagea comme secrétaire. Dominique était un homme simple et enthousiaste, et aussi un esprit fin, fort apprécié à la cour. Nous sommes devenus amis, unis par une grande complicité. Bien qu'il fût noble et moi roturier, nous nous tutoyions et nous appelions par nos prénoms.

« En avril 1798, Napoléon Bonaparte avait remporté de magnifiques victoires en Italie, et le Directoire commençait à le trouver un peu encombrant. Aussi, on décida de l'envoyer en Egypte. A l'origine, le dessein des gouvernants était de couper la route des Indes aux Anglais, ce qui avait également pour avantage d'éloigner Bonaparte. Mais celui-ci était depuis toujours attiré par l'Egypte, et il ne voulut pas se contenter d'une opération militaire. Aussi, il embarqua avec lui plusieurs dizaines de savants. C'est ainsi que Dominique fut sollicité pour participer à l'expédition. Bien entendu, il m'emmena avec lui.

« Ce fut une expédition étonnante. Tu ne peux imaginer quel spectacle grandiose fut le départ de cette flotte d'Egypte. On dit qu'il y avait là plus de trois cents navires de toutes tailles, depuis les lourds vaisseaux de guerre jusqu'aux bateaux de transport, de dimension plus modeste. Ils emportaient dix mille marins, trente-cinq mille soldats, près de mille chevaux. C'était une forêt de mâts qui couvrait la mer sur quatre lieues. Dominique a écrit de cette flotte qu'elle ressemblait à une "Venise en marche".

« Le 1er juillet 1798, nous avons débarqué à Alexandrie. Ma première impression ne fut pas très bonne. Le pays reflétait une grande désolation. La côte s'étendait "comme un ruban blanc sur l'horizon bleuâtre de la mer", ainsi que l'a écrit Dominique. Il n'y avait ni arbres ni habitations. On eût dit que ce pays ignorait la vie.

« Peu après le débarquement, nous avons appris que l'Anglais Nelson, qui nous suivait depuis la Provence, avait quitté Alexandrie trois jours plus tôt. Par un hasard extraordinaire, à cause des brumes, il était passé à moins de six lieues de notre flotte et l'avait doublée sans la voir. Etonné de ne pas trouver de Français à Alexandrie, il en était reparti. Nos troupes ont remporté une victoire rapide sur le corps turc qui tenait la ville. Dominique et moi avons mis pied à terre trois jours plus tard, avec les autres savants. Nous avons suivi le général Menou jusqu'à Rosette, qui fut un port important au temps des croisades. Dominique et moi avons pu explorer les environs, et c'est ainsi que nous avons retrouvé les ruines d'une cité antique appelée Canope. Ce fut pour moi le premier grand choc, le moment où la véritable Egypte commença de m'apparaître, sous la forme d'une main énorme enfouie sous les sables. Nous avons fait dégager la statue à laquelle elle appartenait. Cette statue mesurait plus de trente-six pieds de haut et représentait l'antique déesse Isis, dont, pendant la Révolution, on a célébré le culte à Notre-Dame même. Jamais je n'avais contemplé une telle splendeur. Ce pays, qui semblait n'être qu'un désert infini, recelait, ensevelies sous les sables, des richesses fabuleuses, dont seuls quelques vestiges émergeaient çà et là. Quelques jours plus tard, ce sont les restes d'un temple grec que nous avons mis au jour.

« C'est aussi à Rosette qu'a eu lieu une découverte fondamentale. Les temples des anciens Egyptiens sont recouverts d'une écriture mystérieuse et incompréhensible qu'on appelle les "hiéroglyphes", ce qui veut dire "signes sacrés". Certains leur prêtaient des vertus magiques inquiétantes, capables d'appeler la malédiction sur ceux qui approchaient trop près des tombeaux. Un jour, un capitaine nommé Bouchard a découvert, au pied d'un rempart, une pierre insolite, gravée de trois sortes de caractères, dont certains étaient grecs. Si nous avons su déchiffrer le texte grec, nous étions incapables de savoir ce que voulaient dire les deux autres, dont l'un était rédigé en hiéroglyphes. Cette pierre est demeurée un mystère jusqu'en 1822, date à laquelle un savant, Jean-François Champollion, a compris que la pierre donnait trois versions du même texte. Il a réussi à déchiffrer ces mystérieux hiéroglyphes, et c'est grâce à lui que nous comprenons, depuis, la signification des signes gravés sur les monuments égyptiens.

« Mais à cette époque nous étions encore loin de la résolution de ce mystère. Et surtout, alors que nous résidions à Rosette, une grande tragédie s'est produite. Le 1er août, la flotte de Napoléon a été détruite par la flotte anglaise de Nelson.

« Après ce désastre, nous avons rejoint Le Caire avec les rescapés de l'armée de Rosette. Ce fut une équipée éprouvante au milieu des marécages, le long d'un bras de ce fleuve interminable infesté de crocodiles. Nous avons marché des jours et des jours, harcelés par les insectes, la faim et la soif, car l'eau de ce fleuve n'est pas bonne à boire. La plupart d'entre nous étaient atteints de dysenterie. Parce qu'il faut que tu saches une chose, mon garçon : l'Egypte n'est pas un pays comme les autres. Il faut la mériter, faire face avec courage aux obstacles qu'elle dresse sur ta route. On ne l'apprivoise qu'au prix de la souffrance. Dans notre orgueil, nous avions défié les anciens dieux égyptiens et ceux-ci nous faisaient comprendre que nous n'étions pas les premiers conquérants à fouler leur sol. Nous étions pleins de nos certitudes, de notre arrogance. Nous n'avions pas réfléchi à nos vêtements inadaptés, nous n'avions pas prévu le manque d'eau et de nourriture. Le désespoir s'était emparé de l'armée, et les soldats comme les officiers commençaient à murmurer contre Bonaparte.

« La veille de notre arrivée, nous avons assisté à un phénomène étonnant. Un vent léger s'était levé, venu du sud, et chargé de relents de végétaux en décomposition. Et peu à peu, le niveau des eaux s'est élevé. Le fleuve a envahi les berges. Les crues de notre Cher feraient bien pâle figure auprès de celles du Nil. Pourtant, ce phénomène avait l'air de réjouir les indigènes, et ce n'est que plus tard que j'en appris la raison. Ces crues, qui reviennent chaque année au beau milieu de l'été, recouvrent les terres d'un limon noir qui fertilise le sol. Malgré un climat torride et sec, leurs cultures sont magnifiques et dignes du jardin de l'Eden.

« Nous avons rejoint Le Caire au début de septembre. Imagine-toi une ville immense faite de petites ruelles dominées par des minarets. Ce sont des tours du haut desquelles un homme qu'on appelle le "muezzin" invite les fidèles à la prière, ainsi que le veut la religion musulmane. A heure fixe, les fidèles déroulent un petit tapis et s'agenouillent en direction d'une ville située vers l'est, La Mecque. C'est la cité de leur prophète, Mahomet.

« Au sud du Caire se dressent des monuments d'une taille inimaginable, en forme de pyramides à quatre côtés. La plus haute doit mesurer au moins deux fois cette colline où nous nous trouvons. Elles sont au nombre de trois, et accompagnées d'autres, plus petites. On dit qu'elles sont les tombeaux des anciens rois d'Egypte. Non loin d'elles, il y a un monstre colossal en pierre, dont le corps est celui d'un lion, mais qui a un visage humain orné d'une coiffe antique. On l'appelle le "Sphinx".

« Au Caire, Napoléon a fondé un institut qui avait pour objet de mener des études sur la nature et l'histoire de ce pays. Nous fûmes logés dans des palais situés dans un faubourg nommé Nasrieh. Les demeures comportaient des étuves magnifiques en marbre, des salons décorés de mosaïques. Des bassins et des fontaines ornaient les jardins plantés de palmiers, d'acacias et de sycomores. Nous avons commencé à travailler. C'est pendant cette période que j'ai effectué, aux côtés de Dominique, la partie la plus étonnante de mon voyage.

« A l'origine, Dominique voulait se rendre jusqu'au mont Sinaï, qui est situé sur une presqu'île montagneuse et désertique, entre la mer Rouge et le golfe Persique. Mais Bonaparte a refusé parce que l'endroit n'était pas sûr. En compensation, il lui a accordé de partir vers le sud. Ce fut une aventure tourmentée, car nous avons suivi les troupes du général Desaix, lui-même lancé à la poursuite d'un chef mamelouk du nom de Mourad Bey. A ses trousses, nous avons découvert les ruines de cités antiques extraordinaires, dont les noms seuls me font encore rêver : Hermopolis, Antinoë, Edfou, Thèbes, Tyntira, Hermontis et, bien plus loin, l'île de la déesse Isis, Philae. Tous ces monuments sont bien loin d'avoir livré leurs secrets, et Dieu seul sait de quels événements ils ont été les témoins, et quelle fut la vie de ceux qui les ont bâtis. Devant chacun d'eux j'ai éprouvé des émotions inoubliables, comme face à ces statues géantes qui chantent, dans la région de Thèbes. J'ai vu aussi la fabuleuse cité de Karnak, où s'élèvent des temples grandioses et des allées bordées de statues de sphinx.

« J'ai ainsi vu quantité de lieux inimaginables. Et pourtant...

« Pourtant, l'un de ces lieux m'a marqué plus qu'aucun autre. C'est un endroit très ancien, où se devinent des ruines à peine visibles, recouvertes par les vents de sable. Ce jour-là, Dominique était parti en compagnie du général Belliard, et j'étais resté seul. Nous nous trouvions à ce moment-là à quelques lieues au sud du plateau de Saqqarah, où se dresse une étrange pyramide à six degrés dont on prétend qu'elle est la plus ancienne, la mère de toutes les autres. Le village s'appelait El-Ayyah. Les indigènes s'étaient montrés accueillants et j'avais appris assez de mots arabes pour pouvoir communiquer avec eux.

« Profitant de ma liberté, j'avais entrepris de faire quelques pas dans le désert qui borde les rives du Nil quand soudain je remarquai une formation étonnante de dunes. Je compris aussitôt que j'avais affaire à des ruines très anciennes, et je m'approchai. Visiblement, il devait s'agir d'un palais. Il ne restait plus que les traces de murs écroulés depuis bien longtemps. C'était le matin, la lumière était douce, un peu dorée et un peu bleue. Il régnait sur les lieux une paix étrange. Des palmiers croissaient aux alentours, mais il n'y en avait pas un seul à l'intérieur des ruines. Plus curieux encore, il n'y poussait presque aucune herbe, comme si la vie évitait cet endroit. Mais il s'agissait peut-être d'un caprice de la nature.

« Intrigué, je pénétrai à l'intérieur de l'enceinte. Peu à peu, je sentis quelque chose se modifier en moi. Sans aucune raison, un malaise inexplicable m'envahit. J'eus l'impression d'entendre crier des voix muettes. Je ne les percevais pas distinctement, elles étaient en moi, comme l'écho de hurlements venus du fond des âges. Je fis appel à toute ma raison pour ne pas m'enfuir en courant. Je ne croyais pas aux spectres, mais là, il se passait quelque chose de bizarre et d'inquiétant. Je mis cela sur le compte de mon état de santé. Sans doute avais-je mangé quelque chose de mauvais. Ce n'était pas la première fois que j'étais malade à cause de l'eau, ou d'une viande mal cuite. Mais le malaise paraissait avoir une autre origine. Je ne souffrais pas vraiment. A la fois déconcerté et anxieux, je m'obligeai à faire quelques pas supplémentaires. L'écho des voix se fit plus pressant, angoissant. On eût dit les clameurs de terreur d'hommes sur le point de mourir. C'était effrayant.

« Ce fut alors que je remarquai la présence d'un personnage singulier, un homme âgé habillé d'un long vêtement sombre, qui se tenait à quelques mètres de moi, à l'extérieur des ruines. Il m'observait avec curiosité. Je m'avançai vers lui et le saluai de la main. Il inclina la tête pour me rendre mon salut. Quand je fus près de lui, hors de l'enceinte, le malaise s'estompa comme par enchantement.

« — Le Salaâm sur toi, *Ostedh*[1], me dit-il en arabe. Tu ne devrais pas t'approcher de ce lieu. Il est maudit.

« — *Aleikhum salaâm.* Explique-toi.

« — Il s'est passé ici, il y a très longtemps, un drame abominable.

« — Comment cela ?

« — Une ancienne légende prétend qu'une reine a fait tuer, par vengeance, un grand nombre d'hommes qui l'avaient trahie. Mais l'un d'eux a réussi à s'échapper et a assassiné la reine ensuite.

1. « Docteur », ou « professeur ». Se dit à une personne savante.

« — Ce n'est pas le seul endroit où il s'est déroulé une tragédie, dis-je, un peu sceptique. Ce pays a dû connaître nombre de batailles et de crimes, au cours de son histoire...

« — C'est vrai, *Ostedh.* Mais ici, c'est différent. Car la légende raconte que le sang de la reine crie encore vengeance et qu'elle reviendra pour tuer celui qui lui a échappé.

« — Tu l'as dit, cette histoire s'est déroulée il y a bien longtemps. Je ne vois pas comment cette reine pourrait se venger d'un homme qui est mort lui aussi depuis des millénaires.

« — Il est des lieux où le temps n'existe pas.

« Je regardai à nouveau les ruines, puis me retournai vers le vieil homme. Il avait disparu. Je le cherchai des yeux, il n'était plus là. Il semblait même ne jamais avoir existé. Je connus un moment de panique. Avais-je eu affaire à un djinn, l'un de ces esprits malins qui hantent les déserts à en croire les Egyptiens ? Mais sans doute ce vieux bonhomme avait-il voulu s'amuser un peu à mes dépens. Je restai un long moment pensif, sans oser revenir à l'intérieur de l'enceinte. Mon esprit cartésien se révoltait contre l'idée que le spectre d'une reine disparue depuis des siècles et des siècles pût encore rôder en ces lieux.

« Cependant, l'impression que j'avais ressentie était tellement forte que j'en fis des cauchemars pendant plusieurs jours. Je me réveillais au matin avec le souvenir de scènes inexplicables, où j'avais vu des hommes périr noyés, ou massacrés par des soldats d'un autre âge. Mes nuits étaient peuplées de danseuses nues, de joueurs d'instruments, d'esclaves servant des plats. Je voyais des lances et des glaives de bronze à la forme étrange se lever et frapper, des arcs tirer, j'entendais des hurlements de terreur, à tel point qu'à plusieurs reprises je me réveillai en sueur, le cœur battant et la respiration courte.

« Vois-tu, mon garçon, ce pays regorge de mystères dont bon nombre ne seront sans doute jamais élucidés. Ne serait-ce que la manière dont les anciens Egyptiens ont bâti leurs pyramides. Mais celui des ruines d'El-Ayyah demeure à jamais gravé dans ma mémoire. Il m'arrive, quarante années plus tard, d'y rêver encore. Je n'en ai jamais parlé à Dominique, et cet épisode ne figure pas dans son livre. Mais, lorsque j'y songe, je ne peux m'empêcher de penser que cette légende a un étrange parfum de réalité, et que, si l'on y accorde quelque crédit, la vengeance de cette reine morte depuis des millénaires reste encore à accomplir... »

PREMIÈRE PARTIE

LE DÉPART

1

Bourré, vallée du Cher, printemps 1844...

En ce milieu du mois d'avril, des écharpes de brume glaciales traînaient encore sur le Cher, en contrebas, formes grises et mouvantes, témoins d'un hiver tenace qui refusait de mourir. Des dentelles de givre fatales aux fleurs nouvelles s'agrippaient aux branches des grands arbres, décoraient les haies bordant la route de terre reliant Bourré à Pontlevoy. Il faisait encore sombre, mais, vers l'est, le ciel pâlissait, diffusant une lueur blafarde sur le cours d'eau. Peu à peu, le disque couleur écarlate d'un soleil accourci apparut en direction de Thésée, dite « la Romaine », et la vallée s'embrasa d'une lumière couleur de sang. Les ombres noires d'un train de chalands glissaient en silence à la surface des eaux plates, luisantes comme un miroir. Pas un souffle de vent. Quelques buses planaient dans l'air froid, dessinant des arabesques majestueuses sur le ciel limpide, à l'affût de campagnols, mulots et autres musaraignes. Sur l'autre rive, noyée dans le brouillard translucide, on devinait les alignements réguliers des vignes, au milieu desquels se dressaient, çà et là, les silhouettes de petites masures de tuffeau et de fermes assoupies, dont s'échappaient des filets de fumée.

Du haut de la falaise, Pierre Ménétrier, âgé de dix-huit ans, déjà taillé en hercule, contemplait d'un œil pensif la rivière dont le cours nonchalant menait au loin vers la petite ville de Montrichard, et, bien au-delà, vers Tours, une cité mystérieuse dans laquelle il n'avait jamais mis les pieds.

Les ultimes paroles d'Auguste Pecquerel ne quittaient pas son esprit. Au travers des descriptions précises de son ami, des images s'étaient formées en lui, qui le hantaient et nourrissaient son imagination. Il ignorait s'il se rendrait un jour dans ce pays mystérieux qu'il avait baptisé l'Egypte, mais au fond, cela n'avait pas d'importance. Ce qu'il voulait, c'était partir, quitter cette contrée qui l'avait vu naître. Sa décision était prise, il ne reviendrait pas dessus, quelles que pussent être les difficultés qu'il rencontrerait.

Sa mère, la douce Justine, allait terriblement lui manquer. Dans sa famille, elle seule avait fait preuve de gentillesse envers lui. En revanche, il ne regretterait pas les deux autres : son père, Emile, et son frère, Raoul. D'eux, il n'emporterait aucun bon souvenir. A leur seule évocation, ses poings se serraient et il sentait monter en lui une colère sourde.

Raoul, de trois ans son aîné, était un être fruste et lâche, qui depuis toujours avait abusé de son âge pour imposer vexations, horions et humiliations à son jeune frère. Pierre n'était pas le seul à souffrir de sa méchanceté et de sa cruauté. Tous les enfants plus faibles étaient ses victimes désignées. En revanche, avec les hommes et les garçons plus forts que lui, il devenait cauteleux, flagorneur et manipulateur, cette attitude trouvant sa plus parfaite expression vis-à-vis de son père, qu'il savait flatter dans le sens du poil afin d'éviter ses sautes d'humeur. Il y réussissait si bien qu'Emile le citait toujours en exemple à son cadet.

Devant le caractère exécrable de leur géniteur, les deux garçons avaient réagi chacun à leur manière : par la flatterie pour Raoul, par la résistance pour Pierre. Emile, petit homme sec et noueux comme un cep de vigne, en avait aussi l'esprit tordu. Souffrant de sa taille modeste, il la compensait en abreuvant ses proches d'éclats de voix dont la puissance s'amplifiait à mesure qu'augmentait la quantité de vin qu'il absorbait. Travaillant dans les vignes et les carrières souterraines dont on extrayait la pierre blanche de tuffeau, on lui donnait chaque matin cinq litres de *terras*, un vin local qui ne titrait pas plus de sept ou huit degrés. Le soir, il n'en restait pas une goutte. Malgré la faible teneur en alcool, le sieur Emile n'était pas dans un état de première fraîcheur lorsqu'il regagnait sa maison, le labeur achevé. Et il n'avait pas l'ivresse joyeuse.

Imbibé de vin et des idées toutes faites répandues par les prêtres zélés qui travaillaient à effacer jusqu'au souvenir de la Révolution et de l'Empire, Emile s'abritait toujours derrière des dogmes religieux, dont il ne comprenait pas un traître mot, pour accepter son sort, celui d'un paysan honteusement exploité par de grands propriétaires le plus souvent absents, qui arrondissaient leur fortune sur le travail de ceux que monsieur Adolphe Thiers appellerait, quelques années plus tard, « la vile multitude ». Cette injustice flagrante avait très tôt suscité chez Pierre un sentiment de révolte et de dégoût. Lorsqu'il avait osé s'en ouvrir à son père, celui-ci, outre quelques taloches, l'avait abreuvé de sermons édifiants directement inspirés par le curé de la paroisse, lequel affirmait que chacun devait se tenir à la place que Dieu lui avait allouée, et que se rebeller contre Sa volonté pouvait déclencher des débordements épouvantables, comme ceux que le pays avait connus autrefois. Combien de fois Pierre avait-il entendu évoquer cette période terrifiante, au cours de laquelle des hordes de révolutionnaires armés jusqu'aux dents avaient pénétré dans les couvents et violé les nonnes, massacré les curés jusque dans leurs églises, leur sang éclaboussant les autels ? Ils étaient allés jusqu'à renier Dieu et avaient osé inventer un Etre suprême auquel ils consacraient des arbres !

Rien ne prouvait que de telles horreurs ne se reproduiraient jamais. Bien sûr, le pays avait de nouveau un roi, mais celui-ci n'était même pas un Bourbon ! Le véritable héritier du trône, celui qui descendait du bon Saint Louis, en était réduit à vivre en exil.

Emile s'était inquiété auprès du prêtre des idées malsaines de son fils, qui affirmait que tous les hommes étaient égaux et possédaient les mêmes droits. Pour un peu, Emile aurait exigé un exorciste. Pierre s'en était tiré avec plusieurs dizaines de patenôtres qu'il avait dû prononcer les genoux posés sur une règle et les bras levés en croix. Il avait supporté la torture avec stoïcisme, mais ces nouvelles brimades l'avaient conforté dans son aversion pour la religion et la soumission.

Il avait gardé pour lui l'origine de ses opinions.

Dans le froid du matin, ses pensées revinrent vers l'homme à qui il devait son instruction, une instruction que lui refusait Emile, farouchement opposé à ce que ses enfants allassent à l'école.

Depuis 1833, une nouvelle loi, édictée par le ministre François Guizot, ordonnait la création d'une école publique dans les villages de plus de cinq cents habitants. Chaque département devait posséder une école normale de formation des instituteurs. Les cours comportaient la morale et l'instruction religieuse, la lecture et l'écriture, le calcul et le système légal des poids et mesures. Toutes choses qui eussent été bien utiles aux yeux de Pierre. Malheureusement, s'il existait une école à Bourré, elle ne trouvait pas grâce aux yeux d'Emile, pour deux raisons. Dûment chapitré par le prêtre, il estimait que l'instruction devait rester le seul apanage de l'Eglise, sous peine de former un peuple sans foi. Or, même si elles diffusaient aussi l'enseignement religieux, les écoles de Bourré et de Montrichard n'étaient pas confessionnelles. La seconde raison était plus pragmatique : pour lui, le temps passé sur les bancs de l'école n'était pas consacré au travail. Passe encore pour le calcul, mais le père Ménétrier considérait que l'écriture et la lecture n'étaient d'aucune utilité, et constituaient des occupations de fainéant. Lui-même ne savait ni lire ni écrire, et il ne s'en portait pas plus mal. Tous ce fatras était bon pour les notaires ou les médecins. On n'en avait pas besoin pour taper dans la roche. Aussi ses enfants se virent-ils interdire la fréquentation de l'école, qui n'était pas obligatoire. Si cela ne contraria aucunement Raoul, cette décision révolta Pierre, qui regimba et récolta pour l'occasion l'une des plus belles raclées de sa vie.

Et pourtant, en ce jour d'avril 1844, Pierre savait lire, écrire et compter. Il savait aussi bien d'autres choses. Ce que l'école n'avait pu lui enseigner, il l'avait appris auprès de celui que les gens du pays appelaient « le Sorcier de la Colline », faute de savoir son vrai nom.

Vers l'est, au-delà de Bourré, la falaise dominant le Cher s'étirait, ouvrant sur de nombreuses demeures troglodytiques, semblables à celle qu'habitaient les Ménétrier et bon nombre de paysans de la vallée. L'une d'elles était occupée par un vieil homme. Il était venu s'installer là une douzaine d'années auparavant, arrivé d'on ne savait où, chargé d'un passé dont on ignorait tout. Il s'exprimait d'une manière différente des gens du pays, qui le considéraient comme un étranger bien qu'il parlât un français tout à fait compréhensible malgré sa prononciation et ses mots bizarres. On se méfiait de lui. Les bruits les plus farfelus couraient sur son compte. Certains pensaient qu'il s'agissait d'un criminel venu se cacher là pour fuir la police royale. Le fait qu'il n'ait jamais été inquiété ne constituait pas une preuve de son innocence. D'autres estimaient qu'il était sorcier. Aussi le considérait-on avec un certain respect. Il n'était pas bon, dans un pays où l'on croyait encore au diable et à son train, de se mettre à dos un tel personnage. On se contentait de l'éviter.

Il ne parlait presque à personne, venait rarement au village. On avait appris qu'il bénéficiait d'une petite rente qui lui permettait de vivre. Autre fait surprenant, il savait lire et écrire. Les rares personnes qui avaient eu l'occasion de voir sa demeure, lorsqu'elles lui avaient apporté du bois ou des vivres, évoquaient des étagères couvertes de livres. C'était donc un homme instruit. Respect et méfiance s'en trouvèrent renforcés. Dans le pays, les seuls qui possédaient des livres étaient les gens de qualité, les grands bourgeois propriétaires des terres et des fermes, et les notables, docteurs, fonctionnaires du roi, notaires, clercs et autres. Ainsi que les instituteurs royaux.

Pierre avait fait sa connaissance un peu plus de six années auparavant, alors qu'il errait sur la falaise, à la recherche de cèpes, chanterelles et autres trompettes-de-la-mort. Il n'avait pas son pareil pour découvrir les coins où ils pullulaient, prenant soin de ne pas arracher les pieds afin qu'ils pussent se reproduire. Il était également un peu braconnier. Selon la saison, il hantait les bois, forêts, bras de rivière et étangs, posant des pièges, dénichant les oiseaux, capturant les grenouilles, au grand dam des gardes champêtres, qui n'avaient jamais réussi à le coincer. Ces vagabondages avaient un avantage : ils le tenaient éloigné d'Emile et de Raoul. Le père ne trouvait rien à y redire car il rapportait toujours à la maison de quoi améliorer l'ordinaire.

Un jour, il récupérait une grive lorsqu'il entendit un bruit léger derrière lui. Pris de panique, il se retourna d'un bloc, pour découvrir la haute silhouette d'un homme âgé, aux cheveux très blancs, aux favoris épais et au regard perçant : il se trouvait face au Sorcier de la Colline. Malgré ses précautions et son habitude des sous-bois, il ne l'avait pas entendu venir. Une fraction de seconde, il songea à s'enfuir à toutes jambes. Mais le vieux bonhomme lui sourit et posa un doigt sur ses lèvres. Pierre comprit qu'il ne lui voulait aucun mal.

Il est de ces amitiés qui naissent ainsi d'un regard, d'un sourire, qui se moquent des différences d'âge. Une sympathie réciproque lia aussitôt le vieil homme et l'enfant.

— Tu devrais te montrer plus prudent, dit le Sorcier de la Colline. Si j'avais été un garde royal, tu te retrouvais en prison.

— Oh, ils sont bien trop balourds ! Eux, je les aurais entendus venir !

— Mais comment se fait-il que tu ne sois pas à l'école ? Tu es pourtant en âge. C'est important, tu sais.

— C'est à cause de mon père, grogna Pierre. Il veut pas que j'y aille, parce que l'école, c'est pas celle des curés.

Le vieil homme eut une moue amusée.

— Je vois. Mais toi, tu aimerais savoir lire et écrire ?

— Bien sûr, m'sieur !

Pierre hésita, puis il ajouta :

— J'ai pas envie de rester paysan toute ma vie. Je veux devenir quelqu'un, voyager, et peut-être, plus tard, posséder ma ferme à moi. Je veux pas être soumis aux curés et aux bourgeois !

Il avait mis du défi dans ses paroles, et il affronta son interlocuteur du regard, comme il le faisait avec Emile. Le vieillard sourit devant son air de jeune coq.

— Je doute que ton père soit d'accord avec cette opinion, répondit-il avec un sourire en coin.

Pierre fit la grimace.

— Ouais ! Ça m'a valu quelques roustes et quelques séances de Notre Père chez le curé...

Les yeux du Sorcier de la Colline s'allumèrent d'une lueur joyeuse.

— Mais si tu n'apprends pas à lire, écrire et compter, tu ne pourras pas « devenir quelqu'un », comme tu le souhaites.

— Ben non ! Mais je peux tout de même pas aller à l'école en cachette !

— Non, bien sûr.

Le vieil homme réfléchit un instant, puis il proposa :

— Est-ce que tu accepterais que je t'enseigne ce que je sais ?

Pierre crut avoir mal entendu.

— Vous voulez dire… m'apprendre à écrire, à lire, à compter ?

— Et bien d'autres choses encore.

— Vous êtes instituteur ?!

— Non, mais je pourrais t'enseigner des choses que même les instituteurs ne savent pas.

Pierre ouvrit de grands yeux. Cette proposition était une manière de petit miracle… et un moyen de jouer un bon tour à son père. Malgré lui, il allait apprendre à lire. Mais il n'oubliait pas que ce vieil homme était aussi soupçonné de sorcellerie. Méfiant, il demanda :

— Pourquoi vous feriez ça pour moi ? Vous allez pas… m'apprendre aussi… des trucs de sorcier ?

Le vieil homme éclata d'un rire plein de gaieté.

— Bien sûr que non. Je connais la réputation que me font les gens d'ici. Mais ils se trompent complètement. Cependant, je trouve dommage que les enfants n'aillent pas à l'école. Surtout ceux qui en ont envie. Le savoir est une chose très importante. Je suis seul dans cette demeure de pierre, et ta présence égaiera un peu mes vieux jours. Parfois, il est dur de ne pouvoir parler à personne. Je t'enseignerai beaucoup de choses. En échange, tu pourrais me rendre de menus services. Ma vieille carcasse n'est plus très solide, et je vois que tu es fort pour ton âge.

Pierre approuva. C'était un prix dérisoire pour acquérir la Connaissance ! Et il avait spontanément envie de faire confiance à ce vieil homme.

— Eh bien, c'est d'accord. J'accepte, m'sieur ! Merci !

Le vieil homme lui tendit la main.

— Je m'appelle Auguste Pecquerel. Tu seras sans doute le seul à savoir mon nom dans le village.

— Moi, c'est Pierre. Pierre Ménétrier.

— Ménétrier... tu ne sais sans doute pas ce que ton nom veut dire ?

— Ben non !

— Il vient de « ménestrel ». Les ménestrels étaient autrefois des musiciens qui passaient dans les villages et les châteaux pour chanter des chansons et raconter des histoires. Tu en as probablement compté parmi tes ancêtres.

Ainsi avait commencé, entre le jeune garçon et le Sorcier de la Colline, une amitié solide. Elle avait duré six années, jusqu'à la mort du vieil homme, à l'âge de quatre-vingt-deux ans.

Pierre avait profité de ses escapades régulières pour lui rendre visite. Comme il l'avait promis, celui-ci lui avait enseigné l'alphabet, la lecture, l'écriture, le calcul. Mais son enseignement ne s'était pas arrêté là. Au cours des longs bavardages qu'ils partageaient dans le secret des bois qui couvraient la falaise à cet endroit, Auguste Pecquerel avait dévoilé pour son élève des sujets bien différents de ceux qu'abordaient les enfants de l'école. Pierre avait ainsi appris l'histoire, et surtout celle de la Révolution, celle que les nouveaux rois et les prêtres tentaient d'effacer.

« On ne peut défaire ce qui a été, disait Auguste. La Révolution a été le long cri de révolte d'un peuple étouffé par les excès des nobles et des religieux.

— On raconte qu'il s'est produit des massacres...

— C'est exact. »

Pour Pierre, Auguste Pecquerel avait révélé ce qu'il avait vécu, et pourquoi il en était arrivé à vivre ici, retiré du monde. Né en 1762, il avait vingt-sept ans lorsque la Bastille avait été démolie.

« Elle représentait le symbole de l'injustice royale. La colère était grande. Les gens mouraient de faim, et le roi refusait de baisser le prix du grain. »

Au côté de son ami le baron, il avait traversé la période de la Révolution, puis l'Empire. Vivant Denon avait été nommé directeur du musée du Louvre par Napoléon Ier, et son titre avait été confirmé par le roi Louis XVIII. Il était mort en 1825, au début du règne de Charles le Dixième, après une vie bien remplie. Après la mort de son ami, Auguste avait continué à vivre à Paris, malgré le peu de sympathie qu'il éprouvait pour le roi Charles.

« Ce triste sire voulait revenir aux valeurs de l'Ancien Régime. Il a exaspéré le peuple, qui s'est rebellé contre lui en 1830. Tu avais quatre ans, à l'époque. J'ai pensé que cette fois on allait rétablir la République, mais le vieux Lafayette nous a donné un nouveau roi, issu de la branche cadette des Orléans. J'ai été déçu. Et je l'ai été plus encore lorsqu'en juin 1832, l'enterrement du général Lamarque, un ancien de l'Empire, a dégénéré en une insurrection qui s'est terminée dans un bain de sang. J'ai cru aux droits de l'homme, j'ai cru à une société plus juste et plus humaine. Malheureusement, les gens sont tout aussi malheureux sous le règne de Louis-Philippe que sous les deux précédents. Ce massacre a été pour moi une prise de conscience. J'avais vu trop de sang couler, trop d'injustices, trop de lâchetés. Mon épouse venait de mourir du choléra. On ne voulait plus de moi au Louvre depuis la disparition du baron Denon. J'ai failli suivre Jean-François Champollion, qui se rendait en Egypte. J'aurais voulu y finir mes jours. Mais j'avais soixante-dix ans, j'étais trop vieux. Mon cher Dominique m'avait octroyé une petite rente. J'ai décidé de me retirer du monde. Je connaissais cette région de Touraine pour y être venu à plusieurs reprises acheter du vin pour le baron. J'ai décidé de m'y établir, à l'écart, entouré de mes livres. Jusqu'à ce que je remarque ton petit braconnage. Je t'ai observé plusieurs fois sans que tu t'en doutes… »

Auguste Pecquerel aurait pu sembler désabusé aux yeux du jeune garçon. Mais il n'y avait aucune amertume dans sa voix, seulement la constatation d'un fait : les hommes n'étaient pas aussi bons qu'il l'aurait souhaité. Il fallait apprendre à vivre avec cette vérité décourageante.

Au cours des six années qu'ils avaient passées ensemble, tout au moins lorsque Pierre parvenait à échapper à la surveillance de son père, il avait enseigné au jeune garçon la lecture, l'écriture, le calcul, la géographie et l'histoire. Partagé entre l'écœurement suscité par les horreurs des champs de bataille, et la mémoire d'une grande épopée qui avait vu un homme d'origine modeste s'élever jusqu'au rang d'empereur, par sa seule volonté et son intelligence hors du commun, il gardait cependant un profond attachement pour Napoléon Ier.

« On peut lui reprocher le sang des soldats morts pour sa gloire, ses erreurs de jugement, c'est vrai. Mais il y avait en lui une générosité qui le différenciait des autres souverains. Il était né du peuple et il en gardait un respect pour le plus modeste de ses grenadiers, pour le plus humble de ses sujets. Quel roi depuis peut se prévaloir de ce respect ? »

Respirant lentement l'air glacial de l'aube, Pierre serra les mâchoires pour retenir les larmes qui lui brûlaient les yeux. Auguste Pecquerel avait été pour lui un maître et un ami, le seul homme en qui il avait eu totalement confiance. Malheureusement, il avait succombé à une pneumonie, quelques jours plus tôt.

Auguste avait attendu la mort avec sérénité et dignité. Jusqu'au dernier moment il avait tenu à rester assis sur son fauteuil, refusant le lit afin, disait-il, de garder la tête bien droite. Lorsqu'il avait senti sa fin proche, il avait demandé à Pierre de demeurer près de lui.

« Mes forces déclinent, mon garçon. Je ne vais pas tarder à percer le grand mystère de la mort, savoir enfin si Dieu existe, ou s'il y a autre chose. Je n'ai pas peur. Je suis simplement curieux. Et puis, ce vieux corps me fait trop souffrir. A quatre-vingt-deux ans, il est temps pour moi de l'abandonner. »

Il avait montré l'intérieur de la masure, les rayonnages où s'alignaient de nombreux livres.

« Je n'ai pas d'héritier. Les commissaires de l'Etat ou les rapaces de ce pays vont venir récupérer ce qui les intéresse. A part les livres, il n'y a rien de valeur. Les livres… et ceci. »

Auguste lui avait alors tendu un petit portefeuille.

« Il est à toi. Oh, ne te fais pas d'idées. Il n'y a pas une grosse somme à l'intérieur. Quelques louis d'or, deux cents ou trois cents francs. Ce n'est pas la fortune. Mais cela te permettra de partir si l'envie t'en prend. Fais attention ! N'en parle à personne, et ne dépense pas tout d'un coup. Pour mon enterrement, tu trouveras ce qu'il faut dans la tabatière qui est sur la cheminée. Le contenu du portefeuille t'appartient. »

Devant Auguste, Pierre avait souvent évoqué son départ, lorsqu'il serait « plus grand ». Le vieil homme l'avait encouragé.

« Les voyages forment la jeunesse, dit-on. N'hésite pas à partir de ce pays, quitte à y revenir plus tard. Il n'y a rien pour toi ici. Monte à Paris. C'est là-bas que l'on fait les rencontres les plus intéressantes. »

Emile avait toujours ignoré les relations d'amitié existant entre son fils et Auguste Pecquerel. Pendant six années, Pierre, à force de ruse, avait réussi à lui dissimuler ses visites régulières au vieil homme. Comme il rapportait chaque fois le produit de ses pièges, Emile, qui le soir n'était guère en état de réfléchir, ne s'était posé aucune question. Mais le jour de l'enterrement, Pierre avait mis un point d'honneur à suivre le corbillard de son ami, dont il avait lui-même organisé les obsèques. Il était d'ailleurs le seul, hormis quelques curieux, qui s'étaient étonnés de sa présence et s'étaient empressés de la rapporter à son géniteur.

A son retour à la maison, Emile l'avait abreuvé de questions. Lorsqu'il avait appris les liens qui unissaient son fils et l'ermite, il était entré dans une rage folle. Cette fois pourtant, Pierre n'était pas disposé à se laisser faire. Hurlant aussi fort que son père, il avait avoué avec défi les nombreux moments passés près du vieil homme, l'enseignement que celui-ci lui avait dispensé. Malgré l'interdiction de son père, il savait lire et écrire. Furieux d'avoir été berné, Emile avait voulu frapper son fils. Alors Pierre s'était dressé de toute sa taille, bien décidé à se défendre. Devant sa stature impressionnante et sa détermination, son père avait pris peur. La manipulation des lourds blocs de tuffeau avait façonné au jeune homme une silhouette puissante. Pierre avait la grande taille des hommes de sa branche maternelle. Le grand-père de Justine faisait près de deux mètres. Pierre avait hérité de cette caractéristique. Emile, qui mesurait deux têtes de moins que lui, s'était contenté de redoubler de cris, injuriant le défunt et son fils. Emile savait désormais d'où lui venaient ses idées révolutionnaires !

Justine avait tenté de calmer son mari, elle s'était fait insulter. Raoul, arrivé sur ces entrefaites, avait aussitôt pris parti pour son père, comme il en avait l'habitude. Voyant qu'Emile n'était plus de taille à corriger le révolté, il avait décidé de s'en charger lui-même et s'était jeté sur son frère. Une bagarre violente avait opposé les deux garçons. Raoul, habitué depuis toujours à exercer sa petite tyrannie, n'avait pas vu que son cadet avait grandi. Lorsqu'il était sorti des mains de Pierre, il avait le nez éclaté, les yeux pochés et de multiples ecchymoses sur tout le corps. En un seul combat, Pierre s'était vengé des vexations et humiliations subies depuis son enfance. Stupéfait, Emile n'avait pas osé intervenir. Il s'était contenté de s'égosiller et d'ordonner à sa femme de se taire.

Pierre n'avait tiré aucune satisfaction de cette victoire. Les bagarres entre frères étaient fréquentes dans un pays où les distractions étaient rares pour les pauvres, où le vin coulait à flots dans les gosiers et où l'on avait toujours quelque grief à raccommoder. Cela ne tirait pas à conséquence. Mais Pierre avait senti monter en lui un sentiment effrayant, destructeur, acide, écœurant : la haine. Il haïssait son père et son frère, à cause de tout ce qu'ils lui avaient fait supporter depuis toujours, et il avait pris un plaisir malsain à frapper, et frapper encore. Seuls les cris de sa mère l'avaient ramené à la raison. Il s'était rendu compte peu après qu'il aurait pu tuer Raoul, et peut-être son propre père s'il avait fait mine d'intervenir.

Prenant conscience de ces sentiments abominables, il avait fui, dans la nuit glaciale, marchant sans but, la tête bourdonnant encore des hurlements de l'horrible bataille, l'esprit en déroute, partagé entre la peur et les bouffées d'une colère qui ne voulait pas s'éteindre. En tremblant, il s'était réfugié dans les caves, y avait passé la nuit, sans parvenir à dormir.

Au matin, il était retourné à proximité de la maison. Il avait guetté le départ de son père et de son frère au visage tuméfié. Il ne voulait plus les voir. Plus jamais. Il avait pris sa décision. Il allait partir. Mais il voulait revoir sa mère avant.

Ils n'avaient pas échangé beaucoup de paroles. Pierre avait juste dit :

« Je m'en vais. »

Justine n'avait pas osé discuter sa décision. Elle ne discutait jamais rien. La vie lui avait enseigné à obéir et à subir sans mot dire. Elle lui avait donné un gros pain, des fruits secs, deux saucissons, tout ce qu'elle avait pu trouver.

« Tu sais où tu vas ?

— Oui. »

Il avait lu dans ses yeux toutes les questions qu'elle brûlait de lui poser, toutes ses inquiétudes.

« Ne t'en fais pas, maman, j'ai de l'argent. Auguste m'en a donné avant de mourir. Et je sais lire, écrire, compter. Grâce à lui. Pas grâce au père ! »

Il l'avait serrée longuement contre lui, en silence, puis, d'un pas décidé, il avait quitté la maison creusée dans la falaise, avec la ferme intention de ne plus jamais revenir.

Pierre jeta un dernier regard sur la vallée où les brumes froides refusaient de se dissiper malgré le soleil, il essuya ses yeux d'un geste vif, serra les mâchoires, puis prit résolument la direction de Pontlevoy. Dans sa bandoulière se trouvait un livre, offert par Auguste quelques jours avant sa mort : le livre écrit pas son ami Dominique Vivant Denon. Il s'intitulait : *Voyage dans la Basse et Haute-Egypte pendant les campagnes du général Bonaparte.*

2

Pierre marchait d'un pas rapide. Il ne tenait pas à croiser une connaissance. Il ne tenait pas non plus à s'attarder sur la route. Celle-ci n'était pas sûre. En prévision d'une mauvaise rencontre, il s'était taillé un bâton long et solide dont il savait parfaitement se servir. C'était la seule arme autorisée aux paysans depuis la nuit des temps, les sabres et épées étant réservés aux nobles et aux soldats. Aussi les jeunes garçons apprenaient-ils très tôt à le manier. Dans certaines mains, le bâton valait largement une lame. Pierre, favorisé par sa grande taille et sa force exceptionnelle, battait régulièrement tous ses adversaires. A dix-huit ans, il en paraissait plus de vingt. Les travaux de force qu'il exerçait depuis plus de six ans lui avaient modelé une stature puissante et élancée.

Le visage fin, aux traits prématurément mûris par le climat détestable régnant dans sa famille, s'éclairait de deux yeux d'un bleu pâle, qui pouvaient refléter la plus grande douceur comme se montrer implacables lorsque la colère les faisait luire. D'un tempérament spontané et généreux, porté naturellement à la bonne humeur, il avait été sans cesse contraint de museler ses sentiments face à l'intransigeance de son père et à la rouerie de son frère. Il aurait pu devenir aigri. Il avait heureusement pu les exprimer avec Auguste Pecquerel. Le vieil homme avait appliqué avec lui les préceptes de Montaigne, qui préconisait de laisser l'élève avancer à son rythme. Avec le recul, Pierre comprenait qu'Auguste lui avait apporté beaucoup plus qu'un simple enseignement. Il avait entretenu en lui la flamme de la liberté et de l'indépendance. Pour lui, les hommes naissaient véritablement égaux, quel que fût leur rang, car tous étaient égaux devant la mort et les lois de la vie. La fortune et le rang n'y changeaient rien. Ces idées issues de la Révolution imprégnaient désormais l'esprit du jeune homme.

Dans son sac de cuir passé en bandoulière, Pierre n'emportait qu'un maigre bagage : ses vêtements du dimanche, un costume noir d'occasion, acheté l'année précédente chez un fripier de Montrichard, quelques caleçons et chaussettes, deux maillots de corps, un bloc de papier et un crayon pour ne pas oublier l'écriture. Par précaution, au cas où on lui aurait volé son sac, il n'y avait pas placé le portefeuille. Il l'avait serré dans sa large ceinture, dans une pochette de cuir indépendante. Il avait déjà lu quelques récits de voyage et en avait tiré les leçons.

Cependant, à cette heure matinale, il n'y avait personne sur le chemin boueux menant à Pontlevoy, qu'il atteignit en à peine une heure. De là, il rejoignit la route menant à Blois, distante de cinq lieues, soit une vingtaine de kilomètres. Marchant d'un bon pas, il y parvint en fin de matinée, un peu épuisé.

Après avoir longé la Loire par la levée de Chaumont, il traversa le large pont Gabriel, construit un peu plus d'un siècle auparavant, qui reliait le quartier sud de Blois, appelé Vienne, à la rive nord. Surélevé au centre, il permettait la navigation des bateaux équipés de mâts. Du sommet du « dos-d'âne », Pierre resta un long moment à contempler le panorama de la cité ligérienne, les yeux émerveillés. Jamais il n'avait vu une aussi grande ville. Dominées par les hautes silhouettes de Saint-Nicolas et de la cathédrale Saint-Louis, les constructions anciennes à colombages alternaient avec les demeures plus récentes, en pierre de tuffeau. Une grande animation régnait sur les quais. D'innombrables navires de toutes tailles parcouraient le fleuve : chalands, barques, ainsi que les bateaux de transport de voyageurs, les coches d'eau que les mariniers appelaient entre eux les « balade-couillons ». D'autres étaient nommés « bés de cane », à cause de la forme de la levée avant, qui rappelait un peu un bec de canard. Si certains arboraient une voile, beaucoup étaient propulsés avec la “bourde”, une longue perche ferrée en châtaignier, à l’aide de laquelle le marinier prenait appui sur le fond.

Quelques petits bateaux étaient pourvus, à l’avant, d’un fanal rouge. On ne les aimait guère, car ils étaient menés par des individus particuliers, les « chercheurs de macchabées », qui faisaient métier de rechercher les noyés. Dès qu’une disparition était signalée, ils parcouraient le fleuve, scrutant des lieux connus d’eux seuls, où le courant accumulait les débris, les immondices… et les cadavres, fouillant et sondant la vase à l’aide de gaffes et de crocs. Ils revenaient ensuite au port, leur macabre butin flottant derrière leur barque. L’administration payait six francs chaque dépouille découverte.

D’un pas lent de badaud curieux, Pierre pénétra dans la cité. Une symphonie d’odeurs chatouillait ses narines : relents aquatiques de la Loire, parfums des épices et fumets alléchants des échoppes, boulange, viandes grillées ou rôties, légumes et fruits, senteurs fortes des cuirs et des tissus. Après avoir acheté des beignets à une marchande, il se dirigea en flânant vers le château dont la masse impressionnante surplombait le cœur de la ville.

Le voyage jusqu’à Paris représentait près de deux cents kilomètres. Les parcourir à pied aurait demandé une bonne semaine de voyage. Pierre avait un autre projet. La somme d’argent léguée par Auguste allait lui permettre de gagner la capitale plus rapidement. Une toute nouvelle ligne de chemin de fer reliait Orléans à Paris en à peine trois heures. Il était bien décidé à emprunter ce moyen de transport, dont il avait entendu parler par des voyageurs. Mais il fallait d’abord gagner Orléans. Un passant lui indiqua l’emplacement du relais de poste, près de la halle aux grains, sur les hauteurs de la ville.

Le relais, qui faisait en même temps auberge, était situé sur le côté nord de la route d’Orléans. Pierre y entra. Dans un coin se dressait un comptoir de bois patiné où un employé aussi usé que les lieux attendait les clients d’un œil morne. La plus grande partie de la salle était livrée à des tables où des cochers désoccupés tuaient le temps en jouant aux cartes ou aux dés, et en vidant force gobelets de vin ou de bière.

Une croyance prétendait que plus les cochers étaient ivres, plus les diligences étaient rapides, car ils ne ménageaient pas les coups de fouet aux chevaux.

Une atmosphère épaisse de tabac, de transpiration et de linge rance prit Pierre à la gorge. S'approchant du comptoir, il se renseigna sur le prochain départ pour Orléans. L'homme le considéra avec méfiance.

— Tu as de l'argent ? demanda-t-il d'un air rogue.

— Oui, répondit Pierre sèchement. Tu n'as pas répondu à ma question.

Il avait tenu tête à son père, il n'allait pas se laisser impressionner par cet individu désagréable. Devant le ton et le tutoiement de Pierre, l'homme eut un haut-le-corps. Ce blanc-bec lui manquait de respect ! Il le fixa dans les yeux, l'air furieux, mais le jeune homme lui rendit son regard et insista :

— Alors ?

L'employé aurait bien répliqué vertement, mais les yeux durement fixés sur lui et la largeur des épaules de son interlocuteur l'en dissuadèrent. Il émanait de ce gamin colossal une autorité dont lui-même n'avait pas conscience. D'une voix plus conciliante, le guichetier répondit :

— Il y en a une qui part demain matin. Mais il ne reste que deux places sur l'impériale.

— Ça me va !

— Ça fera quatre francs.

Pierre compta les pièces et demanda :

— On peut dormir où ?

— Il n'y a plus de chambre. Mais tu trouveras de la place dans les écuries, derrière l'auberge. Dans la paille.

— Ça suffira !

Cette perspective n'effrayait pas le jeune homme. La paillasse qui lui servait de lit n'était pas plus confortable.

Le reste de la journée, Pierre erra dans Blois, émerveillé par tout ce qu'il découvrait, les échoppes, le marché où officiaient toutes sortes d'individus, montreurs d'animaux, marchands de chevaux, barbiers et arracheurs de dents – les deux métiers étant souvent liés –, au milieu des étals de bouchers, de charcutiers, des antres de fripiers, de marchands de tissus, de joailliers. Montrichard, la seule ville que connaissait Pierre, n'offrait pas autant de richesses.

Des sentiments contradictoires agitaient le jeune homme. Lorsqu'il avait quitté la vallée du Cher, il avait ressenti une inexprimable sensation de liberté. Il pouvait désormais aller où il voulait, jusqu'au bout du monde si la fantaisie lui prenait. Qui aurait pu l'en empêcher ? Il avait un peu d'argent ; il suffisait de travailler un peu, ici et là, pour entretenir son pécule. Il respirait à pleins poumons l'air vif d'avril, humant avec plaisir les parfums exhalés par les champs. Il avait traversé bois et forêts sans penser un seul instant qu'une meute de loups aurait pu surgir. Il y en avait encore, malgré la chasse qu'on leur livrait depuis des siècles.

Il était libre !

Puis, dans l'après-midi, alors qu'il musardait au cœur de la multitude bruyante, un autre sentiment s'était imposé à lui : il était seul. A Bourré ou à Montrichard, outre sa famille, il connaissait presque tout le monde, et tout le monde le connaissait. On le saluait, on lui parlait. Ici, dans cette ville trop grande, on ne lui parlait pas. On ne lui parlait plus. On ne le saluait pas. Sauf pour l'inciter à acheter… ou à vendre. Un arracheur de dents l'avait attrapé par le bras et lui avait proposé quelques francs en échange de ses deux incisives supérieures, qu'il avait appelées « palettes ». Pierre avait des dents magnifiques. C'était une vraie richesse à une époque où la plupart des gens perdaient leurs dents régulièrement, même chez les nantis. On acceptait ce fléau comme une fatalité et on terminait souvent sa vie avec une dentition réduite à deux ou trois rescapées. Certains riches bourgeois combattaient ces pertes en se faisant implanter des dents achetées à des pauvres. Le bonhomme avait tellement insisté – « Une fortune, jeune homme ! Cinq francs l'une ! Dix francs pour les deux ! Et vous ne souffrirez pas grâce à un baume extraordinaire de ma composition ! » – que Pierre avait été obligé de le menacer pour lui faire lâcher prise.

Il croisa aussi des soldats. Certains lui proposèrent de venir boire avec eux au cabaret, lui vantèrent les charmes de l'armée, les victoires, les femmes séduites par le prestige de l'uniforme et prêtes à toutes les folies pour se glisser dans la couche des guerriers.

« La gloire t'attend, mon gars ! Un grand gaillard comme toi sera bientôt sergent ! Et alors là... »

Pierre avait eu un mal fou à se débarrasser des importuns. Il était au fait de leur manège. Ils avaient pour mission de repérer les jeunes hommes isolés, les amenaient boire plus que de raison pour leur faire signer un engagement. Auguste l'avait mis en garde contre ces individus. Il les avait appelés « marchands d'hommes ». Pour chaque recrue tombée dans leur piège, ils percevaient une somme rondelette.

Ces différentes mésaventures avaient fait prendre conscience à Pierre d'une chose : il ne devrait rien attendre de bon des inconnus. Ils n'avaient d'autre intention que de se servir de lui ou bien de lui soutirer quelque argent. Il devait se méfier de tout un chacun. Mais Pierre avait été à bonne école dans sa propre famille, de laquelle il devait se protéger en permanence.

Auguste lui avait précisé que sa grande taille et sa force exceptionnelle ne seraient pas suffisantes pour écarter les gens malintentionnés. Il était jeune et inexpérimenté. On tenterait de le mettre en confiance plutôt que de l'affronter directement.

« Méfie-toi de ceux qui se présenteront comme des amis. Laisse le temps démasquer les fourbes et les hypocrites. »

Heureusement, Pierre possédait une qualité rare chez un homme jeune : il savait écouter et retenir les leçons enseignées par les anciens. Et surtout, il vouait une entière confiance aux paroles d'Auguste. Il avait donc résolu de parler le moins possible. « On apprend beaucoup en écoutant, disait le vieillard. Les hommes l'ignorent, qui pérorent beaucoup, souvent à tort et à travers, pour se mettre en valeur, pour briller aux yeux des autres. Ils sont comme des coqs orgueilleux. Ils rivalisent de prouesses et de vantardises. Méfie-toi de la vanité, mon garçon. Elle est le premier défaut de l'homme, et sa plus grande faiblesse. »

Pierre s'était rendu compte, après ces trois ou quatre rencontres avec des gêneurs, que son regard suffisait à décourager les plus audacieux. Même les soldats, pourtant au nombre de trois, avaient fini par abandonner devant sa détermination et son silence. Il s'était tourné vers eux et les avait toisés durement, de la même manière qu'il avait fixé son père la veille. Ils avaient eu un instant d'hésitation, puis ils avaient tourné les talons en grommelant. Pierre avait compris que sa stature puissante n'était pas seule responsable de leur recul. Il possédait une autorité naturelle.

Non loin des quais, il fut également appelé par des filles au décolleté généreux et à la vertu évanescente, qui lui promirent les plus douces félicités moyennant quelques piécettes. Il leur répondit d'un sourire, mais passa son chemin. Là encore, Auguste l'avait prévenu.

« Si tu veux conserver une belle santé dans l'alcôve, écarte-toi des prostituées, mon garçon. Quelques minutes de plaisir peuvent te valoir en retour des maladies embarrassantes, dont certaines conduisent parfois à la folie et à la mort. Ne te fais pas de souci : derrière leurs airs offusqués, les bourgeoises, mères ou filles, sont beaucoup plus accessibles qu'elles veulent le faire croire, et beaucoup d'entre elles ont force péchés à confesser lorsque le printemps se fait exigeant. »

Pierre savait déjà ce qu'était une femme. A Bourré, trois jeunes paysannes émues par ses yeux bleus s'étaient chargées de lui apprendre la vie. Il n'avait donc pas de curiosité à satisfaire sur ce plan.

Cependant, le soir, en revenant vers le relais de poste, la solitude se fit pesante. Il avait envie de parler à quelqu'un, d'échanger quelques mots, de bavarder de tout et de rien, de sentir un peu de chaleur humaine. Il dut se raisonner. « Mon Pierre, tu as choisi de partir. Tu es libre, mais tu es seul désormais. Tu dois l'accepter. »

Et puis, Blois n'était qu'une étape sur sa route. Dès le lendemain, il partait pour Paris.

3

La diligence avait quitté Blois de bon matin, ce qui constituait une véritable performance. Le surnom que l'on donnait volontiers aux cochers était « monsieur Part-quand-il-peut ». Il n'était pas rare que le départ fût retardé de plusieurs heures, voire d'un ou deux jours, si la voiture n'était pas pleine, par exemple, ou tout simplement en raison de l'humeur du conducteur… ou de son ébriété trop avancée.

Pierre, qui avait à peine réussi à dormir en raison des ronflements de ses voisins de paillasse, s'était levé à l'aube. Rameutés par le postillon, le second du cocher, les voyageurs s'étaient rassemblés et avaient pris place dans la diligence, tandis que des manouvriers entreposaient les bagages sur l'impériale, le toit de la voiture. C'était une grande diligence, tirée par six solides percherons. Houspillés par un cocher au caractère massacrant, les voyageurs, bourgeois comme petites gens, avaient obéi sans discussion. Lorsque tout le monde fut à bord, le postillon se jucha sur le cheval gauche de tête, qu'on appelait le « timonier ». La lourde machine se mit en branle.

Pour lutter contre le froid piquant, Pierre s'était enveloppé dans son épais manteau de laine sombre. Un vent léger et glacial sifflait aux oreilles du jeune homme. Fort heureusement, le temps s'était maintenu au beau et, du haut du véhicule, Pierre jouissait d'une vue magnifique. A ses côtés avait pris place un vieux bonhomme au visage rougeaud et au ventre confortable, qui arborait des favoris en broussaille et une pipe vissée entre les dents. La bouffarde malodorante passait d'un côté ou de l'autre de sa bouche, au gré de son humeur, pour souligner ses paroles. L'homme était bavard, jovial, et affichait un royal mépris pour les bourgeois.

— Je ne voyage jamais à l'intérieur, déclara-t-il en s'installant confortablement sur les bagages afin d'atténuer les cahots du chemin. Qu'il pleuve ou qu'il vente, je préfère encore supporter la pluie que la promiscuité de gens dont le fumet et les manières m'importunent. Tous des mauviettes, conclut-il en tirant une longue bouffée bleutée.

Pierre l'écoutait avec amusement. Le bonhomme mâchouillait les mots, les triturait pour en tirer un pathos parfois difficilement compréhensible.

— Ces crétins-là n'ont pas fait la guerre, mon gars. Moi, je l'ai faite ! Et pas qu'une ! J'étais un grenadier de Napoléon ! Tel que tu me vois, à Iéna, il m'a tiré l'oreille. C'était sa manière de dire qu'il était content de moi.

Le bonhomme, qui s'appelait Athanase Grandbois, avait participé à plusieurs des victoires de celui qu'il appelait « le Petit Caporal ». Il avait connu Austerlitz, Wagram, Iéna et autres batailles glorieuses, et il était l'un des rares soldats à avoir survécu à la moins glorieuse retraite de Russie, qu'il raconta néanmoins dans les détails au jeune homme.

— Tu peux pas imaginer le cauchemar que ça a été, gamin. On ouvrait le ventre des chevaux morts pour trouver un peu de chaleur. Tel que tu me vois là, j'ai plongé mes pieds nus dans les tripes d'un canasson qui venait de tomber, pour les réchauffer. Nos oreilles, nos doigts, nos dents même gelaient et se brisaient comme verre.

Pourtant, malgré les souffrances endurées, il conservait un souvenir nostalgique de ces campagnes sanglantes. Il vivait d'une maigre rente accordée aux vieux grognards, dans les environs de Landes-le-Gaulois, où il possédait un petit lopin de terre. Chaque année, il quittait sa campagne pour rendre visite à son frère cadet, qui possédait une boutique de tailleur à Paris. Cela lui permettait de se tenir informé de tout ce qui se tramait dans la capitale, afin d'alimenter ses bavardages une fois de retour au pays. Fait surprenant, il savait lire, et dévorait tous les journaux qui lui tombaient sous la main. Il se fit un plaisir de mettre Pierre au courant des événements qui avaient agité la capitale ces derniers temps. Le jeune homme apprit ainsi que l'on était sur le point d'entrer en guerre contre l'Angleterre, à cause d'un conflit à l'autre bout de la terre, dans l'archipel de Tahiti.

— Je sais même pas où ça se trouve ! clama Grandbois. Mais ces salauds d'Angliches veulent nous chasser de là-bas ! On va pas se laisser faire ! Il paraît que les Rosbifs sont en pétard à cause d'un de leurs pasteurs, qui voulait virer les Français catholiques. J'aime pas les prêtres et leurs bondieuseries, mais là quand même, faudrait voir à pas toucher à nos curés. C'est une question d'honneur ! Il y a des rumeurs de guerre. Si au moins ça pouvait être vrai ! On vengerait la défaite de Waterloo...

Il laissa passer un silence, fit la moue, puis grogna :

— Mais avec ce crétin de Guizot, c'est pas sûr. Et il paraît que le ministre anglais veut pas de la guerre, lui non plus. Quelle époque !

Il haussa les épaules.

— De toute façon, d'un côté comme de l'autre, y a pas un général qui arrive à la cheville du Petit Caporal. On serait capables de ramasser une nouvelle déculottée... Et puis, Louis-Philippe non plus, il veut pas de la guerre. Il a même reçu la reine Victoria, l'année dernière. Cette poire parle d'« entente cordiale ». C'est pas du temps de Napoléon que ça serait arrivé ! C'est-y pas malheureux ! Si au moins on pouvait avoir un autre Bonaparte sur le trône ! Les Angliches, il les aimait pas, le Petit Caporal, pour sûr !

Il réfléchit un moment puis ajouta :

— Il a bien un neveu. Louis Napoléon, qu'il s'appelle. Mais c'est pas une lumière. Il y a quatre ans, il a tenté de prendre le pouvoir, en débarquant à Boulogne. Il a voulu soulever l'armée. Mais elle a refusé de le suivre et il s'est fait prendre. Prison à vie ! C'est pas un rigolo comme ça qui risque de devenir empereur, crois-moi !

Athanase détestait cordialement le roi Louis-Philippe, qu'il jugeait mou et partisan des bourgeois. En revanche, curieusement, il parla avec tristesse de son fils, le duc d'Orléans, mort deux ans auparavant dans un accident de calèche.

— C'était un homme de bien. Il aimait les petites gens. Avec lui, on aurait peut-être eu un bon roi.

Il se méfiait des nouvelles inventions, et notamment du chemin de fer. Lorsque Pierre lui dit qu'il comptait prendre le train à Orléans, il le mit en garde :

— Fais bien attention, fiston. Ces machines-là, ça sort tout droit de l'enfer. Il y a deux ans, un train a déraillé du côté de Meudon. Toutes les voitures ont pris feu. Ça a fait plus de cent morts, mon gars ! Parmi eux, il y avait Dumont d'Urville, un grand navigateur. Il est allé jusque dans l'Antarctique, presque au pôle Sud, quoi ! Tu te rends compte ! Etre allé si loin et mourir grillé comme un poulet si près de Paris ! Ça empêche pas qu'ils continuent à construire des lignes. L'année dernière, ils ont même installé une gare de marchandises aux Batignolles, au nord de Paris. Ils sont complètement fous ! Ils parlent même de rallonger la ligne d'Orléans jusqu'à Bordeaux. On va avoir le train à Blois !

— On dit que c'est beaucoup plus rapide que la diligence, objecta Pierre.

— Ouais ! Plus rapide pour te retrouver au cimetière. Et puis, la vitesse, c'est mauvais pour la santé.

Pierre n'insista pas. Mais il lui tardait de voir ce fameux chemin de fer.

— Et toi, mon gars, pourquoi c'est-y que tu montes à Paris ?

— Je vais chercher du travail.

— T'es ben optimiste ! Y a pas de boulot à Paris !

— Je n'ai pas envie de rester paysan toute ma vie. Je sais lire et écrire.

L'autre fit la moue.

— Ça suffit pas. Y a de plus en plus d'ouvriers dans les usines. Ils travaillent des quinze, seize heures par jour. Les patrons les font marner comme des esclaves. On dit que dans le Nord, dans les mines et les filatures, ils emploient des gamins qu'ont même pas huit ans. En 41, la Chambre a voté une loi qui interdit de faire travailler des petiots aussi jeunes. Mais les bourgeois s'en foutent. Y a pas de contrôle ! Et si y en a, ils graissent la patte aux contrôleurs. Ni vu ni connu. Eux, ce qu'ils voient, ce sont leurs bénéfices...

Il leva un doigt sentencieux.

— Evite les usines, mon gars. Le mieux que t'aurais à faire, c'est de t'engager dans l'armée. Tiens, va dans les régiments étrangers. Ça te fera voir du pays. On est en train de conquérir l'Algérie. L'année dernière, le duc d'Aumale a pris la smala d'Abd el-Kader. Celui-là, il court encore, mais il finira bien par se faire prendre. C'est Bugeaud qui commande, là-bas. Un grand général ! C'est là-bas que tu devrais aller.

Pierre ne répondit pas. L'Algérie ne le tentait pas. Et puis, il n'avait pas envie de devenir soldat. Cependant, l'Algérie le fit penser à l'Egypte. Il demanda au bonhomme s'il savait quelque chose à son propos.

— L'Egypte ? Ouais ! J'en ai entendu parler par des copains qui sont allés là-bas avec Napoléon. Mais ça m'étonnerait que le roi décide d'y envoyer des troupes. Pourquoi ? Qu'est-ce que tu veux faire en Egypte ?

— On dit que c'est un pays extraordinaire...

— Ouais, peut-être...

Visiblement, Athanase n'était pas convaincu. Pierre changea de sujet et demanda :

— Peut-être que votre frère aurait du travail pour moi...

— Toi, dans la confection ?! Tu rigoles. Avec les épaules que t'as, tu ferais mieux de t'engager comme fort, aux Halles. Ils recherchent toujours des gars costauds. Et puis, tailleur, c'est pas un métier d'homme. Toute la journée avec des épingles dans les pognes, et que je te fais des courbettes aux comtesses et aux baronnes ! Mon frère, il gagne de l'oseille qu'il pique aux rupins, mais il aurait jamais été capable de faire la campagne de Russie ! Non, le mieux, c'est l'armée.

Il n'en démordait pas. L'un écoutant l'autre, ils traversèrent Meung, Beaugency, pour arriver en fin d'après-midi à Orléans, où la diligence fit halte non loin de la nouvelle gare. Pierre abandonna son compagnon, qui n'aurait pour rien au monde mis les pieds dans un train, et se dirigea vers le mystérieux bâtiment flambant neuf autour duquel régnait une animation importante. De lourdes voitures déchargeaient des caisses et des malles. Des hommes s'interpellaient, des gamins en haillons couraient dans tous les sens, quémandaient une pièce aux badauds, proposaient leurs services pour porter les sacs, puis repartaient comme une volée de moineaux.

Fasciné, Pierre pénétra dans la gare, où un employé l'accueillit avec le sourire.

— Je voudrais aller à Paris par le train, dit-il, un peu intimidé.

— Tu es au bon endroit, ici, mon gars, répondit l'homme des chemins de fer.

— Qu'est-ce que je dois faire ?

— Acheter un billet, tout simplement. Si tu as de l'argent, bien sûr. Il y a trois classes. Pour la première, le billet coûte vingt francs. C'est une classe réservée aux gens riches. Les banquettes sont recouvertes de velours et rembourrées. La deuxième coûte dix francs, et il y a des banquettes en bois. Il y a aussi des vitres. La troisième, c'est seulement cinq francs, mais il n'y a pas de vitres, et seulement quelques banquettes sans dossier. Si tu veux, un train part demain matin à neuf heures et sept minutes. Il arrive à Paris à midi et cinq minutes.

La précision du bonhomme étonna Pierre, qui acquiesça.

— C'est d'accord. Je vais prendre un billet de deuxième classe.

Le voyage lui serait revenu moins cher en diligence, bien sûr, mais il serait arrivé moins vite. La diligence mettait deux jours pour gagner Paris. Sans compter les risques de retard. Le train avait la réputation d'arriver très souvent à l'heure. Les compagnies mettaient un point d'honneur à respecter leurs engagements.

Après avoir acheté son billet, Pierre flâna sur les quais. Il avait soudain l'impression de se trouver dans un autre monde. Une dizaine de voies reliées par des aiguillages accueillaient différents convois, wagons de voyageurs comme wagons de transport pour les marchandises. Il aperçut deux locomotives, des machines étranges surmontées de hautes cheminées de métal, autour desquelles des mécaniciens s'affairaient. Enhardi, il s'approcha d'eux.

— Bonjour, dit-il. Je vais prendre le train demain.

Les mécaniciens le considérèrent avec amusement, puis hochèrent la tête.

— C'est la première fois, c'est ça ? demanda l'un d'eux, qui arborait un large sourire.

— Oui. Je viens de Blois par la diligence. Un vieux bonhomme m'a inquiété. Il dit qu'il y a déjà eu des accidents…

— Faut pas avoir peur, mon gars. A ma connaissance, c'est arrivé une fois. Il y a deux ans, un train a déraillé sur une petite ligne de Paris. Mais c'était une ancienne voie. Les nouvelles sont plus fiables, et elles sont vérifiées régulièrement. Crois-moi, tu ne risques rien. Dans quelques années, et malgré ce qu'a dit cet imbécile de Thiers, il y aura des lignes de chemin de fer partout, dans toute la France. Et chaque jour, les ingénieurs travaillent à construire des machines plus rapides.

Pierre regarda les locomotives avec un mélange de crainte et de fascination.

— Elles vont vite ?

— Ah, ah, mon gars, sache que celle-ci peut atteindre les cinquante kilomètres à l'heure avec un train de douze wagons aux fesses.

Il tapota affectueusement la lourde machine de métal.

— Tu verras demain !

Après une nouvelle nuit passée sur la paille d'un relais de poste, Pierre se présenta avec une demi-heure d'avance à la gare, muni du précieux billet, un peu anxieux malgré ce qu'avaient dit les mécaniciens la veille. Le train était déjà en gare, et des voyageurs arrivaient par petits groupes. Parmi eux, des gens richement vêtus, suivis de leurs domestiques qui portaient de lourdes valises. Ils toisaient les autres avec dédain, mais se saluaient entre eux avec affectation. Ceux-là se dirigèrent vers les deux wagons de première classe, situés juste derrière la locomotive. La deuxième classe était plutôt réservée aux voyageurs de commerce, aux ingénieurs, aux militaires gradés. La troisième accueillait les personnes de modeste condition, qui partageaient leurs voitures avec les bagages… et les escarbilles.

Sur l'ordre du chef de train, les voyageurs s'installèrent. Chaque portière desservait un compartiment unique. Pierre, avec un peu d'appréhension, prit place près des voies, dans le sens de la marche. Puis une famille le rejoignit, composée d'un couple de bourgeois modestes et d'une jeune fille au teint pâle, le visage serré sous un bonnet à large bord qui ne laissait voir que ses joues. Elle tenait la tête baissée ainsi qu'il convenait à une demoiselle de bonne éducation. Tous trois avaient pris place dans le sens inverse de la marche, la jeune fille sévèrement encadrée par ses géniteurs, qui affichaient des visages hautains. Cela n'empêcha pas leur fille de jeter des regards discrets à Pierre, dont visiblement les yeux bleus lui plaisaient bien.

Pierre offrit galamment à la jeune fille de lui céder sa place près de la portière et de la vitre.

Le père l'apostropha vertement :

— Mais qui êtes-vous donc, jeune homme, pour oser vous adresser ainsi à ma fille ?

Désarçonné, Pierre répondit maladroitement.

— Je voulais rendre service, monsieur. Ma place est plus agréable…

— Il suffit, gardez vos distances.

Un rire jovial éclata, poussé par un bonhomme au visage rigolard qui venait de prendre place à côté de Pierre.

— N'insiste pas, mon gars. Les bourgeois sont comme ça.

— Monsieur, je ne vous permets pas ! riposta l'autre, l'air outré.

L'inconnu l'ignora complètement.

— De toute façon, c'est une place dangereuse.

— Ah bon ? s'inquiéta Pierre.

L'homme montra les vitres.

— Il vaut mieux éviter de les ouvrir. Pour l'instant, tu ne risques rien. Mais dès que le train va rouler, le charbon ardent va voler. Et alors, tu risques de prendre une escarbille dans l'œil.

Pierre hocha la tête.

— Je ne l'ouvrirai pas.

Le bourgeois bougonnait pour la forme, mais n'osa pas insister. Le voyageur tendit la main à Pierre.

— Je m'appelle Jean Serval, voyageur de commerce.

— Pierre Ménétrier. Je viens de Montrichard.

— C'est ton premier voyage, hein, fiston ?

— Oui, monsieur.

Ils furent interrompus par un vacarme impressionnant, qui fit sursauter Pierre. Jean éclata de rire.

— Ne t'inquiète pas, c'est le bruit de la locomotive.

On eût dit qu'un monstre gigantesque se mettait à éternuer. Pierre redouta que la machine fût sur le point d'exploser. L'instant d'après, une secousse ébranla le convoi et le train se mit en route, dans un concert de ferraille, de grincements, de sifflements, de claquements, qui donnait l'impression que le wagon allait se désintégrer dans les secondes suivantes.

Amusée par la frayeur de Pierre, la jeune fille pouffa. Pierre lui répondit d'un sourire, ce qui eut le don d'agacer prodigieusement la mère.

— Evangéline ! Contenez-vous, voyons !

Mû par un sursaut d'orgueil, Pierre respira à fond et se cala sur sa banquette. Peu à peu, après quelques à-coups, le train prit de la vitesse. Fasciné, Pierre contemplait le paysage qui défilait de plus en plus vite. De temps à autre, un sifflement impressionnant retentissait. Jean expliqua :

— C'est la locomotive qui siffle, pour avertir de son arrivée. La voie traverse des routes et des chemins. Parfois, il y a des vaches sur les rails.

— Des vaches ?!

— Ça arrive.

Peu à peu, Pierre s'habitua au vacarme et à la vitesse. Il répondit discrètement aux regards en coin de la dénommée Evangéline, qui affichait un joli minois, pour le peu qu'en laissait voir son bonnet sévère.

— Tu montes à Paris chercher du travail ? demanda le voyageur de commerce.

— Oui.

— Tu connais quelqu'un, là-bas ?

— Non.

L'homme fit la moue.

— Sans recommandation, ça ne va pas être facile. Les temps sont durs.

— Je sais lire et écrire. Et je connais aussi beaucoup d'autres choses. L'histoire, un peu de science et de géographie.

Jean hocha la tête.

— C'est toujours utile. Si ça t'intéresse, j'ai un ami qui travaille au journal *La Presse*. Il s'appelle Henri. Henri Deschamps. Le patron se nomme Emile de Girardin. C'est un homme bien. Tu pourrais commencer par vendre des journaux dans les rues. Si tu travailles sérieusement, tu peux te faire de bonnes journées.

L'idée parut intéressante à Pierre. Un tel métier lui éviterait d'être enfermé dans une usine.

— Je veux bien essayer.

L'homme griffonna une adresse sur un papier qu'il donna au jeune homme.

— Voilà ! Tu diras à Henri que tu viens de la part de Jean Serval.

— « Place du Châtelet », lut Pierre. J'irai dès demain. Merci encore.

Le voyage se poursuivit sans incident. Pierre s'était habitué au train et en ressentait une certaine fierté. Il continua à bavarder avec Jean Serval. En revanche, pas un mot ne fut échangé avec le trio bourgeois, sinon quelques regards à la dérobée entre Evangéline et Pierre.

Le jeune homme se fit la réflexion que les trains étaient des endroits surprenants, où l'on croisait des gens avec lesquels on partageait quelques heures de compagnie, bonne ou mauvaise, mais forcée. On pouvait sans doute s'y faire des amis, que l'on quittait à la fin pour ne jamais les revoir, ce qui lui sembla d'une profonde tristesse. Et l'on pouvait aussi y croiser de jolis yeux, à la propriétaire desquels on eût bien fait un doigt de cour. Des inconnus rencontrés au hasard, des histoires d'amitié, d'amour inachevées, presque inexistantes, mais qui laissaient dans le cœur une obscure sensation de frustration.

Enfin, le train s'engagea dans la campagne parisienne, traversa des faubourgs aux maisons resserrées avec par endroits de longs bâtiments de briques rouges abritant des manufactures. Puis, après avoir franchi l'enceinte des Fermiers-Généraux, on pénétra dans la ville elle-même, en longeant la Seine, pour arriver à une grande gare baptisée « gare d'Orléans[1] ».

1. La future gare d'Austerlitz.

4

Assourdi par le bruit, Pierre descendit du wagon. Profitant de ce que ses parents étaient occupés avec leurs valises, il s'arrangea pour passer près de la jeune fille, à qui il glissa à voix basse :

— Merci, mademoiselle. Je n'oublierai jamais ce voyage en votre compagnie.

Elle le regarda d'un air surpris, puis rebaissa aussitôt le nez, comme prise en faute. Mais Pierre vit qu'elle souriait. Il s'était lui-même surpris de sa propre audace. Puis elle s'éloigna en compagnie de ses parents, qui n'adressèrent même pas un salut à leurs compagnons de voyage.

Jean Serval éclata de rire.

— Si tu attends un au revoir de la part de ces gens-là, tu peux toujours courir. Ils se croient supérieurs, mais ils n'ont jamais qu'un cul pour s'asseoir.

— La petite était jolie.

— Oui, mais ne te mets pas trop d'idées en tête, fiston. Les filles des bourgeois, elles sont réservées aux fils des bourgeois. Ces gens-là n'ont qu'un gosse, pour éviter d'être obligés de partager leurs richesses entre plusieurs héritiers. Leur but, au contraire, c'est d'unir leur fortune à une autre fortune pour monter dans la hiérarchie de la société. Donc, interdiction formelle aux filles de s'intéresser aux manants que nous sommes.

Il poussa une exclamation de contentement :

— Ouf ! Pas fâché d'être arrivé ! Ce voyage m'a donné faim et soif. Viens, fiston, nous devrions trouver par là quelque estaminet accueillant où rafraîchir nos gosiers et nous remplir la panse.

Ravi de ne pas se retrouver seul, Pierre emboîta le pas de son nouvel ami. Bientôt, attablés à la terrasse d'un cabaret proche de la gare, ils partagèrent un repas copieux arrosé d'un cabernet en provenance des rives de la Loire.

Jean était représentant en coutellerie. Dans ses grandes valises, il transportait sa marchandise depuis la ville de Thiers, qui, depuis le privilège accordé par l'empereur Napoléon, était devenue la première ville de France dans cette spécialité. Jean vanta la qualité de ses lames, des manches de corne ou de bois fin qui les garnissaient.

— Je viens à Paris pour rencontrer les patrons des grands établissements, les majordomes des hôtels particuliers, les supérieurs des abbayes. Je suis le seul représentant pour Paris. Mon travail consiste à prendre les commandes. Je touche une commission sur chaque pièce vendue.

— C'est un bon métier. Vous devez voyager beaucoup.

— Je gagne bien ma vie. Mais être sans cesse sur les routes, ce n'est pas toujours facile. Je reste parfois trois ou quatre semaines sans voir ma femme et mes enfants. Et puis, les voyages, on s'en lasse. Je fais toujours le même, tu sais. Thiers-Paris, Paris-Thiers. Et après Orléans, je dois prendre plusieurs diligences. Le train n'est pas encore construit. Mais on parle d'une ligne qui reliera Paris à Lyon.

Après le repas, Pierre et Jean se dirigèrent vers le centre de la capitale en longeant la Seine. Derrière la gare, vers le sud, s'étirait un vaste ensemble de bâtiments.

— C'est la Salpêtrière, expliqua Jean. L'hôpital des pauvres. On y accueille les femmes âgées et indigentes, mais aussi les fous. Il y a là une école de médecine.

Sur la Seine naviguaient toutes sortes de bateaux, depuis les vaisseaux de transport de marchandises jusqu'aux coches d'eau, qui faisaient la navette pour les voyageurs entre les limites de la ville, Bercy à l'est et Grenelle à l'ouest. Plus loin, un trafic intense régnait autour de la Halle aux Vins, où des manouvriers déchargeaient des fûts en provenance de toutes les régions viticoles de France : Bordelais, Bourgogne,

Beaujolais, Languedoc et autres. Pierre reconnut, parmi les mariniers, l'accent de son pays de Loire.

Outre l'aspect gigantesque de cette ville, un élément stupéfiait Pierre. Il semblait qu'on y parlait toutes les langues de la terre. Une foule affairée s'interpellait, se hélait, bavardait, jacassait, discutait, marchandait, s'esclaffait, s'engueulait parfois copieusement lorsqu'une voiture à chevaux bloquait une rue. Tous ces gens utilisaient des patois différents, qui rappelaient le français, mais émaillé de mots bizarres et d'accents fantaisistes. Comme si la tour de Babel s'était donné rendez-vous en ces lieux. La Halle aux Vins retentissait des éclats colorés des gens du Sud, des accents rocailleux des Bourguignons ou des Auvergnats du Forez, de la langue plus douce des pays ligériens.

— Comment font-ils pour se comprendre ? s'inquiéta le jeune homme.

— Oh, ils savent le français, mais quand ils sont entre eux, ils aiment parler leur patois. Et encore, tu n'as pas entendu les Basques, les Corses ou les Bretons... Ceux-là ont des langues complètement incompréhensibles.

Après la Halle aux Vins, une construction fabuleuse apparut, de l'autre côté de la Seine, un vaste vaisseau de pierre dominé par deux hautes tours, et orné de dentelles de granit.

— Notre-Dame, déclara Serval. La plus belle de toutes les cathédrales de France. L'empereur Napoléon s'y est fait couronner.

— On dit qu'il a pris la couronne des mains du pape pour la poser lui-même sur sa tête...

— On le dit. Mais évite de parler de ça. Il peut être dangereux d'être pris pour un partisan de Bonaparte, de nos jours.

Face au pont menant vers la cathédrale, Jean s'arrêta.

— C'est ici que nos chemins se séparent, fiston. Je dois rendre visite aux abbayes de la rive gauche. Elles ne sont plus aussi riches qu'avant la Révolution, mais elles m'achètent encore de beaux couteaux qu'elles réservent pour leurs ventes de charité. Je leur fais une remise spéciale. Je ne crois pas en Dieu, mais je préfère me mettre bien avec Ses représentants, pour éviter de Le vexer. On ne sait jamais. Et puis, nous vivons une époque où il vaut mieux ne pas mécontenter les curés. Ils ont l'oreille du roi.

Serval prit la main de Pierre et la serra longuement.

— Prends bien soin de toi, Pierre. Et évite de traîner la nuit dans les rues. On y peut faire de mauvaises rencontres.

— Merci à vous, monsieur Jean. J'ai passé un agréable voyage grâce à vous. Nous nous reverrons peut-être.

— Qui sait ? Paris n'est qu'un grand village, après tout.

Après avoir traversé la Seine, Pierre se retrouva sur le parvis, devant Notre-Dame, qu'il contempla avec fascination pendant un moment. Très exactement jusqu'à ce qu'une bande de miséreux vienne le solliciter de manière plutôt agressive. Dûment chapitré par Jean Serval, il ne leur donna rien.

« Si tu donnes à l'un, il faut donner à l'autre. Et ils auraient vite fait de te prendre tout ce que tu as, quitte à te l'arracher de force au besoin. Malheureusement, la misère est grande dans cette ville, et le gouvernement ne fait rien pour arranger les choses. Par calcul. La pauvreté engendre la délinquance, et l'on a besoin de bagnards pour fournir une main-d'œuvre bon marché. »

Pierre s'éloigna d'un pas rapide, sous les insultes des mendiants. Il avait décidé de se rendre immédiatement au Châtelet. Il traversa l'île de la Cité, déboucha sur la place devant l'Hôtel de Ville, autre monument impressionnant qui l'arrêta une nouvelle fois. Puis il parvint sur la place du Châtelet. On lui indiqua les bureaux du journal *La Presse*, dans une petite rue adjacente. L'idée de vendre des journaux lui semblait intéressante. Il n'avait aucune envie de rester enfermé toute la journée. Et puis, cela lui permettrait de découvrir la capitale.

Après avoir localisé le journal, il se trouva un peu désemparé. Il ne connaissait personne, hormis Jean Serval, appelé ailleurs par son métier. Plus que jamais il ressentit le poids de la solitude. Un instant, il se demanda s'il avait pris la bonne décision. Le visage de la douce Justine s'imposa à lui, et une vive émotion lui fit serrer les mâchoires pour ne pas céder aux larmes. Il n'était après tout qu'un gamin de dix-huit ans perdu dans une ville immense et inconnue. Cependant, très vite, le souvenir de son père et de son frère lui ôta ses doutes. Il était hors de question de retourner là-bas. Il était fort, il savait lire, écrire, compter. Il y aurait des moments difficiles, mais il mettrait un point d'honneur à les surmonter. Auguste l'avait averti : « Avec de la volonté, on arrive à triompher de tous les obstacles, mon garçon. Et c'est un honneur de se battre. Lorsque tu auras envie de baisser les bras, botte-toi les fesses mentalement. Il n'y a pire juge que soi-même ! »

Redressant la tête avec orgueil, il se mit à flâner sur la place du Châtelet, puis longea les quais de Seine vers l'ouest. Le fleuve lui rappelait un peu son Cher natal, bien qu'il fût plus large et autrement plus encombré de navires de toutes tailles. La Seine lui fournissait aussi un point de repère. Il était sûr ainsi de ne pas s'égarer du Châtelet, dont il avait fait le point central de Paris, surtout parce qu'il avait prévu de se présenter dès le lendemain à *La Presse* pour demander du travail.

Avec un emploi, il chercherait une chambre à louer. Mais pour cette première nuit parisienne, il lui fallait trouver un hôtel modeste. Il se mit en quête d'une auberge bon marché.

Autour de lui, les passants déambulaient, couraient, s'affairaient. Des badauds musardaient devant les échoppes. Des voitures à chevaux, des carrioles, des cabriolets allaient et venaient, en compagnie de drôles d'engins à deux roues qu'on appelait des « draisiennes », et que l'on faisait avancer en posant alternativement les pieds sur le sol. Des femmes lui adressaient des sourires et des œillades d'encouragement. Elles semblaient plus libres qu'en province. Décolletés aux seins généreux, bras nus, parlé franc et souvent cru, le curé les aurait jugées sévèrement pour leur impudeur et leur langage. Il se sentit intimidé par la verdeur de leurs propos.

Poursuivant son chemin sur les quais, il traversa, tout au bout de l'île de la Cité, le Pont-Neuf, le plus vieux pont de Paris, construit sous le roi Henri IV, sur lequel se produisaient des bateleurs, montreurs d'animaux et autres charlatans, arracheurs de dents ou cracheurs de feu. On y croisait aussi des marchands d'encre, de papier et de plumes de toutes sortes, toutes choses destinées aux étudiants, aux clercs et autres métiers exigeant des travaux d'écriture. Certains proposaient de très belles écritoires. Il se promit de s'en offrir une dès que ses moyens le lui permettraient.

Sur l'autre rive, il découvrit un spectacle étonnant. Le long des quais s'étirait toute une série de bateaux-lavoirs protégés par des toits de tuiles ou d'ardoises. Des dizaines de femmes s'y échinaient à battre le linge, agenouillées sur des sortes de caisses en bois. Tandis qu'il parvenait à l'autre extrémité du pont, quelques-unes remontaient des quais.

— Regardez-moi ce joli minois ! clama l'une d'elles, qui ne devait pas avoir beaucoup plus de vingt ans mais était dotée de fortes épaules dénudées par le travail.

— Pour sûr, répondit une autre en écho.

Il décida de sauter sur l'occasion :

— Bonjour, mesdames. Je viens d'arriver à Paris ce jour même. Auriez-vous l'obligeance de m'indiquer un bon hôtel où passer la nuit ?

Elles éclatèrent de rire.

— Passer la nuit ? Mais tu peux venir chez moi, mon joli, répliqua la forte jeunesse aux bras nus. Je te ferai une petite place dans mon lit...

Stupéfait par tant de hardiesse, Pierre rougit.

— Oh, n'est-il pas mignon ? intervint une troisième. Regardez-moi ces joues roses ! Pardi, c'est avec moi que tu peux dormir cette nuit, Beau Regard ! R'gardez-moi ça, les filles, a-t-on jamais vu des yeux aussi bleus ?

Un gros bonhomme en costume défraîchi qui passait non loin de là lança :

— Si tu as besoin de quelqu'un pour la nuit, ma belle, ce n'est pas un blanc-bec qu'il te faut, mais un homme, un vrai !

— Eh ben, envoie-le-moi si tu en croises un, Braguette en berne !

L'individu ravala aussitôt sa superbe et passa rapidement son chemin. Embarrassé, Pierre ne savait plus quelle attitude adopter. Le langage cru, le débit rapide des femmes le laissaient pantois. Enfin, l'une d'elles le prit en pitié :

— Allez, calmez-vous, les filles. D'où c'est que tu viens, mon gars ?

— De… des pays de Loire. De Montrichard.

Elle hocha la tête. Apparemment, elle ignorait où se trouvait Montrichard. C'était une matrone d'une quarantaine d'années aux lèvres couvertes d'un léger duvet, et qui semblait posséder une certaine autorité sur les autres.

— Tu as de l'argent pour l'hôtel ?

Pierre fut aussitôt sur ses gardes.

— Juste assez pour deux ou trois nuits. Mais je dois commencer un nouveau travail dès demain. Après, ça ira.

Il avait menti. Le travail à *La Presse* demeurait plus qu'hypothétique. Mais il avait de quoi rester au moins deux ou trois mois sans travailler grâce au pécule d'Auguste. La femme n'insista pas. Et il se reprocha de s'être montré méfiant lorsqu'elle dit, après l'avoir observé un moment :

— Tu me sembles un brave petit gars. Tu es monté à Paris pour chercher du travail ?

— Oui.

— Et tu es sûr d'en trouver ? Ça court pas les rues, en ce moment…

Cette fois, il décida d'être plus franc :

— Je dois rencontrer demain un homme qui travaille au journal du Châtelet. Monsieur Deschamps. Je suis recommandé par un de ses amis, monsieur Serval, qui vend des couteaux. Il a dit qu'il aurait certainement du travail pour moi.

— Parce que tu sais lire ?

— Lire et écrire. Il doit me proposer un travail de vendeur de journaux.

La femme réfléchit un moment.

— J'aurais peut-être quelque chose de mieux que l'hôtel, mon mignon. Quelque chose de sérieux, ajouta-t-elle devant son air inquiet. Je connais une vieille dame qui habite rue du Cygne, à deux rues de chez moi. Elle possède deux chambres qu'elle loue à des jeunes hommes comme toi. Elle a un étudiant en médecine en ce moment. Mais je crois que la seconde est libre.

— Je vous remercie beaucoup, madame…

— Lucienne ! Tu peux m'appeler Lucienne.

— Moi, c'est Pierre Ménétrier.

— Reviens ici dans deux heures. J'aurai terminé mon travail et je t'accompagnerai. C'est sur mon chemin.

Soulagé d'un grand poids, Pierre s'éloigna après avoir adressé un grand sourire à ces dames. Habitué depuis toujours à se méfier des mauvaises réactions parfois imprévues de son père et surtout de son frère, Pierre avait développé un instinct de conservation très aiguisé. Ce qui l'amenait à se montrer méfiant avec tout le monde. Les mises en garde d'Auguste Pecquerel, puis, plus récemment, de Jean Serval, ne faisaient que prêcher un convaincu. Cette fois pourtant, il ne décelait aucune menace. Lucienne avait certainement deviné qu'il était plus jeune qu'il n'y paraissait et il avait senti s'exprimer en elle une réaction un peu maternelle. Ce fut d'un pas plus léger qu'il continua sa promenade. Car il ne faisait aucun doute que la chambre de la vieille dame serait libre. Comment pouvait-il en être autrement ?

Ayant repéré l'emplacement du bateau-lavoir, il poursuivit son chemin. Paris multipliait les curiosités, et il n'avait pas assez d'yeux pour tout voir. Là, c'était un porteur d'eau, les épaules courbées sous la courge, longue pièce de bois aux extrémités de laquelle se balançait un seau. Dans chaque seau flottait une nageoire de bois rond qui empêchait les mouvements trop brusques de l'eau à chaque pas. D'autres utilisaient un cercle de fer qui maintenait les seaux écartés des jambes.

Des chansons éclataient çà et là, poussées par des chanteurs des rues qui quémandaient ensuite des pièces aux badauds. Il y en avait de deux sortes. Les premiers psalmodiaient des cantiques d'un air inspiré, mais n'inspiraient pas la générosité des spectateurs, qui avaient tôt fait de passer leur chemin. Visiblement, le peuple de Paris n'appréciait pas trop les chants religieux. En revanche, les seconds attiraient du monde. Les mélodies étaient gaies et entraînantes, et les sujets variés, qui commentaient les événements récents, ou bien fustigeaient sans aucun respect les personnages importants du gouvernement. Le roi lui-même en prenait pour son grade, tout comme la reine Marie-Amélie. Apparemment, les policiers laissaient faire, amusés eux aussi par la gouaille des chanteurs. Ceux-là faisaient recette. Une gamine à l'air matois faisait la quête après la représentation et elle récoltait certainement plus que les chanteurs de la religion. Chacun repartait ensuite avec un air et des paroles dans la tête.

Remontant sur la rive droite en direction du palais du Louvre, Pierre fut attiré par une mélodie étrange qui rappelait un peu le son de l'orgue de l'église de Montrichard. Il découvrit alors un instrument tout à fait extraordinaire, monté sur roues, et animé par un personnage vêtu d'habits aux couleurs bariolées, qui tournait une manivelle entraînant des rouleaux de carton perforé. Fasciné, il resta un long moment à contempler l'instrument.

Lorsque la musique se tut, le musicien l'apostropha :

— Et alors, mon gars, t'as jamais vu d'orgue de Barbarie ?

Pierre sursauta, comme éveillé d'un rêve.

— Non.

— Il est d'usage de donner une petite pièce, répliqua l'autre.

— Heu... oui, bien sûr.

Pierre fouilla dans sa poche et en sortit une pièce de deux sous. L'homme la fit disparaître dans sa bourse.

— Comment avez-vous dit que ça s'appelait ? demanda le jeune homme.

— Un orgue de Barbarie. Ça vient d'Italie. Celui-là est sans doute le plus beau qui chante dans les rues de Paris, ajouta-t-il fièrement.

Reprenant son errance, Pierre se retrouva bientôt dans un endroit insolite et malodorant, où des individus transportaient de lourdes pièces de viande sur leurs épaules. D'autres conduisaient des charrettes pleines de cageots de fruits ou de légumes. Des odeurs agressives pénétrèrent ses narines, effluves et senteurs de betteraves, poireaux, pommes de terre et carottes en décomposition. Des tas de légumes pourris s'alignaient dans la plus totale anarchie, au milieu desquels grouillaient des enfants et des vieilles femmes en haillons, qui glanaient leur repas du jour dans les reliefs puants.

A un coin de rue, une matrone forte en gueule rameutait ses clients. Dans une énorme marmite posée sur des briques sous lesquelles brûlait un feu vif bouillait un ragoût étonnant, dans lequel Pierre vit flotter des ingrédients complètement inattendus, comme les restes d'un homard, qui mijotait à côté de morceaux de viande vaguement identifiables, cuisses de poulet, morceaux de saucisses, tranches de lard, bouts de lapin ou de veau. Des légumes variés surnageaient, composant un ragoût bizarre, sans cesse renouvelé. Une odeur peu engageante s'échappait du chaudron. La marchande d'arlequins achetait leurs restes à bas prix aux cuisiniers des restaurants ou des hôtels particuliers. Elle revendait ensuite sa provende aux miséreux, qu'elle servait un peu au hasard de sa grande louche. On pouvait se retrouver ainsi avec une belle pièce de viande, ou bien des rogatons pleins de gras, cela dépendait des résultats de la pêche. La bolée ne coûtait qu'un sou et nourrissait les plus pauvres, ou ceux qui n'avaient pas les moyens de faire la cuisine chez eux, en raison de l'exiguïté de leur logement.

Crieurs de fer, de peaux de lapins, rémouleurs et empailleurs sillonnaient le quartier, braillant à qui mieux mieux pour attirer la clientèle. Les rues étaient encombrées d'échoppes en tout genre, cordonniers, galochiers ou savetiers. Revenant vers les quais, Pierre suivit la rue de la Grande-Friperie, où s'alignaient des marchands de vêtements d'occasion, parmi lesquels il remarqua quelques beaux habits à peine usagés, redingotes, costumes à larges revers et à boutons dorés. Des chapeliers proposaient des hauts-de-forme et des couvre-chefs de toutes sortes. Les prix découragèrent le jeune homme. Il se dit qu'il devait être indispensable de marchander. Mais il ne se sentait pas assez rusé pour entamer une discussion avec un vendeur. Aussi déclina-t-il toutes les offres qu'on lui fit. Il portait un chapeau un peu cabossé qui avait appartenu à son grand-père, le seul cadeau que son père lui eût jamais fait, parce qu'il refusait de porter lui-même ce galurin.

Revenu sur la place du Châtelet, il décida de retourner près du bateau-lavoir pour attendre Lucienne. Celle-ci remontait au même moment, portant un large panier plein de linge sous le bras. Il proposa de le lui porter.

— C'est pas de refus, mon gars, dit-elle. J'ai les reins et les fesses en compote.

Tous deux se mirent en route sous les quolibets de ses compagnes :

— Ne le mange pas tout cru, celui-là !

— Laisse-nous-en un peu pour demain !

Lucienne les ignora royalement et entraîna son protégé par une succession de rues en enfilade, jusqu'à une grande église, qu'elle présenta sous le nom de Saint-Eustache. Les odeurs du quartier des Halles revinrent les agresser. Plus loin, ils suivirent une rue au nom pittoresque, la rue de la Grande-Truanderie, puis s'engagèrent, sur la gauche, dans la rue Saint-Jacques-de-l'Hôpital, sur laquelle donnait la petite rue du Cygne. Pierre avait soigneusement noté les noms, afin de s'y retrouver le lendemain. Lucienne lui précisa :

— De l'autre côté, tu débouches sur la rue Saint-Denis, qui te ramène au Châtelet. Ne sois pas inquiet. Paris a l'air grand, mais on a tôt fait de s'y repérer.

Elle frappa à la porte d'une maison petite mais bien tenue, dont le bas du mur s'égayait de pots de fleurs. Une vieille dame ouvrit, coiffée d'un bonnet en dentelle à larges bords. Elle affichait un visage doux et souriant. Elle cligna des yeux, puis reconnut la lavandière.

— Ah, ma Lucienne. Entre donc ! dit-elle avec un accent à la fois chantant et rocailleux.

— Nous venons du même pays, précisa Lucienne à l'attention de Pierre. Nous sommes bretonnes toutes les deux. Ça rapproche.

La vieille dame les invita à entrer et observa Pierre avec curiosité. L'intérieur était sombre, mais sentait le propre. Les meubles, vieux et usés, s'agençaient avec harmonie. Un bouquet mettait une tache de couleur sur la table de bois verni. Un chat dormait sur un fauteuil, dans un coin. Trois portes s'ouvraient au fond de la pièce, éclairée seulement par la fenêtre. L'une d'elles, entrouverte, laissait deviner un escalier menant aux étages. Un crucifix pendait au mur, surmonté d'un morceau de buis tout frais, provenant des récents Rameaux.

— J'ai croisé ce jeune homme sur les quais tout à l'heure. Il vient de Touraine et il arrive d'aujourd'hui. Il cherche à se loger. As-tu encore une chambre de libre ?

— Hélas oui. Il n'est pas facile de trouver des locataires honnêtes de nos jours. Le dernier est resté un mois sans rien me donner que les trois jours d'avance que je lui avais demandé au début. J'ai dû faire appel à la maréchaussée pour le chasser. Il était même allé jusqu'à me menacer. Il est parti il y a une semaine. Depuis, je dors mal. Il a promis de revenir se venger. Et mon petit docteur n'est pas souvent là. Il travaille beaucoup à la Salpêtrière.

— Pierre, voici Marie-Louise Le Braz, ma payse.

— Assieds-toi, Pierre, dit la vieille dame.

Elles firent de même et se lancèrent dans une conversation dont le jeune homme ne comprit pas un traître mot. Il supposa qu'elles parlaient dans leur langue, le breton. Parfois, elles partaient toutes deux d'un franc éclat de rire, sans se préoccuper de lui. Mais, comme elles le regardaient de temps à autre, il supposa être le sujet de leur bavardage.

Soudain, Marie-Louise se leva et fourragea dans un buffet richement orné et ajouré. Elle en sortit des crêpes, du beurre, des confitures et un broc de cidre. Elle y ajouta de la saucisse, du lard, du jambon.

— Tu dois avoir faim, mon garçon, dit-elle, après un voyage comme ça.

Pierre dut convenir qu'elle avait raison. Elle servit à chacun une grande bolée de cidre, qu'ils burent avec plaisir. Puis Marie-Louise se mit à beurrer des crêpes qu'elle tendit à Pierre. Il comprit qu'il était adopté. La vieille dame lui inspirait à la fois du respect et de l'affection. Il sentait qu'il pouvait lui faire confiance. Il ne la décevrait pas. Elle le regarda encore en lui tendant sa crêpe et précisa, de son accent insolite :

— J'ai toute confiance dans le jugement de mon amie Lucienne Cariou. Elle pense que tu es un garçon bien. Est-ce qu'elle se trompe ?

— Non, madame. Je n'ai jamais fait tort d'un sou à qui que ce soit. Moi, je vous paierai ma chambre chaque jour, ou chaque semaine, à l'avance, comme vous le souhaiterez. Et s'il m'arrivait de ne plus avoir assez d'argent, je partirais sans que vous ayez à appeler les gendarmes.

— Peux-tu payer deux francs par jour pour une chambre située à l'étage au-dessus ?

— Oui, madame.

Il se tourna vers Lucienne.

— Je vous ai dit que j'avais de quoi payer deux ou trois jours d'hôtel d'avance. En vérité, je peux payer une semaine d'avance.

— Il me semblait bien qu'un jeune homme qui prend le train n'est pas aussi démuni d'argent qu'il le dit, répliqua Lucienne avec un gros rire.

Pierre hésita, puis ajouta :

— Un vieil ami m'a laissé une petite somme avant de mourir. Il m'avait encouragé à venir à Paris.

Il sortit son portefeuille de sa ceinture et compta quatorze francs qu'il tendit à la vieille dame. Elle prit l'argent et dit :

— Pierre, tu peux considérer cette maison comme la tienne.

Pierre n'en crut pas ses oreilles. C'était un véritable miracle. Il venait à peine d'arriver à Paris, il n'avait pas encore de travail, mais il avait déjà un logement. D'après ce qu'il avait vu dans l'après-midi, se loger ne paraissait pourtant pas chose facile.

Il eut une pensée émue pour Auguste. En cet instant précis, il eut l'impression que l'esprit du vieil homme veillait sur lui. Spontanément, il prit la main de Marie-Louise et déclara :

— Merci, madame, du fond du cœur ! Et merci à vous, Lucienne.

La lavandière éclata de rire.

— Je t'ai choisi aussi pour ta taille impressionnante, mon garçon.

— J'ai compris. Si le mauvais payeur revient, je m'occuperai de lui.

— J'y compte bien. Mais si tu dois rester ici, il faut nous dire « tu », à l'une comme à l'autre.

Pierre la contempla avec des yeux ébahis.

— Je n'oserai jamais...

— En Bretagne, tout le monde se tutoie, mon garçon, y compris les vieilles personnes. Seuls les parents sont vouvoyés par leurs enfants.

Il hocha la tête.

— Eh bien, j'essaierai. C'est promis.

Ainsi Pierre commença-t-il sa nouvelle vie parisienne : le ventre plein, avec un lit confortable aux draps propres pour y dormir. En plongeant dans le sommeil, il songea à l'épreuve qui l'attendait le lendemain : trouver du travail.

5

Le lendemain, à l'aube, après une toilette où il tenta de tirer le meilleur profit de sa tignasse en bataille et de son costume des dimanches, Pierre quitta la petite maison de Marie-Louise et, nanti de mille recommandations de la part de la vieille dame, rejoignit la place du Châtelet. Le soleil radieux qui inondait la capitale lui sembla de bon augure.

Quelques instants plus tard, il se présentait aux bureaux de *La Presse*. Le journal avait fonctionné toute la nuit pour que le numéro soit prêt à l'aube. Il régnait dans les lieux une activité de ruche. Déjà, des adolescents coiffés d'une casquette large quittaient l'imprimerie, chacun un énorme paquet sous le bras, et se hâtaient vers leur lieu de vente. Personne ne fit attention à Pierre. Il avisa un comptoir où trônait un gros bonhomme à l'air grincheux, aux manches protégées par des lustrines. Il se présenta :

— Bonjour. Je m'appelle Pierre Ménétrier. Je voudrais rencontrer monsieur Henri Deschamps.

— C'est pour quoi ? répliqua le cerbère d'une voix revêche.

— Je viens de la part d'un ami à lui, Jean Serval.

L'autre poussa un rugissement de mécontentement, mais sans doute le dénommé Deschamps occupait-il un poste important, car il envoya un arpète le prévenir. Henri Deschamps arriva quelques instants plus tard et se montra bien plus aimable que son collègue. Pierre fut reçu dans un bureau aux senteurs de cire froide encombré d'un fatras de cartons pleins de numéros anciens, de dossiers divers, accumulés dans des bibliothèques fatiguées ou posés à même le sol. Il se demanda comment le bonhomme s'y retrouvait dans ce capharnaüm.

— Ainsi, tu connais Jean...

Pierre expliqua les circonstances de sa rencontre avec le représentant en couteaux.

— J'espère qu'il viendra me rendre une petite visite, ce vieux brigand, conclut Deschamps. Nous venons tous deux de la même région, précisa-t-il. L'Auvergne.

Décidément, les gens aimaient bien se regrouper par provenance.

— Il m'a parlé de Thiers...

— Nous sommes de Clermont-Ferrand, le pays des volcans. Le plus beau pays du monde !

« Tout comme la Bretagne de Marie-Louise », songea le jeune homme.

— Alors, pourquoi t'a-t-il envoyé ?

— Il a pensé que vous pourriez me donner du travail.

Deschamps fit la moue.

— Du travail, je ne sais pas si c'est possible. Notre équipe est complète...

— Il m'a dit comme vendeur de journaux. Il paraît qu'on peut gagner correctement sa vie.

— Ouais. Mais ce qu'il ne t'a sans doute pas dit, c'est qu'il te fallait acheter les exemplaires. Si tu ne parviens pas à les vendre, c'est toi qui y perds. Il te faut donc investir au début.

— Ah bon ? s'étonna Pierre.

— Nous sommes obligés d'agir ainsi. Nous avons eu trop de vendeurs qui partaient avec les journaux et ne revenaient pas le soir, après s'être mis le produit de la vente dans la poche. *La Presse* est vendue trois sous. Tu l'achètes deux sous. Le sou restant est pour toi. Tu en vends cent, tu as gagné cinq francs.

— Ça me convient. Je dois donc acheter dix francs le lot de cent.

— Tu comptes vite.

— Ce n'est pas difficile.

— Et tu as de quoi acheter le premier cent ?

— Oui.

— Tes papiers sont-ils en règle ?

— J'ai mon passeport.

— Eh bien, tope là, fiston. Nous allons t'enregistrer comme vendeur et te donner un document que tu devras remettre aux policiers s'ils te le demandent. Puis je te fournirai un paquet.

Un peu plus tard, nanti de ses exemplaires, Pierre revenait sur la place du Châtelet. Il commença par se faire copieusement engueuler par un autre vendeur, qui lui reprochait d'empiéter sur son territoire. Pierre leva la main en signe de paix et s'éloigna. Il observa de loin comment s'y prenait son collègue, puis l'imita :

— Demandez *La Presse* ! Demandez *La Presse* ! Le journal de monsieur Emile de Girardin !

Malheureusement, ses efforts ne furent guère récompensés. Le soir, il n'avait vendu qu'une trentaine d'exemplaires. En une seule journée, il avait perdu plus de cinq francs. Lorsqu'il revint chez lui, il était désemparé. Marie-Louise l'accueillit avec gentillesse. Elle lui fit chauffer un café et lui offrit quelques crêpes pour le consoler.

— Il ne faut pas te désespérer, mon *bihan*[1], dit-elle. C'était le premier jour. Tu feras mieux demain.

— Demain, il faut que j'en vende au moins cent cinquante pour récupérer ma mise. Mais les gens ne s'intéressent pas à moi. Les Parisiens courent sans arrêt. Ils n'ont pas le temps de lire le journal.

— Oh si, ils le lisent. Tout au moins ceux qui savent lire.

— Tout ce paquet est fichu. Je ne peux pas le vendre demain. Il y aura un autre numéro.

— Moi, je ne sais pas lire, poursuivit Marie-Louise. Tu sais ce qui me ferait plaisir ?

— Dites-moi !

— Dis-moi ! Je t'ai demandé de me tutoyer, comme on fait chez moi, en Bretagne.

— D'accord, dis-moi !

— Eh bien, raconte-moi ce qu'il y a dans le journal.

---

1. « Petit », en breton.

Pierre sourit et saisit un exemplaire. Puis il commença sa lecture. Dans la journée, trop occupé à placer ses journaux, il n'avait même pas pensé à en feuilleter un, pour savoir de quoi il parlait.

— Tiens, dit-il, il y a eu un crime à Passy. Un homme qui a égorgé sa femme.

— Quelle horreur !

— Les policiers ont réussi à appréhender l'individu, qui s'était retranché chez lui avec un fusil. Il a blessé un représentant de l'ordre, et ils ont dû se mettre à six pour le maîtriser.

— En voilà un qui va finir sur l'échafaud...

Amusé, Pierre poursuivit sa lecture, y prenant un réel plaisir. *La Presse* commentait aussi bien les faits divers que les grands sujets d'actualité, les projets du gouvernement, les difficultés rencontrées par les Français, les nouvelles en provenance de l'étranger... Lorsqu'il eut terminé, Marie-Louise le remercia. Puis elle ajouta :

— Pourquoi tu ne ferais pas comme ça, demain ?

— Comment ça ?

— Raconte un peu aux gens ce qu'il y a dans ton journal. Ils sont friands de nouvelles sensationnelles, les crimes, les exécutions capitales, les grands malheurs, les inondations, les incendies, les accidents... Lis ton journal d'abord et note les événements les plus forts. Et clame-les à haute voix. Donne envie aux badauds d'acheter *La Presse.*

Pierre contempla la vieille dame avec stupéfaction. Comment n'avait-il pas pensé à ça lui-même ?

— Je vais faire comme tu l'as dit.

Le soir, il se coucha avec des idées plein la tête, et la ferme détermination de vendre son lot tout entier. Le lendemain, il se rendit au bureau de bonne heure, croisa Henri Deschamps, à qui il fit part de son mauvais résultat.

— Ce n'est pas un métier facile, mon gars. Tu n'es peut-être pas fait pour ça.

— Je veux essayer encore. Je reprends un autre lot.

— Tu as de l'argent à perdre, toi !

Un peu plus tard, Pierre s'installa à la terrasse d'une taverne et parcourut rapidement les gros titres. Il ne fut pas long à repérer un sujet inquiétant, dont il avait déjà entendu parler. Puis il gagna la gare d'Orléans. Les voyageurs qui prenaient le train avaient le temps de lire. A son arrivée, il se mit à clamer :

— Y aura-t-il une nouvelle guerre avec l'Angleterre ? Les journaux de Londres se déchaînent contre la France ! L'armée est en alerte ! Achetez *La Presse* ! Tous les détails dans le journal !

Aussitôt, les gens s'arrêtèrent, s'approchèrent.

— Qu'est-ce qui se passe ?

— Il y a des risques graves de guerre avec l'Angleterre, à cause de l'affaire de Tahiti. Tout est dans le journal. Voyez vous-même !

Ce fut presque l'émeute. En quelques instants, il avait déjà vendu une vingtaine d'exemplaires. Ainsi passa la journée. Vers midi, il retourna à *La Presse* pour chercher un autre lot de cent, dont il vendit les trois quarts. Le soir venu, il avait gagné plus de six francs. Et rattrapé sa perte de la veille. Spontanément, il sauta au cou de sa logeuse lorsqu'il la retrouva.

— Ton conseil était excellent, Marie-Louise, dit-il. Regarde !

Il lui montra sa bourse pleine de pièces.

Ainsi Pierre devint-il l'un des meilleurs vendeurs de journaux de *La Presse*. Les bons jours, lorsqu'il tenait un sujet brûlant, il lui arrivait de vendre près de trois cents exemplaires. Les mauvais, il ne descendait jamais au-dessous de deux cents. Très rapidement, il apprit comment mettre en valeur un fait divers, comment éveiller la curiosité de ses clients potentiels. A la fin du mois, il avait gagné plus de trois cents francs. Son logement et sa nourriture déduits, il lui restait cent cinquante francs d'économies.

Au cours des mois qui suivirent, il parvint encore à augmenter ses ventes en organisant judicieusement ses périodes de travail. Il se levait avant l'aube pour être à l'imprimerie de *La Presse* au moment où les premiers exemplaires sortaient. Il avait ainsi tout loisir d'éplucher le journal et de sélectionner les sujets dont il allait régaler ses clients. Il partait ensuite avec deux paquets de cent dans une petite charrette dont il avait fait l'acquisition. Le matin, il hantait la gare d'Orléans, où les voyageurs, désormais habitués à ses discours volubiles et accrocheurs, l'attendaient avec impatience. Le midi, il arpentait les rues comprises entre le Châtelet et le Louvre en commençant par ce dernier, où flânaient toujours beaucoup de riches négociants, français ou étrangers.

Le soir, il travaillait dans les restaurants. Afin de se concilier les patrons, il leur offrait toujours un journal, puis leur demandait la permission de proposer ses exemplaires aux dîneurs tardifs. Avec le temps, sa verve s'était développée, et il émaillait ses informations brûlantes de commentaires pleins d'humour qui attiraient immédiatement l'attention. Il ne lui fallut pas plus de deux mois pour être connu de tous les propriétaires de restaurants situés entre le Châtelet et le palais des Tuileries. Ils demandaient son passage, car il distrayait la clientèle. Son regard bleu et son sourire séduisaient les dames qui accompagnaient les dîneurs. Il poursuivait ainsi ses ventes jusqu'à la sortie des théâtres, où il trouvait toujours quelques clients pour écouler ses derniers numéros. Lorsqu'il n'en possédait plus, les malchanceux qui n'avaient pas eu le temps de s'intéresser aux nouvelles dans la journée et qui le connaissaient l'arrêtaient pour lui demander ce qui s'était passé. L'information les passionnait moins que la manière dont il la commentait. Ils lui glissaient alors une pièce d'un ou deux sous, parfois lui offraient un verre pour le seul plaisir de l'écouter. Très vite, il fut connu sous le nom de Grand Pierre, en raison de sa taille.

L'après-midi, Pierre cessait le travail pour prendre un peu de repos, car ces discours se révélaient quelque peu épuisants, à la longue. Parfois, il restait à flâner dans les rues pour découvrir les secrets de la capitale. Parfois, il regagnait la maison, où il bavardait avec Marie-Louise. Une grande amitié les lia bientôt. Avec Pierre, Marie-Louise avait retrouvé une seconde jeunesse. Il lui narrait ce qu'il avait vu, les événements dont il avait été le témoin. Ne sortant plus guère en raison de ses rhumatismes, Marie-Louise prenait plaisir à ces anecdotes qu'elle picorait avec gourmandise et qu'elle rapportait ensuite à ses voisines, assorties de réflexions personnelles.

Marie-Louise possédait une nature joyeuse et optimiste. Si elle était croyante, elle s'était façonné une religion bien à elle, dans laquelle le bon Dieu était un brave homme bienveillant ayant tout pouvoir sur le monde, et qui l'attendait de l'autre côté de la vie. Il n'y avait donc rien à craindre. Elle Lui parlait avec familiarité, introduisant ainsi des manières huguenotes dans sa pensée catholique, mais ne négligeait pas pour autant le papotage avec les saints ramenés de sa Bretagne natale. Ceux-ci lui apportaient réconfort, chacun en fonction des petites misères qu'ils étaient censés consoler. Et lorsque cela ne fonctionnait pas comme elle voulait, elle rouspétait contre eux, évitait de leur adresser la parole pendant quelques jours : elle les boudait. Si d'aventure au contraire ses vœux étaient exaucés, elle n'oubliait pas de remercier le saint concerné et de lui brûler un cierge à Saint-Eustache, où elle se rendait surtout pour rencontrer des connaissances avec qui bavarder... une fois sorties du saint lieu.

Ainsi était Marie-Louise. Ayant très vite compris que Pierre n'entretenait pas un commerce des plus chaleureux avec Dieu, elle ne se croyait pas obligée de le chapitrer sur le sujet. Ce dont Pierre lui était reconnaissant. Dûment formé par un Auguste Pecquerel nourri aux idées des Lumières et joyeusement mécréant, Pierre avait adopté sa vision du monde. Comme disait Auguste : « Avec toute la misère et l'injustice que j'ai vues dans ma vie, si Dieu existe, je n'ai guère envie de Le rencontrer. Mais je ne crois pas à Son existence, car il faudrait alors qu'Il ressemblât au diable. » Auguste professait une autre philosophie, qui situait un dieu hypothétique très loin des préoccupations humaines. A charge pour l'être humain de décider par lui-même du Mal et du Bien. Malheureusement, l'homme penchait beaucoup trop facilement du côté mauvais.

En cela, Marie-Louise faisait preuve d'un inaltérable optimisme. Elle louait les personnes généreuses, se montrait compréhensive envers les criminels, qui n'avaient pas eu de chance dans leur vie, elle plaignait les condamnés à mort. Elle n'avait pas sa pareille pour redresser un moral défaillant avec quelques bons sourires, des encouragements, un bol de café et une crêpe de blé noir.

Pierre adorait l'écouter parler de son pays. Lui-même lui avait raconté sa vie, les raisons qui avaient motivé son départ. Elle l'avait écouté gravement, sans poser de questions. Marie-Louise possédait une qualité rare : elle ne portait jamais de jugement, appliquant en cela l'un des premiers commandements du Christ.

« Chacun doit s'arranger avec Dieu et avec sa conscience, disait-elle. Ce n'est pas aux autres de juger, car on ne vit pas dans les souliers de ses voisins. »

Les jours où Pierre ne revenait pas bavarder avec Marie-Louise, lorsque le temps était d'humeur joyeuse, il errait dans les rues de Paris. Il n'avait pas été long à se lier avec les bandes de gamins errants, les petits traîne-misère au désespoir insouciant qui florissaient sur le pavé parisien. Il avait toujours pour eux quelque pièce, ou des fruits et des morceaux de pain qu'il glanait auprès des boulangers des Halles. Les titis lui formaient une escorte volubile et effrontée, qui agaçait les bourgeois et turlupinait les sergents de ville pour le simple plaisir, avant de s'envoler telle une volée de moineaux. Pierre les écoutait raconter leur ville, avec leur langage imagé et direct, leurs chansons malpropres et égrillardes, leurs mots à la fois naïfs et empreints de sagesse. A leur suite, il découvrait les ponts de Paris, dessus et dessous, les quais où sévissaient les lavandières, les bateliers et les flotteurs de bois. Pierre était fasciné par les longs trains de bois flotté qui descendaient ainsi depuis le haut plateau de la Seine jusqu'à Paris, pour le chauffage. Uniquement manœuvrées à l'aide d'une longue gaffe par les draveurs bondissant agilement d'un tronc à l'autre, les draves échouaient sur les rives de la capitale pour être chargées dans des voitures vers le ventre de la ville. Salaires de misère et bûches parcimonieuses constituaient le train de vie de ces forçats du bois, qui toute l'année vivaient les pieds dans l'eau, qu'il fît grand beau ou temps maussade.

Pierre aimait aussi s'aventurer sur la large avenue bordée de parcs et de jardins au cœur desquels trônaient de magnifiques propriétés, et qu'on appelait les Champs-Elysées. Il remontait ainsi jusqu'à un monument grandiose qui dominait la capitale et rappelait les victoires passées de l'empereur Napoléon, l'Arc de triomphe. Calèches, cabriolets, phaétons et berlines y circulaient, dont Pierre distinguait, derrière les vitres et les rideaux tirés, les visages des propriétaires, surprenant parfois le doux minois d'une damoiselle de l'aristocratie ou de la bourgeoisie, qui retournait dans sa vaste demeure sise dans le plaisant village de Neuilly, situé au-delà d'un méandre de la Seine, et qui n'abritait que des gens riches. Dans ce quartier encore grandement livré à la nature, tout reflétait l'opulence et le luxe, l'oisiveté et le mépris du petit peuple. Pierre s'en moquait. Le monde lui appartenait, puisqu'il était libre de flâner sur cette artère magnifique, à la perspective incomparable. Depuis l'Arc de triomphe, il contemplait, au loin, la fourmilière de la cité, repérait les monuments qu'il connaissait, le palais des Tuileries, l'ombre du Louvre, l'église Saint-Eustache, les tours de Notre-Dame et, sur la rive sud, le Panthéon et la silhouette massive de Saint-Sulpice. Il avait l'impression de tous pouvoir les toucher du doigt, et une grande bouffée d'amour l'envahissait pour cette cité où il se sentait chez lui désormais.

— Il faudrait que tu rencontres Thibault, mon petit médecin, dit un jour Marie-Louise. Cela fait bientôt trois mois que tu es là et vous ne vous êtes même pas croisés. Il faut dire qu'il travaille beaucoup, à la Salpêtrière.

Le dimanche était le seul jour de repos que s'accordait Pierre. Non en raison d'un quelconque besoin de respecter un commandement religieux, mais parce que *La Presse* ne paraissait pas ce jour-là. En théorie, le jeune étudiant en médecine ne travaillait pas non plus le dimanche. Mais la maladie ne connaissant aucun repos, il lui arrivait très souvent de rester sur place pour soulager la misère du monde. Et lorsqu'il parvenait à s'échapper, il entreprenait des tournées gratuites auprès des indigents.

Il ne rentrait que très tard, à une heure où Pierre était déjà couché, et repartait le matin avant même qu'il fût levé.

Pourtant, Pierre finit par le rencontrer. Dans des circonstances inattendues.

6

Ses tournées dans les restaurants l'amenant à travailler de plus en plus tard, Pierre avait pris l'habitude de louer les services d'un « falot », un porteur de lanterne, qui le rejoignait à la porte de son dernier établissement. Si les grandes avenues étaient éclairées par des réverbères, qu'un allumeur faisait briller dès le crépuscule, les rues plus modestes, au contraire, restaient plongées dans le noir la nuit venue, et il n'était pas toujours évident de rentrer chez soi en toute sécurité. Les falots, contre quelques sous, s'offraient à ramener les attardés chez eux, chassant les ténèbres incertaines à la lumière tremblante et parcimonieuse de leur lanterne. Néanmoins, celle-ci évitait bien souvent les mauvaises rencontres. Chaque soir, Pierre était ainsi accompagné d'un dénommé Barnabé Engoulevent, qui s'était institué son falot attitré. Bien souvent, d'autres clients du restaurant profitaient également de ses services, s'ils habitaient sur le chemin, et d'autant plus volontiers que c'était Pierre qui payait.

Un soir, Pierre et Barnabé regagnaient ainsi la rue du Cygne. A l'époque, le jeune homme logeait chez Marie-Louise depuis près de trois mois, et la nuit était chaude d'un juillet qui n'avait pas connu une goutte de pluie. Par précaution, depuis qu'il avait pris l'habitude de travailler avec les restaurants, Pierre se munissait toujours de son grand bâton. Cette fois, bien lui en prit. En arrivant dans la rue du Cygne, le bruit d'une algarade se fit entendre. Il comprit immédiatement que celle-ci avait lieu devant la maison même de Marie-Louise, et son sang ne fit qu'un tour. L'idée qu'on pût faire du mal à la vieille dame le plongea dans une rage noire. Il se mit à courir, suivi par un Barnabé pas très rassuré, mais qui approcha tout de même avec sa lanterne… et la ferme intention de prendre ses jambes à son cou si l'affaire devait tourner mal.

Pierre évalua rapidement la situation : trois hommes en agressaient un quatrième, qu'ils frappaient alors qu'il était déjà à terre. Alertés par le bruit de sa course, ils se retournèrent. Pour se retrouver face à un colosse armé d'un bâton dont visiblement il savait se servir. En quelques coups bien ajustés, les trois bandits furent expédiés au sol pour le compte, gémissant sur une main abîmée, un bras brisé ou une tête cabossée. Les ayant mis hors de combat, Pierre les tint en respect, menaçant d'assommer le premier qui ferait mine de bouger. Un voisin, alerté par le bruit, courut prévenir la police. Affolé, l'un des agresseurs voulut s'enfuir. Un violent coup sur le crâne le fit tenir tranquille. Tout en gardant un œil sur ses prisonniers, Pierre aida l'homme étendu à se relever. Il saignait du nez et souffrait d'ecchymoses.

— Merci, compagnon. Sans vous, je passais un sale quart d'heure…

Selon toute apparence, le quart d'heure en question était déjà bien commencé, sans toutefois avoir entamé la bonne humeur de l'inconnu, qui cracha du sang et ajouta :

— Enfin, moi, ce n'est pas grave. Mais ces malandrins en voulaient à ma logeuse…

— Vous habitez ici ?!

— Oui.

— Mais alors… vous êtes Thibault Granger.

— Pour vous servir. Et vous, vous êtes…

— Pierre Ménétrier. Je loge ici également.

Le visage de l'étudiant en médecine s'illumina d'un sourire aussi sanguinolent que chaleureux.

— Vous êtes le petit Pierre, comme dit Marie-Louise. Enfin, petit, c'est une façon de voir les choses.

Il lui tendit la main, que Pierre serra avec effusion. Le regard de Thibault lui plaisait bien. Spontanément, il eut envie de s'en faire un ami.

— On pourrait se tutoyer, dit-il.

— Avec plaisir.

Quelques instants plus tard, une escouade de policiers survint, qui embarqua les trois brigands, après avoir pris les noms de Pierre et de Thibault. Alors seulement, Thibault avertit Marie-Louise que le danger était passé, et qu'elle pouvait ouvrir. La vieille dame était blanche comme un linge.

— Ils sont venus frapper à ma porte, expliqua-t-elle. J'étais au lit. Je n'ai pas voulu ouvrir. Ils m'ont fait une peur bleue. Ils ont dit qu'ils allaient tout défoncer. Le dénommé Flandrin, celui qui refusait de me payer son loyer, a ajouté qu'il avait passé deux mois en prison à cause de moi, et qu'il était revenu se venger. Heureusement, ce brave Thibault était là. Il est sorti pour tenter de les raisonner, après m'avoir ordonné de refermer la porte à clé...

Elle lui posa la main sur la tête.

— Mon pauvre *bihan*, dit-elle. Dans quel état ils t'ont mis. Je vais te soigner. C'est un peu mon tour, n'est-ce pas ?

On se coucha fort tard ce soir-là chez Marie-Louise. Une sympathie spontanée était née entre les deux hommes, au grand ravissement de la logeuse. Après qu'elle eut pansé les plaies, heureusement sans gravité, de l'étudiant en médecine, tous trois restèrent un long moment à bavarder. Marie-Louise n'avait aucune envie de se coucher. Son premier sommeil avait été coupé, et bien qu'elle ne risquât plus rien, elle n'avait guère envie de retrouver son lit et les angoisses que le malandrin avait provoquées en elle. On causa longtemps, à la lueur de vieux chandeliers qui faisaient briller les yeux. Pierre et Thibault se découvrirent un goût commun pour la lecture.

— Je possède beaucoup de livres, dit Thibault. Si tu veux, je t'en prêterai.

— Avec plaisir.

Pierre parla de l'ouvrage de Vivant Denon, qu'il avait commencé à lire. Il évoqua aussi son vieux maître, et les voyages dont il avait nourri son imagination. Thibault lui conseilla de profiter de son temps libre pour visiter le Louvre.

— Il y a là-bas une merveilleuse collection d'objets qui proviennent d'Egypte.

A compter de ce jour, Pierre, dont l'activité était réduite l'après-midi, prit l'habitude de se rendre au Louvre, où il découvrit, fasciné, les pièces rapportées des rives du Nil. Enfin, il pouvait mettre des images sur ces objets dont Auguste lui avait parlé. Il restait de longs moments devant les statues aux regards mystérieux, s'émerveillait en songeant que leurs traits avaient été taillés par des hommes qui depuis des millénaires étaient retournés à la poussière, mais dont l'œuvre perdurait. La collection du Louvre était d'une richesse époustouflante. Pierre y venait au moins une fois par semaine. Les gardiens avaient fini par le connaître et s'amusaient de ce grand jeune homme passionné qu'ils prenaient pour un étudiant.

A la réflexion, Pierre aurait eu envie de suivre des études. Mais, outre que son travail ne lui en laissait guère le loisir, il n'aurait su vers lesquelles se diriger. En compensation, lorsqu'il n'allait pas au Louvre, il se consacrait à la lecture. Thibault lui avait prêté quantité d'ouvrages des auteurs les plus variés, de Boileau à Chateaubriand, en passant par Diderot, Voltaire, Rousseau, Beaumarchais. Il dévorait aussi les poèmes d'Alphonse de Lamartine, d'Alfred de Vigny et de Gérard de Nerval, qu'affectionnait particulièrement son ami. Et bien sûr, le grand Victor Hugo lui-même.

En ce qui concernait les derniers, Pierre avait peine à considérer qu'ils vivaient tout près de lui, dans la même ville, qu'il aurait pu les croiser au hasard de ses errances quotidiennes.

Une année passa ainsi, au gré des événements commentés par Pierre. Le 10 septembre, le Maroc, battu à Mogador et sur l'Isly, concluait un traité de paix avec la France, abandonnant ainsi son allié Abd el-Kader. Les rumeurs de guerre avec l'Angleterre s'étaient enfin apaisées. La reine Victoria avait reçu le roi Louis-Philippe à Windsor, et tous deux n'avaient juré que par « l'entente cordiale ». Le Parlement continuait à attribuer des concessions pour l'ouverture de nouvelles lignes de chemin de fer : Orléans-Bordeaux, Amiens-Boulogne, Paris-Strasbourg.

Pierre s'était fait une place à Paris, où il était désormais connu dans les quartiers qu'il fréquentait, en raison de sa gouaille et de son esprit vif. Il apportait ses propres commentaires sur les événements qu'il présentait, et amusait ainsi ses clients, qui le traitaient avec familiarité. Certains avaient aussi pris l'habitude d'attendre qu'il rentre le soir pour lui demander de les accompagner. Sa stature imposante et son bâton suffisaient à faire fuir les malandrins qui rôdaient toujours dans les rues à la brune. On savait qu'il avait à lui seul provoqué l'arrestation de trois bandits qu'un prompt procès avait envoyés au bagne. On se sentait moins seul avec un colosse de cette taille près de soi. Plus d'une fois, sa seule présence réussit à mettre des voleurs en fuite. Il se faisait toujours accompagner par Barnabé.

Outre la lecture, Thibault avait également initié Pierre à d'autres loisirs. Le jeune médecin, s'étant découvert un ami, avait un peu ralenti ses activités afin de prendre quelque repos. Ce qui était une façon de parler, car les deux complices s'octroyaient une fois tous les quinze jours une sortie dans les hauts lieux parisiens. Ainsi, Pierre, sur les traces de Thibault, se mit-il à hanter les salles de concert, découvrant la musique explosive d'Hector Berlioz, les œuvres de Beethoven, Mozart, Schubert et de bien d'autres. Le 8 décembre 1844, Thibault réussit à obtenir deux places pour la première de l'œuvre d'un compositeur qui avait voyagé en Orient, Félicien David. Le poème symphonique, intitulé *Le Désert*, fascina Pierre. Les lignes mélodiques, les accords provoquèrent en lui une émotion qu'il eut peine à maîtriser. L'œuvre obtint un triomphe, et il ne fut pas le dernier à applaudir à tout rompre. Son enthousiasme étonna même Thibault.

— Je ne pourrais pas te l'expliquer, répondit Pierre. Cette musique éveille en moi une sorte d'écho. Tu comprends, elle donne une dimension inattendue à ces images de l'Egypte que mon vieux maître a gravées en moi. C'est comme si, en fermant les yeux, je les voyais tout à coup défiler devant moi.

Le lendemain, de ravissement, il écrivit, sur l'écritoire qu'il s'était enfin décidé à s'offrir, un long article dans lequel il traduisait en mots simples l'émotion qui l'avait saisi à l'écoute du chef-d'œuvre. Lorsqu'il le fit lire à Thibault, celui-ci ne masqua pas son admiration :

— Mais tu possèdes un réel talent d'écriture, mon Pierre ! Tu devrais montrer ça à ton journal...

Dès le lendemain, suivant le conseil de son ami, Pierre porta son article au rédacteur en chef, un nommé Ambroise Griset. Celui-ci jeta un coup d'œil rapide sur les pages, puis les lui rendit.

— Qu'est-ce qui te prend de te mettre à écrire ? Crois-tu que nous avons besoin de journalistes, à *La Presse* ?

— Non, mais...

— Et puis un article sur la musique ! Je te demande un peu ! Qui crois-tu que ça va intéresser ? La musique, ça ne sert à rien ! Les petits bals, pourquoi pas. Mais la grande musique, comme ils disent ! Allez, retourne vendre tes journaux ! Et plus vite que ça !

— Ton rédacteur en chef est un imbécile ! décréta Thibault lorsqu'ils se retrouvèrent le soir venu. Garde cet article. Et écris-en d'autres, à l'occasion. Même s'ils ne sont pas publiés, ce sera un excellent exercice pour toi.

A partir de ce jour, Pierre prit l'habitude de noter les événements auxquels il assistait. Comme l'avait dit le jeune médecin, cette discipline l'obligeait à formuler ses idées, à maîtriser la langue. Thibault relisait, corrigeait ses fautes, le conseillait. Et Pierre prenait de plus en plus de plaisir à écrire.

Lorsqu'ils ne se rendaient pas au concert, les deux comparses hantaient le bal Mabille, ouvert deux ans auparavant, et sur la scène duquel on pouvait assister à des danses coquines où des jeunes femmes, au son d'une musique endiablée, lançaient leurs jambes en l'air et retroussaient joyeusement leurs cotillons, pour le plus grand plaisir des spectateurs masculins et au grand dam de l'Eglise. Cela s'appelait le « cancan ».

Ces soirées assourdissantes et fougueuses se terminaient souvent de façon agréable, dans la couche de demoiselles à la vertu conciliante attirées par les yeux bleus de Pierre ou les moustaches fines de l'ami Thibault.

Pour Pierre, la vie prenait des couleurs lumineuses. Sans toutefois s'attacher à aucune, il accumulait les conquêtes féminines, qu'il évitait cependant de ramener rue du Cygne, afin de ne pas contrarier Marie-Louise, qui avait des idées bien précises sur les relations entre les hommes et les femmes, et sur la manière dont devait se conduire une jeune fille bien élevée.

Pierre continuait de visiter régulièrement le Louvre. S'il avait accordé des visites aux salles consacrées aux œuvres plus récentes, il passait le plus clair de son temps dans celles dédiées à l'Egypte. Il prenait des notes, étudiait avec attention tous les documents mis à la disposition du public. Il n'aurait su expliquer pourquoi il avait besoin de se rendre en ce lieu. Il connaissait désormais les statues et les objets par cœur, savait les situer dans le temps, connaissait le nom des différents pharaons. Il lui semblait ressentir, au-delà des siècles, la présence de ce pays fabuleux évoqué par Auguste. Il doutait de pouvoir y aller un jour. Mais il lui semblait que quelque chose d'irrésistible l'aspirait vers ces sculptures étranges, ces noms incompréhensibles, ces signes mystérieux gravés dans la pierre.

Un jour, il éprouva une sensation singulière, comme une chaleur derrière la nuque. Il se retourna. A quelques pas de lui, derrière un sarcophage, une jeune femme détourna vivement la tête. Elle était élégamment vêtue, coiffée d'un chapeau joliment dessiné et décoré de plumes. Il lui arrivait souvent d'être remarqué par des femmes, et ces attentions flattaient son orgueil.

Cette fois pourtant, ce fut différent. L'inconnue était très jolie. Elle fit mine de l'ignorer. Des mèches blondes s'échappaient de sa voilette. Quelque chose de chaud, de brûlant, coula immédiatement dans le ventre de Pierre. Une force incompréhensible et impérieuse le portait vers cette fille qu'il n'avait pourtant jamais vue. Elle lui jeta un nouveau coup d'œil furtif, puis s'en fut à pas rapides. Il fut tenté de la suivre, de lui parler. Mais... qu'aurait-il pu lui dire ? Il était visible qu'elle n'appartenait pas à son monde. Et elle n'était pas de ces petites bourgeoises qui aimaient venir s'encanailler pour un soir au bal Mabille.

Les jours suivants, l'inconnue entrevue l'espace d'un instant au Louvre ne cessa de hanter le jeune homme. Il tenta de s'imaginer qui elle était, ce qu'elle faisait là. Et surtout, pourquoi son visage reflétait une telle émotion. L'inconnue avait l'air véritablement bouleversée. Il n'était pas vaniteux au point de penser que c'était sa présence seule qui avait déclenché sur les traits de la belle cet air d'effarement et de fascination.

Il y avait autre chose...

DEUXIÈME PARTIE

LA DAME DU LOUVRE

7

Pierre poursuivit ses visites au Louvre. Cependant, ses motivations avaient évolué. Si l'Egypte l'attirait toujours autant, il espérait aussi revoir l'inconnue. Il ne se faisait aucune illusion. Cette fille appartenait à un autre monde que le sien, et il n'y aurait jamais rien entre eux. Mais il ne pouvait oublier l'intensité du regard qu'elle avait posé sur lui l'espace d'un instant, un regard qui l'avait brûlé profondément. Il avait même cru percevoir son parfum, alors qu'il était resté à distance. Elle avait déposé en lui un sentiment ignoré, d'une puissance phénoménale, inexplicable, qui avait changé sa vie, sa façon de voir le monde, de ressentir ce qui l'entourait. Elle avait creusé un vide, ouvert un espace nouveau, différent, à la fois exaltant et douloureux.

Il la revit.

Un mois s'était écoulé depuis leur première rencontre. Au cours de ce mois, il ne s'était pas passé une journée sans que l'évocation de son visage ne fût revenue le tarauder. Elle n'était jamais réapparue. Il commençait à se convaincre qu'elle n'avait été qu'une rencontre fortuite, l'image d'un ange inaccessible qu'il devait à tout prix oublier, lorsque, au moment où il s'y attendait le moins, la silhouette élégante se matérialisa, presque au même endroit où il l'avait aperçue la fois précédente. Il en resta pétrifié de stupeur.

Cette fois, elle ne l'avait pas vu. Il demeura un long moment à la contempler, réfugié derrière un pilier. Elle était encore plus belle, plus émouvante encore que l'impression qu'elle avait déposée en lui. Elle était jeune. Son visage portait encore les traces de l'enfance. Pourtant, il émanait de ses yeux une espèce de froideur, de distance et de résignation qui émut Pierre profondément. Malgré sa jeunesse, elle semblait déjà marquée par la vie. Il retrouva aussi, sans qu'elle s'en doutât, le reflet de ce bouleversement inexplicable, de cette crainte diffuse. Mû par une pulsion soudaine, il eut un mouvement pour aller vers elle. Mais il se contint. Il était trop pauvrement vêtu. Elle pouvait au mieux le prendre pour un étudiant désargenté, au pire pour ce qu'il était vraiment : un jeune homme pauvre qui gagnait sa vie en vendant des journaux. Sans doute lui rirait-elle au nez s'il tentait de l'aborder.

Il recula dans l'ombre, baissa la tête et ferma les yeux. Lorsqu'il les rouvrit, la belle avait disparu. A la fois soulagé et déchiré par un bouillonnement de sentiments, il revint vers le centre de la salle et se pencha de nouveau sur les papyrus qu'il examinait auparavant. Il ne parvint cependant pas à se concentrer.

Il ne vit pas, à l'autre extrémité de la salle, la jeune femme qui l'observait discrètement, les yeux brillants.

Pierre gardait rancune à Ambroise Griset d'avoir refusé son article sur le compositeur Félicien David. Cependant, encouragé par Thibault, il continuait de coucher sur le papier les menus événements auxquels il assistait. Un jour cependant, il devint plus que spectateur.

Depuis plus d'un an qu'il vendait ses journaux avec fougue et enthousiasme, Pierre avait fini par nouer des liens de sympathie avec certains de ses clients, qui tous n'étaient pas de riches bourgeois, loin s'en fallait. Nombre d'entre eux étaient des étudiants traînant misère, mais qui mettaient un point d'honneur à se tenir informés des derniers événements en achetant chaque jour *La Presse*. Certains étaient des poètes, espèce rare et criant plutôt famine qu'opulence. L'un d'eux avait ses habitudes dans un cabaret de la rue Richelieu, qu'il fréquentait en compagnie de sa maîtresse, la jolie Jeanne à la peau couleur de pain d'épice. D'un caractère ombrageux et volontaire, il s'obstinait, malgré l'opposition de sa famille, à écrire des critiques d'art et des poèmes, persuadé au fond de lui-même de posséder un talent certain. C'était l'avis de

Pierre, qui, après avoir écoulé ses derniers exemplaires du midi, s'asseyait volontiers au côté de cet être lunaire, volontiers triste, mais en qui vibrait une passion étonnante. Quatre ans plus tôt, il avait voyagé. Et la beauté de l'océan Indien et de l'île Bourbon, qu'il décrivait avec un mélange de détachement et de fascination, éveillait chez Pierre des échos lumineux de voyages, l'envie d'ailleurs, de contrées ignorées et éclaboussées de soleil.

Pris de nostalgie, ce poète était revenu au bout d'à peine dix mois et avait repris sa vie de bohème et de dandy, dilapidant avec une superbe inconscience l'héritage paternel. Afin de couper court à cette conduite jugée irresponsable par son militaire de beau-père, sa famille l'avait placé sous contrôle judiciaire avec une rente mensuelle de deux cents francs. Depuis un an, il menait ainsi une existence misérable.

Ce poète s'appelait Charles Baudelaire.

— Je veux en finir ! La vie mérite-t-elle donc d'être vécue alors que la véritable beauté est ailleurs, dans des cieux inaccessibles ? Et la plus belle des créations humaines n'est rien en comparaison de celles de Dieu. Un pâle reflet, une souffrance, un « ardent sanglot qui roule d'âge en âge »...

— Mais une dignité qui transcende notre condition humaine ! N'est-ce pas ce que tu as écrit toi-même ?

Tandis que Jeanne écoutait avec résignation les envolées de son amant, Pierre tentait patiemment de chasser les idées noires qui le rongeaient et de lui redonner le goût de vivre. Amoureux de la vie, généreux et ivre de toute cette richesse d'esprit qu'il découvrait chaque jour parmi ses amis poètes ou tout au long des salles interminables du Louvre, Pierre, à l'inverse de Charles Baudelaire, trouvait à l'existence une saveur inestimable. Surtout si la soirée précédente s'était achevée entre les bras d'une demoiselle compréhensive à la couche accueillante.

— Personne n'a remarqué mes critiques d'art, se lamenta Charles. Ni mon poème dans *L'Artiste* du 25 mai dernier ! Je ne serai jamais rien. Personne ne se souviendra de mon nom !

— Et tu veux mourir pour ça ?

Jeanne adressa un sourire résigné à Pierre.

— Il veut mourir surtout parce qu'il ne supporte plus la rente misérable que lui a accordée son beau-père. Mais je le connais, il ne fera rien contre lui-même.

— Alors là, ma très chère, tu te trompes !

L'instant d'après, il saisissait un couteau à peler les fruits et le brandit. Pierre lui saisit le bras.

— Arrête tes bêtises, Charles ! Tu vas finir par blesser quelqu'un…

— Oui, moi. Je veux me tuer !

Pierre le fixa un moment tout en maintenant le bras dans un étau solide.

— Tu veux vraiment te tuer ?! Tu en es sûr ?

— Oui !

— Alors, tu vas le faire. Mais au moins, que cela serve à quelque chose.

— Ma mort n'aura pas plus d'importance que ma vie a pu en avoir !

— Bien sûr que si. J'ai une idée qui pourrait te permettre de « mourir en beauté ».

Le lendemain, au moment où la fréquentation du cabaret était à son comble, un homme se dressa et se mit à hurler :

— Je ne peux plus vivre ainsi ! La vie m'est un fardeau trop lourd à porter ! Adieu ! Adieu à tous !

Puis il s'enfonça d'un coup précis un couteau dans la poitrine. Des hurlements jaillirent tandis qu'une jeune femme à la peau sombre se mettait à crier d'une voix stridente. L'instant d'après, on vit un jeune colosse lâcher ses journaux pour courir au secours du suicidé.

— Vite, un médecin ! Un médecin !

Il en survint un, surgi d'on ne savait où, un homme jeune à la moustache brune. Thibault Granger, car c'était lui, se pencha sur le blessé, dont la chemise se tachait d'écarlate sous les yeux ébahis des clients. Le visage tordu par la souffrance, le blessé gémissait. La plus grande confusion régnait dans le restaurant. Déjà, à l'extérieur, une foule curieuse commençait à se rassembler.

— La blessure n'est pas très grave ! décréta le médecin. Ses jours ne sont pas en danger. Il faut le ramener chez lui. Là, je pourrai le soigner comme il convient.

On s'écarta. Tandis que Pierre confiait ses journaux au propriétaire du cabaret, qu'il connaissait bien, on emporta le blessé jusqu'à une voiture que l'on avait fait appeler. Pierre aida Thibault et Jeanne à installer Charles dans le cabriolet, qui se dirigea vers la place Vendôme, où résidait la famille du poète.

— Je souffre atrocement ! geignait Charles, serré dans les bras de Jeanne, à chaque cahot de la rue. Ce n'était peut-être pas une si bonne idée, de me suicider...

Sa maîtresse le houspilla sans ménagement :

— Tu vas cesser de te plaindre, oui ? Je te rappelle que tu voulais *vraiment* te suicider ! Et si tu avais frappé au cœur, tu souffrirais encore plus.

— Sans cœur ! Les femmes sont sans cœur !

Jeanne haussa les épaules, puis, sans plus de façons, délaça son bustier, laissant jaillir un sein généreux et doré, contre lequel elle appuya doucement la tête de son amant. Charles ferma les yeux et respira longuement la douce odeur du sein offert. Peu à peu, il se calma. D'une voix alanguie, il murmura :

— Certains esprits voguent sur la musique, le mien nage sur ton parfum, ô amour de ma vie ! Ecoutez-moi, vous autres. Je revois les îles, les îles paresseuses aux arbres singuliers et aux fruits savoureux, les hommes aux corps minces et vigoureux, les femmes à l'œil franc. Les rivages heureux...

— Calme-toi, mon Charles !

Jeanne adressa un clin d'œil complice à Pierre et à Thibault. Quelques instants plus tard, le cabriolet arrivait place Vendôme, devant l'hôtel du général Aupick, beau-père de Charles[1].

1. Hormis l'intervention de Pierre et de Thibault, cette anecdote du suicide simulé de Charles Baudelaire est authentique.

Plus tard dans l'après-midi, Pierre retourna chez sa logeuse, qui s'affola en voyant sa chemise marquée de traces de sang.

— Rassure-toi, ma douce Marie-Louise. Ce n'est pas le mien, c'est celui d'un poète.

— Tu as tué un poète ?

Il éclata de rire.

— Non ! Je lui ai sauvé la vie, au contraire. Enfin, j'espère. Mais il me reste quelque chose à faire…

Après avoir conté l'aventure insolite à la vieille dame, Pierre s'assit devant son écritoire et se mit à l'ouvrage. Dans la soirée, au lieu de rejoindre ses restaurants habituels, il se rendit place du Châtelet, aux bureaux de *La Presse*, pour proposer l'article qu'il venait d'écrire sur le « suicide » du grand poète Charles Baudelaire.

Cette fois, il était bien décidé à ne pas se laisser rembarrer par Ambroise Griset. Malheureusement, tout comme lors de sa première tentative, Griset ne tint aucun compte de son papier et le rabroua sévèrement, sans même avoir pris connaissance de l'article.

— Mais lisez-le, au moins ! explosa Pierre. C'est important !

— Mon garçon, tu commences à me fatiguer ! Ce n'est pas à toi de me dire ce que j'ai à faire ! Contente-toi de vendre tes journaux et ne te mêle pas d'écrire !

— Et pourquoi ça ? Pourquoi n'aurais-je pas, moi, le droit d'écrire ?

— Parce que tu sais à peine tenir une plume ! Et puis, tu vas sortir immédiatement de mon bureau et te remettre au travail !

— Mon travail ! Je pourrais très bien le porter ailleurs, mon travail ! *La Presse* n'est pas le seul journal de Paris. Et vous n'êtes pas près de retrouver un crieur qui vous vende une moyenne de quatre cents exemplaires par jour !

Griset s'apprêtait à répondre vertement lorsque la porte du bureau s'ouvrit brusquement.

— Eh bien ! Que signifie ce vacarme ?

Aussitôt, l'attitude du rédacteur en chef se métamorphosa. L'humilité se peignit sur ses traits et, d'un air cauteleux, il répondit :

— Monsieur de Girardin, c'est la faute de ce vendeur de journaux, là. Il prétend se mêler d'écrire, maintenant, il veut que je publie son torchon…

— Je veux seulement que vous le lisiez ! se défendit le jeune homme.

Emile de Girardin, directeur et propriétaire de *La Presse*, le contempla, interloqué.

— C'est toi qu'on appelle Grand Pierre, dit-il enfin.

— Oui, monsieur.

Girardin se tourna vers Griset.

— Il est de loin notre meilleur crieur, Ambroise. Vous devriez le ménager. Je l'ai vu maintes fois à l'œuvre dans les restaurants où il travaille. Si tous nos vendeurs étaient aussi efficaces que lui, nous triplerions notre chiffre d'affaires. Donnez-moi ce papier.

Le rédacteur en chef s'exécuta aussitôt, non sans avoir jeté un regard torve à Pierre. Emile de Girardin ajusta ses lorgnons et parcourut l'article. Intrigué, il le relut une seconde fois, plus posément, attrapa une plume, entreprit de rectifier deux phrases, puis décida de les laisser telles quelles. Enfin, il se redressa et, tout en regardant Pierre, il dit à Griset :

— Ambroise, vous allez m'insérer cet article dans le numéro de demain, et vous offrirez une prime exceptionnelle de cinquante francs à ce jeune homme. Il possède un réel talent de journaliste.

Abasourdi, Pierre n'en croyait pas ses oreilles. Emile de Girardin le prit par les épaules et l'entraîna hors du bureau du rédacteur en chef, qui se répandait en courbettes.

— Tu as de l'audace, mon garçon. Tu iras loin. J'aime beaucoup ta manière d'écrire. Elle est fraîche, spontanée.

Il hésita un instant, puis ajouta :

— Et puis, j'aime bien aussi ce Charles Baudelaire. J'ai lu ses critiques du Salon de 1845. Cet homme a l'étoffe d'un grand poète. Nous allons donner de l'ampleur à son suicide raté afin d'attirer l'attention sur lui.

— Merci, monsieur. Charles est un ami…

— Un ami, oui. A qui tu as – peut-être – proposé un faux suicide…

Pierre accusa le coup. Monsieur de Girardin était un esprit fin. Il ne fallait pas lui en conter. Devant la mine contrite du jeune homme, il éclata de rire.

— Qu'importe ! Je ne veux pas le savoir. Et nous allons tout faire pour que Paris s'intéresse de plus près à notre malheureux poète.

Le lendemain, Pierre découvrit le début de son article en première page, sous un gros titre : « Le grand poète Charles Baudelaire entre la vie et la mort. » Pierre ayant fait remarquer à monsieur de Girardin que les jours de Charles n'étaient pas en danger, celui-ci avait répondu :

« Les gens ne sont pas censés le savoir. Il faut qu'ils s'inquiètent pour lui. Et dès demain, nous publierons un autre article, que tu écriras, et dans lequel tu rassureras tout le monde sur son état de santé. Et en donnant d'autres informations sur ses œuvres. »

Ce jour-là, 1er juillet 1845, Pierre vendit à lui seul plus de cinq cents exemplaires de *La Presse*.

A partir de ce jour, parce qu'il était dans les petits papiers du grand patron, l'attitude de Griset envers lui se transforma, tournant à l'obséquiosité. Et Pierre commença à publier ses propres articles, qu'il soumettait d'abord à Thibault, puis à monsieur de Girardin, qui prenait toujours plaisir à les lire. Cependant, Pierre tint à conserver son métier de crieur de journaux. A cause de la clientèle fidèle qu'il s'était constituée.

Le suicide raté de Charles Baudelaire porta ses fruits. *La Presse*, très vite relayée par les autres journaux, avait donné le ton. On s'intéressa au poète. Dès l'année suivante, il était considéré comme un critique d'art brillant.

Pendant ce temps, dans le peuple, le mécontentement grandissait. Louis-Philippe, installé dans une trompeuse quiétude bourgeoise, restait sourd aux revendications de plus en plus impérieuses qui montaient du pays. Son ministre des Affaires étrangères, François Guizot, qui, sous l'égide du vieux et sénile maréchal Soult, dirigeait la France dans les faits, n'agissait pas plus, se contentant d'observer ce qu'il appelait « l'inévitable lutte des classes ».

Alphonse de Lamartine voyait en lui et ses semblables une « borne ». Une borne qui allait bientôt marquer la fin du règne du « roi des Français ».

8

Avec le temps, l'amitié de Pierre et de Thibault s'était renforcée. Cependant, si au début leurs sorties nocturnes, au bal Mabille, dans les salles de concert ou de théâtre, étaient motivées par le désir de se divertir, elles eurent bientôt un autre but. Un but politique.

Malgré les compléments financiers intéressants que lui rapportaient ses articles, Pierre avait tenu à conserver le contact avec ses clients et continuait, le soir, à vendre ses journaux dans les restaurants du cœur de Paris. Après avoir écoulé ses derniers exemplaires, il ne regagnait pas immédiatement la rue du Cygne, mais rejoignait Thibault dans un cabaret situé non loin du quartier des Halles, après mille ruses destinées à tromper d'éventuels mouchards de la police. Là, dans l'arrière-salle, il retrouvait des hommes de toutes conditions sociales, de généreux exaltés exaspérés par l'immobilisme de Guizot, du roi et des bourgeois nantis. Il y croisait de jeunes nobles gagnés aux idées de la Révolution, des intellectuels, des poètes, des ouvriers sachant lire et écrire, et bien décidés à bouleverser l'ordre établi.

Dans une atmosphère épaisse mêlant les effluves de l'absinthe et des liqueurs à la fumée âcre des pipes, des cigares et des cigarettes nouvellement inventées, les orateurs se succédaient, vitupérant la politique royale.

En cette année 1846, le mot « République » était sur toutes les lèvres. On évoquait les droits de l'homme, la dignité du citoyen bafoué par le grand capital. On s'en prenait au clergé, responsable de maintenir le peuple dans une ignorance qui servait les intérêts des riches, on attaquait l'armée qui tirait sur la foule lorsque des mineurs excédés réclamaient une amélioration de leur niveau de vie, comme à Saint-Etienne où, à la fin mars, la troupe avait fait feu sur des grévistes, tuant plusieurs personnes. On fustigeait le général Bugeaud, coupable d'atrocités en Algérie, mais contre lequel le roi n'avait pris aucune sanction.

Pierre, conscient de pénétrer un monde souterrain dont il ignorait tout, écoutait beaucoup. Il rencontra ainsi des personnages étonnants, dont il avait déjà entendu parler dans *La Presse* : Ledru-Rollin, Odilon Barrot, ou encore Louis Blanc, rédacteur du journal d'opposition *La Réforme*.

Il était fasciné par ces creusets où se mélangeaient et fraternisaient toutes les couches de la société. Tout le monde se tutoyait et s'appelait par son prénom. Il sentait vibrer, au cours de ces réunions secrètes, une réelle volonté de faire bouger les choses, de concrétiser enfin, une bonne fois pour toutes, les idées généreuses de la Révolution : la Fraternité, la Solidarité, l'Egalité, la Liberté. On veillait fort tard. Il fallait ensuite se séparer discrètement, car les réunions à caractère politique étaient interdites, et la police royale était partout.

Ce fut au cours de l'une de ces soirées que Pierre fit la connaissance du marquis Alfred de Givors.

Alfred de Givors avait vingt-cinq ans. Son père, issu d'un autre siècle, et dont les opinions politiques se résumaient à se montrer encore plus royaliste que le roi, appartenait à cette famille politique déjà tombée en désuétude avec la disparition du roi Charles X, que l'on appelait les « ultras ». Ayant dépassé les quatre-vingts ans, Honoré de Givors vénérait son fils unique avec un aveuglement tel qu'il n'avait jamais compris que celui-ci était gagné aux idées de la Révolution. Alfred se gardait d'ailleurs bien de le lui faire savoir. Il bénéficiait ainsi d'une vie agréable, possédait un magnifique hôtel particulier sur la rive gauche, employait des domestiques qu'il payait grassement à ne pas faire grand-chose, lisait beaucoup, avait une maîtresse presque aussi ronde que lui et non moins gaie.

Alfred aimait la vie, la bonne chère, et cultivait la fidélité envers Rose, sa douce amie, d'une part parce qu'il l'aimait, et aussi parce qu'il se sentait parfaitement incapable de séduire une autre femme. Son ventre confortable le rendait timide avec le beau sexe. Il aurait pu épouser Rose, mais il ne voulait pas entendre parler de mariage. Il estimait qu'avoir une maîtresse était plus avantageux qu'avoir une épouse, et lui conférait un je-ne-sais-quoi de séducteur qui le flattait secrètement. Elle l'accompagnait partout, et il se sentait désemparé dès qu'elle s'éloignait. A la vérité, la belle et plantureuse Rose, qui avait trois ans de plus que lui, jouait aussi un rôle un peu maternel, la mère d'Alfred étant morte quelques années auparavant.

L'ayant croisé à plusieurs reprises au cours de réunions secrètes, Pierre aimait beaucoup Alfred. Ce dernier faisait peu de cas de sa noblesse.

« Mon grand-père a supprimé la particule pendant la Révolution pour éviter d'emprunter le méchant chemin menant à l'échafaud. Plus tard, après les Cent Jours, mon père s'est empressé de la récupérer, en même temps que nos biens confisqués par la République. Mais il ne m'aurait aucunement contrarié de m'appeler simplement Givors. Ce sont à ses actes, et non à son nom, que l'on juge un homme. »

Ce soir-là, Alfred avait décidé de renvoyer son cabriolet et de profiter d'une douce nuit de printemps pour regagner son hôtel à pied, de l'autre côté de la Seine, en passant par le Pont-Neuf. Bien entendu, Rose était avec lui. Les rues de Paris n'étant pas très sûres, Pierre et Thibault s'étaient offerts à les raccompagner.

Comme toujours, Barnabé leur ouvrait le chemin. Sa présence n'était pas vraiment indispensable, les larges avenues menant vers la rive gauche étant bien éclairées. Rose, bavardant joyeusement en raison de quelques verres de champagne, soutenait son compagnon encore plus éméché qu'elle. En effet, Alfred avait arrosé comme il se devait la perspective de bientôt voir des barricades se dresser face à la cécité de monsieur Guizot.

— Est-il possible d'être aveugle à ce point ! clamait-il d'une voix pâteuse en franchissant d'un pas incertain le plus vieux pont de Paris. Ce François Guizot est un vieux bouc !

Là, il fut pris d'un hoquet et cessa sa diatribe pour récupérer son souffle égaré. Parvenu de l'autre côté, il décréta d'une voix incertaine :

— Oh là là ! J'ai envie de pisser !

Puis, soucieux de ménager la jolie Rose qui pourtant connaissait bien son bonhomme, il se dirigea vers un coin sombre. Il avait à peine commencé l'opération qu'une demi-douzaine d'individus aux mines patibulaires s'avançaient vers eux. Rose hurla. Pierre, qui ce soir-là avait abandonné son bâton pour une canne dont il avait fait l'acquisition en même temps que d'un costume neuf à la dernière mode, fit face aux assaillants. Thibault se rangea à ses côtés, mal à l'aise, tandis que Barnabé restait prudemment à l'écart, prêt à détaler si le Grand Pierre récoltait un mauvais coup.

— Vos bourses, bourgeois, et on vous fera pas de mal ! gronda le chef des malfrats.

— Viens les chercher, répliqua Pierre en pointant sa canne.

En réponse, les brigands dégainèrent leurs couteaux. Mais le champagne avait rendu le jeune homme insensible au danger. La canne ne valait certes pas son grand bâton, mais il savait s'en servir, et sa grande taille et sa force lui conféraient un net avantage. Après quelques secondes d'observation prudente, les bandits se ruèrent sur Pierre, qui riposta avec férocité. Il devait à tout prix empêcher les brigands de s'approcher trop près. La canne était solide et il en connaissait bien le maniement. Sa rapidité et sa précision surprirent ses adversaires, qui reculèrent, l'un après l'autre, en bramant de douleur. L'un d'entre eux, toutefois, parvint à tromper la défense de Pierre et à entailler son habit neuf. Pierre sentit sa chair s'ouvrir à la hauteur du ventre, mais ce fut moins la vue du sang que celle de son vêtement neuf déchiré qui décupla sa colère. Il poussa un rugissement terrible et abattit sa canne sur le crâne du bandit. Il y eut un craquement, et l'individu s'écroula en gémissant, du sang coulant par le nez et les oreilles. Au loin retentirent des coups de sifflet. Comprenant qu'ils n'auraient pas le dessus, les brigands détalèrent en emportant leur camarade assommé.

Quelques instants plus tard, une escouade de policiers rappliquait en courant. L'un d'eux reconnut Alfred.

— Monsieur le marquis ! Ce n'est guère prudent de vous promener à pied dans les rues à cette heure-ci !

— Vous avez raison, mon ami, admit le jeune homme d'une voix quelque peu dégrisée. Mes compagnons et moi avons trop fait la fête. Et les nuits de printemps sont finalement moins romantiques qu'il n'y paraît.

Il baissa les yeux et, incrédule, ajouta :

— La peste soit de ces malandrins ! Je crois bien que je me suis pissé dessus !

Un peu plus tard, Pierre et Thibault étaient invités à entrer dans l'hôtel du marquis. Ce fut seulement à ce moment-là qu'Alfred remarqua le sang qui maculait l'habit du jeune homme.

— Par tous les diables ! Mais tu es blessé, mon Pierre !

— Ce n'est rien.

De fait, la blessure n'était pas très grave.

— Une simple estafilade, conclut Thibault après l'avoir examiné. Je vais te recoudre ça. Dans quelques jours, il n'y paraîtra plus. En revanche, ta veste est fichue.

— Je vais t'offrir un nouvel habit, intervint Alfred, dégrisé par l'altercation et ses ennuis de vessie. Et puis, je ne veux pas que vous repartiez maintenant. Je ne dormirais pas de la nuit si je vous savais à errer dans les rues, avec tous ces égorgeurs qui rôdent dans les ténèbres !

Ainsi Pierre et Thibault passèrent-ils la nuit à l'hôtel de Givors, chacun dans un lit vénérable où avaient dormi avant eux quantité de grands personnages. Amusé, Pierre songea au chemin parcouru depuis la paillasse qui lui servait de couche dans la maison troglodytique de Bourré. Il imagina la tête que son père et son frère feraient s'ils le voyaient dormir dans un tel luxe, et cela l'aida à oublier la douleur de sa blessure.

Le lendemain, malgré une migraine nauséeuse, Alfred tint à faire les honneurs de sa demeure à ses compagnons, et les assura de son amitié indéfectible.

— Je vous dois la vie, mes amis. Jamais je ne l'oublierai. Considérez que vous êtes ici chez vous.

Dans les semaines qui suivirent, il arriva souvent que Pierre dormît sur la rive gauche. Encouragé par Alfred, il n'hésitait pas à amener ses amies chez lui. Car Alfred, qui adorait s'amuser, avait décidé d'accompagner ses deux nouveaux camarades dans les salles de concert, les théâtres, au fil de leurs agapes nocturnes. Si lui-même était toujours flanqué de Rose, Pierre et Thibault multipliaient les conquêtes, qui finissaient la nuit dans les draps glorieux de l'hôtel de Givors.

Pierre continuait de se rendre régulièrement au Louvre. Il espérait toujours y apercevoir sa belle inconnue. Mais celle-ci ne réapparaissait pas. Il en éprouva une déception beaucoup plus forte qu'il ne l'aurait imaginé. Il tenta de se raisonner, se disant que cette demoiselle lui aurait sans doute ri au nez s'il avait essayé de l'aborder. Rien n'y faisait. Malgré les filles au corps chaleureux et aux seins moelleux qu'il glissait dans son lit, il ne se passait pas une journée sans que le fantôme blond ne revînt le hanter. Chaque semaine, il arpentait les couloirs et les escaliers du Louvre, sans succès. La blonde mystérieuse semblait s'être évanouie dans le néant.

Il en vint à penser qu'elle n'avait jamais existé que dans son imagination, qu'elle était peut-être une sorte de créature diaphane, un esprit impalpable et mélancolique qui habitait l'ancien palais des rois de France. Comment expliquer autrement son regard traqué, sa pâleur, son air bouleversé ? Il l'avait toujours aperçue dans la même salle égyptienne, et à chaque fois elle avait semblé disparaître comme par enchantement. Emporté par son imagination, Pierre lâchait la bride aux suppositions les plus folles. Se pouvait-il qu'elle eût un rapport avec les objets qui y étaient exposés, ou bien avec les personnages représentés par les statues ? Etait-elle l'incarnation de l'une de ces reines ou déesses dont les regards de pierre le subjuguaient ?

Quoi qu'il en fût, elle avait disparu. Les mois passant, il finit par espacer ses visites au Louvre.

Pourtant, un soir, des circonstances pour le moins insolites le remirent en présence de son fantôme blond.

9

Ce soir-là, ni Pierre ni Thibault n'avaient eu envie de sortir. La fatigue provoquée par la dernière réunion secrète, qui s'était terminée fort tard la veille, avait eu raison de leurs velléités de divertissement. Thibault avait renoncé à se rendre à la Salpêtrière et, exceptionnellement, Pierre n'avait pas fait la tournée de ses restaurants.

— Il ne s'est rien passé aujourd'hui qui justifie que je me prive d'une bonne nuit de sommeil, déclara-t-il en prenant sa décision.

Marie-Louise, ravie, leur proposa un repas de crêpes et de charcutailles bretonnes arrosées de bon cidre et tous trois se mirent à table dans la tiédeur de juin.

Un peu plus tard, les deux jeunes gens allaient gagner leurs chambres pour profiter du repos espéré lorsqu'on frappa à la porte. Pierre alla ouvrir. Un domestique en livrée se tenait sur le seuil.

— Est-ce bien ici que loge le docteur Thibault Granger ? demanda-t-il d'une voix compassée.

— C'est moi, répondit l'intéressé.

— A la bonne heure, monsieur. Ma maîtresse, madame de Courtraye, m'envoie vous quérir toutes affaires cessantes.

— J'ai eu l'occasion de soigner madame de Courtraye. Est-elle malade ?

— Pas elle, docteur. Mais sa fille a besoin de votre savoir. Elle est au plus mal.

— Qu'a-t-elle ?

— Je l'ignore, monsieur. On ne me laisse pas entrer dans sa chambre, bien sûr.

— Bien. Le temps de prendre ma sacoche et je vous suis...

— Je t'accompagne, fit Pierre. Il vaut mieux que tu ne sois pas seul au retour.

— La voiture vous attend, messieurs, dit le domestique.

La voiture ! Une petite berline fatiguée qui avait connu des jours meilleurs. Un vieux cheval au pas lent la tirait. Le velours des banquettes était usé jusqu'à la trame, les essieux grinçaient comme un régiment de mouettes hystériques. Après avoir réveillé la moitié de Paris dans son premier sommeil, la voiture parvint, au pied du village de Montmartre, devant un hôtel particulier de la même eau que le véhicule. On avait dû y connaître l'opulence... au siècle précédent. A présent, le petit parc était envahi par les mauvaises herbes et personne ne semblait se soucier de l'entretenir. Les rideaux des fenêtres étaient gris et sales, les volets, rongés par les intempéries, claquaient doucement dans la brise nocturne. Le domestique, qui avait fait fonction de cocher, se transforma dans l'instant en majordome pour inviter Thibault et Pierre à entrer dans la vétuste demeure.

Prenant un chandelier à la lumière parcimonieuse, il guida Thibault, au premier étage, jusqu'à une chambre à la porte de laquelle le domestique toqua discrètement.

— Le médecin est là, Madame.

— Faites-le entrer.

Au rez-de-chaussée, Pierre avisa un vieux fauteuil et s'y installa. Des odeurs de moisi flottaient dans la demeure, émanant des murs marqués par l'humidité. Un seul candélabre éclairait chichement le vestibule où les avait introduits le majordome. Le pas lourd du personnage résonna dans l'escalier et se dirigea vers les communs, l'abandonnant à la solitude lugubre des lieux.

Tout à coup, Pierre sursauta. Au premier étage, un hurlement strident déchira le silence des ténèbres. Il frémit. Etait-ce la malade qui avait poussé ce cri ? De quoi souffrait-elle donc ?

Le domestique réapparut, qui adressa un regard inquiet à Pierre. Les cris continuèrent ainsi pendant plusieurs minutes.

D'autres voix se faisaient entendre, parmi lesquelles Pierre reconnut celle de Thibault.

Peu à peu, les cris nerveux s'apaisèrent. Pierre écouta encore, étonné. Ces cris lui en avaient rappelé d'autres, qui l'avaient ramené deux ou trois ans en arrière. A Bourré, l'une des petites paysannes avec lesquelles il avait découvert les joies ineffables de la chair souffrait d'une affection étrange, qui faisait dire à certaines personnes qu'elle était possédée par le diable. Pierre n'en croyait pas un mot. C'était une fillette agréable et toujours prête à rire, au sein tiède et accueillant. A aucun moment il n'avait eu l'impression de faire l'amour avec une démone. Mais parfois, elle était sujette à des crises mystérieuses qui l'amenaient à pousser des cris et à se tordre dans tous les sens. On appelait alors une vieille femme du village, qui la déshabillait entièrement et lui frottait énergiquement le corps avec de la pousse d'épine, un alcool local fabriqué clandestinement dans les caves par les carriers. A deux reprises, la crise avait frappé la demoiselle alors qu'ils se livraient à de joyeux ébats dans une vieille chaumine abandonnée de la colline. Sentant venir le mal, la fille l'avait envoyé quérir la mère Bouscarle, guérisseuse, rebouteuse et sans doute un peu sorcière de son état. A cette occasion, Pierre avait assisté à ce traitement énergique et n'avait pas oublié la manière dont la vieille s'y prenait.

Se pouvait-il que la demoiselle de Courtraye souffrît de la même affection ? Intrigué, il demeura sur place. Une heure s'écoula, alternant silences inquiétants et hurlements hystériques. Soudain, une porte s'ouvrit et Thibault, harassé, descendit lentement l'escalier. Retrouvant Pierre, il grommela :

— Je n'y comprends rien. Cette fille souffre de crises d'épilepsie. Mais c'est une forme que je ne connais pas. Je ne peux rien faire pour la calmer. J'ai même essayé les anneaux de métal du docteur Burcq. Rien n'y a fait. Il va falloir attendre que la crise passe d'elle-même. Malheureusement, elle risque de se déchiqueter la langue.

Il se laissa tomber lourdement sur un fauteuil et se prit la tête dans les mains.

— Je ne sais plus quoi faire…

Pierre hésita, puis déclara :

— J'ai peut-être une idée.

— Comment ça ?

— J'ai connu une fille, chez moi, qui souffrait d'une maladie semblable. Je n'ai pas oublié le remède pour la soigner, mais il est très particulier et je ne sais pas si cela marchera dans le cas de cette demoiselle.

Thibault leva les yeux vers lui.

— Quel remède ?

— Il faut la déshabiller et lui frotter la peau partout avec un alcool fort. J'ai déjà assisté à ce traitement. La fille était... ma compagne du moment.

Il expliqua la manière dont la mère Bouscarle avait fait disparaître les spasmes. Thibault resta un moment songeur. Puis :

— Et tu saurais refaire les gestes ?

— Je crois, oui.

— Alors, viens.

Il l'entraîna au premier étage et ouvrit la porte de la chambre. Pierre devina une pièce modeste, au décor triste. Une jeune fille était étendue sur le lit, veillée par une dame plus âgée et une domestique en bonnet de nuit, l'air affligées. Pierre contempla la malade, allongée sur le ventre. Il ne voyait pas son visage, recouvert par ses cheveux en bataille. Un trouble inexplicable s'empara de lui, mais Thibault détourna son attention en lui posant la main sur l'épaule. Il s'adressa à la dame de Courtraye :

— Madame, je suis allé prendre l'avis de mon assistant, Pierre Ménétrier. A l'inverse de moi, il a déjà rencontré un cas similaire. Nous désirons appliquer le traitement qu'il préconise. Nous ignorons si cela aura un résultat bénéfique, mais nous n'avons pas le choix. Nous avons besoin d'alcool fort. En avez-vous ?

— Oui, docteur ! acquiesça la dame, le visage partagé entre l'anxiété et la colère. Albertine, allez chercher des flacons d'eau-de-vie.

— Il me faudra aussi des serviettes...

La domestique sortit à pas menus de souris, en jetant un coup d'œil affolé à Pierre. Celui-ci pensait que la colère dont il lisait le reflet dans le regard de la mère était dirigée contre Thibault, parce qu'il ne parvenait pas à soigner sa fille. Cependant, il n'en était rien. La porte refermée sur la vieille femme de chambre, la dame de Courtraye se leva et se mit à arpenter la pièce en lançant ses mains en avant, comme pour mieux laisser exploser sa rancœur.

— Une gourgandine, une moins que rien, une Joséphine-à-la-renverse ! Voilà ce qu'est devenue ma fille, messieurs les médecins. Je crains que tous vos beaux remèdes n'y puissent pas grand-chose, parce que je pense qu'elle est possédée par le diable.

Stupéfait, Pierre fixa Thibault, qui lui fit discrètement signe de ne pas réagir. La dame poursuivit sans les regarder, comme pour elle-même :

— Ma fille collectionne les amants comme un chien les puces. Le dernier était un sculpteur. Un artiste ! Je vous demande un peu. Il avait plus de deux fois son âge. Alors qu'elle devrait œuvrer, comme toute jeune fille de bonne famille, à trouver un parti honnête et fortuné, elle passe son temps à courir d'un homme à l'autre, à faire la fête, à se livrer à je ne sais quelles orgies en compagnie de débauchés ! Ne cherchez pas, messieurs ! C'est Dieu qui l'a punie en la frappant ainsi !

La bonne revint avec deux flacons d'alcool, qu'elle donna à Pierre. Thibault s'adressa à la dame de Courtraye :

— Madame, je crois qu'il serait plus sage pour vous de sortir. Le traitement est extrêmement vigoureux et risque de vous impressionner.

Elle haussa les épaules et quitta la pièce, suivie de sa domestique. Apparemment, elle se moquait de ce que l'on pouvait faire à sa fille. Thibault et Pierre s'approchèrent du lit, où la malade traversait une période de calme. Thibault la saisit délicatement par les épaules pour l'obliger à se retourner. Elle s'exécuta d'un mouvement vif, puis se remit à trembler de tout son corps, les yeux fixés sur lui. Pétrifié, Pierre la contempla.

— Eh bien, quoi ? Qu'y a-t-il ? demanda Thibault.

— C'est elle, murmura Pierre.

— Qui, elle ?

— La demoiselle du Louvre.

Thibault regarda la malade dont les tremblements s'intensifiaient.

— Nous verrons ça plus tard. Attrape ses poignets.

Pierre, vivement ému, saisit les mains de la malade. Elle résista de toutes ses forces. Il ne s'était pas trompé : c'était bien son inconnue. Depuis plusieurs mois, il l'avait prise pour un fantôme, un être évanescent qui n'avait d'existence que dans son propre esprit. Et voici qu'elle apparaissait de nouveau, dans un état pitoyable, le visage déformé par la souffrance, les yeux révulsés, les lèvres luisantes de salive.

— Attends, dit-il à Thibault. Je dois lui parler.

— Elle ne t'entend pas...

— Oh, si, elle m'entend. Elle est parfaitement consciente. Seulement, elle ne peut pas maîtriser son corps.

Les yeux verts fixés sur lui se mirent à briller. Pierre s'assit à ses côtés.

— Mademoiselle... Je sais que vous me comprenez. Je m'appelle Pierre. Je vais essayer de chasser le mal avec une méthode de mon pays. Mais pour cela, nous devons vous déshabiller entièrement. J'en suis désolé.

Le visage crispé sembla marquer un acquiescement.

— De toute manière, nous devons tout tenter, dit Thibault.

A gestes méthodiques, aidé par Pierre, il ôta tous les vêtements de la jeune femme et les jeta sur le sol. Elle se cambra et poussa un hurlement terrifiant. Ses yeux se posèrent un instant sur ceux de Pierre. Il y lut un désarroi profond, proche de la terreur. Il lui sourit pour la rassurer.

— A toi de jouer, compagnon, dit Thibault. Refais les gestes de la guérisseuse.

— Je n'oserai jamais !

— Il va bien falloir. Toi seul connais les gestes. Et puis, ce n'est pas la première fille nue sur laquelle tu poseras la main...

Pierre n'hésita qu'un court instant. Le traitement auquel il avait assisté quelques années plus tôt lui revint en mémoire avec précision. Il s'empara d'un flacon d'alcool et en versa sur ses mains. Puis, retournant avec délicatesse la jeune femme sur le ventre, il commença à lui masser les fesses et le dos énergiquement, remontant vers les épaules, puis redescendant le long des bras. Elle continua de s'agiter pendant un long moment, puis se calma peu à peu. Pierre répéta alors le même mouvement en démarrant par les pieds et en remontant le long des jambes, qu'elle avait fines et musclées, aux attaches solides. Contrairement aux canons de beauté de l'époque, ses hanches n'étaient pas épaisses, mais bien dessinées et harmonieuses.

Lorsqu'il la remit sur le dos, les tremblements s'étaient largement espacés. Il reprit doucement le massage des jambes, remonta vers le ventre, la poitrine, pour finir par les épaules et le cou, à gestes réguliers.

Irrésistiblement, la respiration de la malade s'apaisait. Epuisé, Pierre arrêta ses frictions. Thibault hocha la tête, visiblement étonné.

— On dirait que tu n'as fait que ça toute ta vie, conclut-il. Il est indéniable que tu possèdes un don pour ce genre de chose.

— La vieille Bouscarle disait qu'il faut faire circuler... je ne sais pas, un fluide qui remplit le corps. Ce n'est pas le sang.

— Non, cela s'appelle la lymphe.

La jeune femme respirait à présent beaucoup mieux et ses traits s'étaient adoucis. Elle demeurait plongée dans une sorte d'apathie, mais il s'agissait vraisemblablement d'un état de fatigue intense. Lentement, elle reprit ses esprits. Thibault la recouvrit d'un drap propre.

— Vous voici tirée d'affaire, mademoiselle.

La jeune femme lui jeta un regard rapide, puis tourna les yeux vers Pierre.

— Merci, dit-elle d'une voix lasse.

Elle lui fit signe de revenir s'asseoir près d'elle sur le lit. Elle hésita, puis poursuivit :

— Ainsi, en dehors de vous intéresser à l'Egypte, vous êtes donc médecin.

Pierre secoua la tête.

— Non, mademoiselle, je ne suis pas médecin.

— Pourtant, vous m'avez soignée.

— Je connaissais un remède, c'est tout. J'accompagne seulement le docteur Granger.

Il n'avait aucune intention de lui mentir. Elle laissa passer un silence, puis demanda :

— Comment vous appelez-vous ?

— Pierre. Pierre Ménétrier.

— Merci à vous, monsieur Ménétrier. Je crois que je vous dois la vie.

Les yeux de la jeune femme se mirent à briller intensément et deux larmes coulèrent sur ses joues.

— Je ne sais pas comment me viennent ces crises. C'est comme si… je ne pouvais plus maîtriser mon corps, comme s'il ne m'appartenait plus. J'ai l'impression de me trouver rejetée au fond de moi-même, et d'assister, impuissante, à ma propre déchéance. Je ressens les tremblements, mais je ne peux plus rien contrôler. Et pendant tout ce temps, je reste parfaitement lucide.

Elle soupira et ajouta d'une voix amère :

— J'ai entendu ce que ma mère a dit de moi. Mais c'est faux, vous savez ! Je ne suis pas une gourgandine.

Vivement ému, Pierre lui prit la main. Elle le laissa faire. Ils restèrent un long moment à se regarder. Thibault, conscient qu'il était de trop, s'était écarté, embarrassé. Enfin, Pierre déclara :

— Je me moque de ce qu'a dit votre mère, mademoiselle.

— Pourquoi allez-vous au Louvre ?

— Un vieil homme m'a longuement parlé de l'Egypte. Depuis, je ressens une attirance inexplicable pour ce pays. Les objets, les statues du Louvre me semblent étrangement familiers. Parfois, j'ai l'impression d'avoir vécu là-bas, il y a très longtemps. C'est comme une autre vie.

— Une autre vie…

Le regard de la jeune femme s'était fait plus perçant, comme si elle tentait de pénétrer l'esprit de Pierre, pour quêter une réponse à des questions qui vibraient en elle, et qui trouvaient un écho en lui.

— C'est étrange. Je ressens la même chose, monsieur Ménétrier. Un je-ne-sais-quoi m'aspire là-bas, auquel je ne peux résister. Je sais qu'un jour je me rendrai dans ce pays.

Et cela m'excite et m'angoisse à la fois. C'est une force impérieuse, irrésistible. Parfois, j'ai la sensation d'être possédée. J'aimerais...

Ses doigts se serrèrent sur ceux de Pierre.

— Accepteriez-vous de m'accompagner au Louvre ? Je voudrais y retourner avec vous.

— Bien volontiers, mademoiselle.

Il hésita, puis précisa :

— Cependant, je ne veux pas vous mentir. Je ne suis qu'un modeste journaliste qui vend aussi des journaux. Je n'appartiens pas à la noblesse.

Elle fit la moue.

— La noblesse ? Si vous saviez comme je m'en moque ! Vous avez vu ce qu'il reste de la noblesse de ma famille. Ce vieil hôtel ne tient debout que par la force de l'habitude et nous n'avons plus de terres. Ma mère a à peine les moyens de payer les gages de nos deux derniers domestiques. Elle ne mange pas tous les jours à sa faim, ce qui ne l'empêche pas de demeurer arrogante et hautaine envers ceux qu'elle considère comme ses inférieurs, qu'ils soient gens du peuple ou riches bourgeois. Notre noblesse remonte aux croisades. Pour redorer notre blason, elle espère me voir faire un riche mariage, même avec un roturier, pourvu qu'il soit fortuné. Mais je me moque bien de tout cela.

Elle adressa un sourire irrésistible à Pierre.

— J'aurai plaisir à me rendre au Louvre en votre compagnie, monsieur le modeste journaliste.

— Moi aussi, mademoiselle.

— Je m'appelle Dyane. Avec un « y ». J'y tiens beaucoup.

— C'est un miracle !

Dans Paris plongé dans la nuit, Pierre avait l'impression de marcher sur un nuage. Il avait envie de chanter, de crier sa joie au ciel criblé d'étoiles et à la pleine lune qui inondait les rues d'une lumière bleutée. A ses côtés, Thibault tentait de le calmer. Mais rien ne pouvait refréner la fougue du jeune homme.

— J'en étais arrivé à penser qu'elle n'était qu'un fantôme créé par mon imagination. Et voilà que je l'ai revue, que je l'ai touchée…

— Ça, pour l'avoir touchée…

Pierre ignora la réplique. Il laissa passer un silence et reprit avec ardeur :

— Tu ne peux pas savoir ce que je ressens lorsque mes mains se posent sur sa peau, Thibault. Et son parfum, ce parfum capiteux ! Ah, Charles a bien raison, quand il dit que l'odeur d'une femme est comme un voyage.

— Elle sentait surtout l'alcool de mirabelle, remarqua sobrement le jeune médecin.

— Allez, ne fais pas ta mauvaise tête, compagnon ! Et ris avec moi. C'est le plus beau jour de ma vie. Je vais la revoir.

— Méfie-toi, mon Pierre. Cette femme a beau être désargentée, elle appartient à la noblesse, malgré ce qu'elle pense de cette dernière. Elle n'est pas de notre monde.

— Je m'en moque ! Jamais une femme n'a eu sur moi cet effet-là. Ses cheveux, sa blondeur, c'est comme le soleil. Et ses yeux ! As-tu jamais vu un regard aussi merveilleux ? Celui d'un ange. Des yeux d'émeraude. Je crois que jamais je n'aimerai une autre femme qu'elle.

Thibault soupira. Il pressentait de gros ennuis. La princesse et le berger, cela ne fonctionne que dans les contes de fées…

10

— Dyane de Courtraye ?! Tu as bien dit Dyane de Courtraye ?

— Oui, c'est le nom qu'elle m'a donné.

— Et elle a proposé de te revoir…

— Au Louvre, oui. Elle s'intéresse aussi à l'Egypte.

Alfred poussa un soupir à faire démarrer la flotte de campagne du pays en question.

— Mon pauvre ami, dans quelle aventure te voici embarqué !

Dès le lendemain de cette soirée étrange, Pierre s'était rendu chez le marquis de Givors pour lui parler de Dyane. Il espérait qu'étant noble lui-même il connaîtrait le nom des Courtraye. C'était en effet le cas, mais sa réponse n'était pas celle qu'attendait le jeune homme.

— Pourquoi dis-tu cela ? Mademoiselle de Courtraye a seulement été victime d'une crise d'épilepsie. Ce n'est pas très grave, d'autant plus que je sais comment la soigner. Mais c'est une très belle femme, et j'ai très envie de la revoir.

— C'est bien ce qui m'effraie…

— Pourquoi ? Je sais bien que je n'ai aucune chance avec une femme appartenant à la noblesse, mais c'est elle qui a demandé de visiter le Louvre en ma compagnie. Je ne vais certainement pas refuser.

— Alors, il faudra te montrer très prudent, mon Pierre.

— Je ne comprends pas.

— Dyane de Courtraye n'est pas n'importe qui. Mais tout ce que je pourrais te dire ne servirait de rien. Je dois… je dois te montrer quelque chose. Il faut que nous allions au Louvre.

— Au Louvre ?!

Alfred n'en dit pas plus et fit immédiatement atteler sa berline. Une heure plus tard, il entraînait Pierre d'un pas rapide dans les salles réservées aux artistes contemporains. Soudain, il s'arrêta devant une sculpture représentant une femme nue allongée sur le dos, dans une pose voluptueuse, qui semblait lutter contre un serpent. L'animal s'insinuait entre ses cuisses pour remonter vers le dos, puis la poitrine, où la jeune femme le tenait d'une main, face à son visage qui reflétait l'extase. La forme phallique du serpent ajoutait à la sensualité érotique de la scène.

— C'est une œuvre d'Ernest Klesse, expliqua Alfred. Elle s'intitule *Rêve d'amour*. Elle a fait scandale lorsqu'elle a été exposée, il y a deux ans. Car on dit qu'elle a été moulée directement sur le corps du modèle, qui était la maîtresse du sculpteur.

Pierre examina attentivement la sculpture, sans comprendre pourquoi Alfred avait tellement tenu à la lui montrer. Puis son regard se fixa sur le visage du modèle et il resta pétrifié.

— C'est bien elle, confirma Alfred. Dyane de Courtraye a servi de modèle pour cette statue.

— Sa mère a dit qu'elle avait eu un sculpteur pour amant...

— Ernest Klesse. Cette sculpture a fait scandale. Il y avait bien sûr beaucoup d'hypocrisie dans les réactions des gens, mais une femme qui accepte de poser nue ainsi, sans même masquer son visage, s'expose à voir sa réputation ruinée. Passe encore pour une courtisane, mais la bonne société ne peut accepter une telle conduite de la part d'une fille de la noblesse, même désargentée.

Pierre resta un long moment songeur. Il ne pouvait détacher ses yeux du corps voluptueusement offert à la caresse perverse du serpent. Un corps qu'il connaissait désormais très bien. Il ne savait plus que penser. Le souvenir de la jeune fille au visage angélique aperçue furtivement au Louvre lui revint. Jamais il n'aurait pu imaginer qu'elle se fût livrée à une telle chose. Il demeura abasourdi.

— Je comprends à présent la réflexion de sa mère, souffla-t-il. Mais enfin, ce n'était pas criminel de poser nue pour le sculpteur si elle était sa maîtresse...

— Oh, il y a bien autre chose, mon Pierre. Tu ne sais pas tout. Dyane de Courtraye a la réputation de multiplier les aventures, d'avoir plusieurs amants en même temps. Contre ses faveurs, les hommes lui offrent des robes, des bijoux, des meubles, des cadeaux de toutes sortes. Aux yeux de beaucoup – pardonne-moi, mon ami –, elle mène l'existence d'une courtisane, certains disent d'une prostituée.

Pierre accusa le coup.

— Ce n'est pas possible...

Alfred lui posa la main sur l'épaule.

— Ne me tiens pas rigueur de ce que je viens de te révéler. Je voulais seulement te mettre en garde. Sache que si tu deviens l'amant de cette femme, tu ne seras probablement pas le seul. Aussi, profite des moments qu'elle t'accordera, mais n'attends rien d'autre d'elle. Elle est infidèle par nature.

Pierre ne répondit rien. En quelques mots, Alfred venait de briser le rêve qui l'habitait depuis la veille. Déjà, Thibault avait tenté de refroidir son enthousiasme. Sans doute avait-il déjà entendu parler de la réputation de Dyane de Courtraye. Il n'en avait rien dit. Mais Alfred l'avait fait. Pour l'avertir. Il ne pouvait lui en vouloir.

La nuit précédente...

Après le départ des deux jeunes gens, Dyane ne put fermer l'œil. Sur sa peau restait incrustée la marque des doigts de cet inconnu aux magnifiques yeux bleus qu'elle avait déjà repéré plusieurs fois au Louvre. Elle s'était demandé ce qu'il pouvait faire là. Il n'avait pas l'allure d'un étudiant, pas vraiment. Il était vêtu pauvrement, mais son regard reflétait une fierté qui confinait presque à de l'arrogance. A deux reprises, elle avait failli l'aborder. Ce n'était pas ainsi qu'agissait une jeune fille de bonne famille, mais de cela elle se moquait. Elle s'était reprise. Elle avait mis tant d'hommes à ses pieds. Pour quelles raisons irait-elle s'amouracher d'un jeune homme pauvre ? C'était stupide.

Cependant, elle était revenue plusieurs fois, et l'avait observé, de loin, tout en se traitant intérieurement de tous les noms. Elle savait à présent pourquoi. Elle en avait eu la confirmation depuis qu'il l'avait touchée. Cet homme l'attirait comme jamais un homme ne l'avait attirée auparavant.

Dyane était née en 1826 d'Emilie de Boisbœuf et du comte Georges de Courtraye, dont la noblesse remontait à l'époque de Philippe Auguste. Georges avait été l'un de ces nobles loyalistes qui avaient tenté d'aider Louis XVI à fuir la France de la Révolution. Il n'avait dû qu'à une chance improbable de ne pas finir sur l'échafaud. Après l'échec de Varennes, il avait gagné l'étranger, où il avait lutté activement contre la République, puis contre l'Empire. Il y avait perdu le peu de fortune qui lui restait. Après le retour de Louis XVIII, il avait escompté récupérer les terres dont s'étaient emparés les fermiers généraux. Mais il avait perdu tous ses procès. Ses ennemis avaient su, grâce à leurs fortunes autrement plus importantes qu'un titre de noblesse ancien et poussiéreux, mettre les juges dans leur poche. Seuls lui restaient le petit hôtel de Courtraye, sis au pied du village de Montmartre, et une petite rente octroyée par le roi, qui lui permettait à peine de subsister et de conserver deux domestiques à son service, ainsi qu'une voiture âgée et un cheval qui ne l'était pas moins. En exil, il avait épousé la demoiselle Emilie de Boisbœuf, qui avait vingt ans de moins que lui et présentait à l'époque un frais minois. Ils auraient souhaité avoir une descendance nombreuse, ainsi que le voulait la tradition. La volonté de Dieu s'était exprimée autrement, et ils avaient accepté avec reconnaissance la seule fille qu'Il avait bien voulu leur donner.

Une fille sur laquelle se fondaient tous les espoirs de la famille. Dyane portait un nom ancien et couvert d'honneurs. Elle devait épouser un homme riche pour redorer le blason familial. Pour la préparer, on l'avait fait élever dans un couvent, dont les sœurs avaient été chargées de lui inculquer toutes les bonnes manières, et la haine de tout ce qui représentait la République ou l'Empire de l'usurpateur « Buonaparte ».

Sans doute les religieuses apportèrent-elles un zèle trop grand à leur tâche. Elles obtinrent le résultat inverse. La petite Dyane fit preuve dès le plus jeune âge d'un caractère frondeur et insoumis. Brillante, intelligente, dotée d'une mémoire prodigieuse, elle apprenait facilement tout ce qu'on lui enseignait. Mais elle avait la fâcheuse manie de tout remettre en question, y compris l'enseignement religieux, ce qui lui avait valu de nombreuses et interminables séances de punitions diverses et variées, lesquelles avaient fait naître en elle une haine farouche envers tout ce qui portait voile ou soutane. Et avaient raffermi son caractère férocement indépendant.

Dyane avait quatorze ans lorsque son père mourut, en 1840. L'autorité paternelle ayant disparu, et avec elle le dernier licou qui retenait encore sa nature fougueuse et sauvage, Dyane décida de voler de ses propres ailes. Dame Emilie, qui n'avait rien vu venir, estimait qu'à quatorze ans sa fille était en âge de trouver un bon parti. Ne songeant qu'à reconquérir le lustre d'antan, emporté par la tourmente de la Révolution, elle s'arrangea pour que Dyane assiste à des soirées données dans la bonne société. La jeune fille, bien décidée à s'affranchir de la tutelle maternelle au plus tôt, ne demandait pas mieux. Cependant, si le but affiché par Emilie était de trouver un mari fortuné au plus vite, celui de Dyane était bien différent. Malgré son jeune âge, elle n'avait pas été longue à comprendre comment fonctionnaient les hommes. Tous, jeunes ou vieux, étaient irrésistiblement attirés par sa beauté et ses charmes tout neufs. Nullement farouche, elle avait très vite appris à les utiliser. La devise des Courtraye était « Jamais ne recule ! ». Et Dyane ne reculait devant rien pour obtenir ce qu'elle voulait.

En quelques mois, elle avait mis nombre de victimes à ses pieds. Papillonnant de l'un à l'autre, elle avait pris son premier amant alors qu'elle n'avait pas encore quinze ans. Fine et pleine d'esprit, elle était rapidement devenue l'une des reines des soirées parisiennes. Et les amants avaient défilé, au grand dam de sa mère, qui n'avait pas envisagé que les choses se passeraient de cette manière. Mais devant les cadeaux dont on comblait sa fille, et dont elle bénéficiait indirectement, elle avait fini par baisser pavillon, espérant qu'avec le temps il se trouverait parmi ses riches amants un homme fortuné qui désirerait malgré tout l'épouser.

Dyane poursuivit donc ses frasques tandis qu'Emilie fermait les yeux. Ses amants acceptaient ses caprices et ses infidélités. Elle avait la réputation d'être, malgré son jeune âge, une maîtresse expérimentée et imaginative, et l'on briguait ses faveurs en la couvrant de présents.

Contrairement à ce qu'espérait sa mère, elle n'avait aucunement l'intention de devenir l'épouse d'un barbon ennuyeux et cousu d'or. Elle avait envie de vivre, de s'amuser. Elle avait eu tôt fait d'être installée dans ses meubles par l'un de ses amants, à qui cependant elle avait imposé sa totale liberté. Dyane avait toujours mal vécu la pauvreté de sa famille, que les autres pensionnaires du couvent où elle avait été élevée n'avaient jamais manqué de lui rappeler. Elle s'était promis de ne pas rester pauvre toute sa vie. Dans ce but, elle utilisait les armes dont la nature l'avait dotée. Comment agir autrement dans un monde dominé par les hommes ? Les hommes, leur arrogance, leur sentiment de supériorité, leur muflerie. Pourtant, le plus malin d'entre eux ne tenait pas devant elle. Elle connaissait toutes les ruses pour les amener là où elle voulait, elle savait se faire désirer, jouer de caprices, puis céder juste au bon moment, et donner à ses amants des ivresses qui les laissaient pantelants et éperdus.

Sa plus grande force venait du fait qu'elle avait su ne s'attacher à aucun. Elle les aimait tous. Ils étaient si faibles, si prévisibles, si faciles à manipuler. Aucun d'eux n'avait jamais remarqué qu'elle était instruite et intelligente. Ils s'en moquaient. Seules ses fesses les intéressaient. Alors, ne méritaient-ils pas tous d'être cocus ?

Deux ans auparavant, alors qu'elle venait d'avoir dix-huit ans, elle était devenue l'égérie d'un sculpteur, Ernest Klesse, qui lui vouait une adoration idolâtre et voulait la sculpter nue. L'idée l'avait séduite et elle avait laissé les mains de l'artiste, qui avait près de cinquante ans, se poser sur elle. Elle avait aimé ce contact étrange et délicat. Peu à peu, elle avait vu son double, taillé dans le marbre, prendre forme.

L'artiste avait su traduire dans la pierre toute la sensualité qui émanait de son corps. Comme elle s'y était attendue, l'œuvre avait provoqué un esclandre lorsqu'elle avait été exposée. Dyane s'était beaucoup amusée des réactions horrifiées des bourgeois pudibonds. Ils avaient manifesté hautement leur réprobation, mais n'avaient pas manqué de revenir, parfois à plusieurs reprises, afin de se régaler de ses charmes ainsi exhibés. On les avait voués aux gémonies, son sculpteur et elle. Ernest s'était retranché derrière l'art. Quant à elle, elle avait joué l'innocence et la candeur, ce qu'elle savait faire à merveille. Elle imaginait combien d'hommes avaient dû rêver d'elle, plus tard, dans le secret de leur chambre, près de l'épouse que les convenances et les arrangements familiaux leur avaient imposée.

Dyane avait une amie, Marie Duplessis. De deux ans plus âgée qu'elle, elle était née en Normandie dans une très grande pauvreté. Elle avait d'abord travaillé très jeune comme servante, puis comme chapelière. Elle n'avait pas seize ans lorsqu'un riche commerçant en avait fait sa maîtresse et l'avait installée dans un bel appartement parisien, boulevard de la Madeleine. A la même époque, Emilie commençait à présenter Dyane dans les soirées où paraissait Marie. Elles devinrent immédiatement amies, au grand dam de madame de Courtraye, qui la connaissait de réputation. Dès l'âge de seize ans, la beauté inhabituelle de Marie Duplessis, son charme irrésistible, son sourire plein de séduction avaient fait d'elle la courtisane la plus célèbre de Paris.

Elle avait offert à Dyane de venir habiter chez elle lorsque celle-ci avait manifesté le désir de quitter son premier amant, celui qui lui avait offert un appartement. Ce goujat l'avait repris lorsqu'elle lui avait dit qu'elle rompait ! Pourtant, on ne reprend pas un cadeau, n'est-ce pas ? Il fallait croire que si ! Il était hors de question de retourner à l'hôtel de Courtraye, Dyane ne supportait plus les récriminations de sa mère. Elle avait donc emménagé chez Marie Duplessis. A dix-sept et quinze ans, Marie et Dyane étaient de toutes les fêtes. On les voyait au bal, à l'Opéra, au bois de Boulogne, dans les soirées de Neuilly…

Une bouffée d'affection gonfla le cœur de Dyane. Marie lui avait beaucoup appris. Avec elle, elle avait suivi des cours de piano, s'était intéressée à toutes sortes de sujets, lisant énormément. Toutes deux étaient capables de soutenir une conversation sur n'importe quel thème, face à des hommes politiques ou à des savants. Leurs connaissances étonnaient.

Elles attiraient également les artistes. De même qu'Ernest Klesse avait sculpté le corps de Dyane, le peintre Edouard Vienot et l'aquarelliste Roqueplan avaient fait le portrait de Marie. Elle avait aussi été la maîtresse d'Alexandre Dumas, le fils, puis, plus tard, de Franz Liszt. Elle avait même confié à Dyane que le grand compositeur lui avait offert de vivre avec lui, ce qu'elle avait refusé.

Et puis, au mois de janvier 1846, elle avait soudainement abandonné Paris pour Londres, où elle avait épousé un noble fortuné, le comte Edouard de Perrégaux. Un vide immense s'était creusé en Dyane, qui avait mal vécu le départ de son amie.

Elle avait fini par quitter Ernest. Il devenait bougon et surtout jaloux, ce qu'elle ne supportait pas. Elle seule avait le droit de manifester de la jalousie, lorsqu'un de ses amants s'intéressait de trop près à une autre femme.

Las, une mauvaise fièvre l'avait laissée désemparée et incapable de trouver un nouvel amant. Peu désireuse de retourner toute repentante près d'un Ernest qui eût été trop content de la voir revenir, elle s'était résolue à regagner l'hôtel de Courtraye, où sa mère lui avait mené la vie difficile. A tel point qu'elle avait fini par être prise d'une crise d'épilepsie, comme elle en faisait autrefois, chez les sœurs.

Dyane écouta le silence de la vieille demeure, respira l'odeur de renfermé, de tissu moisi, de papier passé. Puis ses pensées revinrent vers ce grand jeune homme blond qui l'avait massée longuement et efficacement. Elle avait aimé les mains de son sculpteur sur elle. Elle adorait les caresses, des plus douces aux plus intimes. Elle savait aussi le désir qu'elle suscitait chez ses amants lorsqu'elle leur demandait de la caresser lentement, pendant de longs moments, avant d'aller plus loin dans la relation. Elle jugeait ainsi les hommes à l'aune de leur patience.

Cependant, aucun d'eux n'avait éveillé en elle une sensation aussi puissante, une émotion presque incontrôlable. Il n'y avait pourtant aucune douceur dans les frictions énergiques que le colosse aux cheveux d'archange lui avait appliquées. Peut-être son état avait-il exacerbé ses sens. Mais elle savait au fond d'elle-même que ce n'était pas cela. Les mains de cet homme possédaient un pouvoir sur elle. Elle aurait voulu qu'il continuât ainsi à la masser toute la nuit, qu'il la prît, qu'il la fît sienne. Elle avait eu la sensation inhabituelle de n'être plus qu'un jouet entre ses mains puissantes. Elle lui avait appartenu. Tout son être se révoltait à cette idée. Et pourtant elle ne pouvait s'empêcher d'en éprouver un intense plaisir rétrospectif, une sensation de soumission bienheureuse.

Avait-elle pressenti cela lorsqu'elle l'avait remarqué dans les salles égyptiennes du Louvre ?

Elle ne devait pourtant rien attendre de lui. Il était pauvre, comme elle. Et il n'était même pas noble. Il l'avait dit lui-même : ils n'appartenaient pas au même monde. Pourtant, elle voulait le revoir, elle voulait sentir encore une fois ses mains sur elle. Elle se moquait du reste.

Et puis, il y avait autre chose, qui l'intriguait tout autant. Pour quelles mystérieuses raisons fréquentait-il ainsi le Louvre ? Pourquoi ne s'intéressait-il apparemment qu'aux seules œuvres égyptiennes ? Ressentait-il, tout comme elle, une attirance inexplicable pour tout ce qui touchait à l'antiquité de ce pays ?

Plus elle y pensait, plus une idée s'imposait à elle : ils étaient liés tous deux par quelque chose qui les dépassait, et qui avait trait à l'Egypte antique.

Elle devait absolument le revoir.

11

Le lendemain, ignorant les injonctions de sa mère qui tentait de la retenir, Dyane fit atteler le vieux cheval et se rendit dans le centre de Paris. Sa promenade la conduisit sans qu'elle s'en rendît compte jusqu'au boulevard de la Madeleine. Là, elle descendit de voiture, ordonna au cocher de l'attendre, et se mit à flâner devant les magasins. Son malaise de la veille n'était plus qu'un souvenir. Les mains de ce Pierre Ménétrier avaient quelque chose de magique. Ses pensées revenaient sans cesse vers lui. Elle s'en voulait, mais elle ne pouvait chasser son visage de sa mémoire. A l'évocation des caresses énergiques qu'il lui avait prodiguées, tout son être se cambrait d'un désir inassouvi. Elle ne savait même pas où il habitait. Le docteur devait le savoir, lui. Mais seule sa mère connaissait son adresse. Et elle n'avait guère envie de la lui demander.

Tout à coup, elle tomba en arrêt. Ses pas l'avaient naturellement menée vers le petit immeuble de Marie Duplessis. Marie, qui avait quitté Paris pour Londres...

Et pourtant... Elle devait être l'objet d'une hallucination. N'était-ce pas elle qu'elle apercevait là-bas, près d'un café ? Elle accéléra le pas.

— Marie ?!

— Dyane !

Les deux jeunes femmes tombèrent dans les bras l'une de l'autre.

— Mais... je te croyais partie pour l'Angleterre, mariée avec un comte...

— Oh, je le suis toujours. Mais j'ai décidé que je ne supportais plus le mariage.

Dyane contempla son amie avec ravissement. Elle était grande, mince, le cheveu noir, les yeux étirés en amande, la bouche couleur de cerise, ornée de jolies dents. Marie était de retour. La vie allait pouvoir recommencer. En revanche, son teint était bien plus pâle qu'à l'hiver précédent.

— J'ai mille choses à te raconter ! commença Dyane.

— Moi aussi. Viens chez moi, nous serons plus à l'aise pour bavarder.

Quelques instants plus tard, toutes deux étaient attablées devant un thé.

— Comment vont les choses pour toi, ma belle ? demanda Marie.

La jeune femme fit la moue.

— Pas très bien. J'ai quitté Ernest. Il devenait vraiment trop possessif. Nous nous sommes disputés et je suis partie en claquant la porte.

— Qui est l'heureux élu ?

Seconde grimace.

— Il n'y a pas d'heureux élu. Pas encore. A la vérité, une méchante fièvre m'a contrainte à retourner chez ma mère. Où j'ai fait une crise d'épilepsie.

— Ma pauvre chérie !

— Mais je bénis cette crise, car elle m'a permis de rencontrer un homme.

Une lueur intéressée et amusée s'alluma dans l'œil de Marie.

— Un homme ? Raconte-moi tout !

— Oh, tu vas me prendre pour une folle. Ce... c'est tellement étrange, ce qui m'arrive. Je l'avais croisé plusieurs fois au Louvre. Tu sais que je m'y rends régulièrement, à cause de la statue dont je t'ai parlé... Je t'ai raconté l'attirance mystérieuse que je ressens pour cette reine dont je ne connais même pas le nom...

— Oui. Et je t'ai dit de prendre garde. Ces sculptures de dieux à têtes d'animaux me font froid dans le dos. On raconte qu'elles proviennent de tombeaux. Je suis persuadée qu'on n'aurait jamais dû les profaner. Les savants ont peut-être réveillé les esprits des morts, ou pire encore.

— Je ne sais pas. Mais cette statue est bizarre. Parfois, j'ai l'impression qu'elle m'appelle. Et il y a plus étrange encore. J'ai remarqué une vague ressemblance avec mon propre visage...

— C'est une coïncidence.

— Peut-être.

— Mais tu m'as parlé d'un homme...

— J'y viens. Je l'ai croisé quelquefois au Louvre. Il fréquentait les salles consacrées à l'Egypte. Et à chaque fois, il était dans la salle de la reine inconnue. J'ai cru qu'il s'agissait d'un étudiant. Beau garçon, les épaules larges, un regard très doux et plein de charme. Mais on voyait bien qu'il n'était pas fortuné.

— Rien ne t'interdit de prendre un amant sans le sou, ma belle, s'il fait bien l'amour.

— Sur le moment, je ne pensais pas à ça. C'est bizarre, mais c'était autre chose qui m'attirait chez lui. Comme s'il existait un lien entre nous...

— Oh là là, soupira Marie.

Dyane grimaça.

— Je vois bien que tu me prends pour une folle.

— Oh, non. Mais je soupçonne autre chose. Continue.

— Pendant quelque temps, je me suis obligée à ne pas retourner au Louvre. J'avais failli l'aborder par deux fois. Mais que lui aurais-je dit ? J'ai eu peur d'être déçue. Alors, j'ai renoncé. Je suis restée quelques mois sans aller là-bas. Je comptais qu'avec le temps je ne penserais plus à cet homme, mais...

— Mais ce n'était pas facile !

— C'est vrai. Et en même temps, j'étais furieuse contre lui sans le connaître, parce que pour la première fois, je ressentais en moi des sentiments que je ne maîtrisais pas. Ernest m'agaçait. Jusqu'au moment où j'ai pris conscience que je n'avais rien à faire avec un homme qui avait largement l'âge d'être mon père. A la vérité, j'aimais sentir ses mains sur moi. J'avais l'impression d'être une œuvre d'art, tu comprends. C'était flatteur. Il y a un mois, nous nous sommes disputés et je suis partie. Sur un coup de tête. Sur le moment, j'ai pensé venir trouver refuge chez toi. J'avais oublié que tu étais partie. J'étais désemparée. Je n'avais pas envie de me rendre chez l'un ou l'autre de mes anciens amants. En désespoir de cause, je suis allée chez ma mère, le temps de trouver une solution. Mais ce n'était pas une bonne idée. Celle-ci n'a cessé de me faire la morale, m'accusant de tous les vices de la terre et d'ailleurs.

— J'imagine ce qu'elle a pu te dire…

— Elle m'a tellement harcelée que j'ai fait une crise, il y a deux jours. C'était horrible. Ma mère a pris peur et elle a appelé un médecin. Il est venu et il était accompagné par un jeune homme…

Dyane marqua un temps d'arrêt.

— C'était lui, Marie.

— Celui du Louvre ?

— Exactement. On ne peut pas parler de coïncidence. J'avais voulu m'écarter de lui, mais le destin l'a ramené vers moi, à un moment où il était la dernière personne que j'aurais voulu rencontrer, compte tenu de l'état dans lequel je me trouvais.

— En effet, c'est vraiment étrange.

Dyane hésita à nouveau, puis ajouta :

— Je suis sûre que cela a un rapport avec cette reine inconnue, Marie. C'est elle, c'est son esprit qui a voulu que nous nous retrouvions.

Marie hocha la tête, mal à l'aise.

— Au début, je ne l'ai pas reconnu, poursuivit Dyane. Il était resté à l'extérieur. Mais le médecin n'arrivait pas à me calmer. Alors, il a fait entrer le jeune homme, qui m'a appliqué un traitement… Oh là là, j'aurais voulu qu'il dure toute la nuit.

— Comment ça ?

— Il m'a… déshabillée entièrement et il m'a frictionnée avec de l'alcool. Jamais un homme ne m'avait fait cet effet-là. Tu ne peux pas savoir.

— A ce point-là ! dit Marie avec un sourire de connivence. Et, bien sûr, tu as envie qu'il recommence.

— Oh oui ! Et j'aimerais en savoir plus sur lui.

Soudain, Marie se mit à tousser.

— Ça ne va pas ? demanda Dyane.

La jeune femme fit une grimace qui se voulait rassurante.

— La phtisie. Chaque jour, elle gagne du terrain. Je sais qu'il ne me reste plus longtemps à vivre.

— Ne parle pas comme ça. Il y a de bons médecins...

— Ils n'y peuvent rien. Ils ignorent le remède. Il n'y a aucun espoir, hélas.

Elle prit la main de Dyane entre les siennes.

— C'est pour cette raison que je suis revenue, ma belle. Edouard était très gentil, mais Londres est d'une tristesse par rapport à Paris ! J'ai envie de m'amuser, de profiter du temps qu'il me reste pour vivre, faire la fête, dépenser sans compter, m'offrir des toilettes, des bijoux, danser, vivre jusqu'au bout de la nuit. Je n'ai plus envie d'être fidèle à aucun. Je veux être un papillon. Les papillons ne vivent pas longtemps. Mais ils achèvent leur vie au sommet.

Dyane sentit les larmes lui monter aux yeux. Elle eut un bref sanglot.

— Je ne veux pas, Marie.

— Tu ne veux pas que nous fassions la fête toutes les deux ?

— Oh, si je le veux. Mais je ne veux pas que tu meures, voilà.

— Je suis encore là. Tout d'abord, puisque tu ne sais pas où aller, tu vas revenir habiter ici, avec moi.

— Avec plaisir.

— Et à présent, parle-moi de ton mystérieux étudiant.

— Il n'est pas étudiant, Marie. Il m'a dit qu'il était... journaliste.

Elle n'avait pas osé dire qu'il vendait des journaux.

— Et c'est un véritable magicien !

Elle expliqua par le détail le traitement, les mains de Pierre sur sa peau, les sensations éprouvées, tous ses sens exacerbés.

— Il savait que je l'entendais, Marie. Même le médecin pensait que j'avais perdu l'esprit. Or, j'étais parfaitement lucide, je comprenais tout ce qui se disait, surtout la méchanceté de ma mère. Lui, il m'a regardée, il s'est excusé de devoir me mettre nue. J'ai eu peur. Je ne savais pas ce qui m'attendait. Mais à présent je voudrais refaire une crise, juste pour qu'il revienne me masser !

Marie considéra son amie gravement.

— C'est bien ce que je craignais. Tu es amoureuse.

— Oh, amoureuse...

— Tu es amoureuse ! Cela crève les yeux. Je n'ai pas vu cet homme, mais je crois qu'il est différent des autres. Et il risque de te faire souffrir.

— Souffrir ?

— Oui, petite sœur. Je ne t'ai jamais vue comme ça.

— Que veux-tu que je fasse de lui ? Il n'a pas un sou vaillant !

— La belle affaire ! Les autres ont besoin d'argent pour te plaire. Celui-là, non. Il a posé ses mains sur toi. Tu lui appartiens déjà. Or, ce n'est pas bon. Les hommes, nous devons les garder à nos pieds si nous voulons qu'ils nous respectent.

— Alors... tu penses qu'il vaudrait mieux que je ne le revoie pas ?

— Je ne sais pas, Dyane. Peut-être au contraire devrais-tu le revoir, afin de connaître la nature des liens qui existent entre vous. Fais-en ton amant, pour voir. Mais c'est très risqué. Il peut te décevoir, ce qui sera un moindre mal. Mais il peut aussi t'enchaîner à lui irrémédiablement. C'est à ce moment-là que tu souffriras vraiment. Parce que je ne te vois pas vivre auprès d'un homme qui sera incapable de t'apporter le luxe.

Dyane hocha la tête.

— C'est vrai. Mais j'ai tellement envie de le revoir...

— Laisse passer quelques jours. Ça te donnera le temps de réfléchir.

De son côté, malgré les avertissements de ses amis, Pierre avait bien l'intention de revoir Dyane. Elle avait émis l'idée de l'accompagner au Louvre, et il était bien décidé à obtenir un rendez-vous. Il avait pensé – naïvement – qu'elle lui ferait parvenir un message chez Marie-Louise. Mais, au bout de trois jours, rien ne s'était passé. Il se dit alors qu'elle ignorait son adresse, tout simplement, ce qui était la vérité. Il n'était pas censé habiter au même endroit que Thibault. Rassuré par cette évidence, il attendit encore une journée, puis se rendit à l'hôtel de Courtraye, au pied de la colline de Montmartre. Il n'eut aucune peine à le retrouver. Il hésita un instant puis s'avança vers la grille rouillée qui défendait le parc de modestes dimensions. Ce jour-là, le cocher-majordome avait endossé la tenue de jardinier et tâchait de redonner un semblant de civilisation aux herbes folles qui envahissaient les lieux.

— Bonjour ! Je suis l'assistant du docteur Granger. Je viens prendre des nouvelles de mademoiselle de Courtraye.

L'homme s'approcha, le reconnut.

— Ah, c'est vous !

Il gratta une barbe naissante et ajouta :

— Elle n'est pas là. Elle est partie.

— Partie ?

— Oui. Elle s'est disputée avec sa mère et elle a quitté la maison.

— Savez-vous où elle est allée ?

— Non, monsieur. Je l'ai déposée dans le centre de Paris, et elle m'a renvoyé avant que je puisse voir où elle se rendait.

— N'avait-elle pas de bagages ?

— Un simple sac.

Il s'approcha plus près et, sur le ton de la confidence, précisa :

— Je sais qu'elle possède beaucoup de robes magnifiques, des meubles, des bijoux. Mais je crois que tout ça est resté chez monsieur Klesse, le sculpteur.

— Elle est peut-être retournée chez lui...

— Oh, non, monsieur. Je ne l'ai pas déposée à cette adresse. Je crois que Mademoiselle ne tenait pas à ce que je sache où elle se rendait.

— Bien.

Pierre glissa une pièce de cinq francs dans la main du domestique. Celui-ci pouvait se révéler de nouveau utile. Puis il repartit, avec une terrible sensation de vide dans le cœur et l'esprit. Comment savoir où se trouvait Dyane, à présent ?

Il revint rue du Cygne, le moral au plus bas. Dyane lui avait menti. Elle avait prétendu vouloir le revoir, aller au Louvre avec lui. Si tel avait été le cas, elle aurait laissé un moyen de la joindre, une adresse, ou une lettre. Pour la première fois de sa vie, il douta. Que s'était-il mis en tête ? Cette demoiselle appartenait à la noblesse. Pourquoi se serait-elle intéressée à lui ? Il n'avait pas de fortune. Il n'était qu'un petit vendeur de journaux. Rien de plus.

La nuit suivante, il dormit très mal.

Le lendemain, il se remit à espérer. A plusieurs reprises, il repassa chez lui, au cas où elle y aurait fait porter une lettre. Marie-Louise ne fut pas dupe.

— Mon petit Pierre ne serait-il pas amoureux, des fois ?

— Je ne sais pas, Marie-Louise. Et puis, de toute façon, c'est de la folie. C'est une demoiselle… de la noblesse.

— Oh, alors, je crois que tu es devenu fou. Les torchons ne se mélangent pas avec les serviettes, mon *bihan*. Tu vas t'attirer des ennuis.

— Oui, tu as sans doute raison.

Ce qui ne l'empêcha pas de continuer à espérer. En vain. Dyane ne se manifesta pas.

Le samedi suivant, alors qu'un soleil magnifique inondait Paris, Pierre se rendit au Louvre. Il avait revêtu l'habit magnifique qu'Alfred lui avait fait confectionner par son propre tailleur. La veste, de couleur bleu marine, la chemise à jabot, le pantalon idéalement coupé ainsi que le haut-de-forme conféraient au jeune homme l'allure d'un riche dandy. Il était passé chez le barbier, qui l'avait rasé de près et avait taillé ses cheveux à la dernière mode. Muni de sa canne, Pierre avait fière allure lorsqu'il quitta la maison de Marie-Louise.

— Oh, oh, n'y aurait-il pas quelque rendez-vous galant là-dessous ? s'extasia la vieille dame.

— Peut-être, répondit Pierre.

— Alors, quitte cet air inquiet, mon *bihan*. Tu vas faire fuir la demoiselle.

Le jeune homme ne put s'empêcher d'éclater de rire.

Il se rendit au musée d'un pas alerte, mais en se traitant d'imbécile. Cela faisait plusieurs mois que Dyane n'était plus venue au Louvre, il n'y avait aucune raison pour qu'elle y fût précisément ce samedi-là. Et pourtant, dès qu'il entra dans la salle où il l'avait vue à chaque fois, il aperçut sa silhouette fine et élégante, debout devant cette statue mystérieuse qui semblait tant l'intriguer. Le cœur battant à se rompre, il s'approcha. Elle tourna les yeux vers lui. Elle ne semblait même pas surprise.

— Je vous attendais.

— Mais comment...

Elle posa un doigt sur ses lèvres finement dessinées pour lui faire signe de se taire. Elle lui montra la statue. Pierre la connaissait bien. Il était resté plusieurs fois en arrêt devant elle. Elle représentait une femme à la beauté mystérieuse, coiffée d'une couronne de forme singulière, figurant une sorte d'oiseau de proie, peut-être un vautour, dont les ailes retombaient de chaque côté de la tête. Sur le devant se dressait un serpent dont Pierre connaissait le nom parce que Auguste le lui avait dit : un cobra.

— C'est elle qui nous a fait venir ici aujourd'hui, déclara Dyane à mi-voix.

Pierre ne répondit pas. En d'autres circonstances, il n'aurait pas ajouté foi à une telle affirmation. Son esprit cartésien ne faisait pas bon ménage avec le surnaturel. Depuis qu'il avait rencontré Auguste, il ne croyait plus ni à Dieu ni au diable, et encore moins à des divinités dont plus personne n'avait conservé le souvenir en ce bas monde. Cependant, il n'avait pas oublié l'histoire que lui avait racontée son vieux professeur sur ce lieu mystérieux où il avait cru ressentir la présence de spectres. C'était un peu à cause de cette histoire étonnante qu'il avait voulu en savoir plus sur l'Egypte, et qu'il avait fréquenté régulièrement les salles du Louvre qui lui étaient consacrées. Il aurait aimé savoir déchiffrer les signes qui s'inscrivaient sur les papyrus, les stèles, les statues. Il en aurait appris ainsi beaucoup plus. Mais c'était impossible. Qui pourrait lui enseigner les hiéroglyphes ?

Pierre ne pouvait détacher ses yeux de ceux de Dyane. Il ne savait plus comment réagir. Il n'était pourtant pas timide avec les filles. Mais, face à elle, il se trouvait désarmé. Elle ne faisait pas partie de son monde. Il n'oubliait pas non plus tout ce qu'on lui avait dit sur elle. On l'avait salie à ses yeux, et, bien qu'il refusât de toutes ses forces d'accorder de l'importance à cela, une gêne obscure le tenait. La jeune femme s'en aperçut et sourit. Pierre crut que son cœur allait exploser. On devait l'entendre à l'autre bout du musée.

— Ne savez-vous donc plus parler ? demanda-t-elle, amusée.

— C'est-à-dire que… je ne m'attendais pas à vous retrouver ici aujourd'hui.

— Mais vous l'espériez ?

— C'est vrai, avoua-t-il.

Tout en elle respirait la sensualité, sa bouche, ses yeux aux cils finement ourlés, les boucles dorées aux reflets roux qui retombaient de son chapeau, le teint délicat de ses joues. Elle était vêtue d'une robe sage, de couleur vert amande assortie à ses yeux, mais Pierre n'ignorait rien de ce qui se cachait sous l'étoffe. Des images lui revenaient, qu'il s'efforça de chasser pour conserver un semblant de mondanité à leur conversation.

— Moi aussi, répondit-elle sans détacher ses yeux de ceux de Pierre.

Sa réponse redonna quelque assurance au jeune homme.

— Je n'ai pas oublié que vous désiriez vous rendre au Louvre en ma compagnie. Je suis allé à l'hôtel de Courtraye, mais on m'a dit que vous étiez partie. Je ne savais plus où vous joindre.

— Vous êtes allé là-bas ? J'imagine comment ma mère a dû vous recevoir.

— Je ne l'ai pas vue. Je n'ai parlé qu'au jardinier.

— Bertrand ? Il ne savait rien.

Elle laissa passer un court silence.

— Moi non plus, je ne savais pas comment vous retrouver. Alors, je suis venue ici.

Il hocha la tête. Il éprouvait une envie irrépressible de la prendre dans ses bras, de la serrer contre lui. Mais l'endroit ne se prêtait guère à une telle manifestation. Et puis, tout cela l'inquiétait un peu. Il prit une profonde inspiration.

— J'avais très envie de vous revoir. Mais je pensais aussi que c'était une folie, et j'ai hésité. Je ne vous ai pas menti. Je ne suis qu'un vendeur de journaux qui écrit des articles de temps à autre. Vous côtoyez des hommes bien plus riches et bien plus influents que moi.

Son embarras émut et amusa la jeune femme. Elle posa la main sur le revers de sa veste.

— A voir votre habit, on ne dirait pas que vous êtes si pauvre que vous le prétendez.

— C'est mon ami Alfred de Givors qui me l'a offert.

— Alfred ? Je ne savais pas qu'il aimait les hommes à ce point !

Pierre rougit devant l'allusion.

— Je lui ai sauvé la vie, précisa-t-il, confus. Des malandrins voulaient le détrousser. Je l'ai défendu, et mon habit a été abîmé pendant la bagarre. Voilà pourquoi il m'en a offert un neuf, et bien plus beau que l'ancien.

— Avec ça, vous n'avez pas l'air d'un vendeur de journaux. Et puis, de toute façon, je me moque de ce que vous faites. Cela n'a aucune importance. La seule chose qui m'intéresse, c'est la raison qui vous pousse à vous passionner pour l'Egypte.

— Mon vieux maître y a accompagné Bonaparte, autrefois. Il m'en a parlé de telle façon que j'ai été fasciné par ce pays.

Il désigna la statue.

— Pourquoi dites-vous que c'est elle qui nous a fait venir ?

— Je ne sais pas. C'est pour elle que je viens régulièrement. Il y a quelque chose en elle qui m'attire irrésistiblement, et je ne saurais expliquer quoi.

Pierre reporta son attention sur la reine inconnue. Soudain, un détail le frappa, qu'il n'avait pas remarqué auparavant.

— C'est étrange, il y a comme une ressemblance entre son visage et le vôtre...

Dyane frémit.

— Je sais.

— C'est peut-être pour cette raison qu'elle vous attire, suggéra le jeune homme. C'est une coïncidence.

— Non, ce n'est pas une coïncidence, répliqua-t-elle, mal à l'aise. Il y a autre chose, quelque chose de terrible.

Elle fixa la statue. Tout à coup, elle pâlit et chancela. Pierre la prit par les épaules. Elle se réfugia contre lui.

— Emmenez-moi ! souffla-t-elle d'une voix hachée par une frayeur inexplicable.

Ils se dirigèrent vers la sortie, l'un soutenant l'autre. Pierre redouta qu'elle ne fût prise d'un nouvel accès d'épilepsie, mais elle se sentit mieux dès qu'ils furent au-dehors. Une brise légère les caressait, et la lumière bienfaisante du soleil triomphant apaisa la jeune femme. Pierre n'avait pas lâché son épaule. Conscient de la familiarité de son geste, il retira sa main.

— Non, dit-elle aussitôt. Remets ta main, s'il te plaît.

Le tutoiement soudain lui fit couler une liqueur de feu dans les veines. Elle se tourna vers lui. Il y avait une foule importante sur le boulevard. Pourtant, Pierre eut la nette impression qu'elle allait poser ses lèvres sur les siennes. Mais elle se contenta de se blottir contre lui et lui glissa dans l'oreille :

— Je voudrais que nous passions la journée ensemble.

Cette fois, Pierre eut l'impression qu'il se consumait littéralement sur place. Il acquiesça d'un signe de tête.

— Emmène-moi où tu voudras, ajouta-t-elle.

12

Pierre n'hésita qu'une seconde. Il ressentait comme un lien invisible le désir qui coulait de l'un vers l'autre. Il héla un fiacre.

— Au bois de Boulogne, dit-il au cocher.

Le bois de Boulogne était le lieu de promenade privilégié des Parisiens huppés. Sur les rives de la Seine, Pierre connaissait aussi quelques guinguettes où l'on pouvait déjeuner ou dîner, bavarder entre amis ou avec une conquête. On pouvait aussi boire, danser, s'amuser, manger des gaufres et des oublies, flâner sur les berges, s'isoler dans des bosquets complices, voire louer une chambre dans certaines auberges.

Ils montèrent dans la voiture. Le fouet claqua, le véhicule démarra et se plongea dans le flot de la circulation. Ils ne furent pas sitôt installés que Dyane attrapa Pierre par le cou et plaqua sa bouche contre la sienne. Il eut l'impression qu'un ouragan s'était abattu sur lui. Il parvint à peine à reprendre son souffle. Enfin, elle s'écarta de lui et le fixa dans les yeux.

— Que se passe-t-il ? demanda-t-elle. Tu n'as pas aimé ?

— Bien au contraire. Mais je ne comprends pas.

— Qu'est-ce que tu ne comprends pas ?

— Pourquoi tu t'intéresses à moi.

Elle recula et remit de l'ordre dans sa tenue quelque peu malmenée.

— C'est ma particule qui te gêne ?

— Peut-être.

— Ouais. Tu as aussi écouté ce qu'on t'a dit sur moi.

Il secoua la tête.

— On m'a raconté beaucoup de choses, c'est vrai.

Elle ne le laissa pas poursuivre :

— Ecoute-moi bien, Pierre Ménétrier. Ma mère t'a dit que j'étais une gourgandine. C'est sa façon de voir les choses. Elle aurait aussi pu utiliser le mot « putain », mais il ne fait pas partie de son vocabulaire.

Dyane s'assombrit et serra les mâchoires.

— Je me moque de tout cela, dit Pierre doucement.

— Pas moi. Parce que moi, je vois les choses différemment.

Elle leva ses yeux verts sur lui. Ils brillaient d'une dureté implacable.

— Quand j'ai eu quatorze ans, ma mère m'a amenée dans des soirées mondaines, dans l'espoir que j'y trouve un mari riche qui accepterait de redorer le blason des Courtraye. Elle était prête à me vendre au plus offrant. Car c'était bien d'une vente qu'il s'agissait. Peu importait qu'il fût vieux et laid, noble ou roturier. L'essentiel était qu'il eût de la fortune. En compensation, né dans la roture, il aurait pu accoler le nom de Courtraye au sien. On a fui la particule à l'époque de la Révolution, mais c'est fou ce qu'elle peut séduire le bourgeois à notre époque.

« Ma mère ne m'a pas demandé mon avis. Elle m'a exhibée dans ces soirées devant des hommes auxquels je devais adresser des sourires, justifier de ma belle éducation, et avec lesquels je ne devais pas me montrer trop farouche, juste ce qu'il fallait pour leur donner envie d'aller plus loin, mais à condition de convoler en justes noces auparavant. J'avais l'impression d'être un animal que l'on présentait à des maquignons, une marchandise sans âme que ma mère était prête à troquer contre son luxe d'antan.

« Je n'avais pas mon mot à dire. Du moins, ma mère le croyait. Mais je n'avais aucune envie de me retrouver mariée à quinze ans, nantie d'un gamin à seize, et prisonnière ensuite jusqu'à ma mort d'une vie insipide que je n'aurais pas désirée. L'avenir tout tracé que voulait m'imposer ma comtesse ruinée de mère me faisait horreur. Je me voyais croupir dans une grande et belle et triste demeure, condamnée à surveiller des domestiques sans jamais sortir, pendant que mon mari aurait continué, lui, à se divertir dans les bras d'une maîtresse quelconque, qu'il aurait amenée dans tous les endroits à la mode...

« Moi, j'avais envie de m'amuser, de sortir le soir, de passer des nuits à danser, à boire, à chanter et à faire l'amour avec des hommes que j'aurais choisis. Alors, j'ai décidé d'être une maîtresse plutôt qu'une épouse. Un homme riche m'a très vite installée dans un appartement. Je n'ai pas trouvé de mari fortuné, mais j'ai mené une vie bien plus agréable que celle d'une épouse coincée entre ses enfants, son mari et son confesseur. Car une femme mariée de la bonne société se doit de donner l'exemple de la piété et de la morale. Je hais la morale. Crois-tu qu'il soit moral d'interdire aux femmes de s'amuser alors que les hommes ont le droit de le faire ?

Pierre sourit.

— Je n'ai pas grand respect pour cette morale-là, moi non plus. La vraie morale, c'est de faire ce qui te semble juste. Et le faire avec sincérité.

Dyane sourit à son tour.

— Faire ce qu'on a envie de faire avec sincérité, dis-tu ?

— Oui.

— D'accord.

Elle se jeta sur lui à nouveau. La fièvre s'empara immédiatement de leurs corps. Et, quoique leurs habits serrés et le brinquebalement du fiacre ne leur permissent pas de se prodiguer toutes les caresses dont leurs corps étaient avides, ils parvinrent néanmoins à se donner mutuellement du plaisir, un plaisir incomplet, mais qui calma, au moins pour un temps, leurs sens exacerbés.

Lorsque ceux-ci furent un peu apaisés, Pierre eut l'impression d'avoir été littéralement violé. Dyane se lova contre lui et ferma les yeux comme un petit animal satisfait. Le jeune homme ne savait que penser. Examinant la situation avec un peu de recul, il eut soudain envie de rire. Ils se connaissaient à peine, et ils avaient fait l'amour en plein Paris, au milieu de la foule, dans un fiacre. Bien sûr, personne ne pouvait les voir puisqu'ils avaient tiré les rideaux. Mais le cocher avait dû se douter de quelque chose. Dyane ne s'était guère montrée discrète.

Ils remirent de l'ordre dans leurs vêtements et continuèrent à s'embrasser, par petites touches taquines qui leur arrachaient des rires. Pierre était ébloui. Une chose était claire désormais dans son esprit : il ne pourrait plus jamais se passer d'elle.

Bientôt, le fiacre arriva à Boulogne. Ils passèrent l'après-midi à flâner sur les rives du lac, puis longèrent la Seine, parlant de tout et de rien. Ils discutèrent art, littérature, sculpture, peinture. Pierre évoqua son vieux maître, Auguste Pecquerel, dont il décrivit l'aventure égyptienne, sans oublier l'expérience étrange qu'il avait vécue dans les ruines d'El-Ayyah.

Le soir, ils s'installèrent à la terrasse d'une petite guinguette qui disposait également de chambres discrètes. Ils en retinrent une. Ils dînèrent de bon appétit d'une belle friture, pêchée le jour même dans le fleuve et arrosée d'une bouteille de rosé de Loire. Un peu éméchés tous deux, ils se mêlèrent joyeusement aux danseurs, vidèrent une bouteille de vin mousseux, puis gagnèrent la chambre.

Ils ne dormirent guère de la nuit. A peine entrés, ils s'arrachèrent leurs vêtements. Alors qu'il allait la prendre dans ses bras, Dyane lui saisit les poignets et le retint.

— Attends ! Je voudrais que tu me caresses comme tu l'as fait l'autre soir.

Pierre acquiesça. Il savait d'expérience qu'il n'était pas bon de brusquer les choses. Le plaisir de l'homme venait beaucoup plus rapidement que celui de la femme, et ceux qui l'ignoraient, ou qui ne pensaient qu'à leur propre jouissance, se privaient de joies encore plus grandes, car ils ne laissaient pas le temps au désir de monter, de s'épanouir. Et la femme se sentait frustrée, qui n'avait pas le temps de parvenir au plaisir. En compagnie de ses petites amoureuses glanées d'une fête à l'autre, Pierre n'avait pas été long à comprendre comment fonctionnaient les femmes, et aussi que son plaisir pouvait être de beaucoup augmenté s'il savait se retenir.

Il souleva Dyane dans ses bras et la coucha sur le lit. Puis, refoulant le désir violent qui lui tordait le bas-ventre, il promena doucement ses mains sur son corps, faisant naître des frissons, des pulsions indicibles qui arrachaient des gémissements de bien-être à la jeune femme.

Pierre était fasciné. Jamais il n'avait contemplé de femme aussi belle et aussi désirable. Il y avait en elle toute l'innocence de l'enfance qu'elle avait quittée depuis peu de temps, et toute la délicieuse perversité d'une femme accomplie et maîtresse de ses jeux érotiques. Outre ses doigts, il posa ses lèvres sur sa peau, en maints endroits tous plus doux et plus secrets les uns que les autres. Jusqu'au moment où, n'y pouvant plus tenir, elle l'appela et l'invita à entrer en elle.

Ce fut seulement alors qu'ils découvrirent qu'ils étaient exactement faits l'un pour l'autre. Au moins sur le plan physique. Lorsque Pierre pénétra Dyane, il ressentit une plénitude extraordinaire. Le ventre de la jeune femme l'accueillait parfaitement, comme si tous deux avaient été conçus pour se compléter idéalement. Leur accouplement dura longtemps, jusqu'à l'instant merveilleux où leurs plaisirs explosèrent simultanément, les projetant au-delà de tout, l'esprit noyé dans des étoiles inconnues, le corps haletant et couvert de sueur, soudés l'un à l'autre dans un spasme proche de la douleur.

Ils s'aimèrent ainsi jusqu'à une heure avancée de la nuit, puis s'endormirent dans les bras l'un de l'autre.

Plus tard, Pierre fut réveillé par un bruit sourd, une plainte étrange, qui semblait venir d'un autre monde. Perdu dans son rêve et recru de fatigue, il mit un long moment avant de comprendre que cette plainte provenait de Dyane. Recroquevillée dans la position du fœtus, elle s'était écartée de lui et gémissait dans son sommeil. Il faisait encore nuit noire et seule la lueur falote d'un quinquet filtrait à travers les persiennes. Il alluma la lampe à pétrole. Il posa délicatement la main sur elle, saisi d'une vive inquiétude. Il craignit un instant qu'elle ne fût à nouveau en proie à une crise d'épilepsie, mais elle faisait seulement un cauchemar. Soudain, elle se dressa d'un coup et regarda autour d'elle, les yeux écarquillés. Elle le contempla, sembla ne pas le reconnaître. Puis elle fut prise d'un tremblement et ses yeux se remplirent de larmes. Il la serra contre lui. Docile, elle se laissa faire.

— C'est hor… rible, hoqueta-t-elle.

— Ce n'est qu'un cauchemar, dit-il.

La respiration de la jeune femme s'était accélérée. Il la caressa doucement pour la calmer. Enfin apaisée, elle parla :

— Ce n'est pas la première fois que je fais ce rêve. Mais jamais il n'a eu l'air si réel. A chaque fois, c'est la même vision qui revient. Je suis dans une vaste salle fermée, sur laquelle ne donne qu'une seule ouverture, en haut d'un large escalier de pierre. Je suis dans la salle sans y être vraiment. Il y a des hommes qui mangent, sur des tables basses, des filles nues qui dansent, des musiciens. Et tout à coup, de l'eau surgit dans la salle et la remplit, noyant les convives. Ils veulent s'échapper, mais des gardes les en empêchent. Ils égorgent ceux qui tentent de fuir, les repoussent dans la salle. Ils retombent dans l'eau furieuse, et leur sang la colore de rouge. Et moi, je les regarde mourir un à un, et je me réjouis de leur mort, car ils m'ont fait du mal.

Deux larmes glissèrent furtivement sur les joues de la jeune femme.

— Mais je ne sais pas qui sont ces hommes. Ni pourquoi je veux qu'ils meurent.

Pierre la serra contre lui. Un grand trouble s'était emparé de lui. Car ce que Dyane venait de lui raconter ressemblait curieusement à la légende que lui avait contée Auguste. L'histoire d'une reine qui avait convié des hommes à un banquet pour les faire assassiner. Par vengeance. Se pouvait-il que tout cela ait un rapport avec la reine mystérieuse du Louvre ? Il se tut. Il n'était pas utile de l'inquiéter plus avant.

— Rendors-toi.

— Non, je ne pourrai pas.

Elle se coula contre lui, se fit câline.

— Aime-moi encore, murmura-t-elle. Aide-moi à chasser ce cauchemar.

Le lendemain, Dyane s'éveilla avant Pierre, qu'elle avait fini par épuiser. Le cauchemar s'était dissipé dans la fièvre du plaisir donné et reçu.

Elle se dressa sur un coude, puis le contempla longuement, l'air grave. Elle avait envie de le réveiller pour qu'il la prenne là, sans attendre. Elle aurait aimé sentir de nouveau ses mains sur son corps. L'esprit en déroute, elle ne savait plus où elle en était. Jamais un homme ne lui avait procuré autant de joie. Lorsqu'il posait la main sur elle, elle avait l'impression de ne plus s'appartenir. Elle se sentait docile, prête à toutes les folies qu'il voudrait lui imposer. Et cela lui faisait peur. Car ce que redoutait Marie se confirmait. Elle était amoureuse de Pierre. Or, il l'avait dit lui-même : il ne pouvait rien lui apporter.

Rien, sinon l'amour.

Mais la vie qu'elle avait traversée avait enseigné la lucidité à Dyane. Ils n'avaient pas d'avenir. Ils pouvaient demeurer amants, mais jamais ils ne pourraient construire leur vie ensemble. S'il avait été riche, elle se serait laissé épouser sans plus attendre. Elle lui aurait donné des enfants. Malheureusement, il n'avait pas de fortune. Elle en aurait pleuré. La vie était mal faite. Elle se demanda si elle pourrait se passer de ce luxe dans lequel elle vivait depuis bientôt six ans. La réponse était claire. Elle avait connu la pauvreté de la noblesse ruinée durant toute son enfance, plus frustrante encore que celle des pauvres véritables, car le nom prestigieux de Courtraye les amenait, sa mère et elle, à fréquenter des familles fortunées qui les toisaient d'un mépris discret et narquois.

Elle avait pris sa revanche dans les bras de riches amants et s'était vautrée dans le luxe, les belles robes, les beaux meubles, elle s'était parée des bijoux magnifiques offerts par ses admirateurs, elle avait été de toutes les fêtes, avait vu les dernières pièces de théâtre depuis les baignoires réservées aux plus riches, applaudi les comédiennes à la mode. Pierre était incapable de lui apporter tout cela. La passion ne suffit pas.

La mort dans l'âme, elle eut le réflexe de se lever et de partir discrètement. Mais à ce moment, dans son sommeil, la main de Pierre glissa vers son épaule. Sans qu'il s'éveillât, ses doigts coulèrent jusqu'à son sein gauche, qu'ils emprisonnèrent délicatement. Une onde de plaisir fit frémir Dyane, qui suspendit son geste.

— Oh, non, gémit-elle. Pas encore.

Elle posa sa main sur les doigts de son amant, les força doucement à emprisonner son sein, les fit jouer avec le mamelon fièrement dressé.

— Pas encore, répéta-t-elle.

Puis elle se lova contre lui, glissa ses mains sur sa peau, descendit jusqu'à son ventre, emprisonna son sexe endormi dans ses mains tièdes, puis déposa un baiser léger sur ses lèvres. En quelques secondes, la fièvre s'était de nouveau emparée d'elle.

Il pleuvait. Après le temps magnifique de la veille, une tempête avait envahi le pays pendant la nuit. Mais peu leur importait, au contraire. Ils passèrent une seconde journée dans la chambre, se firent monter des repas, et, tandis qu'au-dehors grondait un orage terrifiant, ils firent l'amour jusqu'à la limite de leurs forces, indifférents aux roulements de tonnerre alentour.

Puis ce fut une nouvelle nuit, non moins agitée que la précédente.

Le lundi matin, Pierre s'éveilla, un peu nauséeux. La veille, ils avaient vidé deux bouteilles de champagne pendant le repas qu'ils étaient descendus prendre dans la guinguette. L'esprit embrumé, il posa la main à côté de lui, surpris de ne pas sentir la chaleur soyeuse de Dyane contre lui.

Elle était partie.

13

— Elle est partie sans me prévenir, sans même me laisser un mot. L'aubergiste m'a dit qu'elle avait pris un fiacre pour Paris à l'aube.

Thibault, à qui Pierre avait raconté ses déboires aussitôt rentré rue du Cygne, hocha la tête, mais ne dit mot. Il aurait bien ajouté qu'avec ce genre de femme il fallait s'attendre à tout, mais il n'avait pas envie de faire davantage de peine à son ami.

— Elle va sans doute se manifester, fit-il, compatissant.

— Je n'en sais rien. Je n'ai aucune adresse où la joindre. Elle n'est plus à l'hôtel de Courtraye.

Il n'avait cessé de se poser des questions durant le retour. L'air goguenard de l'aubergiste l'avait mis en colère. Sans doute s'imaginait-il qu'ils s'étaient disputés, ce qui n'était pas le cas. Au contraire, ils avaient fait l'amour jusqu'à une heure avancée de la nuit et s'étaient endormis intimement mêlés l'un à l'autre après quelques dernières caresses d'une grande tendresse.

Il ne comprenait pas. Mais en lui résonnait une certitude : il était amoureux de Dyane. Hélas, il devait bien se rendre à l'évidence : c'était sans espoir. Il n'était pas payé de retour. Il eut un ricanement amer. Comment avait-il pu croire qu'il avait pu séduire une fille de la noblesse ? Il n'était qu'un pauvre crieur de journaux. Elle avait voulu s'amuser avec lui, et il ne fallait rien attendre de plus. Tout de même, elle aurait au moins pu trouver le courage de le lui dire.

Vers le milieu de la matinée, il se rendit aux bureaux de *La Presse*. Tous les vendeurs étaient déjà partis et il tomba sur un Ambroise Griset furieux.

— Où étais-tu passé ? Tu n'es pas venu samedi et tu arrives en retard aujourd'hui ! Ce n'est pas parce que le patron a la faiblesse d'accepter tes articles minables qu'il faut te croire tout permis !

Il tombait mal. Pierre n'était pas décidé à se laisser monter sur les pieds.

— Ça suffit ! gronda-t-il en toisant le rédacteur en chef. J'avais à faire ailleurs et ça ne vous regarde pas ! Et si ça ne vous plaît pas, je vais travailler pour un autre journal !

— Mais pour qui te prends-tu, espèce de morveux ?

Pierre s'approcha. Sa haute taille dominait celle du chétif Ambroise Griset, qui commençait à comprendre qu'il était préférable de ne pas aller trop loin, compte tenu de l'humeur du jeune homme. Pierre pointa le doigt sur son nez et grinça, menaçant :

— Un mot de plus, monsieur Griset, et je m'en vais. Je pense que d'autres directeurs seraient ravis de m'embaucher.

— Tu vends bien parce que le journal est bon. Tu ne feras pas autant ailleurs.

— Vous voulez parier ?

L'autre comprit qu'il n'aurait pas le dernier mot. Et surtout, il ne tenait pas à devoir expliquer à Emile de Girardin qu'il avait laissé partir un aussi bon vendeur et un pigiste de talent à cause d'un retard. Car, malgré ce qu'il avait dit, et quoique cela lui coûtât, il devait admettre que les articles de Pierre étaient bons. Malheureusement.

— Bien, on n'en parle plus, grommela-t-il.

Plus tard, après avoir étudié le journal, Pierre se dirigea vers les restaurants, car l'heure était trop avancée pour visiter la gare d'Orléans. Mais le cœur n'y était pas. Il eut de la peine à écouler deux cents exemplaires.

— Tu ne sembles pas en forme, Grand Pierre, remarquèrent plusieurs clients.

Le lendemain après-midi, lorsqu'il rentra rue du Cygne, Marie-Louise l'attendait.

— Un domestique en livrée est venu, dit-elle. Il a laissé un mot pour toi.

Le cœur de Pierre fit un bond dans sa poitrine. C'était certainement un mot de Dyane. Il décacheta l'enveloppe fébrilement, sans remarquer le sceau des Givors. Il parcourut rapidement la lettre, pâlit.

— Une mauvaise nouvelle, mon *bihan* ?

— Oui. Le père d'Alfred de Givors vient de mourir.

— *Ma Doué*, le pauvre homme. Que Dieu l'accueille en Son paradis.

Renonçant à sa tournée du soir, il se rendit immédiatement chez Alfred, qu'il trouva effondré.

— Ah, mon Pierre, tu es venu…

Les deux hommes tombèrent dans les bras l'un de l'autre. Un bref sanglot secoua Alfred.

— C'était un brave homme, tu sais. Bien sûr, nous n'avions pas les mêmes opinions. Il ne connaissait même pas les miennes. Mais c'était un bon père, qui m'a toujours laissé libre de mener ma vie comme je l'entendais. Jamais il ne m'a fait le moindre reproche. Il aurait pourtant voulu que je me marie avec une femme de notre milieu.

Il écarta les bras avec un sentiment d'impuissance.

— Bien sûr, il n'était pas tout jeune, mais tout de même… Il va me manquer.

Il leva les yeux sur le jeune homme.

— C'est bien que tu sois là. C'est bien. Merci, mon Pierre.

Pierre était bouleversé. La peine qu'il devinait chez son ami le marquait plus qu'il ne l'aurait cru. Il se sentait impuissant. Il aurait voulu trouver des mots, mais rien ne voulait sortir. Et surtout, il ne put s'empêcher de faire un rapprochement avec son propre père. Comment aurait-il réagi si on lui avait appris la mort d'Emile ? Il avait beau se poser la question, la réponse était évidente, il n'en aurait pas éprouvé de peine véritable. Il ne gardait aucun bon souvenir de son géniteur.

Rose affichait une mine désespérée. Son Alfred était aussi désemparé qu'un gamin et elle ne savait que faire pour le consoler. Pierre aimait beaucoup Rose, qui s'accommodait sans difficulté d'un physique confortable, que compensaient largement un visage de poupée et une bonne humeur constante. Rose n'avait aucun fond de méchanceté. Elle ne voyait que le bon côté des choses. Pierre songea que Marie-Louise devait lui ressembler quand elle était plus jeune.

L'enterrement aurait lieu quatre jours plus tard, le temps pour Alfred de prévenir en urgence la famille et les amis. Pierre, muni d'une lettre à l'en-tête des Givors, courut prévenir Ambroise Griset qu'il serait absent pendant quelques jours. Le rédacteur en chef fit grise mine, mais Emile de Girardin, dans les locaux à ce moment-là, accorda sans problème le congé demandé.

— Je suis un ami des Givors, confia-t-il. Je serai présent à la cérémonie.

— Alfred a besoin de moi, expliqua le jeune homme.

Emile de Girardin eut un sourire un peu triste.

— Tu l'appeles par son prénom ? Cela veut bien dire en quelle estime il te tient.

A la vérité, Pierre ne s'était jamais posé la question. Ils s'étaient tutoyés dès le début, parce que telle était la coutume dans les réunions secrètes. Le jeune marquis de Givors le traitait comme un égal et trouvait cela tout naturel. Quant à Pierre, il n'avait appris que plus tard le titre de noblesse élevé d'Alfred.

— L'amitié se moque du rang et de la fortune, monsieur, répondit Pierre. Alfred est un ami, et il pourrait être crieur de journaux comme moi, ou médecin, ou tout autre chose, cela ne changerait rien. Ma place est près de lui dans son épreuve.

— Tu es un homme précieux, Pierre. Plût au ciel que j'eusse un ami aussi fidèle.

Pendant les quatre jours qui précédèrent les obsèques d'Honoré de Givors, Pierre assista Alfred du mieux qu'il put. Désemparé, le jeune marquis s'appuya sur lui pour toutes les formalités administratives, auxquelles Pierre était totalement étranger. Mais il apprenait vite et il était débrouillard. Avec l'aide de Rose et de l'intendant de l'hôtel, Ferdinand, qui appréciait beaucoup le jeune homme pour son désintéressement, Pierre parvint à décharger Alfred d'une grande part de ses soucis.

Une foule innombrable se pressa à l'église Saint-Sulpice et au cimetière du Montparnasse, où se trouvait le caveau des Givors. Si le roi lui-même n'avait pu venir, il s'était fait représenter par le ministre François Guizot, visage glacial et corps raide. Une foule de personnages importants, nobles et riches bourgeois, personnalités de la littérature et des arts, tels Victor Hugo, Alphonse de Lamartine, Alfred de Vigny et bien d'autres, défila devant le cercueil auprès duquel Alfred, immobile, masquait son chagrin derrière un visage de marbre, ainsi que le voulait la bienséance. Rose et Pierre se tenaient en retrait, discrètement. Rose n'était que la maîtresse d'Alfred et il n'aurait guère été apprécié de la voir au côté de son compagnon en un moment pareil, malgré l'affection que lui portait le vieux marquis de Givors. Quant à Pierre, il faisait partie de ces êtres invisibles aux yeux des grands, parce qu'ils ne sont là que pour servir. Seul Alfred de Vigny, à qui Pierre avait eu l'occasion de dire toute son admiration, le reconnut et lui adressa un sourire amical. Emile de Girardin, ainsi qu'il l'avait promis, était là également. Nul doute qu'il se chargerait lui-même d'écrire l'éloge funèbre du disparu.

Tout à coup, le cœur de Pierre se mit à battre plus vite. Là-bas, tout au bout d'une allée, se tenait Dyane de Courtraye, un peu à l'écart, peu soucieuse d'être reconnue. Une vive émotion s'empara de lui. Il était hors de question d'aller jusqu'à elle. La presse était trop importante, et il ne voulait surtout pas attirer l'attention. Elle avait dû apprendre la nouvelle d'une manière ou d'une autre, car il s'était occupé lui-même d'envoyer les courriers et il ne possédait pas son adresse, pas plus qu'Alfred.

Dyane n'attendit pas la fin de la cérémonie pour s'éclipser discrètement, non sans avoir jeté un long regard à Pierre. Mais elle était trop loin pour qu'il y pût déceler quoi que ce fût.

Le lendemain, Alfred surprit Pierre en lui avouant qu'il avait lui aussi aperçu Dyane.

— Elle est venue, dit-il. Bien sûr, nos familles sont amies, et sa mère était présente, bien qu'elles ne fussent pas ensemble. Elle est restée discrète. Je sais qu'elle me porte de l'amitié. Mais je soupçonne fort que la raison de sa présence était double. Elle voulait aussi te voir.

— Me voir ? grommela Pierre. Je ne crois pas. Si elle voulait vraiment me voir, elle viendrait ici, où elle sait qu'elle peut me faire transmettre un message. Et je lui ai aussi donné l'adresse de ma logeuse.

Alfred eut un petit sourire.

— Ne t'emballe pas, mon Pierre. Son attitude nous éclaire un peu sur les raisons qui l'ont amenée à te fuir.

— Comment ça ?

— Je ne suis certes pas un séducteur, mais à force de contempler, de l'extérieur, les relations entre les hommes et les femmes, j'ai appris certaines choses. Dyane t'a fui parce qu'elle est tombée amoureuse de toi.

Pierre haussa les épaules.

— Amoureuse ? Elle a une belle façon de me le prouver.

Alfred sourit de nouveau.

— Ah, mon Pierre, tu connais mal les femmes. Si tu lui importais peu, crois-tu qu'elle t'aurait fui ainsi ? Bien sûr que non. Elle t'aurait simplement dit que tout était fini et elle se serait amusée de ta peine et de ton désarroi. Dyane a pris l'habitude de voir les hommes à ses pieds. Mais tu es différent de ceux qu'elle fréquente, qui tous à ses yeux ne sont que des proies potentielles pour la courtisane qu'elle est. Tu n'es pas une proie, Pierre. Au début, peut-être t'a-t-elle considéré comme une distraction agréable, à cause de tes yeux bleus et de ta musculature impressionnante. C'est pour cette raison qu'elle s'est rendue au Louvre. Elle voulait te revoir. Elle t'a revu. Et elle a découvert autre chose, à quoi elle ne s'attendait pas. Tu as beaucoup de charme, mon Pierre, tu es généreux, intelligent, prévenant, serviable, fidèle dans tes amitiés. Et puis, une passion commune vous rapproche : l'Egypte.

Pierre baissa le nez.

— Mais je ne suis qu'un petit crieur de journaux sans avenir…

— Sans avenir, ce n'est pas si sûr.

— Quel avenir peut avoir un vendeur de journaux ?

— Celui d'un vendeur de journaux. Mais tu n'es pas obligé de continuer dans cette voie.

— Et que ferais-je d'autre ?

— Tu pourrais, par exemple, devenir mon secrétaire.

Pierre contempla Alfred avec stupéfaction.

— Ton secrétaire ? Mais comment saurais-je...

Le jeune marquis balaya ses questions d'un geste.

— Ton aide m'a été précieuse, ces derniers jours. Sans que je te demande rien, tu as pris en charge un énorme travail. Tu mérites mieux que de courir les rues en hurlant les dernières nouvelles. Tu es très organisé. Tu t'es admirablement tiré des pièges de l'administration, tu as écrit les lettres que j'aurais dû rédiger. Tu t'es occupé toi-même des obsèques de mon père.

— Tu étais trop bouleversé pour le faire. C'est le devoir d'un ami.

— Bien sûr. Et je t'en remercie du fond du cœur. Mais il y a autre chose. A présent, je deviens l'héritier des Givors. Cela suppose des obligations, des visites dans mes fermes et mon haras de Normandie, entretenir des contacts avec mes métayers. Tu connais mes opinions et tu sais que je suis bien disposé à l'égard de ces braves gens. Malheureusement, je n'ai guère l'habitude des rapports de ce genre. C'est mon père qui traitait avec eux. Il faudra écrire des lettres, suivre leur travail, résoudre leurs problèmes. Bien sûr, je serai là, c'est mon rôle. Mais il me faut quelqu'un pour gérer les affaires courantes, organiser mes voyages, retenir les billets de train ou de diligence. C'est à toi que j'ai songé pour ça. Ce qui me permettrait de te proposer une rémunération bien plus intéressante que celle d'un crieur de journaux, même très performant comme tu l'es. J'ai pensé à te donner deux mille francs par mois, sans compter que ton logement ne te coûterait rien, puisque tu habiterais ici.

— C'est plus de trois fois ce que je gagne les meilleurs mois...

— Alors, qu'en dis-tu ?

Pierre écarta les bras.

— Je ne sais que te dire, Alfred. J'accepte de tout cœur, évidemment.

— Il est bien entendu que cela ne change rien à notre amitié, mon Pierre. Je ne veux pas qu'il y ait désormais entre nous des relations de patron à employé. Même devant les autres.

— Cela me convient.

— Alors, je vais te montrer tes appartements. A partir de ce jour, tu es mon secrétaire.

14

Malgré ses craintes, les nouvelles fonctions de Pierre n'étaient guère contraignantes et lui demandaient moins de temps qu'il ne l'avait imaginé. Il prit plaisir à étudier les différents dossiers que lui confiait Alfred. Le marquis de Givors possédait quatre fermes importantes et un grand haras qui produisait aussi bien de lourds chevaux de trait que des pur-sang destinés aux courses. La mode était aux courses hippiques, lancées par le duc d'Aumale dans son château de Chantilly, et l'on commençait à construire des hippodromes un peu partout. Honoré de Givors, grand amateur de chevaux, avait parfaitement su anticiper cette mode et acheté quantité de reproducteurs qu'il élevait en Normandie. Alfred lui aussi aimait les chevaux et demanda à Pierre d'organiser au plus vite une visite de son haras.

Peu après l'enterrement, il avait appris à Marie-Louise qu'il allait devoir quitter sa maison. Contrairement à ce qu'il avait craint, elle avait pris la chose avec bonne humeur.

— C'est la vie, mon *bihan*, avait-elle dit. J'espère seulement que tu viendras me voir de temps en temps.

Il avait promis.

Emile de Girardin, qu'il avait tenu à rencontrer pour lui annoncer qu'il quittait son service, lui avait prodigué des encouragements.

— Tu vas nous manquer, mon garçon. Tu étais le meilleur de mes crieurs. Mais bien évidemment, la place que te propose le marquis de Givors est beaucoup plus intéressante.

Toutefois, s'il te prenait parfois l'envie d'écrire un article, n'hésite pas à me le confier. Je te publierai toujours avec plaisir.

Ces nouvelles occupations l'empêchaient de trop penser à Dyane. Après les obsèques du père d'Alfred, il avait espéré qu'elle se manifesterait, mais il n'en fut rien. Il en avait pris son parti. Ces deux jours hors du temps au bois de Boulogne resteraient comme un rêve, un souvenir merveilleux auquel il serait plus sage de ne pas accorder trop d'importance pour éviter de souffrir.

Ses journées étaient bien remplies. Pour le service du marquis, il rencontrait des gens de toutes sortes et de tous horizons, fournisseurs, traiteurs, blanchisseurs, banquiers, financiers, en relation avec la famille depuis toujours. Parce que Alfred lui accordait sa confiance, on le traitait avec respect et déférence. Avant de prendre contact avec ses interlocuteurs, il prenait soin d'étudier les dossiers correspondants avec soin. Avec patience et clairvoyance, il écoutait, analysait, apprenait, s'adaptait à chaque situation. Sa bonne humeur et sa gentillesse le firent très vite apprécier ; sa finesse et son intuition lui permirent aussi, à l'occasion, de déceler des irrégularités de la part de certains fournisseurs, qui profitaient de la crédulité du marquis pour le gruger.

Bien qu'il continuât à sortir régulièrement, il appréciait, après une bonne journée de travail, une soirée de repos en compagnie d'Alfred et de Rose. Après le repas, ils se retrouvaient tous les trois dans le vaste salon pour bavarder, confortablement installés dans des fauteuils. Les deux hommes commentaient les dernières nouvelles devant un cognac en fumant de bons cigares, dont le marquis était amateur. Pierre y avait pris goût également.

Le 25 juillet 1846, une nouvelle tomba, celle de la mort de Louis Bonaparte, le frère cadet de Napoléon Ier et ancien roi de Hollande.

— Cela fait de son fils, Louis Napoléon, l'héritier légitime des Bonaparte, déclara Alfred. Il s'est échappé il y a deux mois et on n'a pas réussi à le retrouver. Si une révolution éclate, le nom de Bonaparte ralliera de nombreux suffrages.

— Pourquoi y aurait-il une révolution ? demanda Rose. Le gouvernement va bien finir par comprendre qu'il doit faire des réformes.

— J'en suis beaucoup moins sûr que vous, ma douce amie, répondit le marquis. François Guizot est un âne bâté qui ne comprend rien au peuple.

Alors qu'Alfred tutoyait tout un chacun avec facilité et exigeait de ses amis qu'ils le tutoient, quel que fût leur rang, il tenait beaucoup à vouvoyer sa maîtresse, pour avoir le plaisir de la tutoyer dans les moments intimes. Mais parfois, lorsque quelque émotion les tenait, le « tu » leur échappait, ce qui donnait du charme à leur relation.

Au début du mois d'août, Alfred donna une soirée au cours de laquelle il reçut plusieurs personnalités du monde des arts et des lettres. Pierre revit ainsi Alfred de Vigny, Victor Hugo et quelques autres. Le marquis lui présenta également un nommé Hector Moreau, qui avait vécu plusieurs années en Egypte. Pierre passa une bonne partie de la soirée à bavarder avec lui.

— Monsieur le marquis a financé mon expédition, expliqua le vieil homme. C'est grâce à lui que j'ai pu mener mes travaux à bien.

Le jeune homme lui parla de son maître et de la campagne de Bonaparte, ainsi que de ses visites au Louvre et de la statue qui impressionnait tant Dyane.

— Je la connais, répondit Hector Moreau. C'est effectivement une sculpture bien mystérieuse. Je me suis penché sur elle avant mon départ, il y a trois ans. Mais il est difficile de connaître son origine exacte. Elle fut trouvée dans un tombeau de la VIIIe dynastie, dans la région du Caire, autrefois appelée Memphis, ou Mennof-Rê, la « Ville aux murs blancs ». Vous avez pu constater que le socle est très abîmé. Le seul mot que l'on peut y lire est *Neith*, dont le symbole est une femme assise portant la couronne de Basse-Egypte. Il est le premier de la titulature de cette reine. Mais il y en a un autre, parfaitement illisible.

— Que veut dire Neith ?

— C'est le nom d'une déesse très ancienne, qui était à la fois homme et femme. Mais c'est surtout son image féminine qui est restée. Elle apparaît dans les tout premiers temps de l'histoire égyptienne, puis elle disparaît pendant plusieurs siècles pour revenir sur le devant de la scène, sous la XXVIe dynastie. Les Grecs l'ont associée à Athéna à cause de son aspect guerrier. Mais celui-ci n'était pas aussi prononcé au début. Elle était plutôt un démiurge, une créatrice de mondes. Sous l'Ancien Empire, elle était considérée comme la « Mère du Soleil », le dieu Râ lui-même. Je me souviens d'une inscription trouvée sur une fresque du temple d'Esnèh, qui disait à peu près ceci : « Neith, générant la Lumière, créa les dieux en prononçant leurs noms. » Elle est aussi associée à la mer, car il est aussi écrit : « L'esprit de Neith planait sur les eaux. » La légende prétend qu'elle se transforma en poisson. Comment ne pas y voir un étrange rapprochement avec la Genèse et les Evangiles ? Le signe de reconnaissance des premiers chrétiens était le poisson. Voilà tout ce que je peux vous dire.

L'Egypte fascinait particulièrement la haute société. C'était un phénomène de mode. On se passionnait pour les objets et les sculptures exposés au Louvre. Alfred, qui avait financé l'expédition d'Hector Moreau, faisait partie des mécènes auxquels les savants s'adressaient pour obtenir des subsides. Il était de bon ton, entre riches amateurs de l'art égyptien, de donner des soirées au cours desquelles les suppositions les plus folles étaient avancées pour expliquer tel ou tel aspect de la civilisation disparue.

Quelques jours plus tard, Alfred fut invité à son tour par le marquis de Saint-Alban, un homme âgé et érudit, qui se piquait de savoir déchiffrer les hiéroglyphes. Pierre participa également à la soirée.

La réception avait lieu dans le parc du château de Saint-Alban, à Saint-Germain-en-Laye. Dans les allées du jardin à la française, dessiné deux siècles plus tôt par Le Nôtre, des petits groupes déambulaient avec nonchalance, se saluaient avec ostentation. Pierre ne lâchait pas Alfred et Rose d'une semelle. A la vérité, il n'aimait guère ces grandes réceptions où les invités faisaient assaut de luxe, où les femmes se paraient de bijoux aussi abondants qu'étincelants, colliers de perles à rangs multiples, lourdes bagues surchargées de pierreries, sur des robes somptueuses et malcommodes. La valeur d'un seul de ces joyaux aurait suffi à nourrir une famille nombreuse pendant au moins une année.

Des vieilles femmes au visage poudré pour paraître plus pâles le contemplaient d'un œil intrigué derrière leur face-à-main, puis chuchotaient entre elles. En raison de sa haute taille, il ne passait pas inaperçu, et on s'interrogeait sur son identité, ce qui amusait beaucoup Alfred.

— Si l'on m'interroge, ce qui arrivera sûrement, dit-il, je répondrai que tu es un cousin éloigné. Ne va pas faire de gaffe en disant le contraire.

— Bien, mon cousin, répondit Pierre en riant.

Au détour d'une allée, ils tombèrent nez à nez avec Hector Moreau, invité d'honneur du marquis de Saint-Alban. Le vieil homme salua Alfred et Rose, puis reconnut Pierre.

— Ah, mon jeune ami, je suis bien aise de vous revoir. Nous avions eu une conversation bien passionnante la dernière fois, chez monsieur le marquis.

— Alors, je vous laisse la poursuivre, déclara Alfred. Rose et moi avons à faire du côté du buffet...

Ils s'éloignèrent avec gourmandise. Hector Moreau passa son bras sous celui de Pierre et l'entraîna dans les allées.

— Jeune homme, j'ai repensé à notre bavardage passé, et je me suis fait la réflexion que vous devriez vous rendre sur place. Bien que vous ne connaissiez pas les hiéroglyphes, vous avez déjà une grande connaissance de ce merveilleux pays. C'est étonnant.

— Cela fait deux ans que je hante le Louvre. Et je donnerais beaucoup pour apprendre à déchiffrer l'écriture des anciens Egyptiens.

— Voilà un langage qui me plaît, mon garçon. Si vous aviez quelque temps à me consacrer, je suis disposé à vous aider dans cet apprentissage. Qu'en dites-vous ?

— Vous m'apprendriez à lire les hiéroglyphes ?!

— Oh, grâce aux travaux du grand Champollion, c'est moins compliqué qu'il n'y paraît. Cela exige seulement de l'ouverture d'esprit et de la mémoire.

— Je vous en serais infiniment reconnaissant, monsieur Moreau.

— Eh bien, je vous attends chez moi dès qu'il vous plaira de m'y rendre visite. Vous êtes l'ami de notre cher marquis de Givors. C'est bien le moins que je puisse faire, après le service qu'il m'a rendu.

Tout à coup, un domestique se présenta devant eux et s'inclina pour les saluer.

— Monsieur, monsieur le marquis souhaiterait avoir le plaisir de vous voir.

— C'est bien, mon ami, je vous suis.

Il se tourna vers Pierre.

— Excusez-moi, notre hôte a besoin de moi.

Il lui adressa un clin d'œil de connivence et ajouta :

— J'ai préparé quelque chose. Je pense que cela devrait vous intéresser.

Intrigué, Pierre salua le vieil homme, puis rejoignit Alfred et Rose, solidement ancrés près d'un buffet abondamment garni. A présent, la nuit était tombée et l'on avait allumé des lampions qui diffusaient une lumière dorée sur le parc et les convives. Des domestiques en livrée proposaient des coupes de vin et de champagne, des petits-fours ou des grillades. Une odeur d'humus et d'herbe chaude montait de la terre, mêlée aux parfums des femmes.

Tout en dégustant et en buvant, Pierre écoutait les conversations. Certains parlaient fort pour assener des opinions bien arrêtées, cherchant des contradicteurs, des jeunes femmes écoutaient des hommes mûrs leur conter fleurette et leur faire des propositions plus ou moins honnêtes. De vieilles douairières observaient les convives d'un regard inquisiteur et se livraient à des commentaires acides.

La soirée étant consacrée à l'Egypte antique, le marquis de Saint-Alban, qui possédait une petite collection personnelle, avait organisé, à proximité du buffet, une exposition devant laquelle la foule se pressait.

Beaucoup d'invités étaient des amateurs de l'Egypte antique. Cependant, comme Pierre put très vite s'en rendre compte, la plupart n'y connaissaient pas grand-chose, ce qui ne les empêchait pas d'émettre des jugements définitifs sur le peuple disparu, qui leur inspirait une certaine crainte à cause des dieux à têtes d'animaux et des mystérieux signes sacrés. Ceux-ci recelaient vraisemblablement d'inquiétants pouvoirs magiques. Certains prédisaient d'un ton qui ne souffrait pas de réplique que de terribles malédictions allaient s'abattre sur les audacieux et les inconscients qui oseraient s'introduire dans les tombeaux des pharaons. Ils annonçaient des maladies inconnues, parlaient d'explorateurs morts dans des circonstances aussi étranges qu'effroyables. Les femmes écoutaient avec des petits frissons.

Pour avoir parlé avec Hector Moreau de son expédition, Pierre savait qu'il n'y avait rien de vrai dans tout ça. Mais il évita de donner son opinion.

Tout à coup, le marquis de Saint-Alban apparut en compagnie du vieil égyptologue. Derrière eux, des domestiques étaient en train d'installer deux rangées de lampadaires à huile qui délimitèrent une surface d'où ils écartèrent les curieux. Il allait se passer quelque chose. Lorsqu'ils eurent terminé, le marquis de Saint-Alban frappa dans ses mains pour attirer l'attention. La foule se rapprocha et fit silence.

— Mes amis, je sais que tous ici vous êtes passionnés par tout ce qui provient de la mystérieuse Egypte antique. Aussi, je vous ai réservé une surprise, que m'a aidé à préparer notre ami Hector Moreau.

Il adressa ensuite un signe à ses domestiques.

Pierre était revenu près d'Alfred et de Rose. Soudain, le cœur du jeune homme fit un bond dans sa poitrine. De l'autre côté, dans la foule, il venait de reconnaître Dyane. Elle aussi l'avait repéré. Elle le regarda brièvement, puis détourna les yeux, l'air embarrassée. Un homme d'une trentaine d'années la tenait par le bras d'une manière possessive. Tout dans son comportement trahissait l'aisance que donne la fortune.

— Il s'appelle Philippe Delrieux, fit la voix d'Alfred, près de Pierre. C'est un riche homme d'affaires. Cela fait quelque temps qu'il courtise Dyane de Courtraye. Je n'aime pas cet individu. Il est méprisant et imbu de lui-même, et son ambition est à la dimension de sa fortune. On aurait pu penser qu'il se lancerait dans la politique, mais l'homme est fin et calculateur. Il sait qu'il n'a rien à gagner à se ranger aux côtés du gouvernement actuel. Il attend la suite des événements pour savoir dans quel sens il devra naviguer.

Alfred poussa un soupir.

— Dyane se trompe si elle croit qu'elle parviendra à manipuler ce Delrieux comme elle a fait marcher les autres. J'ignore si elle lui a cédé, mais elle devrait se méfier. Cet homme est impitoyable. Il considérera qu'elle lui appartient et la privera de sa liberté.

Pierre bouillait. Dyane était là, à quelques pas, sans qu'il pût la rejoindre, lui parler. A ses côtés, Philippe Delrieux plastronnait. Il était visible qu'il prenait plaisir à exhiber sa compagne comme on montre un bel objet, simplement pour faire baver les autres d'envie. Jamais Dyane n'avait été aussi belle. Elle portait une robe couleur émeraude qui laissait ses épaules nues, offertes à la concupiscence des autres hommes, à la jalousie des autres femmes, et aux médisances des douairières. Pierre ne pouvait détacher ses yeux de la jeune comtesse. Remarquant son manège, Alfred l'avertit :

— Ne commets pas d'erreur, mon Pierre. Delrieux a des contacts avec la truanderie parisienne. C'est un homme à éviter, crois-moi.

— Mais comment faire comprendre à Dyane qu'elle doit se méfier de lui ?

— C'est à elle d'agir. Toi, tu ne peux rien faire. Et puis, à quel titre ?

Pierre dut convenir que son ami avait raison. Le fait d'avoir passé deux jours torrides en compagnie de Dyane ne lui donnait aucun droit sur elle. Et quand bien même, elle n'appartenait à personne. Mais il avait tellement mal.

Un claquement de mains le ramena au marquis de Saint-Alban. Le vieil homme surveillait avec attention le travail de ses domestiques, qui venaient de mettre en place une sorte de catafalque, sur lequel ils posèrent ensuite un long coffre de bois. Plusieurs femmes firent entendre des petits cris apeurés.

— C'est un cercueil, chuchotèrent quelques voix.

Le marquis dut entendre, qui précisa :

— Non, mes amis, ceci n'est pas un cercueil. Tout au moins pas au sens où nous l'entendons. Mais je vais laisser la parole à notre ami Hector Moreau...

L'égyptologue s'avança.

— En effet, l'appellation « cercueil » n'est pas exactement adaptée. Il s'agit en réalité d'un sarcophage, un coffre de bois d'acacia dans lequel les anciens Egyptiens protégeaient leurs morts. Ils pensaient également que leurs défunts retrouvaient vie dans l'au-delà, dans ce qu'ils appelaient le Nil céleste. Mais, pour qu'un mort puisse accéder à cet équivalent de notre paradis, il devait subir un étrange rituel, la momification, destiné à conserver son corps. Ce rituel durait plus de deux mois, et nous sommes loin d'en avoir percé tous les mystères. On sait seulement qu'il y entrait certaines herbes ainsi que de l'huile de pierre, un liquide noir et nauséabond qui affleure dans certains déserts du Moyen-Orient. Les Perses appelaient ce liquide *moumia*, ce qui a donné le mot « momie ». Car c'est bien une momie qui est à l'intérieur de ce sarcophage.

Des murmures parcoururent l'assemblée. Hector Moreau poursuivit :

— Celle-ci a appartenu à une princesse de la XXe dynastie. Elle fut retrouvée par mes soins dans la Vallée des Reines, dans une tombe qui avait échappé en partie aux pillards. Cependant, il ne subsistait plus grand-chose du mobilier funéraire qui devait garnir le tombeau à l'origine. Seul restait le sarcophage. Sans doute les voleurs redoutèrent-ils d'être frappés de malédiction, car ils le laissèrent intact.

Il laissa passer un silence afin de ménager ses effets. Puis il dit :

— Je vais ouvrir ce sarcophage devant vous, afin de vous permettre de voir cette momie. Mais auparavant, il faut que vous preniez conscience que le corps de cette princesse a été embaumé voici plus de trois mille ans. Mille ans avant l'ère chrétienne ! Et pourtant, elle est encore ici ce soir, dans un état de conservation stupéfiant.

Il s'approcha du coffre et, aidé par deux domestiques qui apparemment n'en menaient pas large, souleva le couvercle. L'éclairage des lampadaires à huile inonda l'intérieur du cercueil antique. Des cris de stupeur s'échappèrent de la foule. La momie apparut dans toute sa splendeur et son mystère. Elle avait la forme d'un corps d'assez petite taille, entouré d'un fin réseau de bandelettes de lin. A l'emplacement de la bouche et des yeux, on distinguait nettement des trous, qui conféraient à la princesse défunte une étrange apparence de vie.

Pierre contempla la momie, fasciné. Puis il reporta les yeux sur Dyane. Celle-ci paraissait pétrifiée. Son regard demeurait fixé sur le sarcophage, comme hypnotisé. Son compagnon plastronnait, visiblement indifférent au malaise qui s'était emparé de la jeune femme. Pierre aurait voulu lui flanquer son poing dans la figure. Enfin, Delrieux s'aperçut du comportement de Dyane. Pierre n'entendit pas ce qu'il lui dit, mais il eut l'air de la secouer pour qu'elle se reprenne. Dyane sembla s'éveiller d'un mauvais rêve, puis lui jeta quelques paroles acerbes. Pierre jubila. Il aurait voulu la prendre dans ses bras pour la rassurer. Mais il était hors de question de la rejoindre.

On commença à défiler devant le sarcophage. Autour de Pierre, les conversations allaient bon train. Les soi-disant spécialistes de l'Egypte s'en donnaient à cœur joie.

— Les Egyptiens avaient un Livre des morts, disait l'un d'eux. Il contenait des formules énigmatiques dont seuls les prêtres connaissaient le secret. On prétend même que ces momies seraient capables, si l'on prononçait ces formules dans la langue ancienne, celle des signes sacrés, de reprendre vie. Mais si Champollion est parvenu à les déchiffrer, il n'a pas réussi à retrouver la prononciation exacte. C'est pour cette raison que l'on ne peut pas prononcer les formules.

Il leva un doigt sentencieux et précisa :

— Mais si un jour on parvenait à retrouver cette mystérieuse prononciation, alors, il serait possible de redonner vie à ces momies.

Un homme haussa les épaules. L'autre lui saisit l'avant-bras et le regarda dans les yeux.

— Ne vous moquez pas, jeune homme. Regardez comme cette momie est étonnamment conservée. Qui sait ce qu'il y a sous ses bandelettes ?

Hector Moreau eut un sourire indulgent et adressa un clin d'œil discret à Pierre, malgré tout fortement impressionné. Le jeune homme s'écarta de la foule et demanda à l'égyptologue :

— Pensez-vous que cet homme puisse dire vrai ? Se pourrait-il que ces formules soient réellement capables de redonner la vie ?

— Je l'ignore, répondit sobrement le savant. Personnellement, je n'ai jamais assisté à semblable phénomène. Pour moi, les Egyptiens embaumaient leurs morts tout comme nous enterrons les nôtres, en respectant nos propres rituels. Ils croyaient à une vie après la mort ; en cela, ils n'étaient guère différents des chrétiens.

— Mais tout de même, la cérémonie d'embaumement durait plus de deux mois. Pourquoi aussi longtemps ?

— Là encore je n'ai aucune réponse. Il est certain que nous n'avons pas encore été en mesure de savoir ce qui se passait réellement pendant ces deux mois. Nous n'avons pas découvert tous les secrets de cet embaumement.

Près du sarcophage, la discussion était animée.

— Bien évidemment, insistait l'amateur de momies revenues à la vie, il s'agit de coutumes magiques dont seuls les prêtres connaissaient le secret. Mais si l'on perçait ces secrets à jour, je suis persuadé que cette momie se lèverait.

Un murmure d'angoisse parcourut l'assemblée. Quelques femmes reculèrent. Certains se demandaient déjà si la momie n'avait pas bougé. Pierre eut soudain envie de rire devant la crédulité de l'assistance. Puis il songea à la statue de la reine inconnue et une gêne obscure l'envahit tout à coup. Après tout, on ignorait tout de cette civilisation disparue. Se pouvait-il que ses prêtres aient détenu des savoirs immenses, dont plus personne aujourd'hui n'avait idée, mais qui auraient été capables de prolonger la vie, sous une forme inconnue ? Dans ce cas, cela pouvait-il avoir un rapport avec le malaise ressenti par Dyane à chaque fois qu'elle se trouvait devant cette statue ?

Il la rechercha des yeux, mais elle avait disparu. Son compagnon semblait la chercher. Peut-être s'étaient-ils disputés. Cette idée réjouit Pierre dans un premier temps, mais au fond, cela ne changeait rien pour lui. Espérant malgré tout la retrouver, il parcourut les allées, sans succès. Il comprit qu'elle avait quitté les lieux.

Plus tard, lorsqu'il retrouva Alfred et Rose, celle-ci lui glissa un billet plié en quatre.

— Dyane me l'a remis avant de partir, dit-elle.

Pierre le déplia fébrilement. Il était couvert d'une écriture rapide et serrée :

Je serai demain après-midi au Louvre. Je voudrais vous parler.

Dyane

15

Le lendemain, lorsque Pierre pénétra dans la salle de la reine inconnue, Dyane était déjà là, face à la statue. Il jeta un coup d'œil rapide pour vérifier qu'elle était bien seule. Elle entendit son pas, se tourna vers lui. Ils restèrent un long moment sans mot dire. Un court instant, il distingua quelque chose de dur dans ses yeux, puis cette lueur s'éteignit et ses lèvres s'étirèrent sur un sourire triste. Il eut envie de poser sa bouche sur la sienne pour éloigner les mauvaises pensées qu'il devinait dans son regard.

Pour chasser leur embarras, il indiqua, sur la statue, le petit groupe de hiéroglyphes dans la partie non effacée du cartouche.

— Cela veut dire Neith, expliqua-t-il. C'est le nom de la déesse mère du Soleil, dans l'Egypte antique. Mais le nom n'est pas complet. Malheureusement, on ne distingue pas le reste.

— Comment savez-vous cela ?

— Hector Moreau a participé à l'expédition de Jean-François Champollion. Il sait déchiffrer les signes sacrés. Dernièrement, Alfred a financé sa propre expédition. Monsieur Moreau a proposé de m'apprendre les hiéroglyphes.

Dyane hocha la tête.

— C'est une bonne idée.

— Si vous voulez, je vous enseignerai ce que j'apprendrai.

Elle eut un autre sourire.

— Je ne sais pas si j'ai vraiment envie d'en apprendre plus sur l'Egypte.

Elle hésita un instant, puis ajouta :

— Mes cauchemars sont revenus.

Une fois encore, il voulut la prendre dans ses bras, mais il se retint.

— Vous vouliez me voir, dit-il doucement.

— Oui. Je... j'ai été un peu lâche, l'autre jour. Je m'en suis voulu. Mais je ne savais comment vous dire... qu'il ne fallait plus se revoir.

Pierre accusa le coup, mais ne répondit pas. Il n'oubliait pas ce que lui avait dit le marquis, quelques jours plus tôt. Il n'aurait su dire s'il avait raison ou non. Il avait tellement espéré qu'elle eût envie de le retrouver que la déception l'empêchait de raisonner lucidement. Mais il aurait dû s'en douter. Que pouvait-il attendre d'elle ?

Sans oser le regarder directement, Dyane poursuivit :

— Je ne vous veux pas de mal, Pierre. Vous êtes différent des autres hommes que j'ai rencontrés.

— Mais je n'ai pas de fortune, fit-il doucement.

Elle serra les dents, visiblement en proie à une vive émotion.

— Il faut me comprendre. J'ai été habituée au luxe. Je ne saurais m'en passer. Philippe Delrieux a offert de m'épouser. Il est très riche et je crois qu'il m'aime sincèrement.

— Il ne m'a pourtant pas semblé qu'il régnait entre vous une parfaite harmonie, dit-il d'un ton ironique.

Elle piqua un fard.

— Il est un peu... possessif.

— Je l'ai remarqué. Mais vous avez tout de même accepté. Et c'est cela que vous vouliez m'annoncer.

— Non. Je n'ai pas encore accepté. Il ne m'a même pas encore touchée. Je veux être sûre de moi. Et puis, il fallait que vous soyez au courant, pour que vous ne vous fassiez pas de fausses idées après les deux jours que nous avons passés ensemble.

— Je ne me faisais pas de fausses idées.

Il laissa passer un court silence, puis, parce qu'ils étaient seuls dans la grande salle, il lui prit les mains. Elle se laissa faire.

— Jamais je n'ai aimé une femme comme je vous aime, Dyane de Courtraye. Jamais je n'aurais osé imaginer qu'une femme aussi belle et appartenant à une classe sociale bien supérieure à la mienne puisse s'intéresser à un homme comme moi. Vous m'avez offert, pendant deux jours, un rêve merveilleux. Le réveil a été très dur, mais il était inéluctable. Je me moquerais bien de la différence de fortune si elle n'était en ma défaveur. Mais c'est le cas. Alors, je vais travailler à vous oublier pour ne pas trop souffrir. Si vous préférez épouser l'argent d'un Delrieux, je respecterai votre choix, même si je pense que la fortune n'est rien à côté de la force des sentiments. Je vous remercie d'avoir eu le courage de me dire tout ça.

Il lui lâcha les mains et recula d'un pas.

— Je vais partir, Dyane. Je vous souhaite sincèrement d'être heureuse avec votre Delrieux si vous choisissez d'accepter. Et si vous avez envie de venir bavarder de l'Egypte, je vis désormais chez Alfred. Je suis son secrétaire. C'est mieux que crieur de journaux. Je vais m'occuper de ses affaires, de ses fermes et de son haras. Je vais voyager. Cela m'évitera de trop penser à vous. Et puis, le temps apaisera tout ça, n'est-ce pas ?

Il lui envoya un baiser du bout des doigts, puis s'en fut d'un pas rapide, sans se retourner. Elle le regarda partir, incapable de faire un mouvement.

— Que dois-je faire, Marie ? J'ai failli me jeter dans ses bras. J'ai l'impression d'être au bord d'un gouffre.

Immédiatement après le départ de Pierre, Dyane avait regagné la demeure de Marie Duplessis, chez qui elle logeait toujours.

— Tu as fait preuve d'un grand courage, ma belle. En même temps, tu t'es montrée imprudente. Tomber amoureuse ! A-t-on idée lorsque l'on est dans notre position ? L'amour fait perdre la tête. On n'est plus capable de raisonner avec lucidité. Mais enfin, le problème n'est pas trop grave puisqu'il n'a pas de fortune.

— Delrieux, lui, est très riche.

— Il t'apportera la sécurité, et il est bel homme.

— Oui, c'est vrai...

— Mais...

— Mais c'est un individu cynique. Par moments, il me fait peur. Il s'est toujours montré très prévenant avec moi, mais quelque chose me dit que je dois me méfier de lui. J'ai l'impression que si je lui cède, je lui appartiendrai. Je ne serai plus libre.

— C'est le sort de toutes les femmes mariées. Il t'apportera aussi une respectabilité, te couvrira de robes et de bijoux. Nous n'avons pas trop le droit de faire les difficiles, ma douce. Nous exerçons une... activité qui ne dure qu'un temps très court. Quelques années, tout au plus. Lorsque le comte a offert de m'épouser, je n'ai pas hésité un instant. S'il n'y avait pas cette méchante maladie qui me ronge petit à petit, je serais restée avec lui à Londres et je lui aurais été fidèle. Mais toi, tu n'es pas souffrante. Tu peux accepter de te marier pendant que tu es au sommet de ta beauté. Rien ne t'empêchera ensuite de prendre ton Pierre comme amant.

Dyane fit la moue.

— Pierre ne se contentera pas de ça. Il ne me partagera pas. Si j'accepte d'épouser la fortune de Delrieux, je devrai renoncer à lui. Et c'est ça qui me fait mal. Jamais un homme ne m'avait fait cet effet-là. Je me sens bien avec lui. Il est spontané, généreux, délicat, et quand il me touche, je ne sais plus où j'en suis. Il m'a pris les mains, tout à l'heure. S'il m'avait dit : « Viens ! », je l'aurais suivi n'importe où sans poser de question.

— Oh, là, c'est grave, ma belle. C'est pire que je ne pensais. Ce n'est plus de l'amour, c'est de la passion.

— Peut-être.

— Ce n'est pourtant qu'un petit crieur de journaux...

— Plus maintenant. Le marquis Alfred de Givors en a fait son secrétaire.

— Mais comment peut-il t'attirer à ce point ? Ce n'est qu'un paysan monté à Paris pour trouver du travail. Il doit avoir un langage grossier.

— Pas du tout. Il n'a pas les manières d'un rustre. Au contraire. Il a lu énormément et il est intelligent. Il a su s'adapter à notre milieu sans difficulté. Grâce au marquis qui l'a habillé de pied en cap, il est devenu très élégant. Il est vêtu à la dernière mode, toujours très soigné. On le prendrait pour un Brummell. Comme il parle facilement et qu'il a de l'esprit, il fait illusion. Mais il y a en lui quelque chose de particulier. Il est libre. Il considère que tous les hommes sont vraiment égaux, comme le déclarent les droits de l'homme. Cette égalité, il l'applique dans la vie de tous les jours. Il parle d'un ton identique et avec le même respect à un homme de la haute bourgeoisie ou de la noblesse et à un homme du peuple.

Elle soupira.

— Il me fait penser à un chat. Il est insaisissable. Je sais qu'il souffre, mais il m'a quittée avec élégance et avec le sourire. Et maintenant, j'ai mal, Marie, comme si on m'avait arraché une partie de moi-même. Qu'est-ce que je dois faire ?

Les deux jeunes femmes laissèrent passer un silence. Enfin, Marie déclara :

— Tu devrais réfléchir encore un peu avant de donner une réponse à Delrieux. Pierre Ménétrier ne sera jamais riche, mais il peut t'apporter autre chose. Lui aussi te privera de ta liberté, mais si tu l'aimes vraiment, tu t'en moqueras, car tu seras bien avec lui. La vraie question est la suivante : tu as vécu dans le luxe. Est-ce que tu serais capable de t'en passer ?

— Je ne sais pas.

— Ton choix est là. Ou tu épouses l'argent de Delrieux, ou tu épouses l'amour de Ménétrier. Cependant, il faut que tu saches que la passion finit par s'effacer avec le temps et devant les difficultés matérielles. Plus de belles robes, plus de bijoux hors de prix, plus de beaux meubles. Ton amour sera-t-il capable de résister à ça ?

— Comment le saurais-je ?

Nouveau silence. Puis Marie ajouta :

— Ecoute, je ne devrais pas te dire ça, mais il y a une chose que la vie m'a apprise. Malgré toutes les vertus que l'on prête à la fortune, elle n'est rien à côté de l'amour. L'amour véritable est trop rare pour qu'on le laisse échapper lorsqu'il passe à portée. Rien ne compte auprès de ça. Aussi, réfléchis bien, ma douce.

Dyane regarda Marie, soupira, puis serra les poings, prise d'une colère soudaine.

— Oh, je lui en veux de m'avoir mise dans cet état. Tout était si simple avant que je le rencontre.

Marie éclata d'un rire joyeux, qui se termina en quinte de toux.

16

Hector Moreau avait tenu parole. Pierre passait deux ou trois après-midi par semaine chez le vieil homme, qui lui enseignait les mystères de l'écriture sacrée égyptienne. Ainsi que l'avait dit le savant, c'était moins compliqué qu'il n'y paraissait de prime abord. Mais les difficultés commençaient lorsque l'on essayait de déchiffrer le sens dissimulé derrière certains noms, car les hiéroglyphes se lisaient indifféremment de droite à gauche ou de gauche à droite, de haut en bas ou inversement. Il existait en réalité trois écritures. La plus ancienne, les hiéroglyphes, était réservée aux cartouches des rois, aux textes sacrés des pyramides et des temples, et aux écrits officiels. Avec le temps, une deuxième écriture plus simplifiée était apparue, le hiératique, qui, au fil des siècles, s'était encore démocratisée pour donner le démotique. Malgré ces écueils, Pierre, attentif et passionné, faisait des progrès rapides.

Au fil des jours, il commença à envisager de se rendre en Egypte à son tour. Car il soupçonnait, au-delà des déductions du vieux savant, des orientations différentes. Hector Moreau, très attaché à la religion chrétienne, ne pouvait considérer les Egyptiens autrement que comme des barbares des temps passés, qui adoraient des dieux étranges à têtes d'animaux. Selon lui, c'était là même la preuve de leur barbarie.

« Ils ont eu beau construire des monuments qui ont défié les siècles, ces Egyptiens étaient des sauvages. Comment peut-on adorer des figures aussi grotesques ? disait-il en désignant une divinité ou une autre. Une femme à tête de vache, un homme à tête d'oiseau, ou même un taureau ! Il n'en reste pas moins que leur civilisation est passionnante, au moins autant que celle des Romains ou des Grecs. »

Pierre ne partageait pas cet avis. Depuis longtemps débarrassé de l'influence de l'Eglise, il possédait de ce fait un esprit plus ouvert, et devinait, derrière ces statues à forme animale, des symboles représentant les grands principes de la nature, le soleil, la lune, la terre, le Nil sacré, la féminité, la fertilité, le ciel et les étoiles. Cependant, afin de ne pas froisser son professeur, il gardait ses réflexions pour lui.

Grâce à Hector Moreau, Pierre eut accès aux livres magnifiques établis pendant la campagne d'Egypte, un demi-siècle plus tôt. Il passait des heures à les étudier, prenant quantité de notes, reproduisant avec soin les dessins et les hiéroglyphes afin de s'en imprégner.

Parallèlement, il tenta de découvrir des documents concernant la reine inconnue du Louvre. Malheureusement, ses recherches demeurèrent vaines. La statue gardait son mystère.

Au début de septembre 1846, Pierre organisa pour Alfred une visite de ses fermes et de son haras. Le voyage fut d'autant plus agréable que le temps se maintint au beau. Rose les accompagna, ravie de quitter Paris pour la Normandie où elle était née, tout comme Alfred. Ce point les rapprochait tous deux. Ils furent reçus avec gentillesse par les fermiers. Ils connaissaient déjà le jeune marquis, qui avait souvent suivi son père lors de ses visites annuelles. On savait sa générosité et sa simplicité. Les récoltes n'avaient pas été très bonnes cette année-là, mais la part que le marquis réservait à ses paysans étant plus élevée que la moyenne, ils avaient à cœur d'obtenir les meilleurs rendements possible, et les résultats étaient satisfaisants. On fit de belles ripailles, arrosées de cidre et de calva, ce qui valut quelques réveils douloureux aux voyageurs.

La visite du haras enthousiasma Pierre. Il avait déjà eu l'occasion de monter à Bourré, où son père possédait un cheval de trait. Mais le malheureux animal n'avait rien à voir avec les pur-sang nerveux destinés à la course qu'élevait

Alfred. Le haras, situé dans la région de Bagnoles-de-l'Orne, regroupait plus de trois cents chevaux de diverses origines, des andalous, des arabes, et surtout des trotteurs dits « normands », race créée une dizaine d'années auparavant, ainsi que le marquis l'expliqua à Pierre.

— Un de mes amis de la région de Cherbourg a initié cette race à partir du hackney et de l'orlov, une race particulièrement douée pour le trot.

Alfred fournissait ainsi un bon nombre des chevaux de trot attelé qui s'affrontaient à Chantilly et ailleurs. L'élevage lui assurait une grande partie de ses revenus.

Pendant les trois jours qu'ils passèrent au haras, Pierre eut l'occasion de monter – avec prudence – des chevaux puissants et rapides. Il se révéla un bon cavalier, et Alfred décida de lui offrir un cheval de selle d'origine américaine.

— C'est peu de chose, mon Pierre. Une manière de te remercier de cet excellent voyage que tu as organisé. Nous allons le ramener à Paris, et tu pourras le monter quand tu voudras.

Ainsi était Alfred, heureux de vivre, et généreux avec ceux qu'il aimait. Rose ne fut pas en reste, qui reçut quant à elle une petite voiture appelée « phaéton » pour se déplacer dans Paris.

Le cheval de Pierre se révéla aussi docile que résistant. C'était un jeune animal né en Normandie, d'un père et d'une mère importés d'Amérique du Nord. Là-bas, ces chevaux étaient utilisés par les gardiens de troupeaux. L'homme et l'animal s'entendirent immédiatement, et Pierre lui donna le nom de Fidèle, celui d'un vieux chien qu'il avait beaucoup aimé dans son enfance.

Cette parenthèse normande évita à Pierre de trop penser à Dyane. Celle-ci ne s'était plus manifestée depuis leur dernière rencontre au Louvre. Il en avait conclu qu'elle avait donné une réponse positive au banquier Delrieux. Il en avait ressenti un douloureux pincement au cœur. Bien décidé à l'oublier, il se lança, en compagnie du marquis et de ses amis, dans une série de fêtes étourdissantes, espérant ainsi oublier la jeune comtesse dans les bras de belles filles croisées au hasard des rencontres nocturnes. Mais il n'en tira pas le plaisir escompté, et se réveillait au matin avec nausées et migraines. Et avec au cœur un vide qui refusait de se combler. Le mal était plus profond qu'il ne le croyait.

Pendant ce temps, l'atmosphère de la France continuait de se détériorer. Le 30 septembre 1846, une quinzaine de jours après leur retour de Normandie, une grève des ouvriers du faubourg Saint-Antoine tourna à l'émeute. Le roi envoya l'armée. Pendant trois jours, les combats firent rage, provoquant la mort de plusieurs dizaines de personnes.

Le 23 novembre, la presse libérale cria au scandale et se déchaîna contre la décision du gouvernement de suspendre les cours de l'historien Edgar Quinet, à cause de la polémique déclenchée par son livre, *Le Génie des religions*.

« On mutile le Collège de France ! » pouvait-on lire en titre de *La Presse*.

On était maintenant en décembre. Un froid glacial s'était abattu sur la capitale. Le jeune homme, outre ses visites régulières à Hector Moreau, continuait de se rendre au Louvre. Ce fut ainsi qu'il fit un jour une rencontre à laquelle il ne s'attendait plus. Alors qu'il traversait la salle de la reine inconnue, il remarqua aussitôt la silhouette élégante et fine de Dyane, immobile devant la statue. Elle se tourna vers lui et lui adressa un sourire pâle. Il s'approcha.

— Je savais que vous seriez là aujourd'hui, dit-elle.

— Mais comment…

— Vous venez tous les mercredis.

— C'est vrai.

Ils restèrent un moment silencieux. Pierre ne savait que penser. La mante couleur prune qu'elle portait l'enveloppait complètement, ne laissant apparaître que son visage au nez joliment retroussé.

— Comment va votre futur mari ? demanda-t-il, circonspect.

— Il n'y a pas de futur mari. Je n'ai pas donné suite à la demande de Delrieux.

Le cœur de Pierre fit un bond dans sa poitrine. Elle avait repoussé le banquier, et elle était là...

Tout à coup, elle lui saisit les mains.

— Tu me manques, Pierre. Marie dit que je dois être un peu folle d'avoir rompu avec un parti aussi intéressant que Philippe, mais c'est ainsi.

Leurs doigts se nouèrent. Pierre ressentit l'envie de la prendre contre lui, de la serrer, de l'embrasser. Mais l'endroit ne s'y prêtait guère.

— Viens, dit-il.

Elle le suivit docilement. L'esprit enfiévré, ils sortirent du musée. Un peu plus tard, ils étaient tous deux dans l'appartement de Pierre, dans l'hôtel de Givors. Sans qu'un mot soit échangé, Pierre ôta fébrilement les vêtements de Dyane, laquelle de son côté lui arracha quasiment sa chemise.

Ils s'aimèrent ainsi l'après-midi durant, le souffle court, les sens enflammés, prenant à peine le temps de retrouver des forces pour une nouvelle union. Le soir venu, Rose, qui avait vu le couple entrer discrètement, dissuada Alfred d'appeler son secrétaire, dont il avait besoin pour un courrier urgent.

— Il semblerait que nos deux amoureux soient réconciliés, lui glissa-t-elle avec un sourire ravi.

— Mais voilà une bonne nouvelle ! s'exclama le marquis. Je n'aime pas du tout ce Delrieux. Il faut fêter ça, ma douce amie.

Et il l'entraîna séance tenante dans sa chambre. Rose le suivit en riant.

— Est-ce que tu vas repartir, comme l'autre fois ?

Il était plus de huit heures de soir. Les sens enfin calmés, Pierre et Dyane avaient atteint cette autre rive de l'amour, celle où s'expriment la tendresse et la douceur. La jeune femme avait posé sa tête sur l'épaule de son amant et somnolait à demi. Elle secoua la tête.

— Non. J'ai longuement réfléchi. Si tu veux toujours de moi, je vais rester. Ne me demande pas de t'épouser. Pas encore. Je dois savoir d'abord ce qui nous attend, et comment je vais réagir. Il m'arrive parfois de changer d'avis, d'être capricieuse. C'est ma manière de me défendre. Alors, pour l'instant, je serai ta compagne et tu pourras me présenter comme telle. Peu importe ce qu'on dira. Ma famille va hurler, mais je m'en moque. Je suis bien avec toi et c'est la seule chose qui compte.

Pierre resta silencieux, certain qu'il rêvait. Dyane releva le nez, inquiète.

— Alors ? demanda-t-elle.

— Tu viendrais habiter ici, avec moi ?

Elle fit la moue.

— Pas encore. Plus tard, sans doute. Mais je ne peux pas abandonner Marie. Son état empire de jour en jour.

Elle se tut, et deux larmes glissèrent sur ses joues. Une bouffée d'amour enserra le cœur du jeune homme.

— Tu ne peux pas savoir quelle amie merveilleuse elle est, ajouta Dyane. Je dois être là quand elle... enfin, je... je ne peux pas la laisser seule en ce moment.

— Je comprends.

Alfred, ravi du retour de Dyane dans les bras de Pierre, exultait. A ses yeux de républicain libéral, Pierre représentait l'exemple type de l'homme issu du peuple qui avait réussi à se faire une situation grâce à ses qualités, allant même jusqu'à prendre pour compagne une fille de la noblesse.

Dyane, quant à elle, ne regrettait pas sa décision. Elle avait dû renoncer au luxe que lui procuraient ses anciens amants, dont beaucoup se montrèrent déçus qu'elle leur préférât un homme du peuple, mais cela ne la dérangeait pas autant qu'elle l'aurait pensé. Et puis, elle avait accumulé assez de robes et de bijoux. Finalement, ces richesses lui paraissaient bien vaines à côté de la passion et de la tendresse qui les enchaînaient l'un à l'autre. C'était un mélange de joyeuse violence et de tendresse douloureuse, la sensation de s'appartenir mutuellement, de souffrir lorsque l'autre s'absentait, et une joie indicible, une exaltation à se trouver ensemble, avec toujours cette envie irrépressible de se livrer à l'autre, de se fondre en lui dans des joutes amoureuses épuisantes.

Si elle passait la plupart de ses nuits auprès de Marie, il lui arrivait, lorsque son amie se sentait un peu mieux, de rester à l'hôtel de Givors. Mais l'amour et les jeux d'alcôve n'étaient pas les seuls liens qui rapprochaient les deux amants. Pierre et Dyane s'étaient aussi retrouvés autour de l'Egypte. Le jeune homme passait de longues heures à lui expliquer les secrets des hiéroglyphes, à lui montrer les croquis réalisés à partir des livres de la campagne d'Egypte. Après leurs bouillonnantes séances amoureuses, Dyane s'allongeait toute nue sur le tapis oriental posé devant la cheminée et écoutait Pierre lui parler de ce pays magique qu'il ne connaissait que par les études menées en compagnie d'Hector Moreau et les souvenirs transmis par son vieux maître. La lumière qui illuminait les yeux du jeune homme tandis qu'il évoquait les cités enfouies sous les sables, les divinités et leurs secrets, faisait couler dans le sang de la jeune femme une liqueur de feu. Ses sens étaient pourtant apaisés à ces moments-là. C'était un torrent d'une autre nature qui la brûlait, la sensation de ne plus jamais pouvoir se détacher de cet homme qui lui faisait si bien l'amour, simplement parce qu'il l'aimait et la croyait reine d'un pays disparu. Car l'Egypte dont parlait Pierre n'existait plus. Elle s'était diluée dans les sables du temps. Mais il savait si bien la faire revivre qu'elle en éprouvait une émotion intense.

Elle espérait ainsi, en perçant les mystères de ce pays, chasser les cauchemars qui continuaient à la visiter. Ses visions nocturnes prenaient parfois une réalité telle qu'au réveil il lui fallait un long moment avant de reprendre pied dans le monde réel. Le décor était d'une précision hallucinante. Elle savait qu'un groupe d'individus avait tué son mari, qui semblait aussi être son frère. Un sentiment de vengeance l'emplissait d'une colère terrible, et elle donnait la mort. Elle voyait des corps se tordre de douleur, l'eau recouvrir des cadavres, des hommes frapper les traîtres, des flots de sang couler, teinter l'eau létale, une salle obscure dans laquelle le niveau de l'eau montait inexorablement. Mais un ennemi parvenait à s'échapper, invisible, animé par la haine la plus féroce. Alors se manifestait un autre cauchemar, une douleur terrible dans l'abdomen, la pénétration d'une lame dans son ventre, le souffle coupé par la terreur de mourir, mêlée à un sentiment de fureur, d'impuissance, et une nouvelle volonté de vengeance. Elle voyait distinctement la silhouette de son meurtrier penchée sur elle, elle entendait son rire cynique. Mais ses traits demeuraient irrémédiablement flous.

Alors, elle s'éveillait, le cœur battant la chamade, la respiration haletante.

Malgré la morosité ambiante, et surtout malgré la mauvaise santé de Marie Duplessis, le réveillon du Nouvel An 1847 à l'hôtel de Givors fut une fête joyeuse et copieusement arrosée. Alfred n'avait invité que ses amis les plus chers, chargeant Pierre de tout organiser. Thibault, accompagné de l'une de ses conquêtes, était présent, ainsi que quelques personnalités de la littérature, comme le jeune Charles Baudelaire, désormais considéré comme l'un des meilleurs critiques d'art.

Alfred avait fait installer un grand sapin dans le salon.

— C'est une coutume ramenée d'Allemagne par Hélène de Mecklembourg, la belle-fille du roi, expliqua-t-il à ses invités. Mais j'ai appris que les Alsaciens pratiquent cette coutume depuis fort longtemps. A l'origine, les bougies qui décorent le sapin symbolisaient la lumière du Christ. Avec le temps, cette coutume a perdu sa signification religieuse.

Outre les bougies, que l'on n'alluma que parcimonieusement en raison des risques d'incendie, les branches de l'arbre étaient ornées de différentes friandises : pommes, noix, gâteaux, petits objets décorés.

Prenant la main de Pierre, Dyane l'entraîna près de l'arbre et décrocha une pomme rouge, dans laquelle elle l'invita à croquer en lui adressant un coup d'œil malicieux et prometteur.

— Nous la finirons plus tard, dit-elle d'une voix suave en se coulant contre lui.

Marie Duplessis, malgré sa santé précaire, se comporta conformément à la ligne de conduite qu'elle s'était fixée : profiter de la vie jusqu'au dernier moment. Toujours aussi belle en dépit de sa pâleur et de ses quintes de toux, elle trouvait le courage de masquer et de minimiser sa souffrance, lançant des traits d'esprit, mettant les convives en valeur, bavardant avec érudition de tous les sujets. Son charme était tel qu'elle avait réussi à rassembler près d'elle celui qui était toujours officiellement son mari, le comte Edouard de Perrégaux, ainsi qu'un ancien et fidèle amant, le comte suédois Gustav von Stackelberg, tous deux invités à l'hôtel de Givors.

Mais sa gaieté apparente ne trompait pas Dyane, partagée entre l'admiration et la douleur.

— C'est une reine, dit la jeune femme à Pierre. A cause de sa maladie, la plupart de ses anciens amis l'évitent. Seuls Edouard et Gustav sont restés. Cela ne l'empêche pas de garder la tête haute et de rire au nez de la mort qui s'avance. Elle s'étourdit de danse et de champagne, mais, lorsque nous sommes seules chez elle, elle a de grands moments de lassitude. Elle tousse de plus en plus. Et malgré ça, elle s'inquiète pour moi, pour toi, pour Alfred, pour les autres. C'est l'âme la plus généreuse que j'aie jamais rencontrée.

Dans la deuxième quinzaine de janvier, une tempête de neige s'abattit sur Paris, rendant les déplacements incertains. Dyane ne put rejoindre Pierre pendant cette période. Peut-être en raison du mauvais temps, la santé de Marie s'était détériorée et elle refusait de l'abandonner.

Enfin, le 3 février 1847, alors que des bourrasques de neige balayaient les rues de Paris, le comte Gustav von Stackelberg se présenta à l'hôtel de Givors, le visage défait, la moustache et la barbe gelées. Alfred et Pierre le reçurent immédiatement.

— C'est fini, dit-il d'une voix douloureuse. Marie nous a quittés cette nuit.

17

Une pluie fine tombait sur Paris le 5 février, tandis qu'une foule impressionnante se pressait à l'église de la Madeleine. Alors qu'elle avait terminée sa vie presque seule, entourée de ses plus proches amis, Marie Duplessis réunissait, le jour de son enterrement, une assemblée digne d'une reine. D'ailleurs, une couronne de comtesse apparaissait sur les tentures ornant l'église. Certains crurent à une erreur, mais, ayant épousé le comte Edouard de Perrégaux un peu plus d'un an auparavant, elle était réellement comtesse.

Dans la foule se tenaient nombre de ses anciens amants, parmi lesquels figuraient des noms célèbres, comme le compositeur Franz Liszt et l'écrivain Alexandre Dumas fils, qui songeait déjà à lui rendre hommage sous la forme d'un roman. Après l'office religieux, le cercueil, couvert de camélias blancs, se dirigea lentement vers le cimetière de Montmartre.

A l'écart, un homme surveillait d'un œil sombre un couple qui marchait près du char funèbre. Philippe Delrieux n'avait jamais été l'amant de Marie Duplessis, mais il escomptait bien épouser son amie la plus proche, la jeune comtesse Dyane de Courtraye, tant pour ajouter son titre de noblesse à son nom que parce qu'il avait décidé que cette femme à la beauté sensuelle lui appartiendrait. Delrieux avait toujours obtenu ce qu'il voulait, avec l'assurance que donnent une fortune considérable et surtout une absence totale de scrupules. Or, depuis quelques mois, cette petite catin s'affichait avec un homme du peuple, issu d'on ne savait quelle province glaiseuse ! Il s'était renseigné sur lui. Cet individu aux poches vides avait commencé comme crieur de journaux ! Puis cet imbécile de marquis de Givors s'était entiché de lui au point d'en faire son secrétaire. Tous deux se tutoyaient et se témoignaient une amitié suspecte !

Et cette maudite Dyane l'avait repoussé, lui, alors qu'il avait déposé sa fortune à ses pieds ! Elle l'avait traité avec le même mépris qu'elle réservait à ses amants, qu'elle amenait à satisfaire tous ses caprices. Cette fille était une putain, qui se donnait au plus offrant moyennant des cadeaux somptueux ! Mais une putain de haute lignée, tant par le nom que par la qualité de ses soupirants, qui préféraient l'appeler « courtisane » afin de se garder la bouche fraîche. Elle n'en était pas moins une putain ! Ça ne dérangeait pas Philippe Delrieux. Ces femmes-là connaissaient la vie et les hommes, et savaient leur donner du plaisir. Qu'aurait-il fait d'une petite oie blanche sans aucun vice ?

Il la voulait ! A toute force ! Et il était prêt à tout pour ça. Elle finirait pas se lasser de son crieur de journaux. Il avait pensé à provoquer ce gueux en duel, mais il y avait renoncé. Il n'allait pas s'abaisser à se battre avec un misérable qui sentait le crottin. Il valait mieux attendre qu'elle se lasse de lui. Ce qui finirait bien par arriver.

Au cimetière de Montmartre, une file interminable se succédait devant la tombe ouverte, dans laquelle le cercueil avait été descendu. Après s'être recueilli, chacun laissait tomber un camélia blanc, la fleur préférée de Marie. Dyane, le bras crispé sur celui de Pierre, s'était fermée. La mort l'avait toujours effrayée par son aspect absolu et irréversible. Jusqu'au dernier moment, malgré la toux persistante qui s'aggravait un peu plus chaque jour, elle avait toujours cru qu'un miracle était possible. Mais il n'y avait pas eu de miracle, et Marie était morte dans ses bras après une crise terrifiante qui l'avait vue étouffer d'une manière effrayante. Dyane avait dû faire appel à tout son courage pour ne pas céder à la terreur et s'était forcée à demeurer jusqu'au bout auprès de son amie, pour lui tenir la main, et lui prodiguer, les yeux brûlés par les larmes, des paroles d'apaisement. Lorsque, après un dernier sursaut, la poitrine de Marie était retombée sur un dernier souffle, elle s'était mordu la lèvre pour ne pas hurler. Instinctivement, ses pensées l'avaient portée vers Pierre. Il aurait dû être là, à ses côtés, pour la rassurer. Mais seuls les deux fidèles domestiques de Marie étaient présents, ainsi que le comte de Perrégaux, son mari, bouleversé. Malgré le départ de Marie de Londres, un an plus tôt, il lui avait conservé son amitié et s'était rapproché d'elle dans les derniers temps. Près de lui se tenait le comte suédois. Devant le désarroi de Dyane, il s'était proposé pour aller prévenir Pierre, indifférent à la condition sociale inférieure du jeune homme. Devant la mort, il n'existait plus ni rang ni fortune.

Pierre contemplait le cercueil d'un regard lourd. Il n'avait eu guère l'occasion de dire à Marie toute l'affection qu'il lui portait. Il savait que c'était un peu grâce à elle que Dyane était revenue vers lui.

La terre se referma sur l'une des femmes les plus étonnantes de l'époque, morte à vingt-trois ans après l'avoir marquée de sa personnalité hors du commun. Le jeune Alexandre Dumas resta seul, un peu en retrait, pour revenir ensuite, malgré la pluie, sur la tombe, beaucoup plus bouleversé qu'il ne l'aurait imaginé, se reprochant peut-être de ne pas avoir été plus présent les derniers temps. Tandis que, peu à peu, la foule abritée sous des parapluies noirs se dispersait, il demeura un long moment à méditer sur celle qu'il appellerait, dans son roman déjà en gestation, « la Dame aux camélias[1] ».

Quelques jours plus tard, Dyane mettait de l'ordre dans l'appartement de Marie lorsqu'on frappa à la porte. La jeune femme était seule en compagnie de Germaine, la chambrière de son amie, la seule qui fût restée après la mort de sa maîtresse. Dyane consulta la pendule du salon. Il était près de huit heures du soir. Elle pensa que c'était peut-être Pierre

1. Dans ce roman, qui paraîtra un an après la mort de Marie Duplessis, elle deviendra Marguerite Gautier. Il en tirera une pièce qui sera jouée en 1852. Verdi s'inspirera de cette pièce pour composer son célèbre opéra, *La Traviata*, où Marie deviendra Violetta Valery, dont, un siècle plus tard, Maria Callas donnera une image inoubliable.

qui la rejoignait, mais elle s'en étonna, car il devait recevoir l'intendant du haras et ne serait pas disponible pendant deux ou trois jours. Un peu inquiète, elle demanda à Germaine d'ouvrir.

L'instant d'après, Philippe Delrieux faisait une entrée décidée, son manteau dégoulinant de neige fondue. Il s'en débarrassa et congédia Germaine d'un geste sec.

— Bonsoir, Dyane.

— Philippe ? Que faites-vous ici à cette heure ?

— Il faut bien que je me résolve à vous rendre visite puisque vous ne daignez plus me donner de vos nouvelles.

Elle se rembrunit.

— Je croyais avoir été claire la dernière fois que nous nous sommes vus...

— Je pensais que vous auriez réfléchi.

— J'ai réfléchi. Et je vous ai déjà donné ma réponse.

Il s'approcha d'elle, la prit par la taille d'un geste si vif qu'elle n'eut pas le temps de réagir.

— Voyons, Dyane, murmura-t-il. Tout cela n'est pas sérieux. Je vous désire depuis la première fois que je vous ai vue. Mes rêves sont peuplés de vous.

— Lâchez-moi !

Elle tenta de se dégager, mais il la maintenait fermement.

— Je veux connaître le secret de votre peau, gronda-t-il d'une voix rauque, affolé par le parfum de la jeune femme.

— Non...

Soudain, il posa une main sur sa gorge et la toisa d'un regard brûlant.

— Vous me rendez fou, Dyane. Pourquoi me refusez-vous ce que vous avez accordé à tant d'autres avant moi ?

— Parce que je ne veux pas ! cingla-t-elle en se dégageant d'un coup de reins brusque.

Ni la patience ni la diplomatie ne faisaient partie des qualités de Delrieux. Dépité, il s'emporta :

— Mais enfin, que vous faut-il ? Je vous ai offert de vous épouser malgré la vie dissolue que vous avez menée jusqu'à présent, j'ai mis ma fortune à vos pieds !

— La vie que j'ai menée ne regarde que moi, répliqua Dyane sur le même ton. Et je n'autorise personne à me juger !

— Vous juger ? Vous ne vous en rendez peut-être pas compte, mais vous êtes la risée de Paris. Comment vous, une comtesse de Courtraye, avez-vous pu vous commettre avec ce petit paltoquet qui empeste la bouse de sa campagne ?

— Le « paltoquet » ne ferait qu'une bouchée de vous si vous aviez l'inconscience de le provoquer en duel, riposta Dyane, hors d'elle.

— Quoi ? Ce rustre n'a jamais tenu une épée ou un pistolet de sa vie. Je l'embrocherais comme un poulet !

— Méfiez-vous, Philippe, il a appris à tirer avec le propre maître d'armes d'Alfred de Givors…

— Ce Givors n'est qu'un gros porc !

— Mais son maître d'armes connaît son métier, et Pierre s'est révélé un excellent élève. Et puis, si vous êtes venu ici pour m'insulter et insulter mes amis, je vous ordonne de repartir tout de suite !

Pendant une fraction de seconde, la lueur de haine pure qu'elle lut dans les yeux de Delrieux lui fit couler une onde glaciale le long de l'échine. Attirée par les éclats de voix, Germaine revint se placer à côté d'elle, pour la protéger. Delrieux recula d'un pas. Il secoua la tête avec un rire nerveux, s'obligea à inspirer profondément.

— Laissez-nous, Germaine. Je dois parler à madame. Mais je vous assure qu'elle n'a rien à redouter de moi. Je vais… me calmer.

La chambrière hésita, puis s'en fut. Silencieuse, Dyane attendit la suite.

— Je vous prie de pardonner mon emportement, Dyane. Ne voyez en lui que la preuve de l'amour inconditionnel que je vous porte. Convenez cependant qu'il est plutôt frustrant de vous voir me préférer un homme sans fortune.

— Il a d'autres qualités. Et je l'aime.

— Mais il sera incapable de vous offrir la vie luxueuse que vous méritez.

— Qui sait ? C'est un homme intelligent et cultivé.

Delrieux poussa un soupir et serra les poings. Puis il se maîtrisa. Il n'obtiendrait rien en se mettant en colère.

— Je vous demande de réfléchir encore à ma proposition, Dyane. Je saurai me montrer patient.

Il la regarda longuement, sans rien ajouter. Elle crut un instant qu'il allait bondir sur elle à nouveau. Mais il recula, un sourire de carnassier sur le visage. Enfin, il pointa le doigt sur elle.

— Vous êtes la plus belle femme que j'aie jamais rencontrée, Dyane de Courtraye. Et un jour, vous serez à moi.

— Jamais ! répliqua-t-elle.

Il ne quitta pas son sourire.

— Ne dites pas : « Fontaine, je ne boirai pas de ton eau. » Nous reparlerons de tout ça quand vous vous serez lassée de la vie médiocre que vous offrira votre paysan.

— Allez-vous-en !

Dyane ne parla pas de l'incident à Pierre. Elle n'avait pas menti, le jeune homme partageait depuis quelques mois les leçons d'escrime et de tir du marquis. Il y avait montré très rapidement des dispositions remarquables. Cependant, il ne possédait pas encore un niveau suffisant pour espérer sortir vivant d'un duel. Or, elle connaissait son Pierre : s'il apprenait le comportement de Delrieux, il irait séance tenante lui lancer un défi.

Elle n'avait plus le désir de rester dans l'appartement de Marie Duplessis. De toute manière, celui-ci allait être vendu par la famille. Sur l'invitation d'Alfred, elle vint donc s'installer à l'hôtel de Givors, avec Pierre. Et, pour célébrer cette installation, le marquis organisa, à leur insu et avec la complicité de Rose, une fête qui eut lieu le 17 février, date anniversaire des deux. Car Pierre et Dyane étaient nés le même jour, et avaient exactement le même âge. Cet élément intrigua et inquiéta la jeune femme lorsqu'elle l'apprit, la veille de cet anniversaire.

Ils étaient tous deux au lit, épuisés par une longue joute amoureuse. Pierre, qui ignorait tout des projets d'Alfred et de Rose, lança, tout à fait innocemment :

— Sais-tu que demain, c'est mon anniversaire ? Nous pourrions aller fêter ça quelque part ? Qu'en dis-tu ?

Elle ouvrit des yeux ronds.

— C'est incroyable, fit-elle. Je suis née moi aussi un 17 février.

Ce fut au tour de Pierre d'être stupéfait.

— Tu veux dire que... ton anniversaire tombe en même temps que le mien ?!

— Oui, nous avons donc exactement le même âge : vingt et un ans demain.

— Non, aujourd'hui ! Il est plus de minuit.

Traduction : il restait encore du temps pour reprendre le tournoi amoureux. Bien plus tard, avant de sombrer dans un sommeil réparateur, Dyane, d'une voix assourdie, glissa dans l'oreille de Pierre :

— C'est merveilleux, mon chéri, nous sommes comme des jumeaux.

Et elle s'endormit sur cette idée...

... pour se réveiller en sursaut une heure plus tard, en poussant un gémissement qui réveilla son compagnon. Lorsque Pierre la prit dans ses bras, elle tremblait comme une feuille. Elle raconta, en hoquetant de frayeur :

— C'était encore ce cauchemar horrible. Il y avait des hommes qui portaient des armes pleines de sang. Et il y avait un autre homme abattu, mort, le ventre ouvert, la gorge tranchée. Je voulais lui porter secours, mais je ne pouvais pas bouger. Je savais qu'il s'agissait de mon mari. Mais le plus étrange, c'est qu'il était aussi mon frère.

Elle se blottit contre lui pour retrouver son souffle.

— Ça ne veut rien dire ! gémit-elle. Je n'ai pas de frère. Et même si c'était le cas, je ne pourrais pas l'épouser. Ce serait ignoble !

Pierre ne répondit pas. Elle leva le nez vers lui, les yeux baignés de larmes.

— Mais toi, reprit-elle, je t'ai dit tout à l'heure que tu étais comme mon frère jumeau. Est-ce que ça signifie que je ne peux pas t'épouser ?

Il eut un léger sourire.

— Je ne pense pas que cela ait un rapport avec moi. Même si nous sommes nés le même jour, ce n'est qu'une coïncidence. Nous n'avons aucun sang commun. En revanche, les Egyptiens de sang royal se mariaient dans la même famille, le frère épousait la sœur, et parfois même, le père épousait sa fille...

— C'est monstrueux !

— Dans leur manière de voir les choses, cela s'explique. Les lignées royales étaient censées descendre des premiers dieux. Selon leur croyance, il leur fallait donc conserver le sang du dieu le plus pur possible.

— C'est un péché mortel, pour la religion chrétienne.

— Elle a pourtant autorisé bien souvent des mariages consanguins entre cousins, remarqua Pierre. Je ne sais pas si c'est un péché, mais c'est une chose néfaste. Il apparaît très vite des tares dans ces familles. Ce qui explique sans doute le nombre impressionnant de dynasties qui se sont succédé sur le trône d'Egypte.

Un peu plus tard, Dyane tenta de se rendormir, lovée contre l'épaule rassurante de Pierre. Leur courte conversation avait chassé les fantômes sanglants qui hantaient ses rêves, mais, malgré ce qu'il lui en avait dit, elle n'était pas convaincue qu'il n'existait pas entre eux une espèce de fraternité. Evidemment, ils n'avaient aucun lien de parenté. Mais cette fraternité mystérieuse se situait peut-être sur un autre plan. Elle finit par sombrer dans le sommeil, sur la pensée que tout cela avait un rapport avec la reine mystérieuse du Louvre.

Le lendemain matin, ils furent réveillés en fanfare par un Alfred d'excellente humeur, qui leur porta lui-même le petit déjeuner en compagnie de Rose. Stupéfaits, Dyane et Pierre ne savaient que penser.

— Je compte sur vous ce soir, dit-il d'une mine gourmande. Je donne une petite fête pour quelques amis, et je compte sur votre présence.

— Justement, c'est que... commença Pierre.

— Ta ta ta ! Je ne veux rien savoir. Tu ne voudrais tout de même pas me désobliger, mon Pierre ?

— Non, bien sûr.

Sans attendre de réponse, Alfred s'en fut d'un pas guilleret, cramponnant Rose au passage, avec l'air ravi de celui qui vient de jouer un bon tour. Pierre tourna vers Dyane un visage navré.

— Je crains que nous ne devions reporter notre petite escapade, dit-il.

Mais Dyane faisait moins grise mine que lui.

— Je connais mon Alfred, dit-elle. A voir sa bouille réjouie, je ne serais pas étonnée qu'il nous prépare une surprise à sa façon. C'est tout à fait dans sa nature.

Pierre se laissa retomber sur le lit.

— Mais bien sûr ! Tu es plus fine que moi. Il ne faut pas lui laisser penser que nous avons deviné.

Le soir venu, après une petite promenade au cours de laquelle ils prirent le temps de s'offrir mutuellement un cadeau, ils revinrent à l'hôtel de Givors, où, comme ils l'avaient deviné, Alfred avait réuni tous leurs amis. Dyane sauta au cou du marquis pour le remercier.

— Tu es le plus précieux des amis, mon Alfred.

Puis les traits de la jeune femme s'assombrirent. Elle ne pouvait s'empêcher de penser que la dernière fois qu'une fête avait été donnée en ces lieux Marie y participait. Cela avait été son ultime sortie.

— Pardonne-moi, dit-elle.

Mais Alfred avait deviné la raison de sa tristesse soudaine. Il prit la main de la jeune femme et celle de Pierre, et les amena devant les invités, qui applaudirent.

— Mes amis, dit-il, nous célébrons aujourd'hui l'anniversaire commun de deux personnes qui me sont particulièrement chères. J'aimerais que cette soirée soit aussi dédiée à une autre personne, qui vient hélas de nous quitter, et dont chacun ici garde un souvenir merveilleux. Marie était parmi nous il y a moins de deux mois, et elle a été l'une des reines de cette fête. Elle aimait la vie et les plaisirs, et elle en a joui jusqu'au bout de sa trop courte existence. Et parce qu'elle aimait la vie, elle ne voudrait pas être la cause de notre chagrin. Aussi, pour honorer sa mémoire, nous allons faire la fête, manger, boire jusqu'à plus soif, et danser jusqu'au bout de la nuit. Ensuite, s'il nous reste encore quelques forces, nous rejoindrons nos couches et nous ferons l'amour à nos belles afin que cette soirée demeure inoubliable, à l'image de la gaieté de Marie ! Que le champagne coule à flots dans nos coupes, mes amis !

18

La vie, un instant bouleversée par la mort de Marie Duplessis, avait repris son cours. Dyane s'était définitivement installée avec Pierre à l'hôtel de Givors. Alfred leur avait donné d'autres pièces afin que la jeune femme pût apporter ses meubles.

Un peu désorientée par ces nouvelles dispositions, qu'elle avait pourtant souhaitées, Dyane eut quelque peine à abandonner sa vie précédente. Non qu'elle la regrettât, mais ses habitudes se trouvaient totalement chamboulées. Elle avait gardé Germaine, l'ancienne chambrière de Marie, à son service, et fait venir sa propre femme de chambre, Séverine, une brunette délurée qui eut tôt fait de perturber les domestiques mâles de l'hôtel de Givors. Il n'était pas jusqu'à Pierre qu'elle ne couvait de regards aguicheurs, ce qui amusait ce dernier, mais énervait passablement sa maîtresse.

« Cette péronnelle a la cuisse aussi légère que la cervelle ! grommelait Dyane tandis que la damoiselle baissait le nez sous ses remontrances, faussement contrite.

— Mais tu l'aimes bien, remarquait Pierre.

— Bien sûr. Je l'ai engagée dès que mon premier... hum, dès que j'ai eu un appartement à moi. »

Elle savait que le jeune homme n'aimait pas trop qu'elle parlât de sa vie passée. Et elle qui avait toujours mis un point d'honneur à ne jamais se préoccuper des réactions de ses amants prenait mille précautions pour ne pas froisser Pierre, de crainte de le fâcher. Par moments, elle se traitait de folle inconsciente. La valeur des cadeaux qu'il lui faisait ne pouvait se comparer à celle des présents qu'elle recevait auparavant, mais ils lui paraissaient plus beaux. Elle-même avait eu la sagesse de placer un peu d'argent et jouissait d'une petite rente qui lui permettait au moins de tenir modestement son rang de comtesse sans fortune.

Elle ne regrettait pas d'avoir abandonné sa vie précédente, car elle avait découvert une chose importante en compagnie de Pierre. Il la respectait et la laissait libre d'agir ainsi qu'elle le souhaitait. Il ne lui demandait jamais de comptes, ne l'interrogeait jamais sur la manière dont elle occupait ses journées lorsqu'ils n'étaient pas ensemble. Elle lui en parlait d'elle-même, sans contrainte. Pour la première fois de sa vie, elle se sentait libre.

De même, elle ne ressentait plus aucune attirance pour d'autres hommes. Pierre suffisait largement à combler ses nuits. C'était d'ailleurs un paradoxe. Pierre n'était ni jaloux ni possessif. Il estimait qu'une relation amoureuse devait reposer sur la confiance. Quant à elle, elle ne pouvait se passer de ses mains sur sa peau. Dès qu'il la touchait, elle avait envie qu'il la prenne dans ses bras et lui fasse l'amour jusqu'à l'épuisement. C'était une forme d'esclavage, se disait-elle parfois, car aucun homme ne lui avait jamais fait cet effet-là. Mais elle aimait se sentir ainsi soumise et offerte. S'il leur arrivait de sortir régulièrement, sous l'impulsion d'Alfred, qui n'avait jamais été aussi heureux de sa vie, ils n'avaient qu'une hâte : revenir au nid pour s'y livrer à des ébats torrides.

Pierre poursuivait l'étude des hiéroglyphes et y avait intéressé Dyane. Quoique réticente au début en raison de ses cauchemars, elle s'était laissé convaincre. Elle l'accompagnait lorsqu'il rendait visite à Hector Moreau, et peu à peu elle commença à pénétrer à son tour les secrets des signes sacrés. A son grand étonnement, elle se découvrit de surprenantes facilités dans ce domaine, tout comme son compagnon. Il y avait dans ces écritures d'un autre temps quelque chose de bizarrement familier.

Dyane se passionna aussi pour l'étude des documents de la campagne d'Egypte, dévora le livre de Vivant Denon. Ils tentèrent d'approfondir leurs recherches sur la reine inconnue, se fondant sur la première partie de sa titulature, seul élément disponible. Mais leurs efforts conjugués n'apportèrent aucun résultat.

Ces travaux avaient un effet bénéfique : les cauchemars s'étaient espacés. Dans l'esprit des deux amants, une idée commençait à voir le jour : monter une expédition en Egypte. Ils en avaient parlé à Alfred, qui s'était aussitôt dit prêt à la financer. Mieux encore, il avait évoqué la possibilité d'y participer lui-même. Mais le temps n'en était pas encore venu.

Il existait cependant entre Pierre et Dyane un élément de discorde. Le jeune homme, en compagnie d'Alfred et de Thibault, continuait d'assister aux réunions secrètes. Celles-ci privaient Dyane de sa présence une bonne partie de la nuit et elle en ressentait une certaine frustration. Mais la véritable raison était l'inquiétude dans laquelle la plongeaient ces absences. Elle n'ignorait pas que la police du roi traquait avec ténacité les opposants au régime. En principe, la solidarité des membres les protégeait des inquisitions du pouvoir. Mais Dyane redoutait toujours de ne pas voir Pierre rentrer dans le courant de la nuit. Elle restait éveillée jusqu'à son retour et lui adressait des reproches, tentant de le convaincre de renoncer à ces activités dangereuses.

« Si on t'arrête, on t'enverra au bagne ! Alfred ne risque pas grand-chose, lui, son nom le protège. Mais toi...

— Alfred risque autant que moi, et tu le sais. Mais nous devons le faire. Le roi et son ministre ne peuvent continuer ainsi à ignorer ce qui se passe. Le pays étouffe, les opposants sont de plus en plus nombreux. »

Il se lançait alors dans des discours enflammés :

« Le monde change, Dyane. Les paysans quittent les campagnes et peuplent les villes. Ils deviennent des ouvriers. Ils sont de plus en plus nombreux. Ils représentent une force qui grandit chaque jour. Les industriels continuent de les exploiter tels des esclaves, avec la complicité du gouvernement et du roi. Ils pensent que l'armée suffira toujours à tenir les éventuels insurgés en respect. Mais la colère gronde, et bientôt, l'armée ne sera plus capable de contenir le peuple. Car le roi oublie une chose : les soldats en sont issus. Et s'ils décident de désobéir à leurs supérieurs, le roi tombera, et la République sera proclamée. »

A chaque fois, la grogne de Dyane retombait, car, même si elle ne se sentait guère concernée par une révolution en gestation, elle aimait le contempler quand il parlait ainsi, avec exaltation. Ses yeux brillaient, en lui vibraient un enthousiasme et une générosité qui le rendaient encore plus beau. Alors, sa colère fondait et elle lui prenait la main pour l'entraîner vers le lit, sur elle, en elle, où la fougue du jeune homme trouvait à se manifester d'une autre manière.

Elle devait cependant reconnaître que le mécontentement des Français trouvait amplement sa justification. Un nouveau scandale éclata, en mai, qui secoua l'opinion publique. Un ancien ministre, président en exercice de la cour de cassation, Jean-Baptiste Teste, fut accusé d'avoir touché la somme de quatre-vingt-quatorze mille francs en échange de l'octroi d'une concession d'une mine de sel à des amis. Un ancien ministre de la Guerre, le général Louis de Cubières, était également compromis. La presse se déchaîna. En juillet, au moment de son procès, Teste tenta de se suicider dans sa cellule, où, étrangement, on lui avait fourni un pistolet. Il se rata. Une nouvelle vague de protestations se fit jour lorsque des peines légères furent prononcées contre les deux hommes.

Ce procès déclencha une nouvelle fois la fureur des opposants et amena le député Ledru-Rollin, lors d'une réunion secrète à laquelle Pierre participait, à faire une proposition qui allait avoir des conséquences primordiales pour la suite des événements, et indirectement sur la vie de Pierre.

Au cours de la soirée, il avait longuement évoqué l'indignité d'avoir à se réunir ainsi clandestinement, la honte de devoir se cacher, les difficultés à ne pas éveiller les soupçons de la police. Le député était particulièrement en verve.

— Que sommes-nous donc, messieurs, pour être ainsi obligés de nous cacher dans notre propre pays, le pays qui a donné naissance aux droits de l'homme et à la liberté ? Des rats ? Des criminels ?

— Mais que faire ? demanda Alfred. Les réunions politiques sont interdites. Nous ne pouvons tout de même pas les tenir au grand jour !

— Et pourquoi pas ? Les réunions politiques sont interdites, c'est vrai, oui, mais pas les réunions entre amis. Si nous organisons des banquets, personne ne pourra rien nous reprocher. Ce n'est pas en restant enfermés dans des caves que nous pourrons faire connaître nos propositions au peuple. Il faut nous montrer. Et quoi de plus naturel pour le faire qu'un banquet censé réunir des amis ?

— Il a raison ! clama Louis Blanc. Organisons des banquets !

Un concert d'applaudissements salua cette déclaration.

Pierre et Alfred, ravis de voir que les choses commençaient à bouger, participèrent à plusieurs de ces banquets. Parfois, puisqu'il s'agissait, officiellement du moins, de réunions entre amis, Dyane et Rose, qui trouvaient l'atmosphère excitante, se joignaient à eux.

Les deux jeunes femmes finirent par y prendre goût, d'autant plus que l'on y mangeait et buvait bien, ce qu'elles appréciaient, et que toute cette agitation avait un caractère festif et bon enfant qui les séduisait toutes deux.

Bientôt, des banquets furent également organisés en province. Alfred fit remettre son carrosse en état et tous quatre, accompagnés de leurs domestiques, sillonnèrent les routes de province.

Ce fut une période de voyages et de fêtes, au cours de laquelle on parcourut différentes régions de France. On dormait le soir dans des auberges ou des hôtels qui n'offraient pas toujours le confort auquel Alfred ou Dyane étaient habitués, mais on s'en moquait. Le temps était magnifique, et l'on découvrait à chaque étape des plats régionaux étonnants, des vins chaleureux, des liqueurs savoureuses. Pierre avait la charge de tout préparer, ce dont il s'acquittait sans difficulté. La vie lui avait appris à se débrouiller dans n'importe quelles circonstances, et, après quelques contacts avec les gens du terroir, il avait vite fait de localiser la meilleure auberge, celle où l'on servait les meilleurs crus, les meilleures spécialités, et où l'on trouvait la meilleure literie.

Dyane commençait à penser que, finalement, la politique avait de bons côtés et, si elle ne se passionnait pas pour les débats qui animaient les banquets, elle profitait pleinement de ces voyages, d'autant plus que le temps se maintenait au beau. Et le fait de changer de chambre presque chaque soir ajoutait du piment à leurs ébats nocturnes, quand bien même le confort n'était pas au rendez-vous.

Avec le retour de l'automne, Alfred de Givors espaça ses participations aux banquets. Les divisions qui couvaient entre les participants le laissaient perplexe. Prétextant le devoir de consacrer du temps à ses possessions de Normandie, il se retira un peu de la vie politique, à la grande satisfaction de Dyane, car Pierre n'assistait ainsi presque plus aux réunions.

Au soir de la Saint-Sylvestre, Alfred n'avait réuni que ses plus fidèles amis. Ce fut une soirée moins animée que celle de l'année précédente, en raison de la tension que l'on devinait dans le pays. Car, malgré les réunions de plus en plus nombreuses de l'opposition, qui ne prenait même plus la peine de se dissimuler pour bafouer ouvertement la loi interdisant les assemblées politiques, les revendications n'avaient rencontré aucun écho parmi les membres du gouvernement. Guizot restait ferme sur ses positions, persuadé que l'armée était le meilleur garant de l'ordre.

Parmi les convives, les esprits s'étaient vite échauffés, et le vent de la révolte soufflait.

— Maudits soient les culs-bénits et les royalistes ! clamait Alfred, les oreilles rougies par un vin capiteux rapporté de Bourgogne. Tout cela va mal tourner, je vous le dis !

— Il y a eu de nouvelles répressions dans les mines de charbon du Nord, dit l'un des invités. Un coup de grisou a tué plusieurs dizaines de personnes. Les mineurs ont demandé des indemnités, que la compagnie leur a refusées. Ils ont fait grève. L'armée est intervenue, une fois de plus. Et l'on a ajouté d'autres morts à ceux qui avaient péri dans les galeries. A Paris, le nombre des chômeurs augmente sans cesse. Le prix du pain a doublé en moins d'un an. Le peuple va finir par descendre dans la rue. Et alors, Dieu seul sait ce qui va se passer...

— Eh bien, que vienne la révolution ! rugit un autre.

Pierre approuva chaleureusement.

— Si le peuple prend les armes, je serai à ses côtés.

Cette réflexion effraya Dyane. Elle connaissait la générosité naturelle de Pierre, et elle savait qu'elle ne pourrait pas l'empêcher de combattre s'il en avait décidé ainsi. Cela l'angoissait, mais c'était aussi pour cette générosité qu'elle l'aimait.

En ce début 1848, Dyane tremblait pour l'avenir.

Non sans raison...

19

Un vent de folie soufflait sur le pays, accordé aux tempêtes glaciales qui balayaient les campagnes et les villes en ce tout début d'année. Ce qui n'empêchait pas les banquets de se multiplier, provoquant la fureur de Guizot et de son gouvernement. Le ministre avait très bien compris la raison de ces réunions et, conforté par le parti conservateur catholique, s'apprêtait à prendre des mesures pour les interdire. Toute opposition devait être muselée, tout comme les séditieux et les contestataires qui s'écarteraient de la ligne fixée par le gouvernement devraient être mis hors d'état de nuire. Le 2 janvier 1848, après Edgar Quinet, l'historien Jules Michelet, à son tour, était suspendu de ses fonctions au Collège de France, en raison de ses écrits jugés subversifs. Son cours sur la rénovation sociale après la Révolution ainsi que la publication des premiers tomes de son *Histoire de la Révolution* avaient fortement déplu aux réactionnaires. Le fait qu'il fût le précepteur de la petite-fille de Charles X et de la fille cadette de Louis-Philippe ne suffit pas à le protéger.

— Ils sont devenus complètement fous ! commenta Alfred lorsqu'il apprit la nouvelle. Ils veulent tuer l'idée même de démocratie. Heureusement, Jules Michelet n'entend pas se laisser réduire au silence. Puisqu'il ne peut donner ses conférences, il va les publier.

Agacé par les banquets qui réunissaient des foules de plus en plus importantes, François Guizot décida de prendre des mesures radicales, en interdisant celui prévu le 22 février. Ce banquet devait, selon ses organisateurs, être un banquet

« monstre » et mettre fin à cette campagne. Son interdiction fut l'étincelle qui mit le feu aux poudres.

Au matin du 22, des ouvriers, des étudiants, des commerçants envahirent les rues par centaines, bientôt par milliers. Plusieurs centaines d'étudiants investirent la Chambre des députés en criant : « A bas Guizot ! » Encouragés par cette action spontanée du peuple, les députés de l'opposition profitèrent de l'occasion pour exiger enfin les changements réclamés. Dans les faubourgs, les quartiers populaires, des barricades s'élevèrent.

Il n'y eut pas de combats. Le soir venu, aucun soldat ne s'était montré.

— L'armée n'a pas bougé ! déclara Pierre lorsqu'il revint à l'hôtel de Givors, après une longue marche dans les rues de Paris soulevé. Il ne reste presque plus personne sur les barricades. Les gens sont rentrés chez eux.

— Ils ont pris Guizot de court, conclut Alfred, inquiet. Mais je crains que, demain, la journée ne soit plus rude. Les choses sont allées trop loin désormais. Mes amis, c'est une nouvelle révolution qui commence, et le roi ne l'a pas vue venir. Quel gâchis ! Dieu seul sait où tout ceci va nous mener.

— A la République, répondit Pierre.

Alfred fit une moue sceptique.

— Alors, si République il y a, il faudra qu'elle agisse le plus vite possible pour trouver du travail aux chômeurs qui hantent les rues de la capitale, toujours plus nombreux.

Le lendemain, les rues de Paris se couvrirent de barricades. En réponse, Guizot envoya la Garde nationale. Cependant, à l'inverse de ce que le ministre espérait, les gardes fraternisèrent avec les insurgés. La nouvelle se propagea comme une traînée de poudre. Hormis quelques échauffourées provoquées par des exaltés, il n'y eut aucun combat ce matin-là.

Bientôt, des cortèges joyeux se formèrent et se répandirent partout dans la capitale. A midi, devant l'ampleur que prenaient les événements, Louis-Philippe demanda la démission de François Guizot et le remplaça par un nommé Molé.

L'information fit aussitôt le tour de Paris, augmentant encore l'atmosphère de liesse.

L'après-midi, Pierre et Alfred se rendirent à la Chambre en compagnie des dames. Dans la foule, ils retrouvèrent Thibault, libéré de ses obligations à la Salpêtrière par le nombre peu important de blessés.

— Il n'y a pratiquement pas eu de batailles, expliqua-t-il. Aujourd'hui est un grand jour, mon Pierre.

Jouant des coudes, ils parvinrent à s'introduire dans le Parlement, où régnait la plus grande confusion. La majorité conservatrice brillait par son absence. L'opposition en revanche était bien là et criait victoire. Certains cependant faisaient contre mauvaise fortune bon cœur. Républicains et socialistes attendaient le renversement du roi, qui restait encore en place. Pierre partageait leur point de vue, tout en se disant qu'avec Molé des réformes allaient peut-être avoir lieu.

L'atmosphère de la ville était trop exubérante pour penser à rentrer chez soi. Il fallait faire la fête, célébrer la victoire sur Guizot. On voulait être partout, parler avec chacun, boire, chanter, défiler, se mêler à cette foule où n'existait plus aucune barrière sociale. Ouvriers et bourgeois, gardes nationaux et commerçants, mariniers, charbonniers, tous les corps de métiers, toutes les classes se mélangeaient, braillaient ensemble des chansons paillardes ou désobligeantes pour le roi et sa suite. Des chanteurs des rues improvisaient des couplets alertes. Pierre et ses compagnons flânèrent ainsi dans les rues de Paris, participant joyeusement à la liesse.

Le soir venu, on alluma des lampions pour prolonger la fête. Soudain, dans la foule, un homme émit l'idée d'aller narguer le « père Guizot » en ses appartements. La proposition emporta aussitôt l'adhésion. Un grand mouvement de foule se forma et se dirigea au pas de course vers le boulevard des Capucines, où résidait le ministre déchu. Emportés par l'enthousiasme de la foule, Pierre et ses amis la suivirent, sans toutefois courir aussi vite que les exaltés des premiers rangs, en raison de la corpulence confortable d'Alfred.

Ce fut sans doute ce qui leur sauva la vie.

20

Emportée par l'allégresse, et trompée par la nuit, la foule ne vit pas le régiment du 14e de ligne placé en faction devant la résidence de François Guizot. Elle ne s'arrêta qu'à quelques mètres des soldats, lorsque l'on distingua nettement les uniformes, qu'on prit tout d'abord pour ceux des gardes nationaux.

Les fusils se levèrent. Mais il en fallait plus pour impressionner les émeutiers, dont beaucoup avaient fêté comme il convenait la démission du ministre honni. Lorsqu'ils se rendirent compte de leur erreur, les révoltés se mirent à insulter les soldats et leurs chefs, disant qu'ils protégeaient un tyran et un affameur. Certains huèrent le nom du roi, exigeant son départ. D'autres clamèrent : « Vive la République ! »

Cela ne dura pas. Sur l'ordre de leur commandant, les soldats mirent la foule en joue.

Et tirèrent.

Après l'enthousiasme, ce fut la panique. Pierre et ses compagnons, à l'arrière du cortège, ne comprirent pas ce qui se passait sur le moment. Une véritable mitraillade faucha les premiers arrivés. Des balles se mirent à siffler autour d'eux. Pierre réagit le premier et entraîna ses compagnons à l'abri d'une colonnade. Autour d'eux, la foule, prise de terreur, refluait dans la panique. Des projectiles frappaient les fuyards dans le dos, des gens piétinaient ceux qui tombaient devant eux. Quelques hommes courageux tentèrent d'emmener les blessés ou les morts, furent eux-mêmes touchés et s'écroulèrent dans la plus grande confusion.

Pierre sentit monter la colère en lui. Il aurait voulu riposter, mais il n'avait pas d'arme. Quand bien même il en aurait eu une, il n'aurait pu tirer au milieu de cette cohue.

Ils s'éclipsèrent par une rue adjacente tandis que les soldats, sans états d'âme, commençaient à charger.

On dénombra cinquante-deux tués et plusieurs centaines de blessés. La journée du 23 février 1848, commencée par une magnifique fraternisation, s'achevait sur un massacre. Les barricades auraient pu disparaître avec l'espoir d'un nouveau gouvernement. Mais les morts du boulevard des Capucines criaient vengeance.

Etait-ce d'avoir entendu des balles siffler à ses oreilles ? Dyane se donna à Pierre comme jamais elle ne l'avait encore fait. Ce fut une nuit d'amour torride, farouche, exaltante, faite de moments de rare tendresse et d'une violence passionnelle qui leur arracha à tous deux des gémissements et des cris de plaisir et de douleur mêlés. Dyane s'agrippait aux reins puissants de son amant pour le forcer à rester en elle, pour qu'il la possède encore, et encore, afin qu'ils se fondent l'un dans l'autre, qu'ils ne fassent plus qu'un. Lorsque, haletant, il tentait de reprendre un peu son souffle, elle se glissait contre lui, promenait sa bouche, sa langue, sur son corps enfiévré, le caressait avec une telle impudeur qu'il sentait très vite renaître le désir en lui.

Enfin, bien après le milieu de la nuit, délirant de fatigue, ils finirent par s'apaiser, les sens repus. Dyane se lova contre Pierre. Cependant, elle sentait bien que quelque chose refusait de se calmer en lui. Soudain, il déclara :

— Demain, je serai dans les rues pour me battre aux côtés du peuple.

Dyane pâlit. Ce qu'elle redoutait était sur le point de se produire. Elle savait qu'il était inutile de tenter de le dissuader. Bien que les quartiers de la rive gauche fussent plus calmes, elle avait entendu les rumeurs, les cris, les appels, les chants révolutionnaires et les hurlements des gens défilant dans les rues. Elle avait encore en mémoire les récits colportés dans sa famille sur la Révolution et la Grande Terreur, sur les ci-devant décapités place de la Concorde, les chariots sinistres qui se suivaient, apportant leur lot de condamnés épouvantés, la lame fatale qui s'abattait sur les nuques, rouge encore du sang de ceux qui avaient précédé, les pavés écarlates. On lui avait raconté aussi les demeures incendiées, les femmes violées, les propriétaires égorgés, éventrés, les têtes tranchées promenées au bout des piques.

Lorsque souffle la colère d'une nation, personne ne peut prédire où elle s'arrêtera.

Elle tenta de le raisonner :

— Tu vas te faire tuer !

— C'est possible... Mais si je ne le fais pas, j'y perdrai mon honneur. Si nous laissons impuni le crime du boulevard des Capucines, tous ces gens seront morts pour rien. Il faut forcer le roi à abdiquer.

— Il va faire donner la troupe...

— La Garde nationale est de notre côté, à présent. Nous avons des armes en nombre...

— L'armée ne fera pas de quartier...

Deux larmes coulèrent sur ses joues.

— J'ai l'impression que je ne te reverrai jamais.

Il lui prit le visage entre les mains et posa un baiser brûlant sur ses lèvres humides.

— Ma douce Dyane, je ne sais pas ce qui va se passer demain. Mais je te promets de tout faire pour revenir. Après avoir renversé le roi, ajouta-t-il joyeusement.

Elle sourit à travers ses larmes et secoua la tête.

— Tu es complètement fou !

Tandis qu'il cherchait le sommeil, elle se blottit contre lui. Une boule lourde s'était creusée en elle. Elle allait encore trembler toute la journée. Elle lui en voulait pour ça. Mais elle devait aussi admettre que c'était en partie à cause de cette générosité et de cet enthousiasme qu'elle l'aimait. Aucun des hommes qui avaient été ses amants jusqu'à présent n'aurait eu ce courage insensé, cette inconscience magnifique qui risquait de l'arracher à elle pour toujours.

Le lendemain, 24 février, avant l'aube, il abandonna les bras tièdes de Dyane, passa à la hâte son habit le plus chic.

— Si je dois mourir aujourd'hui, dit-il à Alfred avant de partir, autant que ce soit avec élégance.

— Les émeutiers vont te prendre pour un bourgeois.

— Eh bien, tant mieux ! Ils verront que les bourgeois ne sont pas tous du côté du roi.

Il se munit de son pistolet et de cartouches, puis se glissa dans Paris, sur lequel les nuages ne pesaient plus. Un ciel pur dominait la cité.

Pierre n'avait pas été le seul à se lever de bonne heure. Partout des groupes se formaient, des bataillons s'improvisaient, se dirigeant vers la rive droite.

Lorsqu'il arriva au Pont-Neuf, une nouvelle rumeur circulait.

— Le roi a confié le commandement des troupes à Bugeaud ! s'exclama un homme. C'est le salaud qui a massacré les indigènes d'Algérie ! Cette fois, le roi veut la guerre !

— Il l'aura ! exulta un autre.

— Oui ! firent écho une centaine d'émeutiers armés jusqu'aux dents.

La Garde nationale s'étant ralliée aux révoltés, on disposait désormais de fusils en quantité et même de canons, qui avaient été placés aux endroits stratégiques.

Pierre traversa la Seine et se mêla au flot humain qui s'écoulait dans les rues. Partout s'élevaient de nouvelles barricades. La plus grande confusion régnait lorsque le soleil se leva. Quelques pillards profitaient du chaos pour mettre échoppes et magasins à sac. Mais il leur fallait agir vite et ne pas se faire surprendre par les insurgés. Malheur à celui qui était pris sur le fait. Pierre entrevit quelques pendus qui se balançaient déjà aux branches des arbres. Les Parisiens avaient la justice expéditive.

Sur les boulevards, on basculait les omnibus, les chariots, les énormes coches, les voitures des bourgeois, on arrachait les pavés. Des meubles tombaient des fenêtres, des armoires, des tables, des matelas. On apportait des planches, des poutres, des gravats, tout ce qui pouvait servir à protéger les combattants. Des armes surgissaient, hétéroclites, vieux fusils rouillés, lances et hallebardes pillées dans des musées, pistolets, fourches et fléaux, bâtons et gourdins, lourdes masses d'acier, couteaux et poignards. Les femmes encourageaient leurs hommes, les gamins, ravis du tumulte, couraient partout, grimpaient sur les barricades en hurlant : « A mort Guizot ! A mort les affameurs ! » D'autres criaient : « Vive la République ! A bas le roi ! »

La nouvelle se répandit alors que la troupe arrivait par Montmartre !

La bataille allait avoir lieu dans les quartiers nord de Paris. Pierre s'y dirigea, bien décidé à en découdre. Auparavant, il rendit une visite à Marie-Louise, rue du Cygne, pour l'exhorter à ne pas sortir. La vieille dame lui fit mille recommandations de prudence. Quant à elle, elle estimait qu'elle ne risquait pas grand-chose.

— Que veux-tu qu'ils fassent à une pauvre vieille comme moi ?

— On ne sait jamais. Les soldats ne font pas la différence entre les vieilles dames et les émeutiers si tu te trouves dans la ligne de leur fusil. Aussi, ferme tes volets et reste à l'abri.

— Bien, mon *bihan*. Mais tu sais, c'est toi qui risques le plus.

Pierre s'en moquait. Il était à un âge où l'idée de la mort ne vous effleure pas. Une telle vie bouillonne dans le sang des garçons de vingt ans qu'ils ont l'impression d'être immortels. La balle meurtrière ne peut frapper que ceux qui marchent à leurs côtés. Jamais eux-mêmes.

Après avoir embrassé la vieille dame, il rejoignit la porte Saint-Denis en compagnie de Thibault, qu'il avait retrouvé chez Marie-Louise. Une barricade avait été dressée en travers de la rue du Faubourg-Saint-Denis. Des banderoles accrochées aux fenêtres exigeaient l'abdication du roi.

Une attente angoissante commença. Car cette fois, ce ne serait plus la Garde nationale qu'il faudrait affronter, mais bien les troupes du roi, des guerriers sans états d'âme.

Thibault avait pris place derrière la barricade. Il n'avait pas d'arme.

— Mon métier est de soigner, pas de donner la mort, dit-il. Je dois être là pour porter secours aux blessés. Aux blessés des deux camps, précisa-t-il.

Pierre s'inquiétait pour son ami, sans arme face à la bataille qui se préparait. Mais il était heureux de sa présence.

Soudain, au loin, un vacarme se fit entendre, des bruits de bottes résonnèrent, faisant battre les cœurs un peu plus vite, crispant les entrailles. Pierre s'était placé au sommet de la barricade, protégé par une commode disloquée. Le bois malmené du vieux meuble ne résisterait pas longtemps à un feu nourri. Il commença à prendre conscience qu'il ne verrait peut-être pas la fin de cette journée. Mais tous autour de lui partageaient la même crainte. Il se morigéna intérieurement. Il ne devait pas céder à la peur. C'était par la peur que régnaient les tyrans. Il fallait leur opposer une détermination inébranlable. Et un courage sans faille. Il poussa un juron et attendit, sa main tenant fermement son pistolet.

Outre les banderoles, on avait apporté des drapeaux bleu, blanc et rouge, les couleurs bleu et rouge de Paris encadrant le blanc de la royauté. Résolument attaché à ce symbole de la République qu'il appelait de ses vœux et pour laquelle il était prêt à se faire tuer, Pierre en avait pris un, qu'il avait attaché à une pique et planté près de lui.

Le battement des bottes s'intensifiait. Peu à peu, les émeutiers distinguèrent les uniformes des soldats de Bugeaud qui avançaient à pas rapides. Tout à coup, ils s'arrêtèrent à distance. Une rangée mit un genou en terre. Deux lignes de fusils pointèrent sur les révoltés. Pierre sentit son cœur battre à se rompre. Un silence pesant s'installa sur la rue. Chacun attendait les premiers coups de feu.

Soudain, un ordre claqua, déchaînant l'enfer. Une bataille féroce s'engagea. Les balles sifflaient autour de Pierre. Parfois, un homme s'écroulait en hurlant non loin de lui. Mais la barricade recevait sans cesse de nouveaux renforts. Malgré le tir nourri des soldats, les insurgés ne faiblissaient pas. Grâce aux fusils donnés par la Garde nationale la veille, ils disposaient d'un redoutable arsenal. De nombreux gardes s'étaient mêlés aux révoltés. De part et d'autre, des hommes tombaient. Pourtant, peu à peu, on se rendit compte que les soldats ne tiraient pas très bien. Malgré une intense mitraillade, le nombre des hommes touchés restait étrangement faible. La plupart des balles sifflaient au-dessus de la tête des insurgés.

— Il se passe quelque chose ! dit quelqu'un. Ils tirent trop mal…

— Peut-être parce qu'ils n'ont pas vraiment envie de se battre contre nous, murmura Pierre comme pour lui-même.

Il jeta un coup d'œil derrière lui. Thibault soignait cinq ou six blessés. On ne déplorait que deux morts, que l'on avait emportés plus loin.

— Il devrait y en avoir plus, remarqua-t-il. Ces gars-là ne sont pas des maladroits, pourtant.

Du côté des insurgés se trouvaient peu de bons tireurs et, en face, les blessés ne devaient pas être bien nombreux non plus. Soudain, on entendit un officier commander l'assaut. Comme à regret, les soldats se levèrent et se mirent à avancer en rangs serrés.

— Ne tirez pas ! s'exclama Pierre en se dressant.

Il ne comprenait pas très bien lui-même ce qu'il faisait. Dans son esprit, cette bataille stupide opposait des Français à d'autres Français, pour la seule défense des intérêts de la riche bourgeoisie. Il fallait que cela cesse. Ses compagnons le regardèrent, interloqués.

— Tu vas te faire tuer, imbécile ! hurla Thibault. Planque-toi !

Le voyant ainsi debout sur la barricade, des officiers, à l'arrière, crièrent de faire feu sur lui. Des fusils se levèrent. Pierre sentit une sueur froide dégouliner le long de son dos. Une odeur de poudre et de sang lui emplissait les narines. Il s'attendit à recevoir une rafale. Pourtant, les fusils pointés restèrent muets. Il avait saisi son drapeau et le brandissait fièrement. Face à lui, les soldats ralentirent, tandis qu'en arrière un officier s'égosillait :

— Abattez-moi ce chien ! C'est un ordre!

Un autre confirma :

— Vous avez entendu ? Tirez !

Du côté des hommes de troupe, on tergiversait. Pierre s'enveloppa alors dans son drapeau et les apostropha :

— Soldats, oserez-vous tirer sur votre drapeau[1] ?

---

1. Bien que je l'aie reprise pour le compte de mon héros, cette anecdote est authentique.

Au loin, on entendait à peine les hurlements de rage de l'officier qui accusait ses troupes de trahison et menaçait de prendre des sanctions exemplaires. Pierre fixa dans les yeux le soldat le plus proche de lui. L'homme redressa la tête, puis baissa son fusil.

— Par mes tripes, gronda-t-il avec un accent rocailleux, je n'ai jamais vu un petit gars aussi courageux que toi, mon garçon ! Tiens, prends mon fusil. Il est à toi. Je ne veux pas me battre contre des compatriotes.

L'instant suivant, tous les soldats baissaient les armes. Des cris de joie montèrent de la barricade. Dans les rangs restés en retrait, on comprit très vite ce qui se passait. Plusieurs soldats, puis des sous-officiers abandonnèrent leur poste et s'avancèrent vers la barricade, tenant ostensiblement leurs fusils baissés. Comme la Garde nationale la veille, les soldats fraternisaient avec les insurgés. Un commandant s'approcha du colonel qui continuait à vociférer, rouge de fureur.

— Veuillez me remettre votre sabre, mon colonel, dit-il. Nous ne nous battrons pas contre d'autres Français.

L'autre se tourna d'un coup vers lui.

— Commandant Briant ?! Alors, vous aussi ? Prenez garde ! Vous serez jugé, dégradé, fusillé pour haute trahison...

— Peut-être, mon colonel. En attendant, je prends le commandement de cette unité et j'ordonne de déposer les armes.

Quelques instants plus tard, le commandant Briant marchait vers la barricade, entouré par ses officiers. Il avisa Pierre, toujours enveloppé dans son drapeau, que ses camarades portaient en triomphe. Lorsqu'ils le reposèrent à terre, un autre homme s'avança vers lui et se mit à l'engueuler copieusement. Amusé, le commandant s'approcha.

— Eh bien, que se passe-t-il ?

Pierre lui adressa un sourire de triomphe.

— Ce n'est rien, commandant. Mon ami me reproche seulement de lui avoir flanqué la trouille de sa vie...

Thibault écarta les bras en levant les yeux au ciel. Le commandant Briant éclata de rire.

— Mais il est toujours en vie, dit-il. Et je voudrais lui serrer la main.

Il prit la main de Pierre dans les siennes.

— Je ne sais qui tu es, jeune homme, mais ta témérité a évité un nouveau carnage. Nous n'aimons pas les ordres qui nous ont été donnés ce matin par Bugeaud. Cet individu s'est rendu coupable de crimes bien lâches, là-bas, en Afrique du Nord, et il voulait que nous fassions de même ici, à Paris.

— Je comprends pourquoi les soldats tiraient si mal !

— Certains officiers, dont je fais partie, leur en avaient donné l'ordre.

— Merci, commandant !

Les deux hommes tombèrent dans les bras l'un de l'autre.

La plus grande confusion régnait dans les rues de Paris. On apprit très vite qu'en d'autres endroits certaines troupes de Bugeaud avaient déposé les armes, parfois sans combattre. Ailleurs, en revanche, les combats faisaient rage. Cependant, lorsqu'ils apprirent la fraternisation de leurs camarades avec les insurgés, de nombreux soldats quittèrent la bataille ou forcèrent leurs commandants à cesser le feu. Bugeaud en fit fusiller quelques-uns pour l'exemple. On lui avait confié une mission et il la remplirait jusqu'au bout. A moins d'un ordre signé du roi lui-même.

En compagnie d'une foule impressionnante qui mêlait soldats, gardes nationaux et gens du peuple, Pierre marchait vers les Tuileries. Cette fois, on allait demander des comptes au roi directement. Thibault ne l'avait pas suivi. Bien que les combats n'eussent pas été très meurtriers, il y avait tout de même quelques blessés à soigner en urgence.

Place du Palais-Royal, Pierre aperçut une silhouette qu'il connaissait bien.

— Monsieur de Girardin ! s'exclama-t-il.

— Ah, Pierre, te voilà ! Où étais-tu donc ?

— Sur une barricade. Mais les soldats ont baissé les armes.

Un des compagnons du jeune homme intervint, enthousiaste :

— Grâce à lui, m'sieur ! Il s'est dressé, tout seul, enveloppé dans ce drapeau bleu blanc rouge que vous voyez sur lui. Le drapeau de la République.

En effet, Pierre avait gardé son drapeau qui lui faisait comme une cape.

— La République ? répondit Emile de Girardin. Oui, il est possible qu'elle soit bientôt rétablie.

Il se tourna de nouveau vers Pierre.

— Je me rends aux Tuileries, mon garçon. Je dois voir le roi. Veux-tu m'accompagner ? Tu auras ainsi un grand papier à écrire. Pour moi, bien entendu.

— Avec plaisir, monsieur.

— Il vaudrait mieux cependant que tu abandonnes ce drapeau tricolore.

— Je vous le garde, intervint le commandant Briant.

Emu, Pierre lui remit le drapeau et emboîta le pas du directeur de *La Presse*. Derrière eux, les émeutiers investissaient déjà le Palais-Royal. De la fumée s'échappa bientôt de quelques fenêtres. Pierre n'aima pas cela. Bien sûr, les révoltés avaient toutes les raisons d'en vouloir aux bourgeois et de saccager les symboles de leur pouvoir, mais était-il indispensable de s'en prendre à des monuments aussi beaux ? Déjà, il avait remarqué, au coin de certaines rues, des cadavres d'hommes et de femmes richement vêtus, des bourgeois qui n'avaient eu que le tort de se trouver au mauvais endroit, au mauvais moment. On avait obtenu la victoire sans qu'il y eût trop de morts, pourquoi se livrer à des massacres ensuite ?

Tandis qu'il traversait la place du Carrousel, sur laquelle se bousculait une foule innombrable qui scandait des phrases hostiles au roi, les paroles d'Alfred lui revinrent en mémoire. Sans doute la royauté était-elle en train de vivre ses derniers instants. Mais ceux qui allaient remplacer le roi auraient fort à faire pour contenir les milliers de chômeurs et de pauvres qui hantaient les faubourgs de Paris.

Devant les grilles du palais des Tuileries s'alignaient plusieurs rangs de soldats de la garde royale, prêts à en découdre avec la multitude. Des canons tenaient les insurgés en respect. Mais le peuple n'était pas décidé à attaquer, tant en raison des canons que parce que l'on savait qu'à l'intérieur du palais les négociations avaient commencé avec le souverain.

Emile de Girardin présenta Pierre comme son assistant. Sur l'ordre de leur commandant, les soldats s'écartèrent pour les laisser passer. Dans un état second, Pierre franchit les grilles du palais des Tuileries. Un soleil magnifique inondait les lieux. Le jeune homme avait peine à croire à ce qui lui arrivait. Sans doute une bonne étoile veillait-elle sur lui. Il aurait pu cent fois se faire tuer le matin même. Pourtant, il pénétrait en cet instant précis dans le palais où résidait le roi. Malgré la détestation où il tenait le personnage, il ne pouvait s'empêcher d'éprouver une vive émotion à l'idée qu'il allait bientôt le voir en chair et en os.

Suivant un officier royal, Emile de Girardin et Pierre longèrent les couloirs en direction du bureau du souverain. On avait appris que, déjà, la famille royale avait quitté le palais la veille, pour se mettre à l'abri on ne savait où. Seul Louis-Philippe demeurait sur place, avec la ferme intention de reprendre les choses en main.

— Ne dis rien et observe, mon garçon, lui déclara le directeur. Nous vivons en ce moment des événements historiques.

Pierre acquiesça d'un signe de tête. Bientôt, le majordome frappa à une double porte ornée de dorures. Elle s'ouvrit et le majordome les annonça. Pierre aperçut aussitôt le roi, entouré d'une foule d'hommes aux visages sévères, parmi lesquels il reconnut Odilon Barrot, Ledru-Rollin et quelques autres. Un homme de petite taille, portant des lunettes rondes, marchait de long en large en vitupérant les insurgés, l'armée qui n'avait pas fait son devoir. Pierre le reconnut aux caricatures que l'on avait faites de lui depuis la veille : Adolphe Thiers. Tous ces gens étaient richement vêtus. Il ne regretta pas d'avoir passé son plus bel habit. Au moins, il ne se différenciait guère d'eux. Sinon par la jeunesse.

Louis-Philippe s'avança vers le directeur de *La Presse*. Pierre découvrit tout à coup un homme au visage las, usé par un pouvoir qu'il exerçait depuis dix-huit ans. Un visage véritablement en forme de poire, en raison de bajoues molles. Il aurait voulu le détester comme avant, mais il avait devant lui un vieil homme fatigué, qui lui inspira un inexplicable sentiment de pitié. Il avait vu ce dont le peuple était capable, avec l'incendie du Palais-Royal. Quel sort serait réservé à cet homme si le peuple décidait de prendre les Tuileries d'assaut ? Le roi lui jeta un rapide coup d'œil, puis s'adressa à son ancien patron :

— Ah, monsieur de Girardin, soyez le bienvenu ! Quelles nouvelles apportez-vous ?

— L'armée a partout fraternisé avec le peuple, sire. C'est la fin.

— La fin ?!

Ledru-Rollin intervint :

— Bien sûr, la fin. Vous n'avez pas su voir que le peuple avait besoin de réformes, sire ! Il ne veut plus être traité comme on traite les esclaves. Il veut pouvoir décider de son sort lui-même. Il veut profiter lui aussi des bienfaits du progrès, jusque-là réservés à une poignée d'individus corrompus, comme Teste ou Cubières. Il ne veut plus de la royauté.

— Il ne veut plus de la royauté ?!

— Je crains que monsieur Ledru-Rollin ne dise la vérité, sire, intervint Thiers. Il faut ordonner à l'armée de cesser le feu partout où l'on se bat encore. C'est un massacre inutile, qui ne peut qu'encourager les soldats à déserter et à se ranger aux côtés des émeutiers. Il faut absolument contenir ce mouvement et le contrôler.

Le roi le fixa, puis baissa la tête.

— Ainsi, tous, vous me trahissez...

— Non, sire, rétorqua Odilon Barrot. Nous essayons de vous protéger, au contraire. Monsieur Thiers a raison. Si le général Bugeaud cesse les combats, le peuple se calmera de lui-même.

Le roi hésitait. Comment en était-on arrivé là ?

Emile de Girardin insista :

— Ceux qui vous ont trahi ne sont pas là, sire, dit-il. Où sont-ils, tous ces députés du parti conservateur qui vous ont si mal conseillé ? Ils ont pris peur et sont partis se réfugier à la campagne.

— Mal conseillé ?

— Ils vous ont empêché de voir que le pays avait besoin de réformes.

— Mais je...

— Il est trop tard maintenant, reprit Odilon Barrot. Le général Bugeaud ne pourra seul résister au peuple et aux soldats, qui se rallient à chaque instant plus nombreux à la cause des insurgés. Votre peuple souffre inutilement, sire. Il faut arrêter ce massacre. Vous seul pouvez en donner l'ordre.

Le roi poussa un profond soupir.

— Bien. Puisqu'il en est ainsi...

Il s'assit à son cabinet de travail, griffonna un mot d'une main tremblante, puis le tendit à Molé.

— Que l'on porte immédiatement cet ordre au général Bugeaud.

Puis il se dressa d'un bond.

— Venez, dit-il soudain. Je vais parler à mon peuple.

— Sire, intervint Ledru-Rollin, il n'est plus temps maintenant.

— Il vous faut partir, sire, confirma Thiers. Un carrosse protégé par une unité fidèle vous attend.

— Quoi ?! Vous voulez que je parte ? Que je quitte mon palais ?

Emile de Girardin renchérit :

— Il est midi, sire. Dans une heure, il n'y aura plus ni roi ni royauté. Il vous faut abdiquer !

— Abdiquer ?!

— C'est la seule solution, sire.

Louis-Philippe le regarda, puis fit le tour de l'assistance, quêtant un ultime soutien. Tous les visages se détournèrent. Furieux, il jeta :

— Bien ! Vous voulez que j'abdique ? Eh bien soit, j'abdique !

Il s'assit lourdement, les épaules affaissées sous le poids trop grand d'une défaite qu'il n'avait pas imaginée possible. Il choisit avec soin une feuille de papier et se mit à écrire.

— J'abdique en faveur de mon petit-fils, le comte de Paris. Puissiez-vous le protéger et le conseiller fidèlement.

Puis il remit la lettre à Adolphe Thiers. L'instant d'après, un officier l'entraîna vers les écuries, où attendait le carrosse royal.

Une heure plus tard, il était à Saint-Cloud, qu'il quitterait très vite pour fuir, en compagnie de sa famille, vers l'Angleterre. Comme son prédécesseur.

21

Le départ du roi donna le signal d'une très grande confusion. La garde royale, devenue sans objet puisque le souverain avait déserté les lieux, fraternisa à son tour avec la foule innombrable restée à l'extérieur. Une cohue vociférante investit alors le palais des Tuileries.

Au sortir du bureau du roi, les députés eurent toutes les peines du monde à se frayer un chemin vers la sortie. Des hommes et des femmes couraient en tous sens, mettaient le palais à sac. On décrochait toiles et tapisseries. Parfois, des individus se battaient pour s'emparer de l'une d'elles et, dans leur rage, la déchiquetaient. On emportait les tables, les chaises, les fauteuils, les meubles, les vases, les objets. Des vandales hilares fracassaient les vitres et les miroirs qu'ils ne pouvaient emmener. D'autres s'étaient rués vers les cuisines dont les réserves furent pillées. Des gens affamés dévoraient tout et n'importe quoi sur place, se battant pour un pâté, un fruit, une miche de pain. Des gamins en délire grimpaient aux rideaux, s'accrochaient aux tentures, dans une atmosphère de destruction et d'apocalypse. Un vacarme infernal emplissait les grandes salles livrées à la vindicte populaire.

A l'extérieur, Pierre aperçut le commandant Briant, en compagnie de ses soldats et de quelques gardes nationaux qui tentaient de ramener un semblant de calme. Le militaire vint à lui. Il portait toujours le drapeau bleu blanc rouge qu'il lui avait confié plus tôt dans la matinée.

— Alors, mon garçon, est-il vrai que la République est proclamée ?

— Oui, commandant. J'ai vu le roi. Je l'ai vu signer l'acte d'abdication. Il l'a fait en faveur de son petit-fils, mais les députés n'en ont pas tenu compte. Ils veulent proclamer la République.

— Voilà une bonne chose.

Il lui tendit son drapeau.

— Tiens, je te le rends. Tu t'en es montré digne, et je suis fier de l'avoir porté quelques heures.

— Merci, commandant.

Tandis que les hommes politiques se dirigeaient vers le Palais-Bourbon pour prendre en main le destin de la République naissante, Pierre courut à l'hôtel de Givors, pour claironner la bonne nouvelle.

L'accueil qu'on lui fit ne fut pas celui auquel il s'attendait. Il commença par recevoir une gifle de la part de Dyane. Elle était en larmes.

— Tu as failli te faire tuer !

Avant qu'il ait pu répondre, elle monta s'enfermer dans sa chambre.

— Quelle mouche la pique ? demanda Pierre à Alfred.

— C'est ma faute, expliqua Thibault, arrivé avant lui. J'ai raconté ton exploit de la barricade. Elle n'a pas apprécié.

— Mais j'ai évité un bain de sang ! s'insurgea Pierre.

— Je sais.

— Oh, elle va se calmer, le rassura Alfred. Mais toi, raconte-nous !

Contrairement à ce que pensait Alfred, Dyane ne se calma pas. Le soir même, ils eurent une explication orageuse. Des phrases furent échangées, cinglantes, mordantes, destinées à faire le plus de mal possible à l'autre. Des mots à la hauteur de l'amour qu'ils se portaient. Dyane avait sans doute souffert plus que Pierre, qui ne comprenait pas sa réaction et la qualifiait d'égoïste.

Blessée dans son orgueil, elle lui hurla qu'il n'était qu'un roturier, un gueux issu de sa glèbe. Puis elle courut s'enfermer dans sa chambre. Dans les appartements que leur avait donnés Alfred, ils possédaient chacun la leur, ainsi que le voulait la tradition.

Elle passa les deux journées suivantes à ruminer, refusant de sortir et de parler à qui que ce fût. Sa chambrière lui apportait ses repas.

Trop orgueilleuse pour revenir en arrière, elle se replia sur elle-même, ne sachant plus comme sortir de cette situation la tête haute.

Pierre, peu enclin à la patience, et qui trouvait sa réaction aussi excessive qu'injuste, ne fit pas un geste pour revenir vers elle. Ce qui provoqua une bouderie de plusieurs jours.

Par moments, elle se demandait ce qu'elle faisait encore là. Mais pour qui se prenait-il, ce paysan ? Que faisait-elle avec lui alors que tant d'hommes fortunés lui faisaient la cour et la comblaient de riches présents ? Certains avaient même proposé de l'épouser. Elle était folle, oui ! Elle aurait pu mener une vie facile, dans le luxe et l'abondance. Elle était comtesse, ce n'était pas rien. La particule avait encore beaucoup d'attrait pour les riches bourgeois désirant acquérir un titre de noblesse. La République n'y changerait rien. Mais ce maudit Pierre se moquait éperdument de son titre de noblesse. Quel goujat ! Il ne la méritait pas !

A ces moments de colère succédaient de profondes périodes d'abattement. Justement, c'était à cause de son indépendance d'esprit qu'elle l'aimait. Il était libre, dans ses actes et dans ses pensées. Les autres se comportaient comme des chiens quêtant une caresse de leur maîtresse. Ils étaient prêts à tout pour satisfaire ses caprices. Aucun ne lui résistait. Cela l'avait amusée au début. A présent, cela l'agaçait. Elle se rendait compte qu'au fond elle avait toujours agi comme une enfant gâtée. Tout simplement parce que, au-delà de leur désir de passer la nuit avec elle, les hommes ne la considéraient pas autrement.

Avec Pierre, c'était différent. Il n'accordait aucune importance à ses caprices. Elle avait très vite abandonné ce type de comportement et s'en trouvait bien mieux. Avec les autres, c'était un moyen d'obtenir ce qu'elle voulait. Avec Pierre, cela ne marchait pas. Il la traitait comme une adulte responsable de sa vie et de ses actes. A ses côtés, elle ne ressentait aucun sentiment d'infériorité. Et c'était sans doute l'une des raisons pour lesquelles elle se sentait si bien avec lui.

Elle avait tremblé pour lui, ce qui justifiait sa colère. Pourtant, elle ne pouvait s'empêcher d'admirer ce courage insensé qui l'avait poussé à risquer sa vie ainsi. Aucun de ceux qui la courtisaient n'aurait eu cette audace, cette folle témérité.

Mais ce n'était pas une raison ! Et la colère revenait.

A plusieurs reprises, elle avait fait sa malle, puis l'avait défaite pour la refaire une heure plus tard, en éclatant d'un rire nerveux. A quoi jouait-elle ? Sa femme de chambre, pouvait se charger de tout ça ! Mais elle n'avait pas envie de la voir. Elle avait fini par boucler ses bagages au soir du deuxième jour. Elle avait appelé Séverine, bien décidée cette fois à partir.

Au moment même où la femme de chambre s'emparait de sa malle pour la descendre, elle lui ordonna de la reposer. Un grand froid l'avait envahie. Partir, c'était ne plus sentir les mains de Pierre sur sa peau, son corps sur le sien, son odeur si particulière qui lui tournait la tête comme un alcool rare. Elle rouvrit la malle, puis, de rage, de dépit, fit voler ses vêtements à travers la chambre, sous le regard flegmatique et amusé de Séverine, qui en avait vu d'autres.

Elle avait presque vidé la malle lorsqu'elle aperçut, par la porte entrouverte de sa chambre, Pierre qui la regardait, interloqué. Alors, elle fondit en larmes et se précipita dans ses bras. La fièvre s'empara d'eux, ils s'arrachèrent leurs vêtements et s'aimèrent avec férocité, comme deux fauves.

Pendant les jours qui suivirent, l'hôtel de Givors vécut au rythme des nouvelles qui parvenaient du nouveau gouvernement. Malgré leur réconciliation, une sourde inquiétude tenait Dyane. Elle avait compris que, malgré leur brouille passagère, Pierre n'avait pas changé d'opinion. Il resterait prêt à se battre encore aux côtés des ouvriers si ceux-ci n'obtenaient pas la justice sociale promise par le gouvernement provisoire. Or, Alfred se montrait sceptique sur ce sujet.

— Il y aura des réformes, déclara-t-il. Mais je redoute que le peuple n'aille au-devant d'une grave désillusion.

— Le nouveau gouvernement a promis plus de justice ! rétorqua Pierre.

— Et je pense que beaucoup y croient. Mais il va falloir qu'ils trouvent une solution au problème du chômage. C'est de loin la plus grosse difficulté qu'ils vont devoir surmonter.

Les cauchemars de Dyane avaient repris. Depuis le début des événements, elle ne cessait de rêver d'hommes assassinés, d'une vengeance qui lui rongeait les entrailles, qui s'évanouissait au réveil. A plusieurs reprises également, elle ressentit la violente douleur dans le ventre, le coup de poignard mortel donné par un homme haï dont elle ne pouvait voir le visage bien qu'il se tînt face à elle. Au début, elle mit cette résurgence de mauvais rêves sur le compte de l'inquiétude qui la taraudait.

Peu à peu, elle en vint à se persuader qu'elle était victime d'une malédiction.

Une malédiction liée à l'Egypte…

22

— Les hommes que je vois mourir portent des vêtements égyptiens. Les danseuses nues rappellent celles que l'on voit sur les fresques des temples d'Egypte.

Dyane avait fini par confier son angoisse à Pierre. Mais celui-ci se montra plutôt sceptique.

— Ce ne sont que des cauchemars. Je veux bien croire qu'ils sont liés à l'Egypte. Mais de là à envisager une malédiction...

— Nous ignorons tout de cette civilisation. Les Egyptiens disposaient peut-être de connaissances que nous avons perdues. Ce Livre des morts me fait peur. Et s'ils avaient *vraiment* trouvé le moyen de faire renaître les défunts, grâce à des formules magiques ? Est-ce qu'on pourrait envisager que la reine inconnue du Louvre soit encore vivante, d'une certaine manière ?

— J'ai peine à le croire. D'après Hector Moreau, cette statue remonte aux débuts de la civilisation égyptienne. Elle aurait largement eu le temps d'accomplir sa vengeance avant, tu ne crois pas ? Tes cauchemars sont sans doute liés à autre chose. Peut-être, tout simplement, que ces dieux à têtes d'animaux, ces objets mystérieux, t'impressionnent...

— Je ne crois pas. Au contraire, j'ai remarqué que, lorsque je me consacre à l'étude de l'Egypte, mes cauchemars diminuent.

— Parce que je suis avec toi.

— Non. Parfois, j'ai l'impression que cette reine mystérieuse chercher à me rapprocher de l'Egypte. A l'inverse, lorsque je m'éloigne, mes cauchemars reviennent, comme si elle me punissait de me détourner d'elle.

Elle secoua lentement la tête.

— Ce ne sont pas des coïncidences, Pierre. Pourquoi cette statue me ressemble-t-elle ? Pourquoi les hiéroglyphes me paraissent-ils si familiers ? Pourquoi est-ce que je devine parfois des significations cachées, que même Hector Moreau n'avait pas remarquées ? Pourquoi ma vie est-elle liée à l'Egypte, et particulièrement à cette reine mystérieuse ? Pourquoi t'ai-je rencontré, toi qui es aussi passionné par tout ce qui touche au passé de ce pays ?

— Pour moi, cela s'explique : mon maître m'en a beaucoup parlé.

— Non, Pierre, il y a autre chose. Tu es né, comme moi, un 17 février, ce qui tisse entre nous, d'une certaine manière, une sorte de... fraternité. Or, l'homme que je veux venger dans mes cauchemars est à la fois mon mari et mon frère. Notre rencontre n'est pas le fruit du hasard. Notre rencontre, et même... notre amour. C'est comme si nous nous étions connus et aimés dans une autre vie, il y a très longtemps, et que nous nous soyons retrouvés.

Il ne répondit pas. Il ne croyait ni aux revenants, ni au paradis, ni à l'enfer. Auguste lui avait formé un esprit parfaitement rationnel. Cependant, Auguste lui-même avait ressenti un malaise inexplicable au cœur de ces ruines mystérieuses du village d'El-Ayyah. Et l'histoire que lui avait contée l'indigène à propos de ce lieu sur lequel pesait une malédiction rappelait curieusement les cauchemars de Dyane.

La jeune femme posa sa main sur la sienne.

— Pierre, dit-elle, ce n'est pas en France que nous trouverons la réponse à tout cela, c'est en Egypte.

— Tu veux aller en Egypte ?!

— Oui. Cette reine m'appelle. Elle veut que je me rende là-bas. Le moyen de lever cette malédiction se trouve en Egypte. Parce que je pense... que ce n'est pas moi qui suis l'objet de cette malédiction, mais elle. Tu sais, on dit que les fantômes sont les âmes de ceux qui n'ont pas réussi à trouver la paix, parce qu'ils ont été tués trop jeunes, ou bien parce qu'ils ont été privés de la vie avant d'avoir accompli leur tâche...

— Je ne crois pas aux fantômes, répondit-il.

— Moi si. Cette reine me hante, parce qu'elle veut que j'accomplisse quelque chose qui lui permettra d'être libérée, et d'emprunter cet itinéraire mystérieux dont parle le Livre des morts.

Il secoua la tête. Elle insista :

— Ecoute-moi, Pierre. Quelque chose doit s'accomplir. Tant que je ne me rendrai pas là-bas, tant que cette malédiction n'aura pas trouvé son dénouement, les cauchemars me poursuivront.

Soudain, un grand froid l'envahit. Le souvenir de la terrible douleur ressentie dans la poitrine au cours de ses rêves la heurta de plein fouet. L'idée qu'elle risquait peut-être d'y laisser la vie l'effleura.

— Qu'y a-t-il ? s'inquiéta Pierre.

— Rien. Ce n'est rien.

Elle devait chasser cette idée saugrenue. Cette douleur était, ne pouvait être que la réminiscence de l'assassinat de la reine par cet inconnu au visage indiscernable. Elle sourit à Pierre.

— En Egypte, nous en apprendrons plus. Je suis sûre que le tombeau de cette reine existe encore, quelque part. Nous le trouverons. Et la malédiction tombera d'elle-même. Parce que nous aurons mis au jour la vérité.

Pierre n'avait aucune idée sur la manière dont ils allaient s'y prendre. Tout d'abord, ils n'avaient pas le premier sou vaillant pour entreprendre une telle expédition. Bien sûr, Alfred était prêt à les aider, mais, en admettant qu'ils réussissent à se rendre sur place, comment pourraient-ils retrouver le tombeau d'une reine disparue depuis plusieurs millénaires, alors que des dizaines de savants éminents s'étaient déjà penchés sur la question, sans aucun résultat ?

Cependant, Dyane avait recouvré le sourire. Pierre déclara :

— Tu as raison. Nous allons continuer l'étude des hiéroglyphes avec Hector Moreau. Nous devons devenir de véritables égyptologues. Et nous allons organiser un voyage en Egypte.

Elle se jeta dans ses bras.

Dans les jours qui suivirent, les cauchemars diminuèrent sensiblement. Etait-ce à cause de la décision qu'ils avaient prise ? Ou bien parce que leurs bouillonnantes joutes amoureuses les laissaient trop fatigués pour qu'elle ait la force même de rêver ? Toujours est-il que, dans l'esprit de Dyane, l'Egypte était devenue une obsession, le but d'une quête.

Après la révolution de février, les choses semblèrent un peu s'améliorer, ce qui rassura la jeune femme. Les mesures prises paraissaient aller dans le bon sens. Le ministre des Travaux publics, Marie, avait créé, sur l'instigation de Louis Blanc, de grands Ateliers nationaux censés offrir du travail aux chômeurs. Ceux-ci seraient payés par l'Etat. Ils devaient entreprendre des travaux de terrassement pour les routes et les nouvelles lignes de chemin de fer, construire des ponts, creuser des tunnels. L'ouverture de ces ateliers eut lieu dans l'enthousiasme général.

Le 4 mars, après des années de lutte acharnée, Victor Schœlcher fut enfin chargé de créer une commission pour l'abolition de l'esclavage. La presse avait retrouvé une grande liberté. Des journaux populaires à un sou virent le jour.

Dans les rues, les gens avaient de nouveau le sourire.

Cependant, Alfred restait réservé. Son titre, ses nombreuses relations et sa participation active aux banquets auraient pu lui valoir un poste dans le nouveau gouvernement ou à l'Assemblée qui allait être élue en avril, mais, malgré les exhortations de quelques amis, il refusa de proposer sa candidature. Il argua qu'il ne s'en sentait pas capable, argument qui ne les convainquit guère, car il avait la réputation de très bien gérer ses propriétés, tout en offrant à ses fermiers un niveau de vie supérieur à la moyenne.

A Pierre, il donna une autre explication :

— Le gouvernement ne s'en rend pas compte, ou bien il ne veut pas le voir, mais nous allons vers de nouvelles difficultés.

— Comment ça ?

— Il n'y a pas d'argent dans les caisses. C'est pour cela qu'ils ont maintenu les impôts en l'état. Il y a pire. Les Ateliers nationaux ne remplissent pas leur rôle. Les chômeurs s'inscrivent de plus en plus nombreux. Au début, ils étaient six mille, mais leur nombre augmente tous les jours. Avec quoi va-t-on les payer ? Ces Ateliers nationaux ne sont pas une bonne solution. Les patrons n'embauchent pas. Ils ont peur de grèves toujours possibles. Les affaires n'ont pas repris. Les commandes ne sont pas au rendez-vous. Certaines usines ont même interrompu leur activité. Il n'y a pas de travail, mon Pierre, voilà le danger.

— Il ne faut pas désespérer. Il va y avoir les élections...

— Les élections ne vont pas apporter de travail. Et puis, ça va être une belle pagaille !

Devant le scepticisme d'Alfred, Dyane sentit renaître ses craintes. Car elle savait que, si de nouvelles émeutes avaient lieu, elle ne pourrait empêcher Pierre d'y participer. Son seul espoir reposait sur un départ rapide vers l'Egypte. De ce côté, les choses commençaient à prendre tournure. Alfred, passionné lui aussi par le pays des pharaons, avait très vite donné son accord pour financer le voyage. Il restait cependant à résoudre toutes les difficultés administratives liées au projet, prendre des contacts en Egypte même, affréter un navire. Dyane et Pierre passaient toujours de longues heures à étudier les trois écritures égyptiennes. Ils étaient désormais capables de les déchiffrer sans trop de mal. Seule la prononciation demeurait un problème, car les anciens Egyptiens n'utilisaient pas de voyelles.

Les premiers contacts avaient été établis avec les autorités égyptiennes. Le souvenir laissé par Hector Moreau étant excellent, le gouvernement du Caire était prêt à accueillir une nouvelle équipe de savants envoyés par le marquis de Givors. Alfred envisageait un voyage à Marseille afin d'affréter un navire. Ce voyage était aussi un prétexte pour profiter des beaux jours qui s'annonçaient.

Malheureusement, ainsi que l'avait redouté Alfred, les difficultés s'accumulaient devant le gouvernement. De terribles événements allaient en découler, qui mettraient à mal les projets de Pierre et de Dyane.

Et bouleverseraient leurs vies.

23

Comme Alfred le redoutait, les Ateliers nationaux n'avaient rien résolu. Très vite, les mairies, qui recevaient les inscriptions des chômeurs, se trouvèrent débordées par le nombre. Le 15 mars, ils étaient six mille, le 30 mars trente mille, le 16 avril soixante-quatre mille. Le 30 avril, ils étaient presque cent vingt mille. La gestion d'une telle quantité d'individus se révéla très vite insoluble. Le travail ne suivait pas, la grogne s'installa.

Parallèlement, il s'était produit, à travers le suffrage universel, un changement profond qui allait modifier radicalement le climat politique. La révolution de février avait été l'œuvre des Parisiens. Elle avait amené la chute de la royauté et l'arrivée au pouvoir de républicains et de socialistes. Le suffrage universel avait permis aux notables de province, écartés du pouvoir dans le gouvernement provisoire, de réapparaître. La grande majorité des élus du mois d'avril étaient des républicains modérés, voire des « républicains du lendemain », vocable sous lequel se dissimulaient en réalité des royalistes. Ceux-ci n'avaient évidemment pas l'intention de laisser le pouvoir aux forces progressistes. A la vérité, hormis la disparition de la royauté, la révolution de février n'avait pas changé grand-chose.

Pour les nouveaux dirigeants revenus au pouvoir, les Ateliers nationaux constituaient une aberration économique. Le comte de Falloux, catholique fervent, partisan de l'école privée confiée à l'Eglise, déclarait, à propos des Ateliers nationaux : « C'est une grève organisée à cent soixante-dix mille francs par jour, soit quarante-cinq millions par an ! »

Devant les réticences du nouveau gouvernement, les socialistes organisèrent une manifestation le 15 mai, qui réunit plus de cent cinquante mille personnes. Une foule hurlante envahit le Palais-Bourbon, demandant des mesures radicales pour enrayer le chômage. Dans la confusion, un homme cria : « L'Assemblée est dissoute ! »

Après la Chambre, les manifestants se dirigèrent vers l'Hôtel de Ville, où les meneurs, Barbès et l'ouvrier Albert, écartés du pouvoir par la Commission exécutive, décidèrent de la formation d'un nouveau gouvernement provisoire. Leur tentative ne dura qu'une heure. Alors que la foule commençait à se disperser, la Garde nationale, envoyée par Lamartine, arrêta les chefs socialistes[1].

Pierre, qui n'avait pas participé à la manifestation, trop occupé par les préparatifs de l'expédition égyptienne, ressentit ces arrestations comme une trahison. Il ne comprenait pas comment l'enthousiasme et la fraternité dont il avait été le témoin pendant les trois mois d'euphorie qui avaient suivi la révolution de février avaient pu ainsi disparaître.

— C'est le retour à l'ancien régime ! s'exclama-t-il. Ces gens avaient toutes les raisons de manifester. Le prix du pain n'a pas baissé, bien au contraire. Où est le travail promis par les patrons ? Il y en a, pourtant, avec toutes les nouvelles lignes de chemin de fer que l'on doit construire !

— Les patrons estiment que ce n'est pas au gouvernement de payer pour les chômeurs, expliqua Alfred.

— Alors, qu'ils les embauchent !

— Oh, ils le feraient bien, mais pas aux conditions réclamées par les socialistes. Le gouvernement provisoire de février s'est fâché et a envisagé de nationaliser les compagnies de chemin de fer afin d'obliger les ingénieurs à ouvrir de nouveaux chantiers. Les compagnies se sont défendues avec fermeté et le projet a été abandonné. A présent que les conservateurs sont revenus au pouvoir, il y a encore moins de chances de voir aboutir une telle idée. La journée de travail va être rallongée sans augmentation de salaire.

1. L'année suivante, ils seront condamnés à la détention ou à la déportation par la Haute Cour de Bourges.

— C'est scandaleux !

Dyane demeurait silencieuse. Pierre n'avait pas pris part au mouvement du 15 mai. Il ne se sentait pas particulièrement proche des socialistes, mais il défendait la République de toutes ses forces, car pour lui elle était synonyme de justice et d'égalité. Or, il était à craindre que le nouveau gouvernement ne prenne des décisions injustes. Si tel était le cas, Dyane redoutait de le voir se lancer à nouveau dans l'action. Elle savait aussi qu'elle ne serait pas assez forte pour l'en empêcher.

— Des dizaines de milliers d'hommes, de femmes et d'enfants crèvent de faim dans les rues de Paris, poursuivit Pierre. A quoi cela a servi que l'on abatte la royauté ? Où est passé février ?

— Cela va peut-être s'arranger, hasarda Rose. Ils ne peuvent pas laisser la situation en l'état.

Malheureusement, Rose se trompait. Non seulement on ne fit rien pour améliorer le sort des chômeurs des Ateliers nationaux, mais différentes mesures furent prises contre eux, qui allaient entraîner une nouvelle révolte et la terrible répression des journées de juin.

Le 16 mai, Louis Blanc lui-même était menacé de poursuites par l'Assemblée nationale. Les listes d'inscription aux Ateliers nationaux furent fermées. Le comte de Falloux et le comte de Montalembert usaient de leur influence sur la fraction conservatrice de la Chambre pour exiger la fermeture des Ateliers nationaux. Dans un premier temps, le salaire journalier passa de deux francs à un franc cinquante, puis tomba à un franc. Le pain coûtant trente-cinq centimes, les chômeurs avaient à peine de quoi vivre et ne pouvaient plus payer leur loyer. Chaque jour, la misère se faisait plus grande. Les réunions sauvages se multipliaient dans Paris, exigeant des mesures. En réponse, à la fin mai, le gouvernement envisagea purement et simplement la suppression des « Râteliers nationaux », comme certains députés conservateurs les désignaient avec ironie.

— Il y a pire ! s'exclama Pierre lorsqu'il rapporta la nouvelle à l'hôtel de Givors. L'Assemblée a décrété que les ouvriers résidant depuis moins de trois mois dans Paris et le département de la Seine doivent regagner leur province...

— Ils ont peur, répondit Alfred. Il y a près de cent vingt mille chômeurs inscrits. Cela constitue une grave menace. Ils veulent l'affaiblir.

Bien entendu, les ouvriers concernés refusèrent de partir. Ce fut alors que les événements se précipitèrent. Le 20 juin, l'Assemblée votait la fermeture définitive des Ateliers nationaux. Le lendemain, la Commission exécutive décrétait que les ouvriers âgés de dix-huit à vingt-cinq ans devaient s'enrôler dans l'armée. Les autres avaient ordre de partir en province, où l'on avait prévu de grands travaux, comme l'assèchement des marais de Sologne. Le 22 juin 1848, de nouvelles barricades barraient les rues de Paris.

Pierre était sur l'une d'elles, en compagnie de Thibault.

Malgré les exhortations de Dyane.

24

23 juin 1848...

— Ces salauds veulent nous réduire au silence ! Ils nous condamnent à l'exil et nous insultent en nous offrant le pain du mendiant !

Sans trop savoir comment, Pierre s'était retrouvé sur une barricade dressée en travers de la rue du Faubourg-Saint-Antoine, là même où, au mois de septembre de l'année précédente, l'armée royale avait massacré plusieurs dizaines d'ouvriers grévistes. L'homme à ses côtés avait récupéré un vieux fusil. Le visage mangé par une barbe de plusieurs jours, il dégageait un fumet malodorant, comme la plupart des gens installés sur la barricade. Ils n'avaient pas de quoi s'offrir à manger, alors, de l'eau et du savon...

Le matin, Pierre avait d'abord rejoint les deux mille ouvriers qui manifestaient devant le Panthéon.

« Ils ont juré notre mort et la ruine de nos familles ! clamaient les meneurs. Nous ne partirons pas. Nous voulons du pain et du travail ! »

Ce à quoi le gouvernement avait fait connaître sa réponse :

« Si les ouvriers refusent de repartir en province, nous les y contraindrons par la force ! »

Devant l'attitude de la Commission exécutive, quatre cents barricades s'étaient aussitôt élevées dans Paris, regroupant plus de quarante mille insurgés.

— C'est une nouvelle révolution qui commence ! s'exclama un homme. Nous allons chasser tous ces bourgeois et instaurer une république socialiste !

— Qu'ils rouvrent les Ateliers nationaux ! intervint un autre.

Pierre jeta un coup d'œil au bas de la barricade. Thibault était là, qui lui adressa un sourire triste. Il ne voulait pas combattre, mais il se tenait prêt à soigner les blessés, comme à son habitude. Pierre avait l'impression d'être revenu quatre mois en arrière. Mais cette fois, la situation était différente. Le roi était parti. En face se trouvaient ceux qui avaient combattu à ses côtés au mois de février. Les Parisiens qui avaient un travail régulier ne s'étaient pas joints à l'insurrection. Les chômeurs des Ateliers nationaux n'étaient pas aimés. On leur attribuait les crimes et les vols qui s'étaient multipliés depuis le mois de février. Beaucoup de ces chômeurs, attirés par la perspective d'un travail rémunéré par l'Etat, étaient venus de province. Depuis, ils n'avaient guère eu l'occasion de travailler, mais ils avaient touché un salaire. Aussi misérable fût-il, on considérait qu'ils ne le méritaient pas, puisqu'ils n'avaient rien fait pour l'obtenir. Cette fois, le gouvernement aurait beau jeu de mobiliser la Garde nationale contre les miséreux.

Une sourde angoisse tenaillait Pierre. Il avait conscience qu'il allait se battre pour une cause désespérée. Mais qu'importe, il tenait à être aux côtés des plus faibles, victimes de l'injustice des puissants.

Le 24 juin au matin, Pierre n'était toujours pas rentré. A l'hôtel de Givors, Dyane n'avait pas fermé l'œil de la nuit.

— Cet imbécile se sera fait tuer ! s'écria-t-elle au matin, lorsqu'elle rejoignit Alfred et Rose, qui tous deux affichaient des visages sombres.

Le jeune marquis ne répondit pas. Pierre n'avait pas voulu écouter ses conseils. Il avait seulement obéi à sa générosité coutumière. A cause de cela, Alfred l'admirait. S'il avait vécu au Moyen Age, d'où étaient issus ses propres ancêtres, Pierre aurait sans doute été adoubé chevalier. Il en possédait toutes les qualités, le courage, le désintéressement, la volonté de prendre la défense des faibles. Il n'y avait que sur le plan religieux qu'il ne suivait pas. La faute n'en revenait pas à lui, mais à cette Eglise catholique qui, tout au moins pour les prélats proches du pouvoir, ne professait que mépris pour un peuple réduit à un demi-esclavage par le biais d'horaires de travail trop lourds et de salaires de misère. Lui-même, élevé chez les frères, en gardait un souvenir tellement détestable qu'il avait perdu la foi. A voir les choses avec du recul, on constatait qu'elle n'était qu'un moyen d'asservir le peuple en lui imposant le carcan d'une pensée spirituelle unique, orientée vers la souffrance, à l'imitation d'un Christ mort sur la croix pour racheter les péchés de l'humanité. La peur de la mort et de Dieu d'un côté, la puissance des armes de l'autre. Epris de liberté et de justice malgré ses titres de noblesse, Alfred refusait de cautionner une telle politique.

Sous ses dehors bonhommes, il possédait une étonnante capacité d'analyse, une lucidité qui lui avait permis de deviner, avant même que la révolution n'ait lieu, qu'elle n'apporterait rien de plus au peuple. Les mots « liberté », « fraternité » et « égalité » n'étaient que des leurres destinés à endormir la majorité souffrante. Lui-même aurait dû se réjouir de cet état de fait qui garantissait ses privilèges. Il n'en éprouvait que de l'amertume. Il avait conscience de vivre sur le travail des autres, comme un parasite, sans jamais rien faire de ses dix doigts. Il avait eu la chance inouïe de naître dans une famille riche et prospère. Mais il n'en tirait aucun mérite. Le sort aurait pu lui faire voir le jour dans l'une de ces familles pauvres qui aujourd'hui hurlaient dans les rues de Paris parce qu'elles crevaient de faim.

Il en avait conçu une sorte de cynisme, un sentiment d'impuissance qu'il dissimulait sous un masque de jovialité, l'image d'un bon vivant qui aimait faire la fête. Mais dans le secret de son cœur, il enviait l'abnégation de Pierre, capable de risquer sa vie aux côtés des plus démunis.

Un ami solide et fidèle, par-delà la différence de fortune, qu'il aimait comme un frère. Et pour lequel il éprouvait désormais une profonde angoisse. Car il savait que les insurgés n'avaient aucune chance de triompher. Bien pire, il avait appris que le gouvernement avait décrété la loi martiale et nommé le général Cavaignac à la tête du pouvoir exécutif. A ce titre, il détenait les pleins pouvoirs sur l'armée. Il connaissait cet individu et le détestait foncièrement. C'était un militaire sans états d'âme, attaché à la religion, à l'ordre et à la discipline. Il ne tiendrait aucun compte de la misère qui avait motivé le soulèvement des insurgés. Il allait attaquer les quartiers occupés par les révoltés l'un après l'autre, ordonnant de fusiller tout ce qui bougeait sans autre forme de procès.

Et Pierre était pris dans ce piège.

Les craintes d'Alfred étaient malheureusement fondées. Dressé sur son cheval, le général Cavaignac, rigide, le regard de feu, surveillait les opérations. Puisque les ouvriers n'avaient pas voulu obéir aux injonctions données par le gouvernement, ils devraient en subir les conséquences. Sur son ordre, les soldats avançaient, mitraillaient, canonnaient, abattaient ceux qui tentaient de s'enfuir, les femmes et les personnes âgées comme les hommes munis d'une arme. Dans l'esprit du général, il ne s'agissait là que d'un « nettoyage ». Il fallait débarrasser Paris de toute la racaille qui s'y était installée, et qui avait vécu pendant plusieurs mois aux frais de l'Etat.

Mais les insurgés résistaient. En certains endroits, les militaires peinaient à reprendre le contrôle. Des hommes tombaient, des deux côtés. Chaque fois qu'un quartier menaçait de passer aux mains de l'armée, les révoltés y boutaient le feu. De lourdes fumées d'incendie pesaient sur Paris, dévorant des immeubles entiers, sous les décombres desquels des victimes tentaient désespérément de survivre. Et quand elles parvenaient à échapper aux flammes, les balles des soldats les attendaient à l'extérieur.

Au soir du 24 juin, les morts se comptaient par milliers.

Le lendemain matin, de nombreuses barricades avaient été démantelées et leurs occupants massacrés par les soldats sans la moindre pitié. Mais d'autres tenaient bon, comme celle de la rue du Faubourg-Saint-Antoine, où Pierre se trouvait toujours, épuisé, le visage noirci par la poudre.

Les insurgés avaient compris que leur combat était sans espoir. Dans tous les sens du terme. En différents endroits, certains révoltés avaient cessé le feu et rendu les armes. Cavaignac les avait néanmoins fait fusiller, hommes, femmes et enfants. La presse s'en était émue et avait exigé plus de modération. Des prêtres, des militaires opposés à Cavaignac décidèrent d'aller au-devant des insurgés pour obtenir une reddition honorable. Les rebelles, conscients que leur cause était perdue, avaient demandé une amnistie générale en échange de l'arrêt des combats. Les négociateurs étaient revenus vers le général Cavaignac avec cette proposition. Cavaignac, inflexible, l'avait repoussée sans discussion.

« Qu'ils déposent les armes sans aucune condition ! » avait-il clamé.

On savait ce que cela signifiait. Les insurgés étaient donc tous condamnés à être massacrés jusqu'au dernier...

La nouvelle était parvenue aux oreilles de Pierre. Lui-même se posait beaucoup de questions. S'il ne regrettait pas d'avoir choisi son camp, il avait constaté qu'il se trouvait parmi les insurgés des individus peu recommandables, attirés seulement par la violence. Ainsi ce Jean Froment, qui avait pris le commandement de la barricade et donnait ses ordres comme un véritable chef de guerre. A plusieurs reprises déjà, Pierre avait failli se battre avec lui parce qu'il avait refusé de lui obéir. Le visage crasseux, l'air sournois, les yeux luisants et rapprochés, Jean Froment était une brute aux mains épaisses, au ton agressif et à l'humeur batailleuse. L'anarchie et le désir de destruction le guidaient. A l'inverse de la plupart des hommes qui défendaient leur cause avec courage, il se montrait parfaitement indifférent à ceux qui tombaient sous les balles des soldats. Il était entouré d'une petite bande d'individus aussi violents que lui, qui imposaient leur loi sur le faubourg Saint-Antoine.

Pierre se doutait qu'ils avaient sans doute un plan en réserve pour s'enfuir lorsque la barricade subirait le dernier assaut. Froment était aussi très fort pour envoyer les autres se faire tuer à sa place.

Tout à coup, dans la matinée du 25 juin, les tirs cessèrent de l'autre côté. Pierre se hissa au sommet de la barricade. Un petit groupe s'avançait, dirigé par un homme d'Eglise qui brandissait un crucifix. A ses côtés se tenait un autre prêtre qui portait un drapeau blanc. Tous deux étaient encadrés par une demi-douzaine de soldats et un officier.

Près de Pierre, un homme désigna le prélat.

— C'est monseigneur Affre, l'archevêque de Paris, dit-il. C'est un brave homme.

Pierre regarda l'ecclésiastique s'avancer à pas lents. Il faisait preuve d'un grand courage. Tout à coup, Pierre vit Froment épauler son fusil.

— Tu es fou ! s'exclama-t-il. Il vient parlementer.

— Rien à foutre ! C'est un affameur du peuple !

Comprenant que l'autre allait tirer, Pierre se jeta sur lui et le frappa pour lui faire lâcher son arme. Froment voulut réagir, mais il était seul. Ses complices, exceptionnellement, n'étaient pas présents.

— Tu me paieras ça, fumier ! glapit-il avant de s'esquiver.

Froment disparu, Pierre se dressa, imité par ses compagnons, qui baissèrent les armes. L'archevêque continua d'avancer en levant les bras dans un geste d'apaisement.

— Mes amis, fit le prêtre lorsqu'il fut arrivé à proximité. Je suis venu vous dire de rendre les armes. Votre combat est désespéré. Il ne sert à rien de vous faire massacrer jusqu'au dernier.

— Cavaignac refuse de négocier, répliqua un homme. Il nous massacrera de toute façon.

— Non. Je me charge de le faire changer d'avis, s'engagea le prélat. Au nom de la miséricorde divine. Il faudra bien qu'il m'entende. Mes amis, écoutez-m…

Un coup de feu avait claqué, assourdi, venu d'on ne savait où. Pétrifié, Pierre vit l'archevêque chanceler et porter les mains à sa poitrine. Puis il s'écroula sous les yeux incrédules des insurgés comme des hommes qui l'accompagnaient. Des cris de stupeur retentirent. Pierre, Thibault et quelques insurgés sautèrent à bas de la barricade pour porter secours au blessé. Les soldats levèrent leurs fusils, mais Thibault cria :

— Je suis médecin ! Laissez-moi passer !

Il se pencha sur l'archevêque, dont les yeux reflétaient l'incompréhension.

— Qui a tiré ? hurla Pierre.

Sur la barricade, les insurgés firent des signes de dénégation. Le coup n'était pas parti de leurs rangs. Pierre jeta un regard en direction des militaires, de l'autre côté de la rue. Une agitation nouvelle secouait leurs rangs, mais apparemment le coup de feu ne venait pas de là non plus. Il se tourna vers les fenêtres des immeubles qui dominaient la rue. Une fraction de seconde, il aperçut une silhouette qui reculait dans l'ombre. Il poussa un cri de rage. Il était certain d'avoir reconnu le faciès répugnant de Froment. Il leva le poing, se jurant de le tuer s'il le retrouvait.

Thibault, agenouillé près de l'archevêque, tentait par tous les moyens d'enrayer l'hémorragie. Mais il n'y avait rien à faire, la balle avait perforé une artère et le prélat allait mourir d'un instant à l'autre. Le jeune médecin, le regard empli de désespoir, lui tenait la main, furieux de se sentir impuissant, furieux aussi contre l'individu qui avait tiré.

Pierre s'approcha, imité par les insurgés et les soldats.

— Ainsi est la volonté de Dieu, sans doute, parvint à articuler l'archevêque, en agrippant la main de l'officier. Au moins, que ma mort serve à quelque chose. Dites au général Cavaignac que ces gens me sont venus en aide...

Puis sa tête retomba en arrière. Insurgés et militaires se regardèrent. Ce fut alors que Pierre reconnut celui qui les commandait.

— Commandant Briant !

— Colonel. On m'a nommé colonel après février.

Il hocha la tête.

— Ainsi, Pierre, je te retrouve encore sur une barricade...

— Pour défendre les faibles contre l'injustice.

— Des faibles qui massacrent des innocents.

— Les soldats aussi.

— Ce n'est pas à nous d'en juger.

Pierre leva la main.

— Il faut emmener cet homme ailleurs, dit-il.

— Je n'oublierai pas que vous lui avez porté secours.

Tout à coup, un vacarme déchira le silence. De la barricade, on s'était remis à tirer, ignorant la présence d'autres insurgés auprès du corps du prélat.

— Cessez le feu ! hurla Pierre.

Son injonction ne fut pas suivie d'effet. Ce fut alors qu'il aperçut Froment, de retour sur la barricade. Ce chien avait donné l'ordre de reprendre le combat.

A l'autre bout de la rue, du côté de l'armée, quelques tirs parcimonieux répondirent à la fureur de ceux de la barricade. Mais ils ne furent guère nombreux. On avait peur de toucher les négociateurs.

— Il faut le mettre à l'abri ! déclara Pierre en désignant le corps de l'archevêque.

Aidé par Thibault et le colonel Briant, il saisit le prélat dont la poitrine était couverte de sang et l'emporta vers l'entrée d'un immeuble dont portes et fenêtres avaient été arrachées pour renforcer la barricade. Au moment où ils pénétraient dans les lieux, suivis par les militaires et l'abbé Legrand, qui tenait le drapeau blanc, le colonel Briant poussa un cri, lâcha le cadavre et s'écroula à l'extérieur, sous le feu des balles. Tout alla ensuite très vite. Voyant que les négociateurs s'étaient mis à l'abri, les soldats s'étaient remis à tirer. Quelques-uns des insurgés qui étaient descendus porter secours à l'archevêque tentèrent de regagner le refuge de la barricade. Deux seulement y parvinrent. Les autres s'effondrèrent avant d'avoir pu l'atteindre.

Arrivé dans l'immeuble avec Thibault, Pierre constata que le colonel Briant n'était plus avec eux. Il gisait sur le pavé, une étoile écarlate s'élargissant sur son épaule. Pierre n'hésita qu'un instant. Il arracha le drapeau des mains du prêtre et sortit en l'agitant. Du côté des militaires, les tirs avaient cessé. On avait vu le colonel Briant s'écrouler. Mais sur la barricade, on ne tint aucun compte du drapeau blanc. La silhouette vociférante de Froment hurlait à la mort au milieu de la fumée. Apercevant Pierre qui se penchait sur le colonel Briant, il pointa son fusil sur lui. Pierre, qui avait passé son pistolet dans sa ceinture, dégaina et tira sur le forcené, qui bascula en arrière. Le jeune homme n'était pas certain de l'avoir touché, mais cela lui laissa le temps de saisir le colonel à bras-le-corps pour l'emmener à l'abri. Comme il pénétrait dans l'immeuble, il entendit des balles s'écraser sur le mur derrière lui.

Il était hors de question de regagner la barricade pour les uns ou les rangs de l'armée pour les autres. Ils étaient pris entre deux feux, avec le cadavre d'un grand homme d'Eglise et un blessé qui perdait son sang. Pierre avait allongé le colonel sur un tas de gravats recouvert de vieilles couvertures abandonnées. C'était mieux que rien. Au-dehors, la bataille avait repris de plus belle. Thibault examina la blessure de l'officier. Briant, le visage déformé par la douleur, grimaça :

— Alors, docteur ? Je vais mourir, moi aussi ?

— Non. Pas si je parviens à extraire la balle rapidement. Mais pour ce faire, il faudrait que je puisse vous transporter ailleurs...

Il désigna la rue qui résonnait du sifflement incessant des projectiles et du vacarme de la mitraille. Une odeur de poudre, de sang, de moisi et de bois pourri flottait dans l'air épais.

— Vous êtes médecin ? demanda l'officier.

— Exactement. Je suis là pour soigner les blessés, à quelque bord qu'ils appartiennent.

Briant hocha la tête. Puis il se tourna vers Pierre.

— Tu m'as sauvé la vie, mon garçon.

— Je n'allais pas vous abandonner.

— Encore une fois, tu as fait preuve d'un grand courage, et je t'en remercie. Tes amis étaient prêts à m'achever.

— Ce ne sont pas mes amis. Enfin, pas tous.

Il baissa la tête.

— Je ne sais plus où j'en suis. Les insurgés sont des gens qui meurent de faim. Mais il y a parmi eux des individus monstrueux, comme ce Froment. C'est lui qui a tiré sur l'archevêque. J'en suis sûr.

Le soir, la presse, mise au courant de la mort de monseigneur Denis Affre, se déchaîna contre les insurgés, oubliant qu'elle avait pris leur défense la veille en raison des massacres dont ils étaient victimes de la part des militaires de Cavaignac. Seul *Le Moniteur*, l'équivalent du *Journal officiel* de l'époque, nota que l'on ignorait d'où était partie la balle, et que quelques insurgés s'étaient portés au secours de l'archevêque.

Dans la rue du Faubourg-Saint-Antoine, la nuit avait ramené un peu de calme. Dès l'aube, les combats reprirent de plus belle. Pierre, Thibault et les autres s'étaient réfugiés au plus profond de l'immeuble, dont les murs tremblaient à chaque coup de canon. Thibault, qui avait eu la présence d'esprit de prendre sa trousse de médecine en bandoulière lorsqu'il avait vu le prélat s'écrouler, avait pu donner quelques soins au colonel Briant et avait réussi à arrêter l'hémorragie. Mais le manque d'eau et de nourriture rendait la situation des assiégés intenable.

Tout à coup, des bruits de bottes emplirent la rue. Les soldats s'étaient lancés au pas de charge à l'assaut de la barricade. Du fond de l'immeuble dévasté, Pierre et ses compagnons les virent passer. Puis un capitaine pénétra dans la pièce, avisa le corps de l'archevêque de Paris allongé sur le sol, veillé par l'abbé Legrand. A côté, des soldats entouraient le colonel Briant, en compagnie de deux individus couverts de poussière.

— Capitaine Sedan, mon colonel. Nous tenons la victoire. Nous allons exterminer cette racaille.

Une escouade de soldats entra à sa suite. Il leur fit un signe.

— Arrêtez ces deux hommes ! déclara-t-il en désignant Pierre et Thibault. Ce sont des insurgés. Ils doivent être fusillés.

Pierre blêmit. Le colonel Briant leva la main.

— C'est hors de question, capitaine. Ces deux hommes ne sont pas des insurgés, mais des médecins. L'un d'eux m'a sauvé en me tirant hors de la zone de tir. Il a risqué sa vie pour moi. Quant à l'autre, il m'a soigné et c'est grâce à lui que je suis encore vivant ce matin.

— Ils étaient pourtant du côté des insurgés…

— Par accident, répliqua sèchement Briant. Je vous le répète, ce sont des médecins. Je réponds d'eux comme de moi-même.

Il grimaça de douleur. Thibault intervint :

— Capitaine ! Le colonel Briant a besoin d'être opéré au plus vite. Il me faut l'amener à l'hôpital de la Salpêtrière, où je pourrai pratiquer l'opération. Et il faut aussi emmener le corps de monseigneur Affre au plus vite.

Le capitaine hésita, puis inclina la tête.

— Bien, mon colonel, nous allons vous faire évacuer.

Peu de temps après, installé sur un brancard, le colonel Briant était conduit vers l'arrière, suivi par Thibault et Pierre. Ni l'un ni l'autre n'étaient tranquilles. Il suffisait d'un caprice de la part d'un officier un peu plus teigneux pour qu'ils soient fusillés sur-le-champ, malgré la protection de Briant. Si celui-ci perdait connaissance, par exemple... Ou si l'un des soldats parlait... Mais aucun d'entre eux ne démentit le colonel. La nuit étrange, passée dans l'immeuble en ruine, avait tissé des liens insolites entre eux et ces deux hommes dont l'un au moins, quelques heures plus tôt, leur tirait dessus.

Devant eux, un cortège improvisé emportait le corps de monseigneur Affre, guidé par l'abbé Legrand, dont le nom ne correspondait pas du tout à la réalité, puisqu'il ne dépassait pas le mètre soixante.

Escortant le brancard du colonel, Pierre et Thibault parvinrent, après une expédition semée d'embûches, et sous la garde d'une escouade militaire, à l'hôpital de la Salpêtrière, où Thibault put enfin pratiquer son opération.

Au soir de ce 26 juin, contre toute attente, ils étaient libres, et vivants. Les soldats qui les avaient amenés étaient repartis au combat. Sur un lit, le colonel Briant s'éveillait, la tête bourdonnante et l'estomac nauséeux. Une vague douleur lui mordait l'épaule gauche. A ses côtés se tenaient Thibault et Pierre.

— Comment avez-vous fait ? demanda-t-il à Thibault. Je n'ai rien senti.

— Vous dormiez. Le sommeil annihile la douleur.

— J'ai dormi ?!

— Grâce à un nouveau médicament appelé le « chloroforme ».

— Ce truc que vous m'avez fait respirer quand nous sommes arrivés ?

— Exactement. Il est dix fois plus puissant que l'éther, mais aussi plus dangereux. C'est pourquoi je suis resté près de vous jusqu'à votre réveil. Tranquillisez-vous. J'ai extrait la balle et cautérisé la plaie. A part une belle cicatrice, il n'y aura aucune séquelle. La balle s'était logée dans un muscle.

Il hésita, puis ajouta :

— Nous voulions aussi vous remercier. Sans votre intervention, ce capitaine Sedan nous aurait fait fusiller dans l'instant.

Le colonel leur sourit.

— Il eût été dommage de laisser tuer deux hommes aussi généreux et aussi courageux. Je n'oublie pas non plus que Pierre m'a sauvé la vie. J'avais une dette envers lui.

— Mais nous serons inquiétés…

— Non. A part moi et mes soldats, personne ne connaît vos noms. Ils ne diront rien. L'abbé Legrand non plus.

Il se tourna vers Pierre.

— Merci à toi, mon garçon. Mais la prochaine fois que nous nous rencontrerons, j'aimerais autant que ce ne soit pas les armes à la main, face à face. Tu sais, il est peut-être très romantique, comme on dit, de mourir pour une cause que l'on estime noble. Mais la vie est un présent inestimable, et je pense qu'il serait dommage de gaspiller toutes tes belles qualités dans un combat perdu d'avance.

Il tâta son épaule meurtrie.

— Et, au fond, je bénis aussi cette blessure, qui va m'éviter de participer au massacre qui se prépare dans les rues de Paris livrées au général Cavaignac. De vous à moi, je n'aime pas cet homme, et je désapprouve ces combats.

Pierre saisit la main de Briant et la serra avec effusion.

— Je vous promets que la prochaine fois que nous nous verrons, ce ne sera pas les armes à la main, colonel.

Dans la soirée, Pierre regagna l'hôtel de Givors, ivre de fatigue. Il n'avait presque pas dormi depuis trois jours. Il avait hâte de retrouver Dyane pour lui dire simplement qu'il était vivant. Dès qu'il l'aperçut, Ferdinand le majordome s'exclama, à l'intention d'Alfred :

— Monsieur ! Monsieur ! Monsieur Pierre est là ! Il est revenu ! Il est vivant.

— Bien sûr que je suis vivant !

Alfred et Rose apparurent. Le marquis le serra dans ses bras avec émotion.

— Tu es vivant, mon Pierre ! Il y a peut-être un dieu, finalement…

Rose l'embrassa également avec effusion, les yeux brillants. Mais il devina un malaise.

— Que se passe-t-il ? Où est Dyane ?

Le visage d'Alfred s'assombrit.

— Elle est partie.

25

— Partie ?

— Avec Séverine et Germaine. Ce matin même.

— Mais ce n'est pas possible !

— Cette fois, elle a eu trop peur. Elle a dit… qu'elle ne pouvait plus supporter de vivre avec un homme qui risque sa vie à chaque fois qu'il se présente une cause perdue…

— Et elle est partie sans même me parler…

— Il faut dire que nous t'avons tous cru mort, mon Pierre. Les nouvelles qui parvenaient des barricades étaient alarmantes. Cavaignac n'a pas l'habitude de faire de quartier. Dyane était désespérée. Elle pensait que tu ne reviendrais jamais.

— Mais je suis là. Lorsqu'elle l'apprendra, elle reviendra.

Alfred baissa le nez. Rose vint à son secours :

— Nous ne le croyons pas, Pierre. Elle n'était même pas en colère. Elle a dit seulement : « S'il revient, qu'il ne cherche pas à me retrouver. Je ne veux plus le voir ! »

Alfred reprit :

— Il faut la comprendre. Elle t'a demandé de rester près d'elle, de ne pas te mêler de ces combats. Tu as refusé de l'écouter. Elle t'en veut, parce qu'elle s'est inquiétée pour toi. Pendant ces quatre jours, elle n'a pas vécu, elle n'a pas dormi. Elle touchait à peine à la nourriture.

Pierre ne répondit pas. Il ne pouvait pas donner tort à sa compagne. Elle l'avait averti. Et lorsqu'il songeait aux derniers jours, il devait reconnaître qu'il n'avait échappé à la mort que par miracle. Il aurait dû périr plusieurs fois. Sur la barricade, alors que plusieurs de ses compagnons tombaient près de lui, sous la mitraille incessante. Lorsqu'il s'était lancé sous le feu des insurgés pour arracher le colonel Briant au pavé. Sur le moment, il ne s'en était pas étonné. A présent, il devait reconnaître qu'il avait bénéficié d'une chance insensée. Tout comme lorsqu'il s'était dressé, quatre mois plus tôt, sur la barricade de la rue du Faubourg-Saint-Denis, face aux soldats, enveloppé dans le drapeau tricolore. Bien sûr, les couleurs l'avaient protégé, mais il eût suffi d'un seul tireur, d'une seule balle, pour lui ôter la vie.

C'était peut-être même plus que de la chance. A croire qu'il était protégé par une force supérieure. Il songea brièvement à la reine égyptienne, puis chassa cette hypothèse absurde.

Alfred lui posa la main sur l'épaule.

— A nous aussi tu as causé du souci, mon Pierre.

— J'en suis désolé. Surtout pour un tel résultat. Mais comment aurais-je pu rester ici sans rien faire ?

— Je sais, mon ami. Je te connais et c'est pour cela que je t'admire. Parce que je n'aurais pas ton courage. Mais la cause des insurgés était perdue d'avance. Tu as failli te sacrifier, et tu as sacrifié l'amour que te porte Dyane.

— Elle reviendra. Nous devons aller en Egypte. Nous devons découvrir le secret de cette reine mystérieuse.

Alfred secoua la tête.

— Non, elle ne reviendra pas. Elle est partie sans laisser le moindre mot, sans aucune adresse où tu pourrais la joindre. Elle a coupé les ponts avec toi, et même avec nous. J'ignore tout à fait où elle se trouve à présent. C'est fini, Pierre.

Pierre eut l'impression qu'un gouffre sans fond venait de s'ouvrir sous ses pieds. Il ne pouvait imaginer de vivre sans Dyane. Il avait besoin de sa présence comme de l'air qu'il respirait. Il désirait sentir sa peau sous ses doigts lorsqu'il s'endormait dans la nuit après une joute amoureuse éreintante. Là-bas, de l'autre côté des rives de l'amour, ils avaient des rapports tendres, rassurants. Dans ces moments-là, elle était comme un phare dans la tourmente, un repère, une île où il pouvait se reposer. La vie sans elle lui semblait vide, sans aucun sens. Il sentit une colère irrépressible monter en lui, contre lui, contre elle, contre la folie et l'égoïsme des hommes.

Contre son propre égoïsme. Elle l'avait prévenu. Il aurait dû se douter qu'elle s'en irait. Il n'avait pensé qu'à se battre pour défendre ses idées, contre l'injustice cynique du gouvernement, contre ces maudits bourgeois ploutocrates. Le monde n'avait pas changé malgré la révolution de février. Il ne changerait sans doute jamais. Les riches continueraient encore et toujours à exploiter les pauvres et à les exterminer s'il leur prenait l'envie de se révolter.

Mais il n'était plus temps de penser à tout ça. Peu lui importait, désormais. Dyane n'était plus là. Elle ne serait plus jamais là. Il avait l'impression que le monde s'était effondré autour de lui.

Les jours qui suivirent, il lui vint parfois l'envie de retourner sur les barricades, pour en finir, pour disparaître en défendant une cause qu'il estimait juste, même si elle était sans espoir.

Il resta chez Alfred. Il attendait. Parfois, des amis leur apportaient des informations, le facteur déposait du courrier. A chaque fois, il espérait qu'il s'agissait d'une lettre de Dyane. Elle ne se manifesta pas.

Au loin, de l'autre côté de la Seine, résonnaient les derniers échos d'une bataille désespérée. Plus exactement d'un massacre organisé. Comme il l'avait annoncé, Cavaignac ne fit aucun quartier. Mille cinq cents hommes furent fusillés, onze mille autres arrêtés, plus tard condamnés au bagne ou à la déportation.

Quelques jours plus tard, Louis Blanc rendit visite à Alfred. Il était découragé. A cause de ses idées socialistes, il avait reçu des menaces de la part de la Commission exécutive.

— On a cherché les causes. Il n'y en a qu'une : la misère ! Ce gouvernement n'a ni énergie ni intelligence. Il sent qu'il est abhorré par la France et pour ne pas reconnaître ses fautes, ou plutôt ses crimes passés, il en fait et en fera chaque jour de nouveaux[1].

---

1. Véritables paroles de Louis Blanc.

Il eut une moue de dépit et crispa les poings sur une colère rentrée.

— Cela n'a pas empêché l'Assemblée de déclarer que Cavaignac avait bien mérité de la patrie. On l'a nommé président du Conseil des ministres et il détient toujours le pouvoir exécutif. Quel gâchis et quelle honte pour la France !

— Je suis passé à la Chambre ce matin, dit Alfred. J'ai entendu Cavaignac clamer son autosatisfaction : l'ordre a triomphé de l'anarchie.

— Parce que c'est être anarchiste que de refuser de mourir de faim ? soupira Louis Blanc.

Pendant les mois qui suivirent, à côté de son travail de secrétaire, qu'il avait repris auprès d'Alfred, Pierre mit tout en œuvre pour retrouver Dyane. Il interrogea tous ceux qui les avaient connus ensemble, mais personne n'avait vu la jeune femme. Il se rendit même à l'hôtel de Courtraye, où l'homme à tout faire fut incapable de lui fournir le moindre renseignement.

— Elle n'est pas revenue ici, monsieur. Madame avait de ses nouvelles régulièrement lorsqu'elle était chez le marquis de Givors. Elle n'en a plus du tout depuis son départ. Je ne crois pas qu'elle soit encore à Paris, monsieur.

Tant bien que mal, la vie avait repris. Le projet de l'expédition égyptienne était devenu sans objet. Pierre avait songé un moment à se rendre là-bas, mais, seul, le voyage n'offrait aucun attrait. Et surtout, il voulait demeurer à Paris, au cas où Dyane serait revenue.

Mais les semaines passaient et elle ne donnait toujours aucun signe de vie.

Thibault, écœuré par les massacres de juin et en conflit avec la direction de la Salpêtrière, qui lui reprochait d'avoir soigné des insurgés, avait décidé de quitter la France. Des menaces pesaient sur lui et, après avoir fait ses adieux à Pierre, il partit pour l'Angleterre.

Le climat de la capitale avait changé. Les grands propriétaires restaient maîtres du terrain. Le 11 juillet 1848, Cavaignac avait fait voter des lois contre les journaux et les clubs. Selon lui, la liberté était le véritable responsable du déferlement socialiste, du désordre et de l'anarchie. Il était désormais interdit de former une société secrète sous peine de prison. Toute réunion devait faire l'objet d'une déclaration préalable à la municipalité. Les réunions politiques devaient être autorisées par les autorités et le public n'avait pas le droit d'y assister.

Au cours de l'été, d'autres lois furent votées, qui supprimèrent le droit au travail. Les journaux politiques devaient payer un droit de parution de six mille francs pour la province et vingt-quatre mille francs pour Paris. Une manière de supprimer tous les journaux à bas prix, les seuls accessibles au peuple.

— Il ne va rester que les journaux favorables au gouvernement, conclut Alfred. On impose le silence aux pauvres.

Pierre n'avait pas renoncé à retrouver Dyane, disparue depuis deux mois. Mais l'espoir s'amenuisait. Il lui en voulait de ne pas donner de nouvelles. Même si elle était encore en colère contre lui, même si elle avait voulu rompre, elle aurait au moins pu le rencontrer pour le lui dire en face. Avoir au moins ce courage-là.

Parfois, il se rendait au Louvre et restait des heures à attendre, face à la reine inconnue. La statue le contemplait de son regard énigmatique, étonnamment conservé. Parfois, il avait l'impression de reconnaître le pas de Dyane. Il tournait alors les yeux avec espoir. Mais elle n'apparaissait pas. Peu à peu, il espaça ses visites au musée. Il avait même renoncé à poursuivre l'étude des hiéroglyphes avec Hector Moreau.

En vérité, plus rien ne l'intéressait.

Un jour cependant, il reprit le chemin du Louvre. C'était septembre, un septembre froid et pluvieux à l'image du pays et de l'esprit désespéré de Pierre. Par habitude, il passa un long moment devant la reine. Perdu dans ses pensées, il n'entendit pas le pas de la jeune femme.

Soudain, il se retourna. Elle était là, devant lui. Comme la fois précédente. Mais son visage était dur, fermé, presque hostile.

— Je savais que je te trouverais ici, fit-elle avant qu'il ait le temps de parler. Ne dis rien. Je voulais seulement que tu le saches : je vais épouser Philippe Delrieux.

26

Abasourdi, Pierre ne sut que répondre.

— Je ne voulais pas que tu l'apprennes par quelqu'un d'autre que moi, poursuivit Dyane, visiblement mal à l'aise.

— Mais pourquoi ? Nous devions partir en Egypte. Trouver la réponse à...

Il désigna la statue.

— A ceci...

Dyane secoua la tête.

— C'était une folie. Tu peux y aller, si tu veux. Moi, je renonce. Je ne peux pas vivre avec un homme qui risque sa vie pour défendre ses idées, même quand celles-ci ne le mènent nulle part. On m'a raconté comment tu avais réussi à échapper à Cavaignac. C'est un véritable miracle. Tu ne trouveras pas toujours un colonel Briant pour te sortir d'affaire, Pierre.

— Dyane...

Il fit un pas vers elle.

— Non. N'approche pas. Je vais... je vais retrouver les miens, le milieu auquel j'appartiens. J'épouse un homme riche, qui m'offrira une vie facile. Après tout, c'est ce que souhaitait ma mère. Elle va être satisfaite.

— Tu n'aimes pas ce Delrieux ! tenta-t-il de se défendre.

— La belle affaire ! Le mariage n'a rien à voir avec l'amour. C'est un arrangement qui satisfait les deux partis. Delrieux me veut, parce qu'il va pouvoir accoler mon titre à son nom. C'est très couru dans le monde des affaires. Quant à moi, je n'aurai plus de souci à me faire pour l'avenir.

— C'est ce que tu voulais aussi, cingla-t-il méchamment. Eh bien, vas-y, épouse l'argent de Delrieux. Et tâche malgré tout d'être heureuse. J'espère seulement que tu ne feras pas trop de cauchemars.

Elle riposta sèchement :

— Mais je compte bien être heureuse, qu'est-ce que tu crois ? Après tout, qu'est-ce que je pouvais attendre de toi ? Tu n'es jamais qu'un petit paysan monté à Paris pour faire fortune. Tu ne deviendras jamais aussi riche qu'un Delrieux.

— Je n'en ai pas l'intention. Et puis, si c'est pour me dire tout ça que tu es venue, tu aurais mieux fait de t'abstenir ! Une simple lettre aurait suffi.

Soudain saisi par la colère, il tourna les talons et s'en fut sans se retourner.

— Elle est venue pour m'humilier !

Pierre était rentré immédiatement à l'hôtel de Givors. Ivre de fureur, il avait raconté leur entrevue à Alfred qui l'avait écouté avec patience, confortablement installé dans un fauteuil, tandis que le jeune homme faisait les cent pas, incapable de tenir en place.

— Elle aurait pu s'en dispenser, poursuivit-il, le souffle coupé par la colère qui ne voulait pas le quitter. Pourquoi a-t-elle donc tellement tenu à me rencontrer pour me dire ça ? Il lui suffisait de m'envoyer un courrier. Et elle aurait dû le faire il y a longtemps. Cela fait des mois que j'attends de ses nouvelles !

Alfred attendit que l'orage se fût quelque peu calmé. Quand enfin, Pierre, à court d'arguments, consentit à baisser le ton, il répondit :

— Elle aurait pu écrire, c'est vrai, mais elle ne l'a pas fait. Peut-être parce qu'elle ne savait pas elle-même où elle en était.

— Elle le savait. Elle n'a pas pu prendre d'un coup la décision d'épouser Delrieux.

— Pourquoi pas ? Il n'est même pas certain que ce soit vrai. Elle a peut-être dit ça pour voir comment tu allais réagir.

Pierre se figea. Il n'avait pas songé une seconde à cette hypothèse.

— Et qu'attendait-elle, d'après toi ?

— Je l'ignore. Peut-être tout simplement que tu la prennes dans tes bras. Ne serait-ce que pour un baiser d'adieu. Un baiser qui aurait pu tout changer.

— Non... elle paraissait décidée. Elle voulait seulement m'apprendre la nouvelle elle-même...

Mais Pierre n'était plus tout à fait aussi sûr de lui, à présent.

— Tu crois que j'aurais dû... la prendre dans mes bras ?

— C'est bien possible.

Effondré, Pierre se laissa tomber sur un siège.

— Et moi, je me suis mis en colère contre elle... Je suis parti sans même lui dire adieu. Quel imbécile je fais !

Il se prit la tête entre les mains.

Il était convaincu à présent qu'Alfred avait raison. Il n'avait pas su comprendre. Il n'avait rien vu. Si Dyane avait vraiment l'intention d'épouser Delrieux et de ne plus le revoir, elle n'avait aucune raison de revenir au Louvre. A la rigueur elle aurait pu lui envoyer une lettre, voire un simple faire-part. Mais elle avait tenu à le revoir une dernière fois. Pourquoi sinon parce qu'elle n'était pas sûre de ses sentiments ? Et lui, triple crétin, il n'avait rien vu. Il avait réagi avec sa spontanéité habituelle.

Il ne dormit guère, la nuit suivante. Par moments, il songeait à tenter de la retrouver, pour avoir une autre explication avec elle. Mais il ignorait totalement où elle se trouvait. Et connaissant l'orgueil de la jeune femme, il savait qu'une telle tentative serait vouée à l'échec. Il l'avait perdue. Pour toujours.

Pour toujours...

Il ne pouvait supporter cette idée. Pendant les semaines qui avaient précédé cet instant, il avait vécu dans l'espoir, dans l'attente de la revoir. Bien sûr, il aurait dû l'écouter, penser à elle au lieu de se lancer dans une bataille sans issue. Il avait risqué sa vie une fois de plus. Il n'arrivait pas à le regretter. Il avait combattu pour la justice et la liberté. Mais il aurait dû mourir, tant l'entreprise était périlleuse. Dyane avait raison : il s'en était tiré par miracle. Même après, il n'avait pas été inquiété. Thibault avait dû fuir la France. Lui, en tant que secrétaire du marquis de Givors, n'avait eu aucun compte à rendre.

Il n'avait pas compris la peur qu'il avait infligée à la jeune femme pendant ces trois journées. Il s'était montré égoïste envers elle. Alors, qu'aurait-il dû faire ?

Il passa la nuit à tenter de trouver une solution qui les ramènerait l'un vers l'autre. En vain. Cette fois, tout était bien fini. L'idée qu'elle pût épouser un Delrieux lui était insupportable. Imaginer les mains d'un autre se poser sur elle, imaginer son corps se cabrer et vibrer sous d'autres caresses que les siennes lui était insoutenable. Il se traita de tous les noms, s'injuria une bonne partie de la nuit.

Au matin, un vide immense s'était creusé en lui. Il avait l'impression d'être déchiré en deux. Une douleur lancinante lui broyait les entrailles. Dyane faisait partie de lui. Il y avait une telle complicité entre eux. Ils avaient réussi à effacer toute barrière de classe. Ils n'étaient qu'un homme et une femme qui s'aimaient de toute leur âme, de tout leur corps. Jamais il n'aurait pensé que l'on pût souffrir autant à cause de l'amour d'une femme.

La vie lui sembla tout à coup inutile, trop lourde à porter. Il songea au pistolet qui reposait dans le tiroir de sa table de chevet. Et repoussa cette idée. Le suicide n'était pas une solution. Et puis, peut-être Alfred se trompait-il. Peut-être avait-elle seulement voulu, comme elle l'avait dit, l'avertir elle-même. Elle ne l'aimait plus. C'était aussi simple que ça. Alfred était trop romantique.

Lui ne l'était plus.

Il fallait qu'il fasse quelque chose. Il n'avait plus envie de rester à Paris.

Dans les jours qui suivirent, il déambula dans les rues, rendit visite à Marie-Louise, qui ne sut trop comment le consoler. Elle lui conseilla de rentrer en Touraine pour y épouser une gentille fille de chez lui. Pierre sourit tristement. C'était bien une vision de vieille dame. Mais il n'avait aucune envie de retourner là-bas. Il n'avait rien à faire sur les rives du Cher. Pas après avoir goûté à cette vie tumultueuse.

Le lendemain de cette visite, il fit une rencontre inattendue. Le long de la place du Carrousel, face au palais des Tuileries, s'étiraient deux grands bâtiments abritant des régiments de la Garde nationale. Un groupe d'officiers le croisa.

— Pierre !

Perdu dans ses pensées, il ne réagit pas immédiatement. Puis une main se posa sur son épaule.

— Colonel Briant !

— Lui-même !

Pierre contempla l'homme à qui il avait sauvé la vie, et à qui, indirectement, il devait la sienne.

— Comment va votre épaule ?

— Tout est en ordre. Je n'ai plus la même souplesse qu'avant, mais je suis droitier et c'est l'épaule gauche. Il y a donc demi-mal. Mais toi, tu fais bien triste figure, mon ami. Que se passe-t-il ? Une belle t'aurait-elle manqué ?

Pierre lui répondit d'un sourire affligé :

— Vous ne croyez pas si bien dire.

Briant se tourna vers ses compagnons.

— Partez sans moi. Je vous rejoindrai plus tard.

Puis il passa son bras autour des épaules de Pierre.

— Quant à toi, tu vas me raconter tout ça. Je t'offre un verre.

Quelques instants plus tard, ils étaient attablés devant un verre d'absinthe. Pierre hésita. Il connaissait très peu le colonel Briant, finalement. Mais ils avaient traversé tous deux des moments difficiles et exceptionnels. Après tout, peut-être était-ce le destin qui le mettait une fois de plus sur sa route. Il lui adressa un sourire un peu contraint.

— Vous voyez, je tiens parole. Je vous avais promis que la prochaine fois que l'on se rencontrerait, je n'aurais pas d'armes.

— A la bonne heure.

— Mais peut-être aurais-je mieux fait de mourir sur les barricades, ajouta Pierre.

Briant secoua la tête.

— Tu es trop jeune pour mourir. Quel âge as-tu ?

— Vingt-deux ans.

— Justement, aucune femme ne mérite que l'on meure pour elle.

— Celle-là, si.

— Raconte-moi.

Pierre lui conta alors comment il avait réussi, lui, simple paysan tourangeau, à séduire une comtesse, certes sans fortune, mais appartenant à une noblesse très ancienne. Comment ils avaient choisi de vivre ensemble, leur projet de partir en Egypte pour retrouver le tombeau de la reine mystérieuse du Louvre. Et comment aussi il l'avait perdue à jamais à cause de sa participation aux terribles journées de juin.

— Voilà une histoire extraordinaire, Pierre. Tu es sûr qu'il n'y a plus rien à faire pour la reconquérir ?

— Plus rien. Et à présent, je ne sais plus que faire. Je n'ai pas envie de rester à Paris. Je voudrais me rendre utile à quelque chose, ne plus réfléchir, seulement agir.

— Pour ça, il y a une voie toute tracée. Engage-toi dans l'armée.

Pierre le contempla, interloqué.

— Dans l'armée ?

— Oui. On recrute des soldats pour l'Algérie. Tu devrais t'adresser à la caserne des Invalides. Ils te renseigneront. On a besoin d'hommes, là-bas. Et cela te ferait voir du pays. Tu sais déjà combattre.

— Je sais monter à cheval, manier l'épée et le sabre, tirer au fusil et au pistolet.

— Alors, tu pourrais même être engagé comme sergent. Et avec le temps, tu pourrais monter en grade. J'ai entendu dire qu'il existe là-bas des tribus de rebelles particulièrement féroces, qui massacrent nos colons. Ils ont besoin d'hommes courageux pour les défendre.

Pierre hocha la tête. Evidemment, c'était une possibilité.

— Je vais y réfléchir sérieusement. Cette idée me séduit.

Alfred ne s'était pas trompé. Lorsqu'elle avait voulu rencontrer Pierre, Dyane n'avait pas encore pris la décision d'épouser Philippe Delrieux. Malgré la colère qui la tenait, elle avait voulu revoir Pierre, et le revoir devant la statue de la reine. A ce moment-là, comme l'avait deviné le jeune marquis, si Pierre l'avait prise dans ses bras, elle lui aurait avoué la vérité et lui serait revenue. Mais il avait réagi avec colère, lui avait adressé des phrases cinglantes...

Cependant, après plusieurs jours de réflexion, elle avait fini par comprendre sa réaction, et lui avait pardonné. Peut-être aurait-elle dû lui écrire, ou plus simplement le revoir sans parler de Delrieux. Avoir une explication avec lui. Pourquoi fallait-il que les choses fussent toujours aussi compliquées ?

Après avoir mûrement réfléchi à la décision qu'elle devait prendre, elle se résolut à l'obtenir, cette ultime explication. Elle souffrait trop d'être sevrée des caresses de Pierre. Ses mains, sa bouche, son souffle lui manquaient. Et puis, elle avait la nostalgie de leurs travaux sur l'Egypte. Les cauchemars avaient repris.

Aussi, par un bel après-midi de la fin septembre, elle se décida à se rendre à l'hôtel de Givors.

Alfred la reçut avec le sourire. Mais elle devina que ce sourire un peu forcé masquait une terrible nouvelle. Après qu'il eut longuement serré la jeune femme contre lui, il s'écarta et déclara, d'une voix embarrassée :

— C'est trop tard, Dyane. Pierre est parti il y a huit jours pour l'Algérie. Il s'est engagé dans l'armée.

TROISIÈME PARTIE

LE DÉSERT DE SANG

27

Algérie, été 1849, quelque part du côté du djebel Chelia...

La tempête durait depuis trois jours. Pierre se demandait comment ses hommes pouvaient encore trouver la force de résister à cet enfer pulvérulent qui les assaillait sans aucun répit. Le sable s'infiltrait partout, sous les vêtements, dans les oreilles, les yeux, la bouche. Le seul abri était la grande capote de toile individuelle sous laquelle chacun se terrait, coincé dans un renfoncement rocheux. La chaleur était telle que l'on avait l'impression de mijoter doucement dans son propre sang. Déjà, deux soldats avaient succombé. C'étaient des Français, engagés comme lui après les terribles journées de juin 1848. L'armée était pour eux la seule manière de manger chaque jour à leur faim, même si la nourriture était infecte. Ils n'étaient guère nombreux dans le bataillon. Les autres étaient surtout des Kabyles Igawawen, que les arabes appelaient *Zouaouas*, devenus « zouaves » pour les autorités militaires. A l'origine, ces tribus fournissaient des soldats dévoués et efficaces à l'Empire ottoman. Après la prise d'Alger en 1830, ils s'étaient mis au service des Français.

A Paris, on avait proposé à Pierre d'encadrer une escouade de ces fameux zouaves. Il savait manier le sabre, le fusil, le pistolet, et monter à cheval. Son amitié avec le marquis de Givors lui avait valu le grade de sergent, avec promesse de gravir les échelons. Il avait accepté. En vérité, peu lui importait. La vie de soldat était périlleuse et il recherchait le danger. Sans qu'il voulût se l'avouer ouvertement, l'existence lui était devenue indifférente, et il escomptait, au cours de glorieux combats, trouver une mort héroïque. La fuite de Dyane lui avait fait perdre le goût de vivre. Il ne voulait plus penser, plus réfléchir. Agir, agir jusqu'à l'épuisement. La vie militaire avait répondu à cette attente. Lui qui avait toujours manifesté une totale indépendance d'esprit s'était intégré sans difficulté au régiment commandé par le général de Lamoricière.

Les dures conditions de l'Algérie, où le danger pouvait surgir à tout moment, constituaient pour lui une sorte d'expiation. Il avait gâché sa vie en raison de son aveuglement. Alors qu'ils avaient un projet magnifique, et qu'un amour extraordinaire les liait l'un à l'autre, lui, pauvre paysan venu de Touraine, et elle, jeune aristocrate au nom prestigieux, belle comme le jour, il avait refusé de l'écouter, de tenir compte de son angoisse de le perdre. Il n'avait écouté que son esprit idéaliste, et au fond peut-être égoïste, et il était parti se battre pour une cause désespérée.

Il n'avait dû la vie qu'à un miracle, et il avait perdu Dyane. Pour toujours. Sans elle, la vie lui semblait un fardeau inutile et encombrant. Nourri aux poèmes et récits des auteurs romantiques, le caractère de Pierre avait un côté excessif qui lui interdisait de considérer qu'il pût encore avoir un avenir. Sa stupidité l'avait amené à gâcher l'histoire d'amour passionnée qu'il vivait avec Dyane. Jamais il ne la retrouverait. Elle était mariée. Même s'il lui arrivait encore d'essayer de se persuader qu'elle n'aimait pas son mari, il savait que l'absence favoriserait l'oubli. Bientôt, il ne serait plus pour elle qu'un vague souvenir, une parenthèse extravagante. Il se haïssait d'avoir brisé ce rêve.

L'éloignement, le soleil aveuglant, le sable brûlant du désert, les longues marches, les batailles sporadiques contre les tribus rebelles, autant d'épreuves qu'il s'imposait pour se mortifier. Tout comme il s'imposait d'obéir aux ordres sans discuter. Cela l'empêchait de réfléchir. Pourtant, irrésistiblement, ses pensées le ramenaient vers Dyane, vers son corps, sa bouche, ses yeux, la tiédeur de son souffle, la douceur de sa peau. Il avait espéré l'oublier. Mais les semaines, puis les mois avaient passé, et il n'y parvenait pas. Elle hantait toujours ses nuits et ses rêves.

Il n'en parlait jamais. Il s'était constitué une carapace de dureté et de résistance qui impressionnait ses soldats. Personne ne connaissait son secret. Il n'avait développé aucune amitié parmi les autres sous-officiers, dont la plupart n'étaient que des brutes soucieuses du petit pouvoir qu'on leur avait donné. Seul son caporal, le Kabyle Afalku, avait réussi à établir un lien avec lui. Mais même à lui il n'avait rien dit. Son passé demeurait un mystère, aussi bien pour ses hommes que pour ses supérieurs. Lui d'ordinaire bavard et enjoué était devenu taciturne, replié sur lui-même. Il bénéficiait d'une autorité naturelle qui n'incitait pas à lui poser trop de questions.

Ses hommes lui témoignaient une grande confiance. Les zouaves représentaient une sorte d'unité d'élite, d'une efficacité redoutable au combat. Il n'avait eu aucune difficulté à se faire accepter par eux. Lors des escarmouches avec l'ennemi, il était le premier à monter à l'assaut. Il se battait avec hardiesse, mais prenait soin de ne pas exposer ses hommes inutilement. Lorsque l'un d'eux était blessé, il ne l'abandonnait pas. On l'avait vu à plusieurs reprises récupérer des soldats sous le feu de l'ennemi. Contrairement à beaucoup d'autres officiers français, il les traitait avec respect, tout en exigeant d'eux une discipline rigoureuse.

On le disait plus courageux qu'un lion, d'où le surnom que ses soldats ne tardèrent pas à lui donner. En réalité, ce que ses compagnons prenaient pour du courage relevait plutôt d'une folle témérité. Il recherchait le contact avec le danger, méprisait la mort qui rôdait autour de lui. Cette audace frisant l'inconscience lui valait une sorte de vénération de la part de ses hommes, et le respect de ses ennemis. En moins d'une année, il s'était taillé une solide réputation de guerrier. Une réputation d'autant plus étonnante qu'elle se doublait d'une croyance étrange. Malgré les nombreuses batailles qu'il avait livrées, pas une fois il n'avait été blessé. Ses hommes disaient de lui qu'il avait la *baraka*, qu'il était protégé par une force invisible. Il était même arrivé que ses ennemis déposent les armes après avoir appris qu'ils allaient devoir le combattre.

Dans un village, un vieil homme, réputé pour sa sagesse, l'avait longuement observé et lui avait parlé :

« Tu cherches la mort, avait-il dit, mais ce n'est pas ici que tu la trouveras. Un esprit te protège, car tu as une tâche à accomplir. »

Pierre avait écouté le vieil homme en silence. Mais il n'avait pas accordé d'importance à ses paroles. Il ne croyait pas en cette baraka. A son avis, il avait seulement jusque-là eu beaucoup de chance.

Cette fois, pourtant, il semblait bien qu'elle lui avait tourné le dos. La tribu qu'ils poursuivaient, sous les ordres du capitaine Mandrin, avait trouvé refuge dans les montagnes du sud de Batna, après avoir lancé plusieurs attaques contre des colons nouvellement arrivés. Les massacres avaient été commis dans des conditions particulièrement atroces. Même les enfants en bas âge avaient été égorgés ou éventrés. Le capitaine Mandrin était fermement décidé à anéantir cette « meute de chacals enragés », ainsi qu'il les avait nommés.

La traque durait depuis plusieurs jours. Un éclaireur avait réussi à localiser le village de l'ennemi. Mandrin allait donner l'ordre d'attaquer lorsque la tempête avait surgi, rendant toute opération impossible.

Elle ne cessa qu'au matin du quatrième jour, laissant derrière elle une atmosphère jaune, chargée encore de particules de sable. Le vent était tombé. Les hommes étaient épuisés, à demi aveuglés et incapables d'entreprendre la moindre action militaire.

Pierre estimait que lancer une attaque dans ces conditions relevait de l'inconscience la plus totale. Car, s'il n'hésitait pas à jouer avec sa propre existence, il veillait toujours à ne pas exposer ses hommes. Ce n'était pas le cas du capitaine Mandrin, qui considérait que la vie des soldats n'avait aucune valeur. Ils étaient là pour obéir, sans discussion. Il disposait d'une soixantaine de zouaves, d'un lieutenant et de deux sergents. C'était suffisant à ses yeux pour exterminer l'ennemi.

Tout au plus accorda-t-il deux heures à ses hommes pour se préparer au combat en avalant leur ration de nourriture. Pierre tenta de discuter avec lui, en vain.

— Mon capitaine, les hommes sont trop fatigués pour combattre. Il faudrait leur donner au moins une journée de repos.

— Sergent, c'est moi qui commande cette escouade. La tempête est tombée, nous allons attaquer.

Pierre renonça à discuter. Il était seul. Le lieutenant Lambert approuvait toujours son supérieur. Quant à Sauret, l'autre sergent, c'était une brute qui ne se plaisait que dans la violence. Massacrer le réjouissait. Et ici, dans ce pays dont le gouvernement français avait décidé de chasser les indigènes, il avait de quoi satisfaire ses pulsions agressives. Ses hommes en pâtissaient, qu'il frappait plus souvent qu'à son tour sous le prétexte de les « endurcir ».

Pierre fit signe à ses zouaves de se tenir prêts. Les yeux et les joues creusés, le visage mangé par la barbe, ils obéirent et se mirent en marche d'un pas lourd, après avoir vérifié leur paquetage et leur fusil.

Les zouaves faisaient partie de l'infanterie. Seuls les officiers et sous-officiers bénéficiaient d'une monture. Pierre saisit la bride de son méhari et se mit en route à son tour. Dès son arrivée en Algérie, il avait appris à monter ces animaux singuliers, capables de rester des jours sans boire grâce à la poche de graisse située dans leur bosse, capables aussi de porter de lourdes charges. Pierre encouragea l'animal d'une tape amicale sur le flanc. Mais, aussi bien pour les hommes que pour les bêtes, il était urgent de trouver un point d'eau.

On se dirigea vers le repli montagneux au creux duquel l'éclaireur avait repéré le village ennemi. Une sourde inquiétude tenait Pierre. Il ne partageait pas du tout la façon de voir les choses du capitaine Mandrin, qui considérait que les indigènes étaient des individus attardés, des brutes sanguinaires et dépourvues d'intelligence, qu'il convenait de détruire comme de la vermine. En cela, il ne faisait qu'épouser les idées du lieutenant-colonel de Montagnac, qui écrivait, quelques années plus tôt :

Toutes les populations qui n'acceptent pas nos conditions doivent être rasées. Tout doit être pris, saccagé, sans distinction d'âge, ni de sexe : l'herbe ne doit plus pousser où l'armée française a mis le pied. Qui veut la fin veut les moyens, quoi qu'en disent nos philanthropes. Tous les bons militaires que j'ai l'honneur de commander sont prévenus par moi-même que s'il leur arrive de m'amener un Arabe vivant ils recevront une volée de coups de plat de sabre. [...] Voilà, mon brave ami, comment il faut faire la guerre aux Arabes : tuer tous les hommes jusqu'à l'âge de quinze ans, prendre toutes les femmes et les enfants, en charger les bâtiments, les envoyer aux îles Marquises ou ailleurs. En un mot, anéantir tout ce qui ne rampera pas à nos pieds comme des chiens[1].

Depuis le mois de novembre 1848, l'Algérie avait été proclamée par la Constitution partie intégrante de la France. Cependant, certaines tribus réfugiées dans les montagnes ne l'entendaient pas ainsi et se rebellaient de manière sporadique contre le nouvel occupant. Cela se traduisait par des massacres de colons ou d'indigènes ayant accepté la domination française.

Au début, Pierre ne s'était pas posé de questions. L'horreur des massacres perpétrés par les rebelles était telle qu'il lui semblait normal de venger les populations victimes de leurs exactions.

Au bout d'une année, sa vision avait changé. Il avait appris l'arabe et le kabyle afin de communiquer avec ses hommes et avec les autochtones. Contrairement aux autres officiers, il s'était intéressé au Coran et à la religion musulmane. Bonaparte l'avait fait en Egypte. Cela n'avait pas empêché les habitants du Caire de se révolter contre lui, mais Pierre estimait que cela était probablement dû au comportement des soldats. Il avait pu remarquer que ses guerriers kabyles appréciaient l'intérêt qu'il portait à leur croyance.

1. *Lettres d'un soldat*, par le lieutenant-colonel de Montagnac, Plon, Paris, 1885, réédité par Christian Destremeau (1998).

Cependant, il ne comptait qu'un seul ami parmi ses zouaves. Avec le temps, les deux hommes avaient appris à s'apprécier, à s'estimer. Afalku, le caporal, bénéficiait d'une certaine érudition, qui lui avait valu son grade modeste. En langue kabyle, son nom signifiait « faucon ».

« Tous les deux, nous sommes invincibles, disait-il à Pierre, car nous sommes l'alliance du lion et du faucon. »

Cette remarque amusait Pierre. Tous deux faisaient preuve de la même témérité au combat. Mais si pour Pierre cela représentait une manière de défier le destin qui l'avait séparé de Dyane, pour Afalku, c'était seulement une façon de combattre les Arabes. Il existait un profond antagonisme entre les Kabyles, dont les bataillons de zouaves étaient essentiellement constitués, et les Arabes algériens. Les premiers reprochaient aux seconds d'avoir envahi ce pays qu'ils occupaient depuis bien plus longtemps qu'eux. Curieusement, on rencontrait parmi eux des hommes au teint mat mais aux cheveux clairs et aux yeux bleus. Les Turcs, puis les Français avaient su exploiter cet antagonisme en dressant les deux ethnies l'une contre l'autre. Les combats n'en étaient que plus meurtriers.

Cette violence incessante avait fini par faire réfléchir le jeune homme. S'il acceptait de combattre l'ennemi avec courage, il ne cautionnait pas le massacre des femmes, des enfants et des vieillards, et refusait d'y participer. Cette attitude lui avait valu quelques remontrances acerbes de la part de ses supérieurs, malgré sa bravoure et sa compétence. Cela ne l'avait pas empêché de demeurer fidèle à ses convictions.

« Je suis un soldat, répliquait-il. Pas un lâche qui déshonore son uniforme. »

Peu à peu, Pierre avait appris à aimer ce pays sauvage et étonnant, qui, au-delà de la bande littorale fertile, dressait un puissant massif montagneux derrière lequel s'étendait un désert sans limite. C'était pour le comprendre qu'il avait appris à parler les deux langues locales. Le soir, au bivouac, il passait de longues heures à bavarder avec ses hommes, leur posant de multiples questions sur leur vie, leurs coutumes, leur histoire, et sur leur religion. Une religion qui s'accordait parfaitement avec les paysages brûlés par le soleil et avait façonné ces guerriers impitoyables.

Ils avançaient d'un pas d'automate le long d'un défilé menant vers la vallée suspendue où se situait le village ennemi. Par précaution, Pierre avait placé ses hommes en fin de colonne. La stratégie n'était certes pas le point fort du capitaine Mandrin, qui pensait qu'une attaque directe permettrait de remporter une victoire facile et rapide. Pierre n'était pas de cet avis. Car si l'ennemi avait subi lui aussi la tempête de sable, il avait pu s'en abriter à l'intérieur des maisons, ce qui n'était pas le cas des zouaves. Pierre avait voulu le faire remarquer au capitaine, qui l'avait rembarré avec mépris. C'était la première mission que Pierre remplissait avec Mandrin, et l'autre voyait sa réputation de bravoure avec méfiance et sans doute un brin de jalousie.

— Certains disent que tes ennemis te considèrent comme un lion ! J'ai l'impression que s'ils te voyaient en ce moment, ils rigoleraient, cracha Mandrin en voyant Pierre scruter les hauteurs.

Il ne répondit pas. La suffisance du personnage l'agaçait, mais il était son supérieur, et il ne discuterait pas ses ordres. Il ravala sa colère et se mit en marche, en prenant la précaution de rester en arrière-garde.

Soudain, alors que la colonne s'engageait dans une sorte de ravine à la végétation quasi inexistante, des silhouettes se matérialisèrent contre le ciel jaune, sur les crêtes situées de part et d'autre. Des coups de feu claquèrent. A l'avant, des hommes s'écroulèrent. Pierre ordonna à ses zouaves de courir se mettre à l'abri des formations rocheuses. Elles n'offraient qu'un refuge relatif en raison du feu croisé auquel ils étaient soumis, mais c'était mieux que rien. Pierre fit signe à Afalku de le rejoindre.

— Cet imbécile de Mandrin nous a fait donner tête baissée dans un piège, gronda-t-il en kabyle. Il n'a pas imaginé que les autres pouvaient attaquer les premiers.

Le capitaine se mit à hurler des ordres pour riposter. Mais l'ennemi disposait d'une position en surplomb qui lui donnait un net avantage. La seule issue consistait à rebrousser chemin le plus rapidement possible. Ou bien… à passer en force. Là-bas, la ravine se resserrait, offrant un abri possible. Pierre rampa jusqu'au capitaine Mandrin.

— Il faut quitter les lieux, mon capitaine, dit-il. Ici, ils nous tirent comme des lapins.

— Ces crétins ne savent pas viser. Et ils sont moins nombreux que nous. Ils ne nous auront pas. Vous allez les attaquer.

Cette fois, Pierre voulut discuter. Mais l'autre sergent, qui avait entendu l'ordre, acquiesça d'un bref signe de tête. Il jaillit de son abri et se rua en direction des assaillants en les abreuvant d'injures arabes, les seuls mots qu'il connaissait dans cette langue. Son escouade le suivit aussitôt.

Mandrin se tourna vers Pierre et s'écria :

— Et toi ? Qu'est-ce que tu attends ? Je crois t'avoir donné un ordre !

— Je refuse ! C'est du suicide !

— Tu oses discuter mes ordres ?

— Je ne veux pas sacrifier mes hommes ainsi. La seule chance, c'est de courir jusqu'au défilé.

Mandrin, rouge de colère, tourna son pistolet vers Pierre.

— Tu vas obéir sans discuter ou je te tue !

Pierre haussa les épaules. Il savait que l'arme était vide. Il allait répliquer qu'il avait le droit de refuser d'obéir à un ordre s'il estimait que celui-ci risquait de déboucher sur un massacre. Il n'en eut pas le temps. Le capitaine fut soudain pris d'un hoquet. L'instant d'après, son visage stupéfait se couvrait de sang. Une partie de son crâne avait été emportée par une balle. Autour de Pierre des projectiles sifflaient. Il tira le cadavre de Mandrin à l'abri d'un surplomb rocheux. Il avait été tué sur le coup. Le lieutenant Lambert le rejoignit en rampant. Pendant ce temps, Sauret gravissait la crête nord en hurlant comme un possédé. Il n'alla pas très loin. Car contrairement à ce que pensait le capitaine, l'ennemi savait se servir de ses fusils.

— Il faut aller lui prêter main-forte ! cria Lambert.

— Non, répliqua Pierre. Nous allons tous nous faire massacrer. Il faut s'extraire de ce piège.

La diversion apportée par l'attaque de Sauret leur accordait un certain répit. Cela ne dura pas longtemps. Sauret, toujours vociférant ses obscénités, fut soudain fauché net. Il s'écroula, semant le désarroi dans ce qu'il restait de son groupe, une dizaine d'hommes étant déjà tombés.

— A l'assaut ! hurla Lambert en dégainant son sabre.

Il s'était adressé aux hommes de Pierre, prudemment restés à l'abri relatif des rochers. Un seul d'entre eux avait été touché.

Afalku regarda Pierre, qui secoua la tête. Obéir aux ordres, c'était marcher à la mort. Les pentes de la ravine étaient trop abruptes pour espérer atteindre les crêtes rapidement. L'ennemi avait largement le temps de mettre au moins la moitié des effectifs hors de combat. Quant à ceux qui parviendraient au sommet, ils se retrouveraient alors inférieurs en nombre.

Tout à coup, Pierre se leva et ordonna à ses hommes :

— Suivez-moi !

Puis il se mit à courir en zigzag en direction de l'étranglement, aussitôt imité par son escouade. Pendant un instant, Lambert crut qu'il s'était enfin décidé à obéir. Et comprit qu'il n'en était rien lorsqu'il vit les zouaves gagner l'abri du défilé.

— Ménétrier ! hurla le lieutenant. Tu seras fusillé pour désobéissance et désertion devant l'ennemi !

Pierre ne l'écoutait pas. L'ennemi ne s'attendait pas à sa manœuvre. La logique aurait voulu que les zouaves tentent de fuir par où ils étaient arrivés. Mais le passage en force réussit. Sur les trente hommes de Pierre, seuls trois furent atteints, aussitôt récupérés par leurs camarades. Tandis que Lambert, à l'abri, continuait de s'égosiller, les hommes de Sauret, comprenant qu'ils ne parviendraient jamais à déloger les tireurs, refluaient en désordre, offrant des cibles faciles. Pierre revint en arrière et leur ordonna de courir vers lui. Ce qu'ils firent pendant que ceux qui s'étaient déjà mis à l'abri couvraient leur retraite par un tir nourri.

Furieux, Lambert se résolut à les imiter. Lorsqu'il arriva près de Pierre, il se mit à hurler. Mais le jeune homme, qui mesurait une bonne tête de plus que lui, ne se laissa pas impressionner. C'était la première fois qu'il servait sous les ordres de Mandrin et de Lambert, mais c'était aussi la première fois qu'il tombait sur des crétins de cet acabit, qui ne prenaient aucun soin de la vie de leurs hommes.

— Ménétrier, à partir de cet instant, tu n'es plus sergent, mais simple soldat. Le capitaine Mandrin étant mort, c'est moi qui prends le commandement de ce bataillon, et je te dégrade. Attends-toi à passer en conseil de discipline à notre retour...

— Silence ! répliqua Pierre. Toi et Mandrin avez envoyé vos hommes à la mort. Tu n'es pas digne de commander.

Et sans laisser à l'autre le temps de répondre, il lui lança un vigoureux coup de poing à la mâchoire qui l'étendit pour le compte.

— A présent, c'est moi qui commande, déclara-t-il. Des objections ?

Les autres secouèrent la tête, plutôt satisfaits. Pendant que deux hommes adossaient le lieutenant inanimé contre la paroi rocheuse, Pierre expliqua son plan en kabyle :

— Voilà. J'aurais voulu que le capitaine ait la sagesse d'attendre une journée avant de lancer l'attaque. Mais il ne m'a pas écouté et vous êtes épuisés. Néanmoins, à présent, nous ne pouvons plus reculer. Il faut nous battre. Le village n'est plus très loin. Nous allons le trouver à la sortie de ce défilé. En ce moment, les rebelles doivent être en train de décrocher des crêtes pour retourner chez eux et préparer la défense de leur village. Si nous les prenons de vitesse, ils seront obligés de nous combattre en terrain découvert. Là, nous disposerons d'une véritable supériorité. Il va falloir courir, malgré la fatigue. Mais si vous foncez et si vous vous battez avec courage, je vous promets la victoire !

Un murmure d'approbation lui répondit. L'instant suivant, Pierre lançait l'assaut. Les indications de l'éclaireur, qui appartenait à son groupe, se révélèrent exactes. Bientôt, les zouaves débouchèrent dans un vallon dont le fond était occupé par une végétation parcimonieuse, que baignait une petite oasis de montagne. Tout autour se dressaient des maisons de torchis aux toits plats. Une centaine de personnes et un troupeau de moutons et de chèvres vivaient là. L'apparition des soldats jeta la panique parmi la population. Quelques hommes se portèrent à la rencontre des zouaves, mais, ainsi que Pierre l'avait prévu, les autres n'étaient pas encore revenus. Lorsqu'ils arrivèrent, les zouaves avaient déjà investi le village.

Une bataille violente s'engagea. Cependant, les soldats, malgré les pertes subies dans le défilé, restaient plus nombreux et mieux armés. Bientôt, les survivants décrochèrent et s'enfuirent dans la montagne, abandonnant plus de la moitié des leurs sur le terrain. Dans le village, les femmes, les enfants et les vieillards, ainsi que les blessés, s'étaient réfugiés dans les maisons.

— Livrez-moi vos chefs et il ne vous sera fait aucun mal ! clama Pierre en arabe.

Afalku le regarda.

— Que fais-tu, mon ami ? Il faut tous les tuer ! Ces gens ont massacré des colons. Ils n'ont eu aucune pitié. Et ce sont des Arabes.

— Et alors ? Nous sommes des zouaves, Afalku, des soldats qui se battent avec courage contre d'autres guerriers. Mais dis-moi, quel courage y a-t-il à massacrer des femmes, des enfants et des vieillards ?

— Il ne s'agit pas de courage ! Quand ils seront grands, ces enfants prendront les armes à leur tour. Et ils massacreront d'autres colons.

— Ils se souviendront que nous les avons épargnés. Et j'espère que d'ici là, une paix durable aura été établie.

Afalku hocha la tête d'un air dubitatif.

— Il n'y aura jamais de paix avec les Arabes.

— Ils disent la même chose des Kabyles. Un jour, il faudra bien que tout cela prenne fin.

Afalku ne répondit pas. Les hommes de sa tribu s'étaient rangés aux côtés des Français parce que cela leur permettait de combattre leurs ennemis de toujours. Mais, au fond, les envahisseurs, qu'ils fussent turcs ou français, ne se conduisaient pas mieux avec eux. En Kabylie aussi, les Français avaient anéanti des villages. Et ils les considéraient comme des êtres inférieurs. Parce qu'ils n'avaient pas les mêmes coutumes, la même religion. S'estimaient-ils donc supérieurs, ces soldats français qui s'enivraient jusqu'à ressembler à des bêtes ? Comment Allah permettait-Il à de tels hommes d'exister ?

Après quelques instants d'indécision, un vieil homme s'avança et déclara qu'il était le chef du village. Son regard reflétait une fierté à la limite de l'arrogance. Il toisa Pierre, qui le dépassait pourtant de deux têtes.

— Tu peux faire de moi ce qu'il te plaît, mais épargne mon clan.

Pierre leva la main en signe de paix.

— Les tiens ont massacré des colons à Batna. Tu devras répondre de leurs crimes devant la justice.

— Les Français aussi ont commis des crimes, répliqua le vieillard sèchement.

— Ce n'est pas à moi d'en juger.

Pierre n'avait aucune envie de discuter avec le vieil homme. Avec le temps, il s'était rendu compte que ceux que l'on prenait pour des monstres sans pitié ne faisaient que reproduire les massacres dont ils avaient été victimes. Vue depuis la France, la politique de conquête soulevait un sentiment de puissance nationale, un orgueil qui se transformait en malaise lorsque l'on se retrouvait sur place, face à la réalité de la violence, aux veuves et aux orphelins, aux villages rasés, aux populations dépossédées des terres sur lesquelles elles vivaient depuis des siècles. A l'intérieur même du pays, les rivalités entre ethnies entraînaient aussi des tueries.

Peu à peu, Pierre en était venu à regretter la décision qui l'avait conduit dans l'armée. Il avait pensé rencontrer une mort glorieuse au cours de combats héroïques contre un ennemi avec lequel aucun compromis n'était possible. La réalité s'était révélée bien différente. Une mort n'était jamais glorieuse, mais douloureuse et affligeante. S'il avait été épargné jusqu'à présent, il lui était arrivé trop souvent de tenir la main d'un camarade agonisant, de lire dans son regard la terreur du trépas tout proche, et la terrible interrogation qui frappe ceux qui sont sur le point de passer : pourquoi ? Quant à l'ennemi, il lui avait été facile de le parer des défauts les plus épouvantables, avant de l'avoir rencontré et d'avoir compris qu'il avait, lui aussi, des raisons de mener son propre combat.

A plusieurs reprises, il avait pensé à démissionner. Mais à chaque fois le souvenir de Dyane et le vide que son absence avait creusé dans son âme lui faisaient songer qu'il n'avait aucun avenir sans elle. Alors, par désespoir, il restait et exécutait les missions qu'on lui confiait.

Cette fois, cependant, les événements s'étaient déroulés différemment. En raison de la défaillance de ses supérieurs, il avait été amené à prendre le commandement du détachement, et même à se dresser contre son capitaine, à cause de l'erreur fatale que celui-ci avait commise. Il devrait en répondre.

Quelques jours plus tard, le détachement était de retour à Alger. Comme Pierre s'y attendait, le lieutenant Lambert porta l'affaire devant le tribunal militaire. Cependant, il obtint l'effet inverse de ce qu'il espérait. Lorsque Pierre eut expliqué les raisons qui l'avaient amené à priver Lambert de son commandement, le général Lamoricière, qui présidait le tribunal, déclara qu'il avait agi avec discernement. Il avait pris une initiative audacieuse qui avait permis d'éviter une défaite cinglante en épargnant des soldats exposés inutilement. Les témoignages concordants de tous les zouaves, surtout ceux du sergent Sauret, qui avaient perdu près de la moitié de leurs compagnons, jouèrent en sa faveur. Cette action avait également amené une victoire sur une tribu dangereuse, qui allait se trouver obligée de respecter désormais les accords de paix. Lamoricière appréciait aussi le fait que Pierre ait épargné les femmes et les enfants. Il tenait beaucoup à effacer l'image de conquérant sanguinaire que Bugeaud avait laissée derrière lui.

Non seulement Pierre fut relaxé, mais on lui accorda le grade de lieutenant, avec augmentation de sa solde.

Lorsqu'il regagna son casernement, une lettre d'Alfred l'attendait.

28

Depuis son départ pour l'Algérie, Pierre avait continué à correspondre régulièrement avec Alfred. Le courrier mettait plusieurs jours pour parvenir à Alger, car il fallait attendre qu'un navire fît la traversée. Grâce à ces lettres, dont le port était désormais payé par l'expéditeur, à l'aide de petites vignettes appelées « timbres », Pierre avait été tenu au courant des derniers événements. Il savait ainsi que, à la fin de l'année 1848, Louis Napoléon Bonaparte avait été élu président de la République avec plus de cinq millions de voix contre un million cinq cent mille au général Cavaignac, de sinistre mémoire. Il ne savait cependant pas s'il fallait se réjouir de cette élection.

Au mois de janvier, Alfred s'était insurgé contre l'Académie française, qui avait une nouvelle fois refusé la candidature d'Honoré de Balzac, malgré le soutien apporté par Victor Hugo. On avait élu à la place un certain monsieur de Saint-Priest, dont le seul motif de gloire était son titre de noblesse.

En avril 1849, les fauteurs de trouble des journées de juin, Raspail et Barbès, avaient été condamnés à la prison, à vie pour Barbès. Auguste Blanqui, qui avait déjà passé une bonne partie de ses jours en détention, s'était vu condamner à dix ans d'emprisonnement, au motif qu'il avait dénoncé les « provocateurs ayant utilisé la manifestation en faveur de la Pologne pour créer le désordre et aider le gouvernement à décapiter l'opposition de gauche » !

Dans une lettre précédente, au mois de mai, Alfred écrivait à Pierre : *C'est un désastre, mon Pierre, la République est aux mains des royalistes. La droite compte 450 sièges pour seulement 210 à la gauche.*

Puis, au mois de juillet : *L'armée française, commandée par le général Oudinot, occupe Rome, transformée en république, pour rétablir le pape sur son trône.*

Pierre ouvrit fébrilement la lettre de son ami.

Mon Pierre,

Nous sommes le quinzième d'août 1849, date religieuse qui est largement célébrée par la France d'aujourd'hui, retombée aux mains des royalistes et des culs-bénits. Ainsi va la vie, mon Pierre. Notre belle révolution de février est retombée comme un soufflé, et chaque jour l'Etat rogne davantage les libertés.

Nos amis s'inquiètent. Victor Hugo redoute pour sa part un retour progressif vers la royauté ou même l'empire, depuis que Louis Napoléon Bonaparte a été élu président de la République. Mais quelle république, dirigée par des conservateurs réactionnaires ?

Je me consacre à mes gens de Normandie. Cela m'occupe l'esprit, et leur compagnie, ainsi que celle de mes chers pur-sang, me réconforte et me permet de ne pas trop penser à l'absence de ceux qui me sont précieux. La tienne, d'abord, mon ami, pour qui je tremble à chaque fois que j'imagine la vie dangereuse que tu t'es imposée. Chacune de tes lettres m'est un soulagement, car, au moins jusqu'à la date où tu l'as écrite, je sais que tu étais encore vivant. Mais on raconte de telles horreurs sur ce pays sauvage. Rose et moi nous faisons beaucoup de souci pour toi.

J'ai reçu des nouvelles de Thibault, qui s'est installé en Angleterre pour éviter de se retrouver sur le banc des accusés des sinistres journées de juin 1848. Son seul tort fut pourtant d'avoir porté secours aux blessés. Mais il a soulevé la jalousie d'un important médecin conservateur de la Salpêtrière, qui a sauté sur l'occasion pour le dénoncer. La Haute Cour de Bourges ne s'est pas montrée indulgente, et je crois qu'il a agi sagement en quittant la France. Il a trouvé une place dans un grand hôpital de Londres, où il découvre de nouveaux progrès médicaux. Il a aussi rencontré une femme qu'il devrait épouser dans les mois qui viennent.

Ton amie Marie-Louise se porte comme un charme malgré ses quatre-vingt-quatre ans. Depuis ton départ, j'ai pris l'habitude de lui rendre visite une fois par mois pour m'assurer que tout va bien. C'est une femme charmante, qui m'offre toujours une galette de blé noir et du cidre breton. Je préfère celui de ma Normandie, mais tu me pardonneras cette petite pointe de chauvinisme.

J'en viens à présent, mon Pierre, à la nouvelle la plus triste que je doive t'annoncer. Ainsi qu'elle l'avait dit, Dyane a fini par épouser le banquier Philippe Delrieux, qui se fait à présent appeler Delrieux de Courtraye. J'ai longuement hésité à t'écrire ceci, mais je devais la vérité à ton amitié. Elle ne fait qu'entériner ce que tu savais déjà. Moi aussi, j'ai espéré que Dyane te reviendrait, mais elle a appris ton départ pour l'Algérie et je pense qu'elle s'est imaginé qu'elle ne te reverrait jamais.

Je veux que tu sois fort, mon Pierre. Tu es à l'aube de ta vie et il est encore grand temps pour toi de rencontrer une autre femme qui t'apportera tout le bonheur que tu mérites. Car je pense que tu es comme moi. Même si tu as accumulé les conquêtes depuis ton arrivée à Paris, tu es homme à demeurer fidèle à une seule femme si l'amour te lie à elle. Peut-être devrais-tu donner ta démission de l'armée et revenir à Paris. Tu as toujours ton appartement à l'hôtel de Givors, et ton poste de secrétaire est toujours libre.

Depuis notre bonne ville de Paris qui malheureusement n'est plus ce qu'elle était, je t'adresse toutes mes amitiés, ainsi que celles de ma douce Rose.

Prends soin de toi, mon Pierre.

Ton fidèle ami,

Alfred de Givors

Abasourdi, Pierre resta un long moment immobile. En tant qu'officier, il bénéficiait désormais d'une petite chambre personnelle, dotée d'un confort spartiate : un lit de fer, une armoire, une table, une chaise, ainsi qu'un broc d'eau et une vasque de métal.

Il se rejeta en arrière. Il ne savait plus que penser. Une douleur sourde lui broyait les entrailles. Il se rendait compte que, pendant toute cette année, il avait espéré qu'elle changerait d'avis, qu'elle lui écrirait. Mais il ne s'était rien passé. Les seules nouvelles reçues de France émanaient d'Alfred, ainsi que d'Emile de Girardin et du colonel Briant qui lui avaient envoyé une lettre chacun.

Il s'était parfois imaginé que la mort l'avait épargné parce que Dyane devait lui revenir, et partir avec lui en Egypte pour élucider le mystère de la reine du Louvre. A présent, il savait qu'il ne s'agissait que d'une coïncidence. Il n'avait *vraiment* plus aucune raison de vivre !

Plus que jamais, après cette lettre, il se lança dans le combat à corps perdu, prenant des risques insensés. Chaque bataille était un défi jeté à la face de la mort. Cependant, malgré cette folle témérité, et alors que plusieurs de ses compagnons tombaient à ses côtés pour ne plus jamais se relever, un miracle toujours renouvelé continuait à le préserver.

Vint le mois de novembre 1849. La nouvelle tomba un soir, alors que Pierre rentrait d'une tournée d'inspection à Blida. A peine revenu à la caserne, il était convoqué, ainsi que tous les officiers, par le colonel Canrobert, qui commandait à présent les régiments de zouaves.

— Messieurs, nous avons été appelés en renfort dans la région de Biskra. Un cheik berbère nommé Bou Zian s'est enfermé dans une forteresse et défie notre armée depuis déjà plusieurs mois. Nous avons pour mission de mettre fin aux agissements de cet homme, qui prétend agir au nom d'Allah, et incite les indigènes à mener la guerre sainte contre les Français. Nous partons dès demain.

Ainsi débuta pour Pierre l'une des plus sanglantes batailles de la conquête de l'Algérie : Zaâtcha.

29

Paris, automne 1849…

Dyane caressa avec douceur son ventre gonflé par la petite vie qui s'y développait jour après jour. Au début, elle n'avait su comment accueillir cet enfant. Jamais auparavant elle ne s'était imaginée dans la peau d'une mère. A la vérité, elle ne s'était jamais posé la question. Elle menait une existence tumultueuse dans laquelle un enfant n'aurait pas eu sa place. Même lorsqu'elle vivait avec Pierre, ils n'avaient jamais envisagé cette possibilité. Ils avaient d'autres priorités. Ils n'en avaient jamais parlé et elle avait fait ce qu'il fallait pour ne pas en avoir.

Avec Philippe, c'était différent. D'emblée, il avait voulu lui faire un enfant. Cela lui avait fait peur au début, puis elle s'était faite à l'idée.

Dès qu'il avait appris que Pierre et elle s'étaient séparés, il était revenu à la charge, lui faisant une cour assidue et pressante, la comblant de présents, de fleurs. Il l'invitait dans les soirées à la mode. Elle n'avait pas cédé immédiatement. Peut-être espérait-elle le retour de Pierre. Mais il avait disparu de sa vie. Elle ignorait tout de l'Algérie, ce pays mystérieux où se livraient des batailles féroces évoquées dans les journaux et dans les discussions des hommes. Ce qu'ils disaient faisait frémir. On ne parlait que de tueries perpétrées par les barbares autochtones, de colons égorgés, de femmes violées et éventrées, d'enfants massacrés. Pierre était parti pour défendre ces gens-là. C'était bien dans sa nature ! Cette décision avait mis Dyane en colère lorsqu'elle l'avait apprise. Mais après tout, pourquoi se plaignait-elle ? C'était elle qui l'avait quitté.

Au début de l'année 1849, elle avait rendu une brève visite à Alfred et Rose, pour tenter d'obtenir de ses nouvelles. Mais ils n'avaient reçu aucun courrier depuis son départ, trois mois plus tôt. Bien sûr, les lettres mettaient du temps à arriver. Il n'y avait pas de traversées régulières. Et puis, son régiment pouvait très bien avoir été envoyé au fin fond du désert. Alfred n'avait pu cacher son inquiétude. Il avait confié qu'il redoutait le pire pour Pierre. Il craignait qu'il ne se montre imprudent au cours des combats. Il ne lui avait fait aucun reproche, mais elle avait deviné que c'était bien à cause d'elle qu'il était parti dans le désert algérien. Et qu'il était parti pour y trouver la mort. Elle n'était jamais retournée voir Alfred et Rose, de peur d'apprendre que Pierre avait été tué.

Vers la fin janvier, sa mère avait contracté une mauvaise fièvre, qui l'avait emportée en moins de deux semaines. Malgré leur mésentente, Dyane avait souffert de sa disparition. Un terrible sentiment de solitude l'habitait sans cesse. Elle s'était installée à l'hôtel de Courtraye. Elle restait désormais la seule représentante du nom, et avait hérité officiellement du titre de comtesse. Ce fut le décès de sa mère qui décida enfin Dyane à accepter la proposition de Philippe Delrieux. Le mariage avait eu lieu en mars. En mai, elle était enceinte.

Philippe avait entrepris de faire restaurer entièrement l'hôtel de Courtraye, qui fut envahi pendant plusieurs mois par les ouvriers. Afin de ne pas trop penser, Dyane lui avait proposé de s'occuper des travaux. Elle avait conçu la remise en état du parc, la décoration des pièces. Elle avait reçu les artisans, menuisiers, plâtriers, plombiers, couvreurs. Son mari lui avait donné carte blanche et un crédit illimité. Rien n'était trop beau pour elle, et pour l'enfant qu'elle allait mettre au monde. Lorsqu'elle lui avait annoncé la nouvelle, il avait manifesté une telle joie qu'elle en était presque tombée amoureuse de lui.

Mais elle devait se rendre à l'évidence, elle n'éprouvait pour lui qu'une grande affection. Il la comblait de cadeaux, lui laissait une entière liberté pour la réfection de son hôtel. Les travaux seraient achevés au début de l'année 1850. Il était prévu qu'ils vinssent y habiter. Pour l'instant, ils vivaient dans l'hôtel particulier que Philippe possédait dans le centre de Paris, place Vendôme. Bien sûr, cet hôtel était idéalement situé, mais il n'avait pas le charme de la vieille demeure de Courtraye.

Philippe était persuadé qu'elle mettrait au monde un garçon. Dyane s'en moquait. Garçon ou fille, ce serait son enfant.

Parfois, une sourde nostalgie l'envahissait. Elle regrettait que ce bébé ne fût pas celui de Pierre. Elle s'en voulait alors de l'avoir quitté si vite, sans même lui laisser le temps de s'expliquer. Dans ces moments, un profond désespoir la submergeait. Car s'il avait échappé par miracle aux massacres de juin, n'était-ce pas pour qu'ils puissent se retrouver ?

Elle se souvenait avec nostalgie des longues journées d'étude qui les rapprochaient autour de l'Egypte. Peu après leur séparation, les cauchemars étaient revenus, plus angoissants que jamais. Mais Pierre n'était plus là pour la rassurer. Ces mauvais rêves l'avaient poursuivie pendant des mois. Avec le temps, ils avaient fini par se raréfier, mais depuis qu'elle était enceinte, un autre rêve étrange venait la visiter régulièrement, dont elle ne comprenait pas la signification.

Elle se trouvait près d'un lac, ou d'un fleuve dont elle ne voyait pas l'autre rive. C'était la nuit puisque la lune luisait d'une lumière éclatante. Des arbres magnifiques et inconnus l'entouraient. Le sol était constitué d'un mélange d'herbe et de sable, et un vent léger soufflait. Tout à coup, une silhouette apparaissait sur les rives du fleuve et marchait vers elle à pas lents. Elle tentait de distinguer ses traits, mais elle s'apercevait que la silhouette était entourée de bandes de lin. Elle aurait dû éprouver de la peur, pourtant ce n'était pas le cas. La momie s'arrêtait à quelques pas d'elle. Alors, la brise légère se mettait à souffler plus fort, courbant les grands arbres et arrachant les bandelettes du spectre. Pétrifiée, Dyane attendait, persuadée de découvrir un squelette décharné et effrayant. Mais la tempête dévoilait peu à peu une femme nue, qui portait une longue chevelure blonde. Une femme dont le visage était le sien…

Ce rêve suscitait un étrange malaise en elle. Elle était sûre que tous ces songes étaient liés. Malheureusement, elle ne pouvait plus en parler à personne. Rationnel et pragmatique, Philippe ne croyait ni aux forces surnaturelles ni aux fantômes. L'Egypte le passionnait d'autant moins qu'il considérait les collections du Louvre comme un ramassis d'objets poussiéreux qui ne méritaient pas l'intérêt qu'on leur portait.

« Ce n'est qu'un phénomène de mode, affirmait-il d'un ton péremptoire. Dans quelques années, on ne parlera plus de tout ça. »

Il s'intéressait à l'Egypte, mais pour une autre raison. Il était beaucoup question, dans les milieux financiers, du projet de construction d'un canal reliant la Méditerranée à la mer Rouge, à la hauteur de la cité de Suez. A plusieurs reprises, il avait reçu un homme nommé Ferdinand de Lesseps, auquel le projet tenait à cœur.

« Actuellement, expliquait Philippe à Dyane, les navires allant jusqu'aux Indes doivent faire le tour de l'Afrique par le cap de Bonne-Espérance. Un tel canal leur permettrait de gagner plusieurs semaines de navigation et réduirait le coût du transport. »

Elle s'intéressait à ce projet, car il lui laissait miroiter la possibilité d'aller un jour en Egypte. Si Philippe décidait de s'y rendre, elle l'accompagnerait. Si toutefois il acceptait... Car, peu à peu, elle prenait conscience que, en dehors de quelques soirées mondaines où il souhaitait sa présence parce qu'il était fier de se montrer en compagnie d'une épouse aussi belle, il tenait beaucoup à ce qu'elle demeure à l'hôtel de Courtraye. Elle s'était aveuglée en estimant que c'était à cause du bébé. Il voulait qu'elle se ménage, prétendait-il. Au fond, elle n'était pas dupe. Les nuits extravagantes qu'elle avait vécues avec Pierre et ses amis étaient bien terminées. Cela ne la gênait pas vraiment, étant donné son état. Mais lorsqu'elle aurait accouché, elle exigerait qu'il l'emmène dans des soirées où l'on s'amusait. Il était hors de question qu'elle devînt l'épouse fanée d'un puissant financier, cloîtrée dans sa demeure, même refaite à neuf...

Tout à coup, elle sursauta. Le bébé venait de lui donner un coup de pied. Elle sourit. Une bouffée d'amour monta en elle. Bien sûr, cet enfant ne serait pas celui de Pierre, mais il serait le sien. Le lien qui se tissait lentement avec ce petit être qui grandissait à l'intérieur d'elle-même était un sentiment nouveau, inconnu. Il lui donnait une force insoupçonnée.

Sa sensibilité s'était exacerbée. Sans qu'elle y prît garde, ses pensées revinrent vers Pierre. Elle tenta de l'imaginer, d'imaginer ce pays brûlé par le soleil dans lequel il avait choisi de fuir. Elle n'en connaissait rien, sinon les quelques récits rapportés par des voyageurs reçus par son mari, des hommes d'affaires qui s'étaient risqués sur place pour acheter des concessions dont ils avaient aussitôt confié la gestion à des colons.

« Un pays de sable tout juste bon pour les chèvres et les moutons ! » avait décrété l'un d'eux.

Qu'est-ce que Pierre était allé faire dans un endroit aussi misérable ?

Soudain, une onde glaciale la parcourut. En elle monta la sensation d'une ombre noire et menaçante qui planait là-bas, très loin, sur les sables du désert. Elle secoua la tête. Tout cela ne voulait rien dire. Comment aurait-elle pu savoir ce qui se passait dans un pays dont elle ignorait tout ? Pourtant, la terrible intuition refusait de s'effacer : le spectre de la mort rôdait autour de Pierre.

30

Comment persuader ou réduire de pareils hommes ?
N'auront-ils pas toujours à nous reprocher de semer
de riches moissons sur les tombeaux de leurs ancêtres ?

Dominique Vivant Denon
(à propos des Bédouins de Libye)

Oasis de Zaâtcha, 8 novembre 1849...

Sous les ordres du colonel Canrobert, les zouaves avaient traversé la chaîne montagneuse de l'Atlas pour rejoindre le gros bourg de Biskra, à la porte du désert. Puis, au prix de mille difficultés, à travers les dunes de sable et de rocaille, ils avaient rejoint l'armée française, commandée par le général Herbillon, qui faisait le siège du ksar depuis plus d'un mois.

L'affaire avait commencé au mois de mai précédent, lorsque le cheik Bou Zian, chef de la tribu berbère de Zaâtcha, s'était élevé contre une augmentation de la taxe sur les palmiers imposée par le pouvoir colonial. Au nord, la Kabylie, en révolte contre les Français, avait encouragé Bou Zian dans sa résistance à l'envahisseur. Il affirmait avoir reçu un message d'Allah lui demandant de repousser les Français à la mer.

Afin de le réduire au silence, une escouade avait tenté de l'enlever, sans succès. Le cheik berbère avait alors décrété la guerre sainte. Au mois de juillet, un régiment de légionnaires et un bataillon d'Afrique avaient été envoyés devant Zaâtcha pour rétablir la paix dans la région. Une violente bataille avait aussitôt opposé les Berbères et les Français, qui avaient eu toutes les peines du monde à repousser l'adversaire.

L'oasis de Zaâtcha s'était révélée être un dédale de murets et de bâtisses aux toits plats depuis lesquels l'ennemi pouvait tirer sur les soldats. Le village lui-même était protégé par une forteresse dotée d'une épaisse muraille crénelée et entourée par un fossé rempli d'eau.

Ayant subi de lourdes pertes, le colonel Carbuccia, qui commandait les légionnaires, avait été contraint de se replier et avait demandé du renfort. Le siège avait commencé début octobre, sous les ordres du général Herbillon, avec un corps expéditionnaire de quatre mille hommes et de l'artillerie. Grâce à celle-ci, les légionnaires avaient réussi à enlever un petit groupe de maisons au nord de l'oasis.

— Mais cela n'a pas suffi, déclara le colonel Canrobert à son état-major, dont Pierre Ménétrier, promu lieutenant depuis un mois, faisait partie. Il y a deux semaines, les sapeurs, appuyés par les légionnaires, ont tenté un assaut après avoir miné les murailles. Ils ont essuyé un échec cuisant et perdu un grand nombre de combattants. C'est pourquoi nous sommes ici. L'ennemi ne dispose que de quatre cents hommes, et pourtant, grâce à sa forteresse, il tient en échec une armée qui compte désormais plus de sept mille soldats.

Le colonel marqua un temps d'arrêt, puis ajouta, d'une voix cinglante :

— Il est hors de question que l'armée française connaisse un échec. Nous devons triompher et anéantir ce nid de vermine. Me suis-je bien fait comprendre ? Je ne tolérerai aucun recul devant l'ennemi. Chaque homme devra se battre jusqu'à la mort pour l'honneur de la France.

Les officiers acquiescèrent. Pierre soupira discrètement. Il était inquiet pour ses hommes. Le général Herbillon n'était pas réputé pour ménager les soldats. Ceux-ci devaient obéir sans discussion, même si la stratégie décidée par l'état-major les envoyait à une mort certaine. Seul comptait le résultat.

Un autre problème le tourmentait. Plusieurs zouaves s'étaient plaints de douleurs abdominales, de vomissements et de diarrhées abondantes. Le matin même, un homme était mort. L'état-major avait mis ça sur le compte d'une nourriture avariée.

Un peu plus tard, Pierre retrouva le médecin du bataillon. Celui-ci affichait une vive inquiétude.

— Ce n'est pas la dysenterie ou l'entérite, dit-il. Le gars qui est mort était complètement déshydraté.

— Ce qui veut dire ?

— J'ai bien peur que ce ne soit le choléra, avoua le médecin d'un air sombre.

Pierre pâlit.

— Le choléra ?

Il avait en mémoire les souvenirs terrifiés des anciens ayant survécu à la terrible épidémie qui avait frappé la France dans les années 1830. Lui-même, étant enfant, se souvenait de la panique que la terrible maladie avait déclenchée dans le village de Bourré. Il y avait eu quelques dizaines de victimes dans la région, auxquelles personne ne voulait toucher par peur de la contamination.

— Est-ce qu'on peut faire quelque chose ? demanda-t-il.

— Dis à tes hommes de bien se laver les mains, surtout après avoir fait leurs besoins naturels. C'est tout ce qu'on peut faire, hélas.

26 novembre 1849...

Ne croyant pas en Dieu, Pierre ne croyait ni au paradis ni à l'enfer. Pourtant, si malgré tout l'enfer existait, il ne pouvait être qu'une pâle copie de ce qu'était la bataille de Zaâtcha. Depuis deux semaines, les Français lançaient assaut sur assaut, sans autre résultat que des dizaines, des centaines de morts, hachés par la mitraille ennemie. Un ennemi qui se battait à un contre vingt, solidement retranché dans son ksar quasi imprenable, mais que le haut commandement avait décidé d'anéantir, quel que soit le prix à payer, afin de faire taire toute velléité ultérieure de rébellion.

Autour de Pierre, les hommes tombaient, le ventre ou la tête en sang, hurlant de douleur et de désespoir. Les soldats, légionnaires, zouaves ou autres, étaient harassés de fatigue, assourdis par le pilonnage incessant des canons, écœurés par la perte de leurs camarades, par les silhouettes macabres des morts que l'on n'avait pas toujours la possibilité de ramener vers l'arrière, par les gémissements des agonisants et des blessés auxquels on n'avait pas le temps de porter secours.

Dans la journée, le soleil implacable écrasait l'oasis d'une chaleur d'autant plus suffocante que les uniformes n'étaient pas conçus pour une telle fournaise. Le soir, cette chaleur étouffante et sèche, rendue plus mordante encore par les vents violents du Sahara, persistait jusqu'à une heure avancée de la nuit. Puis elle s'estompait rapidement, trop rapidement, pour faire place au froid, un froid qui s'installait insidieusement au cours des brèves heures de sommeil que l'on accordait aux combattants. A l'aube, une couche de givre se déposait parfois sur les capotes. Puis le soleil impitoyable se levait à nouveau, dissipait le froid, et le cycle infernal recommençait.

Il fallait charger, monter à l'assaut de la forteresse, encore et toujours, sur l'ordre des hauts gradés qui observaient la bataille de l'arrière.

Pierre aurait dû plusieurs fois être touché. Il n'avait même pas une égratignure. Il avait déjà perdu douze de ses zouaves, sur trente. Afalku lui-même, blessé et frappé par la maladie mystérieuse dont les supérieurs taisaient le nom par peur de semer la panique dans les rangs, était resté à l'arrière, vomissant tripes et boyaux, et souffrant de méchantes douleurs abdominales.

Pierre avait fini par se demander si la croyance de ses hommes, selon laquelle il avait la baraka, n'était pas justifiée. La veille encore, un tireur s'était dressé à demi au sommet de la muraille crénelée et l'avait mis en joue. Par réflexe, l'instinct de conservation avait joué et il avait pointé son pistolet sur l'ennemi. Mais le pistolet était vide depuis longtemps. Le temps avait alors paru s'étirer. Il avait attendu le claquement du coup fatal, puis la douleur fulgurante, quelque part dans le corps. Au lieu de cela, il avait vu la tête du Berbère exploser sous l'impact d'une balle tirée par un inconnu, un anonyme qui lui avait, volontairement ou non, sauvé la vie.

Les sapeurs avaient perdu un nombre impressionnant des leurs en tentant de miner la muraille malgré les douves. Du haut du rempart, les défenseurs avaient beau jeu de les tirer comme des lapins. Mais les ordres étaient stricts. Quelles que fussent les pertes, Zaâtcha devait tomber. On n'avait pas déplacé plus de sept mille hommes en plein désert pour échouer devant une poignée de combattants considérés comme inférieurs ! A force de sacrifier des soldats, la tactique avait fini par payer, et les remparts avaient pu être sapés.

C'était le milieu de la matinée, et le soleil était à son zénith. Tout à coup, un vacarme assourdissant retentit à moins de trente mètres devant Pierre et son groupe, retranchés derrière une fortification avancée. L'instant d'après, un geyser de pierre et de sable jaillissait à l'angle du ksar, dont une importante partie s'effondra. Une brèche avait été ouverte. L'ordre tomba aussitôt. Il fallait investir la citadelle. Une marée humaine se précipita, rameutée par les hurlements des officiers, pour mener un assaut qu'on espérait cette fois décisif.

Il le fut. Privés de leur carapace, les Berbères ne purent résister à la vague vociférante qui déferla bientôt à l'intérieur de l'enceinte. Le combat se poursuivit au cœur du ksar, où les femmes et les enfants en âge de se défendre se mêlèrent aux défenseurs. Alors commença un carnage, une boucherie sans nom. Les Berbères, comprenant que leur cause était perdue, se battaient avec l'énergie du désespoir, et il fallut prendre un quartier après l'autre, les maisons une à une, au prix encore une fois de lourdes pertes.

Pris par un soudain accès de fièvre, Pierre titubait dans les ruelles du village martyr d'un pas d'automate. Il avait l'impression de vivre un cauchemar sans nom. Son état de faiblesse était tel qu'il ne ressentait plus qu'une inexorable résignation. Son sabre inutile pendait au bout de son bras. L'horreur de ce qu'il voyait dépassait l'entendement. L'esprit en déroute, il était le témoin impuissant des exactions épouvantables auxquelles se livraient à présent les soldats, ivres de rage et de haine contre un ennemi qui s'était défendu avec un acharnement et un courage qui auraient dû lui valoir au contraire le respect.

Un officier de l'armée française notera plus tard dans son ouvrage : *L'opiniâtreté de la défense avait exaspéré les zouaves. Notre victoire fut déshonorée par les excès et les crimes. Rien ne fut sacré, ni le sexe ni l'âge. Le sang, la poudre, la fureur du combat avaient produit cette terrible et homicide ivresse devant laquelle les droits sacrés de l'humanité, la sainte pitié et les notions de la morale n'existaient plus. Il y eut des enfants dont la tête fut broyée contre la muraille devant leurs mères ; des femmes qui subirent tous les outrages avant d'obtenir la mort qu'elles demandaient à grands cris comme une grâce. Les bulletins militaires insistèrent sur l'effet que produisit, dans toutes les oasis du désert, la nouvelle de la destruction de Zaâtcha, bientôt répandue de proche en proche avec toute l'horreur de ces détails*[1].

Epuisé et fiévreux, Pierre se sentait incapable même de retenir ses hommes, d'empêcher ce massacre odieux et inutile. Une étrange lucidité l'avait investi. Il savait que les ordres venaient d'en haut, que les officiers supérieurs ne feraient rien pour endiguer ce flot de sang et de barbarie, car ils voulaient faire de Zaâtcha un exemple destiné à dissuader d'autres tribus de se rebeller contre l'autorité de l'occupant. Une violente nausée lui tordit les tripes et il se précipita contre un mur pour vomir. Au-delà du muret gisait le corps d'une femme couverte de sang, qui avait tenté de protéger son bébé, lui-même égorgé à tel point que sa tête était à moitié coupée.

Pierre eut envie de hurler, de cracher son écœurement. Mais il n'avait plus aucune force.

— Lieutenant !

Mais qu'est-ce qu'il foutait là ? Il n'avait jamais demandé à participer à une telle boucherie ! Au nom de qui, au nom de quoi ? Les Français n'étaient que des envahisseurs. Ils n'étaient pas chez eux dans ce pays. Où étaient passés les magnifiques principes nés sous la Révolution, qui parlaient des droits de l'homme ?

Aujourd'hui, ils n'appliquaient plus que la loi du plus fort dans une monstrueuse guerre de conquête et écrasaient sans

1. Citation tirée de l'*Histoire de la conquête de l'Algérie*, p. 298-299.

aucune pitié tous ceux qui osaient se révolter contre eux. *Vae victis !* Malheur aux vaincus…

Il se détestait d'avoir pris part à cette bataille. C'était comme une lumière qui venait enfin de s'allumer au fond de ses ténèbres. Il avait cherché la mort, mais la mort n'avait pas voulu de lui. Il avait pensé que devenir soldat lui éviterait de réfléchir, de se poser trop de questions. Et de supporter l'absence de Dyane.

— Lieutenant ?

Il aurait voulu tomber au champ d'honneur, au cours d'un affrontement avec un ennemi courageux et valeureux. Mais la guerre n'avait rien de glorieux. Elle n'était que puanteur et vilenie, fourberie, folie, violence, haine, et cynisme d'un état-major qui sacrifiait ses propres hommes sans le moindre scrupule.

— Lieutenant, ça va pas ?

Pierre se rendit compte qu'on lui parlait. Il se tourna vers son interlocuteur. Il ne parvint même pas à mettre un nom sur son visage. Ses traits lui apparaissaient flous. Peut-être était-ce le grand Mohammed, le seul Arabe accepté parmi les zouaves kabyles de sa section parce que sa mère était elle-même kabyle. Soudain, il ressentit comme un éclat aveuglant dans la tête et tomba à genoux. Une violente douleur lui tordit l'estomac et il se mit à vomir de plus belle. Puis on le saisit par les aisselles et on le traîna vers l'ailleurs, loin de ce chaos abominable. Avant de sombrer dans l'inconscience, il eut une dernière pensée claire. Il n'avait pas réussi à trouver la mort en l'affrontant face à face. Elle avait préféré venir à lui de manière insidieuse, sournoise. Car il y avait peu de chances, compte tenu des conditions d'hygiène déplorables qui régnaient dans le campement, qu'il survive au choléra.

31

Le bilan final de la bataille de l'oasis de Zaâtcha fut encore plus lourd que ce que l'on avait craint. Sur les sept mille hommes engagés dans le siège, près d'un tiers avaient péri, dont six cents du choléra. Quant aux mille neuf cents occupants du village, aucun n'avait survécu. Ils avaient été massacrés jusqu'au dernier.

Mais la victoire était totale, et les survivants reçurent les félicitations du général Herbillon. Il justifia le massacre. Les tribus qui auraient eu quelque idée de révolte étaient mises en garde. Il n'y aurait aucune pitié pour les rebelles éventuels. Bou Zian, capturé, avait été immédiatement exécuté, et sa tête exposée sur la place de Biskra, afin de prouver qu'il n'était pas invulnérable, comme le prétendait sa légende. Dès le lendemain, les tribus de la région venaient faire leur soumission.

Pierre avait survécu. Le choléra avait ceci de particulier qu'il guérissait aussi vite qu'il venait. Le major Crespin, le médecin qui l'avait discrètement averti, avait eu moins de chance. Malgré les précautions qu'il avait prises, il fut emporté en deux jours. Pour Pierre, le combat dura huit jours, pendant lesquels il perdit du poids, se vidant de toutes les façons possibles. Avant de mourir, le médecin lui avait conseillé de boire de l'eau en quantité. Pierre avait été rapatrié sur Biskra, où l'on avait trouvé une eau non contaminée. Cependant, elle ne fut pas suffisante pour sauver son escouade. Sur les trente hommes qu'elle comptait à l'origine, seize avaient été tués au cours de la bataille, et une dizaine étaient morts du choléra.

Lorsque enfin les forces commencèrent à lui revenir, il constata qu'il ne restait plus près de lui que son ami Afalku, le Faucon, lui aussi fortement affaibli par le choléra et ses blessures. Les trois autres zouaves de l'escouade avaient été affectés dans d'autres unités. Son groupe n'existait plus.

— As-tu envie de continuer à te battre ainsi, *Amazigh*[1] ? demanda Pierre.

Afalku secoua lentement la tête.

— Les autres m'ont raconté ce qui s'est passé. Je crois que nous avons commis une mauvaise action au regard d'Allah. On peut massacrer un ennemi s'il est lui-même armé et qu'il se bat avec courage. Mais ils m'ont dit comment ils avaient tué des femmes après les avoir violées, comment ils avaient massacré des enfants, comment ils avaient égorgé des vieillards sans défense. J'ai vu leur cœur encore débordant de haine, et c'est comme si Allah m'avait ouvert les yeux. Je bénis cette maladie qui m'a évité de participer à cette abomination. Mais toi, mon ami, comment as-tu fait ? As-tu le sang des enfants sur les mains et sur le cœur ?

— Je n'ai pas participé aux combats à l'intérieur du ksar. Je n'ai eu que la force de m'introduire dans les murs, puis j'ai assisté, impuissant à cette tuerie immonde. Jusqu'au moment où je me suis écroulé. Mais même si j'avais eu plus de forces, je n'aurais rien pu empêcher. Ils étaient ivres de rage et m'auraient tué, moi aussi. Eux, ou quelqu'un de l'état-major, qui m'aurait accusé de trahison. Il y a une grande honte en moi, Afalku. Je ne veux plus me battre pour cette armée.

— C'est l'armée de ton pays, mon frère.

— L'armée de mon pays, dis-tu ? En France, je l'ai vue tirer sur des gens qui ne faisaient que réclamer du travail et du pain. J'étais avec eux et j'ai failli mourir à leurs côtés. J'ai échappé à la mort par miracle. Non, ce n'est pas l'armée de mon pays. Dans mon esprit, l'armée française ne doit combattre que pour défendre la France si elle est attaquée. Cette armée-là est celle du gouvernement des bourgeois et

1. « Homme libre ». Terme respectueux pour désigner un Kabyle.

des riches. Elle asservit les peuples pour étendre leurs intérêts.

Afalku eut un léger sourire.

— Si tu as une telle idée de l'armée française, pourquoi t'es-tu engagé ?

— Je croyais sincèrement qu'il existait ici un véritable ennemi. Et puis…

Il hésita, puis ajouta :

— Il y a une autre raison.

Le sourire d'Afalku s'étira encore plus et il déclara :

— Une femme.

Pierre acquiesça. Afalku éclata de rire.

— Elle t'a quitté et tu as voulu mourir pour elle !

— Tu as deviné.

Le Kabyle lui posa la main sur l'épaule.

— Ah, mon ami, aucune femme ne mérite que l'on meure pour elle.

— Celle-là, si !

— Alors, pourquoi n'as-tu pas tenté de la reconquérir ?

— Elle en a épousé un autre.

— Et tu l'as laissée faire ? Pourquoi ne l'as-tu pas enlevée et épousée de force ?

Pierre éclata de rire à son tour.

— Ce n'est pas ainsi que l'on agit en France, Afalku. Quoique, parfois…

— Il ne faut pas écouter les femmes ! affirma le Faucon, péremptoire. Tu commandes, et elles doivent obéir. Si tu avais agi ainsi, tu n'en serais pas là aujourd'hui. Elle serait avec toi la plus douce et la plus aimante des épouses.

Pierre n'avait jamais parlé de Dyane à Afalku. Il avait gardé son secret enfoui au plus profond de lui. Mais il avait frôlé la mort de trop près. Au cours de la semaine précédente, à plusieurs reprises il avait cru sa dernière heure arrivée. Pourtant, encore une fois, la mort l'avait épargné. Ni les balles ennemies ni la maladie n'avaient eu raison de lui. Il avait traversé l'enfer et survécu dans des conditions abominables. N'importe quel autre homme aurait succombé. Il était encore en vie. Il n'avait pourtant aucun espoir de revoir Dyane. Alors, pourquoi ?

Une chose était certaine, il ne pouvait plus, il ne voulait plus rester dans l'armée. Il allait profiter de la maladie pour rompre son contrat et retourner à la vie civile. Il refusait de participer à une nouvelle bataille de Zaâtcha. Mais il ne pouvait abandonner derrière lui le seul ami qu'il s'était fait au cours de cette année dramatique.

— Je ne serai jamais plus le faucon que redoutaient nos adversaires, soupira Afalku en contemplant sa jambe enveloppée de bandages. Je vais rester boiteux.

— C'est peut-être une chance pour toi, répondit Pierre. Tu aurais fini par te faire tuer. La vie des soldats n'a aucune valeur pour les généraux.

— J'ai été blessé. Ils m'ont promis une petite rente.

— Juste de quoi ne pas mourir de faim. J'ai autre chose à te proposer.

— Parle, mon ami.

Pierre laissa passer un silence, puis reprit :

— Je vais quitter l'armée. Mais je crois que je vais rester en Algérie. Je n'ai pas envie de rentrer en France.

— Que vas-tu faire ?

— J'ai gardé le contact avec l'un de mes anciens patrons, le directeur d'un journal. J'ai déjà écrit des articles pour lui. Je vais lui proposer de devenir son correspondant local.

Il regarda les montagnes qui se dressaient au nord, noyées dans une brume jaunâtre.

— J'aime ce pays, dit-il. Je voudrais le découvrir autrement qu'en lui faisant la guerre. Accepterais-tu de me servir de guide ?

Afalku le regarda avec affection.

— J'accepte, mon frère. Le faucon, même boiteux, n'abandonnera pas le lion.

32

Pendant les premiers temps, Dyane aurait pu croire au paradis. Bien sûr, elle n'était pas amoureuse de son mari, pas comme elle l'avait été de Pierre. Mais il était bel homme et elle n'était pas insensible à son charme un peu ambigu. Il avait de la prestance, une autorité naturelle, et il l'emmenait dans des soirées mondaines où, pour la première fois, on ne la considérait plus comme une courtisane mais comme l'épouse de l'un des hommes les plus riches de France. Bien sûr, cela n'empêchait pas les mauvaises langues de cancaner derrière son dos, mais elle s'en moquait. Elle était toujours vêtue de robes somptueuses, parée de bijoux tous plus magnifiques les uns que les autres, elle était toujours le point de mire du regard des hommes, et de celui des femmes, chargé de jalousie. Sa grossesse l'avait épanouie et son visage resplendissait. Elle rayonnait. Philippe était aux petits soins pour elle, s'inquiétait pour sa santé, la comblait d'attentions.

Lorsque son ventre était devenu trop important pour qu'elle puisse l'accompagner, il avait espacé les soirées pour rester en sa compagnie. Il lui parlait de ses projets financiers, des opérations qu'il montait avec ses associés, des relations flatteuses qu'il entretenait. Il lui faisait part de ses opinions, axées sur l'ordre et le conservatisme. Dyane l'écoutait sans trop accorder d'importance à ce qu'il disait. Sa conversation était moins passionnante que celle de Pierre lorsqu'ils étudiaient les hiéroglyphes ensemble. Mais il faisait de louables efforts pour qu'elle ne s'ennuie pas et elle lui en savait gré. Cependant, il avait la détestable habitude de toujours tourner les événements à son avantage. Il avait une très haute opinion de lui-même. Il se parait de toutes les qualités et s'attribuait toujours le beau rôle dans les histoires qu'il lui rapportait. A l'écouter, il était l'homme le plus proche du président Bonaparte, le financier le plus sagace et le plus entreprenant de toute la place de Paris. Cet état d'esprit agaçait Dyane. Mais elle avait pris le parti de s'en amuser. Elle l'approuvait à haute voix, tout en estimant son attitude puérile.

Elle avait conservé Séverine et Germaine à son service. Parce qu'elles avaient été témoins de la vie tourmentée de Dyane avant son mariage, ni l'une ni l'autre ne trouvaient grâce aux yeux de Philippe Delrieux. Mais la jeune femme avait fait de leur présence à ses côtés la condition sine qua non à leur union. Avec elles, elle pouvait évoquer le temps d'avant, et parler, à voix basse, de Pierre et de ses anciens amis, avec lesquels elle n'avait plus de contact.

Dyane accoucha le 17 février 1850, exactement le jour de ses vingt-quatre ans, d'une petite fille pour laquelle elle avait choisi le prénom de Sylvia.

La naissance de la petite fille sonna le glas du paradis.

Car Philippe désirait un fils.

Lorsqu'il avait appris que l'enfant était une fille, il était entré dans une colère noire et avait refusé même de la voir. En une fraction de seconde, la gentillesse témoignée envers sa femme depuis le début de leur mariage s'était effacée.

A partir de cette date, les attentions avaient fait place à des reproches, des disputes, puis à des coups. Dyane subit une première correction alors que le bébé n'avait même pas un mois. Philippe était rentré un soir ivre de vin et de fureur parce que l'un de ses associés l'avait trahi. Il passa sa colère sur Dyane, l'injuriant et l'humiliant. Pétrifiée par cette violence soudaine, elle n'avait pas réagi et s'était recroquevillée pour se protéger. Ses esprits revenus, elle s'était insurgée et avait répliqué avec virulence. Mal lui en avait pris. Il avait répondu en frappant encore plus fort. Il l'avait cognée sauvagement au visage, au ventre, aux membres. Trop faible pour lutter contre lui, elle s'était écroulée sur le sol en sanglotant, partagée entre l'incompréhension et la haine.

— Vous n'êtes qu'une traînée ! hurlait-il en lui flanquant des coups de pied ou de poing. Une putain incapable de me faire un garçon ! Que voulez-vous que je fasse d'une femelle ? Une maudite femelle qui n'aura de cesse plus tard de se vautrer dans la couche du premier venu comme sa garce de mère !

Enfin, après cet accès de colère démente qui avait semblé durer une éternité à la jeune femme, il était sorti de ses appartements. Abasourdie, Dyane avait pleuré longtemps sans comprendre.

Philippe Delrieux avait jeté bas le masque. Etait alors apparu un homme violent et autoritaire, qui s'estimait trompé dès que les choses n'allaient pas comme il le voulait. Il avait désiré un fils et elle lui avait donné une fille. Aussi absurde que cela pût paraître, il considérait qu'elle aussi l'avait trahi. Elle avait tenté de répliquer qu'ils pouvaient encore faire un autre enfant, et que celui-ci serait sans doute un garçon, rien n'y avait fait. Il avait rétorqué qu'il n'y avait aucune certitude que le second fût bien un mâle, un héritier du nom. Alors, combien faudrait-il qu'il lui fasse d'enfants avant d'obtenir ce qu'il voulait ? Elle avait essayé de faire valoir qu'elle n'était pas responsable, que ce n'était pas elle qui choisissait, il n'avait rien voulu entendre et l'avait insultée de plus belle.

Quelques jours après la naissance de Sylvia, Germaine et Séverine avaient été chassées. Une domestique revêche, à l'allure d'Hercule de foire et aux bras de déménageur, avait été engagée à leur place. Delrieux la présenta :

— Elle s'appelle Ambroisine et elle a pour consigne de vous surveiller. Il vous est désormais interdit de sortir et de voir votre fille.

— Quoi ? s'insurgea-t-elle. Vous n'avez pas le droit. Je veux ma fille ! Je dois m'occuper d'elle. Et je veux la nourrir.

Contrairement à la coutume en cours dans la haute société, Dyane avait tenu à allaiter la petite Sylvia. Une gifle s'abattit sur elle.

— Taisez-vous ! J'ai tous les droits ! Je suis le maître dans cette maison. N'oubliez pas que c'est moi qui ai payé pour la faire remettre en état. Sans moi, elle ne serait plus qu'une ruine ! Elle m'appartient, tout comme vous ! Quant à nourrir votre bâtarde, il n'en est plus question ! C'est bon pour les chiennes et les paysannes ! J'ai fait venir une nourrice. Votre fille n'a plus besoin de vous !

Dominant sa peur, elle se jeta sur lui. C'était ce qu'il attendait pour la frapper. Ce jour-là, il la battit à tel point que ses membres en furent couverts de bleus.

Sans doute Philippe se vengeait-il ainsi des humiliations qu'elle lui avait fait subir tout le temps où elle avait refusé ses avances. Elle vivait depuis dans la terreur. Elle redoutait l'instant où il rentrait, et où il ne manquait pas de lui rendre visite. Elle devait alors soutenir ses assauts bestiaux sans opposer de résistance. Elle devait également simuler le plaisir, faire preuve d'une détestable hypocrisie sous peine de déclencher une nouvelle avalanche de coups. Son corps autrefois sculpté délicatement était désormais marqué d'ecchymoses.

Mais Philippe n'était pas seulement violent. Il était aussi pervers. Il éprouvait une joie malsaine à la faire souffrir. Tout était prétexte pour lui faire des scènes de jalousie. Il lui reprochait ses anciens amants, puis la violait pour lui imposer sa domination. Lorsque ses sens étaient assouvis, il riait très fort, affirmant qu'aucun homme n'avait été capable de lui donner du plaisir comme il savait le faire. Elle devait acquiescer si elle ne voulait pas recevoir une nouvelle correction.

Ces séances de viol auraient pu correspondre pour elle au plus bas de l'abjection. Elle découvrit que Philippe était plus vicieux encore qu'elle ne se l'était imaginé. Parfois, il revenait vers elle avec un grand sourire, et lui offrait un cadeau. Décontenancée, elle n'avait même plus la force de se rebeller contre ce revirement inexplicable d'attitude. Elle avait tellement peur qu'elle se prenait à espérer qu'il avait changé, que tout allait redevenir comme avant. Il lui permettait alors de voir sa fille, de la cajoler. Dyane en pleurait d'émotion et il se montrait d'une gentillesse déconcertante. La soirée se passait alors idéalement, et elle espérait que ses sautes d'humeur et sa violence, provoquées par les difficultés qu'il rencontrait, allaient s'estomper. Tout au moins elle le crut la première fois. Mais, le soir même, tout s'était dégradé. Il était arrivé un moment où il avait sauté sur le plus futile des prétextes pour lui adresser des reproches, tout d'abord sur un ton doucereux. Puis il avait explosé de colère, balayant en une fraction de seconde le climat de paix qu'il avait instauré au départ. Dyane avait alors compris que cette attitude était préméditée depuis le début.

Lorsqu'il n'était pas là, Dyane n'était pas plus tranquille pour autant. Le cerbère Ambroisine veillait et se montrait inflexible lorsque Dyane exigeait de voir sa fille. Elle se retranchait derrière les consignes de Philippe.

« Monsieur l'a interdit, Madame. Vous n'avez pas le droit de la voir.

— J'exige que tu me l'amènes ! Tu m'as entendue ?

— C'est Monsieur qui me donne les ordres, Madame », répliquait l'autre, visiblement ravie de pouvoir martyriser une femme de la haute avec l'assentiment de son mari.

Dyane se jetait alors sur elle et la martelait de coups de poing. Mais Ambroisine mesurait une bonne tête de plus qu'elle et la maintenait sans mal à distance. Puis elle l'enfermait à double tour dans ses appartements pour l'empêcher de parcourir la maison à la recherche de la chambre de sa fille. Dyane ignorait où l'on avait installé Sylvia. Parfois, elle l'entendait pleurer ou gazouiller, mais elle était incapable de savoir d'où provenaient les bruits. Elle s'écroulait alors en sanglots, désespérée.

Philippe prenait un plaisir sadique à souffler ainsi le chaud et le froid. Avec le temps, Dyane en avait perdu l'appétit.

Elle aurait voulu réagir, fuir cet enfer, en emmenant sa fille. Mais où aurait-elle pu aller ? Elle n'avait plus de famille. Elle n'avait pas d'amis. Les seuls qu'il lui était permis de fréquenter depuis la naissance étaient ceux de son mari, qui lui témoignaient une indifférence glaciale. Sans doute étaient-ils chapitrés par Philippe.

Elle avait alors songé à Alfred de Givors. Il lui serait certainement venu en aide. Mais comment quitter la demeure sans attirer l'attention ? Pendant les premiers mois qui suivirent son accouchement, elle avait recherché avec l'énergie du désespoir un moyen de s'enfuir. Elle s'était heurtée à un mur.

Elle était sous étroite surveillance. Philippe se doutait qu'elle tenterait de le quitter, et il avait prévenu ses serviteurs. Elle ne pouvait faire un pas sans tomber sur l'un d'eux, qui se contentait de la regarder sans même lui parler. Ils n'obéissaient à ses ordres que si ceux-ci n'étaient pas en contradiction avec les instructions du maître. Elle était prisonnière dans sa propre demeure.

Avec le temps, ses velléités de fuite s'étaient estompées, et elle avait fini par accepter son sort.

Ses cauchemars étaient revenus la hanter, plus présents que jamais…

33

Tigzirt, automne 1850…

Pierre contemplait d'un air pensif les ruines de l'antique cité romaine, qui surplombaient la mer, balayées par les vents orientaux chargés d'odeurs marines. Cela faisait à présent plusieurs mois qu'il avait quitté Alger pour venir s'installer dans ce petit village situé au bord de la Méditerranée.

Après la féroce victoire de Zaâtcha, les tribus kabyles, terrorisées par le massacre, avaient fait leur soumission au général Camou. On aurait pu croire que la paix allait s'installer durablement, mais les révoltes avaient repris dans d'autres régions.

Cependant, Pierre ne se sentait plus concerné. Cette guerre imbécile n'était pas la sienne. C'était une guerre de conquête, une guerre de colonisation. Les nouvelles que l'on en recevait en France étaient toujours orientées à l'avantage de l'armée, tournées à la gloire de la nation. Autrefois, naïvement, Pierre avait éprouvé de la fierté à lire les victoires rapportées par les journaux.

Lorsqu'il s'était engagé, il avait cru participer à une grande et belle entreprise, pour laquelle il lui aurait été égal de mourir. Mais il avait découvert la terrible réalité des combats. Les indigènes algériens n'avaient rien à voir avec les barbares décrits par le haut commandement. C'étaient des hommes et des femmes qui vivaient dans un pays qu'ils aimaient, et qui louaient un dieu différent de celui des Français. Ils n'en étaient pas moins respectables.

Ecœuré, il avait profité de sa maladie pour donner sa démission. Il s'était retrouvé à Alger, presque sans argent, mais libre. Il avait écrit à Alfred pour le tenir au courant de sa décision, puis il avait repris contact avec Emile de Girardin pour lui proposer de devenir correspondant local. Son ancien patron avait accepté. Pierre lui avait alors adressé plusieurs articles dans lesquels il racontait ce qui s'était exactement passé au cours du siège de Zaâtcha. Il avait également évoqué l'horreur des « enfumades » de Bugeaud. Il avait obtenu les témoignages d'Algériens ayant survécu.

Il écrivait ainsi, dans un article adressé en mai 1850 à Emile de Girardin :

On n'a aucune idée en France de ce qu'est cette guerre de conquête de l'Algérie. Ce qui est présenté par les journaux officiels comme de hauts faits d'armes relève dans la réalité d'une série de crimes tous plus abominables les uns que les autres. A partir de 1841, le général Bugeaud, que les Parisiens connaissent pour avoir soutenu le roi lors des journées de février 1848, a mené une campagne fondée sur le ravage impitoyable des régions non encore conquises. Une fois soumises, ces régions étaient dites « pacifiées ». Cependant, des tribus se rebellèrent contre l'invasion française, menées par des chefs de guerre prétendant descendre du prophète Mahomet. Il ne faut voir là qu'un subterfuge désespéré pour tenter de soulever les populations contre l'envahisseur. Un même esprit de rébellion animerait les Français si leur pays était envahi par un ennemi, quel qu'il soit.

En 1845, pour venir à bout de la résistance opposée par les tribus du Chélif, qui se situe au sud-ouest d'Alger, le général Bugeaud fit à ses officiers la recommandation suivante : « Si ces gredins se retirent dans leurs cavernes, imitez Cavaignac ! Enfumez-les à outrance comme des renards[1] ! »

Le colonel Pélissier a suivi ces ordres à la lettre. En juin 1845, une tribu qui avait trouvé refuge dans la grotte de Ghar el-Frechih fut ainsi enfumée et asphyxiée. Il y avait parmi ces gens des vieillards, des femmes et des enfants. Un soldat a écrit : « Les grottes sont immenses ; on a compté sept cent soixante cadavres ; une soixantaine d'individus seulement sont sortis, aux trois quarts

1. Propos effectivement tenus par Bugeaud à Orléansville, le 11 juin 1845.

morts ; quarante n'ont pu survivre ; dix sont à l'ambulance, dangereusement malades ; les dix derniers, qui peuvent se traîner encore, ont été mis en liberté pour retourner dans leurs tribus ; ils n'ont plus qu'à pleurer sur des ruines. »

Sommé de s'expliquer, le colonel Pélissier a rétorqué : « La peau d'un seul de mes tambours avait plus de prix que la vie de tous ces misérables[1]*. »*

En août 1845, le colonel de Saint-Arnaud réédita le sinistre exploit de Pélissier près de Ténès, en enfumant d'autres grottes et en tuant plus de cinq cents personnes appelées « brigands ».

La réponse d'Emile de Girardin mit un mois pour parvenir à Pierre.

Mon cher Pierre,

J'ai reçu tes articles et je te remercie de m'apporter des informations aussi édifiantes, concernant des faits sur lesquels, je dois l'avouer, je nourrissais aussi quelques soupçons. Malheureusement, il me sera impossible de les publier. Nous vivons en effet une époque bien triste où la presse est étroitement surveillée et censurée. Décrire ce qui se passe réellement en Algérie et dénoncer les exactions de militaires qui sont présentés à Paris comme de valeureux héros reviendrait à donner au gouvernement des verges pour me battre. Je n'en obtiendrais d'autre résultat que l'interdiction de mon journal. Tu me vois désolé de te donner cette réponse, mais tu comprendras la nécessité où je me trouve de me montrer prudent vis-à-vis d'un pouvoir qui restreint chaque jour un peu plus les libertés.

En revanche, ton article sur le désert et celui sur les ruines de Tigzirt, ce petit village où tu t'es récemment installé, ont retenu mon attention. Parler de l'antiquité ne peut apporter d'ennuis ni à toi ni à moi. Je serais donc heureux de publier les articles que tu voudras bien m'envoyer sur les sujets de ce genre. Je t'adresse une somme de mille francs afin de couvrir tes premiers frais.

Bien à toi,

Emile de Girardin

1. Réflexion elle aussi authentique. Ces crimes épouvantables n'empêcheront pas Pélissier d'obtenir son bâton de maréchal et d'être nommé gouverneur général de l'Algérie de 1860 à 1864.

A la vérité, Pierre s'était un peu attendu à une telle réponse. Le pouvoir n'allait certainement pas dire la vérité sur la manière dont étaient remportées les victoires. Ce seul mot devait suffire. Néanmoins, Emile de Girardin lui conservait son amitié et restait prêt à publier des articles qui ne remettraient pas l'armée et l'occupation françaises en cause. Cette somme de mille francs était la bienvenue, qui allait lui permettre de faire face aux dépenses courantes pendant un certain temps, d'autant plus que le coût de la vie était moins élevé en Algérie qu'en France.

Encouragé par la lettre d'Emile de Girardin, Pierre s'intéressa de plus près aux ruines de Tigzirt. Il avait découvert ce petit village tout à fait par hasard. Après sa démission, il n'avait plus supporté l'atmosphère de la capitale algérienne, où l'on croisait beaucoup trop de militaires à son goût. Il en connaissait certains et n'était pas toujours en très bons termes avec eux. On lui reprochait sa démission.

Il avait donc sellé son cheval et était parti à l'aventure vers l'orient, en direction de la Kabylie, d'où était natif son compagnon, Afalku. Celui-ci s'était remis de ses blessures, mais, comme il le redoutait, il en conservait une légère claudication. Montés, l'un sur le cheval Fidèle, l'autre sur un méhari placide, ils avaient longé la côte pendant trois jours, passant la nuit dans des villages comme le Lido ou Dellys, pour finalement aboutir dans cette petite localité de Tigzirt, dont le nom kabyle signifiait « l'île », et qui abritait des ruines romaines. Les habitants s'étaient montrés accueillants, et Pierre avait décidé de s'y établir.

Plusieurs mois avaient passé ainsi. Avec le temps, il s'était passionné pour l'étude des vieilles pierres, qu'il avait répertoriées avec beaucoup de minutie, imitant les savants de l'expédition d'Egypte. Son travail, convoyé par les soins de monsieur de Girardin jusqu'au musée du Louvre, lui avait valu de modestes subsides. Et ceux-ci, ajoutés aux paiements réguliers du directeur de *La Presse*, lui permettaient de subvenir à ses besoins.

Ce travail lui évitait également de trop penser à Dyane. Aussi s'était-il lancé à fond dans l'étude des ruines antiques. Il ne s'était pas contenté de Tigzirt, mais avait également visité d'autres sites en compagnie d'Afalku. Il envisageait même de se rendre à Carthage, qui n'était guère éloignée. La France entretenait de bonnes relations avec la Tunisie, pays sous domination turque, et il ne devait pas être difficile d'obtenir un passeport.

Cependant, en janvier 1850, le gouvernement français avait pris la décision de transférer les prisonniers des journées de juin 1848 du bagne de Belle-Ile-en-Mer en Algérie. Il est dit que le battement d'aile d'un papillon peut déclencher une tempête de l'autre côté de la terre. Cette décision allait avoir, bien des années plus tard, des conséquences dramatiques sur la vie de Pierre.

34

Paris, 14 janvier 1851

Mon cher Pierre,

Une nouvelle année est passée, et voilà plus de deux ans que tu as quitté notre beau pays pour des contrées lointaines.

Tout d'abord, parce que je sais que cela te tient à cœur, je vais te donner le peu de nouvelles que j'ai obtenues récemment de Dyane de Courtraye. Le 17 février 1850, elle a donné le jour à une petite fille qu'elle a prénommée Sylvia. Je l'ai appris par ses deux domestiques, Germaine et Séverine, que j'ai prises à mon service après que Philippe Delrieux « de Courtraye » – l'homme tient beaucoup à cette appellation, qui doit lui faire s'imaginer qu'il a eu de glorieux ancêtres – les eut chassées. Elles m'ont raconté que notre pauvre Dyane ne goûte pas une vie des plus faciles auprès de son mari. Elle serait battue et humiliée parce qu'elle ne lui a pas donné un fils. Il lui est interdit de sortir et même de voir sa fille. Comment imaginer qu'un père puisse ainsi séparer un enfant de sa mère, surtout si jeune ? J'ai adressé une lettre à Dyane pour l'assurer de notre amitié. Je n'ai jamais reçu de réponse. Je suppose que le monstre surveille son courrier.

Nous vivons hélas une époque tourmentée, dans laquelle la justice et la liberté sont bien mises à mal. Cela n'a fait qu'empirer au cours de l'année écoulée. Ainsi, en janvier, la loi Parieu, aussitôt surnommée « petite loi Falloux », permettait aux préfets de révoquer les instituteurs. Le même jour, on apprenait la disparition du journal La Réforme*, dans lequel travaillait autrefois notre ami Louis Blanc, lequel s'était exilé il y a deux ans en Angleterre afin d'éviter l'arrestation.*

Début février, la droite conservatrice a ordonné l'arrachage des arbres de la liberté. Cet acte aussi hautement symbolique que stupide te donne une idée de l'état de ladite liberté dans notre pays. Cette décision a soulevé un tollé parmi les républicains, mais ceux-ci sont de moins en moins nombreux à la Chambre et ils n'ont plus aucun pouvoir. Le 15 mars, Falloux, toujours lui, décida qu'il fallait « mettre Dieu dans l'éducation » ! Ce triste bonnet de nuit affirme par ailleurs qu'il n'a accepté d'être ministre que sur le conseil de son confesseur, l'abbé Dupanloup, individu sur lequel circule une chanson dont les paroles t'amuseraient beaucoup. Comme il fallait s'y attendre, Falloux a obtenu gain de cause et fait voter une loi sur l'enseignement dans ce sens. En conséquence, près de cent vingt écoles catholiques se sont aussitôt ouvertes, dans lesquelles les enseignants ne sont pas tenus de présenter des diplômes aussi stricts que dans les écoles laïques. Il s'agit bel et bien d'une offensive en règle de l'Eglise pour reprendre le pays en main.

Fin mai, devant le succès récent des montagnards aux dernières élections partielles, monsieur Thiers a fait adopter une loi qui prive de droit de vote plus de trois millions de citoyens. La « vile multitude », comme il l'appelle, ne pourra donc pas faire élire de députés. Pour voter, il faut désormais attester de trois ans de résidence dans le même canton, contre six mois auparavant. Il faut également payer des impôts. Thiers élimine ainsi les ouvriers obligés de travailler loin de chez eux, les compagnons du tour de France et les citoyens trop pauvres pour posséder un logement.

En juin, la loi sur les associations a permis au gouvernement de fermer les clubs.

En juillet, une nouvelle loi sur la presse a rétabli le droit de timbre et interdit l'anonymat pour les articles de fond.

Le 19 août, triste nouvelle : monsieur Honoré de Balzac est mort, miné par le travail. A la fin, il a eu ce trait d'esprit plein d'un humour admirable : « Seul Blanchon pourrait me sauver ! »

Il parlait bien sûr du médecin de La Comédie humaine.

Notre ancien roi, Louis-Philippe, est mort quelques jours plus tard à Claremont, en Angleterre. Le comte de Chambord est depuis devenu l'héritier des Bourbons. J'ai bien peur que notre pauvre République ne soit en danger de retomber sous le joug royaliste. Comme si cela ne suffisait pas, les conseils généraux, sur la suggestion des préfets gagnés à Louis Napoléon Bonaparte, ont demandé une révision de la Constitution qui permettrait la rééligibilité du président de la République. Sur son passage, on entend de plus en plus souvent crier : « Vive l'empereur ! » Lui-même a parlé d'une continuité nécessaire lors d'un voyage en Normandie, au mois de septembre. J'étais alors dans cette région pour visiter mes fermiers, et la manière dont il a été applaudi m'a grandement inquiété.

Crois-moi, mon ami, nous allons vivre des heures sombres dans les années qui viennent. Tout semble préparer une restauration de l'empire. Je commence à me demander si je ne vais pas me mettre à voyager, moi aussi.

Avec toute mon amitié,
Ton fidèle

Alfred de Givors

Pierre réfléchit longuement à ce qu'Alfred lui avait appris au sujet de Dyane. Sa première réaction fut de retourner à Paris pour l'arracher aux griffes de son mari. Mais il abandonna très vite cette idée. En admettant même qu'il parvienne à l'aider à s'enfuir, où iraient-ils ? Delrieux mettrait à leurs trousses toutes les forces de police. Il userait de son influence. On les retrouverait rapidement. Lui-même risquait de se faire tuer, ce qui lui importait peu, mais surtout, Dyane pouvait aussi mourir, sans compter la petite. Dans le meilleur des cas, elle serait arrêtée, emprisonnée, et privée à jamais de revoir sa fille.

Et puis, rien ne prouvait que Dyane accepterait de le suivre…

Après réflexion, il décida même de ne pas en parler à Alfred. Il se contenta d'évoquer ses fouilles récentes, son projet de visiter les ruines de Carthage.

Puis il se rendit à Alger, accompagné d'Afalku. Il désirait profiter de la lettre à poster pour acheter du matériel.

En dépit de la présence militaire française, Pierre aimait Alger. C'était une ville vivante et lumineuse, où se croisaient tous les accents de la Méditerranée. Chaque année, de nouveaux colons venaient s'y installer. Les bateaux déversaient sur les quais des flots d'arrivants hagards et désemparés, maris, femmes et enfants, bardés de bagages. Des nuées de petits Algérois se précipitaient aussitôt à leur rencontre pour porter les valises ou proposer des fruits, des tissus, des épices, des objets de toutes sortes. Les soldats les chassaient, mais ils revenaient très vite.

Amusé, Pierre contemplait leur manège quand soudain il eut l'impression d'être épié. Un sixième sens conservé de ses expéditions dans le désert. Il scruta les alentours. Une foule animée déambulait sur les quais, marins, badauds, marchands ambulants, voyageurs, soldats... Dans un angle, des prisonniers construisaient un mur épais. L'espace d'un instant, Pierre eut l'impression de reconnaître l'un d'eux, qui le regardait. Mais les bagnards portaient tous le même uniforme. Des gardes-chiourme les surveillaient, une badine à la main, qui s'abattait parfois sur le dos d'un malheureux. Il haussa les épaules et s'en fut.

L'homme serra les dents lorsque la garcette lui cingla les épaules. Puis il se remit à l'ouvrage avec une hargne contenue. Il n'y avait pas de doute. Il avait parfaitement reconnu la haute silhouette.

Pierre Ménétrier !

A la seule évocation de ce nom, une bouffée de rage l'envahit. Ainsi, ce chien avait réussi à passer entre les mailles du filet ! Un instant, il fut tenté de le dénoncer. Ménétrier aussi s'était trouvé sur les barricades ! Il aurait dû être là, avec lui, à charrier des pierres plutôt qu'en train de se trimballer en costume sur les quais de cette putain de ville !

Depuis ces journées maudites de juin 1848, Jean Froment avait focalisé toute sa haine contre lui. Le seul homme qui ait osé lui tenir tête, qui l'avait frappé...

Froment s'était vengé ! Il avait flanqué la pagaille en abattant ce crétin d'évêque depuis une fenêtre. Il escomptait que la troupe réagirait et chargerait. Il avait agi discrètement, depuis la fenêtre d'un immeuble. Mais rien ne s'était passé comme il l'espérait. Et surtout, il avait croisé le regard de Ménétrier. Ce chien l'avait vu. Il l'avait certainement dénoncé ensuite. En portant secours à cet évêque, Ménétrier avait sauvé sa peau. Mais lui, Froment, il avait été poursuivi et arrêté ! Il avait pourtant tout prévu, au cas où cela tournerait mal. Avec ses compagnons, il avait décroché de la barricade au moment où ça commençait vraiment à sentir le roussi. Ils s'étaient faufilés par les égouts, qu'ils connaissaient comme leur poche. Manque de pot, les bourdilles étaient à leurs trousses. Ils avaient pas hésité à les suivre sous terre pour les coincer. Et toutes les issues étaient surveillées. Avec les potes, il avait fini par se jeter dans la Seine et ils avaient essayé de nager jusqu'à la rive gauche. Là aussi, les berges grouillaient de roussins. Ils avaient été gaulés comme des noix.

On leur avait cogné dessus, puis ils s'étaient retrouvés en taule. Un juge pourri avait rien voulu entendre de leurs explications, comme quoi ils étaient en train de pêcher quand leur barque s'était retournée...

« On est pas des bandits, m'sieur l'juge ! » qu'il avait gueulé à ne plus en pouvoir.

L'autre vieille ganache n'avait rien voulu savoir. Et elle les avait condamnés à quinze ans de travaux forcés. On les avait d'abord envoyés sur une île, là-bas en Bretagne. Belle-Ile, que ça s'appelait ! Belle ? Mon cul, oui. Des murs verts de mousse et d'humidité, de la flotte qui dégringolait du ciel sans arrêt, des rats, des tas de cailloux, et pas la peine d'imaginer se faire la belle ! De l'eau partout, tout autour de l'île, avec des vagues hautes comme des collines. Deux ou trois copains avaient essayé de se tailler. Ils avaient pu passer les chiens, mais la mer les avait eus. On avait ramené leurs cadavres quelques jours plus tard. Noyés. La gueule gonflée et la langue noire, à moitié bouffés par les crabes...

Quinze ans à tenir sur ce bout de rocher ! Et puis, au bout d'un an, on les avait embarqués sur un bateau pour une destination inconnue. Les colonies, qu'on leur avait seulement dit. Il avait appris, depuis, le nom du pays où il se trouvait : l'Algérie. Un pays de merde, un putain de soleil de merde et des habitants de merde !

Mais un jour... un jour, il foutrait le camp. Il était patient, Jean Froment. Il attendrait le temps qu'il faudrait. Et il avait un vieux compte à régler avec ce chien de Ménétrier.

35

Depuis quelques mois, Dyane connaissait une paix relative. Philippe s'était vanté devant elle d'avoir une maîtresse, une femme plus jeune qu'elle, plus belle, qui le comblait, et qu'il était fier de présenter à ses amis. Elle avait accueilli la nouvelle avec un immense soulagement. Qu'il prenne autant de maîtresses qu'il le souhaitait si ça lui chantait ! Et qu'elles l'épuisent ! Elle ne s'en portait que mieux. Il ne songeait plus à la battre, et les marques de coups s'estompaient. Cependant, la cruauté de Delrieux était telle qu'il ne l'autorisait pas à voir sa fille tous les jours.

Dyane trompait son ennui en lisant. Heureusement, son mari ne lui avait pas interdit la lecture. Plus exactement, elle lui cachait qu'elle lisait. Elle se doutait qu'il n'aurait pas manqué de lui fermer la bibliothèque s'il avait connu son goût pour la lecture.

Elle avait beau s'interroger, se remettre en cause, elle ne parvenait pas à comprendre la méchanceté qui animait son époux. Elle avait pensé au début qu'il voulait se venger de l'attente qu'elle lui avait fait subir, des faux espoirs qu'elle lui avait parfois donnés. Tout cela aurait dû disparaître, puisqu'elle était enfin venue vers lui. Elle s'était dit ensuite qu'il ne lui pardonnait pas d'avoir fait une fille alors qu'il désirait un garçon, un héritier. La vérité était encore plus terrible : Philippe était habité par le Mal. Il aimait faire souffrir, et tous les prétextes lui étaient bons. Il savait se montrer séduisant, enjôleur, généreux et doux lorsqu'il le voulait, mais elle avait appris à ses dépens qu'il n'agissait jamais ainsi par hasard. Sans doute était-il charmeur et agréable avec ses maîtresses. Avec son épouse, son comportement était plus qu'odieux.

Dyane n'avait qu'une envie : partir, fuir en compagnie de Sylvia. Mais la surveillance d'Ambroisine ne se relâchait jamais. Elle était aidée en cela par les autres domestiques, tous dévoués à leur maître, malgré la dureté avec laquelle il les traitait. Dyane avait compris comment il pratiquait. Maniant la carotte et le bâton, il possédait l'art de les dresser les uns contre les autres, et il régnait, même hors de sa présence, un climat malsain de suspicion et de délation. Une seule personne échappait à cette atmosphère délétère. Albertine, la vieille servante de la mère de Dyane, était restée à son service. C'était une femme effacée, toujours vêtue de gris, dotée d'un visage sans éclat et d'un physique sans relief, à tel point qu'elle avait fini par se fondre dans le décor de la vieille demeure sans que Philippe Delrieux la remarquât. Elle était la seule des anciens domestiques qu'il n'avait pas congédiée, sans doute parce qu'il ignorait son existence.

Dyane n'avait jamais porté une grande affection à Albertine, qui était entièrement dévouée à sa mère. Sa maîtresse disparue, la vieille domestique, qui n'était qu'une ombre, devint l'ombre d'une ombre, hantant la vaste demeure de Courtraye à pas menus, affichant un visage toujours triste.

Le retour de Dyane avait pourtant rallumé un peu de lumière dans ses yeux gris. Les premiers mois du mariage, où sa jeune maîtresse était comblée de cadeaux et d'attentions, avaient redonné à la vieille servante quelque goût à la vie. Elle s'était réjouie de voir le vétuste hôtel de Courtraye se métamorphoser, les murs s'éclaircir de papiers peints aux motifs fleuris, les boiseries revivre, les tableaux ancestraux retrouver de l'éclat.

Elle avait attendu avec une grande joie intérieure la naissance de l'héritier. Lorsque Sylvia avait poussé son premier cri, Albertine avait retrouvé une nouvelle jeunesse. Aussi avait-elle réagi avec effroi en voyant les coups s'abattre sur Dyane. Malgré la vie de gourgandine qu'elle avait menée, elle ne méritait pas un tel traitement. Bien qu'Albertine fût très croyante, elle ne pensait pas qu'il s'agissait là d'un châtiment envoyé par Dieu pour punir sa maîtresse de ses excès passés.

Elle qui n'était rien mais qui observait tout avait très vite compris, avant même qu'il jetât bas le masque, que Philippe Delrieux était un être malfaisant, l'un de ces démons à figure humaine expédiés sur la terre par le diable pour tourmenter les vivants.

Aussi s'était-elle rapprochée de Dyane, à laquelle elle apportait un peu de réconfort en lui donnant régulièrement des nouvelles de sa fille. Effacée et discrète, Albertine avait la faculté de se fondre dans le décor, de ne presque pas exister. Elle avait le privilège, elle, d'approcher l'enfant, et même de s'en occuper. Car la nourrice, qui avait son propre petit à élever, n'apportait pas à Sylvia toute l'attention nécessaire. Elle savait gré à Albertine de la seconder dans sa tâche.

La vieille domestique revenait ensuite vers Dyane avec une foule de petites anecdotes à lui raconter. Et Dyane ne se lassait pas de l'écouter lui parler du bébé, attendant avec impatience le moment où Philippe l'autoriserait à la voir, ce qui n'arrivait en moyenne qu'un jour sur trois. La plupart du temps, Dyane se morfondait dans ses appartements. S'il n'y avait eu Sylvia, elle aurait songé à mourir. Mais en elle subsistait un espoir inébranlable, celui de parvenir un jour à tromper la surveillance de ses geôliers et à s'enfuir.

Et puis il se produisit un événement inattendu. Dyane avait hérité de sa mère quelques coffres pleins de robes et de vêtements démodés. Elle n'y avait jamais accordé d'importance. Un jour cependant, par désœuvrement, elle se décida à les ouvrir, en compagnie d'Albertine. Elle étala l'une après l'autre les tenues de sa mère, en reconnut quelques-unes, se disant qu'elles seraient certainement bien plus utiles à des pauvres qu'à moisir dans des coffres. Mais même ce geste de charité lui serait interdit par Philippe, qui n'avait que mépris et cynisme pour la misère humaine.

Tout à coup, au fond d'un vieux coffre, elle remarqua un petit boîtier ouvragé fermé par une clé. Celle-ci se trouvait sur la serrure. Intriguée, elle ouvrit le coffret, qui recelait quelques bijoux, les derniers que possédait madame de Courtraye, et qui constituaient l'ultime recours avant la déchéance finale.

Il y avait là des bagues, des bracelets d'or ornés de pierres, et trois colliers. Les deux premiers alignaient des rangées de perles avec des pendentifs en argent. Dyane s'empara du troisième. La facture de l'objet était totalement différente de celle des autres bijoux. Il se composait de plaques de turquoise serties dans de l'argent et retenues par une chaîne du même métal. Visiblement, le collier était très ancien. Dyane l'observa avec attention. Sur l'élément central, les plaquettes de turquoise avaient disparu. Elle chercha dans le fond du coffret pour vérifier si elles n'y étaient pas, ne trouva rien. Etudiant le collier plus attentivement, elle se rendit compte que l'élément en question n'avait jamais dû comporter de turquoise à cet endroit. Le fond en était bosselé d'inscriptions en relief. Mais l'oxydation de l'argent empêchait de discerner les gravures.

— Pourrais-tu m'apporter de l'eau, du savon et une brosse ? demanda-t-elle à Albertine.

Quelques instants plus tard, la vieille servante revenait avec tout le nécessaire. Dyane frotta fébrilement le cartouche, ôtant l'oxydation. Et ce qu'elle avait soupçonné apparut peu à peu plus clairement : le cartouche comportait des dessins étranges, qui auraient pu passer inaperçus pour d'autres mais pas pour elle, qui avait étudié les hiéroglyphes. Car sous ses yeux venaient de se dessiner une femme assise, de profil, portant la couronne de la Basse-Egypte, ainsi que deux idéogrammes représentant deux arcs croisés et une navette de tisserand. Il s'agissait indéniablement des attributs de la déesse Neith.

Une vive émotion s'empara de la jeune femme : ces hiéroglyphes étaient en tout point identiques à ceux de la mystérieuse reine du Louvre.

Le cœur battant la chamade, elle scruta attentivement la suite du cartouche. D'autres signes suivaient, qu'elle ne parvint pas à identifier. Mais ils traduisaient un nom.

— D'où vient ce collier ? demanda Dyane.

Elle releva le nez vers Albertine, pour constater que la vieille femme avait blêmi.

— Qu'est-ce que tu as ?

— Il… il ne faut pas le toucher, Madame, balbutia-t-elle. Ce… cette chose est maudite. Madame la comtesse n'a jamais voulu la porter.

— Mais d'où vient-il ? insista Dyane. Il est très ancien. Il vient de l'Egypte antique. Comment est-il arrivé dans ma famille ?

Albertine fixa la déesse assise, fascinée. Sous les doigts de Dyane, le collier avait retrouvé un bel éclat. La vieille femme hocha la tête, puis entama un étrange récit :

— Ce collier est dans la famille de Courtraye depuis très longtemps. Son histoire me fut transmise par ma grand-mère, qui elle-même la tenait de sa propre grand-mère, et ceci depuis l'époque des croisades, où ma famille est entrée au service de la vôtre, Madame. C'est une tradition. On dit que votre ancêtre, Geoffroy de Courtraye, a participé à celle qu'a menée le roi Philippe II, qu'on surnommait l'Auguste. C'est à cette occasion que le jeune Geoffroy, qui avait tout juste vingt ans, fut fait chevalier, adoubé par le roi lui-même. Geoffroy avait laissé une épouse au royaume. Mais la légende dit que là-bas, chez les Infidèles, il rencontra une femme d'une beauté extraordinaire et qu'il en tomba follement amoureux, à tel point qu'il la ramena avec lui à son retour de croisade. Il ne l'épousa pas, puisqu'il était déjà marié, mais il lui donna des enfants. Sa femme légitime ne pouvant procréer, ce fut l'aîné des bâtards de cette femme qui hérita du titre de noblesse de Geoffroy. Mais il y eut aussi une fille…

« La femme venue d'ailleurs portait le nom de Diane. Comme vous, Madame. On la disait grecque, mais on raconte aussi que Diane n'était que la traduction de son nom véritable, qui signifiait « la chasseresse ». La légende affirme qu'elle était en effet une guerrière émérite, capable de se mesurer avec les archers les plus adroits de l'époque. Elle montait à cheval comme un homme et n'avait pas peur d'affronter les plus féroces sangliers à l'épieu.

Albertine désigna le collier.

— Ce bijou lui appartenait. Ce n'est pas le comte Geoffroy qui le lui avait offert. Elle le portait déjà lorsqu'elle l'avait rencontré. Et il semblerait qu'il était dans sa propre famille depuis des temps immémoriaux. Depuis bien avant que les Maures n'envahissent le monde, depuis bien avant l'avènement de Notre-Seigneur Jésus, depuis bien avant même que les Romains et les Grecs ne dominent la Méditerranée…

La vieille femme marqua un silence, fixant toujours l'objet avec des yeux à la fois fascinés et terrorisés.

— Ce collier date d'une époque disparue à jamais, où la bonté du Seigneur ne s'était pas encore répandue sur le monde. On dit même qu'il s'agirait d'un autre monde que celui qui fut créé par Dieu. Voilà pourquoi ce collier est effrayant, Madame.

— Elle portait le même prénom que moi…

— Depuis cette époque, toutes les femmes de la famille de Courtraye portent le prénom de Diane, par tradition. Souvent, il ne vient qu'en deuxième ou troisième position. Mais il est toujours présent. Votre mère l'aimait beaucoup et vous l'a donné en premier. Mais il s'écrit avec un « i ».

— C'est moi qui ai mis un « y ». A l'époque où je… où j'ai quitté cette maison.

Albertine leva les yeux vers elle et lui sourit.

— C'était une époque plus heureuse qu'aujourd'hui, dit la servante.

Dyane prit la main de la vieille femme et la serra avec affection.

Puis, après une courte hésitation, elle passa le collier autour de son cou. Elle était sûre à présent qu'il avait appartenu à la reine mystérieuse. Elle savait désormais pourquoi elle faisait ces rêves étranges.

A travers la première Diane de Courtraye, elle descendait directement de la reine mystérieuse dont le nom commençait par Neith.

36

La découverte du collier avait donné à Dyane une nouvelle raison d'espérer. Elle l'avait tourné et retourné des centaines de fois dans ses mains, avait longuement étudié les hiéroglyphes gravés sur le cartouche. Sans succès. Leur signification lui échappait. Si au moins Pierre avait été là ! Elle hésita à demander la permission de se rendre au Louvre pour obtenir de l'aide. Mais elle savait que c'était peine perdue : Philippe ne lui accorderait jamais cette autorisation. Et surtout, il eût été imprudent de lui parler du collier, qu'elle avait remisé dans son écrin.

Elle était désormais persuadée de descendre de cette reine mystérieuse. Bien sûr, la statue du Louvre ne comportait pas les hiéroglyphes du collier, et l'on pouvait imaginer qu'ils étaient différents. Mais dans ce cas, si elle n'avait aucun rapport avec elle, comment expliquer les cauchemars ? Ils étaient le reflet de ce qu'avait vécu son ancêtre et ces rêves constituaient son moyen de communiquer avec elle.

Elle devait aller en Egypte. Elle en était sûre, à présent.

Pour cela, il fallait tromper la surveillance de ses gardiens et s'enfuir en emmenant sa fille. Malheureusement, même si Philippe n'était plus guère présent à l'hôtel de Courtraye, accaparé par sa maîtresse et ses affaires, Ambroisine ne relâchait pas sa vigilance. Dyane ne pouvait voir Sylvia qu'une fois tous les trois jours, à la convenance du maître des lieux, qui continuait d'exercer sa tyrannie absurde.

Dyane n'avait le droit de quitter l'hôtel que les rares fois où Philippe était invité dans une réception officielle, où il était de bon ton de paraître avec son épouse légitime, afin d'afficher qu'il attachait de l'importance à l'ordre et aux valeurs morales. Avant chacune de ces sorties, il faisait la leçon à Dyane :

« Tenez-vous correctement et modestement. Ne parlez que lorsqu'on vous interroge et ne tentez pas d'attirer l'attention d'un homme, quel qu'il soit. Si vous me manquez de respect, vous ne reverrez jamais votre fille. »

Dyane savait qu'il ne s'agissait pas de paroles en l'air, et elle prenait bien garde de rester les yeux baissés, dans une attitude qui ne risquait pas de lui attirer les foudres de son tortionnaire. Les hommes qui l'avaient connue autrefois, du temps de Marie Duplessis, la trouvaient changée. Certains tentèrent de bavarder avec elle, mais ils se décourageaient vite devant les regards noirs qu'elle leur lançait. Ces regards, ainsi que la mine modeste qu'elle affichait, faisaient dire aux mauvaises langues qu'elle s'était acheté une conduite.

Dans l'esprit de la jeune femme, l'année 1851 sembla durer dix ans. Son mari s'était lié avec un homme antipathique nommé Emile de Maupas, arrivé de Toulouse, où il était préfet de police. C'était un individu cauteleux et sournois, qui posait sur le monde un regard inquisiteur. Il se vantait volontiers d'être capable de fabriquer des preuves lorsque c'était nécessaire. Il nourrissait une haine féroce envers tout ce qui se déclarait républicain. A l'origine défenseur du parti de l'Ordre, il avait évolué à la suite de rencontres avec les partisans de Louis Napoléon Bonaparte.

« Il est l'homme qu'il faut pour diriger ce pays », affirmait-il.

Il y employait tout son zèle, traquant sans relâche les opposants de la gauche socialiste dont certains journaux étaient encore autorisés, comme *L'Emancipation*. A Toulouse, il avait, au mépris de la loi elle-même, révoqué des maires, supprimé des brevets d'imprimeur, interdit des clubs et fait signer des pétitions en faveur d'un second mandat de Bonaparte.

Ce second mandat était l'objet de toutes les luttes de ses partisans. Malheureusement pour eux, en juillet, l'Assemblée repoussa la proposition de révision de l'article de la Constitution qui n'autorisait qu'un seul mandat pour le président de la République. La rupture était consommée.

Au cours des mois suivants, on parla de plus en plus de coup d'Etat dans l'hôtel de Courtraye. Philippe y recevait des hommes entièrement dévoués à Bonaparte, s'entretenait de longs moments avec eux. Dyane assistait aux repas que son mari donnait à ses invités. Il reçut même le président, un homme au regard à la fois doux et déterminé, devant lequel Philippe se répandit en courbettes.

« Nous sommes parmi ses plus proches amis, affirmait Philippe à Dyane, qui ne lui demandait rien. Bientôt, l'Empire sera rétabli et j'y occuperai une place enviable.

— J'en suis heureuse pour vous », répondait Dyane en baissant les yeux, et sans en penser un mot.

Philippe plastronnait. Il était toujours fier de présenter une épouse aussi belle. Il prenait soin, lors de ces réceptions, de lui faire porter des robes décolletées qui mettaient sa poitrine en valeur, et de somptueuses robes à crinoline, comme le voulait la mode la plus récente, qui affinaient la taille et donnait une ampleur invraisemblable aux hanches, empêchant ainsi les hommes d'approcher de trop près, ce qui réjouissait Philippe. Lui seul avait le droit d'arracher ces oripeaux, une fois revenu chez lui. Et il ne s'en privait pas, soumettant toujours Dyane à des rapports brutaux à la limite du viol. Lorsqu'il s'estimait satisfait, il l'autorisait à voir sa fille le lendemain.

Mais son humeur était soumise à l'évolution des affaires du président, qui se répercutait sur les siennes. Philippe pestait contre les monarchistes comme Thiers ou Cavaignac, mais s'emportait de manière encore plus virulente contre les républicains et les socialistes, la « vermine rouge », comme il l'appelait.

Il en alla ainsi jusqu'à la nuit du 1er au 2 décembre 1851.

Cette nuit-là, nombre de députés furent arrêtés, en violation de toutes les lois de la République, et, le lendemain, les Parisiens pouvaient lire, placardées sur les murs, deux affiches apposées sur l'ordre du président Louis Napoléon Bonaparte. Elles annonçaient la dissolution de l'Assemblé nationale, la promulgation d'une nouvelle Constitution et le rétablissement du suffrage universel.

Le soir même, Philippe commentait les événements pour Dyane. On eût dit qu'il avait lui-même ordonné le coup d'Etat et le considérait comme une brillante victoire personnelle.

— Ces crétins, dit-il en parlant des députés, se sont malgré tout rendus à la Chambre, où ils n'ont pu entrer. L'armée les en a empêchés. Ils se sont alors emparés de la mairie du XXe et ils ont voté la déchéance de notre président en nommant Oudinot à sa place. Mais ces imbéciles ont été incapables de s'entendre. Ils ont bavassé pendant des heures. La police n'a eu qu'à les cueillir bien gentiment...

Les monarchistes n'avaient évidemment pas pu compter sur l'appui du peuple de Paris, qui n'avait pas oublié les journées sanglantes de juin 1848.

Le 3 décembre, ce fut au tour des républicains de tenter de soulever la capitale.

— Ils n'ont réussi qu'à rassembler quelques centaines de partisans sur de malheureuses barricades. Un imbécile de député républicain nommé Alphonse Baudin s'est fait tuer. Savez-vous comment, ma chère ?

— Non, mon ami...

— Un ouvrier lui a demandé s'il croyait vraiment que lui et ses amis étaient prêts à mourir pour lui conserver ses vingt-cinq francs par jour. Baudin lui a répondu : « Vous allez voir comment on meurt pour vingt-cinq francs par jour ! » Il s'est alors dressé sur la barricade et nos braves soldats l'ont ajusté comme au champ de foire. Et un socialiste de moins ! S'ils avaient tous la bonne idée de se faire tuer ainsi...

Dyane éprouvait une intense envie de vomir devant les péroraisons de Delrieux. Comment avait-elle pu se montrer assez stupide elle-même pour accepter d'épouser cet odieux personnage, qui se réjouissait de la mort d'un homme comme s'il s'agissait d'une bonne plaisanterie ?

Les jours suivants apportèrent leur lot de nouvelles terribles, que Philippe lui contait toujours avec un air réjoui, qui accentuait la haine qu'elle nourrissait à son égard. Parfois lui venait l'envie de saisir un lourd chandelier pour le lui écraser sur la face et l'obliger à se taire.

Pendant la première quinzaine du mois de décembre, alors que les Parisiens avaient accepté sans trop regimber le coup d'Etat de Louis Napoléon Bonaparte, les provinces, sous l'impulsion des républicains, se révoltèrent. Dans le Sud-Ouest, le Sud-Est, et particulièrement à Digne, des milliers d'hommes montés des campagnes s'insurgèrent, s'emparèrent de bâtiments officiels. Mais l'armée veillait et une sanglante répression répondit aux opposants. A la mi-décembre, tout était rentré dans l'ordre. La troupe avait tué plusieurs milliers de personnes, deux cent vingt députés étaient arrêtés, de même que plus de vingt mille citoyens.

Ironie de l'histoire : l'un des régiments sur lesquels Louis Napoléon Bonaparte s'appuya le 2 décembre 1851 était le 42e de ligne, cantonné aux Invalides. C'était ce même régiment qui s'était opposé à lui en 1840, lors de sa tentative manquée de coup d'Etat qui l'avait conduit au fort de Ham.

Les massacres de décembre 1851, plus graves encore que ceux de juin 1848, furent bien sûr occultés par une presse entièrement soumise au pouvoir, mais Philippe se chargea de les commenter en détail pour Dyane, sachant qu'elle détestait ces histoires de tuerie auxquelles lui-même prenait grand plaisir. Il savait aussi qu'elle ne se risquerait pas à lui demander de se taire. Elle tenait trop à conserver le droit de visite à sa fille.

Le 21 décembre 1851, un plébiscite au suffrage universel nouvellement rétabli confirma le coup d'Etat : sept millions et demi de voix pour, six cent quarante mille contre et un million et demi d'abstentions. Ce fut donc un Philippe très satisfait de lui-même qui avertit Dyane qu'ils étaient invités à la soirée organisée par le président le 23 décembre pour célébrer sa victoire.

Il ne commit qu'une erreur : il donna ce soir-là congé à ses domestiques. Ne devaient rester à l'hôtel de Courtraye qu'Ambroisine et Albertine.

37

Alger, mars 1852...

Le printemps précoce éclatait en mille parfums et en mille couleurs sur la Ville blanche. Pierre n'y était pas revenu depuis près de six mois. Arrivé depuis deux jours, il hantait depuis le port et ses abords, attendant avec impatience. Afalku le suivait, amusé par la fébrilité de son ami.

« Alfred de Givors, lui avait expliqué Pierre. Un homme d'une intelligence rare, *Amazigh*. Un ami précieux. Nous avions déjà eu le projet de partir pour l'Egypte, à l'époque où j'étais encore avec Dyane. Mais nous l'avons abandonné lorsqu'elle m'a quitté pour épouser son banquier. Et voilà que je reçois une lettre dans laquelle il me dit qu'il a décidé de mener lui-même cette expédition. Et c'est pour me revoir qu'il fait cette escale à Alger. D'après la date qu'il m'a donnée, son navire devrait arriver aujourd'hui ou demain. »

Cependant, l'inquiétude s'était emparée de Pierre. Une tempête s'était déclarée trois jours auparavant, qui laissait planer, loin vers le nord, des falaises de nuages sombres. Le soir venu, pourtant, elle s'était éloignée vers l'orient, dévoilant un ciel immaculé. Mais le navire n'était pas arrivé.

« Il sera là demain », se convainquit Pierre.

Trois jours plus tard, il n'était toujours pas là. A chaque navire qui arrivait, il se renseignait auprès du capitaine, demandant s'il avait des nouvelles d'un bateau appelé l'*Artémis*, qui devait avoir quitté Marseille depuis une bonne semaine. On l'avait d'abord rassuré sur la qualité de la traversée. La tempête n'avait été guère violente. Mais personne ne put lui donner de nouvelles du navire d'Alfred.

Au soir du troisième jour, Pierre rencontra un quartier-maître qui se souvenait de l'avoir aperçu à quai, à Marseille, lorsqu'ils avaient appareillé.

— Il n'est donc peut-être pas encore parti, dit Pierre.

— Et il ne partira sans doute pas, répliqua l'autre. Il m'a semblé que la troupe avait pris position autour de lui.

— La troupe ?

— En ce moment, les soldats sont partout. Le pays est en état de siège et l'armée reste en alerte. Le capitaine de votre navire avait probablement quelque chose à se reprocher.

— Le capitaine, je ne sais pas, mais son principal passager est le marquis de Givors…

L'homme éclata de rire.

— Raison de plus ! Vous savez, il y en a eu quelques-uns d'arrêtés, des marquis, au mois de décembre. Le président a éliminé toute la racaille monarchiste. Bon débarras !

Pierre évita de répondre. Contrairement à ce que pensait le marin, Alfred, malgré son titre, n'avait jamais caché ses sympathies républicaines. Or, les journaux de France avaient longuement commenté la chasse aux républicains livrée ces trois derniers mois. Alfred ne s'occupait pourtant plus de politique depuis longtemps. Alors, que s'était-il passé ?

Il lui fallut attendre encore.

Cela faisait presque dix jours qu'il était là, errant sur le port en compagnie de son ami kabyle. Un matin, alors qu'il s'apprêtait à repartir, un point se profila à l'horizon. Il décida de lui laisser le temps d'arriver.

Peu à peu, le navire se précisa. C'était un trois-mâts taillé pour la course. Le cœur de Pierre fit un bond dans sa poitrine lorsqu'il découvrit son nom :

— L'*Artémis* !

L'instant d'après, l'angoisse remonta au zénith. Et si Alfred avait été arrêté, malgré tout ? La présence du navire ne signifiait rien. Mais il reconnut très vite la silhouette confortable de son ami accoudé à la lisse. A ses côtés se tenait Rose. Une bouffée de joie envahit Pierre.

— Ce sont eux ! Ils sont là !

Il ne tenait plus en place. Il se précipita vers le quai où l'*Artémis* devait aborder, adressant des signes dignes d'un sémaphore en folie à ses amis pendant que les marins manœuvraient pour l'accostage. Enfin, Alfred et Rose purent débarquer. Pierre leur ouvrit les bras.

Un peu plus tard, tous trois accompagnés d'Afalku étaient attablés devant des boissons rafraîchissantes, à la terrasse d'une auberge tenue par un Marseillais venu s'installer à Alger.

— Ah, mon Pierre ! s'exclama Alfred. Quelle joie de te revoir ! Tu ne peux pas savoir à quel point !

Il se pencha et ajouta, sur le ton de la confidence :

— La France est devenue invivable. Sais-tu que les préfets ont reçu l'ordre, au mois de janvier, de faire disparaître la devise « Liberté, Egalité, Fraternité » du fronton des monuments officiels ?

Il laissa passer un temps, puis reprit, après un bref regard pour s'assurer que personne ne les écoutait :

— Je n'ai malheureusement pas pu t'écrire tout ce qui s'est passé ces derniers temps. Bien que je n'aie plus participé à des réunions politiques depuis plus de quatre ans, certains « amis qui me voulaient du bien » ne se sont pas privés de me dénoncer pour mes sympathies républicaines. Bien sûr, on n'a pu me reprocher d'avoir soutenu l'ancien gouvernement, composé essentiellement de monarchistes. Mais il est vrai que j'ai conservé des relations avec Victor Hugo, Edgar Quinet, Jules Michelet et bien d'autres. Hugo et Quinet parlent de s'exiler, car c'est un rétablissement de l'Empire que nous prépare Bonaparte, surnommé « Napoléon le Petit » par Victor. Il dénonce avec virulence les journées de décembre, qui ont fait plus de morts que celles de juin 48.

« C'est pourquoi j'ai décidé de partir pour l'Egypte. J'ai besoin de changer d'air. En fait, ce voyage est un prétexte. Mais je n'ai pas pu te l'écrire, car ma correspondance est lue par les sbires d'un certain Charlemagne Emile de Maupas, le ministre de la Police. Eh oui, on a créé un ministère spécialement pour la police. Il surveille tout.

Il hésita, puis continua :

— En vérité, je n'ai pas fait ce voyage d'Alger uniquement pour te revoir. J'ai l'espoir que tu acceptes de m'accompagner en Egypte. Après tout, n'est-ce pas Dyane et toi qui en aviez eu l'idée ?

A l'évocation de la jeune femme, le visage de Pierre s'assombrit.

— C'est vrai, dit-il. J'aurais pu me rendre là-bas depuis. Mais sans elle, je n'en ai guère eu envie.

Alfred hocha la tête.

— As-tu de ses nouvelles ? demanda Pierre.

Le marquis ne répondit pas directement.

— Tu l'aimes toujours ? s'informa-t-il.

Pierre haussa les épaules.

— Est-elle une femme que l'on pourrait oublier ?

Rose eut un léger sourire. Alfred revint à l'attaque :

— Alors, accepteras-tu de m'accompagner en Egypte ?

Pierre n'hésita qu'un court instant.

— Rien ne me retient dans ce pays. Ce sera avec plaisir.

— A la bonne heure ! s'exclama le marquis. Je n'en espérais pas moins de toi.

Il se leva et prit Pierre par l'épaule.

— Il faut absolument que je te fasse visiter l'*Artémis*. C'est un clipper que j'ai fait construire en Angleterre, et que je compte affréter pour le transport de denrées de valeur entre l'Orient et la France. J'ai toujours eu envie de devenir armateur. L'*Artémis* sera le premier de ma flotte. Mais auparavant, je vais l'utiliser pour cette expédition égyptienne. Tu vas voir, je suis certain qu'il te plaira.

L'exubérance d'Alfred amusait Pierre. Avec Rose et lui, c'était un peu de Dyane qui revenait. Suivi par un Afalku dévoré par la curiosité, Pierre monta à bord.

Tout à coup, une silhouette se matérialisa près des cabines, à l'arrière. Elle tenait un enfant de deux ans dans les bras et le regardait avec intensité. Pierre crut qu'il était l'objet d'une hallucination.

— Dyane ?!

38

Pendant un instant, Pierre demeura pétrifié. Il se retourna vers Alfred et Rose, qui attendaient sa réaction avec un mélange de joie et d'anxiété. Après deux années de séparation, ils ignoraient totalement comment Pierre allait réagir.

Afalku lui prit le bras et lui glissa à l'oreille :

— C'est elle ?

— Oui, c'est elle.

Le Kabyle hocha longuement la tête.

— Tu avais raison, mon ami. On peut mourir pour cette femme-là. Elle n'est pas comme les autres. Je te comprends.

Il lui donna une petite tape amicale sur l'épaule.

— Mais ne reste pas là comme un dromadaire. Je crois qu'elle attend que tu lui parles.

Il s'esquiva discrètement.

Pierre avait l'impression d'avoir basculé d'un coup dans un autre monde. Déjà, revoir Alfred dans ce pays noyé de soleil constituait un bouleversement en soi. Mais il ne s'était pas un instant attendu à se trouver en présence de Dyane. Dans son esprit, elle était mariée, elle avait eu un enfant, elle était désormais inaccessible. Et voilà qu'elle surgissait de nulle part, devant lui. Elle lui adressa un sourire un peu timide. Il eut la sensation que son cœur allait exploser. Si elle était là, elle n'avait pu revenir que pour lui, pour le revoir. Elle s'était enfuie, elle avait quitté son mari. Pourquoi aurait-elle agi ainsi si elle avait été heureuse avec son banquier ?

Il s'avança vers elle. Elle tenait le bébé bien serré dans ses bras. L'espace d'un éclair, il songea que c'était lui qui aurait dû lui faire cet enfant. Mais cette pensée s'estompa aussitôt.

Si cette petite n'était pas de lui, c'était sa faute. Pas celle de Dyane.

Le sourire de la jeune femme s'étira. Il avait envie de parler, mais aucun mot n'aurait été assez fort pour traduire ce qu'il ressentait.

De son côté, Dyane était incapable de faire un pas. Pendant deux années, elle avait imaginé cet instant, elle l'avait rêvé. Elle avait échafaudé mille stratagèmes pour fausser compagnie à un mari qu'elle haïssait, mais au-delà, au-delà de la fuite, elle avait toujours pensé qu'elle allait retrouver Pierre. Dans ses rêves, il était toujours, consciemment ou non, associé à son évasion. La seule véritable crainte qu'elle avait éprouvée était qu'il ait succombé aux charmes d'une autre femme. Pis encore, qu'il l'ait oubliée.

A présent qu'il était en face d'elle, elle savait qu'il n'en était rien. De même qu'elle savait que jamais aucun autre homme ne compterait pour elle. Elle lui appartenait. Elle était à lui, pour toujours.

Ils ne parlèrent pas. Ils ne pouvaient que se regarder, émerveillés, sans bouger. Jusqu'au moment où une petite voix demanda :

— Papa ?

Dyane regarda Sylvia, puis éclata d'un rire qui ressemblait fort à un sanglot. Pierre s'approcha, se pencha vers la petite fille et lui adressa un grand sourire. L'intensité du regard de l'enfant séduisit instantanément le jeune homme. Sylvia possédait toute la séduction de sa maman, et dans ses yeux brillait une formidable envie de vivre et d'aimer. En l'espace d'une seconde, elle avait jeté son dévolu sur Pierre, et décidé qu'il ferait le plus merveilleux des papas. Avec naturel, Pierre la prit dans ses bras et l'embrassa.

— Bienvenue en Algérie, ma fille, dit-il d'une voix douce.

Dyane leva les yeux vers lui. En quelques mots, il avait effacé deux ans et demi de séparation et d'enfer.

— Le 23 décembre dernier, Philippe a été invité à la soirée donnée par le président Bonaparte pour célébrer la réussite de son coup d'Etat.

Ils avaient pris place dans la vaste cabine occupée par Rose et le marquis. Séverine, qui avait suivi sa maîtresse, avait pris Sylvia en charge. Afalku, prétextant un ami à voir, s'était discrètement éclipsé.

— Nous nous y sommes rendus, poursuivit Dyane. Au début, il m'a fièrement exhibée, comme il avait coutume de le faire. Mais je savais qu'il n'aurait de cesse de se montrer en compagnie des hommes les plus influents du moment, et surtout de paraître aux yeux du président...

Elle eut une moue de haine et de dégoût.

— Il était comme un chien qui quête un os ou une caresse de son maître. Il me faisait presque pitié tellement il était grotesque. Mais il ne s'occupait plus de moi, et c'est cela que j'attendais. J'ai feint un malaise et je me suis dirigée discrètement vers la sortie. J'ai demandé à un cocher de me ramener à l'hôtel de Courtraye. Je savais qu'il avait accordé leur soirée aux domestiques. Il n'y avait plus qu'Albertine et Ambroisine, l'intendante garde-chiourme qu'il avait engagée pour me surveiller. La nourrice elle-même en avait profité pour sortir, laissant Sylvia à la garde d'Albertine. Jamais plus une telle occasion ne se représenterait. Alors, je suis rentrée après avoir congédié le cocher. Il pourrait attester que j'étais bien revenue chez moi. Puis je suis passée par les cuisines et je me suis munie d'une énorme poêle à frire. Je me suis rendue dans la chambre d'Ambroisine. Elle n'était pas très bien réveillée. Elle s'est étonnée de me voir. Je ne lui ai pas laissé le temps de réfléchir. Je lui ai flanqué un coup de poêle sur la tête. Cela faisait tellement longtemps que j'en avais envie. Je crois que je lui ai un peu écorché le cuir chevelu. Je l'ai ligotée avec les cordes des rideaux, puis je suis allée chercher ma fille. Albertine s'était réveillée, elle aussi. Elle me regardait faire sans comprendre. Je lui ai dit : « Je m'en vais ! Et j'emmène Sylvia. – Mais où irez-vous, Madame ? – Tu ne dois pas le savoir. D'ailleurs, il vaudrait mieux que tu dises à mon époux que tu n'as rien vu et rien entendu. – Bien, Madame. Prenez bien soin de vous, et cachez-vous bien, qu'il ne puisse jamais vous retrouver. Parce que, sinon, je crains le pire. » Elle m'a serrée longuement dans ses bras, puis elle a embrassé Sylvia et elle est retournée se coucher. Ensuite, j'ai pris tous mes bijoux et je suis allée aux écuries, où j'ai attelé un cheval au phaéton. Je me suis rendue directement chez Alfred. Je ne savais pas à qui demander de l'aide, en dehors de lui…

Elle se tourna vers le marquis.

— Il ne s'attendait certes pas à me voir ainsi surgir de la nuit, en plein hiver. Mais il m'a accueillie à bras ouverts.

Alfred hocha la tête.

— Imagine notre surprise, mon Pierre. Cela faisait plus de deux ans que nous n'avions pas revu Dyane. Elle nous a raconté son histoire, les mauvais traitements que ce sinistre scélérat lui faisait subir. Aussitôt, j'ai su qu'elle ne devait pas rester à Paris. Le lendemain matin, à l'aube, l'une de mes voitures l'a emmenée au haras avec sa fille. J'ai une confiance totale envers Sylvain Servier, qui le dirige. Tu le connais.

Il poussa un soupir.

— Crois-moi, j'ai eu raison d'agir aussi vite. Le 24 décembre dans l'après-midi, alors que nous préparions le réveillon, Philippe Delrieux en personne a débarqué à l'hôtel de Givors, en compagnie du préfet Maupas, à la tête d'une escouade d'escogriffes en uniforme. Il était sûr qu'elle était venue se réfugier chez moi. J'ai eu beau protester, Maupas a ordonné une fouille complète de mon hôtel. J'ai fulminé pour la forme, mais je savais qu'ils en reviendraient bredouilles. A la fin, je me suis offert une belle colère, parfaitement feinte, mais si bien jouée que Delrieux l'a prise au sérieux. Je lui ai dit que j'allais écrire au président pour lui faire part de la manière scandaleuse dont lui, petit roquet de banquier, avait osé traiter un Givors. S'il était cocu, ce n'était pas de mon fait, et cela ne lui donnait pas le droit de déranger un ministre de la Police et d'ameuter tout un régiment. Je voyais bien que Maupas ne digérait pas d'avoir échoué. Ce triste sire ne pouvait pas fabriquer de fausses preuves contre un homme de mon rang, et il tenait rigueur à Delrieux de l'avoir entraîné dans une aventure aussi lamentable. A la fin, je lui ai asséné un joli coup de Jarnac en lui disant qu'il serait désormais malséant pour lui de se faire appeler Delrieux de Courtraye s'il ne voulait pas paraître encore plus ridicule.

Alfred eut un petit sourire en coin.

— Je crois bien qu'il m'a haï de ce trait-là. Lorsqu'il est parti, la crête basse, il a levé le poing vers moi. Dans les jours qui ont suivi, toute la haute société a fait des gorges chaudes de ses mésaventures, qui sont parvenues aux oreilles de notre futur empereur. Après un coup pareil, je suis à peu près certain que Delrieux ne sera jamais ministre. Cela ne l'a pas empêché de remuer ciel et terre pour essayer de retrouver Dyane, dont il disait à qui voulait l'entendre qu'il allait la tuer.

« Cependant, je continuais de me méfier de ce monsieur de Maupas. Il porte sur son visage toute la fourberie et toute la méchanceté du monde. Aussi, j'ai bien pris garde, en écrivant à Sylvain Servier, de ne pas mentionner Dyane et Sylvia. Pas plus que je ne t'ai annoncé leur arrivée. Je suis certain que mon courrier est régulièrement ouvert, de même que celui d'une bonne partie des Parisiens. Je savais que Dyane ne pourrait rester éternellement cachée au haras. Devant les événements qui avaient marqué la France, devant la surveillance policière omniprésente, j'ai eu l'idée de remettre sur pied votre ancien projet d'expédition égyptienne. J'ai donc repris les démarches. Et j'ai vu notre Delrieux revenir à la charge. Il n'ignorait pas que Dyane était passionnée par les hiéroglyphes, et il était persuadé que j'organisais cette expédition pour l'emmener hors de France. Il avait raison, bien sûr. Mais il ne pouvait pas le prouver. Je l'ai pris de haut, et je l'ai éconduit avec la plus grande fermeté. Cependant, n'ayant aucune confiance en Maupas, j'avais pris la précaution d'envoyer Dyane et Sylvia, sous de faux noms et avec de faux papiers, en Espagne, à Barcelone, où l'un de mes cousins les a accueillies. Dyane devait y attendre le clipper que je venais de faire construire à Londres. Encore une fois, j'ai eu raison de me méfier. Delrieux a fini par obtenir une perquisition de tous mes domaines. C'est te dire ce qu'est devenue la France, mon Pierre. Un pays en état de siège, et soumis à une police inquisitrice et tenace.

« Bien entendu, j'ai ostensiblement montré que seule Rose m'accompagnait dans ce voyage. Je savais que des espions de Maupas surveillaient ma demeure constamment. Car si cet individu est l'un des plus mauvais hommes de la terre, il est aussi remarquablement intelligent. Et il s'est bien douté que Delrieux n'avait peut-être pas tout à fait tort. J'en ai eu la preuve lorsque nous sommes arrivés à Marseille. Le matin même où nous devions appareiller, l'armée m'en a empêché au dernier moment, et mon bateau fut fouillé jusque dans ses moindres recoins. Ce qui m'a permis, bien sûr, de piquer, devant le préfet qui s'était déplacé en personne, une nouvelle colère, aussi fausse que virulente. Le préfet m'a présenté ses excuses les plus plates. Je lui ai dit que les manières du cocu commençaient à m'échauffer les oreilles, et qu'il serait plus correct qu'il évite d'entraîner les autres, et surtout les fonctionnaires de la République, dans le ridicule. Je suppose qu'à la suite de cet incident la position dudit cocu n'a pas dû s'arranger...

« Nous avons enfin pu quitter Marseille. A Barcelone, nous avons récupéré notre Dyane qui piaffait d'impatience de quitter le sol de l'Europe. Et nous sommes venus à Alger pour te rencontrer. Parce que tu as ta place dans cette expédition.

Pierre écarta les bras. Ses yeux brillaient.

— Comment pourrais-je refuser, mon frère ? Avec votre retour à tous, c'est ma vie que vous me rendez.

— Dieu soit loué, s'il existe ! s'exclama Alfred. La famille est enfin réunie au complet.

Dyane se serra longuement contre Pierre. Elle avait l'impression de rêver. Depuis sa fuite, tout s'était enchaîné tellement vite.

— J'ai du nouveau, dit-elle en détachant le collier égyptien qu'elle ne quittait plus.

Elle lui expliqua son origine, et la certitude qu'elle avait de descendre probablement de la reine mystérieuse du Louvre. Elle montra le cartouche à Pierre.

— J'ai reconnu les symboles qui désignent la déesse Neith, la créatrice de mondes. Ils sont identiques à ceux gravés sur le socle de la reine. Mais il y en d'autres que je n'ai pas su déchiffrer.

Pierre prit le collier et l'examina attentivement. Puis il hocha la tête et un large sourire éclaira son visage.

— Neith-Ikerêt ! s'exclama-t-il. J'ai lu un article sur elle, lors de mes études auprès d'Hector Moreau. C'est une reine de la VIe dynastie, sans doute la dernière, qui régna une dizaine d'années au début du vingt-troisième siècle avant Jésus-Christ. Elle était connue pour son courage et sa beauté. Mais on sait très peu de choses sur elle. Je sais seulement que les Grecs l'appelaient Nitocris.

39

Ils s'étaient retrouvés comme s'ils s'étaient quittés la veille, comme si rien ne s'était passé pendant ces deux années.

Le repas du soir avait été pris sur le navire. Alfred ne tenait pas à attirer l'attention sur Dyane, et lui avait conseillé de rester à bord. L'Algérie était une terre française, et les espions de Maupas se trouvaient partout. Il était donc hors de question pour la jeune femme, malgré la tentation qu'elle éprouvait, de descendre à terre pour dîner dans une auberge et goûter aux spécialités locales.

Le repas fut animé et joyeux. On parla du projet égyptien. Tout naturellement, Pierre et Dyane avaient recouvré leur complicité, et ils avaient décidé de se consacrer à la recherche du tombeau de la reine Neith-Ikerêt.

— Cela risque de demander beaucoup de temps, remarqua Alfred.

— Aucune importance, répondit Pierre. En Orient, le temps s'écoule différemment. C'est une chose que j'ai apprise en marchant dans le désert la nuit, et en regardant les étoiles. Nous ne faisons que passer sur cette terre. Alors, il est inutile de courir. Il faut prendre le temps de vivre et de faire comme il convient les choses que l'on aime.

Dyane l'observait avec étonnement. Elle avait quitté un jeune homme plein de fougue et d'exaltation. Elle retrouvait un homme plus fort, plus mûr. Ses épaules s'étaient élargies, sa peau avait pris une teinte bistre ; ses yeux, marqués par le sable et le soleil brûlant, s'ornaient de fines pattes-d'oie qui accentuaient son charme. Il parlait plus lentement, plus posément. Plus que jamais il émanait de lui une force sereine, une puissance qui la subjuguait parce qu'elle contrastait avec la douceur de son regard. Ses mains étaient larges, durcies par le maniement des armes et des pierres sur les chantiers de fouilles. Elle n'avait qu'une hâte, se retrouver près de lui, dans ses bras. Mais elle aurait voulu aussi que le repas dure encore, parce qu'elle se trouvait entourée de personnes qu'elle aimait et qui l'aimaient. Jamais elle ne s'était sentie aussi heureuse.

A la fin du repas, lorsque Alfred et Rose rejoignirent leur cabine, Dyane prit la main de Pierre et l'entraîna, sans un mot, dans la sienne. Malgré le confort exigu de la couchette, ils s'aimèrent longtemps, de toutes leurs forces, retrouvant les gestes d'autrefois, les douceurs, les caresses osées et enivrantes, les baisers brûlants, passionnés.

Dyane avait redouté de ne plus avoir jamais envie de faire l'amour en raison des viols réguliers que lui avait fait subir Philippe. En quelques instants, la délicatesse de Pierre, son parfum, sa présence avaient suffi à lui faire tout oublier.

Bien plus tard, alors que la nuit avait étendu sa couverture scintillante au-dessus du navire, ils s'enveloppèrent dans un drap et sortirent sur le pont, pour respirer l'air du large chargé d'iode et de senteurs d'algues. Dyane s'était blottie contre Pierre. Il déposa un baiser léger comme un papillon sur son front et entreprit de lui décrire Alger, dont les quartiers s'étageaient sous la clarté blafarde de la lune.

— Malheureusement, je ne pourrai pas la visiter, dit-elle. Alfred a raison. Il ne vaut mieux pas que je me montre ici. Même si mes papiers comportent un autre nom, quelqu'un pourrait me reconnaître.

Ils restèrent un long moment sans parler, goûtant le silence, seulement troublé par le clapotis du ressac sur les flancs de l'*Artémis*.

— Ta fille m'a appelé papa, dit soudain Pierre. A-t-elle déjà oublié son père ?

Dyane serra les dents.

— Il n'est que son géniteur. Il ne s'est jamais intéressé à elle. Il me séparait d'elle, simplement par méchanceté. Lorsqu'elle a commencé à parler, elle a demandé son père. Je ne pouvais pas lui dire qu'il était ce monsieur qui hurlait sans cesse et qui lui faisait peur. Alors, je lui ai raconté que son vrai papa était très loin, parti sur la mer. Je lui disais aussi qu'un jour nous partirions pour le rejoindre. Lorsqu'elle t'a vu, elle en a conclu que tu étais ce papa dont je lui avais parlé. Ça t'ennuie ?

Il la serra très fort.

— Au contraire. Je serai très fier d'être son papa.

Dyane sentit ses yeux se mouiller.

L'*Artémis* resta quatre jours à quai, le temps pour Pierre de mettre ses affaires en ordre. Il réunit toutes ses économies, écrivit une lettre à Emile de Girardin pour lui expliquer que le marquis de Givors était venu le chercher pour l'inviter à prendre part à l'expédition égyptienne qu'il avait organisée, en raison de ses connaissances des hiéroglyphes. Il se garda bien de mentionner Dyane, au cas où le courrier du directeur de *La Presse* eût été ouvert. Il évoqua en revanche avec enthousiasme le plaisir qu'il avait eu de retrouver son ami, et l'informait qu'il lui réservait la primeur des articles qu'il écrirait sur l'Egypte. Ainsi, si la lettre était lue par la police, elle ne ferait que confirmer le projet d'Alfred, et expliquerait la raison de son détour par l'Algérie, qui ne manquerait pas d'étonner le ministre Maupas.

On aménagea une stalle pour Fidèle dans la cale. Docile, le cheval ne fit aucune difficulté pour y loger.

Attaché à son ami kabyle, Pierre lui proposa de le suivre en Egypte. Afalku accepta. Il n'avait plus en fait de parents que de vagues cousins qu'il n'avait pas revus depuis des années, et n'avait guère envie de retourner vivre dans ses montagnes. A ses yeux, Pierre constituait désormais sa seule famille. Il avait aussi remarqué la petite Séverine, à qui il n'était pas indifférent.

Malgré son envie de se dégourdir les jambes, Dyane restait sagement à bord lors des absences de Pierre. Alfred avait pris la précaution de lui faire faire des papiers avec des noms simples. Officiellement, elle s'appelait Justine Delorme, servante du marquis de Givors. Officiellement aussi, elle n'avait pas d'enfant. Sylvia était inscrite sur le passeport de Séverine. Cette précaution se révéla utile, car, l'Algérie étant terre française depuis son rattachement en novembre 1848, le pays était lui aussi en état de siège. Les autorités portuaires, menées par un commissaire soupçonneux, visitèrent l'*Artémis*, exigeant les papiers de chacun. Alfred lui présenta toutes les autorisations requises, le livre de bord, et lui expliqua avec enthousiasme le but de leur voyage.

Fort heureusement, le souci du zélé fonctionnaire n'étant pas de retrouver l'épouse en fuite du banquier Delrieux mais plutôt de traquer le républicain, il n'accorda pas une grande importance à cette femme qui se tenait modestement dans l'ombre du marquis, le visage baissé et enserré dans un strict bonnet, ainsi que l'exigeait la bienséance.

Dyane passa ainsi inaperçue des forces de police. D'autant plus que pas une fois elle ne descendit à terre. La Ville blanche l'attirait et l'effrayait à la fois. Les tracasseries policières passées, elle aurait pu se hasarder dans les rues animées du port, en compagnie d'Alfred et de Rose. Mais elle préféra rester à bord. Pour une raison qu'elle ne s'expliquait pas, cette cité méditerranéenne que pourtant elle ne connaissait pas lui inspirait une sourde inquiétude. Comme si un danger terrifiant se cachait là.

Cependant, elle ne remarqua pas les regards que lui jetaient subrepticement deux bagnards qui travaillaient à la construction d'une digue, non loin du navire.

Enfin, un matin, après une escale d'une semaine, l'*Artémis* levait l'ancre en direction de l'Orient…

QUATRIÈME PARTIE

LA REINE ASSASSINÉE

40

Quand les ombres du soir dessinèrent les contours de la ville [...]
je vis l'art triompher de la nature, le génie d'Alexandre employer
la main active du commerce pour planter sur une côte aride
les fondements d'une ville superbe [...] : c'est là, me disais-je,
pensant à Cléopâtre, à César, à Antoine, que l'empire
de la gloire a cédé à l'empire de la volupté...

Dominique Vivant Denon, « Arrivée devant Alexandrie »

— Le livre du baron Denon est passionnant, déclara Alfred. Je l'ai dévoré d'une traite. Il est de plus d'une précision remarquable. Il pourrait nous servir de guide pour votre quête.

— Sauf qu'à aucun moment il ne parle de Neith-Ikerêt, remarqua Pierre.

— Il faut dire qu'il n'a eu guère le temps de flâner. La troupe était à la poursuite de Mourad Bey. Nous n'aurons pas cet inconvénient. Nous disposons de tout notre temps. Je n'ai guère envie de retourner en France pour le moment. Le sieur Maupas m'indispose et j'ai bien envie de prendre quelques semaines, voire quelques mois d'exil.

Pierre acquiesça d'un signe de tête. Lui-même s'était volontairement exilé, mais il ne lui était pas jusque-là interdit de revenir en France s'il le souhaitait. A présent que Dyane et lui étaient de nouveau réunis, cela ne lui était plus possible. Toutes les polices du futur empire devaient être à la recherche de la jeune femme. Ses faux papiers ne la protégeraient pas indéfiniment. Ils étaient donc condamnés à vivre ailleurs, probablement pour de nombreuses années.

L'*Artémis* avait longé les côtes algériennes, puis tunisiennes, doublant Bizerte et le cap Blanc sous un soleil éblouissant. Pierre désigna, au loin, la côte mauve où subsistaient les ruines de Carthage, qu'il avait visitées.

— J'avais pensé m'installer sur place, confia-t-il à Alfred. Carthage est une ville chargée d'histoire. Les Carthaginois descendent des Phéniciens. Ils ont fait trembler Rome et même failli la détruire. Mais les Romains ont fini par les anéantir, au deuxième siècle avant Jésus-Christ, puis ils ont reconstruit une autre cité sur les ruines de l'ancienne, quelques dizaines d'années plus tard. C'est sur cette ville nouvelle que j'ai mené des fouilles. La légende prétend que les Carthaginois des origines étaient des êtres cruels et barbares qui sacrifiaient leurs enfants aux dieux en les jetant dans les flammes. Si cela avait été le cas, on aurait retrouvé trace de ces sacrifices. Mais les fouilles n'ont rien donné. Les Berbères qui vivent sur ces côtes, et qui sont les premiers habitants de ce pays, affirment que leurs légendes liées à cette cité ne parlent pas de telles pratiques. D'ailleurs, quel peuple se priverait ainsi de sa belle jeunesse ? Il s'agit sans doute de fausses informations répandues par les Romains pour discréditer leurs ennemis...

Il eut un sourire ironique.

— J'ai adressé un rapport à quelques historiens dans ce sens. Tous m'ont répondu que je n'étais qu'un jeune crétin qui n'avait pas le droit de remettre en cause les écrits latins. Et voilà comment on écrit l'histoire.

Plus loin, au-delà du cap Bon, le volcan de l'île de Pantelleria dominait la mer de sa masse grise et conique, environné de perpétuels nuages que les vents permanents effilochaient comme de longues écharpes. Longeant la Sicile au crépuscule, ils aperçurent, à plus de cinquante lieues de distance, le géant Etna dont le flanc oriental vomissait une énorme coulée de lave.

Quatre jours après son départ d'Alger, l'*Artémis* fit escale à La Valette, la capitale de l'île de Malte, un temps conquise par la flotte de Bonaparte au début de l'expédition égyptienne, puis reprise peu après par les Anglais. Après avoir visité les châteaux des chevaliers de Saint-Jean et les ruelles escarpées de La Valette, une excursion autour de l'île leur révéla les étonnants temples néolithiques dégagés une douzaine d'années auparavant, ainsi que les rainures, creusées de manière irrégulière dans le sol, qui semblaient délimiter des sortes de voies de communication, mais s'achevaient parfois dans la mer ou contre une falaise[1].

L'*Artémis* fendait les flots de la Méditerranée à l'allure impressionnante de neuf nœuds. Le capitaine, Albert Liégeois, ravi d'être nommé sur un navire sortant à peine des chantiers navals, lui faisait souvent donner toute sa voilure afin de profiter des vents favorables. Il espérait bien battre des records de vitesse avec cet élégant coursier des mers. Ayant navigué sur toutes les eaux de la Méditerranée, il en connaissait les moindres recoins, les pièges, les passes difficiles et tous les ports. Alfred l'avait rencontré pour la première fois, deux ans plus tôt, lorsqu'il avait commencé les préparatifs de la première expédition, qui n'avaient pas été à leur terme.

— Cette expérience inaboutie m'a amené à prendre contact avec le milieu de la marine marchande, expliqua-t-il à Pierre. Cela m'a donné envie d'acheter des actions dans une petite compagnie dont je suis devenu depuis le propriétaire. En ce moment, on parle beaucoup de l'ouverture d'un canal entre la Méditerranée et la mer Rouge, qui permettrait aux navires se rendant aux Indes et en Chine de gagner plusieurs semaines de navigation. C'est un nouveau marché qui offre des perspectives intéressantes. Bien sûr, les Anglais sont en avance sur la France, mais depuis que Louis-Philippe a eu la bonne idée d'établir l'entente cordiale avec Victoria, nous n'avons plus à craindre d'être arraisonnés par ses bateaux. Et je suis persuadé que nous avons tout à gagner à développer le commerce avec l'Orient.

---

1. Encore aujourd'hui, ces « Cart Ruts » constituent une énigme, tant au niveau de leur datation que de leur fonction réelle.

Jamais Dyane n'avait été aussi heureuse. Elle se sentait désormais totalement libre. Plus exactement libérée. Pendant plus de deux mois, elle avait tremblé de voir Philippe revenir la chercher. Nul doute que Maupas avait déployé tout son zèle pour la retrouver. Jusqu'à faire fouiller le navire de fond en comble juste avant son départ. Heureusement, Alfred avait su anticiper toutes les ruses du préfet. Il l'avait fait passer par l'Espagne, où elle avait été accueillie à bras ouverts par l'un de ses cousins, un hidalgo séducteur qui n'avait pu s'empêcher de lui faire une cour discrète. A Barcelone, ville tentaculaire et bouillonnante, ouverte sur la Méditerranée, elle s'était sentie déjà plus en sécurité. Mais elle avait attendu avec impatience le courrier codé adressé à l'hidalgo, annonçant l'arrivée de l'*Artémis*. En raison de l'opiniâtreté de Maupas, le bateau avait pris dix jours de retard sur la date prévue par Alfred, dix jours pendant lesquels elle n'avait pas vécu, redoutant d'apprendre que son ami avait été démasqué et arrêté pour l'aide qu'il lui avait apportée.

Mais le marquis avait réussi à déjouer tous les pièges. Avec son air bonhomme, dû à son embonpoint et son visage jovial, il trompait ses ennemis en leur faisant croire qu'il manquait de finesse et qu'il serait facile à duper. Alfred l'avait compris très tôt, qui jouait parfaitement de l'apparence inoffensive de son personnage. En réalité, son intelligence et son intuition lui permettaient de deviner à l'avance les réactions de ses adversaires pour les retourner contre eux, tout en leur faisant croire qu'il n'avait rien compris.

Malgré tout, il valait mieux qu'elle demeurât désormais Justine Delorme, femme de condition modeste entrée au service du marquis. A présent qu'elle avait retrouvé Pierre, elle se demandait comment elle avait pu être assez stupide pour le quitter sur un coup de tête. Elle aurait dû lui pardonner d'avoir risqué sa vie. Après tout, défendre une cause perdue était tout à son honneur. Il était digne des chevaliers de l'ancien temps. Et il ne s'en trouvait plus guère, dans ce monde dominé par l'hypocrisie, le cynisme et le pouvoir. Mais peut-être devaient-ils tous deux traverser cette épreuve pour comprendre la force de leur attachement.

Elle ne gardait plus trace des coups que Philippe prenait plaisir à lui porter. Mais l'empreinte en restait gravée dans son esprit. Parfois, la nuit, elle s'éveillait en sursaut, tremblant de la tête aux pieds. Pendant quelques secondes, elle regardait autour d'elle d'un air affolé, persuadée de se retrouver à l'hôtel de Courtraye, s'attendant d'un instant à l'autre à voir la porte s'ouvrir sur la silhouette de son tortionnaire. Puis elle se rendait compte qu'elle était sur l'*Artémis*, près de Pierre. Celui-ci, éveillé par ses gémissements, la prenait contre lui.

« Mais qu'est-ce qu'il t'a donc fait ? » demandait-il.

Elle ne répondait pas, attendant que les battements de son cœur s'apaisent. Elle n'avait pas parlé des mauvais traitements subis à Pierre. Leur seule évocation la mettait mal à l'aise.

Une nuit pourtant, Pierre perdit son calme et déclara d'une voix sourde :

— Qu'il ne s'avise jamais d'essayer de te reprendre. Je le tuerai.

— Non, répliqua Dyane. C'est moi qui le tuerai.

Ses cauchemars n'avaient pas disparu. Parfois, ils revenaient la visiter, mais curieusement, depuis qu'elle portait le collier de Neith-Ikerêt, elle n'en éprouvait plus aucune peur. La plupart du temps, c'était l'image de la reine sortant de l'eau qui lui apparaissait. Le décor changeait régulièrement. Parfois, il s'agissait d'un fleuve, une autre fois, un étang, ou une mer sans limite. Mais toujours, la reine se défaisait de ses bandelettes et apparaissait nimbée d'une jeunesse éternelle. Il ne faisait aucun doute dans l'esprit de Dyane qu'elle l'informait ainsi qu'elle reprenait vie peu à peu.

Cependant, la plupart du temps, aussi bien Dyane que Pierre étaient trop épuisés pour rêver. Malgré l'exiguïté de leur cabine et l'étroitesse de leurs couchettes, ils avaient trop d'amour à rattraper pour s'endormir le soir. Leurs joutes tumultueuses ne s'achevaient que fort tard dans la nuit, ce qui ne les empêchait pas, le lendemain, d'être debout un peu avant l'aube pour avoir le plaisir d'observer le lever du soleil sur la mer, spectacle dont ils ne se lassaient pas. Ils restaient longuement accoudés à la proue, guettant, dans les remous bouillonnants provoqués par l'étrave, le ballet turbulent et joyeux des dauphins.

La petite Sylvia avait adopté Pierre. Dans son esprit, cet homme si fort, aux yeux si doux, était bien ce papa dont lui avait parlé sa maman lorsqu'elle avait peur, dans la grande maison où elles vivaient avant. Elle n'en conservait désormais que des souvenirs imprécis, sinon qu'il y avait un monsieur très méchant qui hurlait sans cesse et tapait sur sa maman. Elle était bien contente de ne plus le voir. Parfois, elle demandait à Dyane s'il allait revenir. Elle répondait que jamais plus elles ne le reverraient. Et s'il revenait, se disait Sylvia, son papa serait là pour les défendre. Et il ne serait pas seul. Son ami à peau brune l'aiderait. Il avait un drôle d'accent et il portait un nom bizarre. Il lui avait dit ce qu'il signifiait : faucon. Elle savait ce qu'était un faucon. C'était un bel oiseau. Elle en avait vu quelque part, là où elle était allée avec maman, lorsqu'elles avaient quitté la grande maison du méchant monsieur qui criait. Là où il y avait beaucoup de chevaux, il y avait aussi un monsieur avec des oiseaux qui chassaient. Elle avait retenu les noms : épervier, milan, faucon, et un autre qui avait un nom rigolo : buse. Elle aimait les oiseaux. Afalku était donc un homme-oiseau. Il faisait tout ce qu'elle voulait et il connaissait des tours pour la faire rire. Elle l'aimait beaucoup. Un jour, elle lui avait demandé s'il savait voler, mais il avait répondu que non.

« Alors, tu n'es pas un vrai faucon si tu ne sais pas voler ! »

Il avait éclaté de rire.

« Pourquoi ne serais-je pas un faucon ? Tu es bien une drôle de petite gazelle, toi.

— Une gazelle ?

— Oui, une gazelle. C'est un joli animal qui court très vite en bondissant dans la savane.

— Tu m'en montreras ?

— Oui, si tu es sage. »

Malgré les deux années écoulées, Dyane n'avait eu aucun mal à se replonger dans les hiéroglyphes. Alfred avait fait l'acquisition de nombreux ouvrages qui pourraient leur être utiles au cours de leur voyage. Elle s'y était absorbée dès le départ de Barcelone, afin de tromper son angoisse et son impatience de revoir Pierre. Car elle ignorait comment il allait réagir en la revoyant. Elle n'avait eu aucune nouvelle de lui pendant deux ans. Et il n'avait pas répondu au courrier d'Alfred. Bien sûr, il n'avait pas eu le temps matériel de le faire. Mais à mesure que l'on approchait des côtes algériennes, elle avait redouté qu'il ne s'y trouve pas. Ce pays était très dangereux. Il avait failli s'y faire tuer à plusieurs reprises. Et puis, peut-être n'avait-il pas reçu le courrier du marquis. Alfred et Rose, eux, ne se faisaient aucun souci.

« Il sera là », lui répétaient-ils pour la rassurer.

Ils ne s'étaient pas trompés. Elle avait immédiatement reconnu sa haute silhouette sur le quai d'Alger. Elle avait cru défaillir. Ses jambes ne la portaient plus. La prudence recommandait de rester sagement cachée sur le pont, au cas où la police locale aurait été en alerte. Lorsqu'il était monté à bord, il ne lui avait fallu qu'un regard pour comprendre qu'il l'aimait toujours. Bien qu'il fût désormais à ses côtés, elle repassait souvent cette image dans son esprit, comme un instant de lumière, la fin d'un horrible cauchemar. Et cette image s'était encore embellie lorsque Sylvia avait appelé Pierre « papa ».

Ils ne se quitteraient plus. Plus jamais. Elle pensait parfois à l'avenir. L'expédition égyptienne ne durerait pas éternellement. Que feraient-ils ensuite ? Il leur serait impossible de retourner en France, où Philippe la ferait immédiatement arrêter. Pierre l'avait rassurée :

« Nous y songerons plus tard. Le monde est vaste. »

C'était vrai. Le monde leur appartenait. Ils étaient ensemble.

Après une dizaine de jours de navigation, l'*Artémis* arriva en vue d'Alexandrie.

41

De loin, la côte était bien telle que l'avait décrite Dominique Vivant Denon, « un ruban blanc sur l'horizon bleuâtre de la mer ».

Bientôt, le ruban blanc se teinta d'ocre et de gris-bleu, et une ville se précisa, comme posée sur la mer, à la limite du ciel. On ne discernait pratiquement aucun relief. Dévorés par la curiosité, les voyageurs scrutaient les structures des bâtiments du port, rendues floues par une brume de chaleur. Le bruit de l'étrave heurtant violemment les flots se mêlait aux criaillements des mouettes. Au-delà des parfums d'iode et d'algues se distinguaient peu à peu d'autres odeurs indéfinissables venues de la terre.

Les ports se dessinèrent, et l'*Artémis* dut se frayer un chemin entre la multitude de petites barques de pêche nonchalantes qui encombraient les bassins. Quelques navires pansus, essentiellement anglais et ottomans, se berçaient mollement le long des quais inondés de lumière. La Turquie, alliée de la France et de l'Angleterre, avait été chassée d'Egypte par Méhémet-Ali, mais le commerce n'avait jamais cessé entre les deux nations.

Enfin, l'*Artémis* trouva un emplacement le long d'un môle bordé d'entrepôts aux murs blancs. Dès qu'ils eurent accosté, une escouade d'individus aux faciès de fouine monta à bord, et ils durent se plier aux caprices de ces fonctionnaires zélés et inquisiteurs, qui vérifièrent dix fois les passeports et les documents relatifs à l'expédition archéologique. Abbas Ier, qui avait succédé à son père en 1848, n'aimait pas les Européens. Cependant, il acceptait d'en recevoir si ceux-ci savaient se montrer généreux. Ce qui avait été le cas d'Alfred. Il lui fallut cependant renouveler quelques bakchichs.

Il était prévu que l'*Artémis* reparte vers la France, chargé de marchandises, pour revenir à Alexandrie trois mois plus tard, ce qui laissait du temps aux voyageurs.

En ce début avril, il régnait déjà sur la cité d'Alexandre une chaleur sévère, tout juste compensée par une brise venue de la mer. Après avoir satisfait aux formalités douanières, ils purent enfin descendre à terre. A peine avaient-ils débarqué qu'ils furent assaillis par une nuée de gamins bavards et vêtus de haillons qui proposaient leurs services. D'autres quémandaient une piécette, ou plus simplement les regardaient avec curiosité.

Pierre tapa dans ses mains et les interpella en arabe. Stupéfaits qu'un étranger parlât leur langue, ils s'écartèrent avec crainte. Ils furent immédiatement remplacés par un groupe de marchands ambulants qui vantaient leurs marchandises avec force cris et gestes. Il ne leur fut pas facile de rejoindre les voitures qui devaient les mener à l'hôtel. L'Egypte avait commencé à s'adapter à la mode du voyage touristique récemment développé par les riches Européens, essentiellement anglais, et l'on trouvait, dans la ville, de superbes hôtels qui ressemblaient à des palais, aux appartements richement décorés de mosaïques et de tapis. Le directeur s'inclina devant Alfred et s'exprima dans un français élégant, presque sans accent :

— Soyez le bienvenu, monsieur le marquis. Votre visite est un grand honneur pour nous.

— Merci, mon ami.

— Vos appartements sont prêts, pour le temps qu'il vous plaira de séjourner dans notre belle cité.

Ils ne restèrent que quelques jours à Alexandrie, le temps de visiter les sites les plus intéressants, comme la colonne dite – à tort – de Pompée, les citernes antiques et les ruines ptolémaïques, qui donnaient une idée de la splendeur qu'avait connue la cité deux mille ans auparavant. Une citadelle était construite sur une île, à l'extrémité occidentale du port.

— Cette île portait le nom de Pharos, expliqua Pierre. C'est là que se dressait le phare d'Alexandre, l'une des Sept Merveilles du monde. Cette forteresse est bâtie sur son emplacement.

Le soir, ils se retrouvaient dans les jardins de l'hôtel, à l'ombre des palmiers qui bordaient des bassins couverts de lotus et ornés de fontaines. De longues discussions réunissaient Pierre et Alfred, qui n'étaient pas toujours du même avis. Pierre pensait que le progrès amènerait une évolution de l'humanité. Alfred sur ce plan était plus réservé, qui constatait que le progrès était sans doute une bonne chose, mais qu'il avait également provoqué un afflux de paysans désoccupés vers les villes industrielles, où ils étaient honteusement exploités par de riches entrepreneurs sans scrupules. Il craignait que cet exode ne s'amplifie dans l'avenir, ce qui ne manquerait pas d'engendrer de graves problèmes sociaux et de nouveaux juin 48. Autrefois, Pierre aurait défendu son point de vue avec acharnement. Désormais, il se montrait plus conciliant et se contentait de constater leur désaccord en admettant qu'Alfred avait probablement raison.

Dyane avait parfois l'impression qu'il y avait quelque chose de cassé en lui, qu'il avait perdu sa belle capacité à s'enthousiasmer. Une nuit, alors qu'ils se trouvaient tous deux sur la terrasse de leur chambre, dominant la ville, elle lui posa la question :

— Que s'est-il passé en Algérie ?

Pierre ne répondit pas immédiatement. Jusqu'à présent, il n'avait rien dit. Il n'avait guère envie de parler des massacres dont il avait été le témoin. Cependant, Dyane avait traversé de son côté des épreuves qui l'avaient profondément marquée. Elle pouvait comprendre. Il lui parla alors des batailles qu'il avait livrées, des tueries, de la mentalité haineuse des militaires vis-à-vis des autochtones. Il lui raconta les horreurs auxquelles il avait assisté, et participé parfois, à son corps défendant.

De son séjour en Algérie, il conservait quelques cicatrices dont certaines n'étaient pas bien belles, faute de soins immédiats. Elle passa un doigt léger sur l'une d'elles, qui lui barrait le ventre.

— Un coup de sabre, précisa-t-il sobrement.

— Tu as souffert.

— Oui. J'ai même failli mourir du choléra.

Pourtant, elle sentait qu'il avait acquis une sérénité et une sagesse qui lui faisaient défaut autrefois. Il ne s'emportait plus. Sa carrure déjà exceptionnelle s'était endurcie, développée. Ses muscles étaient durs, noueux, solides, et elle adorait se blottir contre sa force rassurante. Tant qu'il serait près d'elle, elle ne risquerait rien.

Après un silence, il reprit :

— Ce fut une aventure difficile. Mais ce fut également une expérience enrichissante. Au-delà des batailles, j'ai rencontré un peuple bien différent de ce qu'en rapportent les journaux français. J'ai beaucoup appris à son contact. J'ai aussi découvert le désert. Il m'a enseigné la patience et la sérénité. Il m'a appris le vrai courage, celui qui consiste à affronter ses propres angoisses, non celui qui consiste à s'exposer à la mort par désespoir, sur un coup de tête. Il m'a réconcilié avec moi-même.

Il ajouta :

— Il y a là-bas des beautés que tu aurais peine à imaginer.

Ses yeux s'étaient mis à briller. Elle sut alors qu'elle s'était trompée, et que son enthousiasme n'avait pas disparu. Il s'était métamorphosé en autre chose, une sorte de sagesse empreinte d'émerveillement.

— Parle-moi du désert, dit-elle.

— C'est un autre monde. Le jour, il y règne une chaleur insoutenable. Bien qu'il n'y ait pas de nuages, le ciel est rarement tout bleu. Les vents de sable le chargent d'un voile jaunâtre semblable à un brouillard d'or. S'il fait très chaud le jour, la nuit, en revanche, la température descend tellement bas que le givre recouvre les pierres à l'aube. Parfois même, elles se brisent. Lorsque le ciel nocturne est clair, on y voit plus d'étoiles qu'en aucun autre endroit au monde. On a l'impression de pouvoir les toucher du doigt, d'être proche de l'infini…

« On pourrait croire qu'il n'y a aucune vie là-bas. Pourtant, on découvre très vite que c'est faux. C'est une vie étrange, qui attend les heures plus douces pour se manifester. Les plantes et les animaux sont capables de survivre à des conditions extrêmes. Il existe ainsi un arbre dont les feuilles, en mourant, ne se détachent pas. Elles se dessèchent et continuent ainsi de fournir de l'ombre aux racines. Elles ne tombent que lorsqu'il pleut, ce qui demande souvent plusieurs années. Elles peuvent rester accrochées pendant dix ans. Quant aux animaux, il y en a de toutes espèces, comme les scinques, qui sont des sortes de lézards, ou les fennecs, de petits renards aux très larges oreilles. On rencontre aussi des insectes, des araignées, des serpents et des scorpions. Le scorpion est un animal étonnant. Le venin de certaines espèces peut tuer un homme en quelques secondes, mais il ne pique que s'il se sent menacé. Il ne sort que la nuit. Le jour, il se protège de la chaleur dans les troncs d'arbre, sous les pierres, ou bien il s'enfonce dans le sable, parfois jusqu'à plusieurs dizaines de centimètres de profondeur. C'est un animal dangereux, mais il mérite le respect. J'ai eu l'occasion d'observer un jour une femelle scorpion qui venait de donner naissance à ses petits. Ils sont sortis tout formés de son abdomen. Elle a alors abaissé ses pinces et ils s'en sont servis pour grimper sur son dos. C'est ainsi qu'elle les protège.

« Le désert offre une variété infinie de paysages. Parfois, ce sont des vagues de dunes que les vents déplacent comme les vagues de la mer. Certaines de ces dunes émettent un bruit étrange, semblable à un chant. On ne sait pas pourquoi. Les habitants du désert disent qu'il s'agit des esprits des morts. Ailleurs, c'est une étendue de sel, ce qu'on nomme des "chotts". Là, il n'existe plus aucun relief, tout est plat, dans toutes les directions, jusqu'à l'horizon, et il y fait encore plus chaud que partout ailleurs. Parfois, on y voit apparaître des montagnes ou des lacs, mais, lorsque l'on marche au-devant de ces lacs, ils disparaissent. Pourtant, il y a des lacs au cœur du désert. On les appelle des "oasis". C'est le paradis au milieu de l'enfer. Souvent, ce ne sont que de petits points d'eau. Et cela suffit pour que le sable se couvre de palmiers, de bananiers, d'orangers, d'acacias, à l'ombre desquels les indigènes cultivent des légumes et élèvent des chèvres.

« Les Touareg vivent dans le désert. Ce sont des nomades qui se déplacent d'un point d'eau à un autre. Je les ai rencontrés. Ils m'ont conté leurs légendes, leurs coutumes. Ils m'ont appris à me diriger dans le désert grâce aux étoiles, ou aux flèches de sable laissées par les vents. Ils m'ont aussi montré comment survivre en ne buvant qu'un litre d'eau par jour. Les Touareg ne se perdent jamais. Un jour, en plein cœur des sables, à plusieurs jours de marche du premier village, nous avons croisé une femme qui tenait un méhari par la bride. Nous avons cru qu'elle s'était égarée. Mais elle n'était ni affamée ni assoiffée. Et elle savait parfaitement où elle allait. Elle nous a expliqué qu'elle était esclave et que son maître lui avait ordonné de ramener un dromadaire qui s'était enfui. Le désert est un endroit magique. Il t'enseigne le sens de l'infini et de l'éternité.

Dyane regarda, sous la lumière de la pleine lune, la ville endormie, d'où montait une sourde rumeur. Les seuls reliefs qui se dessinaient étaient les constructions humaines. Au-delà, à l'orient, commençaient les marais du Delta. Vers le sud, on devinait autre chose, des étendues sauvages où soufflaient des vents chargés de poussière. Le désert était là, tout près. Bientôt, elle s'en approcherait à son tour, elle foulerait le sable et la roche brûlée par le soleil, elle affronterait les immensités arides. Cette perspective aurait dû l'inquiéter, pourtant, peut-être en raison des descriptions de Pierre, elle n'éprouvait aucune frayeur. Bien au contraire, sans qu'elle pût se l'expliquer, ce qu'il lui avait dit lui paraissait étrangement familier. Elle avait l'inexplicable impression de déjà connaître tout cela.

Tout à coup, sa rêverie fut interrompue par une vision d'angoisse. Le visage de Philippe s'imposa à elle, resurgi d'un coup comme un cauchemar. Elle frissonna. Pierre ressentit aussitôt son malaise.

— Qu'est-ce que tu as ?

— Rien, souffla-t-elle. De vieux fantômes...

Il hocha la tête.

— Même ici, il vient te hanter...

Une bouffée de haine féroce pénétra un moment la jeune femme, puis s'évanouit. Après un silence, elle demanda :

— Lorsque nous serons dans le désert, m'apprendras-tu à manier le pistolet et le sabre ?

Pierre acquiesça doucement.

— Ce sera nécessaire, répondit-il. Ces pays d'Afrique recèlent nombre de dangers : pillards, animaux carnassiers, serpents. Je t'apprendrai aussi à parler arabe et je t'enseignerai les coutumes des autochtones.

Il la serra contre lui.

— Je crois que certaines d'entre elles devraient te plaire : c'est un peuple qui adore faire l'amour.

Il n'en fallait pas plus pour réveiller les sens de la jeune femme. Elle laissa glisser le drap qui la voilait et l'attira contre sa peau nue.

Avant leur départ, ils rendirent une visite au gouverneur d'Alexandrie, qui avait déjà reçu Hector Moreau quelques années plus tôt et tenait à accueillir celui qui avait financé son expédition, le marquis de Givors. Le pacha organisa donc une soirée en son honneur. Celle-ci se déroula dans son palais, une demeure magnifique aux sols couverts de tapis somptueux, aux murs ornés de mosaïques et de fresques. Tout autour s'étendaient des jardins luxuriants. Les citernes d'Alexandrie constituaient un ingénieux système d'irrigation qui permettait à la ville de rester verte en toute saison.

Avant de pénétrer dans le palais, Pierre recommanda à ses amis d'ôter leurs chaussures.

— C'est la coutume dans les pays arabes, expliqua-t-il. Le dessous des souliers est sale de toutes les poussières et immondices que l'on collecte dans les rues. Enlever ses chaussures en entrant chez son hôte montre le respect qu'on lui porte. Les Occidentaux ignorent ces usages ou ne leur accordent aucune importance, parce qu'ils se jugent supérieurs. En réalité, les coutumes arabes témoignent d'un remarquable savoir-vivre duquel nous aurions beaucoup à apprendre.

Alfred acquiesça :

— Voilà une coutume étonnante, mais réaliste. Combien de fois des visiteurs sans vergogne ont déshonoré mes tapis avec les souvenirs malodorants laissés par des chiens peu scrupuleux dans notre bonne ville de Paris… Mais ne risque-t-on pas de les voler ?

Pierre secoua la tête.

— Pour les Orientaux, le vol est un acte inqualifiable, plus encore que chez nous. Un voleur n'obtiendra ni secours ni pitié de la part des autres. S'il est pris, on lui coupe la main droite. Et s'il récidive, on lui coupe la tête.

— Voilà qui est expéditif...

— Les Arabes n'ont pas la même notion de la propriété que nous. Ils estiment qu'il ne faut pas s'attacher aux objets, mais on doit respecter la propriété d'autrui. Pour eux, la société idéale est celle où « une jeune fille vierge, belle et nue, pourrait traverser désert, montagnes et villes avec une cassette de diamants, de rubis et d'or sur la tête, et arriver saine et sauve chez ses parents ».

— Voilà une belle idée, mais je doute qu'une telle société existe un jour. Et puis, en France, la jeune fille risquerait de prendre froid.

Dyane observa Pierre. Elle ne s'en était pas bien rendu compte sur le bateau, mais un autre élément expliquait son changement. N'eussent été ses yeux d'un bleu très pâle, on eût pu le prendre pour un autochtone. Il s'habillait comme eux, portait un turban, des sandales de cuir et des vêtements arabes, larges et amples, qui laissaient respirer la peau. Avant de quitter Alger, il avait pris soin de se faire épiler tout le corps, y compris les aisselles et les parties intimes. Comme elle s'en étonnait, il lui avait expliqué qu'il s'agissait là d'une pratique répandue dans les pays d'Orient, où la chaleur et les poils ne faisaient pas bon ménage. De même, il était habituel de se faire masser, et de se parfumer, ce qu'il faisait, avec une discrète eau de violette.

« Les gens malodorants ne sont pas bien considérés », avait-il expliqué.

Aussi, avant de répondre à l'invitation du pacha, Dyane lui avait demandé s'il lui serait possible de se faire épiler, elle aussi. Ils s'étaient donc rendus dans un hammam où une nuée de filles jacassantes l'avaient prise en charge. Elle en était ressortie éblouie, débarrassée de toute pilosité, à la fois épuisée et détendue par les massages aux huiles parfumées. C'était comme si on lui avait ôté une cuirasse, un vêtement trop lourd qui lui collait à la peau. Jamais elle ne s'était sentie aussi bien. Elle avait l'impression d'être plus ouverte, plus offerte, plus sensible à tout ce qui l'entourait. Alors qu'elle avait éprouvé un peu de méfiance en débarquant, comme si ce pays étranger ne pouvait receler que du danger, ses préventions s'étaient évanouies devant la gentillesse des filles qui avaient pris soin d'elle. Elle n'avait pas compris leur babillage, mais leurs rires témoignaient de leur joie de vivre. L'une d'elles parlait un français très maladroit et essayait de traduire. Elle avait fini par rire avec elles.

En sortant, elle avait dit à Pierre :

« Je crois que je vais aimer ce pays. »

Bachar el-Acheq remarqua immédiatement que ses invités avaient ôté leurs souliers et un large sourire éclaira son visage.

— Soyez les bienvenus, dit-il dans un français presque sans accent.

C'était un homme d'une cinquantaine d'années, de belle allure. Il avait fait ses études en Angleterre et en France, et parlait un français très correct. Il se passionnait également pour les trésors de l'antiquité égyptienne. A mots couverts, il regretta le temps de son ancien seigneur, Méhémet-Ali Pacha, dont il entreprit l'éloge :

— C'est lui qui nous a enfin débarrassés des chefs mamelouks, seigneur Alfred, dit-il. Il a mis sur pied une puissante armée, fondée sur la conscription, et il a agrandi notre pays. Il a tracé des routes, fait creuser des canaux ; il a également développé la culture du coton, qui est aujourd'hui l'une des grandes richesses nationales. Malheureusement, sa santé s'est détériorée voici quatre ans et il a dû abdiquer. Il est mort peu après. C'est son petit-fils, Abbas, qui l'a remplacé…

Il ne fit aucun commentaire, mais Pierre et les autres comprirent qu'il ne portait pas une très grande affection à son nouveau maître. Afin de ne pas le plonger dans l'embarras, Alfred changea de sujet et expliqua le but de leur expédition :

— Nous souhaitons remonter jusqu'à la première cataracte, en suivant le voyage que fit le baron Denon à l'époque de Bonaparte. Mais la raison véritable de cette expédition est de tenter de retrouver le tombeau d'une reine dont le Louvre possède une statue. Elle se nomme Neith-Ikerêt. Mon ami Pierre Ménétrier vous en parlera mieux que moi...

L'intéressé prit la parole :

— Les Grecs la désignaient sous le nom de Nitocris. En vérité, on sait très peu de choses sur elle. Elle est montée sur le trône à la fin du très long règne de Pépi II, juste avant la fin de ce que l'on appelle l'« Ancien Empire ». Une légende prétend qu'elle aurait fait assassiner les meurtriers de son époux, Merenrê II, qui était aussi son frère, comme c'était la tradition à l'époque. Les études faites par des égyptologues français et anglais amènent à penser qu'elle se serait suicidée ensuite. Mais il est possible qu'elle ait été assassinée. Son tombeau n'a jamais été retrouvé. C'est lui que nous espérons découvrir.

— C'est une belle entreprise, convint Bachar el-Acheq. Mais pourquoi s'intéresser en particulier à cette reine si ancienne et dont on ne sait presque rien ?

Pierre hésita. Il ne pouvait pas parler des cauchemars et des visions qui hantaient sa compagne depuis plusieurs années. Il était aussi délicat de lui révéler l'identité réelle de Dyane, au cas où Delrieux viendrait en Egypte. Voyant son embarras, la jeune femme intervint. Elle décida de faire confiance au gouverneur. Elle détacha son collier et le lui montra.

— Ce joyau est dans ma famille depuis l'époque des croisades, pacha, expliqua-t-elle. Il appartenait à une femme égyptienne dont mon ancêtre Geoffroy de Courtraye est tombé amoureux. Elle portait le prénom de Diane. C'est un prénom latin, qui désigne la déesse de la chasse. Le cartouche comporte nettement le hiéroglyphe attaché à la déesse Neith. C'est cette titulature que l'on trouve en partie sur la statue du Louvre. Sur ce collier, d'autres signes apparaissent, qui définissent le nom complet de la reine : Neith-Ikerêt. Nous ne savons pas ce que veut dire Ikerêt. Neith était considérée comme une chasseresse et une guerrière. Tout comme mon ancêtre Diane. Car, si elle n'a pas épousé Geoffroy de Courtraye, elle fut la seule à lui donner des enfants, son épouse étant stérile. Selon la légende attachée à ma famille, Diane affirmait descendre d'une très ancienne reine d'Egypte. Le collier remonterait donc à l'époque de cette reine et il était transmis de fille aînée en fille aînée. Je ne sais si cette légende a un fondement historique réel, mais la tradition des Courtraye veut que chaque fille aînée reçoive le prénom de Diane, en première ou seconde position, et qu'elle hérite du collier. J'ignorais cette coutume jusqu'à une époque récente. Ma mère ne m'en a jamais parlé. C'est une vieille servante qui m'a renseignée. Elle a ajouté que ce collier était maudit. Mais je soupçonne plutôt une réaction due à la superstition.

Bachar el-Acheq la contempla avec un regard brillant.

— Ce qui voudrait dire que vous êtes la descendante de cette reine mystérieuse, madame.

— C'est pourquoi je voudrais tenter de retrouver son tombeau.

— Voilà une bien belle histoire, et je m'en voudrais de ne pas apporter mon aide à une aussi jolie femme. Je vais donc détacher une petite escorte de ma garde personnelle pour assurer votre protection durant votre voyage. Malgré les efforts de notre bien-aimé Méhémet-Ali Pacha, les routes ne sont pas sûres.

— Grand merci à vous, pacha.

— Votre sourire à lui seul est la plus douce des récompenses, madame.

Deux jours plus tard, le petit groupe prenait la route du Caire, escorté par une douzaine de gardes solidement armés. Leur chef, Farid, était un homme d'une cinquantaine d'années, entièrement dévoué à Bachar el-Acheq, comme il l'avait été plus tôt à Méhémet-Ali. C'était un guerrier dans l'âme, qui alliait la plus grande fierté à l'obéissance totale que devait le soldat. Il avait reçu pour mission de protéger Alfred et ses amis, et il la remplirait, quitte à y laisser sa propre vie. Farid faisait partie de la garde personnelle du pacha d'Alexandrie et n'appartenait pas à l'armée régulière. C'était là un très grand signe d'estime et d'amitié de la part du gouverneur.

Si Rose et Séverine voyageaient en voiture à cheval, Dyane avait tenu à apprendre immédiatement à monter à dos de dromadaire. Dans le Sud, ils ne pourraient pas utiliser de véhicule. Malgré la chaleur, la petite Sylvia ne se plaignait pas. Elle avait réussi à convaincre sa mère de la laisser voyager sur Fidèle en compagnie de Pierre. Parfois, elle changeait de monture et rejoignait Afalku sur son méhari.

Pendant les deux premiers jours, ils traversèrent une vaste zone marécageuse qui les mena jusqu'à Damanhur, un petit village situé sur les ruines de Per-Djehouti, renommé par les Grecs Hermopolis Parva. Plus loin, ils rejoignirent le bras occidental du Nil, à la hauteur des vestiges de l'ancienne Saïs. Après avoir établi leur campement dans le petit village de Minîeh, Pierre entraîna ses amis sur le site.

— Aux premiers temps de l'Egypte, la cité de Saïs fut consacrée à Neith, expliqua-t-il. Elle a été décrite par Jean-François Champollion lors de son voyage, en 1828. J'ai lu son texte. Il parle d'une grande enceinte de plus de sept mille pieds de périmètre et d'une muraille atteignant les quatre-vingts pieds de hauteur. Peut-être trouverons-nous là quelques informations sur la déesse et sur Nitocris. Saïs existait déjà à son époque.

Cependant, ils durent vite déchanter. Les ruines n'étaient plus que des collines de briques crues réduites en miettes. Ils les parcoururent en tous sens, scrutant en vain les débris à la recherche d'un indice.

— Cette cité a dû être colossale, nota Alfred. Nous pourrions faire des fouilles...

Dyane secoua la tête.

— Ce ne serait pas utile, dit-elle. Il n'y a rien ici qui concerne directement Neith-Ikerêt.

Elle n'aurait su expliquer pourquoi elle avait cette certitude. Mais Neith n'était pas l'apanage de la seule reine Nitocris. Elle était la mère du soleil, Rê, et vénérée depuis la plus haute antiquité. Alfred leva les mains en signe d'acquiescement. Mais il précisa :

— C'est dommage. J'aurais aimé en apprendre plus sur les prêtres de Saïs qui, selon le *Timée* de Platon, ont enseigné à Solon le secret de la mystérieuse Atlantide. Mais nous ne sommes pas là pour ça.

Le lendemain, ils remontaient le Nil en direction du Caire. Sur le fleuve naviguaient une foule de petites barques gréées d'une voile triangulaire, dont les occupants leur adressaient des signes au passage. Des enfants couraient à côté d'eux pour les saluer ou mendier. Malgré la pauvreté de leurs haillons, ils affichaient des visages hilares, hâlés par le soleil de plomb qui écrasait le paysage.

Dans le courant de la journée, des formes étranges commencèrent à se dessiner en direction du sud. La distance leur ôtait toute couleur et l'on aurait pu croire qu'elles flottaient au-dessus de l'horizon.

— Les pyramides de Gizeh, murmura Pierre. Les plus hautes constructions jamais édifiées par l'homme.

42

Située sur la rive droite du Nil, la ville du Caire s'étirait sur plusieurs kilomètres et débordait sur la longue île de Gezirêt el-Roda, au sud de laquelle était construit un nilomètre. La rive gauche elle-même commençait à être envahie par des demeures bâties de manière anarchique. Partout s'élevaient des maisons basses, en briques crues, aux toits plats, autour desquelles des ribambelles d'enfants à la peau dorée jouaient à grands éclats de voix. L'arrivée des voyageurs les attirait comme une nuée de sauterelles. Leur dénuement apparent ne ternissait pas leur bonne humeur et leur effronterie. Sur les deux rives s'élevaient les minarets des mosquées, du haut desquels le muezzin appelait les fidèles à la prière. Les voyageurs commençaient à s'habituer à ce phénomène. A certaines heures de la journée, on voyait une partie de la population abandonner la tâche en cours pour s'agenouiller sur le sable et prier.

« Ils prient en direction de La Mecque, leur ville sainte, avait expliqué Pierre. La prière est l'un des cinq piliers de l'islam. »

Toutefois, une bonne partie de la population ne se préoccupait guère de cette prière et poursuivait le travail comme si de rien n'était, surtout chez les plus jeunes. De même, à ce qu'ils avaient pu constater depuis leur arrivée en Egypte, les Arabes buvaient du vin et de l'alcool, contrairement à une croyance en cours chez les Européens.

— Leur religion n'est pas aussi stricte qu'on le croit, précisa le jeune homme. Les musulmans ne sont guère différents des chrétiens : ils ne suivent pas les préceptes à la lettre. Ce sont surtout les plus âgés qui s'en préoccupent. Prenant conscience de l'approche de la mort, ils renoncent à certains plaisirs, et notamment à la consommation d'alcool. Mais de toute façon, ils boivent raisonnablement et évitent de le faire dans la journée, à cause de la chaleur. L'alcool et le soleil ne font pas bon ménage, et l'ébriété est très mal considérée.

— On dit qu'ils ne mangent pas de porc.

— Comme les juifs. Mais cela s'explique : dans ces pays chauds, le sang du porc devient très vite un poison. A l'origine des principes religieux, il y a souvent une mesure de bon sens. Moi-même je n'en mange plus. Par précaution.

— Tu les aimes bien, remarqua Dyane.

— Ce sont des gens intéressants. Nous les connaissons mal, et il circule en France beaucoup de fausses idées sur eux. Lorsqu'on les respecte, ils se montrent ouverts, généreux et hospitaliers. J'ai été écœuré par la manière dont les Français se sont conduits en Algérie. Les Pélissier, Bugeaud et autres ne sont que de vulgaires conquérants. Ils n'ont pas cherché à comprendre ce peuple. Ils n'ont fait que le massacrer alors qu'ils auraient pu nouer des liens d'amitié avec lui. J'ai de l'admiration pour les hommes qui se battent pour défendre leur pays, mais je n'en ai aucune pour les conquérants. Ils s'estiment supérieurs parce qu'ils ont réussi à imposer leur loi par la force, mais ce ne sont que des barbares. Je le fus moi-même en prenant les armes contre des gens qui ne m'avaient fait aucun mal. Je le regrette aujourd'hui.

— Tout de même, ce sont des infidèles... avança Rose, qui restait attachée à la religion chrétienne.

— Tout est une question de point de vue, ma douce Rose. Les musulmans, eux, ont une opinion inverse. Les deux religions ont pourtant le même dieu et de nombreux points communs, puisqu'elles sont issues de la même racine. Jésus fait d'ailleurs partie de leurs prophètes, tout comme Moïse.

— Mais ils ont des mœurs curieuses, reprit-elle en secouant la tête, guère convaincue.

— C'est aussi une fausse idée. L'islam est beaucoup plus tolérant que la religion chrétienne, notamment sur le plan des relations entre les hommes et les femmes. L'amour y est considéré comme une chose naturelle et non pas malpropre et inconvenante. La charité et l'hospitalité ne sont pas des mots vains pour les musulmans. Les bonnes âmes conservatrices chrétiennes feraient bien d'en prendre de la graine lorsque l'on voit la manière dont les riches bourgeois catholiques exploitent leurs ouvriers. J'ai appris à lire et à écrire l'arabe pour comprendre leurs textes : le Coran, *Les Mille et Une Nuits*, les poèmes...

— Songerais-tu à te convertir à l'islam ? s'inquiéta Dyane.

Pierre éclata de rire.

— Certainement non. Je reste libre-penseur. C'est justement ce qui me permet d'étudier librement leurs livres et leurs croyances. Et de pouvoir mieux les comprendre. Ce que je découvre est bien loin de l'idée qu'on se fait d'eux en France.

Suivant la rive occidentale du Nil, ils longèrent la vaste cité et poursuivirent leur route en direction du plateau de Gizeh, où se dressaient les masses formidables des pyramides. En raison des visites régulières des archéologues européens, on avait construit un hôtel tout au bout de la route menant vers les monuments. Après plusieurs nuits passées sous la tente, Dyane, Rose et Alfred se réjouirent de retrouver un certain confort.

Tandis qu'une armée de serviteurs se précipitait à leur rencontre, le directeur vint leur souhaiter la bienvenue.

— Seigneur de Givors, nous sommes très honorés de votre visite. Nous espérons que votre séjour en Egypte se déroulera au mieux, grâce à Dieu. L'un de vos compatriotes loge également ici actuellement, un éminent savant. Mais peut-être connaissez-vous déjà le professeur Auguste Mariette ?

— Auguste Mariette ? Non, je ne le connais pas[1].

— C'est un homme remarquable. Il fait actuellement des fouilles sur le plateau de Saqqarah. Mais il sera là ce soir.

— Nous aurons plaisir à le rencontrer.

Ils s'attendaient à un homme d'âge mûr, comme l'était le professeur Moreau. Ils découvrirent avec stupéfaction un homme jeune, puisqu'il n'avait que cinq ans de plus que Pierre et Dyane, soit trente et un ans. Un courant de sympathie

---

1. A cette époque, Mariette n'est pas encore célèbre. Il rencontrera la gloire à la fin de cette même année 1852, où il sera décoré de la Légion d'honneur, en particulier pour sa découverte du Serapeum de Saqqarah.

passa immédiatement entre Auguste Mariette et le petit groupe. Pierre eut le sentiment que son vieux maître, qui portait le même prénom, devait lui ressembler lorsqu'il avait suivi Dominique Vivant Denon à la fin du siècle précédent.

Mariette était un homme de belle taille, aux épaules larges et au visage avenant, orné d'une barbe noire et coiffé d'un fez rouge. L'enthousiasme avec lequel il parlait de ses découvertes séduisit immédiatement son auditoire.

— Le canard égyptien est un animal dangereux, mes amis, dit-il. Un coup de bec, il vous inocule le venin et vous voilà égyptologue pour la vie[1] !

Ils apprirent ainsi qu'il s'était intéressé à l'Egypte tout à fait par hasard.

— Il y a dix ans, j'occupais un poste d'enseignant à Boulogne-sur-Mer, ma ville natale. J'étais également un peu journaliste. L'un de mes cousins, Nestor L'Hôte, avait travaillé avec Jean-François Champollion. Malheureusement, il décéda et je fus désigné pour mettre de l'ordre dans ses papiers. C'est ainsi que je tombai sur ce mystérieux canard égyptien. J'avais peu de matière à ma disposition, quelques documents de feu mon cousin, une *Description de l'Egypte* à la bibliothèque municipale de Boulogne. Le musée de la ville comportait aussi une galerie égyptienne, qui proposait quelques pièces. Cela détermina mon avenir. Il y a trois ans, je décidai d'abandonner ma vie tranquille et confortable de Boulogne pour aller à Paris. J'ai noué quelques contacts avec les gens du Louvre et on m'accorda un poste d'auxiliaire à la conservation des antiquités égyptiennes. C'était mal rémunéré, mais peu importait. Mon travail consistait à cataloguer les objets acquis par le musée. Pendant mon temps libre, j'appris le copte. C'est pourquoi, il y a deux ans, on m'envoya en Egypte avec pour mission d'acquérir des manuscrits coptes et syriaques.

Il poussa un profond soupir.

— J'étais émerveillé à l'idée de découvrir ce pays qui me faisait tant rêver. Malheureusement, ce fut un échec. Les

1. Véritables paroles d'Auguste Mariette.

autorités d'Abbas Ier m'interdirent de visiter les monastères coptes. Il faut dire que Sa Majesté n'aime guère les Européens, et fait tout pour leur mettre des bâtons dans les roues. Et je ne parle pas de son administration. Enfin, elles ont accepté que je reste en Egypte. Je me suis installé au Caire, et j'ai réussi à obtenir le droit de travailler à Saqqarah et ici, sur le plateau de Gizeh. Mais j'avais peu de moyens. J'ai seulement fait désensabler quelques mastabas, sous le regard moqueur des fonctionnaires, qui considèrent ces lieux comme des champs de ruine sans intérêt. Pourtant, il y a là-dessous des trésors inestimables.

Il laissa passer un court silence et ajouta :

— Voyez-vous, dans ce pays, il n'y a rien de plus détestable qu'une tempête de sable. Il s'infiltre partout, et l'on en croque pendant des jours. Mais nous devons nous montrer reconnaissants envers le sable, car c'est lui qui a permis de conserver ces monuments pendant de si nombreux siècles, en leur évitant d'être détruits par les hommes. Déjà, les pyramides ont été utilisées comme carrières pour le chantier du Caire. Leur revêtement a été arraché, broyé, détruit, pour construire demeures et mosquées. Un sultan imbécile s'est même amusé à faire tirer au canon sur le Sphinx, il y a quelques siècles. Et pourtant, c'est l'une des plus remarquables constructions humaines, surtout si l'on songe qu'il a près de cinq mille ans, et qu'il résiste toujours.

Soudain, il écarta les bras avec un large sourire.

— Mais je parle, je parle, et je ne vous ai même pas demandé la raison de votre présence dans ce pays merveilleux !

Pierre prit alors la parole :

— Nous recherchons le tombeau de la reine Nitocris.

Auguste Mariette le contempla avec stupéfaction.

— Nitocris ? Eh bien, vous ne vous êtes pas imposé une tâche facile, dit-il.

Dyane lui montra alors le collier, dont elle raconta l'histoire, omettant toutefois d'évoquer ses cauchemars et de donner sa véritable identité, par prudence. Auguste Mariette pouvait être amené à parler d'elle lorsqu'il serait de retour en France. Elle expliqua seulement qu'il avait été rapporté des croisades par un lointain ancêtre. L'égyptologue examina longuement l'objet avec une moue de perplexité.

— Ma foi, c'est une belle pièce. Très ancienne, c'est indéniable. Mais je ne vois pas comment je pourrais vous aider. A part cette statue du Louvre et quelques écrits du Grec Manéthon, on ne possède quasiment rien sur Nitocris. Certains pensent même qu'il s'agirait d'une légende.

Il déchiffra le cartouche sans peine.

— Neith-Ikerêt. J'ignore ce que veut dire ce deuxième nom. Mais il semble prouver qu'elle a réellement existé. Il ne faut donc pas vous décourager. L'Egypte réserve de belles surprises à qui sait l'apprivoiser.

Le lendemain, Auguste Mariette tint à leur faire lui-même visiter le plateau de Gizeh. A cheval ou à dos de dromadaire, on se rendit sur place. Le plateau était livré à une sorte de chaos encombré de demeures en ruine à demi ensevelies par le sable. Passant d'abord par le village de Nazlet as-Samann, ils contournèrent par l'est la grande pyramide de Kheops pour découvrir le gigantesque Sphinx, dont la tête avait été abîmée par les bombardements et l'érosion. Mariette expliqua :

— Certains affirment qu'il s'agirait d'une représentation du roi Khephren, qui fit construire la seconde grande pyramide. Pour ma part, je ne suis pas sûr qu'ils aient raison. Le Sphinx serait plutôt un hommage de Khephren à son père Kheops, le bâtisseur de la première grande pyramide, celle qui se trouve au nord. Quoi qu'il en soit, le Sphinx est considéré comme le gardien du plateau de Gizeh. Les Arabes le nomment « le Père de la terreur ».

Ils poursuivirent leur route au milieu de l'étendue chaotique de sable et de roche qui menait, plus à l'est, vers les pyramides. De près, les monuments étaient encore plus impressionnants. Selon une géométrie étonnante, les faces des pyramides étaient parfaitement orientées vers les quatre points cardinaux.

— Nous ignorons exactement quand elles furent construites, précisa Mariette. Certains pensent qu'elles ont entre quatre mille cinq cents et cinq mille ans, d'autres estiment qu'elles seraient encore plus anciennes. Il est difficile de les dater avec précision. Autrefois, elles étaient entièrement recouvertes d'une couche de calcaire blanc qui les faisait étinceler au soleil. Le sommet était recouvert d'un pyramidion doré à l'or. Aujourd'hui, il ne reste plus trace de ces pyramidions. La Grande Pyramide fut construite par le roi Kheops, la seconde par son fils Khephren. Celle de Kheops mesure près de cent quarante mètres de haut, et l'on pense qu'elle a perdu une dizaine de mètres au cours des siècles. Sa base mesure deux cent trente mètres de côté. Il a fallu plus de cent mille hommes pour l'édifier, en une vingtaine d'années[1]. Napoléon Bonaparte a calculé que les pierres ayant servi à construire la Grande Pyramide permettraient d'édifier un mur de trois mètres de haut le long des frontières terrestres de la France. Au neuvième siècle, un sultan l'a fait ouvrir, espérant y dénicher un trésor. Il dut se contenter d'un sarcophage contenant une momie, dans une chambre située au centre. Le reste avait déjà été pillé.

Il jeta un coup d'œil en direction du sommet puis leur demanda :

— Etes-vous sujets au vertige ?

— Pour ma part, non, répondit Pierre.

— Moi non plus, ajouta Dyane.

— Alors, vous plairait-il de monter jusqu'en haut ?

— Est-ce possible ?

— En prenant certaines précautions, oui. C'est une ascension difficile et épuisante, mais la vue est stupéfiante.

Pierre se tourna vers sa compagne. Elle acquiesça :

— Moi, je veux bien.

— Alors, nous vous suivons.

— En ce qui me concerne, je préfère éviter, dit Alfred. Mon embonpoint s'accommoderait fort mal de ce genre d'escalade. Nous vous attendrons ici.

Rose renchérit. Auguste Mariette emmena Dyane et Pierre jusqu'à un angle de la Grande Pyramide.

1. Des études plus récentes ont ramené ce chiffre à vingt mille. Les ouvriers étaient les paysans, inoccupés pendant le tiers de l'année, en raison de la crue périodique du Nil. Contrairement à une croyance encore répandue aujourd'hui, il ne s'agissait nullement d'esclaves, mais d'ouvriers qualifiés et rémunérés.

— Il faut monter par les arêtes, expliqua-t-il. Parfois, des blocs se détachent et si l'on se trouve sur une face, il n'est pas facile de les éviter. Sur les arêtes, les blocs sont systématiquement déviés.

L'ascension ne fut pas une partie de plaisir. Les marches étaient hautes et les blocs passablement abîmés par l'érosion. De plus, la chaleur écrasante du soleil ne leur facilitait pas la tâche. Cependant, peu à peu, un paysage d'une beauté extraordinaire se dessinait. Parvenus à mi-parcours, ils firent une pause pour souffler. Tout à coup, Pierre fit une remarque :

— C'est étrange, on dirait que les faces ne sont pas rigoureusement planes. Elles semblent creusées au milieu.

— C'est exact, confirma Mariette. Ce phénomène a été constaté au siècle dernier, mais on ne sait pas s'il s'agit d'un affaissement naturel ou d'une volonté délibérée de l'architecte.

Enfin, après plus de deux heures d'efforts, ils parvinrent au sommet du titanesque édifice, une plate-forme de quelques mètres de côté, sans aucun garde-fou. Un vent frais et léger soufflait en permanence. Ils eurent peine à reprendre leur respiration, mais leurs efforts furent récompensés. La vue portait à des dizaines de kilomètres de distance, dévoilant un paysage inoubliable. Vers le nord s'étirait la cité du Caire, avec ses demeures, ses mosquées et ses palais qui ressemblaient à des jouets. Une rumeur étouffée en montait, portée par les vents. Après avoir dessiné les îles de Gezirêt el-Roda et de Zamalek Gezira, le ruban sombre du Nil se divisait en plusieurs bras dans l'ocre et l'émeraude marécageux du Delta. Vers le sud, au-delà de la masse formidable de la pyramide de Khephren, il serpentait nonchalamment, délimitant la zone luxuriante de ses rives, comme un défi jeté à l'aridité du désert. Le vert de la végétation et l'ocre du sable ne se mêlaient pas, traçant une ligne acérée qui s'étirait jusqu'à l'infini.

Plus loin, sur la rive occidentale, on devinait les formes massives d'autres pyramides. Auguste Mariette précisa :

— Là-bas, vous apercevez la pyramide à degrés de Saqqarah, la plus ancienne de toutes, qui fut construite par le roi Djoser. Sur la droite se trouve le Serapeum. Je vous le montrerai demain.

Vers le sud-est, on devinait, par-delà les monts peu élevés qui dominaient le désert, une autre étendue verdoyante qui paraissait ondoyer sous l'effet de la chaleur.

— Là-bas, le Nil se sépare en deux branches, expliqua l'égyptologue. L'une d'elles rejoint un grand lac que les Arabes appellent Birkat Qarun, mais que les anciens Egyptiens nommaient Fayoum. C'était le pays du dieu crocodile Sobek. Vers l'ouest s'étend le désert de Libye. Les Anciens pensaient qu'il s'agissait du royaume des morts, qu'ils appelaient l'« Amenti ». Là vivait le dieu rouge, Seth, le frère d'Osiris. La légende prétend qu'il le tua en l'attirant dans un sarcophage, où Osiris ne put se défendre. Ensuite, Seth découpa son corps en quatorze morceaux qu'il répartit tout le long du Nil. Puis il donna la chasse à sa femme, Isis, qui tentait de les retrouver. Celle-ci trouva une alliée en la propre épouse de Seth, Nephthys, qui avait eu un fils avec Osiris, Anubis. Ce dernier était le dieu qui accueillait les morts. Tous trois réussirent à échapper aux guerriers de Seth, et Isis parvint à récupérer les morceaux éparpillés de son mari. Elle les rassembla à l'aide de bandelettes de lin, et Osiris devint ainsi le premier momifié. On dit qu'elle lui façonna un sexe avec de l'argile et, grâce aux pouvoirs d'Anubis, Osiris reprit vie. Il s'unit alors à Isis, qui lui donna un fils, Horus, le dieu faucon, le maître de la lumière, dont les yeux sont le soleil et la lune. Une fois adulte, il combattit son oncle Seth, qu'il vainquit, mais à qui il accorda la vie sauve à condition qu'il s'exile pour toujours dans le désert occidental. Osiris devint ainsi le dieu des morts, mais aussi celui de la végétation et de l'agriculture, on l'appelait « le dieu à peau verte ». On ne peut s'empêcher d'établir un rapprochement entre cette mort et cette résurrection, d'une part, et le cycle de la nature, qu'on retrouve également chez les Grecs et les Romains avec le mythe de Perséphone.

Dyane buvait les paroles d'Auguste Mariette. Tout comme les récits de Pierre sur le désert, elles éveillaient en elle un sentiment de familiarité. Bien sûr, elle avait déjà entendu parler de ces légendes, mais, à présent qu'elle était en Egypte, elles prenaient une signification différente, comme si les esprits de ces dieux oubliés flottaient encore autour d'elle.

Une formidable exaltation monta en elle, une bouffée d'amour pour ce pays fabuleux qu'elle avait la sensation inexplicable de retrouver après une éternité de séparation.

Tout à coup, son attention fut attirée par quelque chose. A la droite de la pyramide de Khephren se dressait une pyramide de dimensions plus modestes, flanquée de trois autres, encore plus petites.

— Et les autres ? demanda-t-elle.

— Celle-ci fut construite par le fils de Khephren, Menkaourê, que les Grecs ont nommé Mykérinos. Les petites sont supposées être celles de ses épouses. Là aussi il faudrait désensabler et fouiller...

Dyane ne répondit pas. Elle ne pouvait détacher son regard de la pyramide, comme si quelque chose l'attirait irrésistiblement. Elle fit quelques pas lents qui l'amenèrent au bord du vide. Anxieux, Pierre la saisit par la taille.

— Que se passe-t-il ? s'inquiéta aussitôt Auguste Mariette.

Dyane reprit ses esprits et se mit à trembler.

— Il y a... il y a quelque chose là-bas, souffla-t-elle.

Elle posa la main sur le collier. Il était anormalement chaud. Mais peut-être était-ce dû au soleil. Dyane se tourna vers Mariette et demanda :

— Pensez-vous que cette pyramide pourrait avoir un rapport avec Neith-Ikerêt ?

Il réfléchit un instant. Puis :

— C'est peu probable. Elle vivait environ trois siècles après Menkaourê.

— Mais est-on sûr que c'est bien Menkaourê qui l'a fait construire ? Ne pourrait-ce pas être Neith-Ikerêt elle-même ?

Il secoua la tête.

— A cette époque, la construction des pyramides touchait à sa fin. Bien sûr, nous ignorons encore beaucoup de choses sur l'histoire des anciens Egyptiens, surtout à cette période reculée. Mais je ne pense pas que Nitocris ait quoi que ce soit à voir avec ce monument.

Dyane ne répondit pas. Quelque chose en elle hurlait qu'il se trompait, et que la reine mystérieuse avait laissé son empreinte sur cette pyramide.

43

Le lendemain, tandis que Rose et Alfred prenaient un peu de repos à l'hôtel Mena, Pierre et Dyane se rendirent auprès de la pyramide de Menkaourê. Levés de bon matin, ils prirent leurs montures et gagnèrent Gizeh. Il régnait sur le plateau une luminosité incomparable, mélange d'un bleu d'infini et d'or translucide. Des odeurs de sable et de terre se mêlaient aux effluves portés par la brise depuis le Nil tout proche, et aux parfums des fleurs et des arbres, fragrances de rose et d'acacia. Au loin vers le nord-est, légèrement en contrebas, l'immense cité du Caire se noyait dans une brume diaphane, ciselée en contraste d'ombre et de lumière par les rayons du soleil levant. Les masses gigantesques des pyramides découpaient de sombres zones mauves sur l'ocre lumineux des sables.

Une bouffée de bien-être imprégna Dyane. La beauté majestueuse des lieux provoquait en elle une sensation exaltante de totale liberté.

— J'ai l'impression d'être revenue chez moi, dit-elle joyeusement à Pierre.

La nuit précédente, ils s'étaient aimés avec une fougue encore plus intense. Pierre avait ressenti en elle un sentiment d'urgence et d'absolu, comme si ce qu'ils vivaient ne devait pas durer toujours. Il avait répondu de toutes ses forces, de toute son âme, à ses appels. Ils avaient partagé des moments hors du temps, des instants de jouissance extrême et d'infinie tendresse, depuis les plus douces des caresses jusqu'aux ébats les plus luxurieux. Ils s'étaient endormis épuisés, étroitement mêlés l'un à l'autre malgré la chaleur.

Il lui répondit d'un sourire. Il ne se lassait pas de la contempler. Jamais elle n'avait été aussi belle, aussi épanouie. Elle vivait pleinement chaque instant. Elle aimait les siens plus profondément, et elle aimait ce pays à la dimension de l'éternité. La brûlure du soleil sur sa peau l'emplissait de force, comme si l'astre du jour lui insufflait son énergie. Pierre avait appris à apprivoiser le désert, à l'aimer, mais il y avait fallu des mois de souffrance et d'incompréhension. Dyane, elle, s'était immédiatement adaptée à la chaleur étouffante de l'Egypte, au sable et à la roche, aux coutumes de ses habitants, à ses paysages inondés de lumière.

Et pourtant, malgré cette plénitude, il devinait en elle une fragilité, une inquiétude diffuse. Il avait pensé au début qu'elle redoutait toujours de voir apparaître son bourreau. Mais Delrieux avait cessé de l'effrayer depuis qu'ils avaient mis le pied en Egypte. La raison était différente, et il ne parvenait pas à la cerner.

Contournant les masses gigantesques de Kheops et de Khephren, ils se dirigèrent vers la troisième pyramide. L'édifice aurait été impressionnant en lui-même s'il n'avait été situé à côté de ses deux sœurs géantes. Il mesurait malgré tout soixante-six mètres de haut pour une base de cent huit mètres. L'une des faces était creusée d'une entrée permettant d'accéder, par l'intermédiaire d'une pente aménagée, jusqu'à la chambre sépulcrale.

Un frisson saisit la jeune femme sitôt arrivée au pied de la pyramide. La veille, sur le chemin du retour, elle avait chassé la curieuse impression qui s'était emparée d'elle au sommet de Kheops. Elle s'était dit qu'il s'agissait probablement d'une réaction due à la fatigue. Elle aurait voulu s'en convaincre, mais quelque chose l'avait à nouveau irrésistiblement attirée vers Mykérinos lorsqu'elle s'était éveillée, à l'aube. Malgré l'épuisement de leur tumultueuse joute amoureuse, elle avait tenu à retourner immédiatement sur place, seule avec Pierre.

— Je ne sais comment l'exprimer, mais je sais que cette pyramide a un rapport avec Neith-Ikerêt, souffla-t-elle, un peu oppressée.

— Nous allons pénétrer à l'intérieur, dit-il. J'ai apporté des torches. Viens.

Ils escaladèrent les premiers degrés pour parvenir à l'ouverture menant dans les entrailles du monument. Une onde de fraîcheur les cueillit lorsqu'ils s'enfoncèrent dans le couloir étroit. Pour Dyane, elle se transforma très vite en une impression de froid glacial qui lui mordait les membres et le ventre. Ce n'était pas vraiment une sensation physique, plutôt mentale, spirituelle. Arrivée à mi-chemin du tunnel menant à la chambre, elle s'arrêta, le cœur battant la chamade. Pierre s'inquiéta :

— Qu'est-ce que tu as ?

— Ce n'est rien, ça va passer.

— Tu as l'air terrorisée, ma chérie. Il vaudrait mieux ressortir...

Elle secoua la tête.

— Non, je dois aller jusqu'au bout.

Elle attendit, appuyée contre la paroi. Peu à peu, à force de volonté, les battements de son cœur se calmèrent et la sensation de frayeur s'estompa. Elle reprit son chemin, suivie par un Pierre anxieux. Ils débouchèrent dans une salle rectangulaire qui ne contenait plus rien qu'un socle vide. Ils avaient appris par Auguste Mariette que le sarcophage de basalte noir qu'il supportait avait été perdu lors du voyage qui le ramenait en Angleterre, quinze ans plus tôt.

— De toute manière, il était vide, murmura Pierre comme pour lui-même, impressionné par l'étrangeté du lieu.

Les lueurs falotes des deux torches découpaient quatre ombres mouvantes, semblables à des fantômes fugaces, sur les parois de pierre lisse. Une odeur âcre de terre et de poussière baignait l'endroit. Pierre examina la chambre. Lui-même ne ressentait rien de particulier, sinon un profond respect pour les hommes qui avaient construit ce monument près de quarante-cinq siècles auparavant, et dont l'œuvre continuait d'intriguer les hommes du présent.

— Rien de ce que nous bâtissons aujourd'hui ne résistera aussi longtemps, murmura-t-il.

Dyane restait muette. En elle bouillonnaient des forces qui lui semblaient provenir d'ailleurs. Soudain prise de vertige, elle prit appui sur le socle de granit. Des images surgissaient dans son esprit, des sensations étranges, comme si un être disparu depuis des millénaires essayait de communiquer avec elle, peut-être de s'emparer de son âme. Elle fut tentée de s'enfuir, mais elle se força à garder son calme. Par un violent effort de volonté, elle chassa sa peur. Lentement, un sentiment de paix descendit en elle.

Pierre la contemplait, ne sachant que faire. Elle avait fermé les yeux. Parfois, un léger tremblement s'emparait de sa compagne, comme une sorte de transe. Un mot étrange, aperçu dans un ouvrage quelques années plus tôt, revint à la mémoire du jeune homme : médium. Dyane possédait-elle un don de médium, capable de voir au-delà des apparences ? Il n'y avait accordé aucun crédit sur le moment. A présent, il ne savait plus que penser.

Soudain, elle rouvrit les yeux et déclara :

— Cette pyramide a un rapport avec Neith-Ikerêt. Cette chambre lui a servi un temps de tombeau.

— Comment ça ?

— J'ai ressenti sa présence. Des images sont apparues dans mon esprit, des sensations, des parfums, des odeurs. Je ne sais comment expliquer ça.

Pierre ne répondit pas immédiatement. Si Dyane était vraiment la lointaine descendante de Nitocris, peut-être tout cela avait-il un sens. Mais cette chambre était vide.

— Comment se serait-elle retrouvée ici, à la place de Menkaourê ?

— Les pilleurs de tombes existaient déjà. Le tombeau de Menkaourê avait déjà été vidé à l'époque de Neith-Ikerêt. Cette chambre ne contenait plus rien. Elle a dû avoir l'idée de l'utiliser pour elle-même.

— Rien ne le prouve. Ce tombeau a été pillé depuis très longtemps. Et puis, en admettant même que la reine ait été inhumée ici pendant quelque temps, elle n'y est plus. Cela veut dire que sa dépouille a probablement été détruite à son tour.

Dyane secoua la tête avec détermination.

— Non ! A sa mort, elle a pris la place de Menkaourê, mais une nouvelle menace des pillards a amené ses proches à cacher son sarcophage autre part. Ils ne l'ont pas laissée ici. Ils l'ont emportée ailleurs pour la protéger.

— Qui, « ils » ?

— Je ne sais pas qui ils étaient. Mais ils la protégeaient. Ils étaient prêts à sacrifier leur vie pour elle, même après sa mort…

— Comment peux-tu savoir ça ?

Elle s'énerva :

— Je l'ignore. Je l'ai senti. Ses fidèles ont emporté sa dépouille. J'en suis sûre.

Pierre renonça à discuter devant sa véhémence.

— Où ont-ils pu l'emporter ? demanda-t-il.

— Tout est confus. J'ai entrevu le fleuve, des montagnes, un endroit que je n'ai jamais vu, mais que j'avais l'impression de connaître. Il y avait de l'eau, et une sorte de tunnel où flottait une terrifiante sensation de danger…

Elle hésita, puis ajouta :

— C'est étrange. Je sais que Neith-Ikerêt n'a rien vu de tout ça, puisque cela s'est passé après sa mort. Et pourtant, j'ai l'impression qu'elle veut me guider jusqu'à elle. Elle m'a envoyé des images, comme si son esprit avait survécu à sa disparition. Mais comment est-ce possible ?

Elle leva vers lui des yeux emplis de larmes. Un bref sanglot la secoua.

— Tu dois croire que je suis en train de devenir folle.

Il la sentit terrorisée. Il la prit contre lui et lui baisa doucement les tempes. Elle murmura :

— Ce n'est pas normal, ce qui m'arrive. C'est comme si je rêvais tout éveillée. Tout ça n'a aucun sens.

— Au contraire. C'est la confirmation que tu es probablement l'héritière de Neith-Ikerêt. Ton collier lui a vraisemblablement appartenu, et il établit un lien entre elle et toi. Cela expliquerait tes cauchemars. Bien sûr, il y a de quoi perturber un esprit rationnel, mais nous sommes en Egypte, ma chérie. Il ne faut s'étonner de rien.

— Alors, tu ne me crois pas folle ?

Il lui prit les mains pour la rassurer.

— Non. Il y a une certaine logique dans tout cela. Je crois plutôt que tu possèdes un don particulier, qui te permet de ressentir les choses cachées. Dans le désert, j'ai entendu parler de phénomènes non moins surprenants. On dit que dans le sud du Sahara, là où vivent les hommes à peau noire, certains sorciers ont le pouvoir de se trouver dans deux endroits en même temps. On raconte aussi qu'ils sont capables de communiquer avec les esprits des défunts. Nous ne savons pas ce qui se passe après la mort. Peut-être notre esprit survit-il, quelque part. Et certains êtres, comme toi, possèdent le don de ressentir leur présence. Je crois qu'il ne faut pas avoir peur de tout ça. Si Nitocris était ton ancêtre, elle ne peut pas te vouloir de mal.

Dyane eut une moue sceptique.

— La légende prétend qu'elle veut se venger. Mais de qui ? Son assassin est mort depuis plus de quatre mille ans.

Elle se blottit contre lui.

— J'ai peur, Pierre.

Il la serra longuement contre lui pour la calmer. Il savait désormais d'où provenait son inquiétude. Quelque chose, une force inconnue, peut-être l'esprit de la reine disparue, entraînait Dyane sur un chemin invisible, vers un destin qui n'était pas vraiment le sien, mais dont elle pressentait qu'il recelait de terribles dangers. Et aussi qu'elle ne pourrait y échapper.

44

Le lendemain, ils se dirigèrent vers Saqqarah en compagnie d'Auguste Mariette, qui tenait à leur faire les honneurs de ses découvertes. Dyane évita de parler à l'égyptologue des sensations étranges éprouvées au cœur de la pyramide de Mykérinos. Elle n'en avait même pas parlé à Alfred et Rose. Elle avait peur qu'on ne la prît pas au sérieux.

Il leur fallut à peine deux heures pour rejoindre le plateau de Saqqarah, dominé par la silhouette massive de la pyramide à degrés construite pour le roi Djoser. Les lieux étaient encore en grande partie recouverts par les sables, mais on devinait, au-delà du monument, d'autres monticules d'où émergeaient çà et là de vagues formations pierreuses qui ne devaient rien à la nature.

Après avoir franchi les ruines d'une enceinte en grande partie effondrée, Mariette les entraîna au pied de l'édifice, qui dominait une vaste cour de pierre et de sable.

— Cette pyramide fut la première de toutes, commenta-t-il. Une légende court sur son compte, on dit qu'elle fut construite pour le roi Djoser par Imhotep[1], le dieu des scribes. Ceux-ci avaient coutume de laisser tomber deux gouttes d'eau de leur calame avant de se mettre à écrire, par respect pour cette divinité. Son nom signifie « Celui qui est venu en paix ».

---

1. Avant la découverte de son cartouche par Jean-Philippe Lauer dans les années 1930, on pensait qu'Imhotep était une divinité. En réalité, il était le grand vizir de Djoser. C'était un homme de grand savoir, architecte, mais aussi mathématicien, médecin et astronome. Grand prêtre de Iounou (Héliopolis), il fut vénéré de son vivant à l'égal d'un dieu.

La pyramide n'avait rien de comparable avec celles de Gizeh, puisqu'elle dépassait à peine une soixantaine de mètres de haut. Mais il se dégageait d'elle une majesté particulière. L'enceinte par elle-même faisait plus de cinq cents mètres de long sur deux cent cinquante mètres de large. Au sud de la pyramide à degrés s'élevaient deux autres pyramides, pratiquement réduites à l'état de monticules de pierres.

— On pense que la plus grande fut commencée par le fils de Djoser, Sekhemhet. Mais elle ne fut jamais achevée, sans doute parce qu'il ne régna pas assez longtemps. L'autre est plus récente, quoique en plus mauvais état. Elle fut bâtie par le roi Ounas, le dernier roi de la Ve dynastie.

Ils franchirent l'enceinte en direction de l'ouest et empruntèrent un chemin rocailleux qui les mena, un kilomètre plus loin, jusqu'à un endroit surprenant, autour duquel s'affairait une escouade d'ouvriers en djellaba. Ceux-ci saluèrent Auguste Mariette avec un grand respect. Il leur rendit leur salut, puis entraîna Pierre et ses amis jusqu'à une descenderie qui plongeait dans les entrailles de la terre. Des torches fixées aux parois diffusaient une lumière dorée à l'intérieur.

— Je vous ai parlé des difficultés que j'avais rencontrées lorsque je suis venu il y a deux ans pour acquérir des manuscrits dans les monastères coptes... Abbas Ier me refusa l'autorisation, mais m'accorda celle d'effectuer des fouilles ici, à Saqqarah. Sans doute pensait-il qu'il n'y avait rien à découvrir. Il se trompait. On dit que parfois à quelque chose malheur est bon. J'avais de l'argent, que m'avait confié le musée. J'avais été fasciné par ce plateau. Je savais que, trois ans plus tôt, un amateur anglais, Harris, avait repéré la nécropole des Apis. Mais il n'avait pu faire de fouilles, faute de moyens. Sans demander l'avis de mes supérieurs, je décidai de consacrer l'argent dont je disposais à l'étude de cette nécropole.

— Qu'est-ce que c'est, les Apis ? demanda Alfred.

— Apis est un dieu très ancien, qui remonte aux premiers temps de l'histoire égyptienne. Il s'incarnait sous la forme d'un taureau vivant, qui était la représentation terrestre du dieu Ptah, fondateur de Memphis, cité que les Egyptiens appelaient Mennof-Rê, « la Ville aux murs blancs ». Les

Egyptiens choisissaient parmi leurs troupeaux un taureau qui présentait des taches bien particulières. Il devenait alors le taureau Apis, le symbole de Ptah. Lorsqu'il mourait, il était embaumé et enseveli dans un lieu souterrain, auquel les historiens de l'Antiquité avaient donné le nom de Sarapion, ou Serapeum. Strabon en parle dans ses textes. Je m'en suis inspiré, et j'ai commencé mes recherches. Et là, après quelques difficultés dues à la quantité de sable qu'il a fallu enlever, ce fut comme un miracle permanent. Je dégageai tout d'abord une magnifique allée de sphinx qui menait jusqu'au pylône d'entrée du complexe funéraire des Apis. Sous les dalles, j'exhumai plusieurs bronzes superbes. Et je réussis à localiser les souterrains. Fort de ces découvertes, je revins en septembre de l'année dernière, avec de nouveaux fonds. Depuis, j'ai mis au jour de vastes galeries et des sarcophages renfermant des momies de taureaux datant de l'époque ptolémaïque.

Ils étaient parvenus dans des souterrains creusés d'immenses cavités.

— Chaque Apis bénéficiait de sa propre tombe, avec une chapelle sous laquelle se trouvait le sarcophage abritant la momie. On y accédait par un escalier. J'ai retrouvé des vases canopes contenant des viscères, des vases décorés et même des bijoux, ainsi que des shaouabtis à tête de taureau. Ce sont de petites figurines dont la fonction n'est pas encore très bien définie. On pense qu'elles représentent les serviteurs qui effectuent les tâches domestiques à la place du défunt.

— Et ils en mettaient même pour les taureaux ! s'exclama Rose, stupéfaite.

— N'oubliez pas, chère madame, qu'il s'agissait des taureaux sacrés du dieu Ptah. Lorsqu'ils mouraient, on organisait de grandes funérailles et les prêtres recherchaient un autre animal qui serait la nouvelle incarnation. Il devait posséder des taches noires situées à des endroits particuliers, sur la tête et le dos. Lorsqu'ils l'avaient trouvé, le taureau était traité comme une divinité. Il était nourri, choyé, et il possédait son propre harem de femelles. Il faut savoir que les Egyptiens avaient une grande vénération pour les vaches, qui symbolisaient pour eux la maternité.

Mariette leur fit visiter le complexe funéraire avec son enthousiasme coutumier. Il régnait dans les lieux une fraîcheur agréable après la touffeur de l'extérieur. L'égyptologue était intarissable :

— J'ai également découvert plusieurs stèles de particuliers. Depuis le mois de février, j'explore les petits souterrains. Mais ce n'est pas tout !

Il écarta les bras, le visage radieux.

— Ah, mes amis, ce pays regorge de richesses incroyables ! Il y a un mois, la voûte d'un souterrain menaçait de s'effondrer. J'ai préféré la faire abattre complètement, afin de ne pas mettre la vie de mes ouvriers en danger. Peu après que la poussière provoquée par l'explosion fut retombée, je découvris avec stupéfaction une cavité qui renfermait une momie humaine recouverte d'un superbe masque d'or. Il y avait également des bijoux, des amulettes, marqués du cartouche du quatrième fils de Ramsès II, le prince Khâemouaset. Il était grand prêtre de Ptah ici, à Memphis.

La nuit suivante, ils dormirent sous les tentes que dressèrent Farid et ses hommes sur le sable du plateau, face à l'entrée du Serapeum.

Au repas du soir, Pierre expliqua qu'ils allaient poursuivre leur expédition en suivant les traces du baron Vivant Denon.

— J'aurais aimé vous accompagner, mes amis, dit Mariette, mais je dois poursuivre mes fouilles. J'ai lu le livre du baron, et j'ai admiré ses dessins. C'était un grand homme, à qui l'égyptologie doit beaucoup. Nul doute que son esprit vous guidera dans votre entreprise.

Un peu plus tard, Pierre et Dyane se retrouvèrent seuls sous leur tente. Sylvia dormait en compagnie de Séverine. Contrairement à ce que redoutait sa mère, la petite s'était parfaitement adaptée à l'Egypte, à la chaleur et aux incommodités du voyage. Quelles que fussent les conditions, elle conservait son humeur égale et son caractère heureux. Elle n'avait pas conscience des beautés qu'elle voyait, mais sa maman avait retrouvé le sourire et cela seul suffisait. Si elle était heureuse, rien d'autre ne comptait. Elle-même était ravie de ne plus entendre les hurlements effrayants du monsieur chez qui elles vivaient auparavant. Elle aimait beaucoup Séverine, qui était aux petits soins pour elle, et qui la faisait rire. Curieusement, celle-ci semblait inquiète depuis leur arrivée dans ce pays. Elle regardait partout avec des regards effrayés. Alors, Sylvia la rassurait en la couvrant de bisous. Elle savait qu'il n'y avait rien à craindre. Elle ne devait pas se faire de souci : Afalku le Faucon dormait chaque soir en travers de la porte de leur chambre ou de leur tente.

Lorsque Pierre et Dyane se retrouvèrent ensemble, unis dans la touffeur de la nuit égyptienne, ils ôtèrent leurs vêtements et se glissèrent l'un contre l'autre. Mais ils étaient trop épuisés pour faire l'amour. La journée avait été éreintante. Ils avaient seulement besoin de tendresse, de se réconforter au contact l'un de l'autre, de s'assurer que tout cela n'était pas qu'un rêve. Ils avaient l'impression d'avoir quitté la France depuis une éternité. Pour Pierre, c'était un peu vrai. Mais Dyane avait peine à s'imaginer que, trois mois plus tôt, elle était encore soumise aux violences de Delrieux. A présent, elle se demandait comment elle avait pu supporter tous ces mauvais traitements sans réagir. Elle aurait dû le frapper, avec n'importe quoi, lui rendre ses coups et s'évader avec sa fille. Cela lui paraissait tellement évident, à présent. Les épreuves qu'elle avait vécues depuis son départ l'avaient renforcée. Si jamais elle se retrouvait un jour devant lui, elle ne lui permettrait plus de lever la main sur elle. Plus jamais.

Tout à coup, un petit rire de Pierre attira son attention.

— Pourquoi ris-tu ? demanda-t-elle.

— Parce que notre situation n'est pas conforme aux coutumes des pays arabes. Pour eux, une femme mariée est sacrée. Aucun homme ne doit la toucher. Aussi sommes-nous en faute vis-à-vis de leurs lois.

— Cela n'a aucune importance, répondit-elle.

Cependant, son ton manquait de conviction. Elle ne pouvait changer ce qui était. Bien qu'elle l'ait quitté, elle était toujours mariée avec Philippe Delrieux, et elle savait qu'elle ne pourrait jamais officiellement se séparer de lui. Si un jour ils retournaient en France, il refuserait le divorce et la reprendrait, de gré ou de force. Et la loi lui donnerait raison.

— Nous ne serons jamais vraiment mariés, soupira-t-elle.

Il lui prit délicatement le menton et déposa un baiser très doux sur ses lèvres.

— Tu l'as dit toi-même : cela n'a aucune importance. L'essentiel, c'est que nous soyons ensemble. Ici, tout le monde croit que tu es ma femme. Sylvia m'appelle papa. Cela ne vaut-il pas mieux que le document que tu as signé dans un pays lointain et qui ne correspond plus à rien ?

Elle se serra contre lui, glissant ses mains sur sa peau, respirant son odeur, et ferma les yeux. A l'extérieur résonnèrent l'appel plaintif et lointain d'un loup du désert, puis les jappements plus proches d'un couple de renards des sables. Le bruissement léger et incessant du vent nocturne faisait frémir la toile de la tente. Un vague bruit de conversation leur parvenait en provenance du campement des soldats qui veillaient autour du feu de camp. Un léger parfum de thé à la menthe flottait dans l'air. Elle chassa les pensées moroses qui l'avaient envahie à l'évocation de Philippe. Il était loin, dans un autre monde.

Demain, ils partiraient vers le sud, en direction du petit village d'El-Ayyah, où le vieux maître de Pierre avait éprouvé ce malaise étrange.

Là où se trouvaient les ruines d'un palais dont la légende ressemblait fort à celle de Neith-Ikerêt.

45

Le lendemain, lorsque Pierre et ses amis plièrent les tentes, Râ inondait le plateau sacré d'une lumière rasante qui projetait au loin l'ombre de la pyramide à degrés sur l'or du désert. Après des adieux et des souhaits de réussite échangés avec Auguste Mariette, ils prirent la direction du sud. La fraîcheur de l'aube s'effaça très vite sous l'ardeur du soleil. Bien abritée sous un dais placé sur le dos de son dromadaire, Sylvia s'amusait du balancement régulier de l'animal tout en se serrant contre Séverine. La jeune domestique était partagée entre la crainte et l'émerveillement. Tout ce qu'elle avait découvert depuis son arrivée en Egypte défiait l'imagination. Pourtant habituée aux monuments parisiens, elle était restée époustouflée devant la taille des pyramides. Mais elle redoutait une incursion toujours possible de pillards venus des terres occidentales. Heureusement, l'escorte des soldats la rassurait. Et surtout, elle n'était pas insensible au charme d'Afalku, à son visage brûlé par le sable et le soleil, à son regard mystérieux. Le Kabyle avait remarqué l'intérêt dont il était l'objet de la part de la jeune fille, et il s'arrangeait souvent pour placer son dromadaire à proximité du sien.

A peine à deux kilomètres au sud de Saqqarah se dressaient d'autres pyramides. La couleur rouge de l'une d'elles trahissait l'utilisation de la pierre locale. Une autre offrait une forme étrange, avec des flancs présentant deux pentes différentes. D'après les renseignements fournis par Mariette, elle était attribuée au roi Snefrou, fondateur de la IVe dynastie, et elle était plus ancienne que les grandes pyramides de Gizeh.

Toutes étaient en grande partie recouvertes de sable. Plus au sud, ils traversèrent une petite localité nommée Dahchour.

Le soir enfin, après une marche longue et pénible sous la chaleur étouffante, ils parvinrent à El-Ayyah. Autour du village s'étiraient des champs où subsistait une végétation parcimonieuse. Sur les rives du fleuve se dressaient des sortes de potences appelées « chadoufs », à l'aide desquelles on irriguait les plantations. Cet ingénieux système n'avait pas dû être modifié depuis des millénaires. Les paysans attendaient avec impatience la prochaine crue, qui ne se produirait pas avant la fin juillet. Une mosquée se dressait au centre du village, dont les ruelles, bordées de petites maisons à toits plats, étaient ombragées par des sycomores, des acacias et des palmiers dattiers. Poules et chèvres y vagabondaient en toute liberté. Des chats censés chasser les rats bâillaient paresseusement sur les terrasses.

La population se montra hospitalière. Des vieillards assis à l'ombre d'une palmeraie les regardèrent passer avec curiosité tandis qu'une nuée d'enfants peu farouches vint les entourer familièrement comme un essaim de moineaux. Le chef du village les accueillit, un peu inquiet de la présence des guerriers. Pierre le rassura en lui expliquant qu'ils constituaient leur escorte. Le vieil homme les invita à prendre place autour de la table basse qui ornait sa terrasse. Il leur offrit le thé à la menthe, qu'il prépara avec un soin particulier, en prenant son temps comme le voulait la tradition. Si Pierre avait l'habitude de ce rituel, il étonnait toujours Alfred, Rose et Dyane, qui ne comprenaient pas pourquoi les autochtones semblaient prendre un malin plaisir à faire durer les choses. Pierre avait expliqué à ses amis que le temps n'avait pas la même valeur pour les Occidentaux et les Orientaux. Ainsi, leur hôte versa plusieurs fois le thé dans les verres. A chaque fois, les Français espéraient qu'ils allaient boire, mais il reversait le breuvage dans la théière de cuivre ciselé, tout en continuant à palabrer, sous le regard amusé de Pierre et d'Afalku. Cette pratique produisait un thé à la fois fort et chargé de parfums.

— Le rituel du thé est très important, expliqua le jeune homme. C'est un témoignage d'amitié et une loi de l'hospitalité.

Enfin, le vieil homme se décida à donner à chacun un verre fumant, qu'il fallait boire en « aspirant » le breuvage presque brûlant. Tout le monde y eut droit, les Européens comme les soldats. Alfred convint que jamais il n'avait bu un thé aussi bon.

Le vieil homme ne posa aucune question sur la destination des voyageurs. Selon la tradition arabe, il est inconvenant d'interroger un invité. On doit attendre que celui-ci parle, s'il désire le faire. Ce ne fut qu'après le service du thé que Pierre expliqua au chef du village le but de leur visite. Le vieil homme l'écouta longuement en hochant la tête, puis répondit :

— L'endroit dont tu parles existe, mais il n'est pas situé à côté du village. Nous évitons de nous y rendre car il est hanté par des esprits mauvais.

— On dit qu'une légende y est attachée.

— C'est vrai, *Ostedh*. Une légende prétend qu'il y a bien longtemps, à l'époque des dieux anciens, des hommes périrent en grand nombre à cet endroit, tués par une reine qui voulait venger son époux assassiné. Les esprits de ces morts rôdent encore là-bas. Il vaut mieux éviter de les déranger.

Le lendemain pourtant, ils demandèrent un guide. Personne n'accepta de les conduire sur place. Visiblement, les habitants d'El-Ayyah étaient effrayés par ce lieu. Embarrassé, le vieux chef indiqua une vague direction, vers le sud-ouest. Pierre n'insista pas.

Ils se lancèrent donc seuls à la recherche des ruines. Le livre de Vivant Denon ne pouvait leur être d'aucun secours. Il n'était pas en compagnie d'Auguste Pecquerel le jour où ce dernier avait visité les ruines. Ils errèrent longtemps. Rien ne ressemblait à ce que le vieux maître avait décrit. A la limite de la zone fertile, le désert reprenait ses droits presque sans transition et s'étirait vers l'ouest jusqu'à l'horizon qui ondoyait sous l'effet de la chaleur. Le relief n'était pas uniforme, qui dressait çà et là des tertres de rocaille et de sable. Au bout de plusieurs heures, Pierre commença à douter.

— Peut-être ai-je mal compris, avoua-t-il. Ces vestiges sont sans doute ailleurs. Il me semblait pourtant avoir bien retenu le nom du village...

Dyane ne répondit pas. Depuis leur départ d'El-Ayyah, quelque chose l'attirait irrésistiblement vers le sud-ouest. Bien qu'elle n'y fût jamais venue, ce paysage lui paraissait étrangement familier. Par moments, sa vue se dédoublait et elle avait l'impression de voir une brume verte couvrir le sol aride du désert, telle une végétation fantôme. Les spectres d'arbres disparus depuis longtemps se dessinaient, fugaces, puis s'évanouissaient. Elle secoua la tête. Elle était de nouveau victime du phénomène qui l'avait frappée dans la pyramide de Mykérinos. Cependant, elle ne réussissait pas à s'orienter. Comme si tout avait changé.

— Il y avait une savane autrefois, dit-elle à Pierre. Les ruines sont bien ici, je le sens.

Elle se laissa guider par son intuition. Celle-ci les mena plus loin vers le sud. En fin de journée, ils parvinrent dans un endroit creusé d'une dépression singulière. Ils se trouvaient alors à plus de quatre kilomètres au sud-ouest du village. Des souvenirs de murs éboulés composaient une forme vaguement rectangulaire, envahie par quelques arbustes chétifs et une herbe jaune et rare. Un petit groupe de fennecs s'enfuit à leur approche. Quelque chose de néfaste se dégageait des lieux.

— Cet endroit me fait peur, déclara Rose.

A tout hasard, elle fit le signe de croix. Alfred acquiesça en silence, tandis que Sylvia, qui ne pleurait presque jamais, fut prise d'une crise de larmes. Les montures faisaient preuve d'une nervosité anormale et blatéraient sans raison. Fidèle, qui avait pourtant traversé l'horreur des champs de bataille, tirait sur son mors et s'agitait. Pour couronner le tout, depuis le début de l'après-midi, un vent de sable s'était levé, noyant l'horizon lointain dans une brume d'un jaune grisâtre. Les bourrasques s'écorchaient en sifflant sur les roches affleurantes, semblables aux gémissements d'âmes en détresse.

— C'est ici, déclara Dyane d'une voix blanche.

Pierre comprit alors ce qu'avait voulu dire son vieux maître. Il régnait dans ces ruines une atmosphère délétère. Plus impressionné qu'il ne l'aurait pensé, il se demanda s'il aurait le courage de pénétrer à l'intérieur.

La jeune femme ne lui laissa pas le temps de réfléchir. Elle mit pied à terre et s'avança, bousculée par de violentes rafales. Pris de court, Pierre confia son cheval à un soldat et rejoignit sa compagne. Il vit qu'elle avait peur, mais il savait aussi que rien ne l'empêcherait d'inspecter les lieux.

A pas lents, sous le regard inquiet de leurs amis, Dyane et Pierre pénétrèrent dans l'enceinte balayée par les vents. Une angoisse irrationnelle les envahit inexorablement. Par moments, les vents tourbillonnants faisaient naître des formes indistinctes rappelant vaguement des silhouettes humaines. Mais ce n'étaient que des tornades de sable éphémères, qui explosaient l'instant d'après. S'enfonçant dans les ruines, ils se rendirent compte que le relief dissimulait des structures artificielles, des restes de murs. Des coins de dalles brisées affleuraient par endroits.

Dyane peinait à respirer. Au début, elle avait mis cette oppression sur le compte du vent trop chaud, mais elle comprit peu à peu qu'il se passait quelque chose d'anormal. Tout à coup, elle tomba à genoux. Pierre voulut la relever, mais elle lui fit signe de ne pas intervenir. Les bourrasques avaient redoublé de violence.

La jeune femme ferma les yeux, tant à cause du sable qui lui cinglait le visage qu'en raison des images terrifiantes qui investissaient irrésistiblement son esprit. Elle avait l'impression de s'être dédoublée. Une partie d'elle-même tremblait de terreur et l'incitait à fuir, tandis qu'une autre lui ordonnait de demeurer, d'affronter le phénomène avec courage. Mais aurait-elle voulu s'échapper qu'elle ne l'aurait pu, ses jambes ne lui obéissant plus.

Peu à peu, elle fut transportée dans un autre monde. Aux ruines recouvertes par le sable se superposaient des images stupéfiantes.

Un palais se dressait autrefois en ces lieux, bâti à la lisière du désert, comme un défi jeté à la face du dieu Seth, le frère ennemi d'Osiris. Un palais érigé par la reine Neith-Ikerêt en l'honneur de son époux, Hon-Taï l'envahisseur, Hon-Taï, l'objet de toute sa haine.

Derrière elle se tient l'ombre d'un dieu inconnu, à la tête de faucon, mais qui n'est pas Horus. Un nom jaillit, fugace : Montou, le dieu du lointain Sud.

Dyane tenta de se relever, ne réussit qu'à se traîner à genoux sur quelques pas. Pierre la suivit sans oser intervenir.

Elle distingue à présent une salle vaste, ornée de fresques murales représentant des dieux, ou des paysans à l'ouvrage. De longues tables basses proposent des coupes de fruits, des plats de viandes grillées, des pains de toutes sortes, des flacons de terre cuite emplis de bière et de vins divers. Tout au bout, des musiciens et des danseuses nues distraient une foule d'invités. On rit et on festoie de belle manière. Pourtant, une ombre effroyable plane sur les convives. L'ombre de la mort...

Elle-même se trouve au milieu de la foule, près d'un homme dont elle ne parvient pas à distinguer le visage. Mais elle sait que c'est lui, son second mari, l'assassin de son premier époux. Tout se dilue dans le néant.

Dyane gémit.

Le palais a disparu. Elle est ailleurs, quelque part dans un jardin orné de bassins et planté de sycomores. Il fait doux. C'est le soir. Un visage lui apparaît, un nom surgit du néant : Merenrê, l'Aimé du Soleil. Son frère, son ami de toujours, puis son compagnon, ainsi que le veut la tradition. Ils s'aiment depuis qu'ils sont enfants.

Une saute de vent gifle Dyane. Elle pousse un hurlement. Pierre se précipite. Elle le repousse presque avec violence. Elle respire très vite, à présent.

Le visage aimé est soudain marqué par l'étonnement et l'incompréhension. Un poignard se lève, frappe, égorge, éventre. Un corps s'effondre, couvert de sang, bientôt sans vie. Une souffrance infinie tord l'esprit de la jeune reine, la sensation d'une perte irréparable, une chape de tristesse descend sur elle, un flot bouillonnant de haine lui glace le cœur.

Des larmes coulent sur le visage de Dyane. Bouleversé, Pierre ne sait plus que faire. Il s'agenouille à ses côtés. Mais elle ne le voit plus.

Une folle sarabande d'images l'agresse de nouveau, la ramenant dans le palais. Mais la vision a changé. Prétextant une indisposition passagère, elle a emprunté l'escalier qui constitue le seul accès possible, et elle a rejoint une petite chambre percée d'une ouverture qui offre une vue plongeante sur la grande salle du festin. Elle observe, le visage dur, les mâchoires serrées par la colère. Sur son ordre, l'un de ses fidèles bascule un lourd levier situé derrière elle. L'instant d'après, plusieurs pierres pivotent dans les murs et des flots d'une eau noire et chargée de terre envahissent la salle, emportant les convives surpris, qui se mettent à hurler de terreur.

Dyane pousse un nouveau cri. Elle perçoit l'écho des clameurs d'angoisse à travers l'espace et le temps. Elle serre les poings comme si elles retentissaient tout autour d'elle. Seuls les hurlements du vent lui répondent. Elle se bouche les oreilles, mais les clameurs ne sont pas ailleurs que dans son propre esprit.

Des archers ont pris place en haut de l'escalier et abattent sans pitié ceux qui tentent de s'échapper. Seuls les musiciens et les danseuses sont épargnés, sur ordre de la reine. Terrorisés, ils se glissent entre les archers, certains tenant encore leur instrument de musique, harpe ou flûte, puis disparaissent dans les profondeurs du palais. Une fureur noire tient le cœur de Neith-Ikerêt, mêlée à une joie malsaine à chaque fois qu'elle voit l'un de ses ennemis abattus s'enfoncer dans le bouillonnement des flots noirs. Le carnage dure longtemps, jusqu'à ce que la salle soit entièrement noyée. Les eaux boueuses ont pris une teinte rouge sombre. Il n'y flotte plus que des corps sans vie, hérissés de flèches, au milieu des flacons vides, des débris du repas. Il est impossible de les reconnaître, mais Neith-Ikerêt sait qu'il y a là tous les nomarques qui l'ont trahie et qui ont commandité l'assassinat de Merenrê. Ils ont payé leur crime de leur vie. Justice est faite. L'âme de Merenrê est apaisée.

Dyane s'écroule sur le sable et se met à vomir. Le souvenir des cadavres transpercés par les flèches, des gémissements désespérés des agonisants, du sang coulant des blessures, lui tord les entrailles.

Elle se relève, fait quelques pas, soutenue par Pierre. Elle peine à reprendre son souffle, autant en raison du puissant vent de sable que de l'horreur entrevue. Soudain, elle titube et s'écroule à nouveau.

Une nouvelle image lui apparaît, effrayante. Il s'est écoulé plusieurs jours, plusieurs mois peut-être. C'est la nuit. Elle est seule dans sa chambre royale. Des lampes à huile diffusent une lumière d'or. Elle est nue. Elle pense avoir éliminé tous ses ennemis. Mais tout à coup l'un d'eux, le plus abominable de tous, surgit devant elle, bondissant d'une terrasse. Elle veut hurler, mais aucun cri ne sort de sa gorge tant la peur lui broie la poitrine. Le visage de son agresseur reste plongé dans les ténèbres, mais elle sait qui il est : Hon-Taï, qui est parvenu à s'échapper après s'être emparé de la harpe d'un musicien tué d'un coup de poignard. Courbant le front, il a réussi, dans la confusion, à tromper les archers. Il s'est enfui et caché, attendant l'heure de sa vengeance.

Neith-Ikerêt recule, partagée entre la terreur et la colère, qui peu à peu reprend le dessus. Il n'est qu'une ombre, l'ombre de la Mort elle-même, qui parle à voix basse, une voix qui la pétrifie. Lorsqu'il plonge son glaive dans son ventre, elle ne peut réagir. Mais elle le fixe intensément, en un ultime défi.

Des paroles s'échappaient de la bouche de Dyane. Des paroles incompréhensibles. Ni du français, ni de l'arabe, ni aucune autre langue connue. A certaines consonances, Pierre comprit avec stupéfaction qu'elle s'exprimait en égyptien antique.

Soudain, Dyane poussa un hurlement déchirant et roula sur le sol. Pierre connut un instant de pure panique. Elle paraissait morte, les yeux révulsés. Il se pencha sur elle, la secoua. Enfin, lentement, la jeune femme se remit à respirer. Une douleur résiduelle subsistait dans son flanc gauche, qui s'estompa à mesure qu'elle reprenait son souffle. Pierre la souleva dans ses bras. Il leur fallait regagner le village au plus vite, sinon, ils risquaient d'être pris au piège de la tempête.

Dans un état second, Dyane passa ses bras autour de son cou, se blottit contre son torse solide, réconfortant. Les images fulgurantes et terribles restaient gravées dans sa mémoire comme si elle les avait vraiment vécues elle-même.

Tout à coup, comme ils ressortaient de l'enceinte, une silhouette sombre se dressa devant eux. A moitié inconsciente, Dyane poussa un cri. Il s'agissait d'un vieil homme, qui les salua avec déférence. Il se tenait droit malgré les bourrasques de vent. Pierre se demanda l'espace d'un instant s'il s'agissait du même individu que celui qu'avait rencontré Auguste Pecquerel. C'était impossible. Cela remontait à plus d'un demi-siècle.

— *Salaâm aleikhum*, dit le vieillard.

— *Aleikhum salaâm*, répondit Pierre. Que veux-tu ?

— Prévenir la femme que tu tiens dans tes bras.

— La prévenir ?!

L'homme n'avait pas l'air dangereux. Pierre déposa Dyane à terre. Elle regarda le vieil homme. Les yeux plissés par le vent, il l'observa, remarqua le collier. Enfin, il parla. Sa voix rauque et basse tranchait sur les hurlements de la tempête naissante.

— Je sais qui tu es et pourquoi tu es venue. Prends garde ! De puissants esprits s'affrontent en ces lieux. La prophétie dit que la reine assassinée reviendra pour accomplir sa vengeance. Elle t'a parlé. Elle est en toi. Elle te guidera vers elle, car tu es le bras qui la libérera. Mais tu dois savoir une chose : dans ce combat, tu risques de perdre la vie. Car face à elle se dresse une entité néfaste et puissante.

— Je sais. Mais si je ne le fais pas, je perdrai aussi la vie, répondit Dyane d'une voix monocorde.

Le vieil homme acquiesça d'un signe de tête.

— Alors, que les dieux veillent sur toi.

— Attends, intervint Pierre, terrifié par ce qu'il venait d'entendre. Qui es-tu ? Pourquoi dis-tu cela ?

L'homme se contenta d'un sourire discret, puis s'enfonça dans le désert où il disparut dans la brume de sable, comme s'il n'avait jamais existé.

46

Ils eurent tout juste le temps de rejoindre El-Ayyah. La tempête qui menaçait depuis le matin explosa enfin et s'abattit sur le village. Les habitants leur offrirent l'hospitalité dans leurs demeures, plus résistantes que les tentes. Intrigué par leur mystérieuse rencontre, Pierre interrogea le chef du village, Mohamed el-Hamza. Celui-ci hocha la tête.

— Peut-être avez-vous eu affaire à un djinn. Mais je sais qu'une famille vit non loin du lieu maudit. Ce sont des gens étranges. Ils sont courtois et hospitaliers, mais ils ne se mêlent pas à ceux de mon village. On dit qu'ils sont là depuis toujours.

— Penses-tu qu'ils veillent sur les ruines ?

Mohamed eut un léger sourire.

— Que veux-tu voler au désert, mon ami ? Ici, on les surnomme « les fous ».

Pierre ne savait plus que penser. Il avait retrouvé le lieu découvert par son vieux maître, cinquante ans plus tôt. Si lui-même avait éprouvé une angoisse irrationnelle, cela n'était rien en regard de ce qu'avait ressenti sa compagne. On lui aurait raconté une telle histoire à Paris, il aurait eu peine à y croire. Mais ici, dans ce pays autrefois habité par les premiers dieux du monde, tout semblait possible.

Parce qu'ils étaient considérés par les autochtones comme mari et femme, on leur avait donné une petite chambre où ils purent s'isoler. Dyane s'était blottie contre Pierre. Les yeux rougis par les larmes et le sable, elle regardait fixement devant elle.

— Pourquoi as-tu dit que tu mourrais si tu renonçais ? demanda-t-il.

— Parce que c'est la vérité. Je ne sais pas comment l'expliquer, mais je suis en communication avec l'esprit de Neith-Ikerêt. C'est peut-être notre lointaine parenté, ou le collier, je l'ignore. Mais je sais que si j'abandonne à présent, il m'arrivera malheur. La seule manière de survivre est d'aller au bout de cette quête. Elle ne me laisse pas le choix.

Pierre ne dit mot.

— Je comprends à présent la légende, poursuivit la jeune femme. J'ai ressenti, au moment où elle a été tuée, l'extraordinaire volonté qui l'animait. Elle a projeté toute sa colère sur son assassin. Elle lui a dit qu'il ne lui suffisait pas de la tuer.

— Tu as prononcé des phrases que je n'ai pas comprises.

Dyane le regarda, un peu surprise.

— Je ne me souviens pas des mots. Mais je pense qu'elle s'exprimait à travers moi. Elle l'a averti qu'elle reviendrait, pour se venger, par-delà la mort elle-même. Sa haine est restée incrustée dans les ruines de ce palais disparu. Ce qui explique la légende et la malédiction attachées à ces lieux. Depuis plus de quatre mille ans, on n'a plus jamais rien bâti à cet endroit.

La tempête dura presque trois jours, pendant lesquels il fut pratiquement impossible de mettre le nez dehors. Le sable était partout, s'infiltrant sous les vêtements, entre les dents, dans la nourriture. La chaleur infernale engendrait une moiteur difficile à supporter. A l'extérieur, le monde semblait s'être dissous dans un néant grisâtre. On n'y voyait pas à dix pas. A peine si l'on distinguait les silhouettes des dromadaires. Conçus pour vivre dans le désert, ils étaient capables de fermer leurs narines, ce qui n'était pas le cas du pauvre Fidèle, qui souffrait beaucoup.

Enfin, au matin du quatrième jour, le vent tomba d'un coup. Une nébulosité couleur de safran demeura encore quelques heures en suspension dans l'air, puis les rives du Nil et l'horizon désertique recommencèrent d'exister.

Cette histoire de veilleurs intriguait Pierre. Il en parla à Alfred.

— Nous pourrions faire des fouilles à cet endroit, proposa ce dernier. J'ai toutes les autorisations. Je les avais demandées lorsque tu m'as parlé d'El-Ayyah.

Pierre hésita. La réaction de Dyane l'avait fortement inquiété et il n'avait guère envie de la voir revivre de telles émotions.

— Je ne sais pas, dit-il enfin. Cet endroit est vraiment impressionnant. Et je ne sais pas s'il pourrait nous apprendre autre chose.

Rose renchérit en frissonnant :

— Cette tempête de sable n'était pas naturelle. Elle s'est déclenchée au moment même où nous avons pris la décision de visiter ce site. Moi, j'ai peur que nous ne réveillions les esprits des morts. J'ai eu la chair de poule tout le temps que vous étiez dans ces ruines.

Elle se signa furtivement. Pierre eut un léger sourire. La tempête de sable n'était qu'une coïncidence, mais il devait admettre que ce phénomène était suffisamment angoissant pour marquer un esprit crédule comme celui de la brave Rose.

Alfred se tourna vers Dyane, qui demeurait songeuse.

— Et toi, Dyane, qu'en penses-tu ?

— Je crois que nous devrions le faire. Cependant, le tombeau de Neith-Ikerêt ne se trouve pas ici. Après sa mort brutale, elle a été inhumée dans la pyramide de Menkaourê. Ce palais d'El-Ayyah n'a été construit que pour servir de piège aux nomarques qui l'avaient trahie. Sa vengeance accomplie, Neith-Ikerêt l'a abandonné. Cependant, nous découvrirons peut-être un indice.

Pierre intervint.

— Ne crains-tu pas d'éprouver... de nouveaux malaises ?

— C'est un risque à courir. Mais je ne crois pas. Les vents sont tombés, à présent.

Elle lui adressa un petit sourire complice. Afin de ne pas effrayer Alfred et Rose, elle avait mis sa transe étrange sur le compte de la tempête.

Alfred hocha la tête.

— C'est vrai, mais il y a un autre problème. Si je possède les autorisations nécessaires, il ne va pas être facile d'embaucher des ouvriers. Ils sont terrorisés par ce lieu.

— Nous irons en recruter ailleurs. Dahchour n'est pas loin.

Ils n'eurent pas besoin de retourner à Dahchour. Lorsque Pierre expliqua qu'ils envisageaient de faire des fouilles, Mohamed el-Hamza commença par refuser en le regardant avec des yeux épouvantés. Pierre le laissa parler sans l'interrompre, puis répondit doucement :

— Nous n'offenserons pas les esprits. Ils nous attendent, au contraire.

— Personne ici ne voudra travailler pour toi, *Ostedh*. Ils ont bien trop peur.

— Eux, je le comprends, mais toi, qui portes le nom du lion ?

Le visage du vieil homme refléta sa stupéfaction.

— Si je me souviens bien, continua Pierre, Hamza, le lion, est un nom qui a été porté par un oncle du Prophète.

— Tu as lu le Coran...

— Je l'ai lu.

Le vieil homme les avait accueillis sur sa terrasse, où ils sacrifiaient une nouvelle fois au rituel du thé. Il prit le temps de la réflexion. Dyane, Rose et Alfred, qui ne parlaient pas un mot d'arabe, regardaient les deux hommes sans oser les interrompre. Pierre s'exprimait avec lenteur, posément. Dyane l'admirait de pouvoir communiquer avec ces gens. Il avait commencé à lui enseigner quelques mots. Les retenir n'avait guère présenté de difficultés, mais elle avait très vite découvert que la langue arabe possédait un esprit totalement différent de celui des langues européennes. Il lui avait été plus facile de comprendre les hiéroglyphes.

Le vieux chef hocha la tête avec fierté.

— Je fus un grand guerrier autrefois, à l'époque de Méhémet-Ali Pacha. J'ai combattu à ses côtés. Mes ennemis me respectaient et me craignaient. J'ai mérité mon nom.

— J'en suis persuadé, mon ami. Je sais que toi, tu n'aurais aucune crainte. Mais je comprends aussi les tiens, qui redoutent ces ruines. Il est vrai qu'il règne là-bas une atmosphère angoissante. Mais la femme que tu vois à mes côtés connaît les esprits et ne les craint pas.

Il fit signe à Dyane de montrer son collier. Elle le présenta à Mohamed, qui l'examina, sans toutefois oser le prendre en main. Pierre poursuivit :

— Ce collier appartient depuis toujours à sa famille. Peut-être ne le croiras-tu pas, mais elle descend par les femmes de la reine qui fit bâtir ce palais.

Le vieil homme contempla Dyane avec étonnement. Puis il dit :

— La légende affirme qu'elle portait des cheveux de la couleur des blés murs, tout comme ton épouse... Peut-être est-elle sa descendante, en effet.

— J'ajoute que mon ami, le marquis Alfred de Givors, est disposé à payer un très bon prix pour ce travail. Mais si tes hommes ont peur, nous le proposerons à ceux de Dahchour...

Mohamed el-Hamza leva la main.

— Ne fais pas ça, *Ostedh*. Ceux de Dahchour sont des fainéants. Ils te prendront ton argent et feront traîner les choses pour exiger plus.

Il se tut, gratta sa barbe blanche, puis déclara :

— Il faut que je parle aux miens. Je ne peux pas décider pour eux.

— Bien entendu.

La réponse ne tarda pas. Devant la somme rondelette proposée par Alfred, une vingtaine d'hommes se portèrent volontaires. Les travaux commencèrent immédiatement.

Il fallut une quinzaine de jours pour désensabler les ruines. Contrairement à ce que craignaient les villageois – et même les Européens –, il n'y eut aucune manifestation hostile de la part des esprits. Certains ouvriers éprouvèrent un peu d'angoisse au début, prétendant entendre les voix des spectres qui hantaient les lieux, mais d'autres se moquèrent d'eux et ils reprirent le travail sans barguigner. Le mythe effrayant attaché au site était probablement pour beaucoup dans leur réaction.

Seule Dyane avait véritablement établi un contact avec les esprits du palais. Mais elle s'était désormais habituée à leur présence, qui se traduisait par des sensations bizarres, des frissons, l'impression fugace de percevoir une voix, le froissement d'une robe de lin, l'écho aigre d'une flûte ou le bruissement d'un sistre. Elle n'y prêtait plus attention.

A plusieurs reprises, le vieil homme du désert observa les travaux de loin. Pas une fois il ne s'approcha.

Peu à peu, les ouvriers mirent au jour un ensemble de belles dimensions, qui dessinait des salles, des chambres, des cuisines, où ils retrouvèrent les restes de grandes jarres presque réduites en miettes. On découvrit divers objets, des vases, un œil oudjat en cuivre, autrement appelé « œil d'Horus », des amulettes représentant le scarabée sacré, un pilier djed, trois repose-tête en bois de sycomore, un morceau de siège aux pieds sculptés en forme de pattes de lion, un sabre de bronze, deux poignards aux manches sertis de lapis-lazuli. Sur plusieurs de ces objets figurait le cartouche de Neith-Ikerêt.

Cependant, Dyane n'était pas satisfaite. Nulle part ils n'avaient découvert d'indices sur ce qui était arrivé à la momie de la reine.

— Il faut creuser encore plus profondément.

Sur ses indications, on poursuivit les recherches. Se fondant sur ce qu'elle avait entrevu, Dyane tentait de reconstituer l'architecture du palais tel qu'il était à l'époque de Neith-Ikerêt. Après quelques erreurs, elle finit par localiser l'emplacement de la salle du banquet. Bientôt, de nouvelles dalles de granit apparurent, qui se révélèrent être les voûtes de plafond d'une pièce située encore au-dessous. La jeune femme exultait. Peu à peu, le palais reprenait forme, tel que ses visions le lui avaient montré. Il fallut étayer pour ne pas laisser le sable envahir le chantier. Plus tard, on retrouva les parois délimitant la salle et l'on put creuser encore plus bas.

Après deux nouvelles semaines de travaux, la partie souterraine du palais était dégagée. Vivement émue, Dyane retrouva la salle du banquet funeste entrevue au cours de sa transe, une salle desservie par un escalier aux marches depuis longtemps disloquées, mais encore visible. On avait pu déterminer l'emplacement de la chambre attenante, percée d'une ouverture donnant sur la grande salle. C'était depuis cet endroit que Nitocris avait assisté au massacre.

Ils découvrirent également que la salle du banquet était cernée par un réseau de couloirs menant, derrière la petite chambre adjacente, à une autre pièce de grandes dimensions, située à un niveau plus élevé. On l'avait d'abord prise pour la salle du trône. Mais Dyane détrompa ses compagnons.

— Regardez, dit-elle, cette pièce ne comporte pas la moindre trace de porte en dehors de cette étroite ouverture. C'était un réservoir. C'est ici que fut stockée l'eau qui servit à noyer les nomarques. Et ce que nous avons pris pour des couloirs sont en réalité des conduits.

— Sapristi, tu as raison ! s'exclama le marquis.

Gagné par l'enthousiasme, il parcourut le réseau à pas rapides.

— Il y a des ouvertures dirigées vers la salle...

— Cela confirme ce que tu as vu, glissa Pierre à Dyane.

Elle acquiesça d'un signe de tête. Cependant, si les fouilles avaient produit de nouvelles pièces, débris d'assiettes, récipients de bronze et de cuivre, deux colliers d'or et d'argent qui avaient échappé à la rapacité des pilleurs, ils n'avaient rien découvert de plus qui pût les mettre sur la piste du tombeau de Nitocris. Dans une autre salle située plus à l'est subsistait une fresque terriblement abîmée représentant probablement la reine. Mais son cartouche avait été en partie effacé, ne laissant apparaître que les hiéroglyphes de Neith.

— Ce n'est pas le sable qui a pu faire ça, remarqua Pierre. On dirait que le nom a délibérément été effacé.

— Cela n'a rien d'étonnant, répondit Dyane. Si son second mari l'a assassinée, il est probable qu'il a repris le pouvoir ensuite. Il a dû vouloir détruire tout ce qui pouvait rappeler son souvenir au peuple.

— Ce qui expliquerait aussi la détérioration du nom sur la statue du Louvre, renchérit Alfred.

Après avoir relevé les plans des lieux et effectué quelques croquis, ils se réunirent à El-Ayyah. Mohamed el-Hamza était enchanté du travail réalisé par ses hommes et de la somme rondelette remise par le marquis.

— Tu es certainement la descendante de cette reine mystérieuse, dit-il à Dyane. Les esprits n'ont pas manifesté leur colère. Ils t'ont réservé un bon accueil.

Dyane le remercia d'un signe de tête après que Pierre eut traduit ses paroles.

Cependant, lorsqu'ils furent de nouveau tous les quatre, Alfred s'étonna auprès de Dyane :

— Je suis stupéfait de la manière dont tu as mené ces fouilles, dit-il. Je sais que tu es sans doute la descendante de Nitocris, mais tout de même, la localisation des pièces de ce palais n'était pas facile. Pourtant, j'ai eu l'impression que tu connaissais déjà les lieux. Et ce n'est pas tout. A plusieurs reprises, je t'ai entendue citer des noms, comme Merenrê et Hon-Taï, les deux maris de Nitocris. D'où les connais-tu ? Les documents dont nous disposons ne mentionnent aucun de ces deux noms.

Dyane hésita. Pierre lui prit la main.

— Tu devrais leur dire la vérité.

— Je sais, mais j'ai peur que vous me pensiez folle.

Alfred eut un sourire.

— Après ce que je viens de voir, je suis prêt à entendre beaucoup de choses.

La jeune femme lui rendit son sourire. Puis elle expliqua tout, depuis ses cauchemars jusqu'aux visions étranges qui l'avaient assaillie lors de la première visite dans les ruines d'El-Ayyah. Le marquis acquiesça en silence, tandis que Rose contemplait Dyane avec étonnement.

— Tu as vraiment vu tout ça ? demanda-t-elle.

— Pas vraiment vu, rectifia Dyane. Ressenti seulement. C'était comme un rêve, mais très précis. C'est de là aussi que je tiens ces noms. Mais si je parle de ça à des historiens, ils refuseront de m'écouter. Pourtant, nous avons bien retrouvé le palais de Neith-Ikerêt.

Elle hésita de nouveau, puis ajouta :

— Ce n'est pas tout. Depuis quelques jours, pendant que nous travaillions sur le chantier, un nouveau rêve s'est manifesté, encore plus étrange que les autres. Un homme à tête de faucon m'est apparu. Un dieu de l'ancien temps.

— Horus ? demanda Pierre.

Dyane secoua la tête.

— Non, pas Horus. Son nom a surgi dans mon esprit lors de mon premier… voyage. C'est le dieu Montou.

— Montou ? C'est un dieu de Thèbes…

— Ouaset, rectifia aussitôt Dyane, qui s'étonna de sa virulence soudaine.

Pierre acquiesça, un peu surpris. Il avait remarqué qu'elle préférait donner les noms égyptiens plutôt que les noms grecs. Elle n'appelait jamais son ancêtre Nitocris, mais Neith-Ikerêt. Peut-être était-ce là la manifestation du contact qui s'était établi entre Dyane et l'esprit de la reine disparue. Il ne voulut pas la contrarier.

— Tu as raison. Ouaset, qui veut dire le Sceptre, était la capitale du quatrième nome de Haute-Egypte. Ce sont les Grecs qui ont donné à cette cité le nom de Thèbes. Hérodote l'a appelée « la Ville aux cent portes ».

— Qui était Montou ? demanda Alfred.

— Un dieu guerrier très ancien, que les Egyptiens représentaient un peu à la manière d'Horus, sous la forme d'un homme à tête de faucon. Il était son équivalent pour l'Egypte du Sud. D'après ce que l'on sait, plusieurs pharaons portèrent le nom de Montouhotep sous la XIe dynastie. Cela signifie « Montou est satisfait ». A cette époque, après la période de chaos qui suivit l'effondrement de l'Ancien Empire, sans doute consécutive à la mort de Neith-Ikerêt, des rois reprirent le contrôle de l'Egypte et réunifièrent le Double Pays.

— Le Double Pays ?!

— En Egypte, tout va toujours par deux. Elle est composée de deux pays, la Basse-Egypte, la région du Delta, au nord, et la Haute-Egypte, la vallée du Nil, au sud. C'est pour cette raison que la couronne est double, et comporte deux parties : une couronne rouge pour la Basse-Egypte, et une couronne blanche pour la Haute-Egypte. Le tout est surmonté d'un uræus, un cobra sacré qui représente le pouvoir du roi, le pharaon qui unifie les deux pays.

— Et Montou est donc un dieu de la Haute-Egypte…

— Exactement. Il régnait sur Thèbes et fut à l'honneur au début du Moyen Empire, avec les règnes des rois appelés Montouhotep. Mais, deux siècles plus tard, il perdit de sa puissance au profit d'un autre dieu, Amon, qui devint la divinité la plus importante de l'Egypte antique.

Alfred se tourna vers Dyane.

— Mais comment se fait-il que ce dieu disparu depuis si longtemps te parle dans tes rêves ?

La jeune femme secoua la tête, mal à l'aise.

— Il ne me parle pas. Il semble vouloir me faire comprendre certaines choses. Mais peut-être s'agit-il seulement d'un rêve, provoqué par les études que j'ai menées sur l'Egypte avec Pierre. Le dieu Montou y apparaît plusieurs fois.

Pierre s'adressa à Alfred et Rose :

— Pour vous, il ne s'agit que d'un dieu disparu depuis des millénaires, une simple croyance, voire une superstition. Mais si l'on admet que Dyane est entrée en relation avec l'esprit de son ancêtre, il faut alors penser autrement, et accepter le fait que Neith-Ikerêt considérait Montou comme un dieu, au même titre que toi, Rose, tu crois en la sainte Trinité…

— Ce n'est pas la même chose, répliqua-t-elle.

— Si, ma douce Rose. La foi, c'est ce que l'on croit au plus profond de son cœur. Si tu crois en Dieu et en la Vierge, tu peux comprendre que Neith-Ikerêt ait sincèrement cru en Horus, Osiris, Isis… et en Montou.

— Tu penses donc que c'est l'esprit de Neith-Ikerêt qui se manifeste en envoyant ce dieu dans mes rêves ? demanda Dyane.

— C'est une explication logique. Quant à savoir si c'est la bonne… Qu'est-ce que te dit Montou ?

— Il ne parle pas. Son regard est fixé sur moi, mais il ne dit rien. Il me fait comprendre que je dois continuer vers le sud. C'est comme s'il guidait mon esprit. Je pense que je devrais avoir peur, mais ce n'est pas le cas. Au contraire, j'ai la sensation qu'il me protège.

Elle hésita, puis ajouta :

— C'est pourquoi je pense que nous devons poursuivre dans cette direction.

47

Au sud...

Plus ils s'enfonçaient au cœur de la Haute-Egypte, plus la chaleur devenait insoutenable, plus le soleil se faisait éblouissant, noyant le paysage dans une brume d'or éclatante. La phrase d'Hérodote, « L'Egypte est un don du Nil », prenait tout son sens. Après les vastes étendues marécageuses du Delta, après l'embranchement du Fayoum, la vallée s'était resserrée et le relief s'élevait insensiblement, à l'est et à l'ouest. Chaque rive offrait une végétation luxuriante, qui poussait sur une terre sombre aux reflets roux. Palmiers, sycomores, acacias, bananiers, orangers ombrageaient les cultures des paysans manœuvrant leurs chadoufs, comme ils devaient déjà le faire cinq mille ans plus tôt. Les dieux antiques étaient passés, les pharaons s'étaient succédé pendant plus de trois millénaires, les Grecs, les Perses, les Romains, puis les Arabes avaient conquis le pays. Mais la vie des paysans égyptiens n'avait pas changé pour autant, rythmée par les semailles, les récoltes, et les crues annuelles du fleuve.

Parfois, des ruines grandioses surgissaient du sable, inattendues, mystérieuses, reflet d'un passé disparu désormais enseveli sous les sables, sur lesquelles il n'était pas toujours possible de mettre un nom. Les sites n'avaient pas encore tous été étudiés, comme Hermopolis, Tell al-Amarna, où s'étiraient les vestiges de la cité du pharaon hérétique Akhenaton, Lycopolis, Abydos, Dendérah. Curieusement, Dyane n'insistait pas pour qu'on leur donnât leurs noms égyptiens. La reine Neith-Ikerêt ne semblait pas y attacher d'importance, sans doute parce qu'elle n'avait pas vécu dans ces lieux.

Parfois, ils restaient quelques jours sur place, opérant des relevés, effectuant des croquis, dégageant quelque fresque dont Pierre et Dyane tentaient de traduire les textes. Rose et Alfred suivaient, en compagnie de Séverine et d'Afalku, qui portait la petite Sylvia dans ses bras.

« Une vie ne suffirait pas pour étudier toutes ces merveilles », disait Alfred.

Des paysans leur proposaient quantités d'objets de toutes sortes, qu'ils extrayaient des sables. A Abydos, cité d'Osiris, ils firent l'acquisition d'une douzaine de magnifiques shaouabtis. A Dendérah, ils achetèrent plusieurs vases canopes en excellent état, en albâtre et en faïence. Leurs couvercles présentaient des formes animales : faucons, babouins, chacals. Pierre expliqua :

— Jean-François Champollion a découvert l'usage de ces vases. Ils étaient destinés à renfermer les viscères des défunts, afin que ceux-ci puissent les conserver dans l'au-delà. Leur nom vient de la ville de Canope, où les antiquaires se fournissaient à l'origine. Cette appellation leur est restée. Ils étaient déjà en usage à l'époque de Neith-Ikerêt.

Depuis l'intérêt déclenché, un demi-siècle plus tôt, par l'expédition de Napoléon Bonaparte, les Egyptiens avaient bien compris que les Européens étaient friands de toutes ces vieilleries que l'on trouvait parfois sous les sables. Ils ne s'en expliquaient pas la raison, mais cet intérêt représentait pour eux une source de revenus non négligeable, car les étrangers étaient prêts à payer de belles sommes – tout au moins du point de vue égyptien – pour acquérir ces choses. Ce n'était pas la première fois que cela arrivait. Les anciens des villages racontaient que, quelques siècles plus tôt, les ancêtres de ces mêmes Européens payaient des fortunes pour acquérir les squelettes desséchés entourés de bandelettes que l'on retrouvait parfois dans les tombeaux. Ils affirmaient qu'ils possédaient de grandes vertus médicinales, une fois réduits en poudre. A tel point que certains seigneurs mamelouks peu scrupuleux faisaient tuer leurs prisonniers, puis leur appliquaient une momification rapide en les enterrant sous les sables, entourés de bandes de lin[1].

Le trafic des momies se poursuivait, mais les Européens étaient désormais plus circonspects, et l'on avait cessé de sacrifier les prisonniers. En revanche, la chasse aux pièces enfouies sous les sables constituait une activité lucrative pour les paysans, qui s'acharnaient sur les sites. Malheureusement, les fouilles étaient menées sans aucune précaution, et provoquaient souvent la détérioration des fresques ou le bris des objets fragiles.

Les pièces survivant à ce massacre étaient achetées par des archéologues envoyés par les musées, mais aussi par des aventuriers de toutes origines, Anglais, Allemands, Français, et même Italiens. Ceux-là exploitaient sans vergogne les trouvailles des paysans, n'hésitant pas à marchander pour obtenir le prix le plus bas. Ces individus louches s'affrontaient entre eux pour acquérir les plus beaux objets. La plupart du temps, ils travaillaient pour de riches collectionneurs plutôt que pour les musées, qui payaient moins bien.

Profitant des haltes, Pierre avait commencé à apprendre à Dyane comment utiliser le pistolet, le poignard et le sabre. Elle se montrait plutôt adroite, même si le sabre se révélait un peu lourd pour elle. Elle avait très vite appris à recharger son pistolet, et maniait le poignard avec une rare dextérité.

Cependant, elle se découvrit un matin une arme complètement inattendue, avec laquelle elle développa très vite une singulière familiarité. Ils s'étaient arrêtés près des ruines d'Assiout, nom dérivé de l'égyptien ancien Saouti, la cité du dieu-loup Oupouaout, celui qui montre le chemin aux âmes après la mort. Les Grecs avaient appelé cette cité Lycopolis, « la Ville du Loup ».

L'aube se levait à peine lorsqu'un paysan vint leur proposer un objet dont ils n'avaient encore jamais vu l'équivalent. Un bâton courbe remarquablement conservé, qui ressemblait

1. Authentique. Au seizième siècle, la poudre de momie était censée guérir toutes sortes de maux, notamment la migraine. Il y eut à cette époque beaucoup de « fausses momies ».

vaguement à un boomerang australien. Pierre le contempla, déconcerté. Mais Dyane sut immédiatement de quoi il s'agissait :

— C'est un bâton de jet, dit-elle. Les Egyptiens chassaient les oiseaux avec. Ils s'en servaient aussi au cours des combats. C'était une arme redoutable.

Elle s'empara de l'objet avec une aisance déconcertante, qui la surprit elle-même. Elle s'éloigna de quelques pas en direction du désert proche, puis, guidée par une étrange intuition, effectua quelques mouvements avec le bâton pour assouplir son bras. Soudain, obéissant à une impulsion qui semblait remonter du fond des âges, elle le projeta avec une force et une adresse stupéfiantes. Le bâton courbe tournoya très vite dans l'air, puis, n'ayant rencontré aucun obstacle, revint dans sa direction pour atterrir à ses pieds, en soulevant une gerbe de sable. Une bouffée de joie indicible envahit la jeune femme. Elle se tourna vers Pierre, ravie.

— Tu as vu ?

Il était abasourdi par la précision de son geste.

— C'est incroyable. On dirait que tu as fait ça toute ta vie.

Le visage de la jeune femme se figea.

— Tu penses que c'est elle ? Neith-Ikerêt ? C'est elle qui savait manier le bâton de jet et qui l'a manipulé à travers moi ?

Embarrassé, Pierre ne sut que répondre.

— C'est possible, dit-il enfin. Mais quelle importance ?

Il ne voulait pas l'inquiéter outre mesure, mais il avait remarqué, dans son comportement, des détails inhabituels, une autorité nouvelle qui n'admettait pas la contradiction, un manque d'attention envers les autres. C'était subtil, évanescent, mais ces sentiments lui étaient étrangers habituellement, d'autant plus que ces réactions ne se manifestaient pas en permanence. Parfois, il la retrouvait telle qu'il la connaissait et l'aimait. A d'autres moments, il avait l'impression d'être face à une étrangère.

Dans les jours qui suivirent, Dyane s'entraîna tous les jours au lancer de bâton. Ses gestes prenaient chaque fois plus d'assurance. Au bout de trois jours, elle parvint à abattre un oiseau en plein vol. Un canard sauvage, qui fut plumé et grillé pour le repas du soir.

Enfin, un après-midi, après avoir traversé le Nil pour passer sur la rive orientale, ils parvinrent à Louqsor, Thèbes de son nom grec, que Dyane s'obstinait à appeler Ouaset.

— La ville du dieu Montou, murmura-t-elle, visiblement troublée.

Sans pouvoir expliquer pourquoi, elle savait qu'il existait en ces lieux un lien avec Neith-Ikerêt.

La ville moderne, établie sur la rive droite, abritait plusieurs dizaines de milliers d'habitants. Ils furent reçus par le gouverneur, qui était un ami du pacha d'Alexandrie. Il leur accorda sans difficulté la possibilité d'effectuer des fouilles.

Le lendemain, ils commençaient l'exploration des ruines, en grande partie envahies par le sable[1]. Jamais encore ils n'avaient rencontré, même à Gizeh, autant de vestiges prestigieux. Sur la rive droite s'étiraient des temples innombrables dédiés à différentes divinités, Amon, Ptah, Khonsou, Mout. Le dieu Montou possédait lui aussi son propre temple. Sur plusieurs centaines de mètres se succédaient des alignements de colonnes, des statues majestueuses représentant Ramsès II ou Aménophis III.

Cependant, pour grandioses qu'elles fussent, aucune de ces ruines ne provoqua de réaction chez Dyane. Ils décidèrent de traverser le fleuve pour se rendre sur la rive occidentale, où se dressaient d'autres monuments, tels les colosses de Memnon, dont l'un des deux faisait entendre, à l'aube, un bruit étrange ressemblant à une voix humaine.

Ahmed, le guide arabe que leur avait prêté le pacha de Louqsor, les mena jusqu'à un ensemble funéraire magnifique, adossé à la montagne, et lui aussi partiellement ensablé. Cette fois, Dyane ressentit une perturbation. Elle prit discrètement la main de Pierre.

— Elle est venue ici, dit-elle.

---

1. Auguste Mariette commencera à les dégager à partir de 1857.

Ils examinèrent le temple, superbe, auquel on accédait par une rampe centrale.

— Penses-tu qu'il pourrait s'agir de son tombeau ? demanda Pierre.

— Je ne sais pas. C'est possible.

Pierre s'adressa au guide, qui parlait un français excellent. Ahmed s'était pris de passion pour l'ancienne Egypte et avait étudié les hiéroglyphes au cours d'un voyage en France. Il avait rencontré Hector Moreau quelques années plus tôt et entretenait une correspondance suivie avec lui.

— Dites-moi, demanda Pierre en français, que sait-on sur ce temple ?

— Peu de choses à la vérité. Il fut construit par l'architecte Senmout sur l'ordre de la reine Hatshepsout, vers le quinzième siècle avant l'ère chrétienne. On a retrouvé quelques fresques, mais il n'y a pas encore eu de véritables fouilles.

Dyane secoua la tête.

— Hatshepsout n'a aucun rapport avec Neith-Ikerêt.

Elle s'éloigna de quelques pas, contemplant les colonnades majestueuses. Elle n'éprouvait rien face à ce temple grandiose. Alors, pourquoi le trouble ne voulait-il pas s'effacer ?

Plus au sud, une seconde plate-forme comportait les restes de colonnades en carré, auxquelles on accédait également par une rampe. L'endroit était beaucoup moins bien préservé. La jeune femme gravit la rampe, suivie par Pierre et Ahmed. Cette fois, à mesure qu'elle montait, une émotion nouvelle s'emparait d'elle.

Elle se tourna vers Ahmed.

— Qu'est-ce que c'est, ici ? demanda-t-elle.

— Ce temple est attribué à Montouhotep Ier, répondit-il. C'était un roi de la XIe dynastie. Il réunifia le Double Pays en établissant des relations commerciales avec la Basse-Egypte.

— C'est sous son règne que le dieu Montou fut considéré comme une divinité de premier plan, n'est-ce pas ?

— Exactement. »

Dyane remercia d'un signe de tête. Elle savait déjà tout cela. Montou, le dieu à tête de faucon, reflet méridional d'Horus. Ce temple lui avait été consacré. Peut-être fallait-il voir là l'explication de ses rêves. Mais il y avait autre chose, elle le sentait. A pas lents, elle se dirigea vers le fond du temple. La sensation s'intensifia. Elle serra les poings, rentrant ses ongles dans ses paumes. Elle ne voulait pas céder aux images qui envahissaient son esprit. Pas devant Ahmed, il n'aurait pas compris. Prenant une profonde inspiration, elle parvint à dominer le tremblement qui s'était emparé d'elle et revint vers ses compagnons.

— Je... j'aimerais effectuer des fouilles ici, à la base de la montagne, dit-elle.

— Je pense que le pacha n'y verra aucun inconvénient, madame, répondit le guide.

Le lendemain, une vingtaine d'ouvriers du petit village voisin de Deir el-Bahari commençaient à creuser le flanc de la montagne, à un endroit que Dyane leur avait indiqué, à proximité d'une troisième plate-forme attribuée à Thoutmosis, sise entre celles d'Hatshepsout et de Montouhotep. On creusa sur plusieurs mètres. Sans succès. Dyane désignait alors un autre endroit, à peu de distance.

— Il m'est difficile d'être plus précise, expliqua-t-elle. Les images que j'entrevois sont fugaces. Mais je sais qu'il y a quelque chose, là, derrière. Avant sa mort, Neith-Ikerêt a vécu ici, à Ouaset. J'ignore pourquoi, puisque la capitale était Mennof-Rê. Et elle a été enterrée sous cette colline.

Pierre s'étonna.

— Attends ! Tu disais que son sarcophage avait été placé dans la pyramide de Mykérinos ! Elle ne peut pas avoir été inhumée à deux endroits différents...

— Non. On l'a amenée ici ensuite, vraisemblablement sous le règne de Montouhotep.

— Pourquoi ?

— Je ne sais pas... Je ne sais pas...

Elle était devenue très nerveuse. Elle savait qu'elle avait raison, mais elle se doutait aussi que cette fouille n'apporterait rien de décisif. Neith-Ikerêt n'était pas ici. Elle n'avait fait qu'y passer.

Il fallut presque dix jours aux ouvriers pour découvrir une sorte de couloir menant vers une chambre dont les parois étaient décorées de fresques retraçant quelques scènes de bataille. On distinguait nettement une femme armée d'un bâton de jet et d'un arc, qui dominait ses ennemis. D'autres dessins mettaient en scène, plus pacifiquement, des paysans aux champs ou des pêcheurs. Sur tout cela veillait le profil hiéracocéphale du dieu Montou, qui protégeait la reine. Sous la silhouette de la femme, le cartouche ne laissait aucun doute sur son identité. On reconnaissait sans équivoque la titulature de Neith-Ikerêt.

Mais la chambre était désespérément vide. Il ne subsistait qu'un socle, qui avait dû soutenir un sarcophage.

Tout à coup, Dyane fut prise de tremblements. A la lueur des torches, son visage devint pâle comme un linge. Elle dut faire appel à toute sa volonté pour ne pas s'effondrer, sous le regard inquiet de Pierre et d'Ahmed. Quelques instants plus tard, elle reprenait ses esprits. Pour le guide, elle mit cela sur le compte de la fatigue.

Le soir, Dyane et Pierre se retrouvèrent seuls sur les rives du Nil. Dyane se montrait anormalement nerveuse et irritable. Pierre ne disait rien. Il attendait qu'elle parle. Mais elle ne semblait pas décidée à le faire, comme si cette affaire ne concernait plus qu'elle. Enfin, après un sourire qui ressemblait fort à une grimace, elle expliqua :

— C'était très flou. Il y avait une foule immense rassemblée devant le chantier d'un tombeau en construction. Celui de Montouhotep Ier, probablement. Le temple de la reine Hatshepsout n'existait pas encore, ni celui de Thoutmosis. Il me semble qu'il rendait hommage à Neith-Ikerêt, la « très belle dame de Mennof-Rê », parce qu'elle avait combattu avec un grand courage les ennemis de l'Egypte.

Pierre hocha la tête. Dyane poursuivit :

— Sa tombe de la pyramide de Menkaourê était menacée par les pillards. C'est pourquoi Montouhotep a voulu la protéger en l'installant dans son propre tombeau.

Elle marqua un silence, puis grommela :

— Mais il n'y a plus rien !

— Tu penses que les pilleurs ont pu vider sa tombe ?

La respiration de la jeune femme s'était accélérée.

— Non. Je savais qu'elle n'était pas là, répliqua-t-elle, le regard sombre. Je le savais.

— Ce n'est tout de même pas un échec, ma chérie. Tu as découvert une tombe à un endroit où personne n'aurait songé à creuser. Ahmed s'est même posé des questions sur ton incroyable intuition. C'est un garçon intelligent...

Elle éluda la réflexion d'un geste agacé.

— Aucune importance. Il faut continuer. Neith-Ikerêt n'a fait que passer par ce tombeau. Mais je suis certaine que sa dépouille existe encore quelque part. Ses fidèles l'ont protégée. Ils l'ont déplacée.

— Pour l'emmener où ?

Dyane se concentra. Mais les images surgies du passé s'étaient estompées.

— Je suis sûre qu'elle a été emmenée vers le sud, affirma-t-elle enfin. Il faut continuer.

Pierre ne répondit pas. Le ton de sa compagne était sans réplique.

Il ne savait quelle attitude adopter. Depuis plusieurs jours, divers changements s'étaient manifestés en elle. Le soir, elle refusait désormais de se donner à lui. Elle lui opposait toujours quelque bonne raison, la fatigue, la chaleur. Les trois dernières nuits, elle n'avait même pas cherché d'excuses. Elle lui avait répliqué sèchement qu'elle n'avait pas envie. Il avait tenté d'obtenir une explication, qu'elle n'avait pas daigné lui fournir.

Il ne pouvait tout de même pas la prendre de force. Cela ne correspondait pas à sa nature. Il n'insista pas. Au début, ces réactions avaient provoqué une bouffée de colère et d'incompréhension. Mais elle s'était très vite effacée devant l'inquiétude. Dyane n'était plus elle-même.

Mais parfois, au matin, tout était redevenu normal. Elle venait se blottir contre lui et lui réclamait l'amour qu'elle se rappelait à peine lui avoir refusé la veille. Nitocris s'était évanouie pendant la nuit.

Bien que cela heurtât son esprit rationnel, Pierre commençait à se rendre compte que, d'une certaine manière, sa compagne était hantée par sa lointaine ancêtre égyptienne. Une femme à la volonté de laquelle il était difficile de s'opposer.

Deux jours plus tard, malgré l'épuisement qui commençait à gagner Alfred et Rose, ils se remettaient en route. Ils avaient à peine quitté le village de Deir el-Bahari qu'ils entendirent des hurlements de terreur.

48

Les cris provenaient du fleuve. Pierre éperonna les flancs de Fidèle et se dirigea vers les rives du fleuve, aussitôt suivi par Dyane, montée sur son méhari. A cet endroit, le Nil étirait des bancs de sable couverts de roseaux. Un homme et ses deux fils, âgés d'une dizaine d'années, s'étaient engagés sur un bras de terre pour pêcher. Terrorisés, les enfants hurlaient, abrités derrière leur père qui, armé d'un maigre bâton, tenait en respect deux crocodiles de belle taille. Il était visible que l'homme ne pourrait venir à bout des reptiles avec une arme aussi dérisoire.

Pierre mit pied à terre, arma son fusil, s'approcha au plus près. Agacé par cet adversaire imprévu, l'un des sauriens se détourna et fonça sur lui. Il n'alla pas loin. Une balle dans la tête le cloua sur place. Un deuxième coup de feu claqua. Dyane avait rejoint son compagnon et avait fait mouche à son tour. Ils se tournèrent vers l'homme, qu'ils reconnurent immédiatement. Abdallah avait dirigé les ouvriers sur le chantier de Deir el-Bahari. L'homme, prenant ses enfants par la main, se précipita au-devant d'eux et s'agenouilla pour les remercier.

— Ah, *Ostedh*, ma vie t'appartient, désormais. Tu as sauvé mes fils. Que tous les bienfaits d'Allah soient sur toi et sur ton épouse.

— Relève-toi, mon ami.

— Vous êtes de bonnes personnes. Je vais prier Dieu pour qu'Il vous accorde de trouver ce que vous cherchez. Je suis sûr qu'Il m'écoutera.

— Merci à toi, Abdallah.

Ils reprirent leur chemin. Le lendemain, ils avaient oublié l'incident. Ils devaient pourtant s'en souvenir, bien des années plus tard.

Les conditions du voyage se faisaient de plus en plus difficiles. Ils avaient beau se déplacer aux premières heures de la journée et dans la soirée, la chaleur était étouffante, la lumière éblouissante, presque aveuglante en raison de la réverbération du sable. Aux heures les plus lourdes, ils faisaient halte à l'ombre d'une palmeraie. Alfred et Rose avaient perdu du poids. En raison de leur corpulence confortable, ils souffraient plus que les autres. Pourtant, Dyane n'y accordait pas grande attention. La poursuite de sa quête l'obsédait. Elle ne paraissait pas pâtir de la chaleur, ignorait les souffrances des autres. Plus les jours passaient et plus elle changeait. Elle parlait de moins en moins, ne s'occupait pratiquement plus de sa fille, prise en charge par une Séverine exténuée, qui ne comprenait plus sa maîtresse.

Un soir, Alfred prit Pierre à part pour tenter d'obtenir des explications.

— Je n'ai pas la réponse, Alfred. Par moments, elle est lucide, mais le plus souvent, elle perd contact avec la réalité. Elle nous reconnaît, mais elle agit comme si nous n'étions pas là. Seul compte le but qu'elle s'est fixé.

— Crois-tu qu'elle est en train de devenir folle ?

— Non. C'est autre chose. Ses raisonnements sont toujours parfaitement logiques. Mais tout se passe comme si elle s'identifiait peu à peu à Nitocris.

— Elle est possédée...

— C'est possible.

L'état de fatigue de Rose contraignit le groupe à faire une halte de quelques jours à Edfou, la cité d'Horus. Furieuse, Dyane se replia sur elle-même. Tout retard lui était insupportable. Lorsque Pierre tentait d'établir une conversation avec elle, elle répondait à peine. Dès le premier soir, elle avait exigé d'avoir une tente pour elle seule. Farid, interloqué, avait interrogé Pierre du regard. Le jeune homme avait acquiescé silencieusement. Dyane s'éloignait inexorablement de lui.

Pourtant, un soir, alors qu'il était seul sous sa tente, une ombre se glissa près de lui dans la pénombre. Il eut un instant d'hésitation, puis Dyane se blottit dans ses bras en éclatant en sanglots.

— Pardonne-moi, répéta-t-elle à plusieurs reprises.

Lorsqu'elle fut un peu calmée, elle dit :

— J'ignore ce qui se passe, Pierre. C'est comme une force qui me pousse à aller toujours plus loin. Parfois, j'ai l'impression de me dédoubler. Je suis toujours là, mais je ne peux plus parler. C'est une autre qui s'exprime à ma place, une autre qui commande. Elle vous ignore, elle se moque de ce qui peut vous arriver, elle veut retrouver ce tombeau à n'importe quel prix...

Pierre ne répondit pas immédiatement. Jamais encore il n'avait rencontré un tel phénomène.

— Sait-elle où il se trouve ?

Dyane secoua la tête.

— Non. Tout cela est arrivé bien après la mort de Neith-Ikerêt. Je ne vois que le fleuve et des montagnes là-bas, très loin vers le sud. Mais je suis incapable de déterminer l'endroit.

— C'est elle qui te hante, n'est-ce pas ?

— Oui, je crois. C'est effrayant. Il y a une telle souffrance en elle. A la fois de la colère et une douleur qui ne s'éteindra jamais.

Elle marqua un court silence, puis ajouta :

— Je ne sais plus quoi penser. J'ai l'impression qu'elle n'est pas morte tout à fait. Il s'est passé, au moment où elle a été tuée, quelque chose qui a empêché son âme d'être libérée. Depuis, elle erre dans la vallée. C'est elle qui a probablement incité ses fidèles à protéger sa momie, afin qu'elle puisse rester sur place et attendre le moment de sa vengeance.

— Mais quelle vengeance ? Son meurtrier est mort depuis longtemps. Qui veut-elle tuer ?

— Qui ? Ou quoi ? Ce n'est pas la disparition d'une vie qu'elle réclame, mais l'anéantissement d'une âme néfaste.

Une âme qui survit depuis des millénaires dans différents corps.

— Comment sais-tu cela ?

— C'est une intuition. Je me trompe peut-être. J'ai l'impression qu'elle me l'a fait comprendre, mais il est possible que ce ne soit que mon imagination qui essaie d'expliquer ce qui m'arrive.

Dyane resta toute la nuit blottie contre Pierre. Il dut réprimer l'envie qu'il avait d'elle. La jeune femme réclamait seulement tendresse et protection. Mais cela faisait plusieurs jours qu'il était sevré d'elle, et tout l'appelait à la prendre, la douceur de sa peau, son parfum, sa fragilité. Il dormit très mal, cette nuit-là.

Au matin, ce fut Dyane qui l'attira sur elle et ils connurent alors l'un des moments les plus éblouissants de leur vie. Ils s'aimèrent avec un mélange de douceur et de violence, comme s'ils avaient voulu se mêler l'un à l'autre pour ne plus jamais se séparer. La jouissance qu'ils éprouvèrent l'un en l'autre était tellement forte qu'elle en devenait presque douleur. Elle les laissa épuisés, l'esprit à mi-chemin entre le rêve et la réalité, des ondes de plaisir parcourant encore leurs membres et leur ventre.

Elle somnolait, les yeux perdus dans le vague, à demi fermés. Appuyé sur les coudes, Pierre la contemplait. Il ressentait une émotion d'une intensité extraordinaire. Etait-il possible d'aimer avec une telle puissance ? Il aurait voulu qu'elle se fonde à lui, à jamais. Les sens enfin apaisés, l'amour qu'il ressentait se situait sur un plan différent, au-delà de l'enveloppe physique et du plaisir charnel. C'était un amour absolu. D'elle il aimait tout, ses yeux clairs, son regard intense, son visage, dont le soleil avait encore embelli les traits, ses cheveux au parfum enivrant, ses lèvres qu'il ne se lassait pas de baiser, ses seins joliment dessinés, la peau douce de son ventre, son sexe soyeux semblable à une fleur délicate, la finesse de ses jambes, la rondeur ferme de ses fesses. Mais ce n'était là que la surface. Il aimait son courage, son esprit indépendant et libre, son rire spontané, cette faculté qu'elle avait de prendre la vie comme un jeu, de jouir de chaque instant qui passait, avec gourmandise. Il aimait la grâce naturelle de ses gestes, la sensualité qui se dégageait de tout son être, la complicité joyeuse qui les unissait. Il voulait passer toute sa vie près d'elle. Et même s'ils traversaient une épreuve difficile, il désirait plus que tout rester à ses côtés, sentir sa présence. Toujours.

Soudain, elle ouvrit les yeux et le regarda à son tour. Enfin, elle prit le visage de Pierre entre ses mains et dit :

— Elle va revenir, Pierre. Je la sens toujours en moi. Elle ne me veut pas de mal, mais elle se sert de moi. Elle est désemparée, elle souffre. C'est une souffrance qui dure depuis tellement longtemps. Mais il ne faut pas avoir peur d'elle. Elle n'a guère de pouvoir.

— Que va-t-il se passer ?

— Je ne sais pas. Je pense qu'elle ne me quittera que lorsque sa vengeance sera accomplie et qu'elle sera libérée elle-même. Alors, elle pourra s'envoler.

Cette histoire de vengeance troublait Pierre. Elle n'avait aucun sens. Son meurtrier était retourné à la poussière depuis des millénaires. Alors, pourquoi voulait-elle guider sa descendante jusqu'à son tombeau pour enfin se libérer ?

Comme Dyane le redoutait, l'esprit de Nitocris ne fut pas long à revenir. Il s'était évanoui le temps d'une nuit, mais il réapparut les jours suivants, sur la route en direction d'Assouan. De nouveau, la véritable Dyane avait fait place à une personnalité ambiguë, qui ne manifestait plus aucune compassion pour les souffrances de ses compagnons. Dans ces moments-là, Sylvia repoussait sa mère, affirmant en la regardant bien droit dans les yeux qu'elle était méchante. Parfois, les révoltes de sa fille suffisaient pour ramener Dyane au premier plan. Elle tentait alors de prendre Sylvia dans les bras, mais la petite restait ferme sur ses positions et courait se réfugier dans ceux de Pierre ou d'Afalku. Alors, Dyane s'éloignait pour pleurer. Mais le plus souvent, elle n'accordait aucune attention à l'enfant, même lorsque celle-ci réclamait sa présence.

Peu avant Assouan, Rose et Sylvia tombèrent malades. Malgré les précautions prises chaque jour, elles furent toutes deux en proie à des vomissements et des douleurs abdominales aiguës. Ils n'eurent que le temps d'arriver dans la petite ville située en aval de la première cataracte pour recevoir les soins d'un médecin. Par chance, celui-ci se révéla efficace et ses remèdes permirent à la jeune femme et à la petite fille de se remettre. Mais, pendant plusieurs jours, Sylvia fut la proie d'une fièvre qui ne voulait pas baisser. Pierre était dans tous ses états. Il restait des heures près de l'enfant, lui tenant la main pour la rassurer. Dyane s'était de nouveau renfermée dans le mutisme. Pas une fois elle ne s'inquiéta sérieusement de l'état de santé de sa fille. La personnalité de Nitocris semblait avoir définitivement pris le dessus.

Cependant, les dangers encourus décidèrent Alfred à s'arrêter. Lorsque Rose fut remise, il fit part de sa décision à Pierre :

— Nous n'irons pas plus loin, décréta-t-il. Poursuivre serait de la folie.

Pierre acquiesça. Mais Dyane ne l'entendait pas de cette oreille.

— Il faut continuer, affirma-t-elle d'un ton qui ne souffrait pas de réplique. Neith-Ikerêt est plus loin dans le Sud. Nous devons la retrouver.

Pierre tourna vers elle un regard lourd.

— C'est hors de question. Rose et Sylvia viennent à peine de se remettre. Nous restons ici. Lorsqu'elles seront complètement rétablies, nous rentrerons au Caire.

Dyane marqua un instant d'hésitation. Puis :

— Eh bien, dans ce cas, j'irai seule.

— Tu n'iras nulle part ! Tu n'as aucune chance de réussir.

— Je suis libre de faire ce que je veux, tu m'entends ! Nous ne sommes pas mariés, que je sache.

Pierre secoua la tête. Il se sentait désemparé. Il savait que ce n'était pas Dyane, la Dyane qu'il aimait, qui parlait. Mais comment la protéger de l'esprit qui avait pris possession d'elle ? Il n'avait pas encore trouvé le moyen de la ramener à la raison. Il soupira.

— Fais ce que tu veux.

Le lendemain, les voyageurs remarquèrent une animation nouvelle chez les Egyptiens. Ils ne furent pas longs à en comprendre la raison. La foule s'était précipitée sur les rives du fleuve en chantant et en dansant. Bientôt, sous les yeux stupéfaits des Français, les eaux du Nil se mirent à gonfler, envahissant les berges. Les enfants hurlaient, se jetaient dans la boue en riant, tandis que les villageois organisaient une fête spontanée pour célébrer le retour de l'eau sombre qui avait valu son nom ancien au pays : Kemit, la Noire.

Au soir de cette journée, Dyane avait disparu.

— Elle est folle ! s'exclama Alfred. Elle n'a pas une chance de s'en sortir seule.

— Je n'en suis pas si sûr, répondit Pierre. J'ignore pourquoi, mais elle ne souffre pas de la chaleur. Sans doute Nitocris lui transmet-elle une sorte d'énergie qui lui permet de tout supporter. Dyane connaît à présent le désert et la manière d'y survivre. Elle a pris des armes et des vivres, de l'eau en quantité.

Il secoua la tête.

— Je ne peux pas la laisser ainsi. Je dois la rejoindre.

— Nous allons vous attendre. Essaie de la raisonner.

Pierre se mit en route le lendemain à l'aube, en compagnie d'Afalku et de quatre guerriers d'Alexandrie, commandés par Farid, qui n'avait pas voulu abandonner Pierre.

— Mon maître m'a ordonné de veiller sur vous au péril de ma vie, déclara-t-il simplement. Il ne me pardonnerait pas de te laisser seul, *Ostedh*.

Un relief chaotique bordait la première cataracte, qui permettait au Nil de franchir une dénivellation du terrain. Le fleuve, grossi par la crue, roulait des eaux noires qui charriaient des troncs d'arbres, des cadavres d'animaux, des débris de végétaux. Le courant était violent, creusé de tourbillons puissants.

A l'autre extrémité de la cataracte, le Nil s'élargissait en un vaste lac au milieu duquel ils découvrirent l'île de Philae, autrefois consacrée à la déesse Isis. Ils devinèrent les ruines de plusieurs temples, envahies par la végétation. Des paysans les renseignèrent. Une femme montée sur un dromadaire était bien passée quelques heures plus tôt, se dirigeant vers le sud. Ils se remirent en route sans prendre le temps d'admirer les grandioses vestiges.

Il leur fallut deux jours pour rattraper Dyane, qui progressait à bonne allure. Lorsqu'elle vit Pierre apparaître, elle eut un petit sourire satisfait.

— Je savais que tu me suivrais.

— Et jusqu'où comptes-tu aller, ainsi ?

— Il existe, à dix jours de marche vers le sud, un grand temple dont les indigènes se méfient. Il est encore à demi enfoui sous les sables. On l'appelle Abou-Simbel. Je veux y aller.

Pierre soupira. Il était inutile d'essayer de discuter avec elle. Rien ne l'arrêterait. Il ne pouvait tout de même pas l'assommer et la ligoter pour la ramener à Assouan. Et puis, si elle avait raison ? Si ce temple était le tombeau de Nitocris ?

— C'est d'accord, dit-il enfin. Nous allons t'accompagner. Mais je te préviens, je n'irai pas plus loin. Et toi non plus.

Elle ne répondit pas.

On était au mois d'août 1852. Il régnait sur la haute vallée du Nil une chaleur étouffante, insoutenable. Les hommes souffraient, les animaux souffraient. Après Assouan, il n'y avait pratiquement plus de villages. Le désert avait remplacé les rives verdoyantes du Nil, désormais recouvertes par les eaux. Seule une étroite bande de végétation bordait le fleuve, sauvage, sur laquelle personne ne vivait. Parfois, ils croisaient une tribu nomade dont les membres les regardaient avec étonnement ou défiance. Certains paraissaient dangereux, mais n'osaient pas attaquer en raison de la présence des guerriers. Seule, Dyane n'aurait eu aucune chance de passer.

Il leur fallut dix jours pour rejoindre le site d'Abou-Simbel. Dix jours de marche harassante, au cours desquels ils durent chasser pour survivre, car les provisions se conservaient mal avec une telle chaleur. Pierre et Afalku se croyaient revenus au temps des expéditions guerrières dans le Sahara.

Enfin, un matin, au détour d'un accident du relief, ils découvrirent quelque chose de stupéfiant. Ce n'était pas un, mais deux temples qui avaient été construits ici, en plein désert, adossés à la colline, à plus de dix jours de marche de toute terre habitée. Ils s'approchèrent, emplis d'un soudain respect pour les hommes qui avaient édifié ces merveilles. Le premier temple alignait quatre statues gigantesques, dont les jambes et les pieds restaient enfouis sous le sable, mais qui devaient atteindre les vingt mètres de haut. Leurs têtes elles-mêmes faisaient quatre mètres. Elles étaient toutes en excellent état de conservation, hormis la deuxième, dont il ne subsistait plus que le tronc. Au milieu, dans une niche, apparaissait une statue de Rê, qui mesurait tout de même presque huit mètres. Le second temple était lui aussi en très bon état. Deux groupes de trois statues représentaient une femme entourée par deux effigies masculines. Seuls les bustes émergeaient du sable, mais on devinait, au centre, l'esquisse d'une ouverture.

Il leur fallut un bon moment pour se remettre du choc provoqué par cette vision fascinante. Pourquoi avoir construit des temples d'une telle magnificence dans un endroit aussi éloigné ?

« Loin de la fureur des hommes, pensa Pierre. Ils n'ont pas été construits pour être admirés, mais pour accueillir l'esprit de ceux qui les ont fait bâtir. »

Il se hissa sur chaque colosse et examina les hiéroglyphes avec attention. Il reconnut immédiatement le cartouche de Ramsès II. Le grand temple lui était dédié, tandis que l'autre était consacré à son épouse bien-aimée, Néfertari. Ces deux temples étaient l'expression d'un amour formidable, destiné à perdurer par-delà la mort. Une vive émotion s'empara de lui. Depuis plus de trois millénaires, le roi légendaire et son épouse contemplaient ainsi chaque jour la course du soleil, réunis à jamais dans cette adoration.

Cependant, ces deux monuments n'avaient aucun rapport avec Nitocris. Ils avaient été édifiés bien après sa mort. Dyane le ressentit immédiatement. Après un premier mouvement de surprise et d'admiration, elle avait compris qu'elle s'était encore trompée. Un terrible sentiment de frustration l'animait, qui la rendit très vite aveugle à la beauté majestueuse des temples. Elle s'éloigna, en proie à une colère extravagante. Pierre la suivit.

— Je suis désolé, dit-il pour tenter de la calmer. Nous avons fait fausse route.

Elle se tourna vivement vers lui.

— Pourquoi être désolé ? Elle est encore plus loin, tu comprends. Plus loin vers le sud !

Elle avait presque hurlé les derniers mots. Il soupira.

— C'est possible, mais cette fois, c'est terminé, je ne te suis plus.

— Moi, je continue ! riposta-t-elle, l'air butée.

Pierre sentit la colère le gagner à son tour devant son obstination.

— Et jusqu'où iras-tu ? Il n'y a plus rien vers le sud. Plus rien, tu entends ? Tu vas marcher ainsi jusqu'à l'épuisement ?

— Je dois la trouver !

— A moins que tu ne meures avant. Et tout ça n'aura servi à rien.

— Tais-toi !

— Non, je ne me tairai pas. Tu nous as fait marcher, marcher sans fin dans ce désert pour poursuivre un but qui n'existe pas. Nitocris est morte depuis plus de quatre mille cinq cents ans. Toutes les tombes que nous avons retrouvées étaient vides. Elle a disparu. Pour toujours.

— C'est faux ! Elle a été emportée ailleurs !

Il explosa :

— Mais où, ailleurs ? Qu'est-ce qui te fait croire que les pillards n'ont pas anéanti sa momie depuis ? Son tombeau, s'il existe encore, est vide, désormais. Il n'y a plus rien. Plus rien !

— Non ! hurla-t-elle.

Pierre respira lentement et profondément pour reprendre son calme.

— Dyane, sois raisonnable ! Essaie de redevenir toi-même ! Tu ne t'es même pas rendu compte que ta fille a été très malade, ainsi que Rose.

Elle le fixa sévèrement.

— Je dois retrouver ce tombeau !

— Mais regarde-toi ! rugit-il. Tu ne vois pas que tu es en train de te perdre ? Tu n'as plus que la peau sur les os. Tu as les yeux creusés, brûlés par le soleil. Tu n'iras plus très loin comme ça.

— Je ferai ce que je voudrai !

Cette fois, c'en était trop. Il marcha sur elle, l'attrapa par les épaules, la fixa dans les yeux.

— Ecoute-moi, toi, qui que tu sois ! Tu vas sortir de ce corps et retourner d'où tu viens ! Immédiatement !

Elle se débattit, parvint à dégager ses bras. L'instant d'après, Pierre reçut une gifle d'une rare violence. Puis elle pointa le doigt sur lui.

— Fiche le camp ! Tu n'es qu'un imbécile et un lâche !

La réponse fut immédiate. Deux nouvelles gifles claquèrent. La jeune femme s'écroula sur le sable, les joues en feu, les yeux affolés. Elle resta un moment abasourdie, puis regarda autour d'elle comme si elle s'éveillait d'un mauvais rêve. Elle contempla Pierre avec stupeur.

— Tu m'as frappée, balbutia-t-elle.

— Ce n'est pas toi que j'ai frappée, Dyane.

Elle demeura un certain temps prostrée sur le sol, tremblant de tous ses membres. Curieusement, le choc des gifles lui avait fait du bien. Sa respiration était plus profonde et un sentiment de liberté nouvelle l'envahissait inexorablement. Elle comprit que le fantôme qui la hantait depuis quelque temps s'était retiré de son esprit. Elle leva les yeux vers Pierre, qui la contemplait avec inquiétude. Elle esquissa un sourire. Il lui tendit la main et l'attira dans ses bras. Alors, elle explosa en sanglots. Longtemps elle laissa ses larmes couler, pour évacuer la tension. Ils restèrent un long moment blottis l'un contre l'autre, indifférents au vent brûlant, aux aiguilles de sable qui leur cinglaient la peau. Peu à peu, le calme revint.

— Elle est partie, souffla-t-elle. Je crois... qu'elle a eu peur de toi.

— Tant mieux. Qu'elle reste où elle est !

Elle hésita, puis ajouta :

— Elle ne reviendra pas.

— Parce que je lui ai fait peur ?

— Non. Je n'étais plus moi-même. C'était... comme un rêve éveillé. Mais je ne la laisserai plus me dominer. C'est fini.

Elle hésita, puis ajouta :

— Nous allons retourner à Assouan. J'abandonne.

— Tu renonces donc à retrouver le tombeau de Nitocris ?!

Elle eut un pauvre sourire.

— Oui. Tu as probablement raison : il n'y a plus rien vers le sud. Et si sa tombe existe encore, elle a dû être vidée depuis longtemps. Comme les autres.

Elle revint dans ses bras.

— Je suis désolée, je me suis montrée ignoble avec vous. Pardonne-moi.

— Ce n'était pas toi, ma chérie.

Une dizaine de jours plus tard, ils étaient de retour à Assouan. Malgré les craintes de Pierre, qui ne cessait de l'observer, Dyane avait recouvré sa véritable personnalité. Il s'en voulait un peu de l'avoir frappée, mais, apparemment, ce traitement de choc s'était révélé efficace. La jeune femme leur imposait des étapes longues et épuisantes, mais cette fois, c'était parce qu'elle avait hâte de retrouver sa fille et ses amis. Elle voulait les serrer contre elle, leur présenter ses excuses, leur dire combien elle les aimait.

Alfred et Rose l'accueillirent à bras ouverts, ravis de la voir redevenue elle-même.

— N'aie pas trop de remords, conclut Alfred. Tu nous as obligés à faire un voyage extraordinaire que nous n'aurions sans doute jamais osé entreprendre tout seuls.

Sylvia ne s'y était pas trompée non plus. Elle avait retrouvé sa mère, telle qu'elle était avant, et ne la quittait plus.

Après quelques jours de repos, ils reprirent la route du Caire, toujours escortés par Farid et ses hommes, sans oublier Afalku, qui avait fini par séduire la belle Séverine. En chemin, ils prirent le temps de s'arrêter dans les endroits les plus beaux, de faire de nouveaux relevés. Ils mirent près de deux mois pour revenir dans la capitale égyptienne, la tête remplie d'images lumineuses et de sites grandioses. Au Caire, ils retrouvèrent Auguste Mariette, qui s'apprêtait à rentrer en France. Alfred lui proposa de profiter de son navire, ce que l'égyptologue accepta avec grand plaisir.

Bien sûr, Pierre et Dyane ne pouvaient pas les accompagner.

— Ce n'est pas grave, dit Pierre. Je n'ai pas envie de rentrer. J'aime ce pays et je m'y sens bien. Nous allons tenter de convaincre les autorités de nous laisser rester.

— Mais comment allons-nous vivre ? demanda Dyane.

— Nous pouvons travailler. Je vais proposer à Emile de Girardin de continuer à écrire des articles. Et puis, nous retournerons en Haute-Egypte pour faire des fouilles. Nous proposerons nos découvertes aux musées. C'est une activité lucrative et pour laquelle nous possédons un avantage très net par rapport à bien d'autres : nous savons déchiffrer les signes sacrés.

— C'est une excellente idée ! s'exclama Alfred. Je me charge de les négocier pour vous avec le Louvre.

— Qu'en penses-tu ? demanda Pierre à Dyane.

— Partout où tu seras, je me sentirai chez moi.

Elle se serra contre lui. Comprenant qu'il y avait distribution de tendresse, Sylvia vint s'immiscer entre eux. Pierre la souleva dans ses bras pour qu'elle soit à leur hauteur. La petite éclata d'un rire clair.

Plus tard, Pierre et Dyane se retrouvèrent seuls dans leur chambre de l'hôtel Mena. Ils avaient fait l'amour avec leur fougue habituelle. Ils n'en avaient guère eu l'occasion au cours du voyage de retour, en raison de la fatigue.

A la lueur dorée des lampes à huile, ils restèrent un long moment blottis l'un contre l'autre, sans réussir à trouver le sommeil, savourant simplement le plaisir d'être ensemble, de l'autre côté des rives du désir.

— Nous avons échoué, dit Dyane tout à coup.

— Tu le regrettes ?

— Un peu. J'étais tellement persuadée que nous y parviendrions.

Elle laissa passer un silence, puis ajouta :

— Ne t'inquiète pas. Elle a cessé de me hanter. Je n'ai pas ressenti sa présence depuis Abou-Simbel, même lorsque nous sommes passés par El-Ayyah. Pourtant, elle n'a pas disparu. Elle est toujours là, qui erre dans les limbes, attendant d'accomplir une vengeance qui ne viendra jamais.

Nouveau silence.

— Ce qui était effrayant, lorsqu'elle était en moi, c'était la douleur qu'elle exprimait. Je crois que c'est pour cette raison que je l'ai laissée m'envahir. J'aurais tellement voulu l'aider.

— Je comprends. Cela fait si longtemps qu'elle attend de pouvoir libérer son âme.

Dyane secoua la tête.

— Ce n'est pas le temps qui compte, c'est autre chose. D'après ce que j'ai ressenti, elle n'avait pas la notion des millénaires écoulés. Pour elle, c'était comme si elle avait été assassinée hier. Non, c'est plutôt une sensation de frustration, de destin inaccompli qui dominait. Et aussi la souffrance due à la perte d'un être qu'elle a aimé profondément et duquel elle a été séparée sans pouvoir le rejoindre.

Elle posa la main sur celle de Pierre.

— J'aurais tout de même aimé retrouver ce tombeau. Peut-être existe-t-il quelque part des indices qui nous permettraient de le localiser…

— Peut-être. Mais il ne faut pas trop y compter. L'Egypte est très vaste, et il faudrait un miracle pour découvrir quelque chose.

— Qui peut savoir ce que nous réserve l'avenir ?

49

Paris, 1853...

Après son retour en France, Alfred de Givors, comme il l'avait promis, s'était chargé de la vente aux différents musées de France des objets collectés par le couple. Pierre et Dyane correspondaient régulièrement avec lui. Toutefois, par prudence, jamais le nom de Dyane ni celui de Sylvia n'étaient mentionnés dans les courriers. La jeune femme continuait d'être nommée Justine Delorme. Séverine elle-même s'appelait du nom arabe qu'Afalku lui donnait : Fatima. Sylvia, toujours désignée comme sa fille, était devenue Aïcha, un prénom qui traduisait la vitalité, ce qui lui allait comme un gant. En France, la surveillance policière restait vigilante, et il valait mieux faire preuve de précautions.

Ces précautions n'étaient pas inutiles. Le ministre de la Police, Emile de Maupas, continuait de veiller. Les courriers échangés avec Alfred de Givors, Emile de Girardin ou Auguste Mariette étaient ouverts discrètement avant d'être remis à leurs destinataires.

Plus d'un an s'était écoulé depuis la disparition de Dyane, et la colère de Philippe Delrieux n'était toujours pas passée. Il ne pardonnerait jamais à son épouse de l'avoir trahi. A cause d'elle, il était devenu la risée de tout ce que Paris comptait d'important. Il n'avait pas obtenu le maroquain qu'il briguait depuis qu'il s'était rapproché de l'empereur. Il avait pourtant soutenu ce dernier avec fougue. Mais, depuis sa mésaventure conjugale, Napoléon III le considérait avec une sorte de pitié amusée qui désespérait le banquier. Après l'avoir encensé, il haïssait l'empereur de toute son âme.

Mais il haïssait Dyane encore plus. Il n'aurait de cesse de l'avoir retrouvée. Elle paierait pour toutes les humiliations qu'il avait subies par sa faute. Il s'était juré de la tuer de ses mains.

S'il parvenait à savoir ce qu'elle était devenue...

Malgré tous les efforts déployés par son ami Emile de Maupas, dont l'esprit était aussi tordu que le sien, il n'avait pas réussi à obtenir le moindre début de piste. Cette chienne semblait avoir totalement disparu.

Il soupçonnait fortement Alfred de Givors d'avoir organisé l'évasion de son épouse vers l'Egypte. Mais les différentes perquisitions n'avaient rien donné, pas même la fouille de son navire au moment de son départ. Maupas avait pourtant réagi aussitôt après sa disparition.

Givors s'était rendu en Algérie pour récupérer Ménétrier, l'ancien amant de cette garce. Delrieux était sûr qu'elle était à bord. A présent, elle était avec lui, il en était certain. Il avait pensé à se rendre sur place. Mais il restait en France, sur les conseils de Maupas.

« Si elle se trouve là-bas, nous finirons par le savoir », avait dit le ministre.

Maupas avait raison. Il était inutile d'ajouter au ridicule en abandonnant ses affaires pour courir après une épouse volage. Il avait patienté. Givors était revenu à la fin de l'année précédente, après quelques mois de voyage au pays des pharaons. A son retour, il avait failli lui rendre une visite pour le faire parler. Encore une fois, Maupas le lui avait déconseillé.

« Il faut attendre d'être sûr pour agir. Givors n'est pas n'importe qui. Il est aussi riche que vous, et Sa Majesté, après une période de méfiance, le considère désormais avec sympathie. »

Delrieux n'avait donc pas rencontré Alfred.

On s'était contenté d'intercepter les courriers. Ménétrier vivait à présent avec une certaine Justine Delorme. Delrieux était sûr qu'il s'agissait de Dyane. Mais cette Justine ne paraissait pas avoir d'enfant.

« Votre épouse est partie avec votre fille, lui avait rappelé Maupas. Or, ils ne parlent jamais d'une petite fille. Votre femme ne manquerait pas de le faire. »

Cependant, même si les lettres ne parlaient pas de Sylvia, le doute subsistait. Un jour, n'y tenant plus, il décida de rendre une visite surprise au marquis de Givors dans le but d'obtenir une explication. Il se fit éconduire et n'en retira aucun renseignement. Quelques jours plus tard, Emile de Maupas vint le voir. Il était furieux.

— Vous avez rencontré Givors, n'est-ce pas ?

Il était inutile de nier ; Maupas était au courant de tout.

— Je voulais savoir le fin mot de cette histoire. Mais ce crétin m'a rembarré. Il avait l'air de tomber des nues lorsque je lui ai parlé de Dyane.

— Vous l'avez menacé !

— C'est un imbécile.

— C'était une démarche inutile, qui risque de vous discréditer une fois de plus aux yeux de l'empereur. Ne refaites jamais ça, vous m'avez compris ! Je ne pourrai pas tout le temps couvrir vos erreurs !

Delrieux dut prendre sur lui-même pour ne pas réagir au sermon. Son orgueil était durement malmené, mais il ne pouvait se permettre de se fâcher avec le ministre de la Police. Celui-ci ouvrit un portefeuille et lui tendit une lettre.

— J'espère que ceci vous ramènera à la raison. C'est un double, bien sûr, précisa-t-il. Le double de la lettre que Givors a envoyée à Ménétrier peu après votre passage. Lisez.

Fébrile, Delrieux ouvrit la missive.

Mon Pierre,

Nous sommes aujourd'hui le vingt et unième de mai 1853.

J'ai reçu hier une visite à laquelle j'étais bien loin de m'attendre. Le banquier Delrieux est venu me voir, m'accusant sans préambule d'avoir aidé Dyane de Courtraye, ton ancienne amie, à te rejoindre en Egypte. Tu sais qu'elle l'a épousé peu après ton départ en Algérie. Je t'ai déjà conté les difficultés que j'avais rencontrées à cause de ce triste sire. Il est allé jusqu'à utiliser ses relations avec le ministre de la Police Maupas pour faire retarder mon navire, qui fut fouillé des cales au grand mât.

J'ai tenté de lui expliquer que tout cela était absurde, il ne voulait pas en démordre. Il savait qu'il y avait une femme avec toi. Comment, je l'ignore. Mais je le lui ai confirmé, bien sûr. Je n'avais aucune raison de lui mentir. Lorsque je lui ai donné le nom de ta douce Justine, il m'a affirmé qu'elle n'était autre que son épouse. Alors, je me suis fâché. Je l'ai prié fermement de partir et de ne plus jamais remettre les pieds chez moi. Je lui ai dit aussi que s'il était cocu, ce n'était pas ma faute. Il est allé jusqu'à me menacer physiquement. Un vrai portefaix ! J'ai dû faire appel à mes gens pour le jeter dehors.

Evidemment, tout cela n'a pas grande importance puisque Justine n'a rien à voir avec ton ancienne maîtresse, dont je n'ai d'ailleurs aucune nouvelle depuis qu'elle a épousé ce sinistre personnage. Cependant, je pense que tu devrais te méfier. Cet homme ne m'a pas semblé avoir toute sa raison. Je ne voudrais pas qu'il s'imagine n'importe quoi et qu'il se rende en Egypte pour vous causer du tort. Je voulais donc te prévenir de te tenir sur tes gardes au cas où cet imbécile déciderait je ne sais quelle folie.

Parfois, je regrette la sérénité que le désert égyptien nous a fait découvrir, à toi et à moi. Je t'envie d'avoir choisi de rester là-bas, dans ce pays d'or et de lumière. Je suis heureux que l'étude des vieilles pierres t'apporte tout le bonheur que tu mérites.

Depuis notre belle France, je t'adresse mon amitié, à toi et à Justine, ton adorable épouse.

Ton fidèle Alfred,
marquis de Givors

— Qu'en pensez-vous ? demanda Maupas.

Delrieux ne répondit pas immédiatement. Il était ébranlé.

— Apparemment, cette Justine n'a aucun rapport avec Dyane. Givors parle aussi d'épouse. Ménétrier n'aurait pas pu épouser ma femme.

— Evidemment. Vous m'avez dit vous-même qu'il avait eu l'air étonné lorsque vous lui avez parlé d'elle.

— C'est vrai. Mais pourquoi être allé chercher Ménétrier en Algérie ? C'est cela que je ne m'explique pas...

— Bien sûr que si ! J'ai pris mes renseignements. Ce Ménétrier sait déchiffrer l'écriture égyptienne. J'ai interrogé le gouverneur du Louvre à son sujet. Ménétrier fait un travail sérieux et le musée a pu acquérir quelques belles pièces grâce à lui. A l'époque où il était en Algérie, il étudiait des ruines romaines. Ménétrier est un archéologue plutôt doué. Givors le savait et ils sont amis. Voilà pourquoi il l'a emmené avec lui.

Abattu, Delrieux soupira :

— Mais alors, si elle n'est pas en Egypte, où peut-elle être ?

— Ça, je l'ignore, mon cher. Mais je crois que le mieux serait de renoncer à cette vaine recherche. Elle ne vous mènera à rien. Cela fait bientôt un an et demi qu'elle a disparu. Le plus sage serait de déclarer sa mort. Je peux vous y aider. Ainsi, vous pourrez vous remarier et fonder une nouvelle famille.

Une douleur sournoise broya les entrailles de Delrieux. Bien sûr, c'était la seule solution. Il lui fallait un héritier. Mais ne plus revoir Dyane... Il dut admettre que, malgré le temps écoulé, il l'aimait encore, tout autant qu'il la haïssait.

Morte... Peut-être était-ce la vérité, après tout. Cette nuit-là, elle s'était enfuie dans les rues de Paris, seule. Elle avait peut-être voulu se rendre chez Givors. Mais elle n'y était jamais arrivée. Elle avait emporté ses bijoux. Les rôdeurs étaient nombreux dans cette ville, et une femme avec un bébé n'avait aucune chance de leur échapper. Il poussa un cri de rage impuissante.

Il relut la lettre du marquis, puis, furieux, la déchiqueta.

— Ce Givors est un crétin ! cracha-t-il. Avez-vous vu les termes qu'il emploie pour me désigner ? Je lui ferai rentrer ses insultes dans la gorge !

— N'en faites surtout rien ! Il saurait ainsi que nous lisons son courrier.

— Bah, il le sait peut-être déjà !

De rage, il projeta les débris de la lettre sur le sol. Maupas le contempla un moment, puis le salua pour prendre congé. La dernière réflexion de Delrieux lui ouvrait des horizons. En montant dans sa voiture, il dit tout bas :

— Vous avez tort, mon cher Delrieux. Je ne suis pas si sûr que Givors soit l'imbécile qu'il paraît être.

Puis il fit signe au cocher de démarrer et s'installa confortablement. Il avait d'autres chats à fouetter que de régler les affaires d'un cocu stupide. Fût-il de ses amis…

Au même moment, en Algérie, Jean Froment ne dormait pas. Comme chaque nuit, il peinait à trouver le sommeil, malgré l'épuisement provoqué par la dureté des travaux. Alors, il fixait les murs ténébreux de son cachot et ressassait sa haine. Une haine qui l'obsédait chaque jour un peu plus. Une haine qui portait un nom : Pierre Ménétrier.

50

Egypte, 1855...

Trois années s'étaient écoulées depuis le retour en France d'Alfred et Rose.

Au début, il n'avait pas été facile pour Dyane et Pierre de rester en Egypte, en raison de l'hostilité d'Abbas Ier envers les Européens. Heureusement, ils avaient bénéficié de l'appui du pacha Bachar el-Acheq. Dans un premier temps, celui-ci les avait autorisés à demeurer dans sa cité, où ils avaient pu mener quelques recherches sur Alexandrie. Ils avaient ainsi découvert l'entrée de nécropoles souterraines datant des époques d'Alexandre et de Cléopâtre. La plupart des tombeaux avaient été pillés depuis des siècles, mais leur obstination leur permit de mettre au jour quelques bijoux, bracelets d'or, boucles d'oreilles, bagues, pectoraux incrustés de turquoise, cornaline et lapis-lazuli. Ils remontèrent également une belle quantité de pièces de vaisselle dont beaucoup étaient en mauvais état en raison des tremblements de terre fréquents qui affectaient la région.

Pierre avait renoué contact avec Emile de Girardin, qui avait accepté avec plaisir de publier ses articles sur l'Egypte. Ce revenu régulier, ajouté aux sommes rapportées par la vente des objets antiques, permettait au couple de vivre sans difficultés financières. Tous deux s'étaient installés à Alexandrie, dans une belle demeure que leur prêtait le pacha. Ils vivaient une existence paisible, entièrement orientée vers l'étude des vieilles pierres. Séverine et Afalku habitaient avec eux. Séverine avait épousé Afalku peu après le départ d'Alfred et de Rose. Séverine s'occupait de Sylvia. Quant à

Afalku, il accompagnait le couple dans ses voyages, se chargeant de l'intendance et de recruter les hommes de son escorte. Sylvia grandissait sans problème, se mêlant aux petits indigènes, fascinés par ses cheveux blonds et sur lesquels elle régnait avec charme et autorité telle une petite reine.

Dyane et Pierre auraient souhaité avoir un enfant ensemble, mais, malgré tous leurs efforts, ils n'y étaient pas parvenus. Après avoir examiné la jeune femme, un médecin arabe avait conclu qu'elle ne pourrait plus jamais en avoir. A travers ses explications, elle en avait déduit la raison. Lorsqu'elle avait dû supporter les assauts bestiaux de Philippe Delrieux, elle avait redouté de tomber une nouvelle fois enceinte de lui, ce à quoi elle se refusait de toutes ses forces. Elle avait donc fait appel aux médecines qu'elle utilisait auparavant, lorsqu'elle menait une vie fertile en aventures. Ces remèdes avaient fait plus de mal que de bien. Ajoutés aux coups de pied dans le ventre administrés par son tortionnaire, ils avaient abîmé sa matrice. Elle en conservait parfois des douleurs dans l'abdomen et un flux menstruel perturbé.

Avec le temps, Pierre et Dyane s'étaient habitués à ce malheur. Sylvia était l'objet de tout leur amour et de toute leur tendresse. Désormais âgée de cinq ans, elle parlait l'arabe aussi bien que le français. Malgré son jeune âge, elle avait commencé à apprendre à lire et à écrire, et s'intéressait aux hiéroglyphes, dont elle connaissait déjà plusieurs dizaines. La disposition singulière des signes ne la gênait pas. Elle s'amusait à les reproduire sur des cahiers. Ses parents étaient ses professeurs. Plus que jamais elle considérait Pierre comme son véritable père.

Ces dernières années, le climat politique du pays n'avait cessé de se détériorer, en raison du despotisme d'Abbas Ier. Cette tyrannie prit fin en 1854, lorsque le souverain fut assassiné par des proches, excédés par ses frasques. Son successeur, son oncle Saïd, se montra plus conciliant avec les étrangers. Soutenus par le pacha d'Alexandrie, Pierre et Dyane obtinrent de rester officiellement sur le sol égyptien. Par commodité, parce qu'ils souhaitaient étudier la Haute-Egypte, ils déménagèrent au Caire. Ils firent l'acquisition d'une maison dans un quartier aisé, à proximité de l'institut fondé plus d'un demi-siècle auparavant par Napoléon Bonaparte. C'est depuis cette base qu'ils lançaient leurs expéditions vers le sud.

Un matin, alors qu'ils se rendaient à l'Institut français, Pierre et Dyane firent une rencontre à laquelle ils ne s'attendaient pas. Ils allaient pénétrer dans les lieux quand un homme les salua avec déférence. Stupéfaits, ils reconnurent Abdallah, le chef de chantier de Deir el-Bahari, qu'ils avaient sauvé des crocodiles. Un peu plus tard, assis autour du traditionnel thé à la menthe, il leur raconta les raisons de sa présence dans la capitale.

— J'aurais aimé rester sur Louqsor pour participer au désensablement des temples, expliqua-t-il. Mais pour l'instant, rien n'est envisagé là-bas. Au Caire, il y a plus de travail, grâce à l'un de vos amis, Auguste Mariette. En ce moment, je dirige une équipe à Saqqarah. Mais on parle aussi d'un grand chantier qui pourrait s'ouvrir bientôt. Le gouvernement de Sa Majesté envisage de creuser un canal entre la Méditerranée et la mer Rouge.

— Nous en avons entendu parler, confirma Pierre. C'est un Français qui devrait diriger ces travaux, Ferdinand de Lesseps.

— Ce n'est pas sur le chantier que je dois travailler, précisa Abdallah. L'Institut a promis de m'engager pour veiller à ce que les ouvriers ne détruisent pas les sites archéologiques qui pourraient être mis au jour au cours de ces travaux.

— C'est une excellente nouvelle.

— Il faut sauver ces monuments, *Ostedh*. Ils sont une grande richesse pour mon pays.

— Pas seulement pour ton pays, Abdallah. L'Egypte a été le berceau de toutes les autres grandes civilisations méditerranéennes, et même européennes. Il faut protéger ces trésors. Ils constituent la mémoire d'une histoire commune à tous les peuples.

— Si je découvre quelques beaux objets, je vous préviendrai. Je préfère qu'ils soient entre vos mains plutôt qu'entre celles de certains Européens.

Avec le temps, Pierre et Dyane s'étaient taillé une réputation de sérieux dans le domaine des antiquités, et l'on préférait s'adresser à eux plutôt qu'aux aventuriers qui pillaient les tombeaux sans vergogne. Ils rétribuaient honnêtement leurs fournisseurs égyptiens, et si officiellement ils travaillaient pour leur compte, on savait que leurs trouvailles allaient rejoindre les musées et non les collections privées d'amateurs fortunés.

Ce point de vue était partagé par Auguste Mariette, avec qui ils étaient restés en relation. Lui-même avait une idée, qui lui tenait à cœur : la création d'un musée, ici même, au Caire. Il tentait de convaincre le nouveau souverain de le financer, mais la pauvreté du pays ne permettait pas de réaliser une telle opération aisément. Néanmoins, Mariette ne désespérait pas d'y parvenir.

51

Egypte, 1858...

A huit ans, Sylvia était une petite fille heureuse de vivre, qui possédait une grande capacité d'observation et faisait preuve d'une intelligence exceptionnelle. Elle avait appris à écrire avec Pierre et s'était intéressée aux signes sacrés, qu'elle était désormais capable de déchiffrer.

Ses parents passaient le plus clair de leur temps le long du Nil, hormis pendant la période estivale, où la température était trop chaude pour s'aventurer sur les pistes brûlées par le soleil de Haute-Egypte. Sylvia les suivait, participant activement aux fouilles. Elle n'avait eu aucune difficulté à apprendre l'arabe et discutait familièrement avec les ouvriers, qui l'avaient surnommée Shéhérazade, tant elle avait d'imagination.

En ce début d'avril 1858, ils se trouvaient dans la Vallée des Reines, sur la rive gauche de Louqsor. Quelques dizaines de tombes datant des XIXe et XXe dynasties y avaient été découvertes. La plupart appartenaient à des femmes, la plus importante ayant abrité Néfertari, épouse de Ramsès II, et leurs trois enfants morts en bas âge. Une autre avait accueilli un fils de Ramsès III, le prince Amon-her-Kopechef. Ces tombes avaient été visitées depuis bien longtemps par les pillards, et seules subsistaient les fresques murales, fortement endommagées par les feux que les paysans y avaient allumés : quelques-unes des tombes avaient servi d'asiles et d'étables. Certaines restaient inachevées. Cependant, malgré les pillages, il arrivait que l'on retrouve des objets oubliés, enfouis sous les sables, et parfois que l'on découvre de nouvelles sépultures.

Ce matin-là, Dyane était demeurée au campement afin d'étudier une statuette malheureusement très abîmée du dieu Khonsou, fils d'Amon associé à la lune.

Pierre et Sylvia en avaient profité pour explorer la montagne et admirer les fresques. Malgré son jeune âge, Sylvia était capable de reconnaître les différentes divinités. Elle avait un faible pour Isis, qui avait redonné vie à son époux, Osiris, en rassemblant les morceaux de son corps dispersés le long du Nil par le sinistre Seth. Elle connaissait la légende par cœur.

L'intuition remarquable de la fillette lui avait déjà permis de découvrir seule plusieurs objets. Ce jour-là, elle s'était mis en tête de fouiller dans une tombe proche de celle de la reine Titi, une épouse du roi Ramsès IV. Amusé, Pierre la suivit. La sépulture se situait à quelques dizaines de mètres au-dessus, dans un endroit dépourvu de végétation. L'intérieur était sombre, et les parois étaient en grande partie éboulées. Un peu inquiet, Pierre aida la petite à déplacer les roches, à creuser le sol. Il ne savait pas pourquoi elle avait jeté son dévolu sur ce tombeau plutôt que sur un autre. Les faibles dimensions de la chambre prouvaient que le personnage qui avait reposé là n'occupait pas un rang de premier plan. Les lieux étaient désespérément vides.

Et pourtant, au bout de trois heures d'investigation, Sylvia, qui s'acharnait sur un coin bien précis, finit par mettre au jour une statuette qu'elle reconnut immédiatement.

— Regarde, papa ! C'est Isis.

Stupéfait, Pierre approcha sa torche. La tête de la sculpture était surmontée d'un trône, symbole de la déesse. Avec la délicatesse d'une véritable archéologue, la fillette essuya doucement la figurine qui ne mesurait pas plus d'une trentaine de centimètres mais présentait un visage parfaitement conservé, plein de douceur.

— Elle est magnifique, ma chérie.

Sylvia la tendit à Pierre.

— Elle est pour toi.

— Pour moi ?

— Oui, je te l'offre. Mais il ne faudra pas la vendre, n'est-ce pas ?

— Bien sûr que non.

— Elle te protégera, papa.

Vivement ému, Pierre prit la petite contre lui et l'embrassa.

— Je ne m'en séparerai jamais, dit-il.

L'étude des tombeaux égyptiens avait curieusement façonné l'esprit de la fillette. Elle était familiarisée avec la mort, mais elle s'étonnait de la fascination que les anciens Egyptiens semblaient avoir pour elle. Lorsqu'ils quittèrent le tombeau, elle déclara :

— C'était tout de même un peuple bizarre. Ils ne pensaient qu'à mourir. Ils consacraient leur fortune à se faire construire un tombeau. Au fond, ils ne devaient pas être très drôles, ces gens-là !

Pierre sourit devant son jugement catégorique. Ce qu'il avait découvert sur les fresques ne lui avait pas forgé la même opinion. Certaines étaient très équivoques, teintées d'érotisme, et témoignaient d'un formidable appétit de vivre. Il répondit :

— Ne crois pas cela. Je pense au contraire que les Egyptiens aimaient beaucoup la vie et ils en profitaient vraiment. Leur pays leur paraissait tellement beau qu'ils avaient imaginé que lorsqu'ils mouraient ils se retrouvaient sur les rives du Nil céleste, qui étaient en tout point semblables à celles du Nil terrestre. Ils emportaient avec eux toutes sortes d'objets familiers, simplement pour pouvoir continuer de mener la même vie dans l'au-delà. Ne t'imagine pas que les nécropoles étaient des endroits lugubres. Les vivants y venaient régulièrement pour bavarder avec leurs morts. Ils étaient persuadés qu'ils les entendaient. Ils leur écrivaient des lettres, ils leur faisaient des offrandes et ils venaient déjeuner près de leur tombeau. Et ce n'étaient pas des repas tristes. On riait et on plaisantait avec les défunts, comme lorsqu'ils étaient vivants.

— Mais les morts, ils ne pouvaient pas entendre.

— Qui peut le dire ?

Sylvia marqua un temps, puis demanda :

— Papa, sais-tu où on va après la mort ?

— Non, ma fille. Personne ne le sait.

— Séverine, elle dit qu'on va au paradis.

— Parce que Séverine croit au paradis des chrétiens. Mais il existe d'autres religions qui pensent autrement. Ainsi, pour les hindous, l'âme se réincarne.

La petite fronça les sourcils.

— Quand on sera morts, on ne sera plus ensemble ?

— Non, mais tu me garderas dans ton cœur. Et puis, rassure-toi, je n'ai pas l'intention de mourir tout de suite, tu sais.

— Et si c'est moi qui meurs la première ?

Pierre s'assombrit.

— Ne dis pas des choses comme ça, mon ange.

— C'est possible, tu sais. J'ai vu des enfants mourir, ici.

— Mais toi, tu ne mourras pas.

Elle regarda longuement la statuette d'Isis, puis déclara :

— Si ça arrivait, il ne faudrait pas que tu sois triste, papa. Parce que je reviendrai près de toi. Isis m'aidera. Tu seras toujours mon papa et on ne se quittera pas. Je te le promets.

Bouleversé, Pierre ne répondit pas. Parfois, de terribles pensées lui traversaient l'esprit. L'Egypte était un pays dangereux. Il suffisait d'une attaque de bédouins, d'un serpent, d'un scorpion, d'une mauvaise maladie. La petite avait effectivement vu de jeunes enfants mourir. Séverine et Afalku en avaient perdu un, mort-né. Dans les villages qu'ils traversaient, la mort faisait partie du quotidien. Pierre ne songeait même plus qu'elle était née d'un autre. Elle faisait désormais partie de lui et on l'aurait surpris en lui rappelant qu'elle n'était pas vraiment sa fille.

— Tu ne devrais pas penser à tout ça, mon ange, dit-il. Tu as huit ans. Tu as encore une longue vie devant toi.

Il lui prit la main et la serra, les yeux luisants.

— Viens, allons retrouver maman et le dieu Khonsou !

Quelques instants plus tard, à l'entrée de la vallée, ils découvrirent une Dyane perplexe, qui avait achevé de nettoyer la statuette arrachée aux sables deux jours plus tôt. Sylvia montra fièrement sa trouvaille.

— Je l'ai donnée à papa.

Dyane examina la sculpture, surprise par son parfait état de conservation. Puis elle embrassa sa fille.

— Tu feras une grande égyptologue, plus tard.

Cependant, Pierre sentait que quelque chose la troublait.

— Qu'y a-t-il ?

Elle lui montra la statuette de Khonsou.

— Je ne sais pas exactement. Cette figurine n'a rien d'exceptionnel en elle-même. Elle remonte probablement à l'époque de la XVIIe dynastie. Mais, en recherchant dans les livres, j'ai découvert un élément qui me perturbe...

— Lequel ?

— Ici, à Ouaset, – pardon, à Thèbes –, il était aussi appelé Neferhotep. Ce nom signifie qu'il avait le pouvoir de guérir et de combattre les esprits malins à l'origine des maladies. Les Egyptiens pensaient que les maladies avaient leur existence propre. Les médecins leur parlaient pour les inciter à quitter le corps des patients.

— Et c'est cela qui te perturbe ?

— Non. C'est ce nom par lui-même : Neferhotep. Mais je ne comprends pourquoi. Ça n'a aucun sens. J'ai l'impression...

Elle hésita, puis ajouta, mal à l'aise :

— J'ai l'impression qu'il existe un rapport entre ce nom et Neith-Ikerêt.

Depuis Abou-Simbel, les cauchemars de Dyane ne s'étaient plus manifestés. Cependant, elle ressentait parfois une présence insolite, à la fois étrangère et familière. Elle s'y était habituée et n'y accordait pas d'importance. Peut-être était-elle provoquée par le collier de Nitocris. Elle avait quelquefois songé à ne plus le porter, mais n'avait jamais pu s'y résoudre. Ce collier faisait partie d'elle-même.

Devant le regard soudain inquiet de Pierre, elle sourit et précisa :

— Rassure-toi, je ne vais pas la laisser revenir. C'est juste un petit contact qu'elle a établi avec moi, simplement pour me rappeler qu'elle est toujours là. Peut-être a-t-elle connu un Neferhotep.

Pierre hocha la tête, guère convaincu.

— Cette statuette date de la XVIIe dynastie. Khonsou n'a pas été vénéré avant cette époque. Or, Neith-Ikerêt est la dernière reine de la IVe dynastie. Sept siècles auparavant. A mon avis, c'est seulement une coïncidence.

— Tu as sans doute raison, admit-elle.

Cependant, au fond d'elle-même, la certitude demeurait : Neith-Ikerêt avait bien un rapport avec le nom de Neferhotep.

52

Egypte, 1863…

Sylvia suivait désormais des études au lycée français du Caire. A treize ans, elle se révélait une élève aussi brillante qu'indisciplinée. Elle regrettait de ne plus pouvoir accompagner ses parents dans leurs voyages.

Pierre et Dyane travaillaient beaucoup en relation avec le musée ouvert cinq ans plus tôt par Auguste Mariette, qui avait été nommé « pacha » par le roi, en remerciement de tout ce qu'il avait fait pour l'Egypte.

Séverine et Afalku avaient eu quatre héritiers, qui peuplaient la maison du Caire, et sur lesquels Sylvia régnait comme une grande sœur. En raison de cette famille nombreuse, Afalku avait cessé de suivre ses amis dans leurs expéditions. Celles-ci les avaient menés sur de nombreux sites, depuis les plaines marécageuses du Delta jusqu'à Abou-Simbel, où ils étaient retournés deux fois. A chaque fois, Dyane avait ressenti un étrange appel venant du sud. Mais elle avait refusé de lui céder.

Pierre continuait d'échanger des courriers avec Alfred et Rose, qui leur avaient rendu visite quatre ans plus tôt. Alfred avait fini par épouser sa compagne, qui lui avait donné depuis deux enfants, un garçon et une fille.

Quoiqu'il n'en eût plus besoin financièrement, Pierre écrivait toujours des articles pour Emile de Girardin.

L'amour qui unissait Dyane et Pierre ne s'était jamais démenti, nourri de tendresse et d'une passion constante, que venait pimenter leur fougue aux jeux d'alcôve. Dyane avait complètement oublié qu'elle avait été autrefois mariée avec un homme violent et pervers. Ni l'un ni l'autre ne parlaient jamais de retourner en France. Il y avait tellement à faire dans ce pays de lumière.

Cependant, au début de cette année 1863 eut lieu, à des milliers de kilomètres de là, un événement qui allait bouleverser leur vie. Après quinze années passées au bagne, Jean Froment fut remis en liberté.

Pendant ce temps, en Egypte, se poursuivaient les travaux du canal de Suez. L'un des contremaîtres chargé de veiller sur les sites mis au jour fit alors une découverte étonnante.

Ce contremaître n'était autre qu'Abdallah.

53

Abdallah avait été engagé par le directeur du musée d'Egyptologie du Caire, ouvert cinq ans plus tôt, pour travailler sur les sites mis au jour au cours du percement du canal de Suez. Des tombeaux, des petits temples et autres vestiges remontant à la plus haute antiquité avaient été découverts, et l'on devait tenter de sauver tout ce qui pouvait l'être. L'idée de ce canal n'était pas une nouveauté. A plusieurs reprises au fil du temps, des pharaons avaient fait établir une liaison entre la Méditerranée et la mer Rouge. Mais, faute d'entretien, les anciens canaux s'étaient ensablés au cours des siècles, et on avait perdu jusqu'à leur tracé. Cependant, la région avait été habitée, comme en témoignaient les nécropoles révélées par les travaux.

En principe, les objets découverts devaient tous aller rejoindre les collections du nouveau musée. Abdallah appréciait beaucoup Auguste Mariette, qui respectait les Egyptiens et s'était battu pour que leurs richesses archéologiques demeurent dans leur pays.

Lorsqu'il pénétra dans le modeste tombeau que l'on venait de découvrir et qui, par miracle, n'avait pas été visité par les pillards, il n'avait aucune raison de déroger à ce principe. Pourtant, tandis qu'il examinait les shaouabtis qui accompagnaient le sarcophage, l'un d'eux attira son attention. Il ne connaissait pas très bien les hiéroglyphes, mais savait les distinguer les uns des autres. Il n'avait jamais oublié non plus que, douze ans plus tôt, Pierre et Dyane Ménétrier avaient sauvé la vie de ses fils, à Deir el-Bahari. Or, ce shaouabti comportait des signes étranges, qu'il avait déjà rencontrés à cette époque. Abdallah possédait une excellente mémoire. De toute évidence, sur la jambe droite de la figurine étaient gravés les signes correspondant au nom de la reine recherchée par Pierre Ménétrier et son épouse. Plus surprenant encore, la figurine avait un poids plus léger que les autres. Elle était probablement creuse. Après un instant d'hésitation, il cacha discrètement le shaouabti dans sa besace de cuir.

Quelques jours plus tard, profitant d'un voyage au Caire, il se rendit chez Pierre et Dyane.

— J'ai pensé que cet objet pourrait t'intéresser, *Ostedh*. Je l'ai découvert dans un tombeau de l'est du Delta, sur le chantier du canal. Tout ce qu'il contenait a rejoint le musée du Caire. Tout, sauf ce shaouabti.

Dyane observa l'objet. Aussitôt, une bouffée de chaleur la parcourut.

— Ça ne va pas ? s'inquiéta Pierre.

Elle le rassura :

— C'est seulement un peu de fatigue.

Elle lui indiqua le signe de Neith-Ikerêt sur la jambe droite de la figurine. Il acquiesça, puis se tourna vers Abdallah.

— Sois remercié, Abdallah. Tu avais raison : cet objet nous intéresse. Sais-tu de quand date ce tombeau ?

— Ce n'est pas certain, mais le professeur Mariette, qui s'est rendu sur place, pense qu'il s'agit de la XIIIe dynastie.

— Ce qui veut dire qu'il remonte au début du dix-huitième siècle avant Jésus-Christ… C'est vraiment curieux. Comment le cartouche de Nitocris a-t-il pu se retrouver sur un shaouabti de cette époque ? Elle était morte depuis presque cinq siècles…

Dyane ne disait rien. La plus grande confusion régnait dans son esprit. Son intuition lui soufflait que cette figurine était la clé qui leur manquait. Une part d'elle-même s'en réjouissait. Mais, simultanément, elle sentait que quelque chose d'irréversible et de terrifiant s'était mis en marche, que rien ne pourrait arrêter. Elle prit le shaouabti en main. Il était creux. Elle rechercha une ouverture, sans succès.

— Il faut le briser, dit-elle.

Son esprit se révoltait à l'idée de détériorer un objet aussi ancien, mais c'était la seule manière de percer son secret. Le shaouabti fut donc sacrifié. Apparut une pochette de cuir desséchée, que la jeune femme déplia fébrilement. Elle contenait une liasse de papyrus parfaitement conservés malgré les millénaires. Dyane les étala sur la table avec précaution. Le texte était rédigé en hiéroglyphes. Et surtout, en tête du premier document, figurait le cartouche de Neith-Ikerêt. Ainsi que le nom d'un pharaon appelé Neferhotep. Le souvenir de la statuette du dieu Khonsou, découverte cinq ans auparavant, lui revint immédiatement à la mémoire. Le lien était là, qui expliquait son trouble de l'époque…

— Neferhotep était un roi de la XIVe dynastie, et non de la XIIIe, rectifia-t-elle.

— C'est exact, confirma Pierre. Et nous voilà avec quelques pages de lecture à déchiffrer.

Il leur fallut deux jours pour achever la traduction des papyrus. Ils racontaient une histoire incroyable, que Pierre lut à haute voix.

Moi, Hapou, par la volonté de Sa Majesté maître d'œuvre et architecte, serviteur du grand Neferhotep – Vie, Force, Santé, et qu'Amon lui accorde une vie éternelle –, ai réalisé sur son ordre un travail qui jamais ne devra être connu, et dont seule ma demeure d'éternité conservera le secret.

En l'an dix-neuf de son règne, Pharaon craignit que les peuples d'Asie, qu'il avait réussi à repousser au-delà des frontières, ne reviennent en force pour s'emparer du Double Pays. Nous vivions à cette époque des heures difficiles car l'ennemi était à nos portes, et la Haute-Egypte était aux mains des nomarques descendant de Sekhemkarê l'usurpateur.

Tout comme moi, Sa Majesté était initiée aux secrets de la grande reine qui autrefois avait résisté avec courage aux envahisseurs. Ses ennemis avaient été nombreux à vouloir s'emparer de sa sépulture, mais toujours ses fidèles et les descendants de ses fidèles avaient veillé à la préserver. Le grand roi Montouhotep, premier du nom, avait fait aménager un tombeau pour elle derrière sa propre demeure d'éternité, dans le nome de Ouaset. Les fidèles, qui avaient pris le nom de « confrérie de Neith », veillaient sur elle depuis cette époque. Lorsque le dieu Amon avait supplanté le dieu Montou, les rois avaient continué d'accorder leur protection à la sépulture de Neith-Ikerêt.

Mais ces temps de paix étaient révolus. Un matin, Sa Majesté me fit appeler et m'informa des faits suivants : le royaume de la Couronne blanche sombrait chaque jour un peu plus dans le chaos et les tombeaux des rois étaient menacés. Celui de la très belle Neith-Ikerêt devait à tout prix être protégé, et son sarcophage devait être déplacé en un endroit où nul jamais ne pourrait le retrouver.

Il me chargea alors d'organiser, à la tête d'un groupe de fidèles, la construction d'un nouveau tombeau pour Neith-Ikerêt. Ce que je fis, avec l'aide du dieu Montou, qui continuait de veiller sur notre reine. Profitant de la confusion qui s'était emparée de la ville de Ouaset, nous ouvrîmes sa sépulture et la vidâmes de tout ce qu'elle contenait, sarcophage, meubles, offrandes, que nous emportâmes pieusement.

Puis nous nous dirigeâmes vers le sud, très loin, jusqu'à la deuxième cataracte. Là, en un endroit où Hâpî effectue deux sauts successifs, nous creusâmes un nouveau tombeau, que nous prîmes soin de piéger à la manière dont notre reine avait fait périr ses ennemis autrefois. Ainsi, au cas où des pillards découvriraient l'entrée de son tombeau, ils seraient punis de leur sacrilège par Hâpî lui-même.

Seuls les fidèles initiés connurent le secret de l'emplacement de la dernière demeure d'éternité de notre reine. Ainsi que l'avait ordonné Pharaon, les ouvriers qui avaient travaillé sur ce tombeau furent tous sacrifiés jusqu'au dernier.

Au moment où j'écris ceci, l'instant est proche où mon âme devra affronter le jugement d'Osiris et la pesée d'Anubis. J'espère qu'il saura me pardonner mes fautes et m'évitera ainsi d'être dévoré par le terrible Apophis, dont l'évocation seule me fait trembler. J'espère aussi qu'il tiendra compte du travail que j'ai accompli pour notre reine très belle.

Puissent les dieux lui accorder enfin le repos.

Pierre et Dyane restèrent un long moment silencieux.

— Eh bien, ils avaient une façon bien particulière de résoudre le problème des salaires, à cette époque, déclara enfin Pierre. Mais si ce document dit vrai, nous savons désormais où se trouve le tombeau de Nitocris.

— Neith-Ikerêt, rectifia Dyane.

Il la regarda, un peu inquiet. Mais elle sourit et demanda :

— Qu'a-t-il voulu dire par cette dernière phrase ? « Puissent les dieux lui accorder enfin le repos » ?

— Il souhaitait sans doute que personne ne puisse découvrir sa sépulture...

— Non, c'est autre chose. Hapou savait parfaitement que l'esprit de Neith-Ikerêt n'avait pas été libéré par la mort.

— Mais qu'est-ce que c'est, cette confrérie de Neith dont le pharaon et lui-même faisaient partie ?

— Il semble que les fidèles de Neith-Ikerêt aient constitué, après sa mort, une sorte de société secrète destinée à perpétuer sa mémoire et à protéger sa sépulture contre les pillards.

— Mais pourquoi elle particulièrement ? s'étonna Pierre. L'Egypte a connu nombre d'autres rois avant et après elle...

— Je pense qu'elle représentait un symbole très fort, celui de la résistance à l'ennemi. Jamais auparavant le Double Pays n'avait été envahi, depuis sa fondation, près de mille ans plus tôt. Les dynasties s'étaient succédé, mais les rois avaient toujours réussi à repousser les invasions. Et puis, sous la VIe dynastie, un roi arrive au pouvoir, Pépi II. Il monte sur le trône à l'âge de six ans, et il meurt à cent quatre ans, après un règne de près d'un siècle, le plus long de toute l'histoire du monde. Au cours de ce règne, le pouvoir finit par s'affaiblir devant les revendications des princes et des nomarques. Lorsque Pépi II meurt, la Double Couronne revient à un jeune prince, Merenrê, qui, selon la coutume, épouse sa sœur, Neith-Ikerêt, afin de conserver pur le sang des dieux. Mais il est assassiné et c'est elle, Neith-Ikerêt, qui va affronter avec courage aussi bien les ennemis de l'extérieur que les nomarques qui trahissent le Double Royaume pour défendre leurs seuls intérêts. Voilà pourquoi elle était très aimée du peuple, et pourquoi on a tant honoré sa mémoire. Chose plus surprenante encore, elle fut considérée comme un exemple par les rois qui, depuis Montouhotep Ier, ont régné sur l'Egypte. Tous ont dû faire partie de cette confrérie.

Deux semaines plus tard, Pierre, Dyane et Sylvia quittaient le Caire, en direction du sud, embarqués à bord de l'un des bateaux qui faisaient désormais des voyages réguliers jusqu'à Assouan. Dès qu'elle avait appris que ses parents détenaient de nouvelles informations sur Neith-Ikerêt, Sylvia avait exigé de participer à l'expédition. Les cours étant pratiquement terminés, ils avaient accepté. Ils ne tenaient pas à la laisser derrière eux, sachant qu'ils allaient être absents pendant près de trois mois.

54

Après un voyage d'une quinzaine de jours, le bateau les avait menés jusqu'à Assouan. Là, ils avaient recruté une demi-douzaine d'hommes pour les escorter, acheté des dromadaires et des vivres, puis ils avaient pris la direction du sud.

Ils avaient beau être habitués à la chaleur, le soleil était si fort en ce mois de juin qu'ils avaient l'impression de marcher dans une fournaise. L'air était brûlant, étouffant, et le soir n'apportait qu'une fraîcheur relative. Après dix jours de marche pénible, ils arrivèrent à Abou-Simbel, où ils passèrent la nuit près des temples. Depuis leur première visite, un travail de désensablage avait été réalisé et l'on distinguait à présent les pieds des immenses statues.

Le soir, au bivouac, Pierre remarqua :

— Tu ne t'étais pas trompée, il y a onze ans. Il fallait bien descendre vers le sud.

— Neith-Ikerêt me poussait à poursuivre. Mais ce n'était pas logique. Comment imaginer qu'une reine de la IVe dynastie ait pu être inhumée aussi loin ? Moi-même, je n'y croyais pas.

— Et maintenant, où est-elle ?

— Je ressens toujours son esprit. Elle se précise de jour en jour, mais je ne subis plus son influence. Elle doit savoir que nous allons tout faire pour découvrir sa sépulture et elle me laisse faire.

— Pourquoi le désire-t-elle autant ?

— Je l'ignore. Peut-être est-ce un moyen de libérer son âme, mais je n'en suis pas sûre. Je perçois toujours sa colère et sa volonté de vengeance. Il y a aussi de la patience en elle, comme si elle attendait quelque chose.

— Quoi ?

Dyane observa un court silence. Puis :

— Elle sait que des événements se sont déclenchés, qui vont lui permettre d'accomplir sa vengeance.

— Quels événements ?

— Je ne sais pas. C'est… comme un nœud du destin, qu'elle attend depuis longtemps. Je ne sais pas comment l'expliquer. Mais cela me fait très peur.

Pierre la sentit bouleversée.

— Nous ne sommes pas obligés d'aller là-bas.

— Si. Je dois la libérer, sinon, elle ne cessera pas de me poursuivre.

— Mais comment pourrait-elle accomplir sa vengeance, alors qu'elle n'a pas d'existence matérielle ?

— Peut-être compte-t-elle se servir de moi…

— Pour tuer qui ?

— Je ne sais pas. Je ne sais pas…

Pierre la prit contre lui. S'il n'avait tenu qu'à lui, ils auraient renoncé. Mais il craignait, s'ils rebroussaient chemin, de voir le spectre de Nitocris s'emparer à nouveau de l'esprit de sa compagne. La seule manière d'éviter cela consistait à aller jusqu'au bout.

Dyane dormit très mal, cette nuit-là. Elle pressentait qu'un piège terrible était en train de se refermer sur eux, et qu'il n'existait aucun moyen d'y échapper. Elle avait l'impression que la Mort elle-même s'était mise en marche et suivait leurs traces. Une angoisse insidieuse s'était emparée d'elle, dont elle ne voulait pas parler à Pierre.

Quatre jours plus tard, ils atteignirent Ouadi Halfa, le village près duquel commençait la deuxième cataracte. Ils y furent reçus avec une certaine méfiance. Il était plutôt rare de voir des Européens en cet endroit éloigné de tout. Mais lorsque le chef du village se rendit compte que tous les trois, y compris la demoiselle, parlaient couramment l'arabe, la méfiance tomba, et on les invita pour le traditionnel thé de bienvenue.

Pierre expliqua qu'ils auraient sans doute besoin d'ouvriers pour dégager un site antique, quelque part le long de la cataracte. Le chef du village, Mohammed, s'étonna. Personne n'avait jamais entendu parler d'un site datant des Anciens à cet endroit.

— Nous avons découvert un document, expliqua Pierre. Il indique l'emplacement précis d'un tombeau dédié à une reine très ancienne. Nous devons d'abord le localiser. Ensuite, il nous faudra des hommes pour creuser. Es-tu prêt à nous fournir de la main-d'œuvre ? Bien entendu, ils seront rémunérés en conséquence.

— Je te trouverai des hommes. Mais à mon avis, tu es fou de vouloir chercher ici.

— Connais-tu un lieu où le Nil effectue deux sauts successifs ?

Après une courte réflexion, le vieil homme acquiesça.

— Il existe un tel endroit, presque de l'autre côté de la cataracte. Mais il n'y a rien, là-bas.

La réaction du chef de Ouadi Halfa n'avait guère été encourageante. Ils refusèrent cependant de se démoraliser et entreprirent de longer la cataracte sur la rive occidentale, suivis par les guerriers. Les Egyptiens considéraient que la Terre des morts se situait à l'ouest du fleuve. Il était donc fort probable que le tombeau de Neith-Ikerêt se trouvait de ce côté. Après une marche difficile au milieu d'une végétation rebelle, ils furent bientôt en vue de l'autre extrémité. Comme l'avait dit Mohammed, ce fut à cet endroit qu'ils remarquèrent que le fleuve franchissait deux sauts importants.

— C'est là ! s'exclama Pierre.

Assistés par les guerriers, ils explorèrent le moindre recoin de la rive. Ils y consacrèrent plusieurs heures, s'enfonçant parfois dans les terres jusqu'à la limite des montagnes. Sans succès. A la fin de la journée, il leur fallut se rendre à l'évidence : rien ne trahissait la présence de l'entrée d'un quelconque souterrain. Et surtout, Dyane s'était enfermée dans un mutisme songeur.

— Il ne faut pas baisser les bras, la rassura Pierre. Ce tombeau a été creusé il y a plus de trois mille six cents ans.

Elle secoua la tête.

— Nous perdons notre temps. Il n'y a rien ici.

Le soir était là. Les membres de l'escorte dressèrent les tentes. Il était hors de question de retourner à Ouadi Halfa alors que la nuit était sur le point de tomber. Tandis que leurs compagnons faisaient griller de la viande de mouton et bouillir de l'eau pour le thé, Pierre demanda à Dyane ce qu'elle avait voulu dire.

— Tu crois que nous nous sommes trompés, que le papyrus de Hapou est un faux ?

— Non. Il est vrai. Mais le tombeau n'est pas à la hauteur des deux sauts.

— C'est pourtant bien ce qu'il a écrit.

— J'ai ressenti quelque chose, mais c'était plus haut, le long de la cataracte. A environ quatre à cinq cents mètres en aval.

— Il n'y a pas de sauts à cet endroit ! rétorqua Pierre.

Ils se turent, plongés dans la perplexité. Le testament de Hapou ne pouvait pas mentir. Soudain, Sylvia s'écria :

— Maman a raison, nous ne sommes pas au bon endroit !

— Les deux sauts sont pourtant là, objecta Pierre.

— Oui, mais les eaux creusent le lit d'un fleuve. Hapou a écrit ce document il y a plus de trois mille ans. Avec le temps, les dénivellations ont reculé vers l'amont. J'ai appris ça au lycée.

— Mais bien sûr ! s'exclama Pierre, radieux. Nous irons demain !

Dans la matinée, ils redescendirent vers l'aval. Malgré la chaleur déjà infernale, Dyane fut prise de frissons.

— Le tombeau n'est pas loin, dit-elle.

Cependant, quelque chose la contrariait. Elle n'aurait su dire quoi. Ils effectuèrent de nouvelles recherches. Malheureusement, au bout de plusieurs heures, il leur fallut se rendre à l'évidence : la sépulture n'était pas là non plus.

— C'est rageant, gronda Pierre. Aurions-nous fait tout ce chemin pour rien ? Ou bien le sable et les éboulements ont-ils si bien dissimulé l'entrée que nous ne la retrouverons jamais ?

Il se tourna vers Dyane.

— A Deir el-Bahari, tu nous as indiqué exactement où il fallait creuser. Comment se fait-il que tu ne ressentes rien ici ?

Il n'y avait pas de reproche dans sa voix, seulement de l'étonnement.

— Justement, je ressens quelque chose de très fort, mais qui ne me permet pas de localiser le tombeau. Et pourtant, il est là, tout près, je le sens.

Sylvia regarda en direction de la rive orientale, puis demanda :

— Et pourquoi ne serait-il pas de l'autre côté ?

Pierre répondit :

— Parce que les Egyptiens avaient l'habitude de construire leurs nécropoles sur la rive gauche du Nil, mon ange.

— C'est vrai, mais, d'après la légende, Neith-Ikerêt n'est pas complètement morte. Son esprit erre toujours dans le monde des vivants et y restera jusqu'à ce que sa vengeance soit accomplie. Ils n'avaient donc aucune raison de creuser son tombeau sur cette rive. C'était de plus une manière de dérouter les pillards.

Pierre et Dyane restèrent un instant sans voix.

— Sapristi ! s'écria Pierre. Cette petite est plus intelligente que nous deux réunis !

Dyane regarda vers l'autre rive. Une sorte de plate-forme couverte de végétation se dessinait, qui s'épaulait sur une montagne aride.

— C'est là, murmura-t-elle. Cette fois, j'en suis sûre.

Le lendemain, ils étaient sur place, en compagnie d'une vingtaine d'ouvriers de Ouadi Halfa, armés de pioches et de pelles. Une vive émotion s'était emparée de Dyane. Cette fois, elle n'avait plus aucun doute. Après quelques minutes de tâtonnement, elle désigna un endroit, dans le flanc de la montagne, qui surplombait la plate-forme rocheuse. Avec le temps, l'érosion avait fait son œuvre, et d'énormes rochers faisaient obstacle. Il fallut utiliser des explosifs pour dégager les lieux.

Après quatre jours d'un travail intensif, une anfractuosité irrégulière se dessina dans le flanc de la montagne. Munis de torches, Pierre et Dyane s'engagèrent dans le corridor, recommandant à Sylvia de rester avec les guerriers. On ne savait pas ce que réservait le tombeau. Après quelques mètres en pente douce, ils se trouvèrent face à un escalier qui s'enfonçait dans les ténèbres.

— Attention ! avertit la jeune femme. N'oublie pas le piège dont parlait le papyrus.

— Tu crois qu'il peut encore fonctionner, après si longtemps ?

— On ne sait jamais. On ignore de quelle nature il est.

— Hapou parle d'un piège « à la manière dont Nitocris a fait périr ses ennemis autrefois ». Il parle aussi de Hâpî, le dieu du Nil.

Ils descendirent les marches avec circonspection. L'escalier tournait sur lui-même, mais il était assez large pour permettre le passage d'un sarcophage de belle taille. A mesure qu'elle progressait, Dyane sentait, tout au fond d'elle-même, la personnalité étrangère de Neith-Ikerêt revenir en elle. Mais elle n'était nullement impatiente, comme elle l'avait été quelques années plus tôt. Les sens de Dyane s'en trouvaient décuplés. Leurs yeux s'étaient à présent habitués à l'obscurité, après la lumière éblouissante de l'extérieur.

Enfin, l'escalier déboucha sur une large galerie aux parois parfaitement lisses. Il y régnait une fraîcheur agréable. Tout à coup, la jeune femme arrêta son compagnon.

— Je connais cet endroit, dit-elle.

Les images surgies dans son esprit bien longtemps auparavant lui revinrent en mémoire.

— J'ai vu cette galerie lors de ma transe d'El-Ayyah, il y a onze ans. Le tombeau est ici.

Ils continuèrent avec précaution. Malgré les protestations de son compagnon, Dyane était passée devant Pierre.

— Neith-Ikerêt me guide, argua-t-elle. Elle me préviendra du danger.

La galerie mesurait sans doute plus de quarante mètres de long. Soudain, Dyane s'arrêta et indiqua, sur la droite, une sorte de passage à peine assez grand pour laisser passer un homme courbé. Plus loin, le sol de la galerie suivait une pente douce pour revenir à l'horizontale après une dénivellation d'au moins trois mètres. Ils s'y engagèrent avec prudence. Parvenue au niveau inférieur, Dyane poussa un cri. Sur le sol gisaient des ossements humains desséchés.

— Des hommes ont essayé de piller la tombe, souffla-t-elle. Ils l'ont payé de leur vie.

— Mais comment ont-ils péri ? s'inquiéta Pierre, pas très rassuré.

Au niveau du sol, ils remarquèrent des ouvertures. Elles ne mesuraient pas plus d'une vingtaine de centimètres de côté. Ecartant les squelettes, ils passèrent devant les bouches mystérieuses, tous leurs sens aux aguets. Soudain, Dyane reçut une sorte d'avertissement qui lui commanda de s'arrêter. Elle saisit le bras de Pierre d'un geste vif.

— Le piège est là, dit-elle.

Elle avança sa torche le plus loin possible et montra, sur le sol recouvert de poussière et de morceaux de roche, une ligne à peine visible. Elle s'agenouilla, appuya légèrement sur la dalle. Elle bougea imperceptiblement. Elle releva vivement la main.

— J'ai compris comment fonctionne ce piège. C'est le même principe que celui du palais d'El-Ayyah. Si nous marchons sur cette dalle, elle va basculer et libérer l'eau d'un réservoir, qui noiera complètement la galerie. La seule manière d'en sortir consisterait à nager très vite jusqu'à la partie supérieure. Mais l'eau aura éteint les torches et, sans lumière, nous n'avons aucune chance d'y parvenir, même en étant prévenus. Cette galerie est trop longue.

Elle examina le sol, dubitative.

— Ces hommes étaient d'excellents ouvriers. On distingue à peine la jointure. Si je n'avais pas été avertie, je n'aurais rien vu.

— Que pouvons-nous faire ? demanda Pierre. Si nous voulons accéder au tombeau, il va falloir éviter cette dalle.

— Il doit être possible d'établir un pont par-dessus. Il faut trouver des poutres.

Ils revinrent sur leurs pas, puis s'engagèrent dans le petit conduit situé en haut de la pente. Avançant avec précaution, ils parcoururent quelques mètres, puis le couloir tourna deux fois sur la gauche, et une fois à droite. Là, ils purent se redresser. Ils devaient désormais se trouver au-dessus de la galerie. Quelques dizaines de mètres plus loin, le corridor les mena jusqu'à une petite salle sans issue.

— C'est de cet endroit que l'on contrôle le piège, dit Dyane.

Elle huma l'air de la pièce.

— L'eau est là, quelque part. Ils ont dû creuser un réservoir, comme à El-Ayyah. Je suis certaine que le piège est encore en état de fonctionner.

— Mais comment ?

Elle ne répondit pas immédiatement. Au centre de la pièce se trouvait une sorte de gros bloc rocheux. Elle s'en approcha, constata qu'il reposait sur un autre bloc.

— Le piège repose sur des masses de pierre en équilibre instable, dit-elle. C'est un système à l'épreuve des siècles.

— Avec le temps, l'eau doit être évaporée, remarqua Pierre.

— Je ne crois pas. Nous sommes au-dessous du niveau du Nil. Le réservoir doit se remplir automatiquement après avoir été vidé. Il va falloir nous montrer prudents.

Il ne fut pas facile de trouver des arbres assez grands pour fournir des poutres de la longueur voulue. Mais, avec l'aide d'un charpentier de Ouadi Halfa, ils finirent par obtenir ce qu'ils désiraient. Il fallut ensuite construire une sorte de treuil pour mettre les poutres en place. Enfin, avec mille précautions, ils parvinrent à jeter un pont par-dessus la dalle dangereuse.

Un peu anxieux, Pierre et Dyane s'engagèrent sur la passerelle ainsi constituée, après avoir ordonné à une Sylvia mécontente et aux ouvriers de regagner l'extérieur. Trois mètres plus loin, ils atteignaient un sol stable. Au-delà, la galerie se prolongeait encore pendant plus de cinquante mètres, effectuant deux angles droits sans doute destinés à désorienter d'éventuels voleurs. Enfin, à l'autre bout, un escalier droit remontait de plusieurs mètres.

Il débouchait dans une première salle. Dyane poussa un cri. Devant eux se tenait une silhouette noire, aux yeux luisants sous la lumière des torches. Elle mit un moment avant de comprendre qu'il s'agissait d'un ka, un double de la défunte, qui gardait son tombeau. Selon l'ancienne croyance, le ka conservait l'essence vitale du mort et lui permettait de se déplacer dans le monde des vivants. La statue était taillée dans une pierre noire et coiffée d'une double couronne. Les cheveux qui s'en échappaient étaient dorés, symbole de la couleur blonde de la chevelure de Neith-Ikerêt. Pétrifiée, Dyane contempla les traits magnifiques de sa lointaine ancêtre, en tout point semblables à ceux de la statue du Louvre. Des traits qui rappelaient indéniablement les siens. Une vive émotion s'était emparée de la jeune femme. Elle ne sentit pas les larmes qui s'étaient mises à couler sur ses joues.

— C'est incroyable, murmura-t-elle. J'ai l'impression qu'elle m'invite à entrer.

Sur les parois de la salle s'étalaient des fresques en bas-relief reprenant l'image de la reine, entourée de dieux et de déesses. On reconnaissait nettement le dieu Montou, à tête de faucon, Isis et Osiris, ainsi que le dieu-loup Anubis, qui effectuait la pesée de l'âme.

Sur la gauche du ka se découpait une ouverture qui les mena dans la chambre principale. A la lueur falote des torches, ils eurent l'impression de pénétrer dans un endroit peuplé d'étoiles. Ils comprirent qu'il s'agissait en réalité des reflets des nombreux objets qui garnissaient les lieux.

— Quelles merveilles ! s'exclama Pierre. Regarde ! As-tu jamais contemplé pareil trésor ?

Au milieu de la chambre trônait un grand sarcophage doré à la feuille et représentant une femme tenant le Heka et le Nekhakha, la crosse et le fléau, symboles du pouvoir de Pharaon. Le visage était d'une beauté extraordinaire, figé dans une expression de majesté, les yeux ouverts sur l'éternité. Aux quatre coins du cercueil se dressaient des vases canopes qui contenaient sans doute les restes des viscères de la reine. Tout autour étaient entreposés le mobilier funéraire et les richesses emportés par Nitocris dans son voyage vers l'au-delà. Visiblement, aucun pillard n'était jamais parvenu jusque-là. Tout était intact, tel qu'on l'avait disposé, quelques dizaines de siècles plus tôt.

En raison de la sécheresse des lieux, les meubles en bois avaient traversé l'épreuve du temps sans dommage. Ils remarquèrent un lit avec des appuie-tête d'ébène, des coffres incrustés de pierres précieuses, une centaine de shaouabtis à l'effigie d'une femme, des bijoux, colliers, pectoraux, bagues et autres bracelets taillés dans toutes les matières : or, argent, pierre, bois, os. Il y avait également des outils, qui devaient permettre à la défunte de participer aux travaux des champs, si chers aux Egyptiens, dans l'autre monde.

— Le directeur du Louvre vendrait son âme pour de pareilles splendeurs, souffla Pierre.

Pourtant, curieusement, ni Pierre ni Dyane n'éprouvaient l'envie de toucher ces trésors. Ils se contentaient de les observer, fascinés par leur beauté et leur excellent état de conservation. Pierre se tourna vers sa compagne.

— Avons-nous le droit de nous emparer de ça ? demanda-t-il.

Dyane regarda autour d'elle. Son esprit semblait ailleurs. A la lueur des torches, les bijoux et le sarcophage luisaient d'une douce lumière dorée.

— Neith-Ikerêt n'avait pas accompli sa tâche, dit-elle enfin. Elle est morte assassinée alors qu'elle avait encore beaucoup à faire. C'est cela qu'elle n'a pas pardonné à Hon-Taï. Son âme volontaire a refusé la mort. Depuis, elle erre dans les limbes en cherchant à se venger de celui qui l'a empêchée de mener son œuvre à bien. Ses fidèles ont ressenti la frustration de son esprit. Neith-Ikerêt était très aimée. Aussi, après sa mort, des hommes se sont regroupés pour protéger sa mémoire. Ils ont même formé une confrérie pour veiller sur son tombeau. Leur fidélité ne s'est jamais démentie au fil du temps. Quatre siècles après sa mort, son souvenir était encore tellement vivant que la confrérie de Neith décida de lui offrir un tombeau où personne ne pourrait la retrouver. Ils ont effectué un travail colossal pour la protéger.

Pierre hocha la tête.

— Elle devait être vénérée à l'égal d'une déesse.

— Oui, une déesse. C'est pourquoi...

Elle désigna le sarcophage et le mobilier funéraire.

— C'est pourquoi nous ne devons rien prendre. Tout cela lui appartient.

Pierre ne répondit pas. Il resta un long moment songeur. Il y avait là de quoi leur assurer la fortune et la célébrité jusqu'à la fin de leur vie. Jamais encore un tel trésor n'avait été découvert. Il éclipsait tout ce que leur ami Auguste Mariette avait pu mettre au jour jusqu'à présent.

Et pourtant, Pierre n'avait aucune envie de s'en emparer. C'était étrange. Il n'avait pas eu les mêmes scrupules avec les autres tombeaux qu'il avait visités. Mais leurs propriétaires étaient depuis longtemps retournés à la poussière. Or, là...

Là, à l'intérieur du sarcophage, gisait la momie de Neith-Ikerêt. Intacte après avoir traversé plus de quatre millénaires, après avoir changé plusieurs fois de tombeau. Par respect pour elle, par respect aussi pour ses fidèles, qui avaient dépensé une telle énergie pour construire cette sépulture à l'épreuve du temps et des voleurs, ils se devaient de la laisser en paix.

— Nous n'avons pas le droit, confirma Dyane d'une voix sourde.

Elle crut percevoir comme l'écho d'une pensée reconnaissante. Mais peut-être était-ce seulement son imagination. Ils se contentèrent de contempler les objets un à un, à s'en user les yeux. En proie à une émotion intense, les joues ruisselantes de larmes, Dyane se tourna vers Pierre et lui sourit.

— Tu es merveilleux, dit-elle en serrant ses bras autour de son cou. Tu n'as même pas songé à la richesse que pourrait nous apporter ce trésor.

— Si, j'y ai songé. Mais la richesse n'est pas tout. Il y a des choses bien plus importantes. Les objets que nous vendons aux musées nous rapportent largement de quoi vivre. Nous n'avons pas besoin de plus. La fortune ne nous rendra pas plus heureux que nous ne le sommes actuellement.

Dyane eut un petit rire.

— C'est curieux, dit-elle. Il fut une époque où j'aurais vendu mon âme pour un bijou de valeur, ou une robe magnifique. Aujourd'hui, tout cela me semble si loin, et tellement vain. Je me sens beaucoup plus riche de tous les voyages que nous avons faits ensemble, de toutes ces beautés que nous avons contemplées.

— Qu'allons-nous dire à Sylvia et aux autres ?

— Nous dirons que le tombeau est vide depuis longtemps, qu'il a été pillé. Et nous enlèverons les poutres, afin de ne tenter personne. Alors, peut-être, l'âme de Neith-Ikerêt trouvera-t-elle enfin le repos.

Elle avait à peine terminé sa phrase que son regard se troubla.

— Dyane ! Que se passe-t-il ?

La jeune femme avait fermé les yeux, emportée dans un étrange rêve intérieur.

55

Des images affluaient en elle, remontées d'un passé oublié depuis des millénaires, ou d'un lieu où le temps n'existe pas...

Neith-Ikerêt a huit ans. C'est une superbe petite fille blonde, à la personnalité affirmée, qui, malgré son jeune âge, sait déjà manier avec brio le redoutable bâton de jet avec lequel on chasse les oiseaux dans les marais du Delta. C'est aussi une arme de combat...

Près d'elle se tient un garçon âgé d'une dizaine d'années. Merenrê est son frère. Ils ont été élevés ensemble, ne se sont jamais quittés. Ils savent déjà qu'ils deviendront mari et femme lorsque le roi, leur ancêtre, le dieu vivant Pépi, viendra à rejoindre les étoiles.

Pour lors, ils marchent dans les immenses jardins du palais. Ils se tiennent par la main. Il existe entre eux une tendresse infinie et une grande complicité. Aux yeux de Neith-Ikerêt, qu'il appelle Iky, Merenrê est le plus beau garçon du Double Pays. L'année précédente, il a « noué » sa « ceinture ». C'est-à-dire qu'il porte un pagne de lin blanc autour des reins, alors qu'elle-même, comme tous les jeunes enfants, ne porte encore aucun vêtement. A l'inverse des autres garçons, il est délicat et prévenant. Il fait preuve de courage devant ses adversaires, les fils des autres concubines. Tous espèrent monter sur le trône. Et ils sont si nombreux...

...

Neith-Ikerêt a dix-huit ans.

A ses côtés, Merenrê porte fièrement la Double Couronne, ornée de l'uræus, symbole du pouvoir royal, ainsi que la barbe postiche de cuir tressé. Pépi II est mort depuis une année. Merenrê, appuyé par des nomarques fidèles, est monté sur le trône et a épousé sa sœur.

Au début de son règne, les princes turbulents ont comploté en pensant qu'ils auraient vite fait d'imposer leur loi à un roi aussi jeune. Mais il a fait preuve d'une autorité à laquelle ils ne s'attendaient pas. Certains récalcitrants se sont rebellés, ont pris les armes contre lui. Il s'est montré impitoyable. Les traîtres ont été punis et leurs biens confisqués. Le Double Pays a retrouvé son unité. Elle va lui être nécessaire pour faire face aux menaces qui pèsent sur lui. Aux frontières de l'Est et de l'Ouest, des tribus menées par des chefs belliqueux ont attaqué des villages isolés. La guerre est imminente.

...

Le Double Pays est en deuil. Au cours d'une attaque, le bien-aimé Merenrê a été tué. On a ramené son corps ensanglanté au palais. Neith-Ikerêt est effondrée. Ils n'ont pas eu le temps d'avoir un enfant.

...

Les princes s'agitent et complotent à nouveau. A leurs yeux, Neith-Ikerêt, anéantie par la mort de son époux, n'a pas la stature suffisante pour s'imposer à eux. Une nouvelle fois, ils se trompent. Neith-Ikerêt est la digne descendante des grands rois de jadis. Elle reprend le pouvoir en main, s'appuie sur les fidèles de Merenrê, qui découvrent en elle une femme énergique, à la volonté inébranlable et au courage indomptable. Elle mène elle-même ses guerriers à la bataille, remporte plusieurs victoires contre les envahisseurs.

Mais les tribus ennemies sont nombreuses. Neith-Ikerêt se révèle alors une diplomate remarquable. Trois chefs se sont unis pour envahir Kemit la Noire et prendre ses richesses. Elle parvient à retourner l'un d'eux contre les autres. Il a pour nom Hon-Taï. Un puissant guerrier venu d'Asie.

...

Neith-Ikerêt a triomphé. Elle a épousé Hon-Taï, qui s'est allié aux armées égyptiennes pour vaincre les Bédouins du désert de l'Ouest et les tribus venues de Palestine. La paix est revenue en Egypte et Neith-Ikerêt attend un enfant de Hon-Taï.

...

La paix n'a pas duré plus d'une année. Hon-Taï est un mari brutal et pervers. Neith-Ikerêt, qui ose lui résister, est battue. L'enfant qu'elle portait a péri quelques semaines après sa naissance, après un coup que lui a porté son propre père. C'était une fille. Il désirait un garçon.

...

Neith-Ikerêt s'est enfuie. Aidée par ses fidèles, elle a quitté Mennof-Rê pour la Haute-Egypte, en direction de la cité de Ouaset, qui l'a accueillie comme une reine. Le nomarque est son plus puissant allié. Mais elle n'a pas l'intention d'abandonner. La Basse-Egypte doit être reconquise. Avec l'aide du dieu guerrier Montou, pendant deux ans, elle forge ses armes.

...

Neith-Ikerêt a vingt-six ans...

Elle marche sur Mennof-Rê à la tête d'une armée nombreuse et bien entraînée. Devant sa puissance, les princes et Hon-Taï, qui porte la Double Couronne, déposent les armes. Hon-Taï demande à celle qui est toujours son épouse de lui pardonner. Derrière lui, les princes et les nomarques du Nord l'imitent, implorant l'indulgence de la souveraine.

Malgré sa rancœur, Neith-Ikerêt estime que le sang a trop coulé. Les ennemis ont été repoussés au-delà des frontières. Elle n'aurait rien à gagner à punir ses adversaires de l'intérieur. Elle gardera l'œil sur eux.

Elle pardonne.

...

Une année s'est écoulée.

La Cité aux murs blancs s'apprête à fêter les jours épagomènes, les cinq jours qui terminent l'année égyptienne, et qui sont consacrés aux dieux Horus, Osiris, Isis, Nephthys et Seth.

Neith-Ikerêt est satisfaite. Après des années difficiles, elle a presque réussi à réunifier le Double Pays. Seuls quelques nomes résistent à son autorité. Mais leurs princes seront bien obligés de céder.

Hon-Taï n'est pas encore parvenu à lui donner d'héritier, mais la faute en revient à elle. Elle ne l'invite pas souvent à rejoindre sa couche. Elle n'a pas oublié les coups reçus autrefois, même s'il s'est amadoué. Elle ne l'aime plus.

Mais peut-être, ce soir, lui demandera-t-elle de passer la nuit à ses côtés.

...

Un homme est devant elle. Ce n'est pas Hon-Taï, mais l'un des princes qui se sont opposés à elle jadis. Depuis, il lui est fidèle. Mais ce qu'il vient de lui rapporter a anéanti la reine. Contrairement à ce qu'elle pensait, Merenrê n'a pas été tué au cours d'une embuscade tendue par les Bédouins. Il a été assassiné par Hon-Taï, de connivence avec une vingtaine de princes et de nomarques. L'homme vient de lui en apporter la preuve et de prononcer les noms.

La rage emplit le cœur de Neith-Ikerêt. Elle n'a plus qu'un désir : tuer les assassins de Merenrê. Mais elle ne doit pas agir sous le coup de la colère. Si elle fait tuer l'un d'eux, les autres se tiendront sur leurs gardes et s'uniront à nouveau contre elle. Elle doit utiliser à son avantage le temps, qui a endormi leur méfiance.

...

Neith-Ikerêt a fait construire un palais, un peu au sud de Saqqarah. Elle y convie ceux qu'elle appelle toujours ses « amis uniques », pour les rassurer, les nomarques, les nobles, tous ceux qui ont participé à la mort de Merenrê. Elle a invité aussi Hon-Taï, son mari, que la vie facile de la cour a quelque peu amolli. Hon-Taï, qui a porté le coup fatal à Merenrê...

Elle s'est montrée si accueillante, si généreuse, que pas un ne s'est méfié.

...

Les eaux sombres de la grande salle souterraine du palais sont teintées de rouge. Au travers des souvenirs de la reine, Dyane distingue les corps flottants, sans vie, criblés des flèches meurtrières.

...

Elle sait déjà que l'un d'eux s'est échappé, Hon-Taï, le mari haï. Elle sait qu'il va resurgir, au cours d'une nuit sans lune, pour la tuer.

...

Dyane porte les mains à son ventre. Le monstre l'a frappée, une nouvelle fois. Une douleur atroce lui vrille l'abdomen. Mais elle refuse de mourir. De toutes ses forces, de toute sa volonté. Elle veut garder assez d'énergie pour le tuer, pour anéantir son âme.

Le visage haï demeure flou. Neith-Ikerêt le fixe longuement, jusqu'à ce que l'air refuse de pénétrer ses poumons, jusqu'à l'ultime battement de son cœur. Il est resté penché sur elle, jouissant de sa souffrance, se repaissant de sa mort.

Un grand voile rouge passe devant les yeux de Dyane. A travers le temps, elle continue de fixer le visage penché sur elle. Tout à coup, les traits se précisent…

Dyane poussa un hurlement de terreur et s'écroula sur le sol. Affolé, Pierre se précipita à son secours. Elle avait peine à reprendre sa respiration. Les yeux emplis d'effroi, elle voulait parler, mais n'y parvenait pas. Pierre la prit contre lui pour la calmer. Enfin, elle hoqueta :

— J'ai… vu le visage de Hon-Taï. Le visage de ce… de celui dont Neith-Ikerêt veut se venger… C'était celui de Philippe Delrieux.

56

— Philippe Delrieux ?!

— Oui. Oh, Pierre, je suis sûre qu'il sait où nous sommes ! Il veut nous retrouver. Il veut me tuer. Comme il l'a fait autrefois avec Neith-Ikerêt.

— Mais c'est absurde. Il ne peut pas l'avoir tuée. Tout ça s'est passé il y a quatre mille ans…

— Oui, mais l'âme de Hon-Taï a été libérée par sa mort. Depuis, il s'est réincarné plusieurs fois. Et sa dernière réincarnation est Philippe Delrieux. C'est lui, j'en suis sûre. C'est lui que Neith-Ikerêt veut que je tue. Mais je ne suis pas une meurtrière.

— Il ne faut pas t'inquiéter. Delrieux est en France et il ignore que tu es en Egypte…

— Non. Il le sait, à présent. Il est en route. Il va venir ici.

— Calme-toi ! Comment pourrait-il savoir où nous sommes ? Cela fait douze ans que tu es partie. Et nous n'avons jamais été menacés depuis.

Il la serra contre lui pour l'apaiser. Elle éclata en sanglots.

— Je te dis que j'ai vu distinctement ses traits. Pierre, que va-t-il se passer ?

— Il ne va rien se passer. Nous allons ressortir tranquillement, et il n'y aura personne dehors. Seulement Sylvia, nos braves guerriers et nos ouvriers.

Une angoisse soudaine vrilla les entrailles de Dyane.

— Sylvia ! Il ne faut pas la laisser seule !

Pierre tenta de la raisonner.

— Elle n'est pas seule. Et puis, Sylvia est aussi sa fille. Il ne peut pas lui vouloir de mal…

— Tu ne le connais pas. Il l'a complètement rejetée. Et puis, il ne l'a pas vue depuis douze ans. Il ne la reconnaîtra même pas. Pierre, il faut faire vite !

Elle jeta un dernier coup d'œil au sarcophage et aux objets. Elle allait partir lorsqu'elle se ravisa et revint sur ses pas, mue par une pulsion inexplicable.

— Nous ne prendrons rien, confirma-t-elle. Hormis ceci.

Elle s'empara alors d'un bâton de jet magnifique. Il n'était pas en bois mais en céramique, et peint de scènes de chasse. L'objet était lourd. Dyane le prit fermement en main, puis sortit de la salle. Ils repassèrent devant le ka, descendirent l'escalier. Violemment éprouvée, Dyane eut quelque peine à traverser les poutres. En équilibre instable, elle faillit tomber, posa un pied incertain sur la dalle fatidique. Un raclement angoissant se fit entendre. Elle poussa un hurlement. Mais le bruit cessa de lui-même, et rien ne se passa. Quand ils furent parvenus de l'autre côté, Dyane, malgré son épuisement, se mit à courir. Les phrases rassurantes de Pierre ne l'avaient pas convaincue. Elle craignait pour sa fille.

Elle émergea en plein soleil, soudain aveuglée par la lumière éblouissante après les heures passées sous terre. Sylvia se jeta dans ses bras.

— Maman, j'étais si inquiète…

L'adolescente se serra contre elle. Pierre les rejoignit. Dyane jeta des coups d'œil angoissés aux environs. Il n'y avait rien.

Sylvia remarqua alors que sa mère avait les yeux rouges.

— Maman ? Qu'est-ce que tu as ? On dirait que tu as pleuré.

Dyane s'essuya vivement les yeux et tenta de sourire.

— Ce n'est rien, ma chérie. Rien.

Mais Pierre intervint :

— C'est la déception, dit-il.

Il appela les ouvriers et les guerriers autour d'eux.

— Hormis ce bâton de jet, il n'y avait plus rien. Nous sommes arrivés trop tard.

Il marqua un court silence, puis ajouta :

— Mais il faut prendre garde. Ainsi que le disait le papyrus, cet endroit est dangereux. Le piège fonctionne toujours.

Aussi, nous allons enlever les poutres. Il ne faudrait pas que des visiteurs innocents ou, pis encore, des enfants, soient victimes de ce piège.

L'évocation des enfants suffit à motiver les ouvriers. Leurs gamins n'hésitaient pas à s'aventurer le long de la cataracte pour chasser. S'ils découvraient la galerie...

— Demain, nous ferons sauter l'entrée du tombeau. Ainsi, personne ne risquera plus rien. Je compte sur votre discrétion pour ne rien dire et ne pas tenter les curieux.

— Qu'il en soit fait selon la volonté d'Allah, dit le chef de chantier.

En fin d'après-midi, les poutres furent ôtées.

Leur travail achevé, les ouvriers regagnèrent Ouadi Halfa. Pierre, Dyane et Sylvia restèrent seuls avec les six gardes de leur escorte. La peur de la jeune femme s'était apaisée. Elle avait scruté les environs avec anxiété, mais, apparemment, elle s'était inquiétée pour rien. Pierre avait raison. Comment Delrieux aurait-il pu se trouver en Egypte, sur les rives de la deuxième cataracte, alors qu'il n'avait plus de nouvelles de lui depuis douze ans ? C'était absurde.

Le soir, ils flânèrent sur les berges du Nil, déjà recouvertes par la crue. Un courant puissant emportait les eaux noires vers l'aval. Elles arrivaient en limite du plateau sur lequel s'ouvrait le tombeau.

— Comment te sens-tu ? demanda Pierre.

— Je suis encore bouleversée. Ces visions étaient tellement précises. J'avais l'impression d'avoir été transportée à une autre époque.

Elle tâta son ventre.

— Je ressens une vague douleur à l'endroit où il a frappé. C'est la deuxième fois que je vis la mort de Neith-Ikerêt. C'est vraiment angoissant.

Pierre marqua un silence, puis déclara :

— Tu sais, le fait que tu aies mis le visage de Delrieux sur celui de Hon-Taï ne veut pas forcément dire qu'ils aient un rapport entre eux. Ce fichu banquier t'a fait tellement de mal autrefois que ton esprit les aura associés tous les deux.

— Oui, peut-être.

Cependant, tout au fond d'elle-même, l'angoisse refusait de s'éteindre. Elle dormit très mal la nuit suivante.

Le lendemain, contrairement aux jours précédents, les ouvriers tardèrent à arriver. En milieu de matinée, il n'y avait toujours personne.

Dyane était rongée par l'inquiétude. Cette absence n'était pas normale. Elle avait longuement réfléchi à la terrible vision de la veille. Un détail lui était revenu dans la nuit, qui avait accentué son anxiété. A une époque où les chevaux étaient encore inconnus en Egypte, Hon-Taï en possédait plusieurs, dont il prenait un soin particulier. Au début de leur mariage, Neith-Ikerêt lui avait reproché de préférer ses chevaux à son épouse. Or, Delrieux s'appelait Philippe, prénom d'origine grecque qui signifiait « celui qui aime les chevaux ». Peut-être n'était-ce qu'une coïncidence…

Soudain, une quinzaine de silhouettes se profilèrent au nord, venant dans leur direction, montées sur des méharis. Alors, son angoisse remonta au zénith. Malgré les années écoulées, elle venait de reconnaître celui qui les menait :

— Delrieux !

57

Alger, douze ans plus tôt...

Les travaux se poursuivaient sur le port. Jean Froment, toujours enchaîné, s'était aperçu du retour de Pierre, qui attendait l'arrivée de l'*Artémis*. Il avait vu le navire accoster. Il avait vu Pierre adresser des signes d'amitié aux arrivants.

C'était le soir. Le bateau était à quai depuis trois jours, et Froment avait vu plusieurs fois son ennemi monter à bord. Il y avait une femme avec lui. Une belle gonzesse qu'il aurait bien allongée dans la paille. Il en rêvait la nuit. Mais c'était ce fumier de Ménétrier qui la baisait ! La rage le tenait, qu'il ne pouvait exprimer trop fort à cause des fouets des gardes-chiourme.

— Un jour, je tuerai ce chien, glissa-t-il à son compagnon de chaîne, un nommé Hubert Grévin, arrivé depuis quelques mois.

L'autre leva le nez et jeta un regard dans la direction indiquée par Froment. Dyane était accoudée au bastingage pour admirer cette ville blanche, en compagnie de Pierre.

— Qu'est-ce qu'y t'a fait, c'type ? demanda Grévin à voix basse pour ne pas attirer l'attention du surveillant.

— C'est à cause de lui que je suis ici. Après les journées de juin 48, je me suis fait gauler. Toute ma bande y est passée. Plusieurs se sont fait descendre. Et moi, ça fait quatre ans que je moisis dans ce maudit pays. Mais un jour, je trouverai bien le moyen de leur fausser compagnie, à ces crétins.

— Il t'a dénoncé ?

— Pire ! Il m'a frappé ! Il était avec moi sur les barricades. Mais on n'était jamais d'accord. Et cette ordure est libre, alors que moi, j'en ai encore pour onze ans. Je hais ce bâtard !

Grévin haussa les épaules, puis regarda encore en direction de Pierre. Il remarqua la fille. Elle avait laissé ses cheveux flotter librement dans le vent du soir. Tout à coup, il sursauta.

— Bordel de Dieu ! gronda-t-il. C'est-y possible ?

— Qu'est-ce qu'y a ? Tu le connais, toi aussi ?

— Lui non, mais la fille, à côté, un peu, ouais !

Il regarda plus attentivement. Le couple n'était qu'à une trentaine de mètres d'eux, et le soleil couchant l'éclairait directement.

— Des cheveux comme ça, et un minois aussi joli, ça s'oublie pas !

Il se tourna vers Froment.

— Tu sais avec qui il est, ton copain, là-bas ?

— Non.

— La femme de mon ancien patron, le banquier Delrieux. C'est une baronne ou une comtesse, j'sais pus bien. Un sacré beau brin de fille.

— Tu dois confondre...

— Oh, que non. J'étais au service de Delrieux quand il l'a épousée. Mais je sais qu'avant, elle était avec un type du peuple.

— C'est une vraie républicaine, ta comtesse ! ironisa Froment.

— J'en sais rien. Mais elle a fini par épouser les sous de Delrieux. En compensation, il a accolé son nom au sien, pour faire plus rupin. Dyane de Courtraye, qu'elle s'appelle. Et lui, il se faisait appeler Delrieux de Courtraye, ce fumier !

— Bah qu'est-ce qu'elle fout ici, si elle est mariée avec ton banquier ?

— Je sais pas, mais c'est pas catholique, tout ça.

Il montra le navire d'un gros doigt boudiné.

— Et ce bateau, là, l'*Artémis*, j'ai entendu dire qu'il partait pour l'Egypte. Je sais aussi que cette gonzesse était passionnée par toutes les vieilleries de ce foutu pays. Je suis sûr que c'est elle.

— On devrait peut-être en parler…

— T'es pas un peu fou, toi ! répliqua Grévin. Ils nous écoutent jamais. Il vaut mieux garder ça pour nous si on veut pas se taper quelques semaines de mitard. Mais c'est un renseignement qui intéressera sûrement mon ex-patron…

— Si on parvient à foutre le camp ! grommela Froment.

Paris, début 1863…

Froment et Grévin n'avaient jamais réussi à s'évader. Ils avaient été libérés ensemble, bénéficiant d'une courte remise de peine. Froment n'avait pas oublié Pierre Ménétrier. En quinze ans de chaîne, il avait eu le temps d'affûter son désir de vengeance. C'était devenu une obsession. Quant à Grévin, il n'avait pas oublié combien son ex-patron tenait à sa putain. Si elle s'était enfuie, il donnerait cher pour la retrouver. Même après tout ce temps. Il le connaissait bien. Il avait travaillé pour lui pendant quelques années, accomplissant parfois des besognes plutôt louches. Puis il en avait eu marre d'être traité comme un chien et il l'avait volé avant de s'enfuir. Manque de pot, il s'était fait prendre deux jours plus tard. Delrieux était copain avec le ministre de la Police. Il aurait dû faire gaffe.

Les deux bagnards avaient traversé la Méditerranée sur un bateau de pêche, puis étaient remontés sur Paris à pied, prenant soin de faire viser leurs passeports de forçats par la police, ainsi que l'exigeait leur statut. Pas question de faire le moindre mauvais coup avant d'avoir revu le banquier. Il y avait peut-être des thunes à se faire…

Avec les années, Philippe Delrieux avait perdu tout espoir de retrouver cette épouse maudite qui l'avait bafoué autrefois. Elle n'était jamais reparue. Et même s'il nourrissait toujours quelques doutes à propos de l'Egypte, il avait fini par accepter la suggestion de Maupas. Dyane et Sylvia avaient été déclarées mortes au début de l'année 1854.

A la fin de la même année, Delrieux avait épousé la fille d'un autre banquier, une provinciale pas très jolie mais confortablement dotée, et nourrissant de belles espérances financières. Il n'avait pu faire mieux. L'accès à l'entourage de l'empereur lui avait été refusé depuis sa mésaventure conjugale, qui l'avait définitivement classé dans la catégorie des cocus et des perdants, étiquette dont il n'avait jamais réussi à se défaire. Son épouse lui avait donné un fils qui, lui, ne lui apportait guère de satisfactions. Un gros garçon rougeaud et geignard, tout le portrait de sa mère, qui s'effrayait d'un rien.

Pour toutes ces raisons, la haine que nourrissait Delrieux à l'égard de sa première femme ne s'était jamais tout à fait éteinte. Bien qu'elle n'ait plus jamais donné signe de vie et qu'elle fût officiellement morte, son intuition lui soufflait parfois qu'elle vivait toujours, quelque part. Alors, la haine remontait à la surface, crevait comme une bulle nauséabonde, et la colère s'emparait de lui au souvenir des humiliations endurées par sa faute.

Les deux hommes n'avaient rien de très engageant et ils avaient failli se faire éconduire par le majordome à cause de leur vêture misérable. Mais ils avaient affirmé avoir des nouvelles de Dyane de Courtraye. Le majordome s'était immédiatement rendu auprès de son maître en leur demandant de patienter.

— Dyane ?

A l'évocation de son nom, toute la haine accumulée depuis des années avait aussitôt resurgi.

— Amenez-moi ces deux individus.

A présent, ils se tenaient devant lui, gauchement.

— Ainsi, vous prétendez avoir vu mon épouse !

— Si fait, m'sieur, confirma le dénommé Hubert Grévin.

— Et tu penses que je vais te croire, toi qui m'as volé et que j'ai fait envoyer au bagne pour ce crime ?!

— J'ai payé ma dette, m'sieur.

— Un voleur reste un voleur. Quant à ton compagnon...

— Je m'appelle Jean Froment, m'sieur, dit l'autre en tortillant son chapeau mité entre ses mains. Je connaissais pas vot'dame, mais je connaissais très bien Ménétrier. C'est à cause de lui que j'ai été envoyé au bagne. Une erreur judiciaire !

Le nom de Ménétrier, associé à Dyane, éveilla aussitôt l'intérêt de Delrieux.

— Parlez ! Où les avez-vous vus ?

— A Alger, m'sieur. Il y a douze ans.

Quelques instants plus tard, il n'y avait plus aucun doute dans l'esprit de Delrieux. Cette chienne s'était bien jouée de lui, et avec la complicité de Givors ! Mais comment avaient-ils fait ? Le bateau avait bien été fouillé. A moins qu'elle ne l'ait rejoint qu'après Marseille ! Mais oui ! Là était l'explication. Et les lettres ? Parbleu, Givors savait qu'elles étaient lues par Maupas ! Rien de ce qu'elles contenaient n'était vrai ! Givors n'était pas le crétin qu'il avait toujours cru. C'était au contraire un individu intelligent et rusé. Et lui s'était fait gruger comme un débutant ! Ce scélérat ne perdait rien pour attendre !

La rage l'envahit, étouffante. Il desserra son col pour mieux respirer. Il tremblait de colère. Il allait se venger ! Là, oui ! Ils paieraient ! Tous autant qu'ils étaient !

— Crespin ! hurla-t-il à l'intention du majordome. Faites atteler immédiatement la voiture ! J'ai à rendre certaine visite !

Pendant qu'on exécutait ses ordres, il examina les deux ex-bagnards. Ils pouvaient lui être utiles.

— Quant à vous, que comptez-vous faire à présent ?

Les deux hommes se regardèrent.

— Ben on sait pas trop, m'sieur... répondit Froment. Comme qui dirait, c'est pas facile de trouver un travail pour deux anciens prisonniers.

— Eh bien moi, je vous en propose un, de travail. Mais je vais avoir besoin de plus d'hommes dans votre genre. Des types costauds n'ayant pas froid aux yeux. Il va falloir voyager. Ce sera bien payé.

— Pouvez compter sur nous, m'sieur. C'est comme si c'était fait !

Une heure plus tard, Delrieux frappait à la porte de l'hôtel de Givors.

— Monsieur et Madame sont absents, lui répondit Ferdinand.

Le banquier faillit exploser.

— Où sont-ils ?

— Je l'ignore, monsieur. Monsieur fait actuellement la tournée de ses fermes, en Normandie.

Le banquier poussa un rugissement de dépit.

— Il ne perd rien pour attendre, celui-là !

Il pointa un doigt menaçant sur le majordome.

— Quand il reviendra, tu diras à ton maître qu'il aura de mes nouvelles ! Ma femme est bien avec Ménétrier ! Il s'est foutu de moi, tu entends ! Il me le paiera !

Dès qu'il fut parti, Ferdinand, stupéfait et outré par le comportement déraisonnable du visiteur, décida d'écrire à son maître.

Deux jours plus tard, Alfred, dont Ferdinand savait pertinemment qu'il se trouvait au haras, était prévenu.

— Il s'est passé quelque chose, dit Alfred à Rose. Delrieux est au courant, pour Dyane. Il faut immédiatement les avertir.

Il s'installa à son bureau, prit de l'encre et du papier.

La lettre arriva le lendemain du départ de Pierre et de Dyane pour la deuxième cataracte. Séverine ne se permit pas de l'ouvrir. Les lettres du marquis ne contenaient jamais rien d'extrêmement urgent. Elle attendrait leur retour.

Cinq semaines plus tard, Delrieux débarquait à Alexandrie, à la tête d'une quinzaine d'hommes de main, officiellement sous couvert de recherches archéologiques.

58

Deuxième cataracte, juillet 1863…

Dyane poussa un hurlement de terreur. Pierre évalua immédiatement la situation. Ils étaient en infériorité numérique. Delrieux avait amené avec lui une quinzaine d'hommes, parmi lesquels il reconnut Jean Froment. Les autres devaient être des individus du même acabit. Il avait dû les payer cher pour qu'ils acceptent de le suivre jusqu'ici. Tous étaient armés de fusils et de pistolets.

De leur côté, ils n'étaient que huit : Dyane et lui, et les six guerriers recrutés à Assouan. Cependant, il n'avait qu'une confiance limitée en trois d'entre eux, qui n'avaient suivi les autres que par appât d'un gain facile. Quant à Sylvia, il devait la mettre immédiatement à l'abri. Mais il fallait agir vite. Delrieux n'avait aucune intention de discuter. S'il avait parcouru tout ce chemin, dans les pires conditions, ce n'était pas pour parlementer. Il était habité par la haine la plus féroce et il était décidé à tuer. Pierre le comprit immédiatement. Il hurla :

— Vite ! Prenez vos armes et mettez-vous à couvert !

Il y eut un instant de panique parmi les six gardes, qui ne comprenaient pas ce qui se passait. Mais on ne discutait pas l'autorité de Pierre. L'ennemi était encore trop loin pour tirer efficacement. Il les entraîna vers le campement, où ils récupérèrent leurs fusils et leurs sabres. Dyane, un instant pétrifiée, réagit avec célérité et s'empara de son arme à son tour. Sylvia s'était mise à trembler. Même si quelques tribus hostiles les avaient parfois suivis de loin lors de précédentes expéditions, jamais encore elle n'avait été prise au milieu d'une bataille.

Pierre l'attrapa par le bras et l'entraîna vers le fleuve. Le long du Nil, un repli du terrain pouvait offrir un abri acceptable. Ils coururent s'y réfugier. L'instant d'après, les premiers coups de feu claquèrent.

Delrieux se tenait en retrait de ses troupes. Il n'avait pas envie de recevoir une balle perdue. Il gardait son fusil chargé, prêt à tirer. Il se réservait d'abattre ce chien de Ménétrier si les autres n'y parvenaient pas avant lui. Ensuite, il tuerait la putain. Mais il prendrait son temps. Elle apprendrait ce qu'il en coûtait de l'avoir couvert de ridicule aux yeux de l'empereur et de la cour.

Il poussa un cri de triomphe lorsqu'il vit l'un des Arabes, en face, s'écrouler. Ces chiens s'étaient abrités derrière des rochers, mais ce ne serait pas suffisant pour les protéger. Il faillit éclater de rire quand il en vit deux autres s'enfuir à toutes jambes. Mal leur en prit. Ses hommes les ajustèrent et les tirèrent comme des lapins. De son côté, deux gars avaient été touchés. Ce chien de Ménétrier visait bien. C'était lui qu'il fallait éliminer. Il avait bien précisé qu'il ne fallait pas toucher la femme.

Sylvia était terrifiée. Pierre l'avait obligée à se terrer derrière la masse rocheuse. Derrière elle, le fleuve roulait des flots furieux. Au-dessus, autour d'elle, les balles sifflaient. Non loin d'elle, un homme s'était écroulé. Sa poitrine s'était aussitôt couverte de sang. Peu après, deux autres gardes s'étaient enfuis en courant. Ils les avaient lâchement abandonnés. Elle avait entendu leurs hurlements de douleur quand les projectiles les avaient frappés dans le dos. Depuis, leurs gémissements lui vrillaient les oreilles. Inexorablement, la panique s'insinuait en elle. Car les autres en face ne feraient preuve d'aucune pitié.

Mais pourquoi ? Qui étaient-ils ? Et pourquoi voulaient-ils les tuer ? Elle avait beau chercher des réponses, elle n'en trouvait pas. Elle ne les connaissait pas. Ses parents ne leur avaient pas fait de mal. Elle avait pensé au début qu'il s'agissait d'une tribu hostile. Mais on pouvait discuter avec les Bédouins. Moyennant finances, ils vous laissaient tranquilles et repartaient. Ceux-là étaient des Français. Elle avait entendu leurs appels. Soudain, elle éclata en sanglots, minée par une terreur qu'elle ne pouvait plus contrôler. L'ombre de la mort planait sur elle. Elle le sentait. Mais elle ne voulait pas mourir !

Près d'elle, Pierre tirait coup sur coup. L'un de ses hommes rechargeait les fusils avec célérité et efficacité.

Soudain, tout alla très vite. Trop vite. Le garde qui était près d'elle sursauta et poussa un cri. Elle leva la tête vers lui et s'aperçut avec horreur qu'une balle lui avait crevé un œil et emporté une partie du crâne, à l'arrière. Du sang coulait en abondance sur sa joue, tandis qu'une expression d'incompréhension restait figée sur ses traits. Il demeura un instant en équilibre instable, puis s'abattit sur elle. Alors, elle céda à la panique et poussa un hurlement strident. L'instant d'après, elle se releva et se mit à courir pour échapper à cet enfer.

Elle ne comprit pas immédiatement ce qui se passait. Tout à coup, elle ressentit un choc léger dans le dos. Puis il lui fut impossible de courir, et presque de respirer. Le fleuve était là, tout près. Elle s'y dirigea à pas lents, l'esprit confus. Elle avait peine à se souvenir de son nom. Un goût de sang lui venait dans l'arrière-gorge. Elle sentit que sa vue se troublait. Elle aurait dû avoir peur. Mais une sorte de résignation s'était emparée d'elle. Et puis, tout s'effaça et elle tomba en avant, vers les eaux sombres du Nil.

Horrifié, Pierre la vit basculer dans le fleuve. Il n'avait rien pu faire. Avant qu'il ait pu lui crier de s'allonger, la balle avait frappé la jeune fille dans le dos ; il avait vu une étoile écarlate s'élargir sur ses vêtements. Partagé entre la fureur et la peur, il hésita un instant, puis se tourna vers Dyane. Celle-ci lui jeta un regard affolé. Alors, il se redressa et bondit en direction de l'endroit où l'adolescente était tombée dans le fleuve. Il vit une forme claire glisser à la surface des flots noirs. Sans hésiter, tandis que les balles sifflaient autour de lui, il plongea.

Dyane avait vu Pierre disparaître, emporté par le courant. Elle avait vu toute la scène. Elle savait que Sylvia ne survivrait pas. La blessure, dans la région du cœur, ne pardonnait pas. Quant à Pierre, comment imaginer qu'il pourrait résister à la rage du fleuve en crue ? En quelques instants, elle avait perdu les deux êtres qu'elle aimait le plus au monde, emportés par le Nil et par la haine d'un homme animé par la méchanceté la plus aberrante. Un froid glacial lui broyait le cœur. Elle en vint à espérer qu'une balle miséricordieuse lui permettrait de les rejoindre. Mais aucune ne paraissait décidée à l'atteindre. Sans doute ce chien de Delrieux avait-il donné ses ordres en conséquence. Il voulait avoir le plaisir de la tuer lui-même.

Alors, un travail mental se fit en elle. Elle avait le moyen de les venger. Elle fit signe aux deux gardes survivants de cesser le feu. Ils obéirent. Elle se redressa et laissa tomber ostensiblement son fusil. Elle n'avait pas de larmes. Elles viendraient plus tard. Pour l'instant, elle n'était plus qu'un bloc de haine.

Comprenant qu'il avait gagné la partie, Delrieux s'avança, un sourire cynique aux lèvres. Il avait vu Ménétrier tomber dans le fleuve. Bon débarras ! Avec la force du courant, il devait déjà s'être noyé. Il y avait eu aussi ce garde stupide qui avait paniqué juste avant, et qui avait cherché à s'enfuir. Il l'avait abattu lui-même d'une balle dans le dos. Il se félicitait d'avoir visé juste, de si loin. Il était bon tireur et s'en flattait. Cependant, il ne parvenait pas à comprendre pourquoi Ménétrier s'était précipité ainsi au secours de ce type. Ce n'était qu'un Arabe...

Dyane était là, devant lui, les yeux luisants de colère. Cela l'amusa. Elle avait perdu. Il restait le maître de la situation. Et il allait lui faire regretter amèrement sa trahison. Simultanément, il ne put s'empêcher de remarquer que jamais elle n'avait été aussi belle, aussi désirable. Sa peau dorée, ses cheveux défaits, qui lui composaient comme une auréole qui flottait dans le vent brûlant du désert...

— Bonjour, Dyane, dit-il d'un ton doucereux.

Elle ne répondit pas immédiatement. Il sentit qu'elle faisait un violent effort sur elle-même pour ne pas éclater en sanglots. Elle avait peur. C'était bien.

— Tu viens de tuer ta fille, déclara-t-elle tout à coup d'une voix blanche.

La nouvelle le cueillit à froid. Il ne s'attendait pas à ça.

— Comment ça, ma fille ?

Dyane se mordit l'intérieur des lèvres. Elle devait trouver la force de parler, de lui cracher sa lâcheté et sa scélératesse sans pleurer. Elle parla lentement, pour maîtriser son souffle court :

— C'est toi qui as tiré sur elle. Je t'ai vu. Elle était avec nous. Elle a eu peur, elle a cédé à la panique et elle a essayé de se sauver. Elle avait seulement quatorze ans. Et elle a pris une balle dans le dos. Tirée par son propre père.

Un violent malaise envahit Delrieux. Ce bédouin stupide qui tentait de fuir, c'était... Sylvia. Il fut pris d'un tic nerveux qui lui déforma le visage. Puis il se mit à respirer très vite. Enfin, il se rua sur Dyane et la gifla à toute volée. La jeune femme s'écroula sur le sol. Il lui flanqua un coup de pied et se mit à hurler d'une voix hystérique :

— C'est ta faute ! C'est à cause de toi qu'elle est morte ! Moi, je ne pouvais pas savoir ! Je n'ai vu qu'un chien d'Arabe s'enfuir. Elle portait les mêmes vêtements qu'eux. Pourquoi tu l'as habillée comme eux ? Pourquoi ?

Il fit quelques pas nerveux sans cesser de bramer. Puis il revint à la charge :

— C'est toi seule ! Toi seule, tu m'entends, qui portes la responsabilité de sa mort ! Si tu ne t'étais pas enfuie il y a douze ans, elle serait encore vivante. Mais tu vas payer pour tout ça !

Il lui décocha une série de coups de pied rageurs. Dyane se protégea comme elle put, serra les dents pour ne pas gémir. Mais elle ne cessa pas pour autant de soutenir son regard de dément. Elle n'avait plus rien à perdre. Souffrir lui était égal, désormais.

Soudain, elle le vit armer son pistolet et le pointer sur elle. Elle ferma les yeux. Après tout, cela valait peut-être mieux. Elle allait rejoindre Sylvia et Pierre. Le reste n'avait plus d'importance. Elle attendit le coup fatal. Lorsqu'il résonna, elle s'étonna de ne ressentir aucune douleur. Puis elle comprit. Il avait tiré à côté.

Delrieux n'avait pas eu le courage d'accomplir sa vengeance. Il n'avait pu se résoudre à la tuer. Il le ferait, mais plus tard. Il voulait encore la posséder une dernière fois. Car il l'avait aimée, cette putain. Et il voulait encore jouir en elle. Elle allait comprendre qui était le maître !

Elle releva la tête. Son regard était glacial. Il eut envie de la gifler de nouveau, mais il se rendit compte aussi qu'elle n'était plus la gamine capricieuse qu'il avait connue. Elle avait douze ans de plus. C'était à présent une femme mûre, plus sûre d'elle. Il le lisait dans ses yeux. Elle était déterminée. Contrairement à ce qu'il s'était imaginé, elle n'avait pas peur de lui. Et cela le mettait hors de lui. Mais il n'en aurait que plus de plaisir à la rabaisser. Il allait la forcer à lui lécher les pieds !

— Comment nous as-tu retrouvés ? demanda-t-elle soudain.

Il éclata d'un rire cynique.

— Grâce aux ennemis de ton amant.

Il lui désigna les deux anciens bagnards, raconta leur histoire, conclut :

— En Egypte, c'était facile. Je me suis adressé au musée du Caire. Je me suis fait passer pour un archéologue de vos amis. On m'a dit que vous étiez partis en expédition loin dans le Sud. Le temps d'engager un guide et je me suis lancé sur vos traces. Tu ne t'attendais pas à ça, n'est-ce pas ?

Elle secoua lentement la tête. Elle comprenait maintenant pourquoi elle avait ressenti une menace planer sur elle, à Alger.

— Pourquoi as-tu suivi ce chien de Ménétrier ? rugit Delrieux.

Elle ne répondit pas immédiatement. Très vite, une stratégie se mit en place dans son esprit.

— Nous voulions venir en Egypte pour retrouver le tombeau d'une reine, dit-elle.

— Une reine ?

— La reine Neith-Ikerêt, que les Grecs appelaient Nitocris.

Elle montra son collier.

— Ce bijou lui a appartenu. Il se transmet depuis toujours chez les femmes de ma famille. Je descends de cette reine.

Il éclata de rire.

— Une catin comme toi ?

Elle ne releva pas et poursuivit :

— Une légende était attachée à ce collier. Une légende qui parlait d'un trésor fabuleux.

Elle savait que c'était le seul point susceptible de l'appâter. Philippe avait toujours été intéressé par l'argent.

— Et tu as trouvé ce trésor ?

— Rien pendant des années. Et puis, dernièrement, nous avons découvert un papyrus qui situait l'emplacement exact du tombeau de Nitocris. Suis-moi.

Elle se redressa et l'entraîna jusqu'à sa tente. Il la suivit avec méfiance. Il tenait toujours son pistolet en main et le rechargea en hâte. Si cette chienne comptait lui jouer un mauvais tour... Mais il n'en fut rien. Elle fouilla dans un sac de cuir et en tira un papyrus qu'elle lui tendit. Il était couvert de dessins incompréhensibles.

— Et alors ? rugit-il.

— Alors, ce document explique où se situe le tombeau de la reine.

— Comment se fait-il qu'il n'ait pas été retrouvé avant ?

— Le papyrus était à l'intérieur d'une statuette, dans un tombeau qui a été mis au jour par les travaux du canal de Suez. C'est un miracle qu'il nous soit parvenu. Sans lui, il eût été impossible de savoir que ce tombeau se situait au beau milieu de la deuxième cataracte.

Il examina le papyrus d'un œil sceptique.

— Et tu es capable de comprendre ce charabia ?

— Cela fait près de quinze ans que je travaille sur les hiéroglyphes.

Elle avait désormais adopté une attitude soumise. C'était la seule manière de le tromper.

— C'est un trésor important ?

— Plus encore que tu ne peux l'imaginer.

— Tu te moques de moi !

Elle secoua lentement la tête.

— Non. Le musée du Caire paiera une fortune pour ce que contient ce tombeau. On l'a découvert hier. Aujourd'hui, on devait commencer à sortir les pièces. Il faut être nombreux. Nous attendions les ouvriers, mais ils ne sont pas venus.

— Pas avec la trouille que je leur ai flanquée ! dit-il en riant. Je leur ai interdit de venir. Je crois que j'ai un peu molesté leur chef pour me bien faire comprendre...

Elle haussa les épaules.

— C'est stupide, répliqua-t-elle. Pour pénétrer à l'intérieur, il faut basculer un gros bloc de granit. Il faut au moins quinze hommes forts pour le bouger.

— Je les ai. Je n'ai pas besoin d'un ramassis de culs-terreux égyptiens !

Dyane lui jeta un regard chargé d'angoisse.

— Tu vas t'emparer de ce que contient le tombeau ?

— Qu'est-ce que tu crois ? Que je vais laisser tout ce bel or ici, à la merci de n'importe quel imbécile ?

— Mais nous voulions le rapporter au musée du Caire, s'insurgea-t-elle.

— La belle affaire ! Tu n'es plus concernée, à présent. Et je crois que j'en tirerai un bien meilleur prix auprès de quelques collectionneurs que je connais en France. Ils sont fous de tout ce qui vient d'Egypte.

Il fit entendre un rire de triomphe.

— A présent, tu vas me conduire.

— Non !

Il la gifla. Elle s'y attendait, et ne chercha pas à esquiver le coup. Il ne fallait pas lui donner l'impression de céder trop facilement. Il hurla :

— Alors, tu obéis, oui ?

Il frappa encore. Elle se protégea de ses bras. Elle prit un air résigné. Enfin, elle souffla :

— Que tes hommes se munissent de torches. Je vais te montrer.

Lorsqu'ils furent tous prêts, elle les entraîna vers la montagne. Le groupe s'engagea dans la galerie.

Dyane serrait les mâchoires. Peu lui importait de mourir. Pourtant, au moment où elle abordait l'escalier, un doute lui vint. Et si Sylvia n'était que blessée ? Et si Pierre, qui était bon nageur, avait réussi à la maintenir à flot, à la sauver ? Elle devait savoir. Et pour cela, rester en vie. Parvenue au bas de l'escalier, elle poussa un cri, s'appuya sur la paroi.

— Qu'est-ce que tu as ? cracha Delrieux.

— Tu me le demandes ? Tu m'as frappée, tu t'en souviens ? J'ai mal au ventre…

— Redresse-toi !

Elle obéit, tout en se tenant l'abdomen à deux mains. Elle fit quelques pas, s'écroula à nouveau. Elle leva le bras pour l'amadouer et se protéger.

— Ça va aller, souffla-t-elle. Il faut seulement que je reprenne mon souffle…

Elle montra la galerie.

— Il faut faire attention, un peu plus loin, ce couloir rencontre une pente. Au bout de cinquante mètres, il tourne à droite, et à gauche. C'est là qu'il faut faire basculer une lourde dalle. Elle dégage une autre galerie. Tout au bout, il y a un second escalier, qui mène vers les deux chambres du tombeau. Tu verras que je ne t'ai pas menti. Jamais je n'ai vu autant de merveilles. Mais il faut prendre garde à ne pas abîmer les fresques murales. Elles sont magnifiques.

Dyane se remit en marche. Elle se disait qu'elle prenait là un risque inconsidéré. Rien ne prouvait que le piège fonctionnait encore après tout ce temps. Si elle se trompait, le trésor de Neith-Ikerêt tomberait entre les mains de ce salaud. Mais elle n'avait pas le choix. Et tout au fond d'elle, quelque chose lui soufflait qu'elle avait pris la bonne décision.

Elle avançait difficilement, ce qui agaçait prodigieusement Delrieux. Il était de plus en plus impatient de voir toutes ces richesses. Il n'avait pas vraiment de raison de douter. Il savait que l'on rapportait quantité d'objets antiques d'Egypte. Les musées engrangeaient chaque année des centaines de pièces.

Parvenue au bas de la descente, Dyane tomba à genoux.

— Imbécile ! jeta-t-il.

Mais elle gémit et se mit à vomir. Il haussa les épaules et ordonna à ses hommes d'avancer. Elle releva la tête vers lui. Ses yeux étaient baignés de larmes.

— Ecoute, Philippe ! Je veux que tu me donnes ta parole que tu porteras tout ce que tu découvriras au musée du Caire. Ces trésors appartiennent aux Egyptiens…

Pour toute réponse, il la gifla une nouvelle fois. Elle s'écroula sur le sol en geignant. Il eut un petit rire satisfait. Cette chienne avait trouvé son maître. Il était venu jusqu'ici pour se venger. Il avait obtenu sa vengeance, mais ce n'était pas tout. Il n'aurait jamais imaginé qu'il s'approprierait en outre le trésor que ces deux imbéciles avaient découvert. C'était trop drôle.

Constatant que Dyane s'était évanouie sur le sol, il rejoignit ses hommes. De toute façon, même si elle tentait de s'enfuir, elle n'irait pas bien loin.

Devant, Jean Froment marchait avec circonspection. Ce couloir ne lui disait rien qui vaille. Il poussa un juron. Il n'allait tout de même pas se laisser impressionner par une vieille tombe ! Il en avait vu d'autres à Alger ! Ils parcoururent une quarantaine de mètres. Soudain, Froment sentit que quelque chose n'allait pas. Il perdait l'équilibre. L'instant d'après, il se rendit compte que le sol bougeait. Il poussa un cri. Mais il était trop tard. La dalle piégée bascula à quarante-cinq degrés, faisant choir les hommes de tête. Ceux qui venaient derrière ne comprirent pas tout de suite ce qui se passait. On n'y voyait guère, dans ce trou à rats. Puis il y eut un grondement insolite, et tout à coup une eau noire envahit la galerie. En quelques instants, le niveau monta, interdisant toute fuite. Il était impossible de courir. En proie à la panique, les hommes se mirent à hurler, puis s'écroulèrent, emportés par les remous. Les torches s'éteignirent une à une.

Delrieux poussa un cri de rage. Cette maudite garce s'était jouée d'eux. Il regarda en arrière. Elle avait disparu. L'eau montait à une vitesse folle. Ils étaient perdus.

Dyane n'avait pas attendu. Lorsqu'elle avait entendu le raclement de la dalle et les cris des scélérats, elle avait bondi sur ses pieds et gravi la pente. Puis elle s'était mise à courir en direction de l'escalier, l'esprit en déroute. Elle avait triomphé. Neith-Ikerêt avait obtenu sa vengeance. Delrieux, la réincarnation de Hon-Taï, avait péri. Mais à quel prix...

Elle émergea en pleine lumière. Lorsque sa vue se fut de nouveau accoutumée au soleil, elle se dirigea en titubant vers le campement. Elle avait joué la comédie, mais elle était réellement mal en point.

Les deux gardes survivants l'accueillirent avec soulagement.

— C'est fini, dit-elle. J'ai refermé le piège sur eux.

— Ces chiens méritaient tous de mourir.

— S'il vous plaît, allez voir le long du fleuve. Pierre et Sylvia sont peut-être encore en vie.

— Oui, madame.

Ils se mirent à courir en direction du Nil. Dyane hésita à les suivre. Mais elle savait qu'elle n'aurait pas le courage de supporter la vue de leurs cadavres s'ils s'étaient noyés. Et ses jambes la soutenaient à peine.

Elle revint vers le campement. Le papyrus était toujours sur la table. Elle l'examina, l'esprit vide. Une douleur terrible lui comprimait la poitrine. Elle s'étonna de ne pas pleurer. Le choc avait été trop fort. Et puis, elle ne voulait pas perdre tout espoir avant le retour des guerriers…

Un coup de feu claqua. Une vive douleur lui déchira le dos. Elle se retourna, le souffle coupé. Et poussa un cri de terreur : Delrieux était là, qui tenait à la main son pistolet fumant. Il avait réussi à s'extraire du piège ! Il lui adressa un sourire mauvais.

— Sale putain ! grinça-t-il. Tu as tué tous mes hommes, mais tu as dû oublier que je suis un nageur hors pair. J'ai réussi à échapper à ton piège stupide. Et tu vas payer, maudite garce !

Ce lâche lui avait tiré dans le dos, comme pour sa fille.

Delrieux, essoufflé, les mains tremblantes, était déjà en train de recharger son pistolet. Dyane avait peine à respirer. Le scélérat allait l'abattre sans qu'elle puisse rien faire. Elle chercha des yeux un fusil. Mais il n'y en avait aucun à portée.

Tout à coup, elle avisa le bâton de jet, posé sur la table. Elle savait désormais pourquoi elle l'avait emporté. Elle s'empara de l'arme d'un geste vif. Une énergie formidable monta en elle, exprimant sa colère, mais aussi la haine de Neith-Ikerêt. Elle ressentit sa présence au fond d'elle, comme un double invisible. Occultant sa douleur et son épuisement, elle projeta l'objet d'un geste puissant et précis en direction de Delrieux. Il avait eu un petit rictus en la voyant saisir le bâton. Ce n'était pas avec un bâton ridicule qu'elle l'abattrait. Mais le boomerang de céramique fusa sur lui en tournoyant à une vitesse telle qu'il n'eut pas le temps de l'esquiver. L'arme le percuta à la tempe avec une violence inouïe, lui fendant le crâne dans un craquement sinistre. Il tomba à genoux. Un voile rouge lui emplit les yeux.

Il n'était pas évanoui, mais une douleur insoutenable lui taraudait la tête. Incrédule, il porta la main à sa tempe. Il la retira, poisseuse de sang et d'une matière rosâtre. Il comprit avec angoisse que c'était un peu de sa cervelle. Il poussa un gémissement de panique. Sa respiration s'accéléra. Il sut que la mort était sur lui. Alors, une terreur sans nom s'empara de lui. Il vit Dyane avancer vers lui à pas lents. Mais ce n'était plus la Dyane qu'il connaissait. Un autre visage se superposait au sien, un visage qui lui ressemblait étrangement. Et il savait qui était cette femme d'une beauté éblouissante. On avait prononcé son nom devant lui, peu de temps avant. Mais quand ? Et où ? Malgré la chaleur étouffante du soleil, un grand froid commençait à gagner ses membres. Il tomba à genoux.

La femme était devant lui, le contemplant sans aucune pitié. Des images lui revinrent. Il avait serré cette femme dans ses bras, bien longtemps auparavant. Il avait tué son mari. Mais elle avait découvert la vérité et l'avait attiré ensuite dans un piège. Un piège dont il avait réussi à s'échapper. Plus tard, il était revenu pour la tuer. Il se souvenait de son regard après qu'il lui avait plongé son épée dans le ventre. Un regard d'une beauté insoutenable. Elle avait promis de revenir se venger. Par-delà la mort elle-même.

Et elle était là, devant lui. Ses lèvres bougèrent. Il entendit à peine ce qu'elle disait. Il ne retint qu'un nom : Apophis. Alors, un sentiment d'horreur absolue s'empara de lui. Apophis, le serpent qui dévorait les âmes des criminels…

Il poussa un cri. Puis tout se voila. Le visage de la femme s'effaça et il sombra dans le néant.

Dyane contemplait le corps de son ennemi, allongé devant elle. La douleur devenait de plus en plus difficile à supporter. Au prix de mille souffrances, elle se traîna en direction du

Nil. Elle savait qu'elle allait mourir. Mais elle voulait revoir sa fille et Pierre, une dernière fois. Des larmes s'étaient mises à couler, brûlantes. Elle aurait tellement voulu pouvoir continuer. Ils étaient si heureux, tous les trois.

Soudain, ses forces l'abandonnèrent et elle s'écroula sur le sol.

Depuis combien de temps était-elle là ? Elle ne savait plus. La douleur s'était estompée dans un brouillard éblouissant. Ne subsistait plus qu'une gêne. Au-dessus, le soleil de midi inondait la vallée. La lumière de Râ, le dieu tout-puissant qui allait l'emporter sur ses ailes.

Elle sourit. La force, cette force extraordinaire avec laquelle elle avait propulsé le bâton de jet, cette force était celle de Neith-Ikerêt. Elle la sentait encore en elle, fondue à son esprit. Elle la rassurait. Elle était enfin libérée. La mort n'était qu'un passage dont il ne fallait pas avoir peur.

Tout à coup, un visage se matérialisa au-dessus d'elle. Pierre. Une joie immense l'envahit et des larmes brûlantes coulèrent sur ses joues. Elle murmura, d'une voix à peine audible :

— Mon Pierre, tu as réussi !

Il acquiesça, sans mot dire. Ses yeux étaient rougis.

— Ça va aller, souffla-t-elle. Je n'ai pas mal. Où est Sylvia ?

— Avec les guerriers, répondit-il d'une voix blanche.

Elle lui saisit la main et la serra avec la force qui lui restait.

— Tu prendras soin d'elle, n'est-ce pas ?

— Je te le promets.

Il déposa un baiser très doux sur ses lèvres. Elle lui adressa un ultime sourire, puis sa tête retomba en arrière. Elle avait cessé de respirer.

Alors, Pierre s'écroula sur elle et pleura comme un enfant. Plus bas, les deux guerriers veillaient sur le corps de Sylvia, tuée par la balle de son propre père.

59

Pierre contemplait sans les voir les dauphins qui rivalisaient de vitesse avec le navire, à la proue. Deux mois s'étaient écoulés depuis la tragédie qui lui avait arraché Sylvia et Dyane. Il essayait de trouver un sens à tout cela, sans y parvenir.

Malgré tous ses efforts, il n'avait pu sauver la jeune fille. Bon nageur, il avait très vite réussi à la rattraper. Mais la mort avait déjà fait son œuvre. La balle l'avait frappée en plein cœur, par-derrière. Lui aussi avait vu Delrieux tirer sur Sylvia. Luttant contre le courant, il avait fini par la hisser sur la rive, à plusieurs centaines de mètres en aval. Il n'avait remonté qu'un corps sans vie. Il avait connu à ce moment un désespoir sans fond. Au loin, les coups de feu avaient cessé. Le combat était terminé. L'issue ne faisait aucun doute. Delrieux avait triomphé. Il aurait voulu retourner sur place, trouver un moyen d'anéantir le monstre. Mais il n'avait plus d'arme et il était épuisé. De plus, il ne pouvait abandonner le corps de Sylvia aux charognards. Alors il l'avait pris dans ses bras et il avait marché en direction du campement. Jusqu'au moment où il avait vu apparaître deux de ses guerriers, qui lui avaient expliqué comment Dyane avait entraîné les autres vers le piège du tombeau. Il leur avait confié Sylvia, et il avait couru, aussi vite que ses forces le lui permettaient.

Il était arrivé trop tard.

La vie lui avait alors semblé un fardeau trop lourd à porter. Il avait réagi comme dans un état second. Il était retourné dans la galerie. Par un phénomène qu'il n'avait pas cherché à comprendre, le niveau des eaux baissait doucement, leur office accompli. Tous les hommes de main de Delrieux avaient péri noyés. Il avait reconnu le cadavre de Jean Froment, le visage boursouflé. Un à un, aidé par les guerriers, il avait sorti les cadavres de la galerie.

Ensuite, l'un d'eux était allé prévenir les villageois de Ouadi Halfa. Il avait besoin d'aide pour les enterrer. Cependant, il ne pouvait se résoudre à coucher Dyane et Sylvia à côté des scélérats.

Il avait alors pris sa décision. Assisté par le guerrier resté avec lui, il avait remis les poutres en place. Puis, seul, il avait transporté les deux corps jusque dans la chambre mortuaire. Il les avait déposés près du sarcophage, au milieu du mobilier funéraire. Il avait aussi placé le bâton de jet près de Dyane. Ainsi, elle pourrait se défendre dans l'autre monde.

Il avait ensuite emporté les poutres, puis miné l'entrée du tombeau avec tous les explosifs dont il disposait. Une gigantesque déflagration avait réveillé les échos des montagnes. Lorsque la poussière s'était dissipée, le tombeau de Neith-Ikerêt était muré à jamais, ensevelissant avec lui son terrible secret. Il avait également détruit le papyrus de Hapou. Personne ne devait savoir.

Plus tard, les habitants de Ouadi Halfa étaient arrivés. Ils avaient creusé des trous dans le sable, dans lesquels on avait déposé les corps de tous les morts, les scélérats comme les quatre guerriers de l'escorte. Comme le voulait la coutume, les tombes avaient été orientées vers La Mecque, y compris celle de Delrieux. Dérisoire ironie pour un individu qui n'avait certainement dû croire à aucun dieu de toute sa vie.

Pierre avait pris seul le chemin du retour, monté sur Fidèle. Une douleur trop grande lui broyait les entrailles. Pendant douze années, il n'était pas un endroit d'Egypte où il n'était allé, en compagnie de Dyane et de Sylvia. A Edfou, à Thèbes, à Abydos, Saqqarah ou Gizeh, il voyait partout leurs ombres, leurs sourires, il entendait leurs rires.

Mais elles n'étaient plus là.

Il avait compris qu'il ne pouvait plus rester en Egypte sans risquer de perdre la raison. De retour au Caire, il avait retrouvé Afalku et Séverine, à qui il avait raconté ce qui était arrivé, en prenant soin d'éviter de parler du trésor de Nitocris. Pour eux aussi, le tombeau était vide. Il leur avait offert la maison du Caire. La fortune que Dyane et lui avaient amassée au cours des années était bien suffisante pour lui seul. Il ne voyait d'ailleurs pas ce qu'il allait en faire.

Il arriva à Paris dans le courant du mois de novembre 1863. Avant son départ, il avait envoyé une lettre à Alfred. Dès son arrivée dans la capitale, il se rendit chez son ami, qui l'accueillit à bras ouverts.

— Que vas-tu faire à présent ?

— Je n'en ai aucune idée.

— Si tu veux reprendre ta place près de moi, tu es toujours le bienvenu, mon Pierre.

Il secoua la tête.

— Je ne crois pas que j'aie envie de rester à Paris. J'y ai trop de souvenirs.

Ses yeux se mirent à briller.

— Sylvia avait une vie à vivre. Comment tout cela a-t-il pu se produire ?

— A cause de l'imbécillité d'un homme pétri de haine, mon Pierre. Malheureusement, il existe trop de monstres comme lui dans le monde, qui portent sur eux la responsabilité de la mort de tant d'innocents. Le décès de nos proches nous touche profondément et creuse dans nos âmes des plaies qui ne se referment jamais.

Il posa sa main sur l'épaule de Pierre.

— Mais je suis sûr aussi que ni Dyane ni Sylvia ne voudraient te voir baisser les bras et sombrer dans le désespoir. Pour le respect de leur mémoire, tu dois continuer à te battre, et te reconstruire une autre vie, ailleurs, avec une autre femme, avec laquelle tu auras d'autres enfants.

Un sanglot secoua Pierre.

— Je ne sais pas si j'en aurai la force. Elles me manquent tellement...

— Je comprends, mon frère. Mais justement, il ne faut pas garder d'elles le souvenir de cette tragédie, mais tous ceux que vous vous êtes construits tout au long de ces douze années. Et même avant, lorsque tu entretenais avec la belle comtesse de Courtraye une liaison orageuse et passionnée. C'est cela que tu dois emporter avec toi. Et puis, tu es encore jeune. Pour elles, tu dois réagir.

Pierre demeura quelques mois chez Alfred. Il sortait rarement. Paris avait bien changé depuis son départ. Le baron Haussmann avait métamorphosé certains quartiers en y ouvrant de larges avenues, comme celle de l'Opéra, ou le boulevard Sébastopol, qui passait non loin de la rue du Cygne.

Alfred lui avait appris que Marie-Louise vivait encore. Agée de quatre-vingt-un ans lorsqu'il avait emménagé chez elle, elle venait de dépasser le siècle et conservait un esprit lucide et joyeux, ainsi qu'un visage creusé de rides où transparaissait sa joie de vivre. Elle habitait toujours sa petite maison.

Il passa de longs après-midi à bavarder avec elle, lui racontant les voyages qu'il avait effectués, la merveilleuse histoire qu'il avait vécue avec la descendante d'une reine d'Egypte. Marie-Louise l'écoutait, le rassurait avec des mots simples. Chacune de ses visites lui faisait du bien. Peu à peu, la vieille dame déposa un baume sur sa douleur.

Un jour, elle lui dit :

— C'est dans ton pays que tu dois retourner, mon *bihan*. C'est là que tu es né, c'est là que tu trouveras la paix. C'est là aussi que tu retrouveras l'espoir. Ta vie n'est pas finie, mon petit Pierre.

— Crois-tu à la réincarnation, Alfred ?

Comme souvent, Pierre, Alfred et Rose s'étaient retrouvés dans le petit salon de l'hôtel de Givors. Les deux hommes fumaient un cigare en dégustant un cognac. Rose les accompagnait en buvant une liqueur douce. Le marquis réfléchit un long moment.

— Je ne sais pas, mon Pierre, dit-il enfin. Personne ne peut savoir, à mon avis. Mais je crois sincèrement que la vie ne s'arrête pas avec la mort. Le corps n'est qu'un véhicule.

Lorsqu'il est usé, l'âme s'en échappe. L'âme est l'élément essentiel d'un être vivant. Sans elle, nous ne serions qu'un assemblage de matière, un agglomérat d'atomes et de molécules. Une machine, rien de plus. C'est l'âme qui nous insuffle la vie. Alors, pourquoi ne pas imaginer que cette âme, libérée d'un corps détérioré par l'âge, puisse s'intégrer à celui d'un fœtus dans le ventre de sa mère ?

— Un corps détérioré par l'âge, ou bien privé de vie alors qu'il est encore jeune...

— C'est vrai aussi. Il est possible qu'en réalité nous soyons immortels, parce que nous avons une âme immortelle. Et la mort n'est qu'un passage vers une autre vie. Elle nous permet de supporter l'immortalité, un peu comme le sommeil nous permet de supporter la vie.

— Crois-tu aussi que les gens qui s'aiment se retrouvent dans ces autres existences ?

— Pourquoi pas ? Des âmes proches l'une de l'autre peuvent très bien se réincarner dans des êtres proches. Tout simplement parce qu'elles s'attirent.

Au début de l'année 1864, Pierre n'avait toujours rien décidé. Il aurait pu travailler pour le musée du Louvre. Ses connaissances le lui auraient permis. Mais il savait que jamais plus il ne pourrait se plonger dans les hiéroglyphes. Dyane n'était plus à ses côtés. Seule lui restait la petite statue d'Isis découverte et offerte par Sylvia.

Afin de ne pas sombrer dans le désespoir, il s'était imposé diverses activités. Il écrivait beaucoup pour Emile de Girardin, aidait Alfred à gérer ses domaines. Il avait fait transférer la petite fortune qu'il avait amassée en Egypte sur un compte d'une banque parisienne. Il avait largement de quoi vivre jusqu'à la fin de ses jours.

Mais la souffrance était toujours là, aussi vive. Il ne se passait pas un jour sans qu'il pense à Dyane et à Sylvia.

Ce fut alors qu'il fit une rencontre.

Ce jour-là, Alfred avait invité des gens passionnés par les chevaux. La mode des courses s'était répandue depuis les premiers temps, sous le règne de Louis-Philippe, et Alfred continuait d'élever ses pur-sang en Normandie. Nombre de ses visiteurs étaient des joueurs, qui parfois perdaient de véritables fortunes.

Ce fut ainsi qu'il croisa la route de deux hommes, deux frères extravagants qui ne vivaient que pour le monde hippique. En bavardant avec eux, il découvrit que leurs familles étaient originaires de la même région : la Touraine.

— Nous n'y avons jamais mis les pieds, dit l'un des deux, mais nous avons hérité dernièrement d'une ferme, là-bas. Que voulez-vous que nous fassions d'une ferme ?

Evidemment, Pierre ne les voyait pas pousser la charrue. Mais lui-même...

Le souvenir des douces rives du Cher lui revint. Il revit les soirées passées à bavarder avec son vieux maître, quelques amis qu'il avait là-bas étant jeune. Il revit le visage de sa mère, Justine. Justine, le prénom qu'ils avaient choisi pour les faux papiers de Dyane...

Il comprit alors qu'il n'existait pas un autre endroit au monde où il pourrait mieux panser ses blessures. Marie-Louise avait raison.

— Que comptez-vous faire de cette ferme ?

— Bah, la vendre, pardi. Nous avons besoin d'argent. Ces courses chevalines nous coûtent cher. Mais il faudrait que nous trouvions un acheteur.

— Où se situe-t-elle ?

— Près de Montrichard, un lieu-dit du nom de Bourré, sur les hauteurs...

Pierre crut à une farce. Du destin, alors.

— La ferme s'appelle la Sauvagine.

La Sauvagine... Il connaissait, bien sûr. Une masure en ruine, des champs en friche. Les paysans enrageaient de voir une si bonne terre à l'abandon. Mais le propriétaire de l'époque ne voulait pas s'en séparer.

Il réfléchit. Une terre. A lui. La Sauvagine était une belle propriété. Il avait largement de quoi la faire revivre.

— Ne la vendez pas tout de suite, dit-il. Elle pourrait m'intéresser.

Une semaine plus tard, l'affaire était conclue, au grand dam d'un certain notaire de Bourré qui avait fait peu de temps auparavant une offre à laquelle les deux frères n'avaient pas donné suite.

Quelques jours après, Pierre prenait congé d'Alfred et de Rose.

Après vingt ans d'absence, il retournait chez lui.

Epilogue

Dès son retour à Bourré, Pierre se rendit à la demeure de ses parents. En vingt années, il n'avait pas donné la moindre nouvelle. Il ignorait même s'ils étaient encore vivants. C'était un choix qu'il avait fait. Il se demandait s'il éprouvait toujours autant de rancœur envers son père et son frère. Au fond, cela n'avait aucune importance. Il s'était passé tellement de choses, depuis.

Lorsqu'il arriva devant la petite maison troglodytique, rien n'avait changé. Peut-être y avait-il de nouveaux rideaux aux fenêtres. Une femme épluchait des légumes, installée à la table en bois du jardin. Elle leva les yeux et l'aperçut. Malgré les années, elle le reconnut immédiatement :

— Pierre ?

Il sentit son cœur fondre. Ses cheveux étaient tout gris. Comment avait-il pu rester si longtemps sans prendre de ses nouvelles ?

— C'est moi, maman.

Il s'avança et lui ouvrit les bras en pleurant.

— C'était bien, Paris ?

— Oui, maman. Mais j'ai aussi… beaucoup voyagé.

Il n'avait guère parlé. Il avait seulement raconté qu'il avait travaillé dans la capitale, pour un grand journal, puis qu'il s'était engagé dans l'armée, et qu'il avait visité l'Algérie et l'Egypte. Mais il n'avait rien dit d'autre. Comment expliquer ce qu'il avait vécu, comment dire qu'il avait partagé un amour exceptionnel avec une femme extraordinaire ? Comment dire qu'il avait eu une fille qui n'était pas née de son sang, mais qu'il n'en avait aimée que plus fort ? Comment dire qu'il était devenu l'ami d'un marquis, qu'il avait croisé d'innombrables personnages célèbres tels Victor Hugo, Edgar Quinet ou Alfred de Vigny ? Comment dire qu'il avait participé à une révolution, qu'il avait été le témoin de l'abdication du roi Louis-Philippe ? Il y avait tellement de souvenirs en lui, qu'il ne pourrait partager avec personne. On ne l'aurait pas cru et il n'avait pas envie d'en parler. Il garderait tout cela pour lui seul. Plus tard, peut-être, quand il serait vieux, il écrirait un livre.

— Tu as souffert, mon grand.

— Oui, maman.

— Mais tu as aimé, aussi. Je le vois dans tes yeux.

— Oui, maman.

— Alors, tout est bien.

Un peu plus tard, une silhouette râblée pénétra dans le jardin. Emile rentrait des champs. Il manqua de s'étouffer de surprise en reconnaissant son cadet.

— Tu as eu le mal du pays ? demanda-t-il d'une voix bourrue.

Pierre n'aurait su dire s'il avait plaisir à le revoir ou s'il lui tenait toujours rigueur du conflit qui avait été à l'origine de son départ. Un peu des deux, sans doute.

— Ton frère n'est toujours pas marié.

Raoul. Pierre l'avait presque oublié, celui-là. Il songea qu'il lui aurait fallu trouver une femme qui accepte son mauvais caractère, mais il s'abstint d'en parler. Le souvenir de la méchanceté de son aîné n'était pas effacé. A présent, il avait l'impression d'être parti la veille.

Mais il s'était écoulé vingt ans.

— Alors, tu es revenu ? demanda Emile.

— Oui, père. Je vais rester à Bourré.

— Ah ? Et tu vas faire quoi ?

— Je vais cultiver la vigne, et peut-être exploiter les carrières de tuffeau.

— Pour ça, le travail ne manque pas. Tu trouveras facilement un patron.

— J'en ai déjà un.

— Ah ? Et qui c'est ?

— Moi. J'ai acheté la Sauvagine.

— La Sauvagine ?! Avec quel argent ?

— Celui que j'ai gagné au cours de mes voyages.

Emile fronça les sourcils.

— Cet argent, tu l'as gagné honnêtement, au moins ?

— Oui, père.

— Tu es sûr ?

— As-tu vu les gendarmes me poursuivre ?

Emile grommela quelques mots incompréhensibles dans sa moustache. Visiblement, l'idée ne lui plaisait pas trop. Enfin, il déclara :

— Tu as beau avoir de l'argent, tu seras jamais un monsieur. Tu es né fils de paysan et paysan tu resteras.

— Je n'en demande pas plus, père. Mais la terre m'appartiendra. C'est pour moi que je travaillerai. Pas pour les autres.

Pour toute réponse, Emile poussa un grognement.

La maison de la Sauvagine était dans un bien triste état. Mais Pierre le savait en achetant. Elle fut abattue et il en fit reconstruire une autre, en pierre de tuffeau, avec un sol recouvert de tomettes rouges et un toit en ardoise qui lui donna une allure de petit château.

Parallèlement, il engagea des ouvriers et se mit à l'ouvrage. Quelques mois plus tard, la Sauvagine avait repris vie. Pierre avait acheté des livres sur la viticulture, longuement étudié les cépages, la vinification. Il découvrit qu'il aimait ce travail. Toute cette activité l'empêchait de trop penser.

Avec le temps, la douleur s'était un peu estompée. Lorsqu'il évoquait Dyane et Sylvia, seuls les bons souvenirs lui revenaient, leurs voyages, leurs rires, la maison du Caire, les rives lumineuses du Nil. Mais c'était un autre monde, une autre vie. Comme un rêve.

Un soir, il prit conscience que son intérieur laissait quelque peu à désirer. Il lui fallait engager quelqu'un pour tenir sa maison. Il s'adressa à la mairie.

Deux jours plus tard, une jeune femme se présenta. Elle s'appelait Juliette. Elle avait un visage d'une douceur comparable à celle que l'on voit aux statues de la Vierge, dans les églises, et un regard d'émeraude d'une grande clarté. Un regard dans lequel il décela également une souffrance qu'elle s'efforçait de cacher. Il sut alors que ce n'était pas seulement une femme de ménage qui s'était présentée à lui.

Dix-huit mois plus tard, Pierre contemplait avec tendresse une petite fille endormie. Malgré son jeune âge, il avait déjà établi avec elle une grande complicité, semblable à celle qui existait entre Sylvia et lui. Il regarda la statuette d'Isis, qui trônait désormais sur la cheminée. La déesse antique lui avait-elle apporté son aide ? Se pouvait-il que Sylvia ait réussi à se réincarner dans un être proche de lui ?

Il secoua la tête, les yeux brillants. Il devait garder les pieds sur terre. Il n'était plus en Egypte.

Pourtant, Juliette avait choisi elle-même le prénom de sa fille : Sylvine.

Un prénom étrangement proche de Sylvia…

Remerciements

A mes lecteurs, pour leur fidélité,
à Jeannine Balland, pour sa confiance et sa gentillesse,
à Malek Chebel, pour ses précieux conseils,
et enfin à la fée Viviane, pour sa patience et son soutien.

Bibliographie

Bonaparte et les savants français en Egypte, Olivier Nolin (Mille et Une Nuits)
Cent Métiers oubliés, Albine Novarino (Omnibus)
Guide archéologique, Egypte et Nubie (EFSA)
Hiéroglyphes : les mystères de l'écriture, Maria Carmela Betro (Flammarion)
Histoire de la France et des Français au jour le jour, André Castelot et Alain Decaux (Liriade)
Le Désert. Miracles de la vie, Monika et Hans Dossenbach, Maximilien Bruggmann (SILVA)
Les Déesses de l'Egypte pharaonique, René Lachaud (Editions du Rocher)
L'Invisible Présence, René Lachaud (Editions du Rocher)
Merveilleuse Egypte des pharaons, A.C. Carpiceci (Inter-Livres)
Métiers publiés de Paris, Gilles Laurendon et Laurence Berrouet (Parigramme)
Pour mieux comprendre l'Egypte antique, Jean-Michel Thibaux (Presses-Pocket)
Voyage dans la Basse et Haute-Egypte pendant les campagnes du général Bonaparte, Dominique Vivant Denon (libre de droit - Internet)
XIXe siècle, Lagarde et Michard (Bordas)

Sans oublier de nombreux sites Internet, et particulièrement Wikipédia.

PRODUCTION JEANNINE BALLAND

Romans « Terres de France »

Jean Anglade
Un parrain de cendre
Le Jardin de Mercure
Y a pas d'bon Dieu
La Soupe à la fourchette
Un lit d'aubépine
La Maîtresse au piquet
Le Saintier
Le Grillon vert
La Fille aux orages
Un souper de neige
Les Puysatiers
Dans le secret des roseaux
La Rose et le Lilas
Avec le temps…
L'Ecureuil des vignes
Une étrange entreprise
Le Temps et la Paille
Les Ventres jaunes
Le Semeur d'alphabets
La Bonne Rosée
Un cœur étranger
Sylvie Anne
Mélie de Sept-Vents
Le Secret des chênes
La Couze
Ciel d'orage sur Donzenac
La Maîtresse du corroyeur
Un horloger bien tranquille
Un été à Vignols
La Lavandière de Saint-Léger
Jean-Jacques Antier
Tempête sur Armen
Marie-Paul Armand
Le Vent de la haine
La Courée
tome I *La Courée*
tome II *Louise*
tome III *Benoît*
La Maîtresse d'école
La Cense aux alouettes
L'Enfance perdue
Un bouquet de dentelle
Au bonheur du matin
Le Cri du héron
Le Pain rouge
La Poussière des corons
Victor Bastien
Retour au Letsing
Henriette Bernier
L'Enfant de l'autre
L'Or blanc des pâturages
L'Enfant de la dernière chance
Le Choix de Pauline
La Petite Louison
Françoise Bourdon
La Forge au Loup
La Cour aux paons
Le Bois de lune
Le Maître ardoisier
Les Tisserands de la Licorne
Le Vent de l'aube
Les Chemins de garance
La Figuière en héritage
Patrick Breuzé
Le Silence des glaces
La Grande Avalanche
La Malpeur
Nathalie de Broc
Le Patriarche du Bélon
La Dame des Forges
La Tresse de Jeanne
Loin de la rivière
La Rivière retrouvée
Annie Bruel
Le Mas des oliviers
Les Géants de pierre
Marie-Marseille
Michel Caffier
Le Hameau des mirabelliers
La Péniche Saint-Nicolas
Les Enfants du Flot
La Berline du roi Stanislas
La Plume d'or du drapier
L'Héritage du mirabellier
Marghareta la huguenote
Jean-Pierre Chabrol
La Banquise
Claire Chazal
L'Institutrice
Didier Cornaille
Les Labours d'hiver
Les Terres abandonnées
Etrangers à la terre

L'Héritage de Ludovic Grollier
L'Alambic
Georges Coulonges
Les Terres gelées
La Fête des écoles
La Madelon de l'an 40
L'Enfant sous les étoiles
Les Flammes de la Liberté
Ma communale avait raison
Les blés deviennent paille
L'Eté du grand bonheur
Des amants de porcelaine
Le Pays des tomates plates
La Terre et le Moulin
Les Sabots de Paris
Les Sabots d'Angèle
La Liberté sur la montagne
Les Boulets rouges de la Commune
Anne Courtillé
Les Dames de Clermont
Florine
Dieu le veult
Les Messieurs de Clermont
L'Arbre des dames
Le Secret du chat-huant
L'Orfèvre de Saint-Séverin
La Chambre aux pipistrelles
Paul Couturiau
*En passant **par la Lorraine***
Annie Degroote
La Kermesse du diable
Le Cœur en Flandre
L'Oubliée de Salperwick
Les Filles du Houtland
Le Moulin de la Dérobade
Les Silences du maître drapier
Le Colporteur d'étoiles
La Splendeur des Vaneyck
Les Amants de la petite reine
Un palais dans les dunes
Alain Dubos
Les Seigneurs de la haute lande
La Palombe noire
La Sève et la Cendre
Le Secret du docteur Lescat
Constance et la Ville d'Hiver
Marie-Bernadette Dupuy
L'Orpheline du bois des Loups
Les Enfants du Pas du Loup
La Demoiselle des Bories
Le Chant de l'Océan
Le Moulin du loup
Elise Fischer
Trois Reines pour une couronne
Les Alliances de cristal
Mystérieuse Manon
Le Soleil des mineurs
Les cigognes savaient
Confession d'Adrien le colporteur
Laurence Fritsch
La Faïencière de Saint-Jean
Alain Gandy
Adieu capitaine
Un sombre été à Chaluzac
L'Enigme de Ravejouls
Les Frères Delgayroux
Les Corneilles de Toulonjac
L'Affaire Combes
Les Polonaises de Cransac
Le Nœud d'anguilles
L'Agence Combes et Cie
Suicide sans préméditation
Fatale Randonnée
Une famille assassinée
Le piège se referme
Gérard Georges
La Promesse d'un jour d'été
Les Bœufs de la Saint-Jean
L'Ecole en héritage
Le Piocheur des terres gelées
Les Amants du chanvre
La Demoiselle aux fleurs sauvages
Denis Humbert
La Malvialle
Un si joli village
La Rouvraie
L'Arbre à poules
Les Demi-Frères
La Dernière Vague
Yves Jacob
Marie sans terre
Les Anges maudits de Tourlaville
Les blés seront coupés
Une mère en partage
Un homme bien tranquille
Hervé Jaouen
Que ma terre demeure
Au-dessous du calvaire
Les Ciels de la baie d'Audierne
Les Filles de Roz-Kelenn
Michel Jeury
Au cabaret des oiseaux
Marie Kuhlmann
Le Puits Amélie

Guillemette de La Borie
Les Dames de Tarnhac
Le Marchand de Bergerac
La Cousette de Commagnac
Jean-Pierre Leclerc
Les Années de pierre
La Rouge Batelière
L'Eau et les Jours
Les Sentinelles du printemps
Un amour naguère
Julien ou l'Impossible Rêve
A l'heure de la première étoile
Hélène Legrais
Le Destin des jumeaux Fabrègues
La Transbordeuse d'oranges
Les Herbes de la Saint-Jean
Les Enfants d'Elisabeth
Les Deux Vies d'Anna
Louis-Jacques Liandier
Les Gens de Bois-sur-Lyre
Les Racines **de l'espérance**
Jean-Paul Malaval
Le Domaine de Rocheveyre
Les Vignerons de Chantegrêle
Jours de colère à Malpertuis
Quai des Chartrons
Les Compagnons de Maletaverne
Le Carnaval des loups
Les Césarines
Grand-mère Antonia
Une maison dans les arbres
Une reine de trop
Une famille française
Le Crépuscule des patriarches
La Rosée blanche
L'Homme qui rêvait d'un village
Dominique Marny
A l'ombre des amandiers
La Rose des Vents
Et tout me parle de vous
Jouez cœur et gagnez
Pascal Martin
Le Trésor du Magounia
Le Bonsaï de Brocéliande
Les Fantômes du mur païen
La Malédiction de Tévennec
L'Archange du Médoc
Louis Muron
Le Chant des canuts
Henry Noullet
La Falourde
La Destalounade
Bonencontre
Le Destin de Bérengère Fayol
Le Mensonge d'Adeline
L'Evadé de Salvetat
Les Sortilèges d'Agnès d'Ayrac
Le Dernier Train de Salignac
Michel Peyramaure
Un château rose en Corrèze
Les Grandes Falaises
Frédéric Pons
Les Troupeaux du diable
Les Soleils de l'Adour
Passeurs de nuit
Jean Siccardi
Le Bois des Malines
Les Roses rouges de décembre
Le Bâtisseur de chapelles
Le Moulin de Siagne
Un parfum de rose
La Symphonie des loups
La Cour de récré
Les Hauts de Cabrières
Bernard Simonay
La Fille de la pierre
La Louve de Cornouaille
Jean-Michel Thibaux
La Bastide blanche
La Fille de la garrigue
La Colère du mistral
L'Homme qui habillait les mariées
La Gasparine
L'Or des collines
Le Chanteur de sérénades
La Pénitente
L'Enfant du mistral
Jean-Max Tixier
Le Crime des Hautes Terres
La Fiancée du santonnier
Le Maître des roseaux
Marion des salins
Le Mas des terres rouges
L'Aîné des Gallian
L'Ombre de la Sainte-Victoire
Brigitte Varel
Un village pourtant si tranquille
Les Yeux de Manon
Emma
L'Enfant traqué
Le Chemin de Jean
L'Enfant du Trièves
Le Déshonneur d'un père
Blessure d'enfance
Mémoire enfouie

Louis-Olivier Vitté
La Rivière engloutie
L'Enfant des terres sauvages
Colette Vlérick
La Fille du goémonier
Le Brodeur de Pont-l'Abbé
La Marée du soir
Le Blé noir

Polars de France

Pascal Martin
La Traque des maîtres flamands

Romans

Sylvie Anne
L'Appel de la pampa
Jean-Jacques Antier
Marie-Galante, La Liberté ou la Mort
La Dame du Grand-Mât
Le Sixième Condamné de l'Espérance
Erwan Bergot
Les Marches vers la gloire
Sud lointain
tome I *Le Courrier de Saïgon*
tome II *La Rivière des parfums*
tome III *Le Maître de Bao-Tan*
Rendez-vous à Vera-Cruz
Mourir au Laos
Jean Bertolino
Chaman
Fura-Tena
Jean-Baptiste Bester
Bois d'ébène
Michel Caffier
Le Découvreur du Mississippi
Anne Courtillé
Le Mosaïste de Constantinople
Paul Couturiau
Le Paravent de soie rouge
Le Paravent déchiré
L'Inconnue de Saigon
Les Amants du fleuve Rouge
Le Pianiste de La Nouvelle-Orléans
Les Brumes de San Francisco
Paradis perdu
Cent Ans avant de nous séparer
Annie Degroote
L'Etrangère de Saint-Pétersbourg
Alain Dubos
Acadie, terre promise
Retour en Acadie
La Plantation de Bois-Joli
La Baie des maudits
Elise Fischer
L'Enfant perdu des Philippines
Hubert Huertas
Nous jouerons quand même ensemble
La Passagère de la « Struma »
L'Orque de Magellan
Terminus Pondichéry
Denis Humbert
Un été d'illusions
Gérard A. Jaeger
Pour l'amour de Blanche
Hervé Jaouen
L'Adieu au Connemara
Le Testament des McGovern
Suite irlandaise
Diane Lacombe
L'Hermine de Mallaig
La Châtelaine de Mallaig
Eric Le Nabour
Orages sur Calcutta
Les Démons de Shanghai
Les Jardins d'Istanbul
Sonia Marmen
La Vallée des larmes
La Saison des corbeaux
La Terre des conquêtes
La Rivière des promesses
Dominique Marny
Du côté de Pondichéry
Les Nuits du Caire
Cap Malabata
Mes nuits ne sont pas les vôtres
Du côté de Bombay
Juliette Morillot
Les Orchidées rouges de Shanghai

Michel Peyramaure
Le Roman de Catherine de Médicis
Le Pays du Bel Espoir
Les Fleuves de Babylone
Les Tambours sauvages
Le Temps des moussons
Les Roses noires de Saint-Domingue
La Porte du non-retour
Bernard Simonay
Les Tigres de Tasmanie
La Dame d'Australie
Princesse maorie
Jean-Michel Thibaux
Le Roman de Cléopâtre
La Fille de Panamá
Tempête sur Panamá
La Pyramide perdue
La Cinquième Courtisane
La Danseuse sacrée
Colette Vlérick
Le Domaine du belvédère

Achevé d'imprimer sur les presses de

BUSSIÈRE

GROUPE CPI

à Saint-Amand-Montrond (Cher)
en octobre 2008

Composé par Nord Compo Multimédia
7, rue de Fives, 59650 Villeneuve-d'Ascq

N° d'édition : C07372/01. — N° d'impression : 082964/1.
Dépôt légal : octobre 2008.

Imprimé en France